정보지식화사회와 인문공학

인문학 연구방법론의 새로운 모색

이 저서는 2015년 정부(교육부)의 재원으로
한국연구재단의 지원을 받아 수행된 연구임
(NRF-2015S1A6A4A01013462)

This work was supported by the National Research Foundation
of Korea Grant funded by the Korean Government
(NRF-2015S1A6A4A01013462)

정보지식화 사회와 사회와 인문공학

이용욱

인문학 연구방법론의
새로운 모색

역락

이 책을 부족한 아들을 여전히 사랑하고 걱정하시는
아버지, 어머니께 진심으로 존경의 마음을 담아 헌정합니다.

　　네 번째 책이다. 1996년 『사이버문학의 도전』을 시작으로 2004년 『문학, 그 이상의 문학』, 2009년 『온라인게임스토리텔링의 서사시학』을 출간한 이후 10년 만에 내는 저서이다. '도전'이라는 치기어린 제목으로 컴퓨터와 인터넷이 바꾸어 놓을 문학의 미래에 대해 논했던 20대 약관의 젊은이는 이제 지천명의 나이가 되었다. PC통신 시절 하이텔문학관의 나름 알아주던 네티즌 icerain은 롤플레잉게임 〈디아블로〉의 바바리안 만렙전사 icerain을 거쳐 이제는 페친 300여 명을 갖고 있는 페이스북 유저 icerain으로 변신하였다. 현실공간의 '이용욱'은 나이 먹고 있지만 가상공간의 'icerain'은 여전히 생기 있고 활기차다.

　　그러고 보면 나의 학문적 관심이 '사이버문학'에서, '온라인게임'으로, 이제는 '인문공학'으로 부단히 변화한데에는 icerain의 영향이 지대하다. 1996년 1월 1일 새벽에 하이텔문학관에 글을 올리다 불현듯 떠오른 "이 공간이 문학을 바꿔 놓을 거야"라는 생각이 『사이버문학의 도전』을 쓰게 했다면, 2000년대 초반 〈디아블로〉와 〈리니지〉, 〈월드오브워크래프트〉를 두루 섭렵했던 게임의 추억이 『온라인게임스토리텔링의 서사시학』으로 연결됐다. 2013년 UC Berkeley에서 일 년 동안 방문학자로 지내며 학교와 집을 오고가는 바트(Bart) 안에서 스마트폰으로 게임을 하고 음악을 듣고 메일을 쓰면서 '기술을 해석하고 기술을 선도하는 인문학'이라는 〈인문공학〉의 아이디어가 다듬어졌다. icerain이 여전히 젊음에 감사한다.

알파고가 이세돌을 이기고, AI가 렘브란트보다 더 렘브란트 같은 그림을 그리고, 창작소프트웨어가 추리소설을 쓰는 시대이다. 인간과 기계가 공진하는 반인반기의 켄타우루스들이 현실과 가상을 넘나들고 있다. 인문학과 인문교육은 붕괴되기 직전이며, 예술과 기술은 협업하기 시작했고, 지식은 도서관이 아니라 구글의 DB에 겹겹히 쌓여있고, 알고리즘은 우리의 일상을 간섭하기 시작했다. 여기에 담겨진 글들은 이런 현상들에 대한 인문학자로서의 고민이고 해석이다. 〈인문공학〉은 이제 첫 발을 내딛었다. 이 책은 끝이 아니라 시작이다. 〈인문공학〉을 하나의 학문패러다임으로 확립하고 발전시킬 책임을 다하겠다.

책을 쓴다고 지난 방학을 연구실에서 지새웠다. 불성실한 가장을 인내해준 아내 소영과 사랑하는 두 아들 성연, 준휘에게 미안함과 고마움을 전한다.

2020년 어느 봄날
이용욱 씀

차례

1장 진단

2장 모색

3장 실천

1장.

진단

1절 국어국문학(과)의 위기와 스토리텔링

1. 신자유주의 교육시장과 국어국문학

1926년 경성제국대학에 법문학부 조선어문학과가 처음 설치되면서 시작된 국어국문학과의 역사는 1946년 8월에 서울대, 연세대, 고려대 등에 국어국문학과가 신설되면서 본격화되었다.[1] 2019년 6월 기준으로 전국 103개 대학에 국어국문학과 또는 국어국문학과에서 명칭이 변경된 유사 전공이 개설되어 있다. 전국의 194개 4년제 일반대학 중 절반 이상의 대학에 국어국문학과가 설치돼 있을 만큼 국어국문학과는 해방 이후 시작된 근대 한국대학 교육의 대표적인 전공이다.

1990년대 후반부터 인문학의 위기가 거론되면서 대학마다 철학과 역사 관련 학과들이 구조조정이라는 미명 하에 통폐합되는 수모를 겪었지만, 상

---

1   김기문, 「국어국문학 교과과정의 문제점과 개선 방향」, 『국어국문학』 제114권, 국어국문학회, 1995, 468면.

대적으로 국어국문학과가 그 위기에서 한발 빗겨날 수 있었던 것은 우리의 언어와 문학을 배운다는 학문적 자부심과 대학의 순혈주의 전통이 여전히 남아있었기 때문이다.

그러나 이명박 정부 들어와 상황은 급변했다. 신자유주의 교육 정책을 신봉한 경제학 박사 출신 이주호 교육부 장관은 재정지원과 연계한 부실대학 선정이라는 반교육적인 정책으로 대학을 무한경쟁 체제로 몰아붙였다. 정권 초기 경쟁력 강화라는 명분으로 몇몇 대학들이 '신입생 충원율', '중도 탈락률', '취업률' 등 성과지표 관리에 사활을 걸기 시작하였고, 이것이 신자유주의 교육 정책의 성과로 포장되면서 몇 년 지나지 않아 전국의 모든 대학이 순위경쟁의 광풍에 휩싸이게 된다. 학령인구가 점점 줄어들게 되면서 생존의 위협을 느낀 대학들은 정원 감축을 위한 구조조정의 칼을 뽑아 들었고, 전체 구성원들의 합의와 동의가 애당초 불가능한 학과 통폐합의 잡음을 최소화하고 대의명분을 확보하기 위해 교육부가 내세운 성과지표를 구조조정의 기준으로 삼았다. 신자유주의 교육 정책이 고스란히 대학 행정에 빙의된 것이다

이 같은 국가의 권력 오용에 직격탄을 맞은 것은 취업에 상대적으로 취약한 인문학 전공들이다. 1990년대 등장했던 인문학의 위기는 반성과 성찰로 극복할 수 있다는 희망이 수면 하에 깔려 있었지만, 작금의 위기는 교육 시스템의 붕괴와 전공으로서의 존재가치 상실, 그리고 교수 신분의 불안감과 맞물려 학문 전체의 무력감으로 확산되고 있다. 1990년대 이미 구조조정을 겪었던 역사나 철학전공이 살아남기 위해 문화콘텐츠와 교양 논술을 선점한 상황에서 이제부터 구조조정의 칼바람을 맞아야 하는 국어국문학이 실용을 내세워 선택할 아이템이 별로 없다는 것도 문제이다.

2003년 한국고전문학회는 "신문명 사회에 있어서 국문학과의 제도적 개혁과 학문적 쇄신 문제"라는 주제로 매우 의미 있는 기획학술대회를 개최하였다. 이 대회에서 한기형은 「국어국문학(과)의 미래지향적 변화 방향」이라는 논문을 통해 국어국문학(과)의 위기를 다음과 같이 분석하였다.

1) 규모의 자족성: 학문적 폐쇄성의 기반
2) 교수 구성 원리: 남성 중심의 순혈주의
3) 고정된 커리큘럼: 교육에 대한 제도적 무관심
4) 3대 분야·4소분과의 재생산 구조 확립: 연구 분야 안정화의 위험성
5) 국가제도에의 종속 심화: 자기조절 시스템의 부재

한기형의 지적은 한참이 지난 지금 읽어보아도 매우 설득력 있게 국어국문학의 위기를 진단하고 있다. 특히 '학문적 폐쇄성'과 '자기조절 시스템 부재'는 국어국문학 학문 공동체가 위기를 극복하기 위해 문제를 해결하거나 새로운 대안을 마련하려는 노력을 약화하거나 저지시켰고 그 결과 2016년 기준으로 국어국문학과(전공) 취업률 평균은 37.7%로 전국 4년제 대학에 설치된 122개 전공 중에서 105위를 차지하였다. 취업률만 놓고 보면 국어국문학과(전공)는 폐과되어야 마땅하다.

취업률 갖고 학문의 운명을 논할 수 없어야 하지만 현실은 우리가 생각하는 것 이상으로 잔인하고 냉혹하다. 신자유주의교육 정책이 한국의 대학 교육을 다 망쳤다고 비분강개할 수 있지만, 전공을 선택할 때 일순위가 취업률인 요즘 대학생들을 생각해보면 대학 교육이 실용 실무 지식 중심으로의 변화는 시대의 필연적 흐름이다. 근대 지식혁명의 산물인 지금의 대학 시스

템이 정보화혁명의 물결 속에서 어떤 식으로든 변화할 수밖에 없을 터인데 우리는 지금까지 너무 안이하게 대처해 왔다. 현재의 위기는 대학 교육의 주체인 교수에게도 그 책임이 있다. 우리가 아카데미즘의 온실 안에서 자족하며 허송세월하는 동안 국어국문학(과)의 운명은 백척간두로 내몰리고 있다. 이미 많은 대학에서 국어국문학(과)은 구조조정 대상이거나 일순위이다. 이명박, 박근혜 정부를 거쳐 문재인 정부에서도 교육 정책의 기조는 큰 변화가 없다. 2020학년부터 대학들의 입학정원이 고3과 N수생 등을 추계한 '대입 가능자원', 즉 수험생 수를 역전하였다. 따라서 정권의 정책 기조에 따라 속도를 조절할 수는 있겠으나 대학의 무한경쟁을 부추기는 신자유주의 교육 정책은 앞으로도 그 방향성을 유지할 것이다. 정권이 바뀐다고 해결될 문제가 아니라면 이제 정말 국어국문학(과)의 미래에 대해 진지한 고민을 시작할 때이다. 현실과 소통하기 위해, 전국 103군데 4년제 국어국문학과에 다니고 있는 수천 명의 학생들을 위해, 무엇보다 국어국문학의 존재가치를 증명하기 위해, 우리가 지금까지 견지해왔던 전공 패러다임을 과감히 혁신하여야 한다.

2. 아카데미즘의 퇴조와 위기의 국어국문학

국어국문학의 위기는 비단 한국적인 상황만은 아니다. 이미 2000년대 초 고이즈미 총리의 주도로 국립대 법인화와 대학구조개혁을 시행한 일본의 경우 기초인문학은 경제사회에 대한 효용을 거의 상실한 허학(虛學)이라는 비꼬임을 받으면서 빠른 속도로 해체 소멸하였다. 가장 상징적인 사례가 동경도립대학 인문학부의 재편이다. 종래 동경도립대학 인문학부의 편성은 철학과, 사학과, 심리·교육학과(심리학전공, 교육학전공), 사회학과, 사회복지학과, 문학과(국문학전공, 중국문학전공, 영문학전공, 독문학전공, 불문학전공)이었다 그런데 신구상에서는 〈도시교양학부 인문·사회과학계〉로 바뀌어 사회학코스(사회학, 사회인류학, 사회복지학)와 심리학코스(심리학, 교육학), 국제문화코스(철학, 역사학, 국제문화)라는 코스로 편성한다는 것이다 이를 통해 알 수 있는 바와 같이 국문학전공을 포함한 종래의 '문학과'는 완전히 해체되었다.[2]

　일본처럼 급속하게 해체가 진행되지는 않지만, 한국의 대학에서 국어국문학(과)은 계륵과도 같다. 가장 한국적인 전공이며, 학과의 역사가 학교의 역사와 맞물려 있고, 홍보 팸플릿의 맨 앞자리에 놓인다는 상징성이 언제까지 취업률의 높은 파고를 막아주지는 못할 것이다. 특히 '국어국문학'이라는 학과명이 친숙하고 상식적인 장점도 있지만, 고리타분하고 관습적이고 비실용적이라는 이미지도 함께 갖고 있어 대학마다 신세대 학생들에게 어필할 수 있는 명칭에 고심하고 있다.

　최근 국어국문학(과)을 한국어문학(과)이나 한국언어문학(과), 한국어학(과)으로 변경하는 대학들이 늘고 있는데, 속내를 들여다보면 취업 중심 실용 교육과 무관하지 않다. 국립국어원에서 한국어교사 3급 자격증을 수여할 수 있는 선정 기준으로 학과명에 '한국'이라는 명칭이 필히 들어가도록 명시해 놓았기 때문이다. 일반학과의 교직 과정이 점차 축소되어가는 상황에서 한국어교사 자격증이 신입생유치에 도움이 될 수 있다는 현실적인 판단이

2　시마무라 테루, 「일본 대학 구조개혁에 있어서 '국어국문학과'의 현실과 국문학의 진로」, 한국고전문학회 2003년도 기획학술대회 자료집, 2003, 37면.

명칭 변경으로 구체화된 것이다.[3]

학과의 명칭이 변경되면서 전혀 새로운 과로 변태한 경우도 있다. 2012년 8월 15일자 조선일보 사회면에 보면 건국대학교 글로컬캠퍼스 학사구조 개선 현황을 '취업 중심 실용교육'이라는 제목으로 소개하고 있는데, 눈에 띄는 것은 기존의 국어국문학과가 〈커뮤니케이션문화학부〉로 명칭 변경되었다는 것이다. 2012년 2월에 발표된 개선안에는 〈미디어창작학과〉로 명칭 변경이 예고되었었는데 실제 구조조정 수위가 훨씬 더 높아진 것이다. '창작'은 국어국문학과 어느 정도 연관성이 있지만 '커뮤니케이션문화'는 국어국문학의 전공 정체성이 완전히 탈색되었다.

이처럼 국어국문학이라는 명칭이 부담되기 시작한 데에는 오랫동안 대학을 지배해온 아카데미즘의 퇴조와 관련이 있다. 형식적 전통적 권위를 중시하고 학문의 순혈주의를 지지해왔던 아카데미즘은 2000년 이후 대학에 자유전공이 등장하고 통섭과 융섭을 키워드로 한 학제간 연구가 활발해지면서 약화되기 시작한다. '통섭'이라는 화두를 자연과학에서 먼저 들고 나온 것은 인문학으로서는 뼈아픈데, 정보화 시대의 사유와 성찰의 DNA 염기서열을 아카데미즘이 해석하지 못하면서 그것을 근간으로 유지되어온 인문학도 퇴조할 수밖에 없다. 한때는 시대정신을 선도했던 인문학이 기술의 진보를 근근이 해석하는 정도로 역할이 축소되면서, 문학·역사·철학은 배우면 좋지만 안 배워도 큰 지장 없는 장식용 학문으로 전락하고 말았다.

국어국문학과 교수들은 당연히 국어국문학의 필요성과 효용성에 대해

---

3   전주대 국어국문학과에서도 전공 명칭 변경에 대한 설문조사를 실시하였다. 그 결과 한국어 교원 자격증을 취득할 수 있는 〈한국어문학과〉로의 명칭 변경에 67%의 학생들이 찬성하여 2013학년도부터 '국어국문학과'에서 '한국어문학과'로 학과 명칭이 변경되었다.

정보지식화사회와 인문공학

확신과 신념을 갖고 있겠지만 문제는 국어국문학과 학생들이 교수의 신념에 동의하지 않는다는 것이다. 아래의 표는 임의로 4년제 대학 두 군데의 국어국문학과 교육과정을 조사해 본 것이다.

이수분야구분	1학년 교과목	1	2	2학년 교과목	1	2	3학년 교과목	1	2	4학년 교과목	1	2	계
필수	국문학개론	3					현대문학사		3				
	국어학개론	3											
		6							3				9
전공 선택	한국한문학강독		3	국어형태론	3		국어사	3		국어방언학	3		
	문학과 환경		3	창작론	3		국어자료의이해	3		고전소설론	3		
				현대시강독	3		국문학사	3		고전시가론	3		
				국어문자생활의 실제	3		조선조시가론	3		동아시아비교문학론	3		
				말하기의이론과 실제	3		현대문학교육론	3		비평론	3		
				고전수필의이해와감상	3		소설론	3		외국어로서의한국어교육	3		
				시조가사선독	3		텍스트언어학	3		문학과종교	3		
				현대작가론	3		북한어의이해	3		디지털시대의문학	3		
				현대수필론	3		한국고전문학사상의이해	3		국어학연구사		3	
				국어음운론		3	민속학의이해	3		향가여요		3	
				구비문학론		3	한국현대시인론	3		문예사조		3	
				고전소설강독		3	페미니즘문학론	3		개화기문학론		3	
				현대소설강독		3	국어문법론		3	설화론		3	
				대중매체와국어		3	국어의미론		3	문학과영상예술		3	
				언어와문학		3	한국한문학론		3				
				한국고전문학배경론		3	한국희곡사		3				
							비교문학		3				
							시론		3				
							훈민정음의이해		3				
							국어문장의짜임새		3				
							고전비평선독		3				
							한국고전작가의이해		3				
							현대희곡론		3				
		6	6		27	21		36	36		24	18	174

구분	1학년 이수구분	1학년 과목명	2학년 이수구분	2학년 과목명	3학년 이수구분	3학년 과목명	4학년 이수구분	4학년 과목명
국어학	전공기초		전공핵심	우리말과글의 역사	전공핵심	국어의미론	전공선택	대중매체와국어
			전공핵심	우리말소리의 이해	전공선택	국어문장구성의 이해		
			전공핵심	국어낱말구성의 이해	전공선택	국어방언의이해		
					전공선택	훈민정음과 중세국어		
고전문학					전공핵심	구비문학론	전공선택	한국고시가론
					전공핵심	한국근세시가론		
	전공기초	한국문학의 이해	전공핵심	고전소설론	전공선택	고전문학비평의 이해		
			전공핵심	한국한문학의 이해	전공선택	고전문학사		
현대문학			전공핵심	한국현대문학 비평론	전공핵심	희곡과공연예술	전공선택	현대소설작가의 이해
			전공핵심	현대소설의이해	전공핵심	한국현대시읽기	전공선택	문학과영상예술
			전공선택	현대시인론	전공핵심	현대시론		
			전공선택	창작이론과실제	전공선택	비교문학론		
					전공선택	한국현대문학사		

정보지식화사회와 인문공학

교육 및 문화		전공선택	디지털서사	전공선택	국어교육론	전공선택	국어논리및논술
				전공선택	국어교재연구및 지도법	전공선택	외국어로서의 한국어교육
						전공선택	편집의이론과 실재

1990년 이후 출생한 디지털 세대들은 위 교육과정을 실용적이거나 취업에 도움이 된다고 생각하지 않는다. 국어국문학(과)이 국어교사를 배출하는 기능을 이제 더 이상 수행할 수 없다는 현실을 냉정하게 받아들인다면 거의 모든 국어국문학과에 설치된 교직과정부터 폐기해야 한다. 편제 정원의 10% 이내 학생들에게 주어지는 중등교원 자격증 때문에 필수적으로 개설해야 하는 전공교과목 수와 자격증을 받고 실제로 교단에 서는 졸업생 비율을 생각해보면 교직 과정이 얼마나 비효율적인 제도인지 알 수 있다.

국어국문학의 위기는 선생과 학생이 각기 다른 곳을 바라보고 있다는 것이다. 교수는 자신이 공부했던 낭만적인 20세기를 추억하지만 정작 그들에게 배우는 학생들은 21세기 생존경쟁의 밀림에서 88만 원부터 시작한다. 그들이 강의실에서 희망을 찾을 수 있게 하기 위해서는 교수부터 기득권을 내려놓아야 한다.

3. 이제 문제는 스토리텔링이다

최근 들어 산업적으로 가장 많이 사용되는 단어 중 하나가 스토리텔링이다. 관광 스토리텔링, 브랜드 스토리텔링, 마케팅 스토리텔링, 공간 스토리텔링, 게임 스토리텔링, 에듀테인먼트 스토리텔링, 쇼비즈니스 스토리텔링 등 문화산업의 거의 대부분 영역에서 스토리텔링이 접미사로 사용되고 있고 '스토리텔링 거리', '스토리텔링 수학', '스토리텔링 프레젠테이션' 같이 기존의 단어에 스토리텔링을 접두사로 붙여 원의미보다 볼록하게 만들기도 한다. 가히 스토리텔링의 전성시대라 할만하다.

정보화시대에 스토리텔링의 유행은 우리 사회가 다시 신구술시대로 접어들고 있음을 확인시켜 준다. 휴대하기 간편한 구술도구인 스마트폰을 이용해 실시간 쌍방향 광역소통의 서비스를 즐기는 디지털노마드들은 기왕의 문자세대가 향유했던 아날로그 문화와는 그 결이 다른 새로운 문화를 창출해 내고 있다.

2010년 케이블 채널 Mnet·tvN이 방영한 〈슈퍼스타K〉를 보지 않았더라도 그 당시 웬만한 대한민국 국민이라면 허각이라는 이름을 한 번쯤 들어봤을 것이다. 결손가정에서 자란 중학교 중퇴 학력이 전부인 환풍기 수리공 허각이 오직 노래 실력 하나로 134만대 1의 경쟁률을 뚫고 결국 우승하는 〈인간극장〉에나 나올법한 감동적인 스토리가 온 나라를 떠들썩하게 만들었다. 외모도 평범하고 키도 작은 그가 미국 아메리칸 아이돌 본선 진출 경력에 세련되고 잘생긴 한국계 미국인 존박을 누르는 순간 대중들은 그 어떤 소설이나 영화에서도 느낄 수 없는 리얼리티 쇼의 짜릿한 감동을 맛보았을 것이다.

슈퍼스타K의 엄청난 성공을 보면서 새삼스럽게 깨달은 것은 대중의 욕망을 포착해 그것을 조직화해내는 문화산업의 스토리텔링 시스템이 얼마나 정교한가 하는 것이다. 허각을 주인공으로 각본 없는 드라마를 쓴 것은 대중

정보지식화사회와 인문공학

이지만 그것을 연출한 것은 대중의 욕망을 상업화하는 문화산업의 시스템이다. 대중은 이야기를 욕망하고, 시스템은 이야기를 가공하며, 시장은 이야기를 상품화한다. 이제 이야기를 지배하는 자가 시장을 지배하는 스토리텔링 산업의 시대가 본격화된 것이다.[4]

대학의 존재 이유는 사회의 변화를 선도해나갈 유능한 인재를 길러내는 것이다. 그러나 최근 한국대학들은 변화를 선도해나가기는커녕 변화의 속도조차 따라잡지 못해 휘청거리고 있다. 대학의 교육 시스템은 지금 사회가 필요로 하는 인재가 아니라 앞으로의 사회가 필요로 하는 인재 양성에 초점이 맞춰져야 한다. 과거의 지식을 바탕으로 현재의 흐름을 판단하고 미래의 지식 수요를 예측하는, 사회의 물적 의식적 토대 변화에 따른 새로운 패러다임 구축에 대학이 앞장서야 한다.

단언컨대 정보화사회가 필요로 하는 인재는 한 분야의 전문적인 지식의 소유자가 아니라 집단지성의 일원으로 자신의 다양한 지식과 경험을 공유할 줄 아는 창조적인 제너럴리스트(Generalist)이다.

이야기를 상상하는 것은 인문학적 감수성이지만 대중의 욕망을 분석해내는 것은 사회과학 방법론이며, 상상과 추상의 이야기를 콘텐츠의 형태로 대중에게 전달하는 것은 자연공학의 기술이고, 미적 의미를 부여하는 것은 예술학의 심미안이다. 따라서 이야기를 만든다는 의미의 '스토리텔링' 안에는 인문학, 사회과학, 자연과학, 예술학이 다 들어있다.

스토리텔링이 아주 오래된 관습적 전통이면서 동시에 미래에도 유효한

---

4   슈퍼스타K의 성공 이후 한국 오디션프로그램의 시청률 공식은 참가자의 스토리가 어떻게 대중들에게 감동적으로 텔링되는가하는, 스토리텔링의 성공과 연동되기 시작한다.

가치일 수 있는 것은 그것이 언어라는 수단에 의지하고 있기 때문이다. 언어는 시대를 초월해 존재하지만, 그 표현 방식은 각 시대의 기술적 진보와 밀접하게 연결되어 있다. 구술시대에 출발한 스토리텔링이 문자 시대, 필사 시대, 인쇄시대를 거쳐 디지털시대로 진입하면서도 여전히 가장 중요한 커뮤니케이션 방식으로 살아남을 수 있는 것은 이야기에 대한 인간의 욕망이 테크놀로지의 발전과 결합하여 변주와 확장을 멈추지 않기 때문이다. 스토리텔링은 미래의 학문이며, 통섭(統攝)과 협업(協業)의 학문이며 국어국문학의 생문(生門)이다.

생각해보면 국어국문학의 본질은 스토리텔링이다. 스토리의 표현 수단은 언어이고, 표현 양식은 문학이다. '텔링'의 수단은 언어이지만 '텔링'의 도구는 문학이다. 우리는 이 너무나도 명확한 사실을 잊고 있었다. 읽기, 쓰기, 말하기, 듣기는 스토리텔링의 근간이고, 서정과 서사는 스토리텔링의 기둥이며, 현실과 상상, 논픽션과 픽션은 스토리텔링의 두 얼굴이다. 국어국문학이 스토리텔링에 집중하는 것은 학문의 본령을 훼손하지 않으면서 시대가 요구하는 실용적 지식을 생산해내는 이중의 효과를 달성할 수 있다.

4. 스토리텔링 교육을 접목한 산학협력프로젝트

전주대학교 국어국문학과는 전라북도청이 공모한 2012년도 〈인문예체능커플링사업〉에 '스마트콘텐츠 창의인력 양성사업'이라는 주제로 선정되었다. 스마트콘텐츠산업에 필요한 기획 및 스토리텔링 전문가를 양성하고자 하는 목적하에 1년 동안 1억 원의 예산을 지원받아 교육프로그램 개발, 캡

스톤디자인, 현장실습, 인턴십, 취업동아리 지도, 비학점 특강 등을 실시하였다. 커플링사업에 참여하면서 가장 큰 변화는 전공과목에 기업체의 수요를 반영한 실용교과목이 개설되었다는 점과 산학협력을 구체적으로 실시하게 되었다는 것이다.

산학협력은 국어국문학과는 무관한 것처럼 인식됐던 것이 사실이다. 그러나 문화콘텐츠 기업을 대상으로 수요 조사를 한 결과 기술인력만큼이나 기획이나 스토리텔링 전문 인력이 필요하며, 강의실에서 배운 이론을 실제 산업 현장에서 프로젝트 수행을 통해 실증하고 구체화할 기회가 제공된다면 문화산업 분야에 취업을 준비하고 있는 학생들에게 도움이 될 수 있다는 것을 확인하였다.

이에 커플링사업 참여를 계기로 스토리텔링을 실제 수업에 접목시켜 이론과 실습을 통한 산학협력 수업을 진행해보고자 〈스토리텔링기획실습〉이라는 신규 교과목을 2012학년도 1학기부터 개설 운영하였다.

시수	수업 내용	수업형태
1주	이론 수업 『이야기의 힘』	강의 및 토론
2주	이론 수업 『5가지만 알면 나도 스토리텔링 전문가』	강의 및 토론
3주	이론 수업 『스토리텔링의 기술』	강의 및 토론
4주	팀별 주제 및 아이템 선정	조별 활동
5주	예비 기획안 작성	조별 활동
6주	예비 기획안 발표	전체 활동

7주	시장 조사, 수요 조사, 회사 방문, 멘토링 기획서 작성, 수정, 보완, 완성	조별 활동
8주		
9주		
10주		
11주		
12주		
13주		
14주	스토리텔링프레젠테이션기법	전문가 특강
15주	기획서 프레젠테이션 심사	전체 활동

27명의 학생들이 모두 6개의 팀으로 진행된 산학협력프로젝트 수업의 핵심은 학생들이 이론으로 배운 스토리텔링 기법을 실제 현장에서 요구하는 실무적인 능력으로 확장할 수 있느냐였다. 교수가 이론은 강의할 수 있지만, 실무감각과 스킬을 가르치는 데는 한계가 있었고, 이 부분을 보완하고자 학생들에게 아이템 선정 시 기업과 매칭하고 도움을 줄 수 있는 현장전문가(멘토)를 찾아 조언과 자문을 받도록 하였다. 아이템 선정부터 예비 기획안 발표, 기획서 작성, 프레젠테이션까지 학생들 스스로 팀활동을 통해 수행해 나갔고 팀별 프레젠테이션 때에는 '순창 햇빛 축제스토리텔링', '소곡주 마케팅스토리텔링', '상관 편백나무숲 공간스토리텔링', '전주대학교 브랜드스토리텔링' 등 아주 다양한 형태의 결과물들이 발표되었다.

이 수업의 긍정적인 효과는 학생들이 국어국문학의 쓸모에 대해 확신하게 되었다는 것이다. 구비문학 시간에 들었던 신화, 전설, 민담이 단순한 옛날이야기가 아니라 변주되고 확장되는 중요한 이야기원형이며, 문학텍스트를 읽어가면서 습득된 반성적 사유와 감수성이 아이디어 발상을 촉진하고, 생각을 정리하고 구체화하는데 문장력과 표현력이 얼마나 중요한지를 깨닫게 되면서 강의실 안의 지식을 강의실 밖으로 끌어내는 의미 있는 경험을 하게 되었다.

2012학년도 2학기부터는 〈스토리텔링기획실습〉을 확장하여 〈문화콘텐츠팀프로젝트〉라는 과목으로 더욱 체계적인 산학협력프로젝트를 실시하였다. 〈스토리텔링기획실습〉이 스토리텔링의 이론을 문화산업 영역별로 살펴보고 기획과 창작 실습을 통해 스토리텔링 기획능력을 배양하는데 교육 목적이 있다면, 〈문화콘텐츠팀프로젝트〉는 산업 현장에서 요구하는 콘텐츠기획을 기업 실무자와 학생을 멘토-멘티로 묶어주고 팀 프로젝트를 통해 실습해봄으로써 현장 감각을 익히고 창의적인 아이디어를 콘텐츠로 구체화하는데 목적이 있다.

한 학기 동안 수업을 진행한 결과 문화산업과 스토리텔링에 대한 학생들의 이해가 깊어졌으며 기업체와 공동으로 작업한 팀프로젝트 결과물 역시 수준이 향상되었다.

〈산학협력프로젝트 결과 발표회〉

〈산학협력프로젝트 결과물〉

정보지식화사회와 인문공학

스토리텔링을 키워드로 한 신규 교과목 개설과 산학협력프로젝트, 방학을 이용한 단기인턴제 실시 등 일 년 동안 진행된 커플링사업에 대한 학생들의 만족도를 설문을 통해 조사해 본 결과 교육만족도가 향상됐음을 확인했다. 아래는 설문 조사 내용 중 사업 만족도와 취업에 관련된 부분을 발췌한 것이다.[5]

■ 취업도움 여부 / 취업제의에 대한 의사(%)

취업도움여부	매우 큰 도움이 됨	어느 정도 도움이 됨	별 도움이 안됨	전혀 도움이 안됨
응답결과	4(17)	12(52)	3(13)	4(17)

취업제의 의사	무조건 취업	조건을 보고 취업	취업 안함	잘 모름
응답결과	1(4)	17(74)	2(9)	3(13)

☞ 69%의 응답자가 스마트콘텐츠커플링사업 참여가 취업에 긍정적인 도움이 된다고 응답한 반면, 30%의 응답자는 부정적인 응답을 보였다.

취업에 도움이 되는지 여부

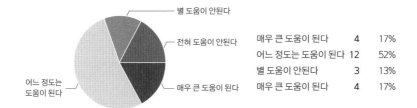

매우 큰 도움이 된다	4	17%
어느 정도는 도움이 된다	12	52%
별 도움이 안된다	3	13%
매우 큰 도움이 된다	4	17%

---

5   통계처리 전문가에게 의뢰, 2013년 2월 8일부터 2월 14일까지 이메일을 이용하여 실시하였다. 표본크기는 24명(스마트콘텐츠커플링사업 참여학생)이며 응답자는 23명(95.8%)이다.

취업제의에 대한 의사

무조건 취업하겠다	1	4%
조건을 보고 취업하겠다	17	74%
취업 안한다	2	9%
잘 모르겠다	3	13%

■ 교과과정 변경 찬성여부 / 학과발전에 도움이 되는지 여부(%)

교과과정 변경	찬성	반대	비교과정으로 운영	상관없음
응답결과	14(61)	0(0)	3(13)	6(26)

학과발전 도움	큰 도움이 됨	어느 정도 도움이 됨	별 도움이 안됨	전혀 도움이 안됨
응답결과	3(13)	11(48)	5(22)	4(17)

☞스마트콘텐츠커플링사업 참여로 인하여 학과의 교육과정이 현장중심으로 변경되는 것에 대하여 61%가 찬성하는 것으로 나타나, 참여 학생들은 현재의 교육과정이 현장중심 교육과정으로 바뀌기를 희망함을 알 수 있다. 나아가 61%의 학생은 스마트콘텐츠커플링사업 참여가 학과발전에 도움이 된다고 응답하였다.

교과과정 변경여부

찬성한다	14	61%
반대한다	0	0%
커플링 사업은 비교과정으로 운영되는 것이 좋다	3	13%
상관없다	6	26%

학교발전에 도움되는 정도

큰 도움이 된다	3	13%
어느 정도는 도움이 된다	11	48%
별 도움이 되지 못한다	5	22%
전혀 도움이 못된다	4	17%

■ 전반적 만족도(%)

	매우 만족	비교적 만족	비교적 불만족	매우 불만족
응답결과	3(13)	13(57)	4(17)	3(13)

☞ 전체 응답자의 70%가 만족 이상의 응답을 보였다.

전반적 만족도

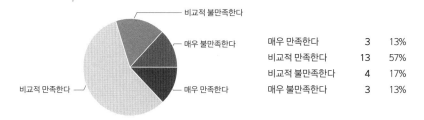

매우 만족한다	3	13%
비교적 만족한다	13	57%
비교적 불만족한다	4	17%
매우 불만족한다	3	13%

변화하는 교육 패러다임은 국어국문학에 실용 교육과의 매칭을 요구하고 있다. 스토리텔링 실용 교육은 국어국문학의 3대 분야 4대 소분과 체제를 유지하면서 지식의 쓰임새를 선제적으로 찾아내고자 하는 적극적이고 통섭적인 모색이 될 수 있다.

5. 스토리텔링의 미래 - 디지털스토리텔링

정보화사회와 날로 발전해 가는 디지털 기술은 새로운 형태의 이야기들을 끊임없이 만들어내고 있다. 그동안 가장 강력한 서사예술이었던 문학과 영화의 우월적 지위는 인터랙티브 픽션, 하이퍼텍스트, 디지털 영화, 컴퓨터 게임 등 디지털 기술에 의존하는 기술(技術)형 서사체가 등장함으로써 위협받고 있다. 이 새로운 이야기들은 내용뿐만 아니라 내러티브의 형식에서도 기존의 스토리텔링과 분명하게 구분되는데 이를 총칭하여 〈디지털스토리텔링〉이라고 한다.

스토리텔링이 기술적 진보와 밀접하게 연관되어 있다면 우리가 주목해야 할 것은 디지털이 스토리텔링의 방식에 미치는 영향이다. 미래의 스토리텔러(storyteller)는 디지털 기술을 활용하여, 디지털 세대의 감수성에 어필할 수 있는, 디지털콘텐츠를 제작할 수 있는, 멀티플레이어가 되어야 한다. 디지털 기술은 문자를 단독으로 처리하는 것이 아니라 문자를 비트화 시켜서 문자 이외의 다른 코드들(음악, 사진, 동영상 등)과 통합시키는 것이다. 이때 모든 코드들은 각각의 매체적 특징을 삭제한 채 비트로만 표시된다. 우리가 〈디지털서사체〉라고 명명할 수 있는 무언가가 존재한다고 인정한다면 그것은 문자만이 아니라 문자도 포함된 통합적 서사체가 되어야 한다. 따라서 디지털스토리텔링은 통합의 학문이다. 인문학, 사회과학, 자연과학, 예술학 등 학문 제영역 간의 통합이며, 기존 서사학과 새로운 매체 미학의 통합이며, 예술과 기술의 통합이며, 경험과 체험의 통합이다.

미래의 대학은 전공 지식을 강화하는 I자형 인재가 아니라, 스페셜리스트(specialist)인 동시에 제너럴리스트(generalist)인 T자형 인재를 배출해 내어야 한다. 스토리를 매개로 하여 다양한 학문 영역들이 씨줄과 날줄을 형성하고, 궁극적으로는 스토리텔링이라는 그림판을 완성해 나가는 미래지향적 통섭 교육의 핵심은 대학의 자유로운 도전 정신이다. 인문학의 위기는 우리가 도전 정신을 잃고 지식의 도그마에 스스로를 가뒀기 때문이다. 스토리텔링이 과거가 국어국문학에 준 유산이라면 디지털스토리텔링은 국어국문학이 미래에 전해 줄 선물이다. 가장 진보적이고 전위적인 학문으로 21세기에 국어국문학은 다시 출발하여야 한다.

2절 디지털시대 문학 논의를 위한 세 가지 제안

1. 들어가는 말

최근 들어 학술적 관심 영역으로 부상하고 있는 국문학 주제 중에 '디지털시대와 문학'과 '디지털시대의 문학'이 있다. 이 두 주제는 비록 한 글자 차이이지만 문맥상 의미는 사뭇 다르다. '디지털시대와 문학'이 '문학'에 무게 중심을 놓고 디지털시대에도 여전히 문학이 담당해야 할 몫과 미학적 가치로서의 '문학성'에 대해 논의하는 것이라면, '디지털시대의 문학'은 '디지털'에 무게 중심을 두고 디지털시대가 문학의 형질을 어떻게 변화시키고 있는가와 텍스트의 개념 확장에 논의의 초점을 맞춘다. 이 두 가지 관점은 "문학은 여전히 문학이어야 한다"는 보수적인 시각과, "문학은 끊임없이 시대의 흐름에 맞춰 갱신되어야 한다"는 진보적인 시각을 각각 내면화하고 있다.

물론 보수와 진보라는 이분법으로 경계를 지우기에는 상호 절충적인 요소들이 있기는 하나, 문학과 디지털의 만남이 거스를 수 없는 대세임을 인정한다면 지금 국문학 연구자들은 두 가지 관점 중 어느 한쪽을 선택할 수밖에 없다.

계간문예『다층』2005년 가을호 특집을 보면 '와'와 '의'에 대한 국문학자들의 선택과 그 분명한 시각차를 확인할 수 있다. '2000년대의 젊은 시인들'이라는 주제로 세 명의 비평가들이 평론을 실었는데, 권경아와 이경수는 2000년 이후에 등장한 이영주, 장이지, 황병승 등 젊은 시인들의 시적 감수성과 상상력이 매우 파격적이며 새롭다고 진단하고 그 이면에는 시대의 변화를 문학적으로 수용하고자 하는 젊은 시인들(이경수의 표현을 빌린다면 '모니터킨트들')의 변화된 창작방법론이 자리 잡고 있다고 진단한 반면, 이용욱은[1] 인터넷이라는 공간 안에서 시의 소통이 활자 텍스트를 중심으로 이루어지는 작가/독자 사이의 소통 관계와는 다른 방식으로 진행되고 있는데 주목하면서, 문학에 주어진 새로운 공간인 인터넷에서 시가 유력한 문학 장르로 자리매김하기 위해서는 기존의 문학적 전통과 관습에서 벗어나야 한다고 주장한다. 문학성을 시대의 변화와 연동해서 해석한 권경아와 이경수가 '와'를 선택했다면 문학성 자체를 새롭게 구축해야 한다고 주장하는 이용욱은 '의'를 선택한 것이다.

『문예연구』2005년 겨울호 특집 역시 주제가 '디지털시대의 문학'이다. 강연호는 「디지털시대와 느림의 시학」이라는 글을, 장일구는 「디지털시대의 서사, 혹은 디지털서사」라는 글을 각각 실었다. 강연호는 "디지털시대의 전면적인 진군 앞에서 문학의 입지는 점점 초라하게 변질될지도 모른다. 문

---

[1] 이 글에서 3인칭으로 지시된 '이용욱'은 연구자 자신이며, 동시에 타자이다. 기왕의 논지들을 객관적으로 비판하기 위해 의도하였다.

학을 포함하여 모든 예술 영역들은 앞으로 수없이 많은 자기 혁신이 필요할 수도 있다. 그렇지만 꿈과 현실 사이의 거리를 통해 삶에 대한 성찰을 제기하는 역할만은 어떤 경우에도 포기할 수 없는 본질로써 지켜져야 할 것이다"면서 문학이 여전히 지켜야 할 본질에 대해 강변한 반면, 장일구는 "이로써 서사는 매체 변화 이상의 디지털 속성을 실로 구현할 수 있는 국면을 맞이한다. '작가-인물-서술자' 삼항의 소통 회로는 텍스트를 매개로 굳어진 관계망을 벗어나서, 하이퍼텍스트의 원리를 따라 다기한 역학 양상으로 분화된다. 그리하여 게임의 가상 세계는 또 한 차원의 서사적 공간을 구축한다. 우리는 디지털 기호가 빚어내는 그 경이로운 서사세계에 압도될 수밖에 없다"고 주장한다. '와'와 '의'의 거리가 '지켜야 할 본질'과 '압도당할 수밖에는 경이로운 서사세계'의 거리로 초점화되고 있는 것이다.

이같이 디지털을 X 축으로 문학을 Y 축으로 놓는 새로운 좌표 위에서 소장 학자들을 중심으로 적극적으로 이루어지고 있는 진지한 모색들은 논의의 확산과 확장이라는 측면에서 정체되어왔던 국문학 연구에 활력을 불어넣고 있다.

이 글은 '디지털시대의 문학'이라는 입장에서 시대의 변화에 따라 달라진 문학 제양상들을 분명하게 특징 지을 수 있는 새로운 용어를 제안할 목적으로 기획되었다. '의'와 '와'의 시각차는 완강하지만 최소한의 공통분모로 양자 모두 '문학'을 포기하고 있지 않음은 분명해 보인다. 새로운 용어를 제안함에 있어, 〈문학〉의 이름으로 규명해 내고자 하는 학문적 욕망이 필요조건이라면, 그동안 논자들의 학문적 취향에 따라 임의적으로 사용되어왔던 〈사이버문학〉이라는 용어가 지금 우리가 목도하고 있는 문학의 양상들을 해석하기에는 지시력을 상실했다는 판단이 충분조건이다.

2. 바벨탑에 갇힌 디지털시대 '의' 문학

'와'와 '의' 중 어떤 선택이 디지털시대와 문학의 관계를 적확하게 설명하고 있는가에 관한 판단은 아직 유보적이다. 논자들의 세계관 차이에서 비롯된 선택이기에 절대적인 가치가 아니라 상대적인 가치로 이해해야 하기 때문이다. 다만 '디지털시대와 문학'이 아니라 '디지털시대의 문학'을 선택했을 경우, 그래서 문학이 산업혁명 이후 '소설'이라는 신장르를 만들어냈듯이 정보화혁명 역시 새로운 문학 장르와 관습을 만들어 낼 것이라고 주장코자 한다면 그것을 공식화하고 담아낼 수 있는 새로운 용어를 제안할 수 있어야 한다.

그러나 디지털시대의 문학을 논하는 데 있어 우리는 여전히 적절한 용어를 찾아내지 못하고 있다. 이는 디지털시대의 문학이 아직 뚜렷한 실체를 갖고 있지 못하다는 수세적인 상황인식에서 비롯된 것이기는 하나 동시에 지금까지 이루어졌던 논의들의 방향성이 '집중'이 아니라 '분산'의 형태로 이루어져 왔음을 보여주는 것이기도 하다.

그동안 디지털시대의 문학을 개념화하기 위한 시도는 다양하게 이루어져 왔다. 그러나 그 시도들이 서로 다른 언어로 주장되면서 바벨탑에 갇혀버리고 말았다.

1990년대 초 천리안과 하이텔 같은 PC통신 서비스가 개시되면서 게시판을 통해 이루어졌던 문학을 'PC통신문학'(장석주)이라 명명하면서부터 디지털시대의 문학을 개념화하기 위한 시도가 시작되었다. 이후 90년대 중반까지 하이텔 문학 게시판을 통해 통신문학(김홍년)과 사이버문학(이용욱)의 용어 적합성 논쟁이 진행되다, 96년 『사이버문학의 도전』(이용욱, 토마토)이 출간되고 이용욱, 한정수, 전사섭 등이 편집 동인으로 참여한 사이버문학계간지 『버전업』이 창간되면서 '사이버문학'이라는 용어가 '본격문학'이라는 용어의 대립항으로 자리 잡게 된다. 그러나 사이버문학이 실체 없는 공허한 이론으로만 채워지면서 결국 1999년 겨울호를 마지막으로 『버전업』이 종간되었고, 2000년 이후 사이버문학이라는 용어는 그 시효성을 상실하고 말았다. 2002년 인터넷 문학 게시판에 연재되던 귀여니의 소설 『그놈은 멋있었다』(황매, 2002)가 초대형 베스트셀러가 되면서 그 신드롬을 해석하기 위해 '인터넷 소설'이라는 용어가 신문 지상에 처음 등장하였고, '인터넷 소설'은 '인터넷 문학'이라는 용어로 확장되면서 인터넷 공간에서 진행되는 다양한 문학 현상을 아우르는 개념이 되었다.

이런 흐름과는 다르게 공간이 아니라 기술의 발전에 주목하여 비선형적 내러티브와 선택형 서사라는 특징을 갖는 '하이퍼텍스트', 문자와 여타 매체들이 텍스트 안에서 결합되는 '멀티포엠'과 '멀티픽션', 웹상에서 진행되는 공동창작과 릴레이 방식의 '웹포엠' 등의 용어도 등장하면서 디지털시대의 문학은 서로 다른 용어로 표현되고 옹호되고 개념화되었다.

지금까지 진행되었던 '디지털시대의 문학'의 논의 과정을 살펴보면 두 가지 큰 흐름 속에서 이루어져 왔음을 확인할 수 있다. 하나는 문학이 창작되고 읽히는 공간에 주목하는 방식이고, 다른 하나는 문학이 창작되고 읽히는 방식에 주목하는 것이다. 'PC통신문학', '통신문학', '인터넷 문학'은 공간 중심적인 용어이고, '하이퍼텍스트', '멀티포엠', '멀티픽션', '웹포엠'은 쓰고 읽는 방식의 기술적 발전을 전경화하고 있는 용어이다.[2]

---

2   물론 두 흐름 모두 컴퓨터라는 물적 도구와 인터넷이라는 비물질적 공간의 결합을 선행

〈사이버문학〉이 유일하게 두 흐름을 하나로 묶어내려는 야심찬 시도를 하였지만 허약한 이론적 토대와 이론을 적용해 해석할 수 있는 전형적 텍스트가 부재하다는 치명적인 한계를 드러냄으로써 용어로서의 적합성을 상실하였다.

> 사이버문학은 공간적 경계와는 무관하게 작가가 실제 현실뿐만 아니라 의사현실까지도 포함하는 새로운 시대의 리얼리티를 담아내려는 확고한 작가 의식 하에서 주제적 소재적 세계를 구축한 문학을 일컫는다. 창작 면에서는 전자글쓰기를 기반으로 하여 일관되고 도식적인 세계관과 창작방법론을 거부하고 자유로운 실험정신과 금기에 대한 도전이 옹호되고, 소통 면에서는 독자와의 자유로운 상호 교류를 통해 작가와 독자의 영역이 합쳐지게 되면서 독자가 참여하는 '함께 하는 문학'이다.[3]

공간의 개방성과 전자글쓰기의 기술적 진보가 가져다줄 혁명적인 서사 방식의 출현을 예견하고 옹호하였지만, 그것을 지탱해 주기에 '사이버'라는 용어는 생래적으로 불안했다. 이용욱은 '사이버'라는 접두사의 사용이 의미가 채워지기를 기다리는 언어의 텅 빈 공간처럼 읽히기를 기대했지만, 대중들은 '사이버'를 '사이버 스페이스'의 줄임말로 이해해 버림으로써 그가 그토록 달아나고자 했던 공간 중심적 용어로 회귀하고 말았다.

조건으로 삼고 있다는 점에서는 동일하다.

3   이용욱, 『사이버문학의 도전』, 토마토, 1996, 95면. (부분 요약)

결국, 디지털시대의 문학에 대한 본격적인 논의가 시작된 1996년부터 20여 년이라는 시간이 지났지만, 바벨탑에 갇혀 용어조차 정립하지 못함으로써 오히려 국문학 연구의 방향이 '디지털시대와 문학' 쪽으로 흘러가는 데 일조를 하고 말았다.

3. 새로운 용어의 제안 : 다중문학

〈사이버문학〉이라는 용어를 처음 개념화하였고, '디지털시대의 문학'을 선택한 연구자로서 새로운 용어를 제안하는 것에 대한 부채 의식과 책임감을 동시에 갖고 있다. 부채 의식은 〈사이버문학〉의 이론적 한계를 인정하는 것이 개인적인 차원에서만 이루어져서는 안 된다는 판단 때문이다. 이제 더 이상 그 용어를 쓰지 않는다고 해서 허술한 이론으로 '디지털시대의 문학' 연구를 후퇴시킨 잘못이 면책될 수는 없다. 책임감은 '의'의 선택에 확신을 갖고 그것을 구체화해보고자 하는 연구자로서의 욕망이다.

이에 본 연구자는 디지털 시대의 문학을 조망하고 〈사이버문학〉의 이론적 한계를 극복하기 위해 〈다중문학〉이라는 새로운 용어를 이 지면을 빌려 제안하고자 한다.[4]

〈다중문학〉의 접두사 '다중'은 한자어이며 두 가지 의미를 갖고 있다. 많

---

4   그러나 제목에서도 미리 밝혔듯이 이 글은 시론적인 성격의 글이다. '디지털시대의 문학' 논의가 활발하게 이루어지기를 기대하면서 아직 채 영글지 않은 몇몇 단상들을 거칠게 보여주고자 한다. 이론적 오류와 자의적 해석에 대한 책임은 본 연구자에게 있으며, 용어의 개념화와 논의의 발전에 관한 부단한 연구의 책임 역시 함께 지고 갈 것이다.

은 사람, 여러 사람을 의미하는 多衆과 여러 겹, 겹겹을 지시하는 多重이다. 그동안의 논의들은 인터넷이라는 공간과 컴퓨터 기술의 발전을 필요충분조건으로 고정시킴으로서 현실 공간과는 무관한 별도의 문학 행위로 스스로 경계 지워왔다. 어쩌면 바로 이 부분이 디지털시대의 문학 논의가 이론적으로 실패할 수밖에 없었던 태생적 한계였는지도 모른다. 이제 우리는 현실 공간과 가상공간 모두를 일상적 공간으로 인식하게 되었으며, 컴퓨터는 소수의 사람들만을 위한 특별한 창작 도구가 아니라 모든 사람들이 함께 사용하는 일상적 도구가 되었다. 따라서 공간과 기술의 경계가 허물어지게 되었고, 디지털시대의 문학을 지시하는 용어 역시 공간과 기술의 구분이 아닌 새로운 관점으로의 패러다임 전환이 요구된다.

3.1. 多衆으로서의 다중문학

多衆은 大衆과는 분명 다른 구성 단위이다. 대중이 산업혁명과 자본주의의 발달이 가져다준 새로운 개념이었다면 다중은 컴퓨터혁명과 정보화사회가 대중을 고쳐 쓰고 있는 방식이다. 사회구성체의 변화와 연결 지어 사회의 구성단위를 연대기적으로 살펴보면 "민중 → 대중 → 다중"의 순서로 이해할 수 있다.

민중은 봉건적 계급구조하에서 피지배계급을 지시한다. 민중이라는 의미소 안에는 지배계급과 피지배계급의 수직적 권력 관계가 내포되어 있다. 대중은 산업혁명 이후 선천적 수직적 지배 구조가 무너지고 후천적 수평적인 근대시민사회가 형성되면서 민중을 대체하는 용어가 되었다. 대중은 봉건적 권력에 거부감을 갖는 대신 대중매체에 의한 집단적 동질감을 통해 형성된다. 사회집단론의 범주에서 보면 대중은 군중·공중 등과 더불어 무조직집단(無組織集團 : 비조직집단)의 하나이다. 현대사회에서 사람들은 갖가지 사회집단에 분속(分屬)되어 있는 동시에, 무조직집단인 '대중'의 일원이기도 하다. 특히 오늘날처럼 대중이 거대한 '매스(mass)'로서 사회의 모든 면에 나타나고, 사회에서 대중의 역할과 힘이 재인식됨에 따라, 대중화된 인간의 능력과 이성의 쇠퇴 등이 문제화되기에 이르렀다. 매스미디어의 발달로 불특정다수의 사람은 조직적인 결합 없이 '공중'의 한 사람이 된다.

그러나 20세기에 와서는 독점자본주의 단계에서의 산업기술과 통신·교통기관의 급속한 발달, 모든 사회조직의 거대화와 관료제화 등으로 이른바 '대중사회상황'이 출현하였다. K.만하임에 의하면, 산업적 대중사회에서의 기능적 합리화의 진전으로 사람들은 기계의 톱니바퀴 같은 존재로 바뀌어가고, 한때 자주적·이성적 상징으로 여겼던 '공중'은 수동적·정서적·비합리적 대중으로 변질해 간다. 이상과 같은 견해가 대중사회론의 전형인데, 여기서 파악한 대중은 동질화(同質化)·평준화된 반면에 정서화(情緖化)·비합리화된 것으로, 지배자의 '상징 조작'에 의해 쉽게 움직이는 존재로 볼 수 있다.[5]

이에 반해 다중은 "특정한 지배 장치에 의해 구조화되기보다는 자신들의 개별 고유성을 소통하면서 공통성을 키워나가는 주체적인 사람들을 말한다. 자본주의 사회에서 획일화되고 매체에 의해 주조되며 수동적인 대중(mass)과는 달리 다중(multitude) 자신들의 주체적인 욕망과 주장들을 결집해나가는 무리를 일컫는 말이다."[6]

---

5   네이버 백과사전 '대중' 항목 참조(http://100.naver.com/100.php?id=45496)
6   안토니오 네그리·네그리 하트, 윤종수 역, 『제국』, 이학사, 2001, 재인용.

여기에 더해 안토니오 네그리의 '다중' 개념을 조정환은 다음과 같이 주석을 달아 놓았다.

싸이버네틱 경제의 사회적 공장 속에서 서로 연결되어 생산하고 재생산하는 다양하고 이질적이며 혼종적인 사람들의 집합체를 가리키는 말. 원래는 초기 근대의 반(反)홉스주의 철학자인 스피노자의 핵심 용어이다. 다중은 민중 및 대중과의 비교를 통해 좀 더 쉽게 이해할 수 있다. 다중은 통합되고 단일하며 대의된 주권적 주체성인 민중 개념과는 달리 반대의적이며 반주권적인 주체성이다. 다중은 비합리적이고 수동적인 주체성인 대중 혹은 군중과는 달리 능동적이며 행동적이고 자기조직화하는 다양성이다. 다중은 민중과는 대조적으로 사회적 힘들의 다양성이며 군중과는 대조적으로 공통의 행동 속에서 결합된다. 요컨대 다중은 특이성들의 공통성이며 공통적 특이성이다.[7]

그동안 우리는 디지털시대의 문학에 대한 논의에서 문학의 창작과 향유를 담당하는 정보화사회 새로운 대중에 대한 관심에 소극적이었다. 공간 결정론적인 이해의 수준과 기술 결정론적인 시각의 범주 안에서 '선긋기'의 도그마에 빠져있었기 때문이다. 다중문학(多衆文學)은 디지털시대 문학 현상과 그 결과물들을 경계의 구분 없이 포용하기 위해 새로운 문학의 주도 세력인 '多衆'의 탈근대적 주체성에 착안한 용어이다.

---

7   조장환, 『아우또노미아』, 갈무리, 2005, 475-476면.

네그리는 주체성이 언제나 이종 교배, 경계교차의 과정에서 생산되어 왔음에 주목하면서 탈근대적 주체성이 다중 역시 기계와 인간 사이의 접속 면에서 탄생한다고 생각한다. 다중은 실질적 포섭을 주체의 소멸과 연결 짓는 포스트모더니즘적 주술을 극복할 수 없는 한계가 아니라 자신의 존재론적 힘의 재활성화를 위한 필연적 통과점들로 인식한다. 아니 다중은 낡은 주체성의 소멸을 더 완전한 역사적 주체성의 탄생을 위한 더 없는 조건이자 기회로 이용한다. 다중은 자동화, 정보화, 지구화 등 탈근대에 자본이 생존을 위해 채택한 모든 수단들로 자신을 충전시키면서 현대적 지평 위에서 생산되었고 또 생산되고 있는 주체적 형상들로 떠오른다. 사이보그적 다중들은 자신 속에 고도의 선진적 과학능력들을 결합시키면서도 자신을 자연과 인간, 그리고 기계와 협력하는 협동적이고 정서적인 주체로 발전시킨다. 다중 속에서는 새로운 합리성이 아니라 상이한 합리성이 구축된다. 그것은 패권적 질서를 거부하고 대안적인 구성적 여정을 만들어가면서 사회적 가치화의 네트워크들의 변형과 정교화를 제안한다.[8]

이에 더해 본 연구자는 다중의 탈근대적 주체성을 '복수 주체'라 명명할 것을 제안한다. 정보화 사회에서 육체와 정신의 대응이라는 근대의 이성적 주체관은 심각하게 위협받고 있다. 현실 공간과 동등하게 가상공간의 역할과 영향력이 점차 확대되어 갈수록 주체는 분열되고 타자화된다. 가상공간 안에서 주체는 더 이상 합리적 이성이나 계몽의 도구도 아니며, 타자의 시선 안에 갇혀있는 차이와 흔적뿐인 탈주체도 아니다. 현실 공간이 슈퍼 에고와 에고의 지배를 받는 공간이라면, 가상공간은 이드의 지배를 받는 시뮬라크

---

8   조정환, 같은 책, 280-281면.

르한 공간이다. 그리고 그 이드는 주체가 어떤 타자와 접속하느냐에 따라 무수하게 분열된 형태로 다시 재조합되면서 개인의 주체를 다성적으로 매개한다. 포스트모더니즘에서 말하는 '탈주체'가 주체는 단일하며 선험적으로 이미 존재하고 있다는 전제하에서 주체의 억압과 시선으로부터 벗어나고자 하는 의식적인 노력을 지시하는 용어라면, '복수 주체'는 주체는 결코 단일하거나 견고할 수 없으며, 하나의 육체 안에 두개 이상의 이질적인 정체성(正體性)이 존재할 수 있음을 전제한다. 정보화사회는 우리에게 육체가 경험하는 물리적인 세계 이외에도 의식적인 흐름만으로 경험할 수 있는 세계를 가능케 해 주었다. 육체와 무관한 의식의 세계 안에서 우리의 주체성은 상황이나 의지에 따라 쪼개지거나 분열된다. '복수 주체'는 바로 이같이 쪼개지거나 분열된 개인의 정체성을 지시해 준다.[9]

2000년대 초반 한국 문학은 그 어느 때보다도 다양한 욕망의 충돌을 보여주었다. 박민규의 이미지의 욕망, 윤성희의 무심한 욕망, 천운영의 후각적 욕망, 정이현의 발칙한 욕망, 김경욱의 키치적 욕망, 천명관의 복수의 욕망에 이르기까지 리얼리즘이나 모더니즘으로 딱히 규정지을 수 없는 쪼개지고 분열된 이야기들로 가득 차 있었다. 현실 공간이 이럴진대 인터넷 공간의 문학은 더 말할 나위가 없다. 이제 문학이 합리성의 지향이라는 낡은 관습에서 벗어나 조정환의 말대로 상이한 합리성의 구축으로 나아가고 있는 것이다. 이런 일련의 현상들을 해석하기 위해 다중문학의 多衆 개념은 분명 유효하리라 판단된다. 박민규의 소설들이 갖는 세계관의 불연속성이나 김경욱의 소설이 보여주고 있는 다양한 목소리들을 미학적으로 이해하기 위해 多

---

9   졸고, 「사이버리즘의 문학적 구현 양상」, 『내러티브』 제3호, 한국서사학회, 2001, 재인용.

衆과 복수 주체가 해석의 키워드가 될 수 있을 것이다.[10]

본 연구자는 2004년에 발표한 한 논문에서 인터넷 소설의 작가이며 독자인 네티즌들을 '디지털노마드'라는 들뢰즈의 시각을 빌려 해석하였었다.[11] 인터넷 공간의 시민인 디지털노마드가 대중과는 구분되는 의식 성향과 정체성을 갖고 있다는 주장이었다. 네그리의 多衆 개념과 '디지털 노마드'의 주체적 특성을 비교해 보면 상당히 유사한 부분이 있음을 발견하게 된다.

정보를 능동적으로 요구하는 특정인에게 다양한 정보를 다양한 시간에 전송시키는 쌍방향 대중매체인 인터넷의 등장으로 탄생한 디지털노마드는 대중과는 달리 적극적이며 자기중심적이다. 대중은 문화를 선택할 권리가 없으므로 자본에 의해 조작된 권위에 의지하지만, 디지털노마드는 클릭의 권리를 최대한 활용하여 문화 아이콘을 선택하는데, 이때 선택의 기준은 기존의 권위보다는 자기 판단을 우선한다. 구성원을 조직하는 무형의 수준에 있어 집단은 전체집합이지만 커뮤니티는 부분집합이다. 따라서 디지털노마드의 소속감은 그가 자의로 자신이 속한 커뮤니티를 떠나지 않는 한, 집단 속의 익명의 존재인 대중과는 비교할 수 없을 정도로 강하다. 디지털노마드가 커뮤니티에 속해 있을 때 그는 그곳에서만 유효한 아이디를 갖게 되는데, 대중이 집단 안에서 스스로의 이름을 지우는 반면에 디지털노마드는 커뮤니티 안에서 자신의 이름을 부각시키기 위해 스스로를 문화생산자의 지위에 위치시킨다.

---

10 2000년 이후 소설의 주인공들이 대중적 속성을 보여주고 있지 않음은 분명해 보인다. 일례로 박민규의 창작집 『카스테라』의 주인공들은 집단과 합리성을 선택하는 대신에 개인과 다양성을 보여주고 있다.

11 졸고, 「인터넷 소설의 문학적 성격」, 『내러티브』 제8호, 한국서사학회, 2004.

디지털노마드의 특성은 먼저 끊임없이 이동한다는 것이다. 이때 이동은 공간에서 공간으로의 웹서핑만을 의미하는 것이 아니라 관심의 이동까지도 포함한다. 먼 옛날 유목민은 살아 본 적 없는 땅을 헤집고 들어가 자리를 잡았다. 폐허의 장소에서도 가능할 수 있는 삶의 형태를 찾은 것이다. 유목민은 성을 쌓기보다 길을 닦아야 한다는 의식을 갖고 있었다. 그것은 그들의 생존 방식이었다.[12] 디지털노마드 역시 어느 한 곳에 정착하지 않는다. 그들은 자신이 속한 커뮤니티와 관심사에 놀라울 정도로 집중하지만 어느 순간 그것에 흥미를 잃으면 미련 없이 다른 곳으로 관심을 옮긴다.[13] 정착이나 안주보다 방랑을 선택하는 디지털노마드의 이동 성향은 인터넷 소설의 유행 주기가 현실 공간의 그것에 비해 상대적으로 짧다는 것으로 확인된다. 정착민들과 달리 유목민들에게 속도는 효율이자 생명이었다. 생존하기 위해 끊임없이 전쟁과 싸움을 벌여야 했던 이들에게 속도는 가장 큰 경쟁력이었다. 하루에도 수없이 많은 정보들이 생산되고 또 소멸되는 인터넷에서 정보 검색의 유용성은 속도에 의해 판가름 난다. 디지털노마드의 수시 이동 성향은 그 무의식적 기저에 속도에 대한 강박관념이 깔려 있다.

디지털노마드의 두 번째 특징은 강한 내부결속력과 배타성이다. 인터넷은 그 자체로 거대한 커뮤니티 공간이며, 동시에 무수히 많은 커뮤니티의 집합체이다. 커뮤니티는 구성원들이 약속으로 정한 동일한 무언가(그것은 취향이나 성향이 될 수도 있고, 경험이나 기억이 될 수도 있다)를 공유하는 공동체이다.

12 　김종래, 『유목민 이야기』, 지우출판, 2002. 부분 인용.

13 　2000년대 초반 문화 현상으로까지 분석되었던 '폐인 신드롬'은 디지털노마드들의 결속력과 순간 집중력을 극명하게 보여주는 사례이다. 드라마 〈다모〉가 끝나자 다모 폐인들은 뿔뿔이 흩어졌고, 그들 중 대다수는 또 다른 드라마의 폐인이 되었다.

국가나 가족, 학교 같은 현실 공간의 공동체가 본인의 의사와 무관하게 타자에 의해 가입했거나 가입해야 하는 데 비해 인터넷 커뮤니티는 철저하게 본인의 의사를 존중한다. 따라서 어떤 커뮤니티에 가입했다는 것은, 그것이 비록 일시적일지는 모르지만, 자의적인 판단의 결과이며 커뮤니티의 규약을 따르기로 스스로 약속한 것이다. 디지털노마드는 자신과 무언가를 공유하는 사람들과는 끈끈한 유대감을 느끼지만 동일한 차원에서 다른 것을 공유하는 사람들에게는 심한 적대감을 드러낸다.[14] 일개 변방의 유목민족에 불과했던 몽고인들이 전 유럽을 공포로 몰아넣을 수 있었던 것도, 훈족이 그들보다 월등한 문명을 자랑했던 로마 제국을 위협할 수 있었던 것도 모두 유목민족 특유의 강한 결속력 덕분이었다.

마지막으로 디지털노마드는 소비자보다는 생산자라는 마인드가 강하다. 대중이란 용어 안에는 개별성이나 타자성이 전혀 개입해 들어가지 못하며, 불특정 다수를 지칭하는 복수형이다. 대중은 사회 구성원 전체이며 문화의 수동적인 소비자이다. 그러나 디지털노마드란 용어는 그 자체가 개별자이다. 유목민은 집단을 지시하는 용어임에도 불구하고 단수형으로 읽힌다. 농경정착사회의 시민들은 분업을 통해 자연스럽게 역할 분담을 터득했다. 농사꾼은 농사를 지었고 상인은 물건을 팔았다. 미장이는 집을 지었고 이발사는 머리를 깎았다. 그들은 각자 자신이 맡은 영역 안에서 생산자였지만 사회라는 거대한 집단 안에서 자연스럽게 융화되기 위해 여타 영역의 소비를 일상화하여야만 했다. 그러나 정착 생활을 할 수 없었던 유목민들은 분업보

---

14 MBC 드라마 〈다모〉 팬들이 이정진이 〈다모〉를 포기하고 출연한 SBS 드라마 〈백수탈출〉 게시판에 가서 이정진에 대한 반감을 노골적으로 드러냈던 것은 커뮤니티의 내부결속력과 배타성을 보여주는 흥미로운 사례이다.

정보지식화사회와 인문공학

다는 협업 체제를 선택하였다. 그들은 집단이 요구하는 모든 수준의 노동을 함께 하였고 부여된 노동의 생산자로 스스로를 인식했다. 인터넷 역시 분업보다는 협업의 공간이다. 개인이 만든(혹은 편집한) 정보들이 모여 거대한 정보의 바다를 형성하였고, 그 안에서 디지털노마드들은 웹서핑과 검색을 통해 자신만의 정보를 재창조해 낸다. 정보를 검색하는 데 있어 네티즌들은 결코 자신이 기존의 정보를 단순히 소비하고 있다고 인식하지 않는다. 정보를 찾아내고 그것을 배열하고 자신이 원하는 형태로 가공하는 역할을 수행하는 새로운 정보의 생산자라고 믿는다.[15]

네그리와 조정환이 주장하는 多衆과 본 연구자가 제기한 디지털노마드는 탈근대적인 주체성을 갖고 있으며 욕망과 주장을 능동적으로 결집하고 자기조직화하는 다양성의 측면에서 공통분모를 갖는다. 디지털노마드의 속성이 다중의 속성과 연결될 수 있음은 다중문학의 多衆 개념이 공간의 구분과 상관없이 현실 공간의 문학과 가상공간의 문학 모두를 해석하는데 유효할 수 있음을 확인시켜 준다.

---

15   실제로 본 연구자는 이 글에 이미 발표했던 두 편의 논문에서 필요한 부분을 발췌해 와 '다중'이라는 개념과 접목시켜 새롭게 배열해 놓았다. '새롭다'라고 표현한 것에 주목할 필요가 있다. 이제 우리는 컴퓨터라는 글쓰기 도구의 일상적인 사용으로 말미암아 순식간에 낡은 정보를 호명해 와 새로운 정보로 탈바꿈시키는, 일종의 자기 표절을 천연덕스럽게 자행하고 있다. 사회적 축적에 의지하여 집단적이고 협력적인 실천을 통해 발전시키는 다중의 지적 힘을 '다중지성'이라고 한다면, 이 같은 자기 표절은 다중적 글쓰기의 한 형태로 이해할 수 있을 것이다.

3.2. 多重으로서의 다중문학

다중문학의 또 하나의 다중은 多重이다. '여러 겹' 혹은 '겹겹'으로 해석되는 多重은 문학의 주체 단위를 의미하는 多衆과는 달리 디지털시대의 문학 서사가 보여주고 있는 형식적 비형식적 구조를 의미화한다.

多重을 이해하기 위해서는 먼저 들뢰즈와 가타리가 『천의고원』에서 규정한 '리좀'의 개념을 짚고 넘어갈 필요가 있다. 디지털시대의 특징적인 서사 양식으로 떠오르고 있는 '하이퍼텍스트'를 미학적으로 설명하는데 리좀이 중요한 단서를 제공해 주고 있기 때문이다.

두 학자에 따르면 우리는 세 가지 관점에서 책을 바라볼 수 있다.

첫째는 '뿌리-책'(root-book)이다. 여기에서 뿌리는 중간의 굵은 몸통을 중심으로 사방으로 곁가지가 그리고 곁가지로부터 잔가지가 뻗어 나가는 형태이다. 그러므로 하나가 둘이 되고 둘이 넷이 된다. 여기서는 모든 것이 하나를 중심으로 체계적으로 퍼져나가기 때문에 전체가 일목요연하다. 고전적인 책이 바로 이런 뿌리의 이미지를 갖고 있다.

두 번째는 곁뿌리 체계(radicle-system)로서의 책이다. 여기서는 아예 처음부터 중심 뿌리가 싹둑 잘려져 있거나 그 끄트머리가 망가져 있다. 그리고 그 망가진 자리에는 곁뿌리들만이 무수히 달라붙어 수북이 번성하고 있다. 전집이나 작품집 같은 것이 이와 비슷한 형태이다. 그렇지만 이것 역시 '하나'를 버리지 못하고 있다. 다시 말해 1차원인 선의 차원에서 보면 여럿으로 된 것 같지만 2차원적인 면의 차원에서는 더 확고한 하나로의 통일이 주장되고 있다. 세계는 카오스가 되었지만, 책은 여전히 세계의 이미지로 남아있

다.[16]

세 번째 유형의 책이 바로 리좀(rhizome)이다. 리좀은 위계적인 방식으로 소통하고 미리 연결되어 있으며 중앙 집중화되어 있는 체계(설사 여러 중심을 갖고 있다고 해도)와는 달리, 중앙 집중화되어 있지 않고, 위계도 없으며, 기표 작용을 하지도 않고, 〈장군〉도 없고 조직화하는 기억이나 중앙 자동장치도 없으며, 오로지 상태들이 순환하고 있을 뿐인 하나의 체계이다. 탈중심성을 바탕으로 한 인터넷 네트워크는 월드 와이드 웹과 함께 하이퍼텍스트의 등장으로 수없이 나누어지고 다시 재결합하는 결절점을 소유하게 된다. 그야말로 어떤 지점에서든지 간에 다른 지점과 연결되는 리좀적인 구조를 가지게 된 것이다.[17]

배식한과 유현주는 단지 하이퍼텍스트를 해석하는 단서로서 '리좀'을 인용하고 있지만 들뢰즈와 가타리의 '리좀' 개념을 천착해보면 多重에 대한 더 많은 유효한 진술들을 확보할 수 있다.

실재의 영역인 세계, 재현의 영역인 책, 그리고 주체성의 영역인 저자라는 삼분법은 더이상 존재하지 않는다. 차라리 하나의 배치물은 이 각각의 질서 층위에서 특정한 다양체들을 통하여 서로 연결 접속시킨다. 그래서 어떤 책의 속편은 다음 책이 아니고, 어떤 책의 대상은 세계 속에 있지 않으며, 어떤 책의 주체는 한 명 또는 여러 명의 저자가 아니다. 요컨대 우리가 보기에 바깥의 이름으로 글이 씌

---

16   배식한, 『인터넷, 하이퍼텍스트 그리고 책의 종말』, 책세상, 2000, 108-109면. (부분 인용)
17   유현주, 『하이퍼텍스트, 디지털미학의 키워드』, 연세대학교출판부, 2003, 76면.

어진 일은 결코 없다. 바깥은 이미지도 기표 작용도 주체성도 갖고 있지 않다.[18]

들뢰즈와 가타리에 의하면 리좀은 안과 바깥이 아니라 여럿이 겹겹으로 서로 연결된 횡적인 구조이며, 상부구조에서 하부구조에 이르는 위계적인 질서가 존재하지 않는다. 바깥을 가진 배치물로서의 책(전통적인 책), 세계의 이미지로서의 책과 대립되는 책(전집이나 백과사전)이 아니라 더이상 주축뿌리 형태나 수염뿌리 형태의 이분법이 아닌 하나의 리좀 책, 바로 多重이다.

多重의 의미인 여러 겹 혹은 겹겹은 안과 바깥을 구분하는 것이 아니라 한 쪽 방향에서만 바라보는 것이다. 만약 반대 방향에서 바라본다면 그 역시 동일하게 여러 겹 혹은 겹겹으로 이해된다. 어떤 방향에서 보던 多重은 바깥이 존재하지 않는 끊임없는 겹들의 연결이다. 그리고 이 연결은 동질적인 것들 간의 연결이 아니라 이질적인 것들 간의 연결이다. 동질적인 것들의 연결이라면 필연적으로 위계 구조를 형성해야 하기 때문이다. 리좀이 기호의 사슬, 권력 조직과 예술, 과학, 사회적 투쟁과 관련된 상황들 사이를 끊임없이 연결시켜 주는 것을 떠올려보면 多重의 '겹겹'이 갖는 의미가 분명해진다.

따라서 다중문학(多重文學)은 어떤 단일하고 통일된 일련의 운동 에너지가 지배하는 문학이 아니라 다양하고 이질적인 에너지들이 서로 겹겹이 연결되어 하나의 리좀을 형성하고 있는 무규칙의 문학이다. 2000년 이후 등단하여 평단의 주목을 받는 젊은 작가 중 한 사람인 박민규의 작품 세계는 출판사 광고 카피처럼 '무규칙 이종 소설가'다운 면모를 보여주고 있다. 80년

---

18 질 들뢰즈·펠릭스 가타리, 김재인 역, 『천개의 고원』, 새물결, 2003, 46면.

대 프로야구 초창기 시절 불명예스러운 숱한 기록을 남겼던 삼미슈퍼스타즈를 성장소설의 소재로 훌륭하게 형상화한 『삼미슈퍼스타즈의 마지막 팬클럽』이나 70년대 어린이들의 마음을 사로잡았던 만화영화 주인공들을 등장시켜 미제국주의의 이중성을 냉소적으로 조명한 『지구영웅전설』, 그리고 2005년 출간된 첫 창작집 『카스테라』에 이르기까지 박민규의 소설 세계는 그야말로 문학적 상상력의 겹과 겹 사이를 종횡무진 횡단하고 있다. 박민규의 소설 세계를 요약한다는 것 자체가 난센스이며, 그 역시 요약되지 않으려고 이질적인 결절점과 결절점들을 텍스트 안에 겹겹이 쌓아두고 있다.

> 리좀은 시작하지도 않고 끝나지도 않는다. 리좀은 언제나 중간에 있으며 사물들 사이에 있고 사이-존재이고 간주곡이다. 나무는 혈통 관계이지만 리좀은 결연 관계이며 오직 결연 관계일 뿐이다. 나무는 "~이다"라는 동사를 부과하지만, 리좀은 "그리고---그리고---그리고---"라는 접속사를 조직으로 갖는다. 이 접속사 안에는 〈이다〉라는 동사를 뒤흔들고 뿌리뽑기에 충분한 힘이 있다. 어디로 가는가? 어디에서 출발하는가? 어디로 향해 가는가? 이런 질문은 정말 쓸데없는 질문이다.[19]

지금까지 우리의 문학 비평이 "문학은 ~이다"를 규명하는 데 집중했다면, 디지털시대의 문학 텍스트는 그 그물망에 결코 걸리지 않는 리좀의 텍스트이다. 박민규의 문학이 어디에서 출발하고 있는지, 어디로 향해 갈 것인지

---

19 질 들뢰즈·페릭스 가타리, 같은 책, 54-55면.

는 박민규 자신조차도 알 수 없을 것이다. 다중문학(多重文學)은 겹과 겹 사이의 이질적 에너지에 집중한다. 겹과 겹 사이의 동질성을 파악하려는 노력은 시작과 끝을 해석해내겠다는 근대적인 욕망에 불과하다.

다중문학(多重文學)은 흔히 '디지털 서사'라 명명되는 하이퍼텍스트나 컴퓨터 게임 서사를 해석하는데도 마찬가지로 적용될 수 있다. 이질적인 정보들을 겹겹이 연결하는 탈중심적이고 무위계적인 리좀 구조를 갖고 있는 디지털 서사의 영역과 특징을 논의하기 위해서는 디지털 서사를 가능케 한 인터넷이라는 공간의 매체적 특징을 먼저 살펴보아야 할 것이다. 흔히 인터넷의 공간적 특징이라고 이야기되는 실시간성, 쌍방향성, 익명성, 비대인성 등은 현실 공간과의 비교를 통해 부각된 특징이다. 따라서 엄밀하게 이야기하면 일상성과 관련되어 유효한 것들이다. 인터넷을 새로운 서사를 가능케 하는 예술적 공간임을 인정한다면 예술의 소통 공간으로서의 특징을 치밀하고 분석적으로 살펴볼 필요가 있다.

본 연구자는 졸고 「사이버서사의 작가논의를 위한 시론-온라인 게임서사물 분석을 중심으로」(『내러티브』 제6호, 한국서사학회, 2002)에서 인터넷의 공간적 맥락을 살펴본 후 디지털 서사의 특징을 다음과 같이 목록화한 바 있다.[20]

㉠ 디지털 서사는 비순차적이며 임의적이다.
㉡ 디지털 서사는 도전적이고 실험적이다.

---

20   인터넷 공간의 맥락적 특징은 졸고, 「사이버서사의 작가 논의를 위한 시론-온라인 게임 서사물 분석을 중심으로」(『내러티브』 제6호, 한국서사학회, 2002)를 참고할 수 있다.

ⓒ 디지털 서사는 능동적이고 참여적이다.

ⓔ 디지털 서사는 선택적이며 진행형이다.

ⓜ 디지털 서사는 기술선도형이며 탈장르적이다.

디지털 서사의 특징은 들뢰즈와 가타리가 주장하고 있는 리좀의 여섯 가지 원리와 유사성을 가진다. 리좀의 첫 번째 두 번째 원리인 '연결의 원리와 이질성의 원리'는 '비순차적이며 임의적인' 특징과, 세 번째 원리인 '여럿의 원리'는 '능동적이고 참여적인' 특징과 네 번째 원리인 '지시작용 없는 파열의 원리'는 '선택적이며 진행형적인' 특징과 다섯 번째 여섯 번째 원리인 '지도 제작의 원리와 전사의 원리'는 '도전적이며 실험적인' 특징과 연결된다. 그리고 多重의 여러 겹 혹은 겹겹의 구조를 리좀과 연결시켜 이론화하면 현실 공간과 가상공간 모두에서 상상력을 해석하고 작가와 독자의 관계를 해석하고 내러티브의 방식을 해석하는데 새로운 방법론을 제시해 줄 수 있다. 디지털시대 문학의 원형질이 '층층'이 아니라 '겹겹'으로 이루어졌다는 리좀적 시각은 그동안 우리가 익숙하게 보아왔던 문학적 전통과 관습을 뿌리째 흔들어 놓는다.

4. 연구 대상 : 서사물에서 서사양식으로

정보화사회로 급속히 사회 패러다임이 변화하면서 가장 아날로그적 예술인 문학에 대한 위기감이 높아지고 있다. 이는 기왕의 〈문학위기설〉과는 그 성격이 다르다. 문학이 서사 예술로서 가지는 재현의 능력에 대한 회의도 아니고, 상상력의 고갈에 따른 갈증도 아니며, 등단과 문단으로 상징되는 문학 제도의 위기도 아니다. 문학이 문학 그 이상으로 확장되어 가고 있는데 그것을 해석하고 선도해나가야 할 연구방법론의 부재에 따른 학문적 공백과 무관심에서 파생된 문학 이론의 정체에 대한 불안이다. 물론 문학이 문학 그 이상으로 확장되어 가는 것을(예를 들어 하이퍼텍스트나 게임서사 등의 디지털 서사) 문자 서사가 아니기에 문학이 아니라고 단정 짓고, 문학 연구의 대상 텍스트로 아예 상정하지 않는다면 위에서 언급한 〈문학위기설〉은 실체가 없어진다. 영화가 문학에 많은 빚을 지고 탄생했지만 지금은 개별적인 서사 장르로 그 예술적 지위를 확고히 하였고, 문학연구와 영화연구가 독자적인 학문 영역을 형성하고 있음을 상기하면서 문학과 디지털 서사를 분리하여 이해한다면 〈문학위기설〉은 무력화된다. 문학이 아닌데 그것을 연구할 방법론이 부재하다고 위기라고 말할 수는 없기 때문이다.

따라서 본 연구자가 제기한 〈문학위기설〉이 설득력을 얻기 위해서는 디지털 서사가 왜 문학의 연구영역으로 포함되어야 하는지가 먼저 설명되어야 한다.

소설이라는 장르의 탄생에는 산업혁명이라는 시대적 배경이 커다란 영향을 미쳤다. 산업혁명으로 인해 사회 질서의 지배 이데올로기가 바뀌었고, 생산 수단의 소유가 선천적으로 주어진 귀족 계급에서 후천적인 노력으로 획득될 수 있는 부르주아 계급으로 사회 주체 세력이 대체되었다. 중세봉건질서가 무너지고 근대시민사회가 형성되면서 문학은 그 재현 대상과 형식을 바꾸게 된다. 소설은 새롭게 등장한 부르주아의 일상과 그들의 이데올로기를 재현코자 문학이 선택한 서사 양식이다. 중세를 대표했던 '로망스'는 그 서사적 지위를 '소설'에게 내주면서 역사 속으로 퇴장한 것이다. 소설은 로망스가 보여주었던 낭만적 환상의 세계가 아니라 현실적 일상의 세계를 텍스트에 재현하는데 집중함으로써 자본주의를 대표하는 문학 형식으로서의 우월적 지위를 지금까지 누려왔다.

이제 우리는 산업혁명과 버금갈만한 혹은 그 이상의 거대한 사회 변혁의 초입에 서 있다. 정보화혁명이라 일컬어지는 이 새로운 물결은 산업혁명이 그러했듯이 우리 일상의 모든 것을 바꾸고 있다. 생산 수단으로서의 '자본'은 '정보'로 주도권을 넘겼고, '부르주아'는 그 사회적 지배력을 '네티즌'에게 양도했으며, 일상적 시민계급을 지시하던 '대중'이라는 용어는 '다중'으로 변경되었다. 이 같은 사회의 변화는 당연히 문학에 새로운 서사 양식의 출현을 요구하고 있다. 만약 문학이 이 요구를 외면한다면 그것은 서사 예술로서 지금까지 담당했던 역할을 포기하는 것이며, 자본주의의 함께 그 종말을 같이하게 될 것이다.

서사문학의 발전 단계는 '신화-서사시-로망스-소설'의 순으로 진행됐다. 사회의 변화에 맞춰 문학은 항상 새로운 장르를 만들어 온 것이다. 이제 문학 연구자들은 소설 그다음에 올 서사 양식의 변화에 대해 학문적 관심을 가져야 할 때이다. 현존하는 문학의 위기는 이론의 위기이며, 서사는 디지털로 달려가는데 우리는 여전히 문자와 소설에 머물고 있음에 대한 반성적 비판이다.

우리는 아날로그 문학의 디지털식 확장에 주목해야 한다. 하이퍼텍스트나 게임서사는 문자와 문학적 상상력에서 출발하고 있지만, 문자와 문자가 선택적 임의적으로 연결되어 서사의 진행이 디지털화되거나(하이퍼텍스트), 문자가 디지털 음영(音映)에 가려(게임서사) 보이지 않는다. 이들은 지금까지 우리가 보아왔던 문학 서사와는 분명 다르지만, 그 〈다름〉이 '단절'이 아니라 '확장'이기에 문학 연구의 대상이 될 수 있다. 디지털 서사는 문학 장르 그 자체가 아니라 새로운 형식적 가능성을 아우르는 포괄적 개념이다. 정보화 사회가 앞으로 탄생시킬 문학 장르가 하이퍼텍스트나 게임 서사가 아닐 수도 있다. 그렇지만 새롭게 등장할 문학 양식을 이해하는데 디지털 서사는 분명 유효한 키워드이다. 하이퍼텍스트나 게임을 문학으로 보자는 것이 아니라, 두 서사 양식에서 보이는 디지털 서사의 시학적 특징을 연구함으로써 앞으로 진행될 문학의 진화에 대한 학문적 단서를 확보하자는 것이다.

디지털 서사를 연구하기 위해서는 문학연구 방법론의 전제가 '서사물'에 대한 연구에서 '서사양식'에 대한 연구로 옮겨져야 한다. 물론 이 같은 시도는 예전에도 있었다. R.스콜즈와 R.켈로그는 『서사의 본질』(1966)에서 소설이라는 장르 자체의 불안정성, 그리고 소설을 서사 양식의 최후로 보는 일반적 통념의 허구성을 환기시켰다. 소설은 태생적으로 여러 가지 다양한 요소들, 이른바 '역사적', '모방적', '낭만적', '교훈적' 요소들로 구성된 복합적인 장르이며, 따라서 언제든지 이 다양한 요소로 다시 분해될 수밖에 없는 운명에 놓여 있다는 것이다. M.바흐친도 정의한 바 있듯이 소설은 "그 자신의 고유한 형식을 가지지 않은 형식"이다. 다시 말해 그 장르 상의 속성을 확정적으로 규정할 수 없는 '움직이는' 서사 양식인 셈이다. 그리하여 그들은 소설을 고대 설화나 중세 로망스와 같은 미개한 서사 양식에서 진화된 '최종적' 산물로서가 아니라, 다만 다양한 서사 유형 중의 하나에 불과한 '과도기적'인 것으로 받아들일 필요가 있음을 강력히 시사한다.[21]

그러나 기왕의 문학연구는 "문학은 문자예술이며, 서사 양식의 변화는

---

21   변지연, 「소설에서 서사로」, 『21세기 문예이론』, 문학사상, 2005, 157-158면.

문자를 통한 스토리텔링 방식의 변화와 연동된다"는 테제로부터 자유롭지 못하였다. 문학의 매체가 문자라는 사실은 여타 서사 예술(영화, 드라마, 애니메이션 등)과 문학을 구분 짓는 가장 효과적인 방식이었지만 역으로 문자에 강박 당함으로써 문학 연구의 대상을 문자 텍스트로 한정하는 결과를 가져왔다. 스스로 연구의 대상과 범위를 좁힘으로써, 매체로서의 문자의 영향력이 디지털에 의해 위협받고 있는 작금의 시기에 문학 연구가 위기를 맞고 있는 것이다.

정보화시대 문학 연구가 탄력성을 갖기 위해서는 무엇보다도 문자의 강박에서 벗어나야 한다. 그러기 위해서는 문학 연구가 서사 연구로 확장될 필요가 있다. 서사 연구의 핵심이 만들어진 이야기(서사물)가 아니라 이야기를 만드는 방식(서사 양식)에 있다면 그 결과물이 굳이 문자일 필요는 없기 때문이다. 이미 국문학 연구의 한 경향으로 영화나 드라마, 컴퓨터게임, 애니메이션 같은 다양한 매체 서사에 문학 이론을 적용한 연구 방법론이 등장하였고, 인터넷상에 디지털 문학 텍스트에 대한 관심이 사이버문학 이론으로 연결되기도 하였다. 그러나 여전히 우리는 디지털 서사를 문학 연구 대상으로 삼는데 주저하고 있다. 디지털 문학 텍스트와 디지털 서사는 다르다. 디지털 문학 텍스트는 문자(비록 비트로 표시되지만)로 쓰인 것이지만 디지털 서사는 문자와 여타 매체와의 하이브리드(hybird)이다. 디지털 문학 텍스트는 완결성을 갖지만, 디지털 서사는 결말이 끊임없이 차연된다. 디지털 문학 텍스트는 서사물이지만 디지털 서사는 서사 양식이다. 우리에게 디지털 서사가 낯설고 불편한 이유가 바로 여기에 있다. 비록 매체는 다르지만 영화나 드라마, 애니메이션 텍스트는 분석의 대상으로 삼고자 했을 때 이미 완결된 서사물의 형태를 갖추고 있다. 문학 연구자들이 문학 연구 방법론으로 문학

이외의 서사물을 분석하고자 할 때, 서사의 완결성은 문자가 아닌 텍스트를 대상으로 삼는 데서 오는 심리적 불안감을 희석시키는 데 중요한 역할을 한다. 그러나 디지털 서사는 문자만으로 이루어진 것도 아니며, 서사의 완결성은 환상에 불과하고 단지 그곳으로 가기 위한 부단한 과정만이 존재한다. 따라서 디지털 서사는 문학이 아닐 뿐 아니라 기존의 서사 이론으로는 도저히 해석할 수 없는 기괴한 양식으로 우리에게 인식된다.

결국 이것을 극복하고 디지털 서사를 문학 연구 대상으로 삼기 위해서는 문학 연구 방법론의 새로운 패러다임이 구축되어야 한다. 「학문적 문학연구에 있어서 '패러다임'의 변화」라는 1969년도의 에세이에서 한스 로베르트 야우스는 문학적 방법의 역사를 개관하고, 현대문학연구의 하나의 '혁명'이 박두해 있다는 가설을 제시하고 있다.[22] 그는 토마스 쿤(Thomas S. Kuhn)의 저술로부터 '패러다임(paradigm)'과 '과학혁명'의 개념을 빌려다가 문학연구를 자연과학의 절차와 유사한 과정으로 설명하고 있다. 즉, 문학연구는 사실(事實)과 증거(證據)가 점차적으로 누적되어 연속되는, 각 세대로 하여금 문학이란 사실상으로 무엇인가를 인식하게 해주거나 개개의 문학작품을 올바르게 이해하게 해주는 과정이 아니라는 것이다. 오히려 문학연구의 발전은 인식의 코페르니쿠스적 전환, 발전 단계의 불연속성, 독자적인 출발점 등을 특징으로 한다. 따라서 한시대에 문학연구를 주도했던 패러다임은 문학연구가 제기하는 요구사항을 만족시켜줄 수 없게 되면 버려진다. 그리고 문학연구를 위하여, 보다 적합하고 낡은 모델과는 무관한 새로운 패러다임이, 폐

---

22   Hans Robert Jauss, *Paradigmawechsel in der Literaturwissenschaft*, Linguistische Berichte, no.3. 1969, 44-56면.

기된 접근법을 대체한다. 그러다가 현재를 위하여 과거의 문학작품을 설명해준다고 하는 그 기능을 감당할 수 없게 되면 또다시 새로운 패러다임으로 대체된다. 이 개개의 패러다임은 비평가가 문학에의 접근에 사용하는 공인된 방법론적 절차(학문사회 내에서의 '정상적(normal)' 문학연구방법)를 한정할 뿐만 아니라 공인된 문학의 정전(正典)까지도 한정한다. 다른 말로 한다면 하나의 주어진 패러다임은 해석의 기법은 물론 해석의 대상까지도 만들어낸다는 것이다.[23]

근본적으로 과학적 지식의 발전이 혁명적이라고 주장함으로써 과학의 진보가 누적적이라는 종래의 귀납주의적 과학관을 부정하는, 쿤의 패러다임이론에 근거한 야우스의 이 같은 진술은 디지털 서사를 문학 연구대상으로 삼기 위해서 왜 인식의 전환이 필요할지를 설명해준다. 기존의 서사학으로는 디지털 서사를 설명할 수 없다. 그것은 이미 한계에 다다랐고 디지털 서사를 해석하기 위해서는 새로운 방법론이 등장해야 한다. 이 새로운 방법론은 기존 서사학의 연장 선상도 아니며 축적된 지식의 결과도 아니다. 코페르니쿠스적인 인식의 전환만이 새로운 패러다임을 구축할 수 있다.

본 연구자는 디지털 서사를 포함할 수 있는 문학 연구가 가능하기 위해 몇 가지 인식의 전환 틀을 제시하고자 한다. 먼저 '文'의 개념을 확장시켜야 한다. 디지털 시대는 우리에게 문자를 단지 읽는 것이 아니라 들을 수도 있고(聞, 들을 문) 말을 건넬 수도 있고 (問, 물을 문) 어루만질 수도 있게(撫, 어루만질 문) 해주었다. 정보화사회가 만들어낸 새로운 일상인 인터넷 공간에서 문자는 더이상 글이 아니다. 글과 말의 경계에 걸쳐 있으며 글을 읽고 쓰는

---

23   로버트 C. 홀럽, 최상규 역, 『수용이론』, 삼지원, 1985, 13-14면.

행위는 '듣는다' 혹은 '말한다'라는 행위로까지 확장되고 있다. 문자는 텍스트에 고정된 기호가 아니라 누구나 손쉽게 만지고 수정하고 삭제할 수 있는 디지털 말뭉치이다.

한자어 文의 상형적 의미가 문신을 한 모양에서 유래되었고 "몸에 새기다"라는 뜻도 갖고 있음은 매우 의미심장하다. 아날로그 시대에 쓴다는 것은 문자를 종이에 새기는 일이었다. 새기면 다시는 고치기 어려웠고, 그렇기 때문에 문자의 권위는 강력했다. 그러나 디지털 시대에 쓴다는 것을 말한다는 것이다. 말은 고정적이지도 확정적이지도 않다. 유동적이며 상황 의존적이며 참여적이다. 문자가 구술의 속성을 가짐으로써 강력했던 권위는 도전받는다. 텍스트에 새길 수 없으므로 디지털 공간에서 文은 言으로 흩뿌려진다. 문자와 디지털이 만났을 때 이미 서사의 완결은 환상이 돼 버린 것이다.[24] 따라서 문학은 수천 년을 지켜왔던 文과의 계약을(텍스트에 새기겠다는) 파기하여야 한다.[25] 이제 문학은 聞學일수도, 問學일 수도, 捫學일 수도 있다. 이것이 문학에 대한 첫 번째 코페르니쿠스적 인식 전환이다. 文의 동음이의어로 입과 귀와 손이 각각 표시되어 있는 問, 聞, 捫은 상징적이다. 인터넷은 정보화사회가 우리에게 열어놓은 새로운 일상의 門이다. 이제 우리는 그 문을 열고 들어가야 한다.

두 번째, 서사의 소통 구조에 대한 근본적인 시각 변화가 있어야 한다.

24　디지털 문학 텍스트가 서사의 완결성을 보여주는 것은 매체만 바뀌었을 뿐 기왕의 문학적 관습에서 아직 벗어나지 못하고 있기 때문이다. 여전히 시와 소설이 디지털 문학 텍스트의 유력한 장르가 되고 있음이 그 증거이다.

25　문자를 새기는 행위는 개인적 활동이며 그 행위가 끝나는 순간 완성되지만, 말을 하는 행위는 화자와 청자가 설정된 집단적 활동이며 화자와 청자 중 누군가가 더이상 대화할 의사가 없을 때 끝이 난다. 완성이 미루어지는 것이다.

디지털 서사는 상호 소통, 상호 작용의 실시간 커뮤니케이션을 근간으로 형성된다. 특히 실시간이라는 특징은 기존의 어떠한 서사 예술도 보여주지 못했던 파격적인 소통 방식이다. 아날로그식 문학 소통 구조의 전형적인 모델은 로만 야콥슨에게서 찾아볼 수 있다. 야콥슨은, 「언어학과 시학」이라는 논문에서 언어적 의사소통의 도식을 다음과 같이 제시한다.[26]

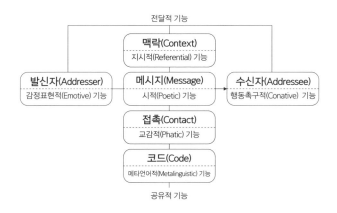

발신자는 수신자에게 '메시지'를 보낸다. 메시지가 전달되기 위해서는 또한 그것이 지칭하는 '관련 상황'이 요구되고, 이것은 수신자가 이해 가능한 것이어야 하고 언어라는 형식을 취하거나 언어화될 수 있어야 한다. 그다음은 발신자와 수신자(다른 말로 하면 메시지를 약호로 전달하는 자와 그 해독자)에게 완전하게, 아니면 적어도 부분적으로 공통적인 '약호 체계'가 필요하다. 마지막으로 필요한 것은 발신자와 수신자 간의 물리적 회로 및 심리적

---

26   위 도식은 다음 사이트에서 참조하였다.
      (http://aodr.org/_common/do.php?a=full&b=12&bidx=18&aidx=295)

연결이 되는 '접촉'으로서 양자가 의사 전달을 시작하여 이를 지속할 수 있는 요소이다.[27]

그러나 디지털 서사에서 발신자(작가)와 수신자(독자)는 그 기능과 역할이 수시로 자리바꿈할 수 있는 유동적인 지위이다. 야콥슨의 언어적 의사소통의 도식은 전통적인 문자 중심의 단방향 소통 구조를 보여주는 것으로, 쌍방향 소통 구조를 지향하는 디지털 서사의 소통 구조는 야콥슨의 도식을 다음과 같이 고쳐 쓴다.

위 도식에서 발신자와 수신자를 이어주는 양방향 화살표는 소통 구조 전체가 쌍방향 소통 구조로 이루어지고 있음을 의미한다. 수신자가 이해 가능한 것이어야 하며 언어라는 형식을 취하거나 언어화될 수 있는 것인 야콥슨의 관련 상황(context)은 그것이 언어이든 비언어이든 디지털 서사에서는 '상호텍스트성'으로 대체된다. 하이퍼텍스트에서 문장과 문장의 연결은 작가가 독서의 동선을 제시하고 독자가 따라 읽어가는 것이 아니다. 작가가 다양한 독서 동선을 제시하면 독자가 선택적 임의적으로 스스로 동선을 만들어 가면서 읽는 것이다. 게임 서사에서도 서사의 진행은 게이머가 처한 상황에 따라 수시로 동선이 바뀐다. 수신자가 발신자의 의도와는 상관없이 텍스

---

27   로만 야콥슨, 신문수 편역, 『문학 속의 언어학』, 문학과지성사, 1989, 54-55면.

트와 직접 소통함으로써 문맥(context)은 수신자가 이해 가능한 것이 아니라 소통 가능한 상호텍스트성(intertextuality)으로 치환된다.

여기서의 상호텍스트성은 줄리아 크리스테바가 이야기하고 있는 상호텍스트성을 고쳐 쓴 것이다. 크리스테바에게 상호텍스트성은 과거나 미래의 모든 담론들과 상호 의존하는 텍스트의 성질이다. 그는 어떠한 새로운 문학 텍스트들도 곧 텍스트들의 교차(intersection)라는 생각을 표현하기 위해 이 용어를 사용하였다. 즉 현재의 텍스트는 변형된 과거의 텍스트들을 흡수하였고, 또한 미래의 텍스트들에 의해 흡수되고 변형되리라는 것이다. 크리스테바는 그러나 텍스트가 실시간으로 변형될 수 있다고는 생각하지 않았다. 텍스트는 확정적이고 고정이며 그 자체로 완결된 것이기에 다른 완결된 과거 혹은 미래의 서사와 연결되고 상호영향 관계를 형성할 수는 있지만, 독자에 의해 변형될 수는 없다고 본 것이다. 본 연구자가 제시한 위 도식에서의 상호텍스트성은 크리스테바의 상호텍스트성을 넘어 독자가 직접적으로 텍스트와 소통함으로써 실시간으로 이루어지는 텍스트의 변형(transformation)까지를 포함한다. '상호'는 텍스트와 텍스트 사이뿐만 아니라 텍스트와 독자 사이까지도 지시한다.

아날로그식 소통 구조에서 발신자는 수신자에게 메시지(message)를 전달했지만, 디지털식 소통 구조에서는 메시지를 전달할 수 없다. 야콥슨이 제시한 도식에서 메시지는 작가가 독자에게 전하고자 하는 분명한 의도 혹은 의미였다면 디지털 서사에서는 발신자와 수신자, 혹은 수신자와 텍스트가 상호 소통을 통해 메시지를 고쳐 쓸 수 있으므로 해서 메시지는 유동적이거나 가변적인 것으로 변질된다. 따라서 디지털 서사에서 발신자가 수신자에게 전달하는 것은 수신자가 메시지를 스스로 만들 수 있도록 유도하는 특정한 '상황'이다. 독자의 참여를 유도하고 이끌어내는 서사 상황이 작가에 의해 제시되면, 독자는 상호텍스트성을 통해 그것을 소통 가능한 메시지로 바꾼 후, 단순히 읽는 것에 머무는 것이 아니라 보고 듣고 임의적인 해석을 추가해 가면서 스스로 서사를 진행해 나간다. 이것이 가능할 수 있는 것은 접촉(contact)이 '실시간 쌍방향' 접촉으로 환치될 수 있기 때문이다.

마지막으로 발신자와 수신자에게 완전하게 아니면 적어도 부분적으로 공통적인 약호체계(code)는 디지털 서사에서는 '다중 언어의 약호 체계'로 대체될 것이다. 다중 언어의 약호 체계는 문자를 포함하는 멀티 랭귀지이며, 선험적인 것이 아니라 체험을 통해 형성된다. 인터넷 공간은 멀티미디어 공간이다. 그 안에서 소통되는 언어는 문자, 음악, 그림, 동영상 등 다양한 매체의 결합으로 표시되지만 실제로는 HTML이라는 단일한 방식으로 만들어진다. HTML은 비트(bit)라는 디지털 코드를 통합하고 통제하는 언어이다. 디지털 시대 문자는 스스로의 독창적인 표현방식을 포기하고 HTML(Hypertext Markup Language)의 규칙안으로 종속된다. 문자 텍스트에서 단어와 단어, 문장과 문장은 2차원적(평면적)으로 연결된다. 선형적이며 인과적인 이 방식은 내용을 읽는데 유리하였다. 그러나 HTML은 단어와 문장의 연결을 3차원적(입체적)으로 수행한다. 다시 말해 단어나 문장에 필요한 경우 어떤 의미를 갖거나 기능을 수행할 수 있도록 지정해 줌으로써 문장을 층층의 연속체가 아니라 겹겹의 비연속체로 바꿔 놓는 것이다. HTML로 작성된 문서는 읽기(reading)가 불편한 것도 이 때문이다. 우리의 독서는 텍스트에 집중하지 못하고 훑어보기(scanning)를 통해 의미를 생산해 내야 하는데, 사용자는 긴 문서를 스크롤 해 가며 큰 제목, 작은 제목, 리스트, 핫워드 등을 보면서 중간중간의 하이퍼링크를 따라 다닌다. 웹페이지는 가독성을 위한 최적의 행간,

단락 나눔, 소제목과 적당한 하이퍼링크로 사용자가 페이지의 내용을 쉽게 파악할 수 있도록 디자인되었다.[28] 이 방식은 분명 전통적인 독서 방식과 다르다. 위에서 아래로 왼쪽에서 오른쪽으로 꼼꼼히 읽는 방식에서 이미 디자인된 표제어를 먼저 훑어보고 그중 관심이 가는 부분만을 선택적으로 찾아 읽는 방식은 독서 동선의 일관성과 인과성, 선조성을 해체시키고 있다. 훑어보기와 선택적 독서, 독서 동선의 자의성이 정보화시대 독서 패턴의 특징이라면, 미래의 문학은 스토리와 플롯의 구성에 있어 아주 본질적인 변화를 겪게 될 것이다.

아날로그 시대 책의 본문은 문자가 중심이었다. 다른 매체가 문자의 의미를 보충해 주거나 이해를 돕는 보조 수단으로 사용되기도 하였으나 문자만으로도 모든 의미는 충분히 전달될 수 있었다. 문자는 다른 매체와 경쟁할 필요가 없었고 책은 문자의 권위를 강조하고 재생산해내는 중요한 도구였다. 그러나 디지털 시대 '인터넷'이라는 거대한 책의 본문에서 문자는 다른 여타 매체들과 경쟁해야 한다. 문자 역시 HTML 코드로 치환됨으로써 '읽기'라는 독창적인 방식을 포기할 것을 강요당하고 있다.

문학을 읽는 것으로만 한정 짓는다면 다른 서사 예술과의 경쟁에서 살아남기 어렵다. 동시에 '읽기'를 가장 오래된 관습으로 유지해 온 문학이 그것을 포기한다는 것 역시 쉬운 일이 아니다. 디지털 서사는 이 딜레마를 해결할 수 있는 단서를 제공해 준다. 읽기와 쓰기를 동시에 진행하는 서사, 작가의 영역과 독자의 영역이 서로 넘나드는 서사라는 디지털 서사의 소통 방식은 인류가 창조해낸 그 어떤 서사 방식보다도 진보적이며 혁명적이다.

28　이만재·이상선, 『멀티미디어교과서』, 안그라픽스, 2005, 201면.

야콥슨의 언어적 의사소통의 도식을 원용하여 레이먼 셸던이 만들어낸 아래 도식 역시 작가를 발신자로 독자를 수신자로 놓고, 텍스트를 매개로 하여 이루어지는 아날로그식 소통 구조를 맥락화 한 것이다. 이 도식만을 놓고 보면 작가는 텍스트를 통해 독자에게 의미를 전달하고, 독자는 텍스트를 통해 그 의미를 전달받을 뿐이다.

그러나 디지털 서사는 실시간 쌍방향 소통 구조를 통해 텍스트의 다성성을 지향하며, 의미 구축 작업의 주체로 작가와 독자 모두가 참여하는 체험형 문학이다. 따라서 셸던의 도식 역시 다음과 같이 고쳐 쓸 수 있다.

독자(초독자)는 작가에게 질문하거나 고쳐 쓸 것을 요구할 수 있으며, 작가(초작가) 또한 텍스트를 독자에게 열어놓음으로써 그 요구를 받아들여야 한다. 텍스트는 끊임없이 고쳐 써질 수 있는 여지로 인해 다성적인 텍스트가

되며, 의미의 확정은 끊임없이 연기된다. 오히려 의미는 초독자의 참여 상황과 독서 동선에 따라 그때그때 '새로 고침(refresh)' 된다.

불확정적인 문맥이 우리에게 불안감을 준다면 그것은 '서사의 완결'이라는 문학의 환상에서 아직 벗어나지 못하고 있기 때문이다. 불확정성은 읽기와 쓰기를 동시에 진행하는 서사, 작가의 영역과 독자의 영역이 서로 남나드는 디지털 서사의 미학적 가치이자, 아날로그 환경(책)이 아닌 디지털 환경(인터넷)에서 문학이 문자가 여타 매체들과 경쟁하기 위해서 서사 구조에 양식화해야 할 중요한 맥락이다.

바흐친은 문학 텍스트의 의미가 마치 마을의 공유지처럼 주어진 사회집단의 구성원들에 의해 서로 함께 공유된다고 말한다. 그것은 오직 의사소통의 한 행위로서 개인과 개인, 주관적 의식과 주관적 의식 사이에서 이루어지는 역동적인 관계 속에서 창출된다. 따라서 그의 경우 텍스트의 의미에는 최초의 의미도, 마지막 의미도 있을 수 없다. 이해될 수 있는 모든 것은 항상 의미라는 쇠사슬의 한 고리로서 다른 의미 사이에서 존재하며, 총체성 속에서의 의미만이 오직 유일하게 진실될 수 있다.[29] 바흐친이 말하는 '공유하는 텍스트'는 가장 이상적인 디지털 서사의 텍스트이나, 동시에 '총체성'을 거부하는 텍스트이다. 총체성이야말로 기존의 문학 관습이 가져다준 가장 견고한 환상에 불과하다. 다성적인 텍스트는 이미 총체성의 맥락 바깥에 위치해 있으며, 디지털 서사의 언어적 기반인 다중 언어는 총체성을 생래적으로 구현할 수 없는 언어이다. 이 시대의 총체성은 정전(또는 원본)과 함께 소멸해버린 것이다.

---

29 김욱동, 『대화적 상상력』, 문학과지성사, 1988, 272면.

야콥슨과 셸던의 도식을 고쳐봄으로써 이제 우리는 문학에 대한 두 번째 코페르니쿠스적 인식 전환을 도출해 낼 수 있다. 텍스트는 이제 더이상 고정적이거나 확정적인 것이 아니며 독자의 참여를 통해 물리적 형태의 변형이 실시간으로 가능한, 열려 있는 다중 언어의 절합(切合)이라는 것이다.

디지털 서사는 만들어진 결과물만 놓고 보면 결코 문학 연구의 대상이 될 수 없다. 그러나 서사가 만들어지는 과정에 여전히 문학 양식들이 존재한다. 서사물에서 서사 양식으로 문학 연구의 대상이 옮겨가야 하는 것은, 디지털 서사가 이어 쓰고 고쳐 쓰고 있는 새로운 서사 양식과 그 양상이 문학의 미래를 추론해 볼 수 있는 학문적 단서가 될 수 있기 때문이다.

5. 미적 태도 : 리얼리티에서 버추얼 리얼리티로

정보화사회는 우리에게 의사 체험의 공간인 가상현실의 세계를 활짝 열어주었다. 현실 세계가 물질적인 공간이라면 가상현실의 세계는 비물질적인 공간이다.

지금까지 우리들은 오직 '볼 수 있는 것'만을 보아왔다. 그러나 가상현실(Virtual Reality)로 대표되는 정보화의 진전에 의해, 현실세계에서 보는 것과는 구별되는 또 하나의 방식(컴퓨터를 통해 본다고 하는)이 동시에 성립할 수 있게 되었다. 이것은 인간의 인지와 이해에 커다란 영향을 미친다.[30] 현실 공간에서 볼 수 있는 것과 컴퓨터를 통한 비현실공간에서 볼 수 있는 것이 모

---

30   이용욱 외, 『정보교류의 사회학』, 한국정보문화센터, 1995, 177-178면. (재인용)

두 '보고 있다'라고 우리에게 인지된다 했을 때, 당연히 현실에서 '보는 것'과 비현실에서 '보는 것'의 거리만큼 '보여질 수 있는' 상상의 세계 또한 분명히 달라진다. '이전부터 존재해 왔던 일상세계'와 '가상현실로 구성되는 새로운 일상세계'가 공존하고 있는 지금, '보는 것'을 토대로 '보여질 수 있는' 세계를 구현하고자 하는 문학의 상상력은 기왕의 일상세계와 새로운 일상세계가 어떤 공간적 특성을 갖고 있는가에 따라 그 형질 변화가 수반될 수밖에 없는 것이다.

따라서 가상현실의 세계가 보편화되거나 현실 세계와 동등한 비중을 지니게 될 때, 문학적 리얼리티는 지금까지 우리가 생각지도 못했던 전혀 새로운 형질을 갖게 될 것은 자명하다.

리얼리티 논의에서 중심이 되는 것은 실재(재현대상)와 재현 사이의 지시 관계의 문제이다. 여기서 논점을 다시 두 가지로 나누어 보자. 실재 즉 재현 대상의 성격과 그것을 어떻게 파악할 수 있는가의 문제가 그 하나라면, 재현 가능성 혹은 재현의 자기창조성 문제가 다른 하나이다. 첫 번째 문제는 철저하게 현실 변화와 그에 따른 인식론의 문제를 닮아있다. 특히 격변하는 요즘의 현실과 문학에서 대단히 문제적인 대목이다. 소박한 의미에서의 리얼리즘 시대에는 재현 대상은 질서정연하게 실재하는 것으로 여겨졌기에 재현과 실재 사이의 지시 관계는 아주 명료하였다. 그러나 가상공간의 대두로 인한 버추얼 리얼리티의 대두는 리얼리즘 자체의 성격을 근본적으로 바꾸어 놓고 있다. 재현 대상이 비물질적이며, 시공간의 거리가 무화되어 있을 때 과연 그것을 '실재'라고 할 수 있을 것인가? 디지털시대의 문학은 바로 이 재현의 딜레마를 어떻게 풀어나가느냐에 따라 새로운 문학 패러다임을 생산해 낼지, 아니면 기존의 패러다임에 의지하여 전통적인 리얼리티의 세계로 침잠할지가 결정난다.

두 번째 문제인 재현가능성, 혹은 재현의 자기창조성 역시 버추얼 리얼리티를 리얼리티로 볼 것인지, 아니면 감각에 의존하는 환상으로 판단할 지에 따라 그 결과가 달라진다. 버추얼 리얼리티를 리얼리티로 상정하고 그 재현 가능성을 전제한다면 문학적 실천이 기왕의 리얼리티와는 다른 재현의 자기창조성을 획득할 것이지만, 감각에 의존하는 환상으로 판단한다면, 버추얼 리얼리티는 기왕의 환상소설이나 과학소설의 상상력과 별반 다를 바 없게 된다.[31]

마이클 하임은 가상적임(Virtual)을 형상적으로는(주관과 독립해서 객관적으로) 인지되거나 허용되지는 않지만 본질적으로 또는 효력을 미치는 면에서 존재하는 것으로, 현실(Reality)을 실제적인 사건, 사물 또는 일의 상태라고 해석하고, 버추얼 리얼리티를 효력 면에서는 실제적이지만 사실상 그렇지 않은 사건이나 사물이라고 정의하였다.[32] 언뜻 장 보드리야르의 시뮬라크르 개념과 유사한 듯하지만 사실은 전혀 다르다. 시뮬라크르가 후기산업사회가 대중에게 제공한 감각적 이미지라면, 버추얼 리얼리티는 정보화사회가 대중에게 선사한 공감각적 이미지이다. 제공한 사회 패러다임의 문제가 아니라 제공된 이미지의 문제이다. 시뮬라크르가 시각을 우선시하는 반면, 버추얼 리얼리티는 우리의 오감을 만족시켜주는 공감각적인 이미지이다. 마이클 하임도 이 점에 착안해 버추얼 리얼리티의 일곱 가지 특징 중의 '상호작용'과 '온몸몰입'을 강조하고 있다.[33]

---

31   우찬제, 「모든 것은 리얼하다」, 『포에티카』 1997년 봄호, 101-102면.

32   마이클 하임, 여명숙 역, 『가상현실의 철학적 이해』, 책세상, 1997, 180면.

33   마이클 하임이 제시한 〈버추얼 리얼리티〉의 일곱 가지 개념은 시뮬라크르, 상호작용, 인

상호작용과 온몸몰입은 버추얼 리얼리티가 공감각적인 이미지임을 드러내 준다. 우리는 가상공간 안에서 실재하지 않는 무수한 이미지들과 상호작용을 통해 자신의 이미지를 구체화 시키며, 그 과정은 가상과 현실의 빗금을 지우는 온몸몰입을 통해 이루어진다. 상호작용과 온몸몰입은 주체로 하여금 실재가 무엇인지에 대한 판단을 모호하게 해준다. 당연히 주체가 바라보고 재현하고자 하는 대상에 대한 미적 판단도, 지금 자신과 상호 작용을 하면서 주체로 하여금 몰입의 경험을 가져다주는 버추얼 리얼리티가 리얼리티로 인식된다. 의미의 실재 또한 상정할 수 없으므로 해서, 추구해야 할 새로운 문학적 질서가 보이지 않는 이 시대에, 문학은 몸을 바꾸어야만 한다. 문학이 진정 새로운 시대에 걸맞은 새로운 몸을 갖고 싶다면, 버추얼 리얼리티를 리얼리티의 영역 안으로 끌어들이려고 시도해야 할 것이며, 그 전범을 디지털 서사체에서 발견할 수 있다.

디지털 서사 중 온라인 게임 서사는 버추얼 리얼리티를 '놀이'의 형태로 재현하는 서사 양식이다.[34] 온라인 게임이 제공하는 버추얼 리얼리티는 '온몸몰입'을 통해 확실하게 구현된다. 문학 역시 '몰입'의 경험을 제공하지만 온라인 게임의 '온몸몰입'과는 비교할 수 없다. 문학은 감각의 모든 채널이 언어로만 대체될 수 있을 뿐이지만, 버추얼 리얼리티는 그 채널이 육체와 직접 연결된다. 우리의 몸이 곧 플랫폼이며 인터페이스가 되는 것이다.

따라서 문학과 온라인 게임을 동일 선상에 놓고 몰입이라는 의식적 수

공성, 몰입, 원격현전, 온몸몰입, 망으로 연결된 커뮤니케이션 등이다.

34 이 글에서 사용하는 〈온라인게임〉이라는 용어는 PC와 모바일, 비디오게임기 등의 다양한 플랫폼을 이용하여 사용자와 사용자가 네트워크로 연결돼 게임이 진행되는 형태의 일반적인 게임을 지시한다.

준으로 비교할 수는 없다. 몰입의 경험 역시 리얼리티와 버추얼 리얼리티는 그 층위가 다르다. 문학텍스트의 리얼리티가 주는 몰입은 단기간의 기억에 의존하며 점강(漸降)적이지만, 버추얼 리얼리티의 몰입은 지우지 않는 한 영속적으로 보존되는 컴퓨터의 기억에 의존하며, 그 세계 안으로 뛰어들 때마다 항상 새로운 몰입을 경험할 수 있어 점층(漸層)적이다.

나관중의 『삼국지』를 읽을 때 독자들이 경험하는 몰입은 바로 그 직전에 읽은 내용을 기억함으로써 가능하며, 그 기억은 책을 덮는 순간 사라진다. 또 같은 책을 다시 읽을 때마다 몰입의 강도는 현저하게 약해진다. 작중 화자가 보여주는 것이 항상 동일하기 때문이다. 그러나 시뮬레이션 게임 『삼국지』는 유저가 게임 도중에 그만두게 되면 다음에 접속할 때까지 컴퓨터가 대신 기억하고 있다가 고스란히 유저에게 복원시켜 준다. 동일한 게임을 다시 시작해도 누구를 플레이어로 선택하느냐에 따라 몰입은 매번 새로워진다. 소설이 버추얼 리얼리티만큼이나 강한 몰입 경험을 창조해내기 위해서는 텍스트의 형질 자체가 쌍방향의 멀티미디어 환경으로 변화하여야 하고, 인공 지능형의 하이퍼텍스트 기술이 요구되며 게임의 서사 양식을 차용해 와야 한다.[35]

온라인 게임의 상상력은 아이러니하게도 소설에 의해 소멸된 로망스의 상상력과 유사하다. 선과 악의 대립, 영웅의 등장과 그에게 주어지는 임무, 합당한 보상 등 온라인 게임 서사의 원형적 상상력은 지극히 신화적이며 동시에 중세적이다. 로망스와 소설의 차이를 구분하면서 노드랍 프라이는 로

---

[35] 물론 이렇게 된다면 더이상 소설이라 명명되지 않을 것이다. 소설의 형식을 빌려 소설의 장르적 규범을 해체하는 새로운 서사 양식이 탄생하는 것이다.

정보지식화사회와 인문공학

망스가 "모든 문학의 형식 중에서 욕구 충족의 꿈에 가장 가까운 것"이라 하였다. 로망스는 지배계급에 속한 사람들의 이상이 투영됨으로써 덕(virtue) 있는 주인공들과 아름다운 주인공들이 그들의 이상을 표상하고 악인들이 그것을 방해한다. 로망스의 플롯에서 본질적인 요소는 편력(quest)이기 때문에 자연히 로망스는 연속적이고 과정적인 형식을 지닌다. 또한 이 편력은 성공적으로 끝마치게 되는 형식으로 되어 있다. 또한 등장인물의 성격이 너무 복잡하면 좋지 않기 때문에 로망스의 성격 묘사는 일반적으로 변증법적인 구조를 취하고 있다.[36] 프라이가 요약한 로망스의 특징은 온라인 게임 서사와 너무도 흡사하다. 온라인 게임 역시 단순하지만 전형적인 아바타(캐릭터)를 등장시켜 인간이 현실에서는 결코 이룰 수 없는 욕망 충족의 서사와 편력의 서사를 보여준다. 한 가지 차이점은 로망스의 서사가 대리만족에 머문다면 온라인 게임의 서사는 직접 참여를 통해 온몸몰입 내러티브로 확장된다는 것이다. 로망스가 환상(fantasy)이었다면 온라인게임은 가상(virtual)이다. 그리고 그 둘 사이에 리얼리티를 강조하는 소설이 있다.

로망스가 소설과 비교하여 가장 극명한 차이를 보이는 것은 성격 묘사의 구상에서이다. 로망스 작가가 살아 움직이는 인간보다는 오히려 인간 심리의 원형에 가까운 인물을 창조한 데 비해, 소설가는 사회 속에서 살아 움직이는 인물을 창조한다. 다시 말해 로망스 작가는 진공(vacuo) 속에 등장하는 등장인물의 개성을 취급하기 때문에 이상화된 인물을 창조할 수밖에 없고, 소설가는 사회적인 가면(persona)을 쓴 등장인물들의 인격을 다루는 것이다. 이러한 차이점에 주목하여 아우얼바흐나 불튼 등은 로망스와 소설이

---

36 노드랍 프라이, 임철규 역, 『비평의 해부』, 한길사, 1982, 260-271면. (부분 요약)

리얼리즘 정신에 있어 큰 차이를 보인다고 생각하였다. 특히 아우얼바흐는 그의 주저인 『미메시스』에서 소설의 가장 두드러진 특징이 작품 대상으로서의 현실의 사실적 표현방법에 있다고 보았다. 요컨대 로맨스의 뒤를 이어 소설이 등장하였다고 보는 이론들을 종합해보면, 근대사회로의 이행과 더불어 로맨스적인 이상과 원형이 더이상 통용될 수 없게 되면서 보다 합리적이고 실제적인 시민의 요구에 부응하는 소설이 등장하였다는 것이다.[37]

소설은 사회와 일상에 대한 부르조아 계급의 욕망을 경험 가능한 세계의 재현을 통해 충족시키고자 하였다. '경험 가능한'이라는 테제는 근대시민사회에 의해 붕괴된 중세봉건질서와 그것을 문학적으로 수호하고자 했던 로맨스에 대한 안티테제의 성격이 강하다. 소설이 등장함으로써 판타지는 반리얼리티적인 것으로 간주되어 미학적 가치를 상실했으며 리얼리즘이 중요한 가치로 부상하였다. 그렇다면 왜 온라인 게임은 리얼리티가 아니라 버추얼 리얼리티를 미학적 품성으로 선택하였을까? 만약 그것이 '경험 가능한 세계의 구현'이라는 소설의 서사 양식에 대한 반발이나 자본주의사회의 일상성에 대한 싫증 때문이라면 소설은 로맨스와 동일한 전철을 밟게 될 것이다. 그 파국을 막기 위해 소설이 해야 할 일은 소설이 잊고 있었던 미학적 가치를 다시 회복하는 것이다. 버추얼 리얼리티를 통한 환상성으로의 복귀. 어쩌면 로맨스가 문학의 미래를 여는 중요한 키워드일지도 모른다.

---

37   김외곤, 『한국현대소설탐구』, 도서출판 역락, 2002. (부분 인용)

6. 나오는 말

　디지털 시대의 문학 연구 방법론을 새롭게 제안코자 하는 목적으로 쓰인 이 글에서 본 연구자는 〈다중문학〉이라는 용어의 제안과 함께, "서사물에서 서사 양식으로", "리얼리티에서 버추얼 리얼리티로"라는 새로운 연구 틀을 제시하였다. 새롭게 디지털 시대의 문학 패러다임으로 제안된 다중문학이 多衆文學과 多重文學 양자 모두를 포함하는 것이 이론적으로 올바른 판단인가는 알 수 없다. 다중문학에 대한 논의는 이제 막 시작되었기 때문이다. 다중문학이 多衆文學이나 多重文學일 수도 있을 것이다. 다만 한 가지 분명한 것은 〈다중문학〉이 〈사이버문학〉의 전철을 밟지 않기 위해서는 현실과 가상, 예술과 기술의 구분을 삭제하고 전체를 통찰할 수 있는 체계적인 미학 이론으로 무장해야 한다는 것이다. 대중에서 다중으로 향유층이 옮겨가고, 층층에서 겹겹으로 상상력이 형질 변화하고 있다는 판단하에 제안된 다중문학이 논리적 설득력을 가지기 위해서는 '다중'과 '겹겹'에 문예미학적 의미를 부여할 수 있어야 한다.

　아직 디지털 시대를 아우를 수 있는 문학이론이 정립되지 않은 상황에서 이같은 주장은 체계화된 이론이라기보다는 시론에 가깝다. 앞에서도 문제 제기를 했듯이 현재 한국문학은 극심한 이론의 위기에 처해있다. 1990년대 중반 사이버문학론이 등장한 이후 지금까지 '디지털 시대의 문학'에 대한 각론은 다양한 방식으로 쏟아져 나왔지만 '창작과의 괴리', '지시대상의 불분명함', '문학에 대한 완고한 신념' 등의 이유로 문학 연구자들의 지지를 얻는 데는 실패하였다. 사이버문학론의 이론적 실패는 디지털 시대 문학 연구의 방향이 단순히 현상에 대한 이해와 해석에 머물러서는 안 된다는 교훈을 준다. 앞으로 펼쳐질 문학연구는 나무가 아니라 숲을 바라봐야 하며 그러기 위해서는 '디지털 시대, 문학은 과연 유효한가?'라는 원론적인 문제 제기를 통해 문학 자체에 대한 진지한 반성과 성찰로부터 출발해야 한다.

디지털 서사는 아직 미개척지이다. 한국 현대문학이론에 이론적 자양분을 제공해 주었던 서구에서도 이 분야에 대한 연구는 우리와 비슷한 수준에 놓여 있다. 이론의 공백이 길어질수록 문학은 다른 서사예술과의 경쟁에서 뒤처지게 될 것이다. 한 가지 흥미로운 현상은 서구에서의 디지털 서사 연구가 하이퍼텍스트나 웹아트 같은 '기술형 서사'를 주목하는 반면, 국내 디지털 서사 연구는 온라인 게임 서사로 대표되는 '체험형 서사'에 집중되고 있다는 사실이다. 이는 한국 온라인 게임 산업이 세계 최고 수준을 보여주고 있고, 초고속 인터넷의 광범위한 보급으로 게임이 일상화되고 있는 현상과 무관하지 않다. 디지털 서사를 문학 연구의 대상으로 받아들이기를 주저하지만 않는다면 우리는 디지털 서사를 연구하는데 가장 이상적인 환경에 둘러싸여 있는지 모른다.

인터넷은 정보화사회가 우리에게 열어놓은 새로운 門이다. 그것은 문학에게도 마찬가지이다. 인쇄술이라는 기술의 발전에 힘입어 소설이 탄생할 수 있었듯이 디지털 기술 역시 새로운 문학 장르를 탄생시킬 것이다. 디지털 서사에 대한 문학 연구자들의 분발은 분명 그 시기를 앞당기게 될 것이다.

정보지식화사회와 인문공학

3절 디지털시대와 시의 운명

1. 새로운 실험

2011년 7월 한 달 동안 아트센터 [나비]는 시창작에 관련하여 매우 흥미로운 프로젝트를 선보였다. 〈Poetry Mix-up〉으로 명명된 이 프로젝트는 쌍방향 커뮤니케이션 상황, 언어 분석과 검색 모듈, 멀티미디어 사용자 환경이 한데 어우러진 디지털 환경에서 집단적 차원의 시창작 가능성을 모색해 보고자 하는 형식 실험이다.

프로젝트는 참가하고자 하는 불특정 개인이 트위터 계정 @poetrymixup 나 이메일 poetrymix-up@cutecenter.org로 짧은 단어나 메시지를 보내는 것으로 시작된다. 전송된 문장은 Poetry Mix-up 시스템에서 의미 분석과 자연어 분석을 거쳐 가장 유사한 시구를 가진 영문 시를 검색해 내고 그것을 바탕으로 새로운 시작품을 특정 공간에 설치된 대형 스크린에 전송한다. "오늘 비가 오네요."라는 문장을 보내면 이 문장에 쓰인 단어들의 의미를 분석하여, 중요한 의미를 가진 단어가 쓰인 시 구절을 찾아서 새로운 시를 보여주는 것이다. 특히 그 결과물을 실시간으로 보여주기 때문에 다른 사람과 함께 감상할 수 있어, 마치 시회(詩會)에 모인 시인들이 그날의 시제(詩題)를 제시하고 그에 따라 시를 지어 함께 감상하면서 풍류를 즐겼듯이 스마트폰과 인터넷 기술을 이용해 거대한 시의 공동체가 만들어질 수 있다.

〈Poetry Mix up〉, 2011, 5,300 x 3,200mm, Interactive installation

시를 쓰는 과정의 전통적인 우아함을 현대의 의사소통 방식으로 가장 많이 사용되는, 문자(SMS), 이메일(email), 트위터(Twitter) 등의 마이크로블로깅으로 섞어놓은 이 프로젝트는 기존의 문학적 관습에 익숙해 있는 사람들에게는 불경스러운 시도로 보일 것이다. 무엇보다도 그렇게 해서 얻어진 혹은 생산된 텍스트가 詩라 불릴 수 있을 만큼의 예술적 수준을 확보하지 못한다면 창작 과정의 의미는 축소될 수밖에 없다. 그러나 "詩라 불릴 수 있을 만큼의 예술적 수준"이라는 문장의 기준은 시대에 따라 변화하는 상대적 가치이며, 창작과정 역시 시대정신과 당대 테크놀로지의 발전과 밀접한 관련을 맺고 있다는 것을 염두에 두어보면 〈Poetry Mix-up〉 프로젝트의 도발과 생경함 때문에 예술적 수준이 삭감될 것이라는 판단은 설득력이 없다.

정보지식화사회와 인문공학

2. 웹3.0과 트위터

이 프로젝트에서 주목해야 할 것은 트위터라는 단문 메시지 서비스를 시창작의 도구로 사용하였다는 점이다. 〈Poetry Mix-up〉 이전에도 디지털 환경에서 구현되는 창작 프로젝트는 여러번 시도되었었다. 대표적인 것이 김수영의 「풀」을 씨앗글로 하여 156명의 기성 작가와 일반 네티즌들이 참여하여 작가와 독자 사이의 경계를 해체하면서 무한대로 뻗어나가는 유기체적인 디지털 작품 세계를 보여주고자 시도되었던 하이퍼텍스트 프로젝트 〈언어의 새벽〉이다.[1]

---

1   〈언어의 새벽〉 프로젝트에 대해서는 다음 신문기사를 참조할 수 있다.
　　"문화관광부 소속 문학분과위원회가 주관하며 ㈜삼보정보시스템이 후원하는 이번 행사는 김수영의 '풀이 눕는다'로부터 출발해 문인으로 구성된 156명의 1차 참여자와 일반 네티즌의 2차 참여자로 구분된다. 운영방법은 김수영의 '풀이 눕는다'를 화두로 다섯 사람의 문인이 별도의 시구 혹은 글을 작성하여 이들 사이를 하이퍼텍스트의 방식으로 링크한다. 글의 분량은 한 문장에서 200자 원고지 1매 분량으로 한다. 다섯 문인의 글 안에는 "풀이 눕는다"의 일부 즉, 한 단어나 음절, 어절이 꼭 포함되어야 한다. 다섯명의 글을 화두로 각각 또다른 다섯명이 별도의 싯구나 글을 작성하고 링크시킨다. (5명×5명= 25명 참가) 여기에서 25명의 글을 화두로 다시 각각 다섯 명의 문인이 별도의 싯구를 작성한다. (25명×5명 = 125명) 이렇게 하여 김수영의 시를 포함하여 총 156개의 글이 4월 19일을 기해 하이퍼텍스트의 방식으로 연결되어 조그만 언어의 숲을 구성한다. 이후 4월 19일부터 4월 30일까지는 일반 네티즌들이 자유롭게 참여하여 더 큰 언어의 숲을 만들어가도록 하는 방식이다. '언어의 새벽…'은 eos.mct.go.kr이나 www.inforpia.co.kr로 접속하여 참여할 수 있다."(인터넷과 문학의 만남 '언어의 새벽', 중앙일보 인터넷판 2002년 2월 25일자 부분 인용)

〈언어의 새벽〉이 웹 1.0 환경에서 하이퍼텍스트 이론을 창작과정을 통해 실천하고자 했던 프로젝트였다면, 〈Poetry Mix-up〉은 트위터나 GMAIL을 도구로 활용하여 웹 3.0 환경에서 구현되는 WSD 레이어, 토픽 모델링 레이어, 그리고 유전의 알고리즘이다.[2] 트위터는 웹 2.0 시대에 탄생해 빠른 속도로 웹 3.0에 적응해 나가고 있다.[3] 컴퓨터와 스마트폰의 도구적 차이로 귀결될 수 있는 웹 2.0과 웹 3.0은 무엇보다도 이동성이라는 측면에서 분명하게 갈라진다. 웹 3.0은 디지털 도구를 우리 몸의 일부로 새겨 넣는다. 스마트폰이나 태블릿 PC는 휴대하기 간편한 IT 기기를 넘어 우리 일상의 일부분이

---

2 웹 2.0은 데이터의 소유자나 독점자 없이 누구나 손쉽게 데이터를 생산하고 인터넷에서 공유할 수 있도록 한 사용자 중심의 인터넷 환경으로, 인터넷상에서 정보를 모아 보여주기만 하는 웹 1.0에 비해 사용자가 직접 데이터를 다룰 수 있도록 데이터를 제공하는 플랫폼이 정보를 더 쉽게 공유하고 서비스받을 수 있도록 구성되었다. 웹이 곧 플랫폼이라는 의미로 블로그, 위키피디아, 딜리셔스, UCC 등이 대표적인 웹 2.0 서비스이다. 반면 웹 3.0은 실시간, 모바일, 시맨틱웹(의미검색)을 키워드로 하는 웹 2.0의 확장태로 아이폰 앱스토어나 구글의 위치기반 서비스 등이 대표적이다.

3 트위터가 웹이라는 공간적 한계를 벗어나 네트워크 서비스를 확장하기 위해서는 '파랑 새'나 'twitbird1' 같은 모바일에 특화된 전용 어플리케이션을 설치해야 한다. 이 응용 프로그램들은 앱스토어를 통해서 배포되며, 언제 어디서나 트위터를 할 수 있도록 지원해준다. 윈도우 응용프로그램들이 컴퓨터 앞에 사용자를 붙잡아 두었다면, 스마트폰 응용프로그램은 사용자를 공간의 제약으로부터 자유롭게 해주고 있다.

정보지식화사회와 인문공학

되고 있다. 컴퓨터를 능가하는 트위터의 일상성에 대해 한 대학교수는 다음과 같이 적었다.

매일 새벽 눈을 뜨자마자 머리맡에 놓여 있는 스마트폰을 켜고 트위터 앱을 연다. 신문을 읽기에는 아직 어둡지만, 액정화면 덕분에 불편 없이 보통 100건이 훨씬 넘게 들어오는 간밤의 타임라인을 따라잡는다. 나(@korlingen)의 타임라인을 채워주는 트위터 사용자의 스펙트럼은 두산과 신세계 등 기업의 CEO, 배우 박중훈, 방송인 김제동, 김미화, 김주하, 야구선수 양준혁, 창조적 IT를 신봉하는 이찬진, 시골의사 박경철, 소설가 이외수, 그 밖의 소셜네트워크 전문가와 칼럼니스트, 파워블로거, 만화가, 출판인, 시민운동가, 환경운동가, 소시민, 학생, 경찰청, 구청 등 다양하고 넓다. 이밖에 리트윗되어 등장하는 트위터 사용자는 일일이 언급할 수 없을 정도다. 이들의 글을 보고 답글을 달기도 하고, 전달하기도 한다. 또 링크된 웹사이트에 들어가 더 자세한 정보를 챙겨서 전파시킨다.

하루의 일과가 이런 '트윗질'만으로 시작되는 것은 아니다. 학교의 이메일과 개인 이메일, 북마크로 설정한 웹사이트를 확인하고, 세계의 모든 신문을 거의 다 읽을 수 있는 무료 앱을 연다. 영미권, 독일어권, 한국의 주요 신문과 포털뉴스의 사이트에 들르고, 날씨 예보와 교통정보도 챙긴다. 모르는 단어가 나오면 사전을, 애매한 개념이 나오면 위키피디아를 검색하는데 손으로 입력하는 것이 귀찮을 땐 음성검색을 한다. 또 영미권 일색의 정보를 보완하고자 하는 뜻에서 독일신문과 TV의 주요 기사의 키워드를 번역하고, 전문을 트위터에 링크를 걸어 둔다.

이렇게 침대에 누운 채로 스마트폰과 보내는 한 두 시간은 아주 중요하다. 매일 같이하다 보니 이제는 지극히 정상적인 일상이 되었다. 이는 모바일 웹에 중독된 삶이 아니다. '개방된 삶에 적극 참여하고, 공유하면서 협업하는 집단지성'을 만들어 가는 TGIF 시대의 트렌드를 좇는 일상성의 단면이다. 원래 '주말! 잘 보내!'라는 'Thanks Got It Friday' 지칭하는 TGIF가 요즈음은 Twitter/ Google/ iPhone/ Facebook을 뜻한다.

— 김영호, 『대전일보』 2009년 8월 26일자 칼럼 중 일부 발췌

바야흐로 모든 것은 스마트폰으로 통하는, 인간과 도구가 일상적으로 결합하는 도전적인 의미의 인간매체의 시대가 시작된 것이다. 컴퓨터는 인간의 육체와 떨어져 있는 기계매체이지만, 스마트폰은 인간의 손에 항상 들려 있는, 또 하나의 육체이다. 트위터가 시창작의 도구로 활용될 수 있다는 것은 이제 우리가 일상적으로 시를 노래할 수 있게 됐음을 의미한다.

오래된 연못이여, 개구리 뛰어드는 (풍당) 물 소리 — 바쇼
나비가 날아가네 마치 이 세상에 실망한 것처럼 — 이싸
봄에 피는 꽃들은 겨울 눈꽃의 답장 — 류시화
달빛이 너무 밝아 재떨이를 비울 어둔 구석이 없다 — 후교쿠

문득 손이 늙은 걸 보았다. 버스 차창에 앉아 책을 읽고 있는데 겨울 햇빛이 책장을 넘기는 사십사 년 된 손등을 그만, 비추고 말았다.

정보지식화사회와 인문공학

손만 예뻤던 시절이 있었다. 이제 손도 나와 같이 늙어간다.

　방 안 공기가 탁해 열어놓은 창문 사이로 어둠이 슬며시 들어왔
다. 일요일 오후 느릿느릿 주위를 맴돌던 시간이 갑자기 흩어지기
시작했다. 적요 대신 파적….

　메타세쿼이아 가로수 아래서 자전거 페달을 밟다가 문득 쳐다본
그녀 얼굴에 가을 햇살이 한 줌 묻어있었다. ― inmunin

　위에 네 편의 시는 하이쿠이고, 아래 세 편의 글은 inmunin이라는 트위
터리안의 트윗이다. 하이쿠는 세상에서 가장 짧은 시라는 칭호를 갖고 있는
5/7/5 음절, 총 17자로 된 일본의 시가 양식이며, 트위터는 140자 이내로 제한
된 단문 메시지 서비스이다.[4] 글자 수의 제한을 갖는다는 점을 제외하면 아
무런 연관성이 없어 보이지만, 짧은 문장으로 자신의 생각을 표현하기 위
해 은유와 상징, 압축, 생략 등의 기법을 사용한다는 점에서 하이쿠와 트윗
은 시적 자질을 공유한다. 물론 하이쿠와 달리 트위터는 일상적 발언을 목
적으로 사용되고 있으며, 시적 감수성보다는 대화적 감수성이 우선시되는
SNS(Social Networking service)이지만 그것이 문학적 효용성을 배제시켜야 하
는 이유가 될 수는 없다. 신문도 처음에는 불특정한 사람들에게 시사에 관한

4　트위터의 글자 수를 140자로 제한한 이유는 첫째, 휴대폰의 SMS 글자 수를 맞추기 위해
서다. 휴대폰에 표시되는 글자보다 많이 입력되지 않도록 제한을 둠으로써 매일 가지고
다니는 휴대폰으로 언제 어디서나 실시간으로 트위터를 통해 소통할 수 있도록 하기 위
해서이다. 두 번째로, 휴대폰의 SMS를 이용해 소통하는 것에 익숙해진 요즘 세대의 트
렌드 때문이다. 블로그가 장문으로 쓴 양질의 정보를 기반으로 소통한다면 트위터는 짧
은 글로 표현하는 개인의 현재 모습과 감정을 기반으로 소통한다.(http://mba7.tistory.
com/227 부분 인용)

뉴스를 비롯한 정보 지식, 오락, 광고 등을 전달하는 정기 간행물로 시작하였지만, 신춘문예나 신문연재소설 등의 문학적 기능을 수행하였다.

하이쿠가 렌가(連歌)에 재미와 유희적 성격을 접목하여 일반인들에게 어려울 수 있는 시 장르를 대중화시켰다면, 트위터를 통한 일상적 글쓰기는 개인적이고 문자적이며 무거울 수 있는 아날로그식 창작 문법을 집단적이며 희화적이며 유희적인 디지털식 창작 문법으로 변화시키고 있다.

단순한 유머를 넘어 촌철살인의 미학을 보여주는 트위터 글쓰기의 확장성은 이미 문학과의 접속을 시도하였다. 지난 2009년 미국 시카고 대학에 재학 중이던 에메트 렌신과 알렉스 에시먼은 트위터(twitter)와 문학(literature)을 하나로 합친 트위터러춰(Twitterature : 트위터 문학)란 신조어를 만들어 냈다. 그들은 이에 그치지 않고 단테와 셰익스피어 같은 고전의 각권을 140자 이내의 20개 문장으로 압축해 『트위터로 다시 쓴 세계 명작』(The World's Greatest Books Retold Through Twitter)을 출간해냈다. 기존 문학의 '트위터 압축판'인 셈이다. 같은 해 5월 영국 런던에서는 지하철로 출퇴근하는 시민들을 대상으로 '위대한 영국의 여름'이라는 주제의 트위터 시 짓기 대회가 열렸고, 영국의 헌책방 거리로 유명한 웨일스의 헤이온와이에서 열리는 〈헤이 페스티벌(Hay Festival)〉에서는 트위터 쓰기 대회가 추가되기도 했다. 트위터와 문학의 만남은 우리나라에서도 모습을 드러내기 시작했다. 활발한 트위터 활동을 벌이고 있는 소설가 이외수(트위터 아이디 @oisoo)는 자신의 트위터에 올린 짧은 글들을 묶어 책 『아불류시불류』를 펴냈다. 화가이자 작가로 활동하고 있는 김의규씨(@EuiQKIM)는 2012년 8월부터 〈트윗픽션〉이라는 이름으로 자신의 트위터에 직접 그린 그림과 짧은 글을 연재하고 있다. 아울러 지난해에는 소설과 수필, 시 등을 대상으로 〈트위터 문학상〉이

정보지식화사회와 인문공학

제정돼 수상자가 선정되기도 했다.[5]

흥미로운 것은 웹 환경에서 소설이 우세종이었다면 스마트 환경에서는 시가 우세종이 되고 있다는 것이다. 스마트 환경의 글자 수 제한이 장문에 불편한 때문이기도 하지만 디지털 혁명이 가속화될수록 문자에 대한 이해력과 해독력이 약화되고, 사용자 환경도 긴 호흡의 문장보다 짧고 간결한 글쓰기에 최적화되어가고 있기 때문이다. 문식력의 약화는 결국 새로운 글쓰기 환경을 적극적으로 수용하는 창작방법론의 모색을 통해 극복될 것인데, 그 방향성은 은유, 비유, 압축, 상징의 시적 글쓰기의 형태가 될 것이다.

SNS를 통해 시를 쓰고 읽는 사람들이 늘어나면서 새로운 작가군이 등장하였다. 기성작가도 아마추어작가도 아닌 트위터 시인들이 바로 그들이다.

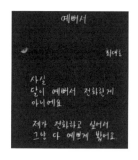  

트위터나 페이스 북 같은 SNS로 일상화되고 있는 단문 문화는 우리의 언어생활에 커다란 영향을 미치고 있다. 문자로 길게 설명할 수 없는 부분은

---

5   앤드류, '트위터와 문학의 만남, 트위터러춰(Twitterature)', 덕성여대학보, 2011년 3월 28
     일자 부분 인용.

동영상이나 사진, 음악 등으로 대신하고, 줄임말이나 이모티콘을 통해 글자 수를 줄이려는 의도적인 노력과 함께 메시지를 함축하기 위하여 다의적인 단어 사용이나 언어유희가 폭넓게 사용된다. 트위터는 서로 소통하는 공간이며, 입력과 링크 기능을 제공하는 글쓰기 도구이고, 팔로잉과 팔로워로 무한 확장되는 사회 연결망이다. 공간과 도구와 네트워크를 가로지르는 이 새로운 문자 환경이 스스로를 140자로 한정지으며 출발했다는 사실은 매우 의미심장하다. 웹 3.0 환경에서 문자는 문자의 외피를 덮어 쓰고는 있지만 구술성의 특징을 갖게 되었다. 문자 이전에 노래로 불리거나 낭송되어졌던 시의 시대가 존재했었지만, 문자의 발명 이후 구술과 일상의 기억은 문자의 완강함에 갇혀 퇴색되었다. 시는 불리기보다는 묵독되었고, 주고받는 화답의 형식은 혼자 읽는 독서의 형식으로 좁아졌다. 말들이 뛰어 놀던 광장은 사라지고 그 자리를 문자가 저장된 도서관과 학교와 서재가 대신하였다. 그러나 정보화혁명은 우리가 잊고 있었던 광장의 기억을 다시 되살려냈다. 비록 서로 얼굴을 마주 볼 수 있는 면대면 환경은 아니지만 디지털로 구현된 실시간, 쌍방향, 광역소통의 버추얼 커뮤니케이션 환경은 문자 대신에 말을 우세 언어로 선택함으로써 근대 이후 유지되어 왔던 문자 권력의 붕괴를 가져왔다. 텍스트에 박제됨으로써 유지되어 왔던 문자 권력의 붕괴는 글쓰기의 숨통을 띄었고, 말(言)은 말(馬)처럼 광장을 뛰어다니며 일상으로서의 글쓰기로 화답하였다.

3. 시, 다시 일상이 되다

시는 가장 오래된 문학 양식이면서 동시에 개념을 정의하기에 난해한 예술 장르이다. 『書經』에서 시는 마음속의 뜻을 말로 나타낸 것(詩言志)이며, 공자는 시(詩) 삼백(三百)편을 한(一)마디 말(言)로써(以) 그것(之)을 대표할(蔽) 수 있으니, '생각함(思)에 간사함(邪)이 없다(無)'는 것으로 시를 설명했다.[6] 워즈워드는 "시란 강한 감정의 자발적인 유로(流露)다"라고 말하였고, 포우는 미의 운율적 창조를 시로 보았다. 엘리어트의 말대로 "시에 대한 정의의 역사는 오류의 역사"이다. 시는 바벨탑의 언어로 이루어져 있으며, 어떠한 언어의 그물로도 감히 잡았다고 말할 수 없는 생동하고 역동적인 언어(言漁)이다. 문자 이전부터 시는 존재해 왔고, 문자 이후에도 시는 여전히 존재할 것이다. 기술의 발전이 시의 본령을 변화시키지는 않겠지만, 시가 차지해야 할 위치와 역할은 달라질 수밖에 없다. 디지털 구술 혹은 제 2의 구술 시대에, 시는 문자의 감옥 안에서만 빛났던 찬란한 예술적 아우라를 벗어 던지고 가장 낮은 자리로 되돌아가 일상의 언어로 일상을 이야기하는 가장 일상적인 예술로 새롭게 태어날 것이다.

---

6   子曰 詩三百을 一言以蔽之하니 曰思無邪니라.

4절   인터넷 연재소설의 상호 소통 방식

1. 들어가는 말

본 절에서는 새로운 소설 연재방식으로 주목받고 있는 〈인터넷 연재〉의 문학적 의미를 게시판 댓글을 통한 작가/독자 간의 상호 소통을 중심으로 살펴보고자 한다. 이 글이 실천적 의미를 획득하기 위해서는 "댓글이라는 상호 소통 방식이 인터넷 연재소설의 문학적 의미를 형성한다"는 명제가 설득력이 있어야 한다. 그러나 아직 국어국문학 연구에서 인터넷 연재소설은 연구대상으로 포섭되지 못하였고, 댓글로 표상되는 상호 소통 역시 텍스트와 무관한 문학 외적 행위로 인식되고 있다. 작가와 독자와 텍스트가 게시판에 분명히 존재함에도 불구하고 우리의 학문적 관심은 인터넷 연재라는 '과정'이 아니라 연재가 종료된 후 책으로 출판된 문자텍스트라는 '결과'에 주목하고 있다. 디지털 혁명의 시대가 왔음에도 불구하고 여전히 문학의 좌표는 구텐베르크 은하계에 고집스럽게 위치해 있는 것이다.

                                                 정보지식화사회와 인문공학

'연재'는 이미 완성된 원고를 나누어 싣는 '분재'와 달리 작품의 완결 시점을 미래에 설정해둔 현재진행형임으로 창작과정에 주목하는 것이 당연하다. 더구나 연재가 인터넷(시간 개념이 비선형적 좌표 위에 선택적 현재형으로 표시되는)이라는 디지털 공간에서 진행된다면 텍스트의 완결은 종시 불가능하다. 인터넷을 문학 공간으로 인정한다면[1] 작품이 연재되는 도중에 진행되는 다양한 방식의 상호 소통에 대한 연구도 필요하다. 댓글을 통한 상호 작용은 비록 텍스트 바깥에서 진행되는 문학 외적 행위이지만 '연재'라는 형식과 맞물려 작가의 상상력에 영감을 주거나 창작방법론에 영향을 미치고, 이야기 전개에 간섭하는 등 텍스트에 직간접적으로 삼투되어 들어가기 때문이다.

그러나 창작과정을 의미화하고 결과와 동기화하는 데에는 학문적 어려움이 있다. 결과 중심의 관습과 그것을 통해 이룩된 성과만을 인정하는 학문적 편견과 창작은 온전히 작가의 몫이라는 구태의연한 신념은 여전히 국어국문학 연구에서 견고하다. 과정을 의미화하기 위해서는 디지털 텍스트와 아날로그 텍스트의 비교 분석을 통해 작가/독자의 상호 소통이 텍스트에 미친 영향을 가시화, 구체화할 수 있어야 한다. 예를 들어 황석영이 신문에 연재했던 『장길산』과 인터넷에 연재했던 『개밥바리기별』을 비교 분석하여 구성, 문체, 표현 등의 층위에서 어떤 차이가 있는지를 밝혀내어야 한다. 더구나 그 차이가 1970년대와 2000년대라는 물리적 거리에서 비롯된 것이 아니

---

[1] 문학 공간은 창작과 소통이 이루어지는 장이다. 현실에서는 창작 공간과 소통 공간이 분리되어 있지만 인터넷은 두 가지 역할을 동시에 수행한다. 2008년 이후 많은 작가들이 경쟁적으로 인터넷 연재소설에 뛰어든 배경에는 인터넷이라는 독특한 문학 공간에 대한 기대와 호기심이 낯설음과 두려움을 극복했기 때문이다. 그동안 독자들의 소통 공간으로만 인식되어 왔던 인터넷이 본격문학 작가들의 창작 공간으로 외연을 확대함으로써 이제는 명실상부한 문학 공간으로 당당히 인정받기 시작했다.

라, 신문과 인터넷이라는 소통 공간의 변별적 자질에 영향을 받아 작가의 세계관과 창작방법론에 화학적 반응을 일으켰음을 증명해 내어야 한다.

인터넷 게시판은 문학 텍스트가 쓰이고 읽히는 공간이며, 작가와 독자가 소통하는 공간이며, 독자가 텍스트에 반응하는 공간이다. 종이책이 물질성과 확정성, 원본성을 통해 작가와 독자, 창작과 독서를 분리시켰다면, 실시간, 쌍방향, 개방성 등 디지털의 특성이 비물질적 텍스트로 구체화 된 인터넷 게시판은 문자 텍스트의 아우라를 훼손시키면서 새로운 독자군의 탄생을 가져왔다. 그리고 이 새로운 독자군은 문학텍스트에 대한 자신들의 반응을 게시판을 통해 과감하고 신속하며 권력적으로 행사한다. 작가와 독자의 역학 구조에 근본적인 변화가 발생하고 있는 것이다.

그동안 인터넷 연재소설이 등단을 준비하거나 자신의 문학적 감수성을 타인과 공유하고자 욕망하는 자생적으로 형성된 아마추어 작가군에 의해 주도되었다면 최근에는 오프라인 공간에서 이미 문학적 지명도를 획득한 본격문학 작가들이 속속 포털 사이트의 문학 게시판에 소설을 연재함으로써 21세기 문학의 새로운 경향으로 자리 잡고 있다. 황석영, 박범신, 공지영, 박민규 등 인터넷 소설 연재를 하는 작가의 면면만 봐도 이제 인터넷이 1970-80년대의 신문이나 1990년대 문학지가 담당했던 역할, 즉 '연재'라는 방식을 통한 독자와의 만남의 장으로 부상하고 있음은 분명하다.[2] 신문에서

---

2   최초의 근대소설인 이광수의 『무정』이 1910년대에 총독부 기관지 〈매일신보〉에 연재된 것을 시작으로 신문 연재소설은 한국 근현대문학의 탄생과 발전에 중요한 영향을 미쳤다. 특히 1970년대는 역량 있는 신진 작가들이 대거 등장, 신문의 미디어로서의 압도적 파급력에 힘입어 신문연재소설의 황금시대를 구가하였다.

정보지식화사회와 인문공학

잡지, 잡지에서 인터넷으로[3] 소설 연재 주공간의 변화는 단순히 작품이 독자와 만나는 지면의 변화가 아니라, 작가의 세계관, 창작방법론, 나아가 텍스트의 이해와 해석에도 영향을 미쳤다. 마치 구술에서 문자로, 필사에서 인쇄로 지면에 문자를 각인하는 방식의 변화가 새로운 문학 양식과 장르를 탄생시킨 것과 같은 맥락이다.

인터넷 연재된 순수문학 작가 장편

	작가	작품	출판사(출간 여부)
네이버	박범신	촐라체	푸른숲(출간)
	황석영	개밥바라기별	문학동네(출간)
	파울로 코엘료	승자는 혼자다	문학동네(출간)
미디어 다음	공지영	도가니	창비(출간)
	이기호	사과는 잘 해요	현대문학(미출간)
알라딘-미디어 다음	신경숙	어디선가 끊임없이 나를 찾는 전화벨이 울리고	문학동네 (연재중)
알라딘-웅진문학 웹진 뿔	이제하	마초를 죽이려고	뿔(연재중)
	구효서	랩소디 인 베를린	뿔(연재중)
	오현종	거대한 속물들	뿔(연재중)
예스24	박민규	죽은 왕녀를 위한 파반느	예담(미출간)
	백영옥	다이어트의 여왕	문학동네(출간)
	문화웹진 '나비' 오픈 예정		

---

3   중앙일보 2009년 7월 20일자 기사 도표 재인용(출처 : 중앙일보 이경희 기자 블로그)

문학동네 네이버 카페	공선옥	내가 가장 예뻤을 때	문학동네(출간)
	김훈	공무도하	문학동네(연재중)
	정도상	낙타	문학동네(연재중)
교보문고	정이현	너는 모른다	문학동네(미출간)
	전경린	풀밭 위의 식사	문학동네(연재중)
인터파크	전아리	양파가 운다	출판사 미정
	김경욱	동화처럼	민음사(연재중)
웹진 문장	강영숙	크리스마스에는 홀라를	창비(연재중)

그러나 인터넷 게시판이 문학 소통의 주요한 장으로 떠오르고 있음에도 불구하고 게시판의 문학적 의의나 댓글을 통한 독자 반응의 유형, 작가 독자의 상호 소통이 텍스트에 미치는 영향에 대한 학문적 접근은 아직 제대로 이루어지지 못하고 있다. 그 이면에는 연재 공간의 변화가 자신의 글쓰기에 영향을 줄 수 없거나 혹은 주어서는 안 된다는 작가들의 아날로그식 완고함이 지나치게 강조됨으로써 논의 자체가 사전에 차단된 측면이 있다.

'알라딘'에 연재를 시작한 소설가 신경숙씨는 "따뜻한 댓글에 위로를 받지만, 투명한 유리창 안에서 누군가 지켜보는 가운데 글을 쓰는 듯한 강한 긴장감도 느낀다"고 털어놨다. 하지만 "연재공간이 바뀌었다고 해서 글 쓰는 방식이 바뀌는건 **아니다**"라고 말했다. '문학동네 네이버 카페'에 연재중인 김훈씨는 "작가와 독자의 관계는 격절되는 것이 좋다"며 "작업실에는 컴퓨터도 없고 독자들의 댓글

에 답변할 생각도 **없다**"고 밝혔다.[4]

대표적인 베스트셀러 작가인 신경숙과 김훈이 신문 인터뷰에서 털어놓은 '아니다'와 '없다'라는 단정적인 확신과 결의는, 연재는 하지만 소통은 하지 않겠다는 완강함을 맥락화하고 있다. 그리고 그 완강함에는 독자 위에 군림하는 작가로서의 과잉된 자의식과 함께 독자의 시선에 대한 긴장감과 두려움이 포개져 있다.

실제로 신경숙과 김훈이 인터넷에 연재한 소설과 기존의 작품 사이에는 문체나 구성, 묘사의 차이를 찾아볼 수 없다. 인터넷 게시판을 독자와 소통하는 열린 공간이 아니라, 작가는 작품을 올리고 독자는 그것을 감사히 읽는 불통의 지면으로 격하시킨다면 게시판의 생기는 사라질 수밖에 없다. 중요한 것은 게시판을 통해 독자를 대하는 작가들의 태도이다. 인터넷 게시판이 소설 창작에 아무런 영향을 미치지 않는 것이 아니라, 작가의 완고함이 아무런 영향을 받지 않는 것이다. 게시판이 필요조건이라면 작가들의 인식적 경향과 태도는 충분조건이다.

인터넷 게시판의 문학적 의미는 작가의 태도와 밀접한 관련을 맺고 있다. 이 글에서는 '연재'의 과정에서 소통의 방식과 밀도, 작가와 독자의 관계 설정 등이 실제 텍스트 창작에 미치는 영향을 분석하기 위한 전(前)단계로 작가의 태도와 독자의 반응을 게시판 댓글을 통해 유형화 해보고 실제 사례를 살펴보고자 한다.

댓글의 유형화는 이미 몇몇 학자들에 의해 시도되었다. 댓글의 미학에

---

4   위 기사 부분 인용(밑줄과 강조는 임의로 작성함)

대한 대표적인 선행연구로 「인터넷 '댓글'의 텍스트 유형학적 연구」(조국현, 『텍스트언어학』 제23호, 2007)와 「인터넷 게시판 답글의 동시적 특성」(송민규, 『한국학연구』 제21호, 2004)이 있다.

먼저 조국현은 댓글의 속성을 다섯 가지로 정리하였다. 첫째, 댓글은 항상 특정한 게시물과 연관되는 미디어텍스트 종류로서 해당 게시물과 댓글 사이에 상호텍스트성, 즉 '유형상호적 연관성'이 존재한다. 둘째, 댓글은 동일한 공간의 게시물에 부속된다는 점에서 본문 텍스트에 붙는 일종의 '기생 텍스트'적인 속성을 나타낸다. 셋째, 댓글은 게시물에 대한 댓글 작성자의 반응이라는 점에서 게시물-댓글은 서로 "대화적 텍스트 유형"에 속한다. 넷째, 선행텍스트인 게시물과 후행텍스트인 댓글의 출현 사이에 시차가 있다는 점에서 댓글은 전자우편처럼 비동시적인 의사소통 방식이며, 대체로 의도적·동기적인 성격이 짙다. 다섯째 댓글은 전자우편과 대화방, 메신저 텍스트와는 달리 공개된 공간에서 생산되고 소비되는 글이다. 따라서 그 수용자가 불특정 다수이며 원칙적으로 공적·사회적 성격을 갖는다.

그러나 조국현의 댓글 속성 정리는 댓글의 표층에 집중하여 이루어짐으로써 댓글을 다는 독자의 심리적 메커니즘과 정서적 반응에 대해서는 간과하고 있다. 인터넷 소설 연재 게시판의 댓글은 예술적 소통 행위이며, 논리적·이성적 판단에 근거하기보다는 작가와 텍스트에 대한 낭만적·감상적인 삼투작용(滲透作用)이다.

유형학적 관점에서 시도된 조국현의 댓글 분류도 한계를 갖는다.

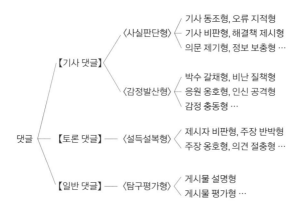

발신자가 삭제된 채 수신자의 역할과 기능만 전경화 됨으로써, 조국현의 유형 분류 체계는 예술적 소통행위로서의 댓글이 배제되어 있다. 본 연구자는 댓글을 이성적·논리적 댓글과 낭만적·감상적 댓글로 대분류하고 하위 범주로 문학 게시판 댓글을 '지적형', '동조형', '감탄형', '대화형', '청유형', '잡담형' 등으로 유형화하는 방식을 통해 예술적 소통행위와 정서적 반응으로서의 댓글을 체계화·정교화 할 것을 제안한다.

송민규는 답글(Response Message)이라는 상위 영역 안에 댓글(리플, Reply)과 덧글(꼬리말, Comment)을 나누어 정리하였다. 댓글은 특정 게시물에 관련된 의견을 그 게시물 바로 다음에 작성하도록 한 응답 형식이며, 댓글과 덧글의 차이는 댓글이 게시물 목록에 새로운 제목으로 등록된 게시물인데 비해, 덧글은 특정 게시물의 본문 아래에 작성된다는 점이다. 즉 댓글은 특정 게시물에 속하지 않는 새로운 게시물을 지칭하고, 덧글은 특정 게시물의 본문 아래에 첨가된 부수적인 내용을 지칭한다는 것이다. 그러나 송민규의 분류는 지나치게 형식이나 게시물 위치에 집착하여 영역을 구분함으로써 오히려 '독자의 반응'이라는 댓글의 본디 맥락을 탈색시켰다. '답글', '댓글', '덧글'로 구분하는 것이 오히려 혼란을 초래할 수 있다는 판단하에 이 글에서는 '댓글'로 용어를 통일하여 사용할 것이다.

2. 작가/독자의 인식 변화

빌렘 플루서는 그의 저서 『디지털시대의 글쓰기』(1987)에서 아주 의미심장한 질문을 던졌다. 기계 장치들이 영상 및 음악적 음향들과 마찬가지로 언어와도 유희할 수 있지 않을까? 전자적 영상과 전자적 음악과 더불어 전자적 문예창작도 존재할 수 있지 않을까? 하는 것이다. 그리고 30여 년이 지난 지금 플루서가 살았던 시대에 비해 컴퓨터는 엄청난 속도로 기술적 발전을 했지만, 인간을 대신하여 문예창작을 전자적으로 실천하는 인공지능 프로그램은 아직 계발되지 않았다.[5] 여전히 예술 창작의 가장 중요한 몫은 작가의 상상력이 차지하고 있다. 상상력은 인간에게 의지하는 대신 정보화 사회의 문예창작은 컴퓨터가 제공해 주는 새로운 문학 환경을 받아 들였다. 문학 소통 공간으로서의 '인터넷'과 글쓰기 도구로서의 '컴퓨터'가 그것이다. "우리가 쓰는 글쓰기 도구가 우리의 사고에 함께 가담한다"는 니체의 진술을 염두에 두어보면 정보화시대의 문학적 상상력은 분명 그 전 시대와는 달라질 것이다. 구체적으로 어떻게 달라질 것인가를 논의하기 위해서는 새로운 문학 환경의 결과물들을 판단할만한 비평 이론의 정립이 요구된다.

---

5   시나리오 창작 소프트웨어인 〈Dramatica Pro〉 같은 디지털저작도구는 계발되었지만, 미리 입력된 방대한 이야기 DB를 바탕으로 유저의 설정에 따라 스토리를 만들어낼 뿐 스스로 창작하는 단계에까지 아직 이르지 못했다.

그러나 아쉽게도 우리는 새로운 문학 환경을 미학적으로 지지해줄 문학이론을 아직 만들어내지 못하고 있다. 〈인터넷 문학〉을 수준 미달의 아마추어 문학으로만 바라보는 편견이 사라지지 않는 한, 새로운 문학이론의 탄생은 요원한 일이 될 것이다.[6] 물론 대부분의 인터넷 문학이 예술성 면에서 현격히 수준이 떨어지는 것은 부정할 수 없는 사실이다. 그렇지만 우리가 인터넷 문학에서 주목해야 하는 것은 '결과'가 아니라 '창작 과정'이다. 컴퓨터와 인터넷은 창작 과정 전반에 걸쳐 혁명적인 변화를 가져다주었으며 정보화사회 문학이론은 먼저 그 변화에 미학적 의미를 규명해 내어야 한다. 결과에 대한 문학적 접근은 변화가 더이상 새로움이 아니라 일상적인 문학현상으로 수용될 때 비로소 학문적 객관성과 무게감을 획득할 수 있다. 따라서 인터넷 소설에 대한 문학적 접근과 판단은 새로운 문학 환경에 대한 학문적 접근이 선행된 다음에 이루어져야 한다.

그동안 아마추어들의 글쓰기 공간쯤으로 여겨졌던 인터넷에 본격문학이 관심을 갖기 시작한 것은 2007년 8월 인터넷 포털 업체 네이버가 블로그(blog.naver.com/wacholove)에 박범신의 산악소설 『촐라체』를 연재하면서 부터이다. 10대 감수성에 호소하는 귀여니류의 인터넷 소설이 인기를 끌던 시기에 1946년생 박범신의 소설 연재는 네이버나 작가 모두에게 모험이었다. 그러나 5개월 동안 월요일부터 금요일까지 매주 5회 꾸준히 연재한 결과 누적 클릭 수 120만회를 돌파하는 인기를 끌었고, 박범신의 성공은 본격문학이 인터넷 게시판을 통해 독자와 소통할 수 있다는 가능성을 보여 주었다.

---

6   용어 사용에 있어 '사이버문학'과 '인터넷문학'은 구분하여야 한다. '사이버문학'은 정보화사회가 문학 일반에 미친 영향을 구체화한 용어라면 '인터넷문학'은 문학 소통 공간에 주목한 용어이다.

이후 황석영의 『개밥바라기별』(네이버, 연재 완료, 2008), 공지영의 『도가니』(다음, 연재 완료, 2009), 이기호의 『사과는 잘해요』(다음, 연재 완료, 2009), 김인숙의 『미칠 수 있겠니』(예스24, 연재 중, 2010) 등이 인터넷 연재를 통해 독자와 만나면서 인터넷과 본격문학의 소통이 더욱 활발하게 진행되고 있다. 본격문학의 역량 있는 작가들이 참여하는 인터넷 문학 게시판의 의미 있는 변화는 커뮤니케이션의 무게 중심이 올드미디어에서 뉴미디어로 빠르게 이동하고 있음을 보여주는 것으로 결국 출판의 상업 권력이 인터넷을 시장으로 인정하였다는 의미이다.

> 강태형 대표는 "평소 1만부를 넘기 힘들던 공선옥 씨의 경우, 인터넷 연재소설은 출간 2달 만에 1만8000부를 찍었다"고 설명했다. 독자들은 몇 달간 댓글을 달며 연재를 지켜보고, 따라 읽던 추억이 담긴 책까지 구입한다는 것이다. 강 대표는 "독서란 원래 고독한 행위인데, 영화관에 앉아서 동시에 영화를 보듯 '광장에서의 독서'가 이뤄지는 것"이라고 설명했다. 창비의 김정혜 문학팀장은 "포털과의 제휴 마케팅, 입소문 마케팅 등의 통로도 확보하고, 독자 반응을 통해 판매 부수를 예측하는 등의 효과도 있다"고 말했다.[7]

현실 공간의 문학 권력이 인터넷에 진입한 배경에는 시장원리가 개입돼 있다. 문학 권력을 행사하고 싶어 하는 포털과 인터넷 서점의 부족한 콘텐츠를 제공해 주는 대신, 예측 가능한 안정된 시장을 확보하려는 출판사의 이해

---

7   위 기사 부분 인용

관계가 맞아떨어져 인터넷 연재소설이 시작된 것이다. 동기가 무엇이든 간에 신문 잡지에서나 볼 수 있었던 쟁쟁한 작가들의 신작 소설을 무료로 읽을 수 있다는 것은 독자 입장에서도 매력적인 제안이었다. 모두의 이해관계가 완벽하게 일치하면서 인터넷 연재소설은 문학의 새로운 비즈니스 모델로 부상하였다.

그러나 개인의 사적 공간에서 묵독으로 이루어지던 독서가 다른 사람들과 공유하는 광장에서 음독의 형태[8]로 이루어질 때 작가와 독자는 모두 혼란스러워질 수밖에 없다. 침묵이 깨지고, 쓰는 자와 읽는 자의 경계가 파괴될 때 문학이 지켜온 가장 오래된 관습은 위기를 맞는다.

2.1. 작가 의식의 변화

문자가 권력을 누리던 시대에 그 문자를 지배하는 작가는 신과 같은 존재였다. 작가는 텍스트에 대한 완벽한 장악을 통해 독자를 통제하였고, 독자는 그 권위에 복종함으로써 스스로를 낮췄다. 작가와 독자의 역할은 구분되었고 텍스트는 완전하고 견고하며 쓰이거나 읽힐 뿐이었다.

1990년 12월 11일 〈한국일보〉에 장편 『아리랑』을 연재하면서 작가 조정래는 작가의 말을 통해 다음과 같이 언급한다.

조국은 영원한 것이지 무슨무슨 주의자의 소유가 아니다. 그러므

---

8   인터넷 게시판의 음독(音讀)이란 텍스트를 소리 내어 읽는다는 의미가 아니라, 텍스트를 읽는 행위와 댓글을 통해 떠드는 행위가 동시에 이루어진다는 의미이다.

로 지난날 식민지 역사 속에서 민족의 독립을 위해 피 흘린 모든 사람들의 공은 공정하게 평가되고 공평하게 대접되어 민족통일이 성취해 낸 통일조국 앞에 겸손하게 바쳐지는 것으로 족하다. 나는 이런 결론을 앞에 두고 소설 아리랑을 쓰기 시작했다.

— 〈작가의 말〉 중에서

조정래의 언급은 작가가 텍스트에 갖는 책임과 권력을 맥락화하고 있다. 결론은 작가의 몫이며 독자는 그것을 찾아내거나 이해할 뿐이다. 독자와의 소통은 일방향적이며, 텍스트 외부에서 진행된다. 소설을 연재하는 동안 조정래에게 독자란 '침묵하는 구경꾼'에 불과하다.

그러나 인터넷 게시판을 통해 소설을 연재하는 작가들에게 독자는 더 이상 침묵하는 구경꾼이 아니다. 인터넷의 실시간, 쌍방향, 광역소통이라는 특성은 자연스레 작가에게 독자와 함께 소통하고 그들의 목소리에 귀를 기울이게끔 만든다.

저는 이 작품을 쓰는 도중에 얼굴도 이름도 모르는 무수한 광장의 벗들과 글쓰고 대화하면서 '동시대의 글쓰기'에 대해 오랜만에 신명을 느꼈습니다. 글 쓰고 덧글 다는 폐인이 된 거예요. 나는 청소년들과 시민들이 책 읽고(소통의 내용을 채우기 위해서는 알아야 하니까) 공부하며 다른 사람들과 생각을 나누는 과정이야말로 책을 쓰는 이에게 얼마나 많은 상상력과 충고가 되는지 경험했지요. 서로 주고받는 것입니다. 글쓰기란 최종적으로 세상과 대화하기 위한 행위이니까요.

— 황석영의 〈작가의 말〉 중에서

조정래와 비교해 볼 때 황석영은 분명 변화한 작가의식을 보여주고 있다. 독자와의 소통이 상상력과 충고가 되는지를 경험했다는 진술은 독자의 위상 변화를 작가 스스로 인정하고 있는 것이다. 특히 조정래의 언급이 종결어미 '다'로 일관되게 서술되는데 비해 '거예요', '했지요', '이니까요' 등의 구어적 표현은 인터넷 게시판의 구술적 특성을 보여주는 것으로, 게시판의 공간적 맥락과 독자와의 대화가 작가의 문체에 영향을 준 것이다. 문자 지배자의 권좌에서 내려와 독자들과 소통하는 작가의 태세 전환은 정보화시대가 문학에 초래한 분명한 변화 중의 하나이며, 이 변화를 미학적으로 읽어낼 수 있을 때 정보화시대 문학의 위상과 역할에 대한 우리의 해석은 더욱 정교해질 수 있다.

2.2. 독자 권력의 외면화

〈중앙선데이 제46호〉(2008년 1월 27일자)에 실린 『촐라체』의 작가 박범신 인터뷰를 보면 독자들의 반응이 작가에게 어떤 영향을 미치고 있는지를 잘 알 수 있다.

처음에는 '흔들릴까 두려워서' 의도적으로 댓글을 읽지 않았다.

'흔들릴까 두려워서'라는 표현은 인터넷 공간의 독자 권력에 대한, 1980년대 최고의 대중 작가였으며 〈김동리문학상〉과 〈만해문학상〉을 받은 원로 작가 박범신의 솔직한 고백이다. 그러나 게시판에 연재를 거듭하면서 박범신 역시 독자 권력을 인정하고 스스로 독자에게 다가간다.

순식간에 수백 개씩 댓글이 달리니까 첨엔 읽을 엄두도 안 나더라고. 그런데 그렇게 독자들 반응을 볼 수 있으니까 긴장도 되고 흥도 나고 그렇데요. 나중엔 꼬박꼬박 다 읽어봤는데, 참 행복한 경험이었어요.

악플도 적지 않았다. 충남 논산이 고향인 그에게 '전라도 좌파'라고 악담을 퍼붓는 네티즌도, '촐라체가 글씨체 이름이냐', '박범신이 진짜 작가냐', '작가라면 초보겠지'라는 글도 있었다.

박범신을 모르거나 작가의 권위를 인정하지 않는 신세대 독자들의 반응은 작가에게는 충격적이었을 테지만 실제로 박범신이 아팠던 댓글은 따로 있었다.

진짜 아픈 댓글이 있긴 있었죠. '재미없다'는 한마디가 그렇게 아팠다고 한다. 상처받았다고 고개를 절레절레 흔든다. 네티즌들에게서 힘을 얻은 적도 있다. 하산 중이던 주인공이 조난당한 사람을 구하러 다시 산을 올라가는 장면이 나오는데, 전문 산악인의 조언을 구하자 "현실성이 없다"고 말렸다. 답답한 작가가 "정말 현실성이 없다고 생각하느냐"고 게시판에 묻자 열화와 같은 리플이 달렸다. 열 명 중 여덟 정도가 "충분히 그럴 수 있다"고 지지했다. "그게 쌍방 소통의 하이라이트였다고 할 수 있죠. 사실 독자들이 안 된다고 해도 난 그대로 밀고 나갔겠지만…."

정보지식화사회와 인문공학

재미없다는 독자의 반응에 아파하거나 게시판에 작가가 직접 질문을 던지는 것은 문자 시대의 작가가 독자를 대하는 방식에서 분명 달라진 모습이다. 물론 박범신의 문학관이 인터넷 연재를 한다고 해서 근본적으로 바뀌지는 않았다.

> 잘못된 산악 지식에 대해 전문 산악인이 짚어주는 지적이나 문장
> 이 길다는 비판은 받아들였지만, 줄거리 등 본질적인 부분을 고쳐
> 달라는 요청엔 '작가는 독재자'라는 자세로 밀고 나갔다.

박범신은 인터넷 연재를 하면서도 '작가는 독재자'라는 자세를 포기하지 않았다. 텍스트를 끌고 나가는 권력은 작가에게 있다는 낭만주의적 문학관을 고수하였다. 그러나 지적이나 비판은 받아들였다. 여기서 중요한 것은 독자들이 오류를 짚어나거나 문장이 길다는 식의 비판에만 머물지 않고 텍스트의 본질적인 부분까지 간섭했다는 것이다. 박범신이 수용하고 하지 않고를 떠나서 인터넷 공간의 문학 독자 권력이 댓글을 통해 전경화되고 있음을 보여준다.

당대 최고의 베스트셀러 작가로 떠오른 공지영 역시 인터넷 연재를 앞두고 게시판에 다음과 같은 글을 남겼다.

공지영이에요. 어제는 혼자 소주 두병을 먹고 3시가넘도록 잠들지 못했어요. 신인처럼 떨리고 설레고 무서서요 ㅠ.ㅠ
인터넷의 특성상 실수도 좀 일어날 것도 같아 두렵기도 하고요, 악플도 무섭고요. ^^아침에 일어나니 창밖에 안개가 가득하더군요.
약간 기분이 이상했어요. 어떤 사람들에 대한 고발이 아니라 우리 모두에 대한 사랑으로 쓰여지기를 기도했습니다. 리플 달아주신 분들 감사합니다.
다음 관계자분도수고 많으셨구요 저도 더 열심히 쓸게요

"떨리고 설레고 무섭다"는 표현은 작품 연재에 대한 부담 때문이 아니라 독자들과의 맨얼굴 소통에 대한 공지영의 솔직한 표현이다. 인터넷의 익명성은 작가와 독자의 관계를 수직적 종속 관계가 아니라 수평적 소통 관계로 바꿔 놓았다. 작가와 독자의 상호 소통은 예전에도 다양한 방식으로 이루어졌다. 그러나 그 소통은 작가와 독자라는 명확한 구분과 경계 안에서 가능했다. 인터넷은 그 경계를 무너뜨림으로써 독자의 권력을 강화시켰고, 댓글은 권력의 가시적인 행사이다. 인터넷 연재소설의 상호 작용은 댓글이 그 출발선이다.

3. 상호 소통의 유형-작가의 태도와 독자의 반응

상호 소통 방식을 유형화하기 위해서는 먼저 대상을 선정하여야 한다. 소설 연재 사이트의 대표성과 대중성, 작가의 문학적 위상 등을 고려하여 2010년 10월 24일부터 11월 12일까지 네이버, 다음미디어, 예스24, 교보 북로그, 문학동네 네이버 카페, 문화웹진 나비, 알라딘 문학웹진 뿔, 네이버 인터넷소설닷컴 등 인터넷 연재소설을 진행하고 있는 사이트들에서 연재 중이거나 연재 완료를 포함한 약 50편의 연재소설을 스캔하였고 게시판의 댓글 횟수를 기준으로 다음과 같이 작가의 태도를 구분하였다.

- 침묵형 : 작가가 게시판에 댓글을 전혀 달지 않는 경우
- 경청형 : 작가가 게시판에 가끔씩 댓글을 다는 경우, 혹은 작가의 말을 통해 독자의 댓글을 읽고 있다고 고백한 경우

정보지식화사회와 인문공학

- 참여형 : 작가가 게시판에 댓글을 통해 독자와의 소통에 적극적
  인 경우

독자의 반응은 댓글의 의미론적 층위 분석을 통해 다음과 같이 분류하였다.

- 지적형 : 댓글을 통해 작가에게 질문하거나 문제를 제기하는
  유형
- 동조형 : 작가의 작품 세계에 나름의 논리를 갖춰 동의를 표하
  는 유형
- 감탄형 : 논리보다는 무조건적인 상찬을 늘어놓는 유형
- 대화형 : 게시판에 다른 독자들과 실시간으로 일상적인 대화를
  즐기는 유형
- 청유형 : 작가나 다른 독자들에게 요청하거나 부탁하는 유형
- 잡담형 : 작품과는 아무 상관 없는 이야기를 독백처럼 중얼거리
  는 유형

참여 빈도와 의미 분석을 통해 설정된 기준을 갖고 인터넷 게시판 연재 소설을 등단 유무, 작가의 태도, 독자의 반응으로 유형화해보면 다음과 같은 분류가 가능하다.[9]

---

9   문학 댓글에 대한 선행연구가 전무한 탓에 기준과 유형 분류에 자의적인 판단이 개입될 수밖에 없다. 체계화와 정교화는 추후 지속적인 연구를 통해 감당해야 할 몫이다.

등단 유무	작가의 태도	독자의 반응
기성 작가	침묵형	감탄형
	경청형	동조형, 청유형
	참여형	대화형, 잡담형
아마추어 작가	경청형	지적형, 감탄형
	참여형	청유형, 대화형, 동조형

이제 각 유형별 대표적인 작품을 통해 작가의 태도와 독자 반응의 관계를 살펴보고, 그 문학적 의미를 논의해 보도록 하겠다.

3.1. 기성작가 침묵형 :
김훈 『공무도하』(문학동네 네이버카페), 조정래 『허수아비춤』(다음)

김훈은 문학동네 카페에 『공무도하』를 연재하면서 철저하게 침묵으로 일관하였다. 그는 기계를 만지지 못한다고 고백하면서 '문학동네'의 컴퓨터 망에 연재를 결심한 까닭을 그 망설임으로부터 벗어나기 위함이라고 조심스럽게 털어놓았다. 닉네임 시나기맨은 "연필과 원고지로 대표되는 김훈작가님이 웹 연재라니! 이런 이벤트를 이끌어낸 문학동네 카페 운영자에게 경의를 표하는 바이오"라는 댓글을 통해 김훈 문학에 대한 기대감을 드러내기도 하였다.

106회로 진행된 연재 기간 중 각 회당 평균 댓글은 70건으로 다른 인터넷 연재보다 높은 댓글 수를 기록해 김훈의 인기를 실감할 수 있었다. 대부분의 댓글이 상찬 수준의 감탄형이었지만 논리적인 동조형도 눈에 띄었다.

단 한 줄의 댓글도 달지 않고 연재 기간 내내 침묵으로 일관했지만 김훈이 독자의 댓글을 전혀 읽지 않은 것은 아니다. 맨 처음 연재를 시작할 때 그는 서명에 '김훈은 쓰다'라고 적었다.

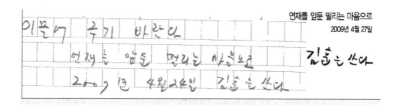

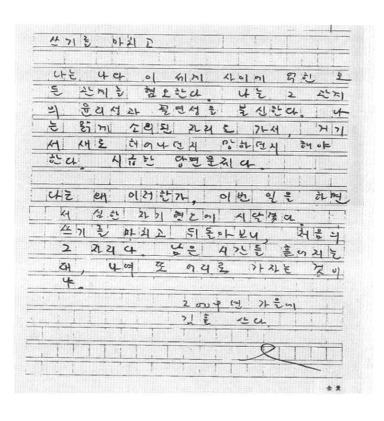

그런데 연재를 마치면서 역시 원고지에 육필로 쓴 집필 후기를 캡처해 올린 것을 보면 '김훈 쓰다'로 '은'이 생략돼 있다. 댓글을 읽다 보니 아래와 같은 독자 질문이 있었다. 아마도 후기는 그 질문에 대한 김훈식의 답변일지도 모른다.

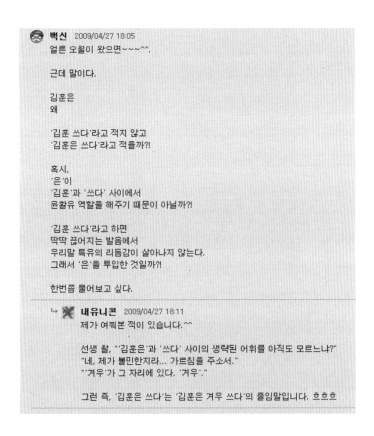

김훈은 인터넷 연재라는 낯선 시도에 심한 혐오에 시달렸다. 그에게 인터넷 공간은 몸에 맞지 않는 옷이었을 것이다. 디지털 소음에서 벗어나 '맑게 소외된 자리'가 더 편한 김훈에게, 침묵은 당연한 태도이다.

정보지식화사회와 인문공학

조정래 역시 연재 기간 내내 침묵을 지킨 작가이지만 집필 후기에서 김훈과는 다른 반응을 보여주었다.

처음 한 일, 그 보람

'인터넷 연재'란 퍽 낯선 것이었습니다. 그러나 하고 보니 퍽 매력 있는 일이기도 했습니다. 기존의 '신문 연재'에 비해 하루 게재량이 두 배가 넘어 속도감이 있는 것이었고, 신문 연재 때는 감지할 수 없었던 독자들의 반응을 즉각즉각 만날 수 있다는 사실이었습니다. 이번 경험으로 우리 사회의 문화 실태가 확연히 변화되었음을 실감할 수 있었습니다.

그리고 독자 여러분들의 예기치 못했던 뜨거운 호응에 처음 시도한 일에 대해 큰 보람을 느끼고 있습니다. 제 글을 읽어 주신 수많은 독자 여러분들께 진심으로 감사의 인사를 드립니다.

독자들은 두 작가의 권위에 감탄으로 예의를 차렸고, 그들은 침묵으로 권위를 지켜냈다. 그러나 김훈이 독자들의 예의를 혐오스러워 하지만 조정래는 보람을 찾았다. 그 차이가 무엇에서 연유한 것인지는 알 수 없으나 『공무도하』와 『허수아비춤』이 지향하는 미학적 세계가 사뭇 다름과 연관이 있어 보인다. 독자로부터 벗어나려는 태도와 독자에게 다가가려는 태도 사이의 셈법이 각기 다른 문학적 포즈를 취한 것이다.

3.2. 기성작가 경청형 : 김선우 『캔들 플라워』(문화웹진 나비)

김선우는 침묵하지는 않았지만 그렇다고 독자들과 적극적으로 소통하지도 않았다. 거리를 두면서도 독자들에게 자신이 곁에 있다는 것을 가끔씩 상기시켜준다는 점에서 전형적인 경청형 작가이다.

위가 연재를 시작하며 올린 글이고, 아래는 연재를 마치며 올린 글이다. 독자들과 함께 하겠다고 다짐했지만 댓글을 통한 소통에 직접 참여하지는 않았다. 대신 마지막에 "벗님들과 함께 쓴 소설"이라는 수사로 독자들의 맛있는 댓글에 대해 감사를 표했다. 작가가 모습을 드러내지는 않지만 어디선가 보고 있다는 생각에 독자들은 동조형과 청유형으로 반응을 보인다. 독자들의 반응이 작품에 반영됐다 안 됐다는 중요하지 않다. 난 당신들의 말을 경청했다는 고백이 중요하다. 침묵형 작가에게 독자가 감탄으로 예의를 표한다면, 경청형 작가는 "많은 도움을 받았다"라는 확인할 길 없는 능청으로 독자에게 예의를 차린다.

3.3. 기성작가 참여형 : 황인숙 『도둑괭이 공주』(문학동네 네이버카페)

앞에서 살펴본 세 작가와 달리 황인숙은 게시판을 통해 연재가 진행 중에 있다. 서른 넘어 처음 컴퓨터를 접해 익숙지 않다는 이 작가는 그러나 독자와의 소통에 놀라운 열정을 보여 등수 놀이를 하기도 하고 76개의 댓글 중 본인이 14개를 다는 정성을 보이기도 한다. 그녀의 연재 게시판은 마치 찜질방에 보여 수다를 떠는 것처럼 독자들의 대화와 잡담으로 시끌벅적하다. 10회 연재에서는 독일에 허수경 시인이 댓글을 남기자 감기 걸린 그녀에게 생강 우린 꿀차를 추천해주고, 가끔은 문학동네 게시판에서 함께 연재를 진행 중에 있는 황인숙, 김숨, 김유진 세 작가가 실시간으로 서로 대화를 나누는 진풍경이 벌어지기도 한다.

문학 게시판에서 문학 이야기보다 서로 안부를 묻거나 일상을 늘어놓거나 등수 놀이를 즐길 수 있는 것은, 황인숙 스스로 쓰는 자의 자리에서 잠시 빗겨나 독자와 함께 읽는 자의 자리를 차지하고 있기 때문이다. 작가가 독자의 자리로 내려올 때 독자들은 대화와 잡담으로 또 한 명의 독자를 맞이한다. 비록 문학은 빠져있지만 그 일상의 수다에서 황인숙은 문학 그 이상의 즐거움을 누리고 있다.

3.4. 아마추어 작가 경청형 :
서아 『사랑의 반대말은 무관심이다』(네이버 인터넷소설닷컴)

네이버의 〈인터넷소설닷컴〉은 2003년에 개설되어 2009년에는 네이버 대표카페에 선정되기도 한 회원 수 49만 명의 문학 커뮤니티이다. 카페 메뉴 중에 [INSODOT 지정] 게시판은 〈인터넷소설닷컴〉에서 활동하는 아마추어 작가 중 그 역량을 인정받은 소수의 작가에게 독립적인 창작 공간을 제공해 주고 있다. 〈인터넷소설닷컴〉에서 활동하는 작가 중 서아는 아마추어 작가 중 드물게 경청형 태도를 취하고 있다. 댓글에 적극적으로 반응하지는 않지만 독자들의 지적을 경청하고 실제로 작품 구성에 반영한다. '기성작가 경청형'에 비해 독자의 반응에 훨씬 전향적인 자세를 취하고 있다. 연재를 마치고 독자들의 질문에 답변하는 형식으로, 혹은 본문의 맨 마지막에 작가의 전언 형식으로 자신이 독자의 지적을 경청하고 있음을 겸손하게 드러냈다.

Q. 01. '나는 조선의 공주입니다'가 대장정을 마쳤는데, 처음 의도하셨던 스토리와 달라진 부분은 없나요?   - 키 무치노 (dazzling007)님

A. 결론부터 이야기하자면, 많이 달라졌습니다. 원래는 25편으로 예정되어있었고, 가휘와 연의 러브라인보다는 연의 상처 치유에 비중을 두었죠. 혜을이라는 캐릭터도, 처음에는 존재하지 않았어요. 하나하나 세부적으로 사건을 전개하다보니 이야기가 많이 늘어났고, 결국 소설이 전혀 다른 방향으로 흘러가게 되었답니다. 저도 예상하지 못했던 결말이에요.

프롤로그가 윤태루님의 '궁에는 개꿀이 산다'와 비슷하다는 지적이 많았는데,
많이 다르답니다. 지켜봐주세요. 단순한 악녀의 이야기가 아닌데 프롤상으로는 그렇게 비춰졌네요.
장편소설이랍니다. 언제 끝맺음 지는, 저도 예측불가지만 꾸준히 연재할게요. ^^

아마추어 작가이다 보니 기성 작가-독자의 관계보다는 그 위계나 권력
관계가 약할 수밖에 없지만, 자발적으로 팬클럽이 조직되고 작가와 독자가
서로의 글과 말을 경청하는 수평형 커뮤니케이션 방식을 보여주고 있다.

3.5. 아마추어 작가 참여형 :
미틴아이 『삶의 끝에서』(네이버 인터넷소설닷컴)

서아가 게시판을 통한 독자와의 직접적인 소통 대신 쪽지나 전언 등의
경청형 방식을 사용한다면 미틴아이는 적극적으로 독자의 댓글에 반응하는
전형적인 인터넷 작가이다.

게시판에 올라온 모든 독자의 댓글에 친절하게 답글을 달아주는 미틴아
이의 방식은 자신의 글을 관심 있게 읽어주는 독자가 있다는 사실에 감사해
하는 아마추어적인 열정이지만, 독자의 입장에서 보면 일종의 팬서비스이
다. 작가의 우월적 지위를 인정하고, 답변 없는 작가와 대화를 시도하기보다
는 그 공간 안에 다른 독자들과 잡담을 나누는 방식이 익숙한 기성작가 연

재 게시판에 비해, 작가와 독자가 동등한 입장에서 댓글을 통해 대화하는 것이 아마추어 작가 참여형의 특징이다.

4. 결론

지금까지 작가와 독자의 새로운 소통 방식인 인터넷 댓글을 작가의 태도와 독자의 반응을 기준으로 유형화 해보고 그 특징을 살펴보았다. 앞에서도 언급하였듯이 이 글은 '연재'의 과정 속에서 소통의 방식과 밀도, 작가와 독자의 관계 설정 등이 실제 텍스트 창작에 미치는 영향을 분석하기 위한 시론의 성격을 띠고 있다. 자의적인 유형화와 직관적 판단의 한계는 추후 지속적인 연구를 통해 보완해 나갈 것이다.

유형별 특징을 '부재(不在)'라는 측면에서 살펴보면, 특징적인 두 가지 현상이 나타난다. 아마추어 작가의 경우 독자와의 소통에 적극적이어서 '침묵형'이 전무한 반면에 기성작가의 연재게시판에서 독자들이 '지적형'의 반응을 보이는 경우는 찾아보기 힘들었다. 아마추어 작가들은 작가로서의 권위를 심각하게 생각하지 않지만, 기성작가 연재소설 게시판의 독자들은 작가의 권위에 도전적으로 읽힐 수 있는 '지적'에 미온적인 태도를 보임으로써 작가의 권위를 은연중에 인정하고 있다. 익명의 특성상 확인할 수는 없지만 김훈의 인터넷 연재소설의 독자군은 현실 공간에서 김훈의 독자군과 겹쳐질 것이다. 인터넷 아마추어 작가들의 문학적 감수성이 그들 작품을 즐겨 읽는 독자들의 감수성과 겹쳐지는 것과 같은 맥락이다.

기성 작가군들도 2000년 이후 등단한 젊은 작가들은 '참여형'이 많았지만 본격 문학판에서 권위를 인정받고 있는 원로급과 중견 작가군들에서는 '침묵형'이 다수를 차지하였다. 아마도 세대론적 거리가 컴퓨터와 인터넷에 대한 도구적 친밀도와 연동되기 때문일 텐데, 조정래와 김훈의 경우처럼 역전되는 경우도 있어 일반화하기는 어렵다. 기성작가의 경우에는 '감탄형'과 '동조형' 중 동조형의 비율이 높았지만, 아마추어 작가의 경우에는 '동조형'보다 '감탄형'의 비율이 높았다는 점도 주목할 만하다. 게시판 댓글만 갖고서 확증할 수는 없지만 독자의 연령이나 교육 수준, 문학에 대한 심미안 등이 아마추어 작가의 연재게시판보다 기성 작가의 연재게시판이 더 높기 때문으로 판단된다.

종이 지면에서 인터넷 게시판으로의 이동이 큰 의미가 없다고 생각할 수도 있다. 인터넷 연재를 출판을 목적으로 진행되는 과정의 한 지점에 불과하다고 보면 그 의미는 더더욱 축소된다. 그러나 70년대 〈호스티스 문학〉이나 80년대 〈사회주의리얼리즘 문학〉이 '신문'과 '문학지'에 연재라는 방식으로 그 문학적 좌표를 설정할 수 있었다는 것을 염두에 두어보면 인터넷 연재가 새로운 문학적 양식을 만들어낼 수 있는 개연성은 충분하다. 판타지소설이나 SF같은 주변부 장르들이 본격문학 판에서 운영하는 문학 게시판에 연재되기 시작하였고, 무엇보다 독자의 반응을 즐기고 적극적으로 수용하는 아마추어 작가들이 거대한 창작집단을 형성하고 있다. 기존 작가들의 완강함에 설득돼 자칫 이 변화들을 놓친다면 미래의 문학에 대한 우리의 길찾기는 더욱 미궁 속을 헤매게 될 것이다.

5절 패러다임 쉬프트(Paradigm Shift)와 소설의 운명

1. 들어가는 말

우리 현대소설사에서 작가 이인화는 매우 독특한 캐릭터이다. 본명보다 이인화라는 필명으로 더 잘 알려진 그는 1992년 『내가 누구인지 말할 수 있는 자는 누구인가』로 제1회 〈작가세계〉 문학상을 수상하면서 화려하게 등단하였다. 데뷔작 『내가 누구인지 말할 수 있는 자는 누구인가』는 90년대 초 한국 문화 예술계를 강타했던 포스트모더니즘 논쟁과 맞물려 문단의 격렬한 표절 공방을 불러일으키면서 약관의 신인 작가를 단숨에 화제의 중심에 세운다.

특히 다분히 의도적인 평론가 류철균의 등장[1]으로 이인화는 더욱 거센

---

1   작가 이인화(필명)는 평론가 류철균(본명)으로 잡지 『책마을』(1992년 봄호)에 「재현할 수 없는 세계에 대한 질문」이라는 서평을 게재한다. 자신의 작품을 자신이 옹호하는 부조리한 상황은 결국 이성욱의 비판으로 이어졌고, 『내가 누구인지 말할 수 있는 자는 누구인가』

비판에 직면한다. 도정일은 "작가가 짜깁기만 했을 경우, 즉 '조립소설'을 썼을 경우 그것을 소설이라 할 수 있는가?"라고 질문하면서 이인화의 소설이 가장 조잡한 형태의 재현주의, 무매개의 즉물주의에 다름 아니라고 비판한다.[2] 장정일은 이인화가 급조된 포스트모더니스트이며, 소설의 미학적 성취가 논쟁을 유인할 만큼 뛰어나지 않다고 폄하했고,[3] 이성욱은 "나름의 절차와 방법을 구비, 누가 보더라도 기존의 어느 작품에서 따온 것을 분간할 수 있게끔 그「공공연함과 명백성」이 드러나야 소설의 한 형식인 패러디로 인정될 수 있는데, 따온 흔적을 부분 부분 도처에 숨겨버린 이 소설은 예술적한 방법인 차용이 아니라 도용일 수밖에 없다"고 이인화를 공박하였다.[4]

'짜깁기'와 '차용'이라는 주홍글씨를 텍스트에 새긴 이인화의 작가로서의 미래는 불투명해 보였다. 그러나 이인화는 '짜깁기'와 '차용'을 '공공연하고' '명백하게' 텍스트 전면에 내세운 역사소설 『영원한 제국』(세계사, 1993)으로 다시 한 번 한국문단을 뒤흔든다. 팩션이란 용어도 생소했던 90년대 초, 이인화가 만들어낸 한국적 팩션의 흡입력 있는 세계에 후일담 문학에 지쳐가던 독자들은 열광했다. 『영원한 제국』은 백만 부 이상 팔려 나갔고 연극으로 영화로 확장되어 가면서 90년대 가장 중요한 소설로 자리매김한다.

소설의 첫 부분에 밝힌 "학문적 검증에의 욕망을 포기하고 즐거움으로써의 글쓰기와 허구의 가능성을 무제한 보장하는 전혀 다른 왕국으로 달아

의 표절 논쟁을 촉발시켰다. 2013년 1월 15일 이인화는 『조선일보』 어수웅 기자와 인터뷰에서 그 상황을 젊은 날의 치기라고 변명했지만, 실제로는 항상 논쟁의 중심에 서고 싶어 하는 이인화의 강렬한 정치적 욕망 기제가 처음으로 작동한 것으로 보는 것이 옳다.

2   도정일, 「시뮬레이션 미학 또는 조립문학의 문제와 전망」, 『문학사상』 7월호, 1992.

3   장정일, 「베끼기의 세가지 층위」, 『문학정신』 7·8월 합병호, 1992.

4   이성욱, 「심약한 지식인에 어울리는 파멸」, 『한길문학』 여름호, 1992.

나 보는 것도 좋지 않은가"라는 집필 의도와 마지막 부분에 "허구화를 위해 움베르토 에코의 『장미의 이름』, 코난 도일의 『바스커빌의 개』 등 여러 추리소설의 모티브들을 응용하였다"는 고백을 통해 이인화는 『내가 누구인지 말할 수 있는 자는 누구인가』에 쏟아진 비난에 대한 소설적 대답을 분명히 한다.[5]

단 두 권의 소설로 자신의 이름을 90년대 문학판에 각인시킨 이인화는 1995년 이화여대 국문과 교수로 임용되면서 또 한 번 세간의 관심을 끌게 된다. 만 스물 아홉의 박사과정에 있는 젊은 작가의 교수 임용은 보수적인 국어국문학계에서는 파격적인 인사였고, 평론가 류철균이 소설가 이인화로 세포분열했듯이 소설가 이인화는 다시 교수 류철균으로 세포분열한다.[6] 교수로 임용돼 강단에 섰지만 소설가 이인화는 계속 작품을 발표하여, 1997년 『인간의 길』, 1998년 『초원의 향기』, 2002년 『하늘꽃』, 2004년 『하비로』를 상재한다. 그 사이에 2000년 단편 「시인의 별」로 제24회 이상문학상을 수상하고, 2001년에는 「한국현대소설 창작론 연구」로 박사학위를 취득한다.[7]

---

5 비슷한 시기에 등단해 표절 시비에 함께 휘말렸던 『살아남은 자의 슬픔』의 작가 박일문이 데뷔작의 덫에 걸려 결국 단명하고 말았음을 상기해보면 이인화가 『영원한 제국』을 통해 보여준 공격과 수비는 절묘했다.

6 한 개의 세포가 두 개의 세포로 갈라져 세포의 개수가 불어나는 생명현상을 일컫는데, 이 과정에서 분열되는 세포를 〈모세포〉, 분열 결과 새로 생겨난 세포를 〈딸세포〉라 한다.(두산백과 세포 항목 참조) 이인화의 경우는 모세포와 딸세포가 구분될 수 있는지 불분명하며, 하나의 세포에 두 개 이상의 핵이 들어있는 다핵세포처럼 보이기도 한다.

7 독자들의 열광적인 환호와 별개로 『영원한 제국』은 영남지역에서 야사로 전해져 오던 '정조 독살설'을 정면으로 다루면서 역사소설의 책임과 한계에 대한 논란을 불러왔고, 1997년 발표한 『인간의 길』은 박정희 미화 논란으로 곤욕을 치렀고, 2000년 이상문학상 대상작인 『초원의 향기』는 수상 선정에 문제가 있다는 구설에 휩싸이기도 했다. 2004년 『하비로』를 발표하면서는 중국·상하이(上海)에 실제 존재했던 거리 하비로(霞飛路)를

그런데 2004년 『하비로』를 끝으로 갑자기 소설가 이인화는 사라진다. 2012년에 출간한 『지옥설계도』(해냄, 2012)의 광고 콘셉트가 "8년을 기다려 온 이야기꾼의 귀환"이라는 것에서 알 수 있듯이 데뷔 후 12년 동안 6권의 작품을 발표한(다작은 아니지만 그렇다고 과작도 아닌) 중견작가에게 8년의 공백은 의외롭다. 대체 2004년 이후 그에게 무슨 일이 일어난 것일까?[8]

이인화가 열혈 게이머임은 널리 알려진 사실이다. 이런저런 지면을 통해 고백하였고, TV조선의 '북잇(it)수다'(2013년 1월 15일 방송)에서는 게임 중독자임을 스스로 인정하기도 했다.[9] 자신의 게임 서사 경험을 바탕으로 '디지털스토리텔링'이라는 새로운 학문 분야를 개척하였고, 〈디지털스토리텔링학회〉를 창립하여 전위적 문학연구의 선편을 잡았다. 작가 이인화는 사라졌지만 류철균은 교수이며 학자이고 디지털스토리텔링 관련 국책 과제의 연구 책임자로 다핵화되었다.[10]

그렇다면 왜 이인화는 촉망받는 작가에서 게임연구자로 변신하면서 소

제목으로 삼았으면서도 직접 현장에 가보는 대신 인터넷을 통해 1930년대 상해에 대한 정보를 검색하고 편집하여 소설을 집필하였다는 발언으로 또 한 번 문단에 이슈가 된다. 『내가 누구인지 말할 수 있는 자는 누구인가』부터 『하비로』에 이르기까지 이인화는 의도했던 의도치 않았던 기존의 규범과 질서와 충돌하면서 이야기꾼으로서의 자신의 입지를 스스로 만들어냈다.

8 소설을 쓰지는 않았지만 2005년에 『한국형 디지털스토리텔링』(살림)이라는 게임 서사 연구서를 단행본으로 출간하였는데 저자 이름을 류철균이 아니라 이인화로 명시하였다. 매우 상징적인 세포분열이다.

9 이인화는 가상공간에서도 유명하다. 〈리니지2〉 바츠해방전쟁에 직접 참여한 칭기스칸 혈맹의 군주였고, '몽골리안포스'라는 캐릭으로 MMORPG 〈길드워〉를 평정하기도 하였다.

10 2005년에 이화여대 대학원에 디지털미디어 학부를 만들고 국어국문학과 교수에서 디지털미디어학부 교수로 변신한 것도 흥미롭다. 안정적인 학문 분야 대신에 모험적인 시도를 한다는 것은 새로운 분야에 대한 자신감이 충만했거나, 기존의 영토에서 자신의 입지에 대한 불안감 때문일 텐데 배경이 무엇이든 이인화의 선택은 탁월했다.

설의 세계에서 게임의 세계로 도피하였을까? 게임의 어떤 매력이 밀리언셀러 작가를 8년 동안 단 한편의 작품도 쓰지 못하게 한 것일까? 아니 사실 더 중요한 질문은 그럼에도 불구하고 왜 그는 8년 만에 다시 소설의 세계로 귀환한 것일까?

『지옥설계도』에서 이인화는 '소설'이라는 관습적 서사 양식에 대한 공격과 수비를 노련하게 수행하면서, 소설의 운명에 대한 흥미로운 메타포로 조직해냈다. 이 글은『지옥설계도』를 통해 이인화가 새롭게 제시한 창작방법론을 〈싱크로율의 미학〉이라 특징짓고, 그 저변에 깔린 정치적 함의를 분석해 봄으로써, '소설의 시대'에서 '이야기의 시대'로 넘어가는 패러다임 쉬프트(Paradigm Shift)를 검토해보는데 목적이 있다.

2. 이야기꾼의 귀환[11]

『영원한 제국』에서『하비로』에 이르기까지 이인화는 자신을 작가나 소설가라는 표현 대신 일관되게 이야기꾼이라 표현하고 있다. Writer가 아니라 Storyteller라는 자아 인식은 이인화 문학을 관통하는 키워드이다. 스토리의 '창조자'가 아니라 스토리의 '전달자'라는 자기 규정은, 붓을 빌려주고 이야기 뒤로 사라지는 이야기꾼의 운명을 살겠다는 의지이다. 그가 소설가

---

11 2012년 11월 중순, 출판사 〈해냄〉은 신문사 문화부 기자들을 초청해 이인화 신작소설 『지옥설계도』에 대한 간담회를 개최하였다. 긴 공백이 있었지만 1990년대 『영원한 제국』으로 밀리언셀러를 기록했고 내놓는 작품마다 화제를 불러일으켰던 이인화의 신작에 대한 기대로 간담회는 성황을 이루었다. 이날 〈해냄출판사〉가 홍보 콘셉트로 내건 슬로건은 "8년을 기다려온 이야기꾼의 귀환"이다.

가 아니라 이야기꾼임을 고집하는 것은 『내가 누구인지 말할 수 있는 자는 누구인가』가 가져다준 트라우마 때문이다. 작가는 표절을 경계해야 하지만 이야기꾼은 표절에서 출발한다. 작가는 자신의 이야기를 해야 하지만 이야기꾼은 남의 이야기를 자신의 이야기인 양 하는 사람이다. 작가는 창조하지만 이야기꾼은 조립한다.

말하자면 나는 오랫동안 전해지던 이야기를 새롭게 다시 전하는 이야기꾼이다. 소설가는 자신을 표현하고 자신의 고유성과 자기 내면의 남다른 진실을 보여주기 위해 소설을 쓴다. 그러나 이야기꾼은 그는 자신을 표현하기보다 전해오는 이야기를 최대한 생생하게 다시 구현하기 위해 붓을 빌려줄 뿐이다.[12]

교양과 정보를 주는 '이야기꾼'이고 싶다[13]

"작은 성찰, 지침을 주는 친절한 이야기꾼, 이야기는 남고 자신은 뒤로 사라지는 이야기꾼"으로 남고자 하는 욕심 때문이다.[14]

일찍이 도정일은 이인화 소설을 포스트모더니즘에서 이야기하는 시뮬레이션 미학을 성취하지 못한 조립소설에 불과하다고 비판하면서 텍스트라

---

12   이인화, 『영원한 제국』, 세계사, 356면.
13   동아일보 2002년 5월 10일자 기사 부분 발췌.
14   한겨레신문 2004년 12월 14일자 기사 부분 발췌.

기보다는 시뮬레이션 게임에 가깝다고 평가하였다.[15] 참으로 놀라운 선견지명이다. 결국 20년 후에 이인화는 웹 전략 시뮬레이션 게임의 원작이 되는 조립소설 『지옥설계도』를 출간했다.

『지옥설계도』는 얼핏 『영원한 제국』을 연상시킨다. 의문의 살인 시간, 거대한 음모를 밝혀내는 추리 기법, 겉이야기와 속이야기를 넘나드는 이중 구조, 익숙한 이야기를 솜씨 좋게 버무린 조립미학까지 많은 부분에서 『영원한 제국』과 상호텍스트성을 갖고 있다. 그러나 분명한 차이도 있다.

『영원한 제국』 첫 부분에 밝힌 "학문적 검증에의 욕망을 포기하고 즐거움으로써의 글쓰기와 허구의 가능성을 무제한 보장하는 전혀 다른 왕국으로 달아나보는 것도 좋지 않은가"라는 지극히 전략적인 집필 의도는 『지옥설계도』에서는 "환멸에 빠진 중년 남자가 희망을 발견하는 이야기를 써보았습니다. 문장도, 묘사도, 미학도 모두 무시하고 원고지 2000매를 눈 깜짝할 사이에 써버렸습니다. 이렇게 내 마음대로, 닥치는 대로 뭔가를 써보기는 처음입니다"라는 어깨에 힘을 뺀 고백으로 변하였다. 데뷔 후 12년 동안 6권의 작품을 발표한 중견작가가 데뷔 20년 만에 처음으로 내가 쓰고 싶은 걸 누구의 눈치도 보지 않고 가슴에 고인 폭풍 같은 감정을 수돗물처럼 쏟아낼 수 있게 된 것은 무엇 때문일까?

문장과 묘사와 미학을 중시하는 것은 작가이다. 아니 작가의 어깨 위에서 사사건건 텍스트에 참견하는 평론가 혹은 비평가들이다. 자신을 바라보는 문단과 비평계의 시선에서 벗어나기 위해 스스로를 이야기꾼이라 규정할 만큼 이인화에게 『내가 누구인지 말할 수 있는 자는 누구인가』의 상처뿐

---

15   도정일, 「시뮬레이션 미학 또는 조립문학의 문제와 전망」, 『문학사상』 7월호, 1992.

인 영광은 작가인 이상 벗어날 수 없는 주홍글씨였다. 쓰고 싶은 것보다는 쓸 수 있는 것을 써야 하고, 독자가 아니라 평론가들이 눈치를 봐야 하는 작가로서의 삶이 환멸스러워 이인화는 2004년 돌연 문단을 떠난 것은 아니었을까? 그렇다면 8년이 지난 지금 다시 문학의 세계로 돌아온 것은 이제 더 이상 문단과 비평가들의 눈치를 보지 않겠다는, 이야기꾼으로서의 민낯을 부끄러워하지 않겠다는 의지와 자신감이 생겼기 때문은 아닐까? 이야기꾼임을 전면에 내세움으로써 이인화는 문단과 비평가라는 엄격한 검열기제를 건너뛰었고, 스스로 주홍색이 되어 마침내 자신을 오랫동안 괴롭혀왔던 주홍글씨를 지울 수 있게 되었다.

3. 게임의 소설화, 소설의 게임화?

『지옥설계도』의 핵심 키워드는 '게임'이다. 작가의 말에서 이인화는 상당히 많은 지면을 게임이야기에 할애하고 있다. 〈리니지2〉 '바츠해방전쟁'을 회상하고, 문학과 게임을 하나로 이어보려는 시도에 대해 설명하였고, 마지막엔 책을 만들어 준 출판사 관계자가 아니라 이 땅의 모든 게임개발자들에게 고마움을 표하였다. 그동안 이인화가 스스로를 변호하고 방어하는 전략적 입장을 〈작가의 말〉을 통해 보여줘 왔다는 것을 상기해보면 4p에 불과한 짧은 글에서 언급된 게임의 맥락은 다분히 정치적인 의도를 갖고 있다.

아마 '바츠해방전쟁'에 참전하지 않았다면 지금의 이인화는 전혀 다른 길을 가고 있을 것이다. 2004년 6월부터 2005년 4월까지 11개월에 걸쳐 〈리니지2 바츠서버〉에서 진행된 거대혈맹과 군소혈맹 연합 사이의 치열한 공성전은 MMORPG가 제공해 주는 거대한 재미의 일부분이었다. 그저 〈리니지2〉 유저들 사이에서 추억거리로 회자될 정도의 게임 내부 서사가 '바츠해방전쟁'이 되고, 위엄을 갖춘 희생자들, 최후에 승리하는 패배자들, 타락한 현실에 대해 선을 주장하는 무법자들의 형이상학적이고 영웅적인[16] 대서사시로 승격된 것은 전적으로 이인화의 공이다. 그가 『한국형 디지털스토리텔링』에서 묘사한 바츠해방전쟁은 잘 짜인 한 편의 판타지 소설이었다. 게임 게시판과 채팅창과 현모에서 오고 가는 짤막한 이야기와 게임에 몰입한 유저들의 격한 감정의 조각들이 이인화에게 놀라운 영감을 주어 거대한 로망스의 모자이크가 마법처럼 완성된 것이다. 이인화는 스스로 게임 서사의 음유시인이 되어 바츠해방전쟁을 노래하였고, 이를 미디어가 실어 나르면서 바츠해방전쟁은 전설이 되어버렸다.

　한국의 게임 연구는 최유찬(『컴퓨터게임의 이해』, 2002)에서 시작되었지만, 게임이 학문 연구의 대상으로 포섭될 수 있었던 것은 이인화라는 탁월한 이야기꾼 덕분이다. 바츠해방전쟁 역시 게임서사를 연구하는 이인화의 전략적인 선택이었다. 2004년 바츠해방전쟁이 절정을 치닫고 있을 때, 이인화는 『하비로』를 집필 중이었다. 1930년대 상하이의 뒷골목과 뿌연 담배연기로 가득한 보헤미안 구락부를 쏘다니다가, 검과 마법이 지배하는 우울한 아덴 왕국의 숭고한 전쟁터로 내달리던 이인화에게 정말 소설 같은 세계는 어디였을까?[17]

　『지옥설계도』에는 바츠해방전쟁에 대한 오마주가 등장한다. 바로 '예언

16　이인화, 『한국형 디지털스토리텔링』, 살림, 2005, 117-118면.

17　『하비로』는 2004년 12월에 출간되었다.

자 던킨'이 엄청난 수적 열세를 극복하고 앙헬 산 전투에서 동방군령 드라기를 죽음으로 몰아넣고 승리하는 장면이다. 잔혹한 폭군 드라기가 죽고 동방군령이 무너지자 〈인페르노 나인〉에 평화가 찾아온다. 한 가지 다른 점은 바츠해방전쟁이 고귀한 희생을 바탕으로 한 집단지성과 사용자들의 열정이 빚어낸 숭고한 도덕성의 승리였다면, 앙헬 산 전투는 결정적인 세 번의 행운과 불가능한 우연(궁병 머튼만이 유일하게 활을 들고 있었고, 그의 6-70미터 앞에 드라기가 무방비 상태로 말을 타고 있다는)이 빚어낸 기적 같은 승리이다. 왜 이인화는 오마주임이 분명함에도 불구하고 앙헬 산 전투를 바츠해방전쟁과 다른 방식으로 묘사했을까? 〈인페르노 나인〉은 웹전략게임으로 곧 출시된다. 『지옥설계도』는 이인화가 만든 세계이며, 〈인페로느 나인〉의 원작 소설이다. 〈인페로느 나인〉의 유저들은 익숙한 이야기로부터 게임을 시작해야 한다. 타인의 세계를 자신의 세계로 만들기 위해서는 싱크로율 값을 낮춰야 한다. 소설 속 앙헬 산 전투는 설계도가 되어 유저들에게 상기될 것이고 곧 무수히 많은 다른 이야기로 재창조될 것이다. 바츠해방전쟁을 떠올리게 하면서, 그 기억의 싱크로율 값을 55%로 낮춘 것이라면 이인화의 설계도는 치밀하다. 이 치밀함이 서사의 구성, 스토리와 플롯의 정합성을 이야기하는 것은 아니다. 이인화가 보여준 텍스트와 컨텍스트의 관계 설정에 대한 정치적이고 전략적인 치밀함이다.

보수적인 관점에서 보면 『지옥설계도』는 별로 탁월할 것 없는 대중소설에 불과하다. 멀리는 1990년대 〈하이텔〉이나 〈천리안〉 SF 동호회의 게시판 소설이나 '듀나일당'의 SF소설이 보여주었던 세계관, 일본 사이버펑크 애니메이션의 상상력, 가깝게는 영화 〈매트릭스〉나 〈인셉션〉의 서사장과 겹쳐지거나 맞닿아 있다. 그러나 "최초의 게임 소설"이라는 타이틀을 달면 이야

기의 가치는 확 달라진다. 게임의 상상력을 문학의 형식으로 풀어 놓았을 뿐
아니라, 2013년 1월에 출시 예정인 웹전략게임 〈인페르노 나인〉의 원작소설
이라는 프리미엄은 『지옥설계도』의 문학적 완성도와 무관하게 한국 소설문
학의 영역 확장이라는 의미를 획득하게 된다. 그리고 이 팩트는 이인화가 만
들어 냈고 신문기자들이 인용하였다.[18]

- 게임처럼 작동하는 사회를 꿈꾸다, 해롤드경제(2012. 11. 15)
- 이인화, 게임과 소설을 하나로⋯ '지옥설계도', 뉴시스(2012. 11. 13)
- 이인화교수, 본격적인 게임문학 '지옥설계도' 출간, 노컷뉴스
  (2012. 11. 13)
- 게임소설로 돌아온 '게임폐인' 소설가, 중앙일보(2012. 11. 14)
- 소설이 게임으로⋯이인화, 새 장편서 실험적 시도, 경향신문
  (2012. 11. 13)
- 게임, 소설 경계 넘나들며 신개념 문학 도전, 한국경제(2012. 11.
  13)
- 웹게임 소설로 돌아온 '영원한 제국' 이인화, 주간한국(2012. 11. 15)

〈게임소설〉의 정의나 개념조차 모호한 상황에서 언론이 쏟아낸 말의 성
찬은 참으로 현란하다. 기자들은 『지옥설계도』를 읽지 않았다. 작가의 말만
읽었고, 작가의 말만 들었다. 이인화의 탁월함은 스스로를 규정하고 있다는

---

18 이 세상에 팩트(Fact)는 없다. 누군가 진술하였고 그것이 옳다고 생각한 또 다른 누군가가
    인용하면서 팩트가 된 것뿐이다. '인용'만이 '팩트'를 만들어낸다.

정보지식화사회와 인문공학

것이다. 그가 작가의 말에 새겨놓은 '게임'이라는 키워드는 한국 최초의 〈게임문학〉이라는 월계관을 만들어 냈고, 기자들이 앞다투어 그 월계관을 이인화에게 씌워 줌으로써, 의도는 성공하였고 설계도는 완성되었다.

2004년 『하비로』를 출간하고 가진 인터뷰에서 이인화는 이런 이야기를 하였다.

> "20대 초반 게임 세대를 위한 소설을 써보고 싶었습니다."
> 지난 14일 인사동에서 만난 이씨는 "한때는 소설을 외면하는 독자들을 원망도 했지만, 문학이 살아남을 수 있는 길을 새로 찾아야 한다는 판단에서 추리소설을 선택했다"고 말했다.[19]

게임 세대를 위한 추리소설에서 추리소설 기법을 활용한 게임문학으로, 그가 찾아낸 새로운 길이 문학을 살아남게 할지는 알 수 없으나, 8년 만에 돌아온 이인화가 한국문학에 위험한 제안을 한 것만은 분명하다.

4. 스토리헬퍼와 싱크로율의 미학

2000년 이후 문화산업에서 스토리텔링의 중요성이 강조되면서 시나리오 기획 및 창작의 효율성을 높이기 위한 창작 프로세스 표준화의 필요성이 대두된다. 특히 12가지 창작 도구를 사용하여 생성된 이야기 얼개를 스토리

---

19   서울신문, 2004년 12월 16일자 기사 부분 발췌.

엔진을 통해 하나의 완성된 이야기로 도출해내는 창작지원도구(Writing tool)
인 〈드라마티카 프로〉가 국내에 소개되면서 디지털스토리텔링 저작 도구에
대한 관심은 높아졌다. 〈드라마티카 프로〉가 퀴리 시스템(Query System)을
통해 창작 과정별로 시스템에서 제공하는 주요 질문에 작가가 답을 입력하
는 방식을 채택하여 극의 구조적 오류를 사전에 방지하고 스토리의 완성도
를 높일 수 있다는 유효성이 확인되면서 한국형 드라마티카 프로를 개발하
기 위한 국책 프로젝트가 2009년부터 단계적으로 진행되었다.

1단계로 '콘텐츠의 재미를 구축하는 창작지원시스템 개발'
- 연구 기간 : 2009년~2012년
- 주관 기관 : 전주대학교 문화산업연구소
- 연구책임자 : 전주대학교 국어국문학과 이용욱

2단계로 '영화 및 애니메이션 스토리텔링 지원 도구 개발'
- 연구 기간 : 2010년~2013년
- 주관 기관 : 이화여자대학교 스토리텔링랩
- 연구책임자 : 이화여자대학교 대학원 디지털미디어학부 류철균

3단계로 '스토리기반의 글로벌 문화코드 기술개발'
- 연구 기간 : 2011년~2014년
- 주관 기관 : 단국대학교 스토리텔링연구센터
- 연구책임자 : 단국대학교 한국어문학과 우정권

정보지식화사회와 인문공학

1단계가 재미 요인과 재미 기제를 최적화된 방식으로 관리할 수 있는 DB 설계 기술과 재미 형성의 효과적인 상관적 결합을 찾는 재미구축 검색 엔진을 개발하여 DB, 검색엔진, UI를 결합한 창작지원시스템을 구축하는 데 목적이 있다면 2단계 사업은 기획부터 저작과정, 그리고 검토에 이르기까지 작가들의 스토리텔링 창작 과정에 걸친 문제를 단계적으로 고려하여 기획, 저작, 통합형 SW에 이르는 전 과정을 지원하는 프로그램 개발을 목표로 한다. 마지막 3단계는 관객들에게 영상콘텐츠를 보여주고 이에 따른 동공의 움직임, 뇌파, 심전도, 생체신호반응 등을 측정해 각 나라의 문화코드에 맞는 스토리에 대한 데이터베이스를 쌓고 이를 바탕으로 글로벌 수준의 스토리를 생산해 내는 감성 분야 연구이다.

이인화는 2단계 사업의 연구책임자로 사업을 수행하면서 2013년 공개를 목표로 스토리 창작 지원 프로그램인 '스토리헬퍼(Story Helper)'를 개발하고 있다. 그리고 이 SW는 대중에게 공개되기 전에 이인화의 『지옥설계도』 기자 간담회에서 처음 언급된다.

> 13일 오후 광화문의 한 한식당에서 이인화 신작 장편 '지옥설계도'(해냄)의 기자 간담회가 열렸다. 8년 만의 소설 복귀와 그 내용도 화제였지만, 그가 서두에 '스토리헬퍼(Story Helper)'를 이용해 이 소설을 썼다는 이야기를 꺼내면서 대화 주제는 전혀 다른 방향으로 흘러갔다.[20]

---

20   조선일보 인터넷판 2012년 11월 14일자.

정보통신 기술이 인간의 복잡한 사고(思考)를 대신해주는 세상. 그렇다면 이야기를 창작해내는 프로그램도 가능하지 않을까. 소설가 이인화(본명 류철균·46)가 8년 만에 새 장편 '지옥설계도'(해냄)를 펴냈다. 13일 서울 정동에서 열린 기자간담회에서 화제는 소설이 아니라 '스토리헬퍼'라는 디지털스토리텔링 저작도구였다. 그는 이 프로그램을 이용해 소설을 썼으며, 내년 3월 무료로 일반에 공개한다고 발표했다. 스토리헬퍼는 머릿속에 든 온갖 분절된 아이디어를 입력하면 요술 상자처럼 일관된 줄거리를 뚝딱 만들어 낸다.[21]

8년만에 신작 소설을 들고 나온 밀리언셀러 작가가 창작 지원 프로그램을 이용해 소설을 썼다는 고백은 충격적이었을 것이다. 물론 스토리헬퍼가 작가를 대신해 이야기를 창작해주는 저작도구는 아니다. 새 플롯을 짜는 작가가 자기 이야기가 기존 이야기와 어느 정도 일치하는지의 싱크로율을 수치로 알려주어 친숙함과 익숙함 사이, 진부함과 신선함의 경계에서 DB를 활용해 독자의 기대를 뛰어넘는 이야기를 개발하고 제공하도록 도와주는 지원 도구이다.[22] 그렇다 하더라도 작가가 스토리와 플롯의 일정 부분을 데이터베이스에 의존했다는 진술은 기존의 문학 관습으로는 받아들이기 어렵다.[23]

---

21   동아일보, 2012년 11월 14일자 부분 발췌.

22   앞의 기사 부분 편집

23   문학 권력이 90년대처럼 견고했다면 또 한 번 세간을 떠들썩하게 했을 이인화의 '싱크로율 발언'은 그러나 디지털시대 추락한 문학의 위상을 실감케 하면서 찻잔 속의 태풍이 되고 말았다.

간담회에서 이인화는 기자들이 "대화 주제가 전혀 다른 방향으로 흘러갔"고 "화제는 소설이 아니라 스토리헬퍼"라는 생각이 들 만큼 적극적으로 『지옥설계도』의 창작 과정을 '스토리헬퍼'와 연동하여 설명하였다. 8년 만에 새로운 소설을 발표한 작가가 자신의 글쓰기가 데이터베이스 기반의 창작 소프트웨어를 도움을 받았다고 고백한다는 것은 어떤 의도가 개입되지 않고서는 이해하기 어렵다.

동아일보 2002년 5월 10일자 기사에는 이인화에 대한 흥미로운 분석이 인용 형식으로 실려 있다.

> 이인화는 베스트셀러 작가다. 치밀하고 능란한 이데올로그이기도 하다. 그는 소설을 발표할 때마다 어떤 의도나 장치를 숨겨 놓았고, 논쟁을 격발시켰다.

매번 신작을 발표할 때마다 간담회나 인터뷰의 형식으로 자신의 작품을 홍보하면서 이인화가 치밀하게 계산된 발언을 통해 자신의 작품이 쟁점화되기를 의도하고 있다는 것이다.

기자간담회 이후 쏟아져 나온 『지옥설계도』 관련 기사의 키워드는 크게 '이야기꾼'과 '게임', '스토리헬퍼' 세 가지이다. '이야기꾼'이 이인화가 규정한 자기정체성을, '게임'이 『지옥설계도』를 구성하는 상상력의 DNA라면, '스토리헬퍼'는 이야기꾼이 이야기를 만들어내는데 필요한 설계도를 기존의 이야기 데이터베이스에서 조립해내는 디지털스토리텔링 저작도구이다. '이야기꾼'이 홍보 전략의 일환으로 도드라졌고, '게임'이 텍스트에 새겨진 정치적 복선이라면, '스토리헬퍼'는 이데올르그 이인화가 치밀한 계산으로 만들어낸 이슈이다.

'스토리 헬퍼'의 개념도

1 창작 돌파구를 찾는 작가

2 작가의 구상과 가장 유사한 이야기를 검색
(29개 객관식 설문 답변. 가령 주인공은 사색형인가 행동형인가)

3 205개의 모티브 중 작가의 구상과 유사한 영화를 '스토리
헬퍼'가 추천 (총 2300편의 영화 DB구축)

4 추천 작품을 통해 작가는 자신의 고민과 유사한 문제를 가진
기존 작품을 살펴 봄으로써 자신만의 창작 해법을 찾는다.
예) 영화 '늑대와 춤을'과 '아바타'의 싱크로율은 87%

2300편이 넘는 영화와 애니메이션을 분석해 대표 스토리 모티브(상황)
205개를 추출했고 이것의 조합으로 구축된 이야기 데이터베이스 3만4000
여 개가 〈스토리헬퍼〉의 핵심이다. 〈스토리헬퍼〉는 이렇게 구축된 DB를 단
순한 검색식이 아니라 SQL(Structured Query Language)로 구조화해서, 사용
자가 '장르', '인물', '상황', '행동' 등에 관한 미리 만들어진 29가지 객관식 질
문에 답을 입력하면, 이것들이 엮여 A4용지 한 장 분량의 줄거리와 기존 작
품들과의 유사성을 백분율로 알려준다. 이인화는 "서사의 패턴은 한정돼 있
다. 결국 독특한 캐릭터 창출, 사회와 인간에 대한 작가의 독창적인 통찰이
작품을 새롭게 만드는 것 같다"고 설명하면서, 작가는 〈스토리헬퍼〉를 통해
기존 작품들의 패턴과 유사성을 점검해가며 대중적 혹은 독창적인 글쓰기

정보지식화사회와 인문공학

에 도움을 받을 수 있다고 공언한다.[24]

그러나 〈스토리헬퍼〉의 베타버전 시연을 직접 본 기억을 떠올려보면 이인화가 이 프로그램을 활용해 『지옥설계도』를 창작했다고 믿기 어렵다. 오히려 소설 뒷부분 작가의 말처럼 "문장도, 묘사도, 미학도 모두 무시하고 원고지 2000매를 내 마음대로, 닥치는 대로 처음 써 보았다. 가슴에서 폭풍 같은 감정이 흘러나와 글이 수돗물처럼 쏟아지기 시작했다"는 진술이 더 설득력 있어 보인다. 그렇다면 왜 이인화는 8년만에 신작소설을 들고 나오면서 작가로서 굳이 드러낼 필요가 없는 '스토리헬퍼'를 기자간담회에서 언급한 것일까?

'싱크로율'[25] 발언으로 이인화는 자신과 자신의 작품을 이슈화 하는데 성공한다. 8년 만에 등장한, 소설가보다는 교수나 게이머로 더 익숙해진 자신을 대중들에게 어필하기 위해서는 뭔가 자극적인 이슈가 필요했고, 창작지원도구를 사용해 집필하였다는 발언은, 조선일보 어수웅 기자의 표현처럼 대화 주제를 전혀 다른 방향으로 끌고 가면서 문화부 기자들의 관심을 집중시켰다. 2012년 11월 13일부터 2013년 1월 15일까지 네이버에서 검색한 이인화의 『지옥설계도』를 다룬 35개의 신문기사 중 31개 기사의 핵심 키워드가 '스토리헬퍼'와 '게임 페인'이었다. 게임 페인이란 키워드도 이인화에게는 유리하다. 『지옥설계도』는 2013년 1월 미국 게임사 크루인터랙티브에서 출시 예정인 웹전략 게임 〈인페르노 나인〉의 원작으로 사용된다. 소설 속에 등

---

24 동아일보, 앞의 기사 부분 편집
25 싱크로율이란 본래 어떤 요소와 요소가 합쳐지면서 발생하는 것으로 '완성도' 또는 '정확도'와 비슷한 의미로 쓰이는데, 이인화의 발언에서는 '유사값' 혹은 '익숙도'로 사용되고 있다.

장하는 최면 세계가 고스란히 게임으로 재현되는 것이다. 게임 개발을 염두에 두고 소설을 집필했다면 '게임 페인'이란 키워드는 안성맞춤이다. 두 번째는 3년 동안 진행된 국책 프로젝트의 우수성과 활용도를 결과물이 나오기도 전에 단숨에 대중들에게 각인시켜 주었다는 것이다. 이제 대중은 이인화가 〈스토리헬퍼〉라는 창작 SW를 개발했고, 2013년 3월에 작가들에게 무료로 배포되며, 이 SW를 활용하며 누구나 손쉽게 이야기를 만들어낼 수 있다고 믿게 됐다.[26] 이인화는 스스로 그리고 기꺼이 사업성과를 홍보하는 도구가 되었다.

〈스토리헬퍼〉를 이용해 창작하지는 않았겠지만, 이인화는 텍스트 군데군데 〈스토리헬퍼〉 이론을 소개하는 용의주도함을 보여준다.

인간의 방대하고 복잡한 기억들은 모두 이야기 구조로 되어 있어요. 이야기는 신문 기사나 보고서 같은 정보와 달리 쓸데없는 묘사가 많습니다. 그러나 그 쓸데없어 보이는 묘사들은 사실 듣는 사람의 기억의 어딘가에 부착되기 위해 동원된 인덱스(표지)들이에요. 모든 이야기들은 듣는 사람에게 오래오래 기억되는 것을 목적으로 하고 있죠.

기억을 불러내는 방법은 네 가지가 있습니다. 처리 기반 상기, 목

---

26 〈스토리헬퍼〉가 지금까지 개발된 창작지원도구 중 가장 체계적이고 안정적인 창작 프로세스를 제공해 주며, A4 한 장 분량의 기본 얼개를 작성하는데 매우 유용한 도구임은 분명하다. 그러나 원고지 2000매를 단숨에 써낼 정도의 탁월한 이야기꾼에게 〈스토리헬퍼〉는 싱크로율이 몇 %인지 재미 삼아 확인해 보는 것 외에는 아무런 도움도 주지 못한다.

표 기반 상기, 계획 기반 상기, 다중 맥락 상기. 이야기는 다중 맥락을 갖는 기억 방식입니다. 그래서 이야기만이 이야기를 상기시킬 수 있죠.[27]

〈인페르노 나인〉에 접속하기 전에 준경은 능천사 새라에게 지옥설계도를 찾아달라고 부탁한다. "내가 인페르노 나인에 왜 들어왔는지, 그 세계에서 나의 존재 이유는 무엇인지 말해주는" 설계도가 있어야 다시 현실 세계에서 깨어날 수 있다는 것이다. 지옥설계도는 이야기로 이루어져 있으며, 그 이야기를 통해 다른 이야기를 상기시키고 상기시켜 궁극적으로는 자신의 이야기로 만들 수 있을 때 비로소 현실로 귀환할 수 있다는 것을 준경은 알고 있었다. 〈인페르노 나인〉은 이유진이 창조해 낸 세계이지만 자신만의 이야기를 창조함으로서 그 세계의 주인공은 준경이 되었다.

〈인페르노 나인〉은 〈스토리헬퍼〉의 은유이다. 〈스토리헬퍼〉의 203개 스토리 모티브는 2천3백여 편의 영화·애니메이션을 철저히 분석해 추출한 3만4천여 개 모티프 데이터베이스에 부착된 인덱스이다. 203개의 표지를 통해 작가는 자신이 쓰려고 하는 이야기가 이미 누군가에 의해 창조된 세계임을 깨닫게 된다. 그러나 실망할 필요는 없다. 그가 이야기만이 이야기를 상기시킬 수 있다는 확신을 포기하지 않는다면, 타인의 기억에서 빠져나와 자신의 기억으로 창조된 세계를 만날 수 있게 될 것이기 때문이다. 지옥으로부터 벗어나는 유일한 방법은 그 지옥을 설계한 유저의 이야기를 탐색하는 것에서부터 시작해야 한다.

---

27   이인화, 『지옥설계도』, 2012, 해냄, 150면.

이인화가 〈스토리헬퍼〉를 언급한 것은 치밀하게 계산된 것이다.

　　총 3부 21장으로 이뤄진 구성에서 각 장의 모티브는 '스토리헬퍼'
의 도움을 받았다고 했다. 그가 밝힌 기존 모티브와의 싱크로율은
각각 55% 미만. 작가는 "경험적으로 이 정도 수치일 때 독자가 친숙
하면서도 새롭다고 느끼는 플롯이 가능하다"고 했다. 내년 초 미국
에서 게임 출시가 예정되어 있고, 다음 달에는 스마트폰용 앱북 '지
옥설계도'도 출간된다.[28]

　　이인화는 『내가 누구인지 말할 수 있는 자는 누구인가』에서 '혼성 모방'
과 '포스트모더니즘'을, 『영원한 제국』에서 '무제한으로 보장되는 허구의 가
능성'과 '추리소설 모티브 응용'을 선제함으로써 이후 문학 논쟁에서 우위를
선점할 수 있었다. 인덱스를 통한 '상기'와 '창조'를 싱크로율이라는 정량지
표값으로 보여주는 〈스토리헬퍼〉를 의도적으로 언급하고 『지옥설계도』는
친숙하면서도 새롭다고 느끼는 플롯이 가능한 싱크로율 55%미만이라는 지
표값을 갖고 있다고 공식화함으로써, 이번에도 아젠다를 선제해 버리는 전
략가로서의 면모를 보여주었다.
　　이인화는 『지옥설계도』를 〈스토리헬퍼〉로 분석해 본 결과 세상의 어떤
이야기와도 유사성이 55% 이하의 싱크로율을 갖고 있으며, 그만큼 신선하
고 독자의 예상을 깨는 반전이 숨어 있다고 자신하였다.[29] 이 말은 『지옥설

28　　앞의 기사 부분 인용
29　　동아일보, 앞의 기사 부분 편집

　　　　　　　　　　　　　　　　　　　　　정보지식화사회와 인문공학

계도』가 기왕의 텍스트들과 50% 이상의 유사값을 갖고 있다는 의미이다. 20년 전에는 '표절'이라 불리던 것이 이제는 '싱크로율'로 바뀌었다. 단지 명칭만 바뀐 것이 아니라 표절에 대한 우리의 태도도 변하였다. 『지옥설계도』에 대해 어떠한 표절 논쟁도 벌어지고 있지 않다는 것만 봐도 알 수 있다. 창작인가 표절인가의 논쟁은 이제 더이상 무의미해졌다. 익숙한 것을 새롭게 만드는 것이 창의성의 핵심이며, 표절은 기억 속에 저장된 데이터베이스를 문자로 호명하는 과정에서 독창적으로 편집돼 새로운 이야기로 확장된다. '표절'을 정량화, 수치화, 계량화할 수 있다는 발상, 그리고 그것을 싱크로율(유사값)로 의미화함으로써 데이터베이스 기반 창작방법론의 한 축으로 엮어낸 이인화는, 스토리텔링의 새로운 차원 문을 개방하면서, 자신이 왜 탁월한 이데올르그인지 스스로 증명해냈다.

5. 『지옥설계도』의 상호텍스트성

『지옥설계도』가 참조한 텍스트는 중층적이며 복합적이다. 『지옥설계도』를 읽으면서 독자들이 떠올린 기억의 파편들에 붙어있는 태그들(이야기일 수도, 사건일 수도, 단어일 수도 있는)은 하나로 수렴될 수 없을 만큼 다양하다. 단테의 『신곡』, 영화 『인셉션』, 『매트릭스』, 일본의 사이버펑크 애니메이션, CSI 류의 미국 수사드라마, 강인한 여성 전사가 등장하는 B급 영화, 중세풍 판타지소설, MMORPG, 미국발 금융위기, 미국과 중국의 패권전쟁, 종말론, 음모이론, 실직, 부정, 가족공동체의 붕괴, 비밀 결사 등 익숙한 모티브들이 등장했다 사라지고 모였다 흩어진다. 이 모든 태그들은 이인화의 기억

속에 있다가 이야기로 창조되고 독서 과정을 통해 독자들이 상기한 것이다. 그리고 작가와 독자의 '기억'과 '상기'는 이야기 DB를 공유함으로써 공통된 약호 체계로 표시된다.

작가와 독자가 텍스트를 사이에 두고 서로 연결될 때 텍스트에 해석이라는 불이 들어온다. 그런데 텍스트가 직렬로 연결되면 텍스트와 텍스트 사이에는 선형적, 위계적 질서가 존재한다. 텍스트는 연결됐지만 여전히 개별자이며 태그를 달기 어려워 오래 기억될 수 없다. 반면에 병렬로 연결되면 텍스트는 데이터베이스(기억)가 된다. 텍스트 사이에 위계는 사라지고 개수가 늘어날수록 오래 사용할 수 있는데 그러기 위해서는 검색 가능한 인덱스로 텍스트에 태그를 달아야 한다. 병렬 연결인 경우 작가가 어떤 텍스트를 떠올렸는지가 중요한 게 아니라 그가 어떤 인덱스로 기억을 검색했는지가 중요하며, 그 인덱스를 갖고 있는 무수히 많은 텍스트가 작가의 상상력에 참조될 것이다.

문학이론에서 여러 이론가들에 의해 사용된 상호텍스트성의 개념은 다양한 의미로 사용되는데, 가장 제한된 의미에서의 상호텍스트성이란 '주어진 텍스트 안에 다른 텍스트가 인용문이나 언급의 형태로 명시적으로 드러나 있는 경우'를 말하며, 가장 넓은 의미에서는 '텍스트와 텍스트, 혹은 주체와 주체 사이에서 일어나는 모든 지식의 총체'를 가리킨다. 후자의 경우 주어진 텍스트는 단순히 다른 문학 텍스트뿐만 아니라 다른 기호체계, 더 나아가서는 문화일반까지 포함한다.[30] 제한된 의미의 상호텍스트성이 직렬 연결이라면, 후자는 병렬 연결 상호텍스트성이다.

---

30   네이버 지식백과 인문과학〉문학〉문학일반-상호텍스트성 항목 참조

이인화의 『지옥설계도』를 온전히 이인화의 기억으로 이해하기 위해서는 그가 발표한 기왕의 작품들, 평론, 논문, 보고서 등의 학술텍스트, 수행한 연구 프로젝트와 그 결과물 등 모든 지식의 총체를 검색해야 한다. 물론 『지옥설계도』는 온전히 이인화의 기억으로만 이루어지지 않았다. 타인의 기억에서 시작해 연상과 편집 작용을 거쳐 자신의 이야기로 변환시킨 것뿐이다.

『지옥설계도』에는 『내가 누구인지 말할 수 있는 자는 누구인가』와 『영원한 제국』, 『하비로』의 그림자가 드리워져 있고, 그가 논문을 통해 발표한 창작 이론이 구체화되었으며, 프로젝트 결과물의 창작 프로세스가 적용되었다. 『지옥설계도』가 가장 노골적으로 표절하고 있는 것은 이인화 자신이다. 『내가 누구인지 말할 수 있는 자는 누구인가』에서 이미 보여준 싱크로율은 『지옥설계도』에서는 55% 미만으로 수치화됐고, 『영원한 제국』의 이인몽은 『하비노』의 연쇄살인범을 추적하는 조선인 형사로 변신했다가 『지옥설계도』에서는 국정원 직원 김호로 환생했고, '금등지사'는 '갑오징어먹물리조트'로 세련돼 졌다. 『영원한 제국』과 『인간의 길』에서 보여준 영남 출신 지식인의 정치의식은 『지옥설계도』에서는 좀 더 글로벌해졌다.

창작 이론을 그대로 적용하여 캐릭터를 창조하기도 하였다. 『지옥설계도』는 대구의 한 호텔에서 벌어진 의문의 살인사건을 시작점으로 하여 사건의 진실을 파헤치려는 주인공과 그것을 저지하려는 적대그룹간의 갈등을 메인 스토리로, 〈인페르노 9〉이라는 최면의 세계 안에서 벌어지는 준경의 모험을 서브 스토리로 하는 3부 21장의 장편소설이다. 메인스토리와 서브스토리는 별개로 진행되는데, 이 두 개의 시공간(현실의 세계와 최면의 세계)은 준경이라는 인물을 통해 선형적으로 연결되어 있다. 코마에 빠진 강화인간들을 각성시키기 위해 약을 먹고 〈인페르노 9〉으로 들어간 준경은 자살을 통해 다시 현실 세계로 돌아온다. 〈인페르노 9〉에서는 130년이 흘렀지만 현실에서는 불과 수 주일이 지났을 뿐이다. 최면의 세계로 표현되어 있으나 컴퓨터게임의 가상 세계가 명백히 중첩되어 있다.

이 소설의 주인공은 김호이지만 주목해야 할 인물은 준경이다. 김호와 준경 모두 사건을 해결하는 해결사의 역할을 담당하고 있지만 방식이 사뭇 다르다. 김호는 배터랑 수사관으로 예민한 촉과 끈기, 집념으로 문제를 해결하는 '만들어진 존재(NPC)'인 반면, 준경은 끊임없이 스스로를 레벨업하는 '만들어가는 존재(PC)'이다. 한국인 아버지와 헝가리인 어머니 사이에서 태어난 준경은 현실에서는 소심하고 무기력한 패배자이지만 컴퓨터게임 〈길드워〉에서는 '원빤치쓰리강냉이'와 함께 영웅광장의 왕좌에 백번도 넘게 오른 '당근이쥐'이며, 이유진의 권유로 강화인간이 되어서는 공생당 아부다비 지부 암호명 '천사 가브리엘'로 변신한다. 〈인페르노 9〉에서는 '예언자 던킨'으로 앙헬 산 전투를 승리로 이끌고 마침내 황제의 자리에까지 오르고 다시 현실로 귀환해서는 이유진의 뒤를 이어 공생당의 지도자가 된다. 지옥설계도의 설계자는 이유진이지만, 실제 플레이어는 준경이다.

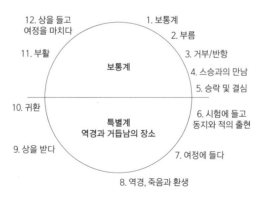

준경은 조셉 캠벨이 『천개를 얼굴을 가진 영웅』에서 이론화한 영웅 탐색의 12단계를 고스란히 밟아 현실세계로 귀환하였고, 『지옥설계도』는 일상세계와 특별한 세계를 각기 다른 컬러로 구분해 놓았다.

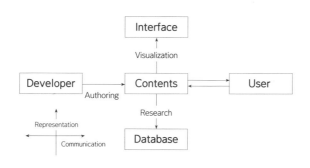

이인화가 2008년에 발표한 논문 「디지털 서사 창작도구의 서사 알고리즘 연구」에서 제시한 창작 모형은 〈스토리헬퍼〉의 이론적 토대가 됐고, 『지옥설계도』 395~397면까지 '타락-동경-중첩-죽음'의 구조로 장황하게 설명되고 있다.

컨텍스트가 텍스트를 구성하는데 영향을 준 외부 맥락이라면, 인터텍스트는 기억을 내면화하여 구축되어진 DB의 인덱스이다. 『지옥설계도』의 인터텍스트는 이인화라는 텍스트에서 시작된다. 이인화 소설을 관통하는 기억은 분명 익숙하고 진부하다. 문제는 그것을 전달하는 방식이 매번 새롭다는데 있다. 『영원한 제국』 작가의 말에 다음과 같은 구절이 나온다.

말하자면 나는 오랫동안 전해지던 이야기를 새롭게 다시 전하는 이야기꾼이다. 소설가는 자신을 표현하고 자신의 고유성과 자기 내면의 남다른 진실을 보여주기 위해 소설을 쓴다. 그러나 이야기꾼은 그는 자신을 표현하기보다 전해오는 이야기를 최대한 생생하게 다시 구현하기 위해 붓을 빌려줄 뿐이다.[31]

20년 전에 이인화는 이미 자신을 소설가가 아니라 이야기꾼으로 규정했다. '새롭게 다시 전하는'이라는 문장에서 이인화 문학의 아이덴티티는 출발하고 있다. 이인화 문학의 창작 DNA 염기서열은 'A'ddiction, 'G'ame, 'C'reative, 'T'echnology이다. 그는 이야기에 중독된 사람이며, 게임과 문학을 소통시키려 노력하고 있고, 익숙한 이야기를 창의적으로 편집하는데 기술의 진보가 도움을 줄 것이라 확신하고 있다. 이인화 문학의 예술적 가치는 텍스트에 있는 것이 아니라 그의 세계관에 있으며, 문학성은 명사가 아니라 동사형이다.

6. 나오는 말

지금까지 문예 창작은 작가 개인의 상상력과 독창성에 의존하기 때문에 이론화가 힘든 비체계적이고 심미적인 경험의 영역이라고 인식되어 왔다. 그러나 컴퓨터 테크놀로지의 발달과 함께 서사 창작 과정이 DB화, 규칙화, 패턴화, 추출화의 단계로 공식화할 수 있게 됨으로써 최근에는 창작과정을 자동화할 수 있는 기술적 토대가 마련되었다. 기왕의 이야기들이 일정한 규

---

31   이인화, 『영원한 제국』, 세계사, 356면.

칙에 따라 데이터로 구축되고 구축된 데이터베이스에서 패턴이 추출된 후 일정한 알고리즘에 따라 서사구조로 짜여 가는 일련의 과정이 가능해진 것이다.[32] 기술적 진보는 이미 시작되었다. 독창과 창의의 산물이라고 여겨졌던 상상력이 정량화 계측화될 수 있느냐 없느냐의 판단은 DB를 구축하는 규칙이 얼마나 정교하고 합목적적이냐에 달려 있다. 규칙이 정교하면 정교할수록 신뢰성 높은 패턴들이 생성될 것이고, 그것을 화소로 하여 확장되고 추출되어지는 서사구조의 스토리밸류도 당연히 높아질 것이기 때문이다.[33]

이제 우리는 데이터베이스 기반 시대에 살고 있다.[34] 그렇다면 소설은 어떻게 될 것인가? 소설의 운명에 대해 이인화는 페이스북에 다음과 같은 글을 올렸다.

종이책이 그 자체로 많이 읽히지 않는다는 상황이 문학을 위축시키지는 않는다. 종이책으로 직접 소설을 읽은 독자란 어느 시대에나 전체 문학 행위, 전체 문학 환경의 일부였다. 문학은 그것의 메시지, 메시지를 둘러싼 풍문, 무엇보다 작가 그 자체로 움직였다. 지금 한국에는 권위주의 시대의 위선과 억압이 사라졌고 민중의 안위를 열

---

32   디지털스토리텔링 기술의 5대 영역을 저작(Authoring), 검색(retrieval), 상영(Exhibition), 사용자 생성 스토리텔링(User Generated Storytelling), 시각화(Visualization) 로 분류되는데, 이중에서 특히 저작 기술에 주목하여야 하는 것은 '창작'이 문화산업 경쟁력의 시작이며 가치창출의 핵심이기 때문이다.

33   이용욱·김인규, 「게임스토리텔링의 재미요서와 기제분석에 대한 기초 연구」, 『인문콘텐츠』 제18호, 인문콘텐츠학회, 2010, 8면.(재인용)

34   세상의 지식과 정보는 디지털 DB화되고 있고, 우리의 인맥은 카카오톡 친구 DB와 스마트폰 전화번호 DB로, 우리의 추억조차 사진 폴더의 디렉토리에 DB로 쌓여간다.

심히 걱정하지만 예술에 대해서는 속물이었던 비평가들도 사라졌
다. 세계 수준으로 높아진 독자들의 감식안과 혼란스러운 세상의 깊
은 고통만이 남았다. 진정한 문학의 깊은 비애가 나타나지 않을까.
평범한 일상을 하나의 미학으로 승화시키는 문학이 출현하지 않을
까.[35]

이 글을 읽고 당황했다면 당신은 이인화와 류철균의 싱크로율을 너무
높게 잡았다. 이 진술은 이인화가 아니라 류철균의 발언이다. 진정한 문학의
깊은 비애가, 평범한 일상을 미학으로 승화시키는 문학이, 데이터베이스에
서 출발할 수는 없지 않는가라고 반문한다면 '데이터베이스'라는 용어에 현
혹돼 문학의 깊은 비애는 평범한 일상의 기억으로부터 출발하고 있다는 사
실을 잠시 놓쳤기 때문이다. 지금까지 아날로그 방식으로 해왔던 기억의 축
적을 DB 구축이라는 디지털 방식으로 전환하면서 새로운 차원의 스토리텔
링이 가능해졌다. 데이터베이스의 디렉토리 구조가 깊이(depth)를 한눈에 요
약하고 시각화해줄 수 있으며 계층과 계열의 자유로운 이동이 가능하다는
것을 생각해보면 문예창작은 이제 혁명적인 패러다임 전환기를 맞이하고
있다.

8년 만에 귀환한 이야기꾼 이인화는 다시 게임 세계로 돌아갈 것 같지는
않다. 한 언론사와의 인터뷰에서 『지옥설계도』에 이어 소설과 게임을 융합
한 위치기반소설인 『신라리안』을 구상중이며, 2013년 현재와 800년 신라시
대의 두 공간을 넘나드는 중첩된 이야기 층위를 박진감 있게 펼쳐 보이겠다

---

35   페이스북 계정 Chul-gyun Lyou, 2013년 2월 17일.

고 밝혔다.[36]

이제 마지막 질문을 던져보자. 이인화는 왜 다시 문학공간으로 돌아왔을까? 자본주의의 쇠퇴와 소설의 죽음이 공공연하게 이야기되고 있는 지금, 이인화가 다시 문학판에 뛰어들 이유는 없다. 8년의 공백 동안 문단에서 그의 위상은 희미해졌고 문학의 시장성은 게임과 비교해 보면 형편없는 수준으로 추락하였다.[37] 그는 정말 페이스북에 쓴 것처럼 소설의 운명을 낙관이라도 하는 것일까?

이인화가 낙관하고 있는 것은 소설이라는 서사 양식이 아니라 이야기의 힘이다. 서사 양식은 변화해도 이야기는 변하지 않을 것이라는 확신이 소설과 게임이라는 이질적인 서사양식을 하나로 이어보려는 과감한 시도를 감행케 하였다. 그 시도가 성공했는지, 실패했는지는 중요치 않다. 손종업이 『지옥설계도』를 이 시대에 문학이 어떻게 반응하고 개입해야 하는가에 대한 하나의 답변으로 판단하면서, 무라카미 하루키의 『1Q84』만큼이나 새로운 서사세계를 확장하고 있으면서, 도덕적으로는 훨씬 더 타당하며 사회학적으로 더 광대한 소설이라는 점을 높이 평가하고 싶지만, 문학성에 대한 평가와는 구별돼야 한다고[38] 발언한 것도 마찬가지 맥락이다. 이인화는 세상에 두 종류의 소설 밖에는 없다고 하면서, 하나는 황당무계하고 졸렬한 대중이 좋아하는 새빨간 거짓말만 씌어 있는 나쁜 소설과 어떤 사회 속에서 부

---

36   노컷뉴스 2012년 11월 13일자.

37   이인화를 가장 반긴 건 신문사 문화부 기자들이다. 『지옥설계도』가 출간된 지 3개월이 지났지만 문단의 반응은 시큰둥하다. 현실 문단에 예술에 대해서는 속물인 비평가들이 아직 건재하기 때문일까?

38   손종업, 「2012년의 종말과 강화인간의 도래」, 『교수신문』 2013년 1월 17일자. (http://www.kyosu.net/news/articleView.html?idxno=26549)

대끼고 고민하며 살아가는 한 사람 인간의 진실된 모습이 그려져 있는 좋은 소설로 구분하였다.[39] 그가 독자들에게 어떤 평가를 받기를 원하는지 모르겠지만, 『지옥설계도』는 좋은 소설은 결코 아니다. 솔직히 이인화마저 좋은 소설을 쓸 필요는 없지 않는가.

그가 문학공간으로 돌아온 이유는 이인화가 소설가가 아니라 이야기꾼이기 때문이다. 21세기에도 소설은 여전히 그 명칭을 유지할 것이며 서사예술로서의 유효성을 상실하지 않을 것이며, 다만 이야기의 전달 방식이 바뀔 것이다. 문학사적으로 소설이 아님에도 불구하고 우리가 〈고전소설〉, 〈신소설〉이라는 용어를 사용하고 있듯이, 박민규와 최제훈의 작품을 소설이라고 부르듯이, 〈게임소설〉로 불리던 〈위치기반소설〉로 불리던 소설은 '이야기'이기 때문에 살아남을 것이다.

---

39 이인화, 『지옥설계도』, 해냄, 2012, 479면.

정보지식화사회와 인문공학

6절　한국 현대문학의
　　　　재영역화와 연구 방향

1. 한국 현대문학연구 동향

　　최근 한국 현대문학 연구의 흐름과 추세를 분석하기 위해서는 국문학계
의 대표적인 학회의 학술대회 기획주제와 학회지 논문 목록을 살펴보는 것
이 필요하다. 이를 위해 먼저 〈국어국문학회〉와 〈한국현대소설학회〉, 〈한국
문학이론과비평학회〉, 〈어문연구학회〉를 분석 대상 학회로 선정하고 최근
3년간의 학술대회 기획주제 목록을 정리해보았다.[1]

---

[1]　〈국어국문학회〉는 한국 국어국문학 연구를 대표하는 전통 있는 학회이며, 〈한국현대소
　　설학회〉는 현대소설만을 연구 대상으로 삼는다는 점에서, 그리고 〈한국문학이론과비평
　　학회〉는 한국 현대문학이론의 최신 경향을 알 수 있다는 점, 〈어문연구학회〉는 지역학회
　　를 대표한다는 점에서 각각 상징성을 부여했다.

학회＼연도	2017	2016	2015
국어국문학회	한국어문학의 미래와 국제화	국어국문학과 문화, 소통	광복 70년, 통일과 창조를 위한 한국어문학
한국현대소설 학회	–작가란 무엇인가? –문학이란 무엇인가?	–대형 사건의 기억 –현대소설과 작가론	–해방 70년, 한국현대소설 –황순원 탄생 100주년, 황순원 문학의 재조명
한국문학이론과 비평학회	민중의 재해석과 한국문학연구		문학 수사학의 지평과 문화적 확장
어문연구학회	한국어문학 연구 쟁점의 정설화와 연구 방향의 새로운 모색	디지털 테크네 시대와 어문학의 미래	한국어문학 연구의 국제화 방안 모색

1952년에 『국어국문학』 창간호를 간행한 이후 2018년 1월까지 182호의 학회지를 상재한 〈국어국문학회〉는 국어국문학계의 대표적인 전국 종합학회의 역할을 자임해 왔다. 2015년부터 3년 동안 진행한 두 번의 국제학술대회와 한 번의 전국학술대회의 기획주제는 국어국문학 연구의 거대서사를 포괄적으로 다루고 있다. 현대문학만 특정하여 발표 논문들을 살펴보면 기획주제에 대한 연구자들의 동향을 파악할 수 있는데 2017년 5월에 개최된 '한국어문학의 미래와 국제화'에 발표된 9편의 논문은 번역 연구가 네 편, 작품론 두 편, 아동문학 한 편, 텍스트서사학 한 편, 비교문학 한 편 순이다. 기획주제의 키워드는 '미래'와 '국제화'이지만 미래에 대한 논문은 단 한편뿐이고, 국제화는 번역과 비교문학에 국한되었다. 작품론 두 편은 아예 기획주제와 부합하지 않는다.

현대소설 전문학회인 〈한국현대소설학회〉의 학술대회 기획주제는 2017년부터 연속주제로 진행되고 있다. 현대소설연구 제67호의 특집주제 '문학이란 무엇인가?'를 시작으로 하반기 학술대회 주제는 '작가란 무엇인가?', 그리고 2018년 상반기에는 '독자란 무엇인가?' 하반기에는 '소설이란 무엇인가?'가 각각 예정되어 있다. 문학에 대한 가장 기본적인 질문을 다시 던져봄으로써 디지털시대 문학연구의 새로운 방향을 제시할 것으로 기대했지만 2018년 10월 21일에 개최된 학술대회 '작가란 무엇인가?'에서 발표된 16편의 논문 중 작가에 대한 새로운 시각을 보여준 논문은 「트랜스미디어 스토리텔링의 시대, '창조'하는 작가에서 '배치'하는 작가로의 이행」(김소륜, 이화여대) 단 한 편뿐이다.

한국문학 이론의 정립과 체계화를 목적으로 1996년에 창립된 〈한국문학이론과비평학회〉는 지금까지 77집의 학회지를 발간하고 16회의 학술대회를 개최한 중견학회이다. '민중의 재해석과 한국문학연구'를 주제로 발간된 『한국문학이론과 비평』 제76집(제21권 제3호, 2017.9)에는 모두 13편의 학술논문이 게재되었는데 두 편을 제외하고는 모두 1960년대 이전 소설의 작가론과 작품론으로 채워져 있다.[2]

1962년 대전 지역을 중심으로 탄생한 어문연구학회는 지금까지 94집의 학회지를 발간하고 매년 전국학술대회를 개최하고 있는 지역종합학회이다. 최근 3년간 전국학술대회 주제를 보면 '국제화', '미래', '모색' 등 인상적인 키워드이지만, 기획논문보다 일반논문 발표가 더 큰 비중을 차지하고 있으며, 실제 발표된 논문은 학술주제에 미치지 못하였다.[3]

---

2 학회지에 게재된 논문 목록은 학회 홈페이지나 논문검색사이트에서 열람할 수 있어 본문에 직접 인용하지 않았다.

3 다만 2016년 '디지털 테크네 시대와 어문학의 미래' 기획발표에서는 디지털인문학, 웹소설과 트랜스미디어스토리텔링 등 다양한 분야를 문학연구 대상으로 포섭하는 의미 있는

일시	주제	학술대회명	학회명
2005년 5월 28-29일	국어국문학 학문후속세대를 위하여 : 제12분과 디지털스토리텔링과 문학	제48회 전국 국어국문학 학술대회	국어국문학회
2006년 2월 10일	한국문학 연구 방법의 재검토	한국문학연구학회 제69차 정기학술대회	한국문학연구학회
2006년 5월 26일	디지털시대의 국어국문학	제49회 전국 국어국문학 학술대회	국어국문학회
2007년 4월 26일-27일	디지털스토리텔링과 영상의 미래	한국문학이론과비평학회 2007 전국학술대회	한국문학이론과비평학회
2008년 6월 20일	한국 서사학의 새로운 경향	한국문학이론과비평학회 2008 전국학술대회	한국문학이론과비평학회
2008년 10월 24일	한국어문학 환경의 변화와 연구방법론의 새로운 모색	2008년도 어문연구학회 전국학술대회	어문연구학회
2009년 4월 11일	디지털미디어의 서사학	2009년 한국서사학회 전국학술대회	한국서사학회

위 표는 2005년부터 2009년까지 전국 종합학회의 학술대회 주제를 정리한 것이다. '디지털스토리텔링과 영상의 미래'나 '디지털미디어의 서사학'처럼 주제를 직접 언급하거나, '재검토', '새로운 경향', '새로운 모색' 등으로 풀어 쓴 차이만 있을 뿐 국어국문학의 연구 주제로 '디지털스토리텔링'과 '디지털서사학'이 포섭되었음을 보여준다. 그러나 10여 년이 지난 지금 국어국문학 연구에서 '디지털스토리텔링'이나 '디지털서사학'은 완전히 사라지고 말았다. 게임이나 웹툰, 웹소설 등을 분석한 논문들이 간헐적으로 학회지에 실리기는 하나 경향이나 흐름으로 자리 잡지 못하였다. 예전과 비교해보

논문들이 발표되었다.

정보지식화사회와 인문공학

면 최근 학술논문들은 더 보수화되고 있다. 2017년 발간된 세 학회의 학술지에서 가장 많이 언급된 작가는 '이광수'이며[4] 작가론과 작품론을 통틀어 연구가 집중된 시기는 일제강점기이다.

학문의 보수적인 성격은 인정한다 하더라도 최근 대형 학회의 보수화는 학문생태계의 균형 있는 발전과 후속세대 양성이라는 측면에서 우려할 만하다. 한국현대문학연구에서 '디지털스토리텔링'과 '디지털서사학'이 새로운 연구 경향으로 확장 발전하지 못하고, 문학의 미래에 대한 국문학 연구자들의 관심이 부족한 이유는 무엇보다도 문학이론의 빈약함 때문이다. 그리고 학문후속세대들의 창의적인 연구를 포용하고 새로운 문학이론의 인큐베이터 역할을 담당해야 할 대형학회와 학술지들이 타성과 순혈주의에 젖어 도전적인 문학연구방법론을 배타하거나 학술논문의 엄정함으로 재단함으로써 이론의 빈곤은 악순환 되고 있다.

학술지를 학진등재지와 학진등재후보지 단 두 종류로만 평가하고, 등재지와 등재후보지 사이에 평가 격차를 둠으로써 중견학자, 신진학자, 학문후속세대들까지 모두 점수로 정량화된 연구 활동에만 매진하면서 이제 한국의 학문공동체는 논문을 생산하는 공장으로 전락하였다. 새로운 이론을 주창하기보다는 학회 심사위원들이 이해하고 인정할 수 있는 익숙한 주제들이 재론되었고, 논의가 충분히 축적되어 학문적으로 안정된 작가와 텍스트가 연구대상이 되었다. 등재지 중심의 학문 카르텔은 한국연구재단이 정한 논문 게재율을 지켜야 등재지가 유지되는 반학문적 상황에 순응하기 위해

---

4   물론 2017년이 이광수 『무정』 출간 100주년인 까닭도 있겠지만, 100년 전 작품이 현대문학으로 여전히 학문적 논의의 대상이 되고 분석되고 있다는 것은 국문학계의 보수성을 여실히 보여준다.

엄격한 심사 제도를 운영할 수밖에 없는데 이 엄격함이 배타와 순혈주의로 변질되면서 한국 현대문학연구는 학문을 위한 연구가 아니라 실적을 위한 연구로 전락하고 말았다.[5]

이 글은 AI가 소설을 창작하고 딥러닝 기술이 예술의 알고리즘을 학습하는 디지털시대에, 문학연구는 왜 새로운 학문 영역을 개척하지 못하고 여전히 '이광수'와 '일제강점기'에 머물고 있는지에 대한 반성에서부터 출발한다. 1990년대에 이미 탈근대를 선언했지만 20여 년이 지난 지금도 여전히 근대에 집착하고 있는 학문의 보수성에 대한 비판이기도 하다. 본 연구자는 이 글을 통해 근대와 탈근대, 현대의 시대 구분을 명확히 하고, 현대문학의 개념과 영역을 재설정함으로써 한국 현대문학연구의 방향에 대한 새로운 제언을 하고자 한다.[6]

---

5   2003년에 창설된 디지털스토리텔링학회는 2006년 8월 『디지털스토리텔링연구』라는 학회지를 창간하였고 매년 2회씩 발간하며 새로운 서사이론과 학문후속세대들의 창의적인 연구를 소개하는 유일한 지면이었다. 그러나 이명박 정부부터 강화되기 시작한 학진등재지의 자격 조건을 충족하지 못하면서 교수 임용과 승진에 필요한 연구 점수를 확보할 수 없는 기타학술지에 머물게 되었고, 결국 디지털서사학 담론 생산의 중추적인 역할을 제대로 수행하지 못하고 있다.

6   논란의 여지는 있지만 한국 현대문학연구는 아직 시작조차 되지 않았다. 그동안 근대문학연구를 현대문학연구로 위장해 온 것이다. 사실 문학연구자들은 이 위장을 다 알고 있었다. 학문카르텔의 암묵적 동의와 아카데미가 지켜야 할 기득권 때문에 다만 입 밖에 내지 않은 것뿐이다.

2. 근대, 탈근대, 현대

가라타니 고진은 일본의 근대문학은 1980년대에 끝났다고 이야기한다. 1990년대, 정확하게는 나카가미 겐지가 죽은 다음부터 근대문학의 종언이 시작됐다는 것이다. 이제 소설 또는 소설가가 중요했던 시대가 끝났고, 소설이 더이상 첨단의 예술도 아니며, 영구혁명을 담당하지 못하는 시대가 도래하면서, 근대문학의 종언은 근대소설의 종언이라고 해도 무방해졌다.[7] 무엇보다 소설이 지켜왔던 역사와 사회·개인에 대한 지적이고 도덕적인 책무, 재현과 성찰, 반성과 저항의 가치들은 사라지고 유희와 쾌락의 글쓰기가 소설이라는 이름으로 소비되고 있을 뿐이다. 그리고 이것이 여전히 소설이라는 이름으로 팔리고 있는 배경에 우리 같은 지식노동자들이 있다.[8]

> 설령 문학이 죽었다고 해도 문학 행위는 계속된다. 그 열기가 더 달아올랐다고는 결코 말할 수 없고 오히려 점점 더 대학이라는 테두리 속에 한정되는 경향을 보이고 있지만 (…중략…) 각종 문학상들도 더욱 빈번하게 수여되고 있다. 그리고 그 질이야 어떻든지 간에, 활자화된 문학작품들도 꾸준히 증가하고 있다. 부지런한 문학비평가들과 학자들은 주로 아카데미 안에서 문학 이론과 실제 비평을 모두

7　가라타니 고전, 조영일 역, 『근대문학의 종언』, 도서출판 b, 2006, 46-47면.(부분 발췌)

8　대학에 문예창작학과를 개설하고, 현대문학사 시간에 이광수부터 호명하며, 학술대회 때마다 얼마 되지 않은 청중들 앞에서 일제강점기하 소설을 힘주어 설파하는 우리가 이미 불 꺼진 근대소설의 운명을 끝까지 붙잡고 있는 것이다.

과잉생산해내고 있다.[9]

  본 연구자 역시 한국 근대문학의 종언을 1980년대로 본다. 근대소설의 특징은 인간의 삶과 현실의 문제를 객관적으로 묘사하는 리얼리즘에 있는데 이광수의 계몽주의 리얼리즘에서 시작된 근대문학은 1980년대 사회주의 리얼리즘문학에 이르러 정점에 다다랐으며 마침내 역사, 사회, 정치의 격변기를 거쳐 1990년대 포스트모더니즘에 그 자리를 넘겨주고 만다.

  한국지성사에서 1990년대를 〈포스트모더니즘의 시대〉라 명명해도 과언이 아닐 만큼 90년대 문화예술 전반에 포스트모더니즘이 미친 영향은 지대하다. 철학적인 포스트모더니즘은 1960년대 프랑스에서 본격화된 철학적 흐름과 관련되어 있다. 구조주의와 포스트구조주의 등으로 흔히 분류되는 이 흐름은 근대 철학이 서 있는 지반을 공격한다. 데카르트 이래 근대 철학이 발 딛고 있던 '주체'라는 범주, '진리'라는 범주 등을 비판 내지 해체하며, 세계나 지식이 하나의 단일한 전체일 수 있다는 '총체성' 개념을 비판한다.[10] 근대문학 리얼리즘이론의 토대가 됐던 '총체성'과 '주체', '진리'가 해체되면서 포스트모더니즘의 탈근대성은 선명하게 부각된다.

  그렇다면 1990년대 탈근대시기에 발표된 소설들은 더이상 근대문학이 아닌가? 그렇지 않다. 오히려 1990년대는 한국 문학사에서 가장 빛나는 시기였다. 장정일, 신경숙, 윤대녕, 은희경 등 90년대 한국문학을 밝혔던 빛나는 별들은 근대문학의 세례를 받은 마지막 수사들이다.[11] 근대문학은 종언

---

9   앨빈 커넌, 최인자 역, 『문학의 죽음』, 문학동네, 1999, 15면.

10   이진경 편저, 『문화정치학의 영토들』, 그린비, 2007, 245면.

11   2000년 이후 그들의 소설이 침묵하고 빛나지 않은 것은 문학적 영감과 상상력, 감수성이

을 고했지만, 소설은 역사와 사회에 대한 도덕적 책무로부터 자유로워지면서 한결 가볍고 감각적인 방식으로 독자들을 매혹시켰다. 1990년대는 근대소설이라는 촛불이 꺼지기 직전에 가장 밝은 回光返照(회광반조)의 시기였다.

시대 구분은 시대정신의 변화를 경계로 삼으며, 무 자르듯이 명확하게 구분할 수 없다. 시대와 시대는 겹치고 혼재되어 서서히 그러나 분명히 앞으로 전진하다 어느 순간 전시대는 완전히 사라지고 새로운 시대만이 남게 된다. 근대의 시작을 구텐베르크의 인쇄기의 발명에서 찾지만 실제 산업혁명과 근대소설의 발전은 한참 후였다. 『데카메론』과 『돈키호테』는 새로운 형식(소설)이 아니라 익숙한 형식(로망스)을 차용해 창작되었고, 세계관과 소재역시 중세적이었지만 주제의식의 탁월함으로 근대소설의 맨 앞자리에 놓이게 되었다. 1990년대는 근대와 탈근대가 혼재했던 과도기였기 때문에, 근대소설의 마지막 장이 될 수 있었다.

종언은 그 당대가 아니라 후대에 선언된다. 1980년대를 근대문학의 종언이라고 선언한 가리타니 고진의 책이 2006년에 한국어로 번역 출간되었을 때 국내 학자들의 반응은 크게 세 가지로 요약된다. 1) '근대문학'이 쇠퇴하고 있다는 일반론에는 찬성하지만, 그렇다고 '문학'이 가진 본래적인 의미까지 사라진 것은 아니기에 '근대문학 이후의 문학'에서 가능성을 찾자는 주장, 2) 한국문학은 제대로 된 근대문학조차 가져본 적이 없기 때문에 '종언'이라는 것 자체가 말이 안 된다는 비판, 3) '근대문학의 종언'은 남의 집 이야기이며 한국문학은 오히려 중흥기를 맞이하고 있다고 낙관주의이다.[12] 그리

더이상 시대와 조응하지 못했기 때문이다. 그들은 철저히 90년대식 작가들이었다.

12   조영일, 「이젠 '그들만의 문학'…근대문학은 끝났다」, 한겨레 인터넷판, 2007. 10. 19.

고 10년이 지난 지금, 한국의 근대문학은 어떻게 되었는가? 21세기에 여전히 근대문학이 유효하다고 믿고 싶은 것일 뿐, 근대문학은 이미 사라졌다. 문학이 사라진 것이 아니라 근대문학이라는 특정한 예술 관념이 더이상 우리를 설득시키지 못하게 되었다.[13]

1980년대를 근대의 마지막 시기로, 1990년대를 근대에서 벗어나려는 시도가 사회 전반에 걸쳐 진행된 탈근대의 시대로 본다면, 현대의 시작은 2000년 이후부터이다. 본 연구자는 문학사회학적 관점에서 현대의 시작을 보여주는 두 가지 상징적인 사건을 '귀여니의 인터넷소설'과 '아이폰의 등장'으로 본다. 근대의 끝자락에 태어난 귀여니(1985년생)는 탈근대의 시기에 10대를 보내고 마침내 2001년 인터넷 사이트의 소설 게시판에 『그 놈은 멋있었다』를 연재하면서 2000년대 초반 인터넷소설 붐을 일으켰다. 인터넷소설의 문학적 가치는 논외로 하자. 귀여니가 중요한 것은 그가 근대문학이라는 특정한 예술 관념으로는 도저히 포획할 수 없는 기묘한 소설을 써내면서 하나의 문화 현상을 이끌어 냈다는 것이다. 소설의 형식은 취했지만 도저히 소설이라고 읽을 수 없는 인터넷소설은 지금은 웹소설로 명칭이 바뀌었고 귀여니의 영향을 받은 아마추어 작가(사실 작가라기보다는 컴퓨터와 인터넷과 게시판이라는 디지털 문학 툴을 적절하게 사용할 줄 아는 유저라는 표현이 더 어울리는)

---

13 고전주의적 진리미학의 이론을 완성했던 헤겔이 '예술의 종언'을 얘기했을 때, 그것은 곧 20세기에 예술에 발생할 어떤 사건의 미학적 예언이었다고 할 수 있다. 실제로 20세기에 헤겔이 염두에 두고 있는 그런 예술은 최종적으로 종언을 고했다. 하지만 그것은 예술의 종언이 아니라 어떤 특정한 예술관념의 종언이었다고 볼 수 있다. 헤겔의 예술관념은 20세기에까지 (가령 게오르그 루카치를 통해) 영향력을 잃지 않았으나, 이미 20세기의 예술실천은 헤겔 류의 진리미학으로는 설명이 불가능한 상태로 접어들었다. 대상성의 상실(추상회화), 무조음악(쇤베르크)의 등장, 의미의 배제(다다이스트)는 헤겔 미학이 존립할 기반 자체를 무너뜨렸다.-진중권, 진중권과 함께하는 미학기행(1), 동방미디어(주).

들이 지금 인터넷 소설 게시판을 점령하고 있다.[14]

귀여니가 하나의 문학 현상으로 근대문학의 종언에 조종을 울렸다면 2007년 6월 세상에 첫 선을 보인 아이폰의 등장은 미디어에 대한 근대적 관습을 송두리째 바꿔 놓았다. 수신자와 발신자가 구분되고, 선형적 구조의 단방향 소통 형식을 지니며, 공공의 이익을 우선하는 콘텐츠로 구성된 전통적 미디어는 아이폰의 등장으로 매체로서의 파급력과 영향력을 급속히 상실하게 된다. 신문이 근대의 시작을 알렸다면 아이폰은 현대의 시작을 선언한다.

아이폰으로 대표되는 스마트폰을 한마디로 정의하면 〈일인 미디어 다중 플랫폼〉이라는 것이다. 인류가 문명을 시작한 이래 단 한번이라도 개인이 매체를 24시간 사적으로 소유했던 적이 있었던가를 생각해보면 손 안에 들고 다니는 스마트폰은 가히 혁명적인 도구이다. 세상의 모든 길과 통하는 이 디지털 플랫폼은 세상을 바라보는 시야와 소통의 구조, 해석의 방식을 현대화시킨다. 물리적 공간, 물리적 도구, 물리적 형식이 우선시됐던 근대와는 달리 현대는 네트워크가 더 중요시된다. 정보화혁명의 마중물인 인터넷이 네트워크-공간이라면 스마트폰은 네트워크-도구이고, SNS는 네트워크-형식이다. 공간, 도구, 형식 앞에 네트워크가 붙게 되면서 우리는 초연결망사회로 진입하게 되었고, 이 현대성의 기표들은 새로운 매체미학의 등장으로 이어진다.

매체미학의 변화는 자연스럽게 예술미학의 변화로 연결되는데 지금까지 근대, 탈근대, 현대의 시대구분에 대한 논의를 토대로 문학의 변화를 도

---

14   이 부분에 대한 논의는 한혜원의 「한국 웹소설의 매체 변환과 서사 구조-궁중 로맨스를 중심으로」(『어문연구』 91집, 어문연구학회, 2017)를 참조할 수 있다.

표로 요약하면 다음과 같다.

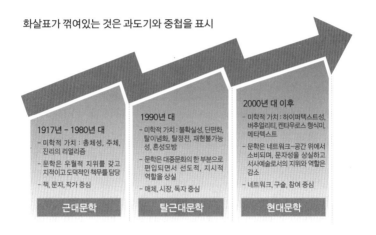

화살표가 꺾여있는 것은 과도기와 중첩을 표시

1917년 - 1980년 대
- 미학적 가치 : 총체성, 주체, 진리의 리얼리즘
- 문학은 우월적 지위를 갖고 지적이고 도덕적인 책무를 담당
- 책, 문자, 작가 중심

근대문학

1990년 대
- 미학적 가치 : 불확실성, 단편화, 탈이념화, 탈정전, 재현불가능성, 혼성모방
- 문학은 대중문화의 한 부분으로 편입되면서 선도적, 지시적 역할을 상실
- 매체, 시장, 독자 중심

탈근대문학

2000년 대 이후
- 미학적 가치 : 하이퍼텍스트성, 버추얼리티, 켄타우로스 형식미, 메타텍스트
- 문학은 네트워크-공간 위에서 소비되며, 문자성을 상실하고 서사예술로서의 지위와 역할은 감소
- 네트워크, 구술, 참여 중심

현대문학

심진경은 최근의 한국문학에 대해 "자신의 열등한 사회적 지위에 대한 계급적 자의식이 있긴 해도 현실사회의 구조적 모순에 대한 자각이나 불평등한 사회를 변혁하고자 하는 의지로 이어지지 않고, 자신의 비참한 현실을 통해 자기의 계급을 규정하고, 거기에 항구적 가치를 부여하는 노력은 거부되는" 특징을 찾을 수 있다고 설명했다.[15] 2000년 이후 등장한 젊은 작가들의 개인주의는 근대문학에 대한 부채와 대타의식이 사라지고 그 자리에 예술, 혹은 문학에 대한 개인적 취향이 자리 잡고 있음을 보여준다.[16]

본 연구자가 근대와 탈근대, 현대의 시기 구분을 한 이유는 우리가 지금

15　심진경, 「문학 계몽의 시대는 끝났는가」(6월 민주항쟁 20주년 기념 대토론회), 2007.5.23.

16　같은 토론회에서 "그동안 한국 문학을 리얼리즘 하나만 가로질렀던 만큼, 이제는 조금씩 다양화되고 있는 과정으로 보면 좋겠다"며 "문학이 계몽 수단으로 가는 사회는 안타깝다. 문학은 오락이어야 한다"는 소설가 이기호의 발언은 의미심장하다.

정보지식화사회와 인문공학

어느 시대에 서 있는가를 확인하기 위해서이다. 우리는 근대에 태어났지만 지금은 현대에 살고 있다. 그리고 현대문학을 연구하는 연구자이다. 근대문학을 현대문학이라고 위장하기에는 우리 앞에 놓인 문학의 현실이 녹록치 않다. 문학은 오락이어야 한다는 젊은 작가들이 속속 등장하는 지금, 현대문학연구는 새롭게 시작되어야 한다.

3. 현대문학의 개념과 영역 재설정

현대에 들어서면서 18세기 이래로 문학을 보호해온 가장 근본적인 가치들에 대한 '신념의 위기'가 구체화되었다. 글쓰기와 예술 창조, 상상력의 예언적인 힘, 문학 텍스트의 완벽한 형식과 진리, 문학 언어를 통한 작가와 독자 간의 완벽한 의사소통, 문학작품의 중심에 자리 잡고 있는 진실한 의미에 대한 믿음은 와해되었으며, 문학이 과학이나 혹은 다른 어떤 기능적인 담론 형식보다도 인식론적으로 우월하다는 믿음 또한 붕괴되었다. 문학은 이제 더이상 세계와 자아에 대한 인간의 경험을 기록한 성스러운 신화이거나 혹은 본질적인 인간 본성에 대한 보편적인 발언이 아니다.[17]

현대문학 연구가 유연성을 갖기 위해서는 문자텍스트를 연구대상으로 삼아야 한다는 강박에서부터 벗어나야 한다. 이미 문학 연구가 서사 연구로 확장될 필요성에 대해서는 학문적 공감대가 형성되어 왔다.[18]

---

17 『문학의 죽음』 서평, 문학동네 홈페이지 부분 참조(http://munhak.bluecvs.com)
18 대표적인 논저로는 다음을 참조할 수 있다.
　　· 김진량, 『디지털텍스트와 문화 읽기』, 한양대학교출판부, 2005.

소설은 사회와 일상에 대한 부르조아 계급의 욕망을 경험 가능한 세계의 재현을 통해 충족시키고자 하였다. '경험 가능한'이라는 테제는 근대시민사회에 의해 붕괴된 중세봉건질서와 그것을 문학적으로 수호하고자 했던 로망스에 대한 안티테제의 성격이 강하다. 소설이 등장함으로써 판타지는 반리얼리티적인 것으로 간주되어 미학적 가치를 상실했으며 리얼리즘이 중요한 가치로 부상하였다. 그러나 현대문학은 리얼리티보다는 버추얼 리얼리티가 중요시된다. 매체는 세상을 바라보는 창이다. 스마트폰으로 바라보고 이해하는 세계는 보고 듣고 경험하는 리얼리티의 세계가 아니라 보고 싶고, 듣고 싶고, 경험해보고 싶은 것이 리얼리티를 갖는, 우리 스스로 리얼리티를 창조해내는 버추얼 리얼리티의 공간이다.

소박한 의미에서의 리얼리즘 시대에는 재현대상은 질서정연하게 실재하는 것으로 여겨졌기에 재현과 실재 사이의 지시 관계는 아무 명료하였다. 그러나 가상공간의 대두로 인한 버추얼 리얼리티의 대두는 리얼리즘 자체의 성격을 근본적으로 바꾸어 놓고 있다. 재현 대상이 비물질적이며, 시공간의 거리가 무화되어 있을 때 과연 그것을 '실재'라고 할 수 있을 것인가? 현대문학 연구는 바로 이 재현의 딜레마를 풀어나가는 것에서부터 시작될 수 있다.

본 연구자는 졸저 『온라인게임스토리텔링의 서사시학』(글누림, 2009)에

- 박유희, 『디지털시대의 서사와 매체』, 도서출판 동인, 2003.
- 변지연, 「소설에서 서사로」, 『21세기 문예이론』, 문학사상, 2005.
- 이용욱, 「디지털시대, 문학연구 방법론의 새로운 모색」, 『국어국문학』 제143호, 국어국문학회, 2006, 189-210면.
- 장일구, 「서사의 디지털 자질과 서사 공간」, 『한국언어문학』 제67집, 한국언어문학회, 2006, 493-519면.

서 〈디지털서사학〉이라는 새로운 개념을 제안한 바 있다. 디지털서사학은 "디지털이라는 기술의 발전이 가능케 한 다양한 디지털 서사체간의 보편적 서사문법을 연구하는 학문"으로 컴퓨터게임, 하이퍼텍스트, 웹아트, 디지털 아트 등의 개별적인 디지털서사체의 서술행위를 연구하는 데에서 한걸음 더 나아가 디지털서사체 일반의 서사규범을 밝히는데 학문적 목적이 있다. 물론 디지털서사체의 개별 종목들은 문학이라고 보기 어렵다. 더 정확하게 말하면 문학의 전통적인 개념으로는 접근할 수 없다. 그러나 수천 년 동안 문학의 개념과 영역은 기술의 발전과 함께 변화해 왔다. 우리가 현대문학의 개념을 새롭게 설정한다면 새로운 서사체들에 대한 학문적 연구는 가능해 진다.

지금까지의 논의를 정리해 보자. 현대문학은 근대문학의 종언에서부터 출발한다. 종언은 단절과 변별, 새로운 시작을 포함한다. 현대문학은 문자로 부터, 리얼리티로부터, 작가로부터, 그동안 문학을 둘러싸 왔던 모든 관습으로부터 벗어나야 한다. 문학은 이제 새로운 출발선 위에 서 있다. 무엇을 문학의 범주 안에 포섭하든지 간에 중요한 것은 재현과 반영의 서사인가 아닌가이다. 재현과 반영의 서사라면 그 형식과 무관하게 현대문학 연구의 영역이 될 수 있어야 한다.

4. 현대문학연구 방향에 대한 제언

낭만주의와 모더니즘에서 문학이란 그 출발부터 인쇄된 서적의 개념이었다. 그러나 이제 인쇄 서적에 기초한 문학은 그 권위를 잃기 시작했으며,

결과적으로 그 존재 자체를 위협받기에 이르렀다. 그와 동시에 읽고 쓰는 능력이 저하되면서 시청각적 이미지, 영화, 텔레비전, 컴퓨터 화면이 가장 효율적이고 매력적인 오락과 지식의 원천으로서 인쇄 서적의 자리를 대신하고 있다.[19] 현대는 인쇄 서적의 자리를 디지털서사가 대체하는 시대이다. 따라서 현대문학 연구는 디지털서사에 대한 연구를 수반하여야 한다.

형식에 구애받지 않고 초언어적 보편구조를 갖는 이야기에 집중하는 현대문학연구를 시작하기 위해서 우리는 먼저 학문공동체를 새롭게 구성하여야 한다. 정보화사회가 요구하는 디지털리터러시는 '정보를 적절하게 선택하고 가공하고 창조하고 전달할 수 있는 능력'이라고 할 수 있는데, 좀 더 구체적으로 정의한다면 "자신이 필요로 하는 정보, 유용하고 가치 있는 정보를 판별해내고, 그것을 해석·평가하며, 재배열 또는 재구성하고, 적절하게 활용함으로써, 직면해 있는 문제 상황이나 과제를 해결하거나 다른 사람에게 정보를 효과적으로 전달할 줄 아는 능력"이다. 현대문학연구는 한 개인의 위대한 창조성에 의해 발전될 수 없다. 롤랑 바르트, 제럴드 프랭스, 미하일 바흐친 같은 위대한 학자들의 시대는 갔다. 김윤식, 조동일, 이재선 같은 대가들은 더이상 등장하지 않을 것이다. 이제는 동일한 학문적 관심을 공유하는 연구자들의 집단지성이 서로 교류하고 소통하고 통섭함으로써 만들어나가는 네트워크 시스템이 위대한 천재들을 대신할 것이다. 현대문학연구의 학문적 발전은 집단지성의 구축 여하에 달려 있다.

미래의 현대문학은 통합형 예술이 될 것이다. 디지털서사는 인문학적 상상력과 예술적 감각과 공학적 기술이라는 삼요소가 완벽한 조화를 이루었

---

19   『문학의 죽음』 서평, 문학동네 홈페이지 부분 참조(http://munhak.bluecvs.com)

을 때 가능한 21세기 신(新)예술이다. 그러나 우리의 학문 풍토는 인문학, 사회과학, 자연과학이 모두 별개의 영역을 갖고 서로 견고하게 대립하고 있다. 학제간 연구가 제대로 이루어지지 못하고 있기 때문에 디지털서사를 연구할 수 있는 크로스오버(Crossover)적인 이론 토대가 아직 마련되지 못하였다. 하이퍼텍스트는 문학 쪽에서, 웹아트는 미술 쪽에서, 인터랙티브 픽션은 4D 기술 구현을 연구하는 공학 쪽에서 관심을 갖고 있는데 그 학문적 성과물들이 해당 학문에 대한 전문 지식과 상호교류의 인식 부재로 인해 공유되고 있지 못하다. 디지털에 대한 우리의 편견도 여전하다. 세계 최고 수준의 디지털 인프라를 갖고 있지만 우리에게 '디지털'은 여전히 차가운 기술이다. 마음을 움직이는 예술 앞에 디지털이라는 접두사가 낯설게 느껴지는 것은 예술 텍스트에 기술이 전경화되는 것에 대한 우리의 생래적 거부감 때문이다. 디지털서사를 예술로 인정하지 않으려는 시각은 '예술'과 '기술'을 분리하여 이해해왔던 전통적인 미학(美學)의 관습적인 경향과 무관하지 않다.

현대문학연구는 초언어적 보편구조를 갖는 이야기에 집중하며 새로운 예술미학을 견지하여야 한다. 디지털서사를 연구대상으로 포함해야 하고 위아래가 없고 오로지 토폴로지[20]만 있는 네트워크 중심의 새로운 학문생태계가 만들어져야 한다. 그러기 위해서는 무엇보다도 근대문학의 종언이라는 냉엄한 현실을 인정하는 가장 어려운 일부터, 학문공동체가 시작하여야 한다.

---

20 토폴로지(영어 : topology, 문화어 : 망구성방식)는 컴퓨터 네트워크의 요소들(링크, 노드 등)을 물리적으로 연결해 놓은 것, 또는 그 연결 방식을 말한다.

2장.

모
색

1절　편집, 편집적 사고, 편집자

1. 디지털서사학과 서사

문학이 더이상 독점할 수 없을 정도로 서사 개념이 사회 전반에 걸쳐 확산됨으로써 오늘날 서사는 언어적/비언어적 서사, 허구적/비허구적 서사, 문학적/비문학적 서사를 포괄한다. 이로써 기존 서사학의 개념과 방법을 적용할 영토가 넓어진 것은 사실이지만, 동시에 서사는 문학적 텍스트의 형식을 초월하도록 그 개념이 확장되었다고 할 수 있다.[1] 2000년 이후 일군의 연구자들에 의해 제기되고 있는 디지털서사학[2] 역시 서사 개념의 확장과 무관하

---

[1]　황국명, 「현단계 서사론의 과제와 전망」, 『인간·환경·미래』 제4호, 인제대학교 인간환경미래연구원, 2010, 4면.

[2]　디지털서사학 연구사 검토와 학문적 범주 구분은 졸저 『온라인게임 스토리텔링의 서사시학』(글누림, 2010) 제1장 「디지털스토리텔링과 디지털서사학」과 제8장 「디지털서사학의 전망과 쟁점」에서 개괄적으로 다루었다.

지 않다. 그러나 디지털서사학은 서사의 정의와 영역을 어떻게 구획하는가에 따라 기존 서사학과 '연속' 혹은 '차별'이라는 양극화가 초래돼, 학문으로써의 핍진성과 총체성을 의심받아왔다.

기왕의 서사학적 관습으로는 포착해낼 수 없는 기술형(技術型) 텍스트의 서사성을 연구하기 위해 연구자들은 다양한 학문적 모색을 시도할 수밖에 없는데 그 방식은 기존 서사학의 학문적 성과를 바탕으로 연관성과 변이태를 탐색하는 내러톨로지(narratology)와 기존 서사학과의 차별을 통해 독창적인 서사문법을 연구하는 루돌로지(ludology)로 구분된다. 따라서 어떤 입장을 취하느냐에 따라 서사는 각기 다른 언어로 해석된다. 디지털서사학이 서사의 개념에 대해 각기 다른 관점을 취하고 있는 두 방법론의 학문적 대립을 통해 형성되면서, 서사를 긍정하면서 동시에 부정해야 하는 딜레마에 빠진 것이다.[3]

본 연구자는 이 글을 통해 양가적 한계를 극복하고 내러톨로지와 루돌로지의 간극을 메울 수 있는 디지털서사학의 방향성을 새롭게 제안할 것이다. 그에 앞서 편집과 주해의 과정을 통해 몇몇 연구자들의 '디지털서사'에 대한 논의를 살펴봄으로써, 왜 지금 디지털서사학이 새로운 방향성을 확보해야 하는지를 설명해 보고자 한다.

국내에서 처음으로 컴퓨터 게임을 서사라는 관점에서 연구한 최유찬은 '게임의 서사'라고 말할 때 그 '서사'가 가리키는 것은 흔히 '이야기'나 '스토리'로 지칭되는 일정한 현상과는 구분되는 게이머의 '사건 체험' 그 자체라

---

3   내러톨로지는 "서사는 이야기다"라는 전제에서 출발하지만, 루돌로지 관점에서 서사는 공간적 상호작용이며 현재적 경험이다.

는 사실에 주목하면서, 서사는 통상 사건의 서술을 의미하는데, 게이머가 사건을 일으키는 행위자이자 그 사건을 주관적으로 인지하는 유일한 존재인 컴퓨터 게임을 과연 서사라고 규정할 수 있는가 하는 의문을 제기한다.[4] 최유찬은 게임의 서사가 통상 그 말이 지닌 개념과 다른 특성을 지니고 있다는 점을 인지하였으면서도 '서사'라는 용어를 포기하지 않았다.[5] 서사가 아니지만 서사라는 이 양가적 태도는 디지털서사에 대한 학문적 고민이 어디서부터 시작하는지를 분명하게 보여준다.

박유희는 서사를 이야기의 내용과 이야기의 형식을 포괄하는 것으로 이해하고, 이 서사가 조어상 디지털에 의해 한정될 때 '디지털 기술에 기반한 서사'가 되며, 디지털 서사의 정체성은 '비선형성', '다중매체성', '상호작용성'이라는 세 가지 핵심 자질로 논의될 수 있다고 주장한다. 그러나 박유희 본인도 인정하였듯이 디지털서사의 범위를 상호작용성을 가지는 서사로 한정할 때 디지털 기술을 이용하고 있더라도 현재 인터넷을 숙주로 삼고 있지 않은 영화나 게임, 그리고 완결된 형태로 웹상에 올려 있는 문학 등은 디지털 서사의 범주에서 배제되며, MMORPG 정도만이 디지털 서사의 정체성을 구현하고 있는 서사물로 한정된다.[6] 그동안 디지털서사학 연구가 MMORPG에 집중되었던 것은 학문적 대상을 구체화하려는 우리의 조급함이 디지털의 상호작용성을 서사학 층위에서 지나치게 과장하는 방식으로 진행되어

---

4   최유찬, 『컴퓨터게임의 이해』, 문화과학사, 2002, 83-84면.(편집)
5   최유찬은 게임서사의 특징을 '상호작용성', '공간중심의 구도', '병렬 구조'로 제시하면서 게임의 종류에 따라 서사의 각기 다른 양상을 '상징적 추상적 서사형식(아케이드게임)', '유기적 진행 서사 형식(어드벤처게임)', '과정적 서사형식(롤플레잉게임)' 등으로 구분하였다. 이 구분에서 서사는 '이야기'이며 '공간적 상호 작용'이며 '현재적 경험'을 모두 포괄한다.
6   박유희, 『디지털 시대의 서사와 매체』, 도서출판 동인, 2003, 32-33면.(편집)

온 결과일 수 있다.

MMORPG를 중심으로 한 온라인 게임 연구를 "새롭게 출현한 사물에 대한 당혹감 속에서 그 낯선 사물에 대해 기존의 척도와 개념을 적용한 사례"로 보아야 할지 "디지털 시대에 대응한 서사양식의 출현을 컴퓨터 게임에서 찾거나 후기 자본주의 사회의 복합 구조, 급격한 변동을 표현할 매체양식의 한 가능성을 컴퓨터 게임에서 확인하고자 하는 지적·사회적 욕구가 표출된 데 따른 것이라고 이해"해야 할지에[7] 대한 학문적 판단과는 별도로 디지털 서사학의 상당한 영토가 게임 연구에 할당된 한국적 상황은 디지털 기술과 서사를 연동해 해석하는 과정에서 기술 우위적 시각(기술이 서사를 확장시킨다는)이 연구자들에 의해 광범위하게 지지받아 왔음을 확인시켜 준다.

컴퓨터 게임에 국한되었던 디지털서사학의 범주를 인터넷 게시판 같은 공간 영역으로 확장시키려는 노력이 김진량에 의해 시도되었다. 김진량은 디지털 서사체가 시간성과 인과성이라는 기존의 서사적 재현의 핵심 원리 대신에 수행성과 공간성을 갖고 있음으로 디지털서사를 연구하기 위해서는 서사를 재개념화해야 한다고 보았다. 완결되고 고정된 대상, 독자가 인식한 결과로서의 서사 개념에서 나아가 반복적으로 새로운 텍스트를 만들어내는 과정, 이 과정을 가능케 하는 독자(사용자)의 참여 행위, 서사 요소의 공간적 배치를 기반으로 한 구조 등을 아우를 수 있는 서사 개념으로 확장되어야 하며 이렇게 확장된 서사 개념을 서사장(narrative field)이라 명명하였다. 서사가 작가가 일방적으로 제공하는 완결된 구조라는 의미가 강하다면 서사장은 이질적인 힘들이 상호작용하는 역동성을 지니며 그런 만큼 구조적으

---

7   최유찬, 『문학과 게임의 상상력』, 서정시학, 2008, 344-345면.(편집)

로 안정된 것이 아니라 변화의 과정에 있는 미완결성을 내포한다. 서사장은 완결된 양식으로서 이야기라기보다 여러 관계가 얽혀 이야기를 만들어내는 진행형의 공간 이미지로 서사를 이해하려는 태도이다.[8] 김진량은 서사장을 상호작용의 공간으로 파악하였는데, 사실 상호작용성이 디지털서사만의 특성은 아니다. 이미 후기구조주의나 포스트모더니즘에서 텍스트의 상호작용성은 논의되어 왔으며, 서사의 창조와 해석에 중요한 자질이었다. 디지털 서사에서 논의하는 상호작용성은 해석의 역할이 삭제되고 서사의 창조에만 국한됨으로써 오히려 기능과 역할이 협소해졌다. 서사를 서사장으로 공간화함으로써 김진량은 디지털서사를 시작과 끝이라는 시간의 궤도에서 이탈시켰고, 상호작용이라는 창조적 행위가 이루어지는 공간으로 이미지화함으로써 탈영토화하는 데는 성공하였지만, 그것을 서사의 확장으로 발전시키기에는 상호작용의 미학적 가치가 서사장에서 분명하게 재영토화되지 못하였다.

장일구는 디지털 서사나 서사의 디지털 자질은 디지털 매체의 활용 여하에 관련된 실체적 특징을 일컫는 것이 아니라, 그 서사 자체의 구성적 자질을 일컫는 구성적 개념(constitutive notion)이라고 전제하고, 디지털 서사는 디지털 매체를 통해 유통되는 서사물의 표층을 실증하는데 연관되는 논항으로보다, '서사의 디지털 자질(상호작용성, 하이퍼텍스트성, 멀티미디어 환경)'과 직결되는 논항으로 상정할 때 더욱 타당한 논의의 지평이 열린다고 주장한다.[9] 이 논리를 수용하면 문자 텍스트 / 디지털 텍스트, 아날로그 서사체 / 디

---

8   김진량, 『디지털 텍스트와 문화 읽기』, 한양대학교 출판부, 2005, 93-94면.(편집)

9   장일구, 「서사의 디지털 자질과 서사 공간」, 『한국언어문학』 제67집, 한국언어문학회, 2008. 493-510면.(편집)

지털 서사체의 구분은 무의미해 지고 서사의 디지털 자질만이 부상함으로 써 디지털서사학의 연구 대상이 하이퍼텍스트나 온라인게임, 웹아트를 넘어 박민규나 최제훈 등 2000년 이후 등장한 신진작가들에 의해 시도되고 있는 파격적인 소설 문법까지 포섭할 수 있게 된다. 디지털서사 연구에 대한 매우 매력적인 제안이지만 구체화되기 위해서는 몇 가지 선결되어야 할 과제가 있다.

먼저 여전히 '디지털 자질'이라는 용어가 기술 추수적이라는 점이다. 장일구는 자신의 논지를 전개하기 위해 "문자 매체를 이용한 서사물이라도 공간 형식에 걸맞은 경우, 비선형성과 다중매체성에 기반한 상호작용 자질을 근간으로 하는 디지털 서사에 상응"한다는 유현주의 입장을 참조하였는데[10] 정작 유현주는 텍스트의 선형성을 탈피하려는 시도는 하이퍼텍스트의 출현 전에도 있어 왔지만 인쇄된 작품들과 하이퍼텍스트로 구현된 텍스트들과의 차이점은 비선형적이고 선택 가능한 구조가 기술적인 뒷받침으로 실제로 가능해 졌다고[11] 언급하고 있다. 장일구가 유현주의 진술을 오독했거나 우리가 '서사의 디지털 자질'을 '서사에서 디지털 기술로 가능해진 자질'로 오독할 수 있다.[12] 박민규와 최제훈을 포섭하기 위해서는 서사의 디지털 자질에서 기술이라는 맥락을 제거하여야 한다. 서사의 디지털 자질에 멀티미디어 환경이 포함되어 있는 것도 문제이다. 상호작용성과 하이퍼텍스트성은

---

10   장일구, 같은 논문, 493면.

11   유현주, 『하이퍼텍스트』, 연세대학교 출판부, 2003, 37면.(편집)

12   편집적 사고에서 '오독'은 "잘못 읽은 것"이 아니라 "다르게 읽은 것"이다. 해석의 주도권이 작가(writer)에서 편집자(editer)로 옮겨갈수록 독서는 필연적으로 오독을 수반할 수밖에 없다.

독자의 독서행위에 개입하는 의식적 무의식적 의미생산 과정이지만, 멀티미디어 환경은 버추얼 리얼리티를 통해 독자에게 제시된 의미생산 환경이다.

다시 말해 상호작용성과 하이퍼텍스트성은 주체와 텍스트 사이에 긴장관계로 형성되지만, 멀티미디어 환경은 이미 주어진 조건으로 그 의미 층위가 서로 달라 서사의 디지털 자질이라는 계열축에 병치될 수 없다. 차라리 의미생산 과정이라는 차원이라면 '메타 리얼리티'가 디지털 자질에 더 적합하다. 메타 리얼리티라는 용어는 메타픽션이라는 용어의 개념을 차용한 것이다. 문학 텍스트가 텍스트 밖에 존재하는 다른 세계를 반영하거나 재현하는 것이 아니라 텍스트 그 자체를 반영하는, 창작 과정 자체를 중요한 주제로 다루는 자기반영적인 소설을 메타픽션이라고 한다. 거기에 착안하여 메타 리얼리티는 현실의 세계를 반영하는 것이 아니라 작가의 의식 또는 무의식적인 세계 안에 자리잡고 있는 시뮬라크르한 세계가 재현되고 그것이 독자의 읽기 행위를 통해 리얼리티를 획득하는 과정을 맥락화한 개념이다.

메타픽션이 작가의 글쓰기 행위 자체에 주목한다면, 메타 리얼리티는 리얼리티를 스스로 창출해내는 독자의 동의 과정에 주목한다. 리얼리티가 현실 세계를 모사하거나 참조하여 텍스트 안에 재현하고자 하는 의식적인 실천의 층위라면, 메타 리얼리티는 리얼리티의 지시 영역을 물리적인 세계가 아니라 우리의 상상력 안에 두고 있는 미적인 층위이다. 보드리야르의 시뮬라크르 개념이 실재하지 않지만 실재하는 것보다 더 실재처럼 인식되는 것이라면, 메타 리얼리티는 시뮬라크르한 세계를 문학 텍스트 안으로 끌어들였을 때 미학적으로 확대되고 확장되는 세계를 지시해준다. 메타 리얼리티는 다시 현실 세계가 아니라 가상 세계 안에서 펼쳐지는 인간의 삶이나 경험을 그려내는 〈버추얼 리얼리티〉와 우리의 무의식 깊숙이 자리 잡고 있는 문화적 기호들이 만들어 내는 〈이미지 리얼리티〉로 나눌 수 있다. 이제 우리는 상상하는 모든 것이 리얼한 시대에 살고 있다. 우리가 육체적인 경험과 무관하게 순수하게 의식의 세계 안에서 경험하는 세계를 모사하는 것이 버추얼 리얼리티라면, 이미지 리얼리티는 우리를 둘러싸고 있는 무수히 많은 문화적 이미지들이 우리의 상상력에 영향을 주어 형성되는 무의식의 세계를 참조한다.

문화적 이미지는 영화일 수도 있고, 만화일 수도 있고, 드라마나 광고, 대중가요일 수도 있다. 우리의 머릿속에 이미지는 흔적으로 기억되고 있다가 문학 텍스트 안에 문자로 구현된 반현실 혹은 비현실적인 세계와 조우하는 순간, 데자뷔가 발생하고 이미지는 스스로 리얼리티로 전화된다.[13]

그러나 장일구의 제안은 디지털서사학 연구에 중요한 전환점을 제공해 주었다. 디지털서사학의 연구 대상을 디지털 기술과 연관된 컴퓨터 게임이나 하이퍼텍스트, 웹아트 등으로 국한하면서 내러톨로지를 주장하는 것은 모순이다. 오히려 기존의 서사적 관습을 보여주고 있는 작품에서 디지털서사학의 이론적 징후들을 포착해 내어야 한다. 서사학에서 디지털서사학으로 넘어가는 과도기적 상황에서 우리가 해야 할 일은 너무 성급하게 디지털

---

13 ST : 이용욱, 「정보화사회 문학패러다임 연구」, 한남대학교 대학원 국어국문학과 박사학위논문, 2000, 50-66면.; FE : 이용욱, 「디지털 시대, 본격문학의 운명」, 『문예연구』 제47호, 2005, 95-96면.; SE : 이용욱, 『온라인게임 스토리텔링의 서사시학』, 글누림, 2010, 297-303면.
본 연구자는 메타리얼리티에 대한 진술을 지금까지 두 번 자기인용 하였다. 2000년 필자의 박사학위논문에서 처음 언급하였고(Start Text), 2005년에 첫 번째(First Edit) 자기 인용을, 2010년에 두 번째(Second Edit) 자기 인용을 하였다. 그러나 두 번의 자기 인용 모두 처음 언급된 박사학위논문의 진술을 그대로 가져온 것이 아니라 수정과 보완의 편집 과정을 거쳐 맥락이 다듬어졌다. 이 글은 세 번째(Third Edit) 자기 인용이 된다.

텍스트를 규정하는 것이 아니라 그 과도기적 상황을 보여주고 있는 텍스트를 분석해서 서사학 혹은 스토리텔링의 미래를 예측하는 것이다. 이런 점에서 박민규나 최제훈의 소설은 매우 매력적이다. 마치 『데카메론』이나 『돈키호테』가 로망스의 형식과 세계관을 취하는 동시에 해체하는, 내부로부터의 붕괴 전략을 통해 소설이라는 새로운 서사양식을 이끌어 냈듯이, 『카스테라』나 『일곱 개의 고양이의 눈』은 문자 서사의 형식을 띠고 있지만 서사 혹은 소설의 관습적 전통을 해체시켜 버림으로써 서사학에서 디지털서사학으로 넘어가는 혼재 상황을 설명해 줄 수 있는 이상적인 텍스트이다. 문제는 이들 소설에 어떻게 접근하는 것이, 서사의 디지털 자질에 대한 기술적 시선이 제거된 채 서사자질 자체의 온전한 미학적 의미를 생산해내느냐 하는 것이다.

이 문제에 대한 해결 방안으로 디지털을 기술의 차원이 아니라 시대정신으로 접근할 것을 제안한다. 구텐베르크의 인쇄기가 단순한 도구를 넘어 중세의 어둠을 걷어내는 근대의 출발점이며 시대정신의 모태가 됐듯이, 디지털은 데이터나 물리적인 양을 0과 1이라는 2진 부호의 숫자로 표현한다는 기술 개념을 넘어, 새로운 사회를 해석하고 현상을 설명하며 지식과 정보를 생산해내는 정보화시대 다중들의 견해나 사고를 근본적으로 규정하고 인식하는 체계, 즉 패러다임의 변화를 초래했다.[14]

---

14   루터의 95개조 반박문이 유럽 전체에 빠르게 확산되면서 종교개혁이 시작될 수 있었던 것은 구텐베르크의 인쇄술 덕분이었다. 유럽 소설의 융성, 과학적 발견의 신속하고 신뢰성 높은 전파, 미국 혁명과 프랑스 혁명, 민족주의의 도래, 그밖에 서구 역사의 중요한 터닝 포인트가 그의 발명에 깊은 영향을 받았다. 인쇄술은 단순한 기술이 아니라 세상의 흐름을 바꿔놓은 티핑 포인트였다.(리처드 오, 손정숙 역, 『스마트 월드』, 리더스북, 2008, 347면) 인쇄기를 컴퓨터로, 인쇄술을 하이퍼텍스트로 연결지어 이해한다면 디지털은 정보화사회

아날로그에서 디지털로, 자본주의사회에서 정보화사회로, 모더니즘에서 포스트모더니즘으로 패러다임 시프트(paradigm shift)가 진행되고 있다. 디지털을 시대정신으로 이해할 때 우리는 작가와 독자, 문자 텍스트와 비문자 텍스트, 리얼리티와 메타리얼리티, 내러톨로지와 루돌로지를 횡단하고 관통하는 디지털서사학의 정체성을 확립할 수 있다. 지금까지 디지털서사학이 서사의 개념에 집중해 왔던 것은 디지털을 도구나 기술로 판단했기 때문이다. 디지털을 도구나 기술로 확정하게 되면 이행적이고 분석적인 효과성(즉 한 사물의 운동의 결과로서 다른 사물의 운동이 발생한다는 식의 뉴튼적 효과성)으로 환원되는 기계적 인과율로[15] 디지털과 서사의 관계가 설정된다. 디지털 기술의 발전이 서사의 변화를 초래했다는 명제가 원인과 결과 값을 갖는 인과 관계를 보여줄 수는 있으나 서사의 변화가 디지털 기술의 발전을 초래했다는 역명제는 성립불가능하다. "A는 B다"라는 기계적 인과율로는 원인과 결과의 관계를 단선적이고 선형적으로밖에 파악할 수 없다. 그러나 디지털을 집단적 의식의 총체인 시대정신으로 파악하면 디지털의 의미가 유연해짐으로써 시대정신이 서사의 변화를 초래하거나, 서사의 변화가 시대정신에 영향을 준다는 순명제와 역명제가 모두 가능해진다. 전체와 부분의 관계가 주종관계가 아니라 상호영향의 관계로 명료해짐으로써 디지털서사학은 서사의 딜레마에서 자유로워질 수 있다.

따라서 디지털서사학은 기술 수준의 '서사의 디지털 자질'이 아니라, 모더니티의 새로운 포즈로서의 '디지털의 서사적 자질'을 연구해야 한다. 본

에 최적화된 모더니티의 새로운 얼굴(포스트모더니티)이다.

15 최원, 「알튀세르의 '최종심급' 개념」, 『철학과사상』 게시판 279번 게시물, 맑스주의연구회(cafe.naver.com/marxstudy), 2005.(편집)

정보지식화사회와 인문공학

연구자는 그 첫 번째 연구 주제로 쓰기(writing)에서 편집(edit)으로, 창의적 사고(creative thinking)에서 편집적 사고(editorial thinking)로, 작가(author)에서 편집자(editor)로, 디지털이라는 새로운 시대정신이 초래한 창작 행위의 서사 자질변화에 대해 논의해 볼 것이다.

2. 서사학과 작가

작가는 서사학에서 매우 중요한 주제 중 하나이다. 문자가 탄생하기 이전, 아득한 구전문학의 시대에서부터 이야기를 만들어내는 스토리텔러는 존재하였다. 집단의 기억을 전승하는 익명의 '화자'에서 '음유시인', '기록자', '주석자', '필경사', 그리고 근대적 의미의 '작가'에 이르기까지 그 명칭은 조금씩 달라졌지만 서사 창조 행위는 높은 수준의 예술적 능력을 요구하였고, '말하는 자' 혹은 '쓰는 자'들은 그에 걸맞은 권력을 갖게 되었다. 작가(author)의 라틴어 어원인 'auctor'는 "늘리는(중대시키는) 사람, 대가"와 같은 의미로 쓰였는데 'auctor'는 'author'처럼 언어적 창의성을 수반하는 것이 아니라 오히려 그 반대 의미(문화적 선례의 권위에 집착함)를 내포하였다.[16] 새로운 땅이 탐험되고 새로운 영토가 개척될 때마다 사회적 유동과 문화적 변화가 발생했다. 르네상스 시대에 새로움을 정치적 행동들과 그 구현을 위한 문화적 권

---

16   작가(author)라는 용어는, 중세의 용어 'auctor'에서 유래된 것이다. 'auctor'는 네 개의
      어원들로부터 유래됐는데, 그것들은 '행동하다' 또는 '실천하다'라는 뜻의 라틴어 동사
      'agere', '묶는다'는 뜻의 라틴어 동사 'auieo', '자라나다'라는 뜻의 라틴어 동사 'augere',
      그리고 '권위'를 뜻하는 희랍어 명사 'autentim'이다. 어원을 보더라도 중세 시대 작가의
      권위는 막강하였다.

한으로 바꾸는 문화적 행위자들이 등장하였는데 그들이 바로 작가(author) 이다. 라틴어가 민족어로 대체됨으로써 비판적 사유의 가시태(visible)인 문학 텍스트에서 작가의 역할은 일대 전환점을 맞이하게 된다. 작가들은 자신들의 권리가 고대의 책들의 언어로써가 아니라 자신들의 언어로써 표현됨을 선언했다. 그리고 그들의 글들은 자신들의 언어로써 자신들을 뚜렷이 명시하는 법을 배워둔 독자들을 산출해 냈다.[17]

저자를 전통에 의거하는 숙련된 대리인으로 여겨서 작품의 의미를 고정시키고 보증해주는 인물로 파악하는 'auctor'는 인식과정에서 주체가 갖는 결정적인 역할에 대한 낭만주의적 발견으로 인해 모든 예술적 텍스트의 배후에 놓여 있는 작가, 개개의 창조물 배후에서 생각하고 느끼는 개성적 인간 'author'으로 대체된다. 작가를 의미의 고정점으로 파악하려는 작가중심적 태도로 인해, 작품은 작가의 사상과 정서가 반영된 것으로 인정되고, 텍스트를 이해한다는 것은 작가의 구도, 텍스트에 대한 작업 체계를 돌이켜보는 것이며, 독서는 작가의 동기와 의미의 그물망을 이해하는 행위가 된다.[18] 책이 시장에 상품으로 진열되고 판매를 목적으로 한 상업 출판이 일반화되면서 저작권의 개념이 강화되자 지식의 사용가치는 교환가치로 변질되었다. 작가에 의해 사유화(私有化)된 지식이 화폐를 지불한 독자에게 소비되면서 저작권은 작가의 권력과 권리를 보장해주는 가장 강력한 수단이 되었다. 작가와 독자를 둘러싼 외부적인 상황은 20세기에 들어서도 변하지 않았지만 텍스트의 창조자로서의 작가의 지위에는 미묘한 변화가 발생하였다.

---

17 도널드 E. 피즈, 이일환 역, 「작가」, 『문학연구를 위한 비평용어』, 한신문화사, 1994, 129-132면.(편집)

18 박인기 편역, 『작가란 무엇인가』, 지식산업사, 1997, 2-3면.(편집)

정보지식화사회와 인문공학

전통적인 관점에서 보면, 작가는 작품을 쓰는 사람이고 독자는 쓰인 작품을 읽는 사람이다. 따라서 '주고' '받는' 관계라는 일방향적 소통체계는 자연스레 작가의 권위를 부각시켜 주었고, 독자는 작가가 텍스트 안에 숨겨놓은 의미들을 작가가 만들어 놓은 표시를 따라 읽어내는 수동적인 역할 밖에는 수행하지 못하였다. 텍스트 안에서 작가는 신처럼 군림하였고, 독자는 신의 말씀을 듣고 감동받아야 하는 나약한 존재였다. 그러나 작가와 독자를 '쓰는 자'와 '읽는 자'로 확정지어 바라보는 관습적 인식 체계는 다양한 서사학 이론들에 의해 도전받기 시작한다. 러시아형식주의자들에게 있어 텍스트는 작가나 독자와는 무관하게 그 자체로 자기완결성을 지니는 미적인 가치 체계였으며, 수용미학자들은 오랫동안 텍스트의 주변부에서 맴돌았던 '독자'에게 해석의 권한을 주며 텍스트의 주체로서의 작가의 지위를 격하시켰다.

후기구조주의자인 롤랑 바르트는 텍스트를 작가에 의한 오염으로부터 분리해 내기 위해 '작가의 죽음'을 선언한다. 바르트에 의하면 '작가'라는 말은 한 자율적 주체가 하나의 텍스트적 환경으로부터 끌어내려는 요구들–심리 일관성, 의미, 동일성–을 뜻한다. 작가의 죽음의 결과로서 바르트는 문학에 대한 새로운 정의를 제안한다. 텍스트는 스스로가 자신이 활성화시킨 글이라는 게임의 효과로서 정의되는 독자(또는 바르트가 지칭하는 용어로 '스크립터') 이외에는 그 어떤 작가도 배제되는, 늘 그 자체의 법칙 끝에 이르는 논변적인 게임이 된다.[19] 그러나 바르트가 작가의 죽음을 선언했다고 해서 텍

---

19 1968년에 발표된 '저자의 죽음'이라는 논문에서 바르트는 저자가 더이상 창조적 영향력의 핵심이 아니라 그저 스크립터에 지나지 않으며, 모든 작품은 각기 재독(re-reading)을 통해 "영원히 지금 여기에서 쓰여"진다고 주장한다. 이는 의미의 "기원"이 오로지 "언어

스트에서 작가가 사라진 것은 아니다. 작품의 구조, 다양한 텍스트적 맥락과 단계들, 작가로부터 바르트가 명명한 스크립터로의 변이에 대한 권위 있는 설명을 할 수 있는 것은 작가나 독자가 아니라 비평가이다. 모순적인 텍스트상의 구절들을 의도된 통일성으로 해결 짓고자 하는 작가가 없어졌으므로 비평가는 자기 자신의 견지에 따라 텍스트를 자유롭게 재구성할 수 있게 된다.[20] 푸코는 18세기 이래로 저자가 허구적인 것을 통제하는 역할을, 말하자면 아직도 이루어지고 있는 역사적 변화가 따르는 산업주의적이자 부르조아적인 사회인 개인주의와 사유재산의 시대인 우리 시대에서, 아주 특징적인 역할을 수행해 왔다 하더라도 저자의 기능이 형태상으로나 복합성에서 심지어 존재상으로도 언제나 불변해야 할 필요는 없다고 지적하며 사회가 변하듯이 변화하는 과정상의 그 순간에서 저자의 기능은 사라지게 될 것이라고 말한다. 이에 따라 담론에 대한 작가의 위치와 역할에 대한 질문들은 "이 담론들의 존재방식이란 무엇일까? 어디에 쓰였으며, 어떻게 유통될 수 있으며, 누가 완전히 자기 몫으로 삼았을까? 담론에서 가능한 주체에 대한 여지는 무엇일까? 누가 이렇게 가지가지인 주체의 기능을 추정할 수 있을까?"로 대체된다. 저자란 무엇인가? 라는 질문에 푸코는 "누가 말하고 있든 무슨 상관이란 말인가?"라는 냉소적인 중얼거림으로 자답한다.[21]

포스트모더니즘에 오면 작가는 예술의 자기 목적성에 대해 심각한 회의를 보인다. 텍스트에 인물의 독백이 사라지고 다시 저자가 등장하지만 더 이

그 자체"와 독자가 받은 인상에 있기 때문이다.(롤랑 바르트, 박인기 역, 「저자의 죽음」, 『작가란 무엇인가』, 지식산업사, 1997, 137-145면.(편집))

20 도널드 E. 피즈, 같은 글, 138면.(편집)

21 미셸 푸코, 박인기 역, 「저자란 무엇인가?」, 『작가란 무엇인가』, 1997, 184-185면.(편집)

정보지식화사회와 인문공학

상 19세기 사실주의와 같은 절대 재현을 시도하지 않는다. 그 대신 작가가 자신의 서술을 되돌아보고 의심하는 자의식적 서술(메타 픽션), 현실과 허구의 경계 와해, 인물과 독자에게 선택권을 주는 열린 소설, 보도가 그대로 허구가 되는 뉴저널리즘, 작가의 권한을 최소화한 미니멀리즘 기법 등이 쓰인다. 포스트모더니즘 작가들은 작품의 유기적 통일성을 부정한다. 그들은 통일성이나 일관성보다는 오히려 편리성이나 임의성 또는 유희성을 더욱 설득력 있는 예술적 원리로 받아들이고 있다. 그들의 관점에서 보면 작품은 '잘 빚어진 항아리'가 아니라 오히려 '산산조각으로 깨어진 항아리'에 해당되는 셈인데, 깨진 항아리를 내보이며 항아리의 주인이라고 독자를 설득할 수는 없었다. 레이먼 페더만의 '서픽션(surfiction)' 이론에 근거하면, 호르헤 루이스 보르헤스와 토마스 핀천의 소설에서 작가는 절대적인 권위를 지닌 채 작중 인물 위에 군림하기보다는 전지전능한 창조주의 입장에서 벗어나 그가 창조해낸 인물과 동등한 위치를 차지한다. 서픽션 이론에서 작가는 말할 것도 없거니와 작중 인물까지도(그리고 만약 서술자가 있다면 그 역시 마찬가지로) 소설의 창조에 독자와 동일한 정도로 참가하게 된다. 그들은 모두 소설의 일부이며, 그들은 모두 그것에 대해 책임을 지게 된다. 작가는 그가 창조하는 소설과 마찬가지로 가공적 인물이며, 다만 소설의 모든 요소를 연결해 주는 접합점(즉 원천이며 수령자)에 지나지 않는다.[22]

1990년대 중반, 인터넷이라는 새로운 일상 공간을 담론 생산장으로 설정하였던 사이버문학론에서는 작가 대신에 '초작가', 독자 대신에 '초독자'를 내세웠다. '초작가'는 자신의 작가로서의 권위를 주장하지는 않지만, 일차적

22　김욱동, 『모더니즘과 포스트모더니즘』, 현암사, 1993, 263-266면.(편집)

으로 텍스트를 고쳐 써야하는 책임을 갖고 있다. 텍스트의 고정된 의미를 독자들에게 주장하지 않고, 독자들이 자신의 텍스트 안에서 마음 놓고 '의미 구축 작업'을 할 수 있도록 텍스트의 개방성을 최대한으로 보장한다는 점에서는 '작가'를 초월하지만, 끊임없이 자신이 만들어낸 텍스트를 고쳐 쓸 의무가 있다는 점에서는 또한 '작가'이다. 웨인 부우드의 '내포작가' 개념이[23] 동일한 작가의 각각의 개별 텍스트에 또한 각각의 작가상이 존재하고 있음을 의미한다 할 때, '초작가' 개념은 끊임없이 고쳐 쓰이는 개별 텍스트에 각각 다른 모습으로 현현한다는 점에서는 '내포작가' 개념을 이어 쓴 것이지만, 그 '현현'이 독자와의 상호 소통에 의해 영향을 받는다는 부분에서는 고쳐 써지고 있다. '초독자'는 텍스트의 의미 구축 작업에 직접 참여하면서, 동시에 작가에게 끊임없이 '고쳐 쓸' 것을 요구하는 독자이다. 단순히 읽는다는 의미에서의 '독자'와 텍스트의 의미를 재생산한다는 의미에서의 '독자' 개념을 초월하고 있는 부분이 바로 '요구하는 독자'라는 부분이다. 지금까지의 현대 문학 이론에서 독자의 역할은 읽거나, 또는 텍스트의 의미를 재생산할 수는 있어도, 자신의 독서 경험을 근거로 작가에게 무언가를 질문하거나 요구할 수는 없었다. 이저의 '내포독자'[24] 개념 역시 받아들이는 독자의 모습

---

23 마치 개인적인 편지들이 수신자와의 상이한 관계나 개개의 편지의 목적에 따라서 상이한 자신의 변형을 내포하듯이, 작가도 개개의 작품의 필요에 따라 상이한 태도로 출발한다. 작가가 아무리 비개인적이 되려고 해도 독자는 하나의 전형화된 개인의 모습으로 글을 쓰는 공식적 기록자의 모습을 마음속에 그리게 되는데 이 개개의 작품마다 달라지는 공식적인 기록자의 모습이 '내포작가'이다. (웨인 부우드, 최상규 역, 『소설의 수사학』, 새문사, 1994, 96면.)

24 독자가 한 문학작품을 읽을 때, 그는 이미 그 텍스트를 수용하기 위한 전형적인 독자의 모습을 갖게 된다. 그러나 이 전형적인 독자의 모습은 또 다른 문학 작품을 읽을 때 다시 수정되는데, 이같이 독자가 문학 작품의 독서 체험 시 갖게 되는 개별적인 독자상(讀者象)

정보지식화사회와 인문공학

이지 요구하는 독자의 모습은 아니었다. 그러나 사이버문학에 오면 독자는 텍스트의 의미 구축 작업에 작가와 같이 참여하며, 그 결과를 작가에게 당당히 이야기하거나 요구할 수 있게 되었다.[25]

근대적 의미의 '작가'가 등장한 이후 19세기 말까지 견고해 보였던 작가의 권위는 20세기 들어 '내포작가', '저자의 죽음', '주체의 소멸', '서픽션', '초작가', 최근에 '작독자(作讀者)'에 이르기까지 다양한 서사학 이론들의 해석에 둘러싸이면서 균열과 위기에 직면하게 되었다. 작가의 지위에 대한 이 같은 변화는 사진과 영화의 등장으로 인한 문자적 재현의 한계, 1차 2차 세계대전을 거치면서 촉발된 이성중심주의에 대한 반성, 포스트모더니즘의 등장으로 인한 모더니즘(정상과학)의 위기 등이 배경으로 설명될 수 있다. 다시 말해 시대정신과 패러다임의 변화가 시작되면서 근대의 산물인 작가의 권력에 누수가 초래된 것이다. 20세기는 근대와 탈근대, 자본주의와 정보화, 산업혁명과 정보화혁명이 혼재하였던 시기였다. 특히 1960년대 유럽에서 시작되어 서구 지성계를 풍미했던 포스트모더니즘은 놀라운 혜안으로 디지털 혁명을 예비하고 패러다임의 이동을 추동시켜줌으로써 21세기를 준비할 수 있는 지적 자산을 축적시켜 주었다.[26]

을 '내포 독자'라 한다.

25 본 연구자는 졸저 『사이버문학의 도전』(토마토, 1996)에서 '작가'와 '독자'라는 용어 대신에 초작 가(超作家)와 초독자(超讀者)라는 용어를 제안하였다. 사이버문학 이론에서 문학 행위의 주체로 언급된 초작가와 초독자는 볼프강 이저의 '내포독자'와 웨인 부우드의 '내포작가' 개념을 이어 쓰고 고쳐 쓴 용어이다. 이 인용문은 『사이버문학』의 도전에서 발췌한 것이다.

26 장 보드리야르의 '시뮬라크르' 개념이나 질 들뢰즈의 '노마디즘', 자크 데리다의 '차연', 줄리아 크리스테바의 '상호텍스트성', 자크 라캉의 '욕망' 이론은 자크 아탈리의 '디지털 유목민'이나 피에르 레비의 '집단 지성', 마크 포스터의 '정보양식론', 자넷 머레이의 '인터랙

그러나 작가의 지위와 권력에 의문을 품었던 수용미학, 후기구조주의, 포스트모더니즘은 '작가'라는 용어를 폐기하지는 않았다. 설령 독자에게 권한을 양도하거나 텍스트 뒤로 사라지거나 재현의 강박에서 자유로워졌다 하더라도 여전히 작가는 작가였다. '작가'라는 개념을 놓지 않았던 것은 아날로그의 마지막 심리적 저항선이었다. 그러나 디지털 시대가 가속화되면서 읽기가 검색으로 대체되고, 텍스트가 하이퍼텍스트로 형질 전환되고, 선형적 페이지가 비선형적 웹페이지로 표시됨으로써, 그리고 무엇보다 저작권을 보호할 수 있는 제도적 기술적 장치가 마련되지 않게 되자 작가의 위상은 급속히 위축되기 시작했고, 그 자리를 빠르게 편집자가 대신하게 된다.

3. 편집, 편집적 사고, 편집자

편집의 사전적 의미는 "일정한 방침 아래 여러 가지 재료를 모아 신문, 잡지, 책 따위를 만드는 일. 또는 영화 필름이나 녹음테이프, 문서 따위를 하나의 작품으로 완성하는 일"이다. 이 정의대로라면 편집을 디지털의 서사 자질이라고 판단 내리는 것은 무모해 보인다. 아날로그 시대에서부터 시작된 편집이 디지털의 자질이 되기 위해서는 편집의 개념과 역할이 달라져야 한다.

일단 아날로그 시대의 편집은 신문, 잡지, 책, 영화 등의 완성된 작품을

티브 스토리텔링', 마이클 하임의 '버추얼 리얼리티' 등으로 연결되면서 디지털 시대를 해석해내는 유효한 단서를 제공해 주었다.

만들기 위해 기존의 정보를 잘라내고 붙이고 다듬는 일련의 과정을 의미하지만, 디지털 시대의 편집은 결과가 아니라 과정에 개입해 들어가는 "대상의 정보구조를 해독하고 그것을 새로운 디자인으로 재생하"[27]고자 하는 의식적인 지향성이다. 첨언한다면 편집은 "필요에 의해 검색한 정보들을 의도와 맥락을 가지고 해체, 접합, 변형, 추가하여(이 과정은 물리적 확장이 아니라 화학적 반응을 연쇄하여야 한다) 새롭게 재구성(reconstitution)하는 지적 활동"이며, 이렇게 해서 작성된 정보가 "다른 누군가에게 재해석(reinterpretation)될 수 있도록 공유하는 행위"까지를 포함한다. 정보를 만드는 것은 맞지만 개인적이며 사유(私有)되고 '독창'과 '창의'가 강조되는 나선형의 방식이 아니라, 협력적이며 공유(共有)되고 '수렴'과 '발산'의 네트워크화된 방식으로 진행된다. 이렇게 해서 만들어진 지식 정보는 '희소성의 가치'보다는 '나눔의 가치'를 획득하게 되고, '수확체감의 법칙'이 아니라 '수확 체증의 법칙'이 적용된다.[28] 편집의 과정을 거친 디지털 지식정보는 혼자 독점해야 되는 소유재가 아니라 모든 사람들과 함께 나누어야 하는 공공재이다. 공공재로서의 디지털 지식정보는 나누면 나눌수록 나누는 과정에서 새로운 아이디어

---

27   마쓰오카 세이고, 박광순 역, 『지의 편집공학』, 지식의숲, 2006, 18면.

28   아날로그 정보는 누가 먼저 해당 물질적 실체를 차지하느냐에 따라서 희소가치가 달라지기 때문에 '남보다 먼저'의 철학이 적용된다. 기본적으로 아날로그 정보는 소유재로 간주되기 때문이다. 이에 반해서 디지털 정보는 눈에 보이지 않는 무형자산과 마찬가지로 나눔의 가치에 따라서 지배를 받는다. 누가 먼저 해당 정보를 소유하느냐보다는 소유한 정보를 '남과 다르게' 활용해서 활용한 정보를 '남과 함께 공유'하는 능력에 따라서 주어진 정보의 효용가치가 판이하게 다르게 나타난다. 아날로그 정보를 담고 있는 물질적 실체는 쓰면 쓸수록 그 가치가 현격히 감소하는 수확체감의 법칙이 적용되지만 디지털 정보는 쓰면 쓸수록 그 값어치가 기하급수적으로 폭증하는 수확체증의 법칙이 적용된다.(유영만, 「디지털 시대의 책 어떻게 읽어야 하나」, 『교육마당21』, 2000년 10월호, 교육인적자원부. 편집)

가 추가되고 추가된 아이디어를 통해서 본래의 정보가 보유하고 있지 못한 새로운 가치를 지니게 된다. 나눔의 과정이 만들어 가는 가치 창출의 과정을 보여 줄 수 있을 때 비로소 디지털 시대의 편집은 의미를 갖는다.[29]

편집이 쓰기와 읽기의 주요한 기제로 작동되면서 리터러시(문식력, literacy)의 개념과 역할도 변화하게 된다. 디지털 미디어로 '읽고 쓰는' 능력, 즉 다양한 디지털 미디어에 의해 생산되는 메시지와 텍스트의 의미를 비판적으로 수용하는 능력과 스스로 디지털 미디어를 통해 의미를 생산하고 유통시킬 수 있는 능력을 〈디지털리터러시〉[30]라고 할 때 편집은 가장 중요한 정보 생산 방식이다. 디지털리터러시에서 요구되는 것은 정보 수집 능력이 아니라 정보 감식 능력이다. 얼마나 많은 정보를 찾아냈느냐보다는 얼마나 신뢰성 있고 자신의 검색 의도와 부합된 정보를 확보했느냐가 중요하다. 편집은 수집과 감식, 생산과 공유에 적극적으로 개입해 들어가는 수렴과 발산의 지적 활동이다.

디지털 환경에서 정보의 생산 과정은 크게 다음 네 단계를 수행한다.

- 1단계 수집 : 검색을 통한 '찾기'
- 2단계 감식 : 스캐닝을 통한 '추리기'
- 3단계 생산 : 해체, 접합, 변형, 추가를 통한 '재생산하기'
- 4단계 공유 : 필요한 공간에 '올리기'

---

29 유영만, 같은 글, 편집.

30 정현선, 「디지털 리터러시의 국어교육적 고찰」, 『국어교육학연구』 제21집, 국어교육학회, 2004, 5-42면.(편집)

각각의 단계마다 편집의 메커니즘은 작동한다. 찾기 위해서는 검색어를 편집해야 하고, 추리기 위해서는 검색된 목록을 편집해야 하고, 재생산하기 위해서는 추려진 정보를 편집해야 하고, 올리기 위해서는 재생산된 정보가 가장 가치 있을 만한 네트워크상의 유의미한 지점들을 편집해야 한다.

의식적 활동뿐만 아니라 웹상에서는 편집이 실제 물리적인 작동 원리로 구현되기도 한다. 인터넷 백과사전인 위키피디아는 기본 메뉴로 '편집'이라는 기능이 버튼으로 구현돼 있어 유저가 원하면 언제든지 텍스트를 편집하고 저장할 수 있다.

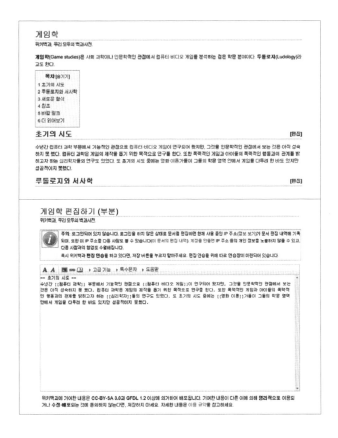

편집이 디지털 시대 일반적인 지식 정보 생산 능력이 되면서 우리의 사고방식에도 영향을 미쳤다. 창의적 사고에서 편집적 사고로의 전환이라고 요약할 수 있는데 창의적 사고가 '새로운 것을 만들어 내는 것'이라면 편집적 사고는 '새롭게 만들어 내는 것'이다. 기실 우리는 새로운 것을 만들어 낼 수 없다. 우리의 뇌는 끊임없이 지식과 정보를 기억하고 축적하지만 동시에 망각하기도 한다. 기억된 정보는 어떤 계기로 인해 연상 작용을 거치게 되면서 새로운 정보로 전이되는데, 여기서 '새로운'이라는 의미는 연상에 의해 만들어진 정보가 기억된 정보를 대체하였다는 것이다. 과거의 기억이 새롭게 고쳐 쓰인 것인데 이 연상의 과정이 바로 〈편집적 사고〉이다. 가장 일반적인 연상의 예를 들어보자.

원숭이 똥구멍은 빨개 → 빨가면 사과 → 사과는 맛있어 → 맛있으면 바나나 → 바나나는 길어 → 길으면 기차 → 기차는 빨라 → 빠르면 비행기 → 비행기는 높아 → 높으면 백두산

원숭이 똥구멍에서 백두산까지의 일련의 연상 작용에서 가장 중요한 핵심은 편집을 통해 사물의 본질을 단순화하였다는 것이다. '빨갛다'라는 색채 판단은 사과를 떠올렸고, 사과는 '맛있다'라는 미각 판단으로 이어졌다. 맛있다는 바나나를 호명했고 곧바로 '길다'라는 형상 판단을 가져왔다. 원숭이, 사과, 바나나 모두 그 본질과는 무관하게 특정한 기억에서 유추된 이미지로 편집됐고 연상의 과정을 통해 새로운 사물과 연결되었다. 연상 작용 전에는 원숭이와 백두산은 아무런 연관 관계도 갖고 있지 않았지만, 연상 과정을 거치자 두 사물 사이에는 네트워크가 형성되었다. 〈기억 → 연상 → 대체 → 기억 …〉이라는 의식의 메커니즘에서 편집은 각각의 단계에 관여하며 기

정보지식화사회와 인문공학

억을 새롭게 만들어 낸다. 그리고 이 과정은 인터넷이라는 검색과 링크, 노드를 자질로 갖고 있는 하이퍼텍스트 시스템 속에서 우리가 지식과 정보를 편집하는 방식과 유사하다.

테드 넬슨이나 바네바 부시가 디지털 환경의 DNA인 하이퍼텍스트를 구상하였을 때, 그 배경에는 인간의 기억과 연상 작용을 기계적으로 구현하려는 놀라운 의도가 숨어 있었다. 테드 넬슨의 제너두 프로젝트는 지구상에 존재하는 모든 문헌들을 온라인상에 DB로 구축해 놓고 이걸 분산 컴퓨팅을 통해 어디서나 손쉽게 접근할 수 있도록 하자는 야심찬 계획이었고, 바네바 부시의 〈메멕스(memex)〉는 기억의 교환(memory exchange)을 위해 만들어진 것이었다. 메멕스의 궁극적 가능성은 기계적으로 구성된 정보 조직이 인간 두뇌와 연합하면서 기억뿐만 아니라 논리 추론 능력을 확장시키는 것에 있었다. 확장된 기억용량, 여기에 인체의 뇌 안의 남겨진 것과는 비교할 수 없을 만큼의 명확한 기억정보, 그리고 각각 정보의 높은 해상도가 지탱하는 논리적 추론이 합쳐져 점차 사고의 패턴을 변화시켜가고, 그것이 지속되다보면 그 관계가 두뇌의 능력을 개조하는 단계에 이를 것이라 바네바 부시는 예견한다.[31] 테드 넬슨이 정보화(지식과 정보의 데이터베이스 구축)를 기획한 것이라면 바네바 부시는 편집화(상호 작용을 통한 지식과 정보의 확장)를 의도하였다.

그러나 컴퓨터는 주어진 명령만 처리할 수 있을 뿐 스스로 연상하지 못한다. 하이퍼텍스트 역시 유저가 클릭하지 않는 한 그저 평범한 텍스트일 뿐이다. 컴퓨터, 인터넷, 하이퍼텍스트 모두 유저의 적극적인 참여를 전제해야만 도구적·기술적 가치가 생성되는 물자체(物自體)이다. 인간의 사고방식과

---

31   http://synex.org/90081680535(편집)

컴퓨터의 사고방식은 '사고의 대상'이 아니라 '사고의 방법'에서 차이난다. 사고에 대해 체계성과 계층구조가 존재하느냐의 차이이다. 인간의 사고를 행하는 주체는 뇌의 뉴런들이다. 어떠한 결정과 사고의 과정은 이 뉴런들의 '영향력 행사'의 결과이다. 보다 우위를 점하는 생각이 전체 뉴런의 집합인 뇌와 우리의 생각을 결정하게 되어 있다. 반면 컴퓨터의 연산 과정은 순차적이고 연속성을 띈다. 인간의 사고방식이 병렬적이라면 컴퓨터의 사고방식은 직렬적이다.[32] 연상과 연산의 차이가 인간과 컴퓨터의 차이이다.

인터넷에 산재해 있는 정보는 편집과정을 거쳐야만 지식으로 새로워진다.[33] 정보를 지식으로 새롭게 변화시키는 힘이 편집적 사고인데 〈편집공학〉이라는 개념을 주장하는 마쓰오카 세이고는 에디팅 프로세스를 8단계로 구분한다.[34]

1. 구별한다(distinction) : 정보 단위의 발생

2. 서로 지시한다(indication) : 정보의 비교 검토

3. 방향을 잡는다(direction) : 정보의 자타의 계열화

4. 자세를 취한다(posture) : 해석 과정의 호출

5. 추측한다(conjecture) : 의미 단위의 네트워크화

---

32 http://cafe.nave.com/mbticafe/11930(편집)

33 데이터베이스는 '아직 특정의 목적에 대하여 평가되지 않은 상태의 단순한 여러 사실'이다. 이것을 일정한 프로그램에 따라 컴퓨터가 처리·가공함으로써 특정 목적을 달성하는 데 필요한 정보가 생산된다. 또, '지식'이란 이와 같은 동종의 정보가 집적되어 일반화된 형태로 정리된 것으로, '어떤 특정목적의 달성에 유용한 추상화되고 일반화된 정보'라고 할 수 있다.(네이버 백과사전 '정보' 항목 편집)

34 마쓰오카 세이고, 같은 책, 171-172면.

정보지식화사회와 인문공학

6. 적당과 타당(relevance) : 편집적 대칭성의 발견

7. 함의를 도입한다(metaphor) : 대칭성의 동요와 새로운 문맥의 획득

8. 이야기꾼을 돌출시킨다(evocation) : 자기 편집성의 발동으로

물론 그가 디지털 텍스트를 편집하는 과정을 염두에 두고 8단계를 구상한 것은 아니지만, 검색에서부터 공유에 이르는 편집의 과정에 우리가 취하는 일련의 지적 태도를 단계화하는데 적용해도 무리는 없다.

디지털 정보가 사유보다는 공유를 통해 더 많은 가치를 획득하고, 읽기에 국한됐던 독서가 읽고 쓰는 행위를 포괄하는 편집의 개념으로 확장되면서[35] 작가의 권리와 권력의 지형도는 급속하게 변화한다. 아날로그 시대 작가는 창의적인 지식정보를 생산해 낼 수 있는 능력을 요구받았지만 디지털 시대 작가는 '정보 수집력', '정보 감식력', '정보 판단력', '정보 활용력', '정보 공유력'이라는 정보 편집 능력을 더 우선시하게 될 것이다. 작가는 편집자로 변경될 것이고, 독자에게 저작권을 요구하기보다는 편집권을 보장해 주어야 할 것이며, 저작권(copyright)을 행사하기보다는 카피레프트(copyleft)를 실천해야 한다.

장 프랑수아 리오타르는 「지식인의 무덤(Tombeau de l'intellectuel)」이라는 에세이에서 '창조'라는 단어에 인용부호를 사용하고 그 이유를 기독교 신학이나 낭만주의 미학에서 사용했던 의미와 구별하기 위해서라며, 우리는 언

---

35 디지털 공간은 매체 이동이 자유롭고 매체에 주어지는 각종 제약에서도 자유롭다. 또한 '읽는'다는 행위가 '텍스트 그 자체'까지도 조작할 수 있게 한다. 일종의 '편집' 행위가 '읽는' 행위에도 개입되기 시작한 것이다. 즉 '신성한' 독서에서 '불경한' 독서로 바뀌었다가 이제는 자기 생산까지 자유롭게 이뤄지는 '경쾌한' 독서로 발전했다.(『읽는다는 것의 역사』 전문가 서평 일부 발췌)

제쯤 본질적으로 탈소유적(depropriee)이며 탈소유화적(depropriatrice)인 이런 행위를 가리키는 용어를 발견할 수 있을까라고 질문했다.[36] 아마 그 대답은 지식과 정보가 소유재로서의 속성을 탈각하고 공유재로서의 성격을 완벽하게 획득하는, 지식과 정보가 책의 형태가 아니라 디지털 콘텐츠의 형태로 생산되고 소비되는 가까운 미래에 가능해질 것인데, 리오타르가 지식의 성격이 변할 것이라고 언급한 다음 진술에 단서가 있다.

정보처리 기계의 확산과 전면적인 변화의 맥락에서 지식의 성격이 변하지 않은 채로 살아남을 수는 없다. 지식은 정보의 양으로 번역될 경우에만 새로운 채널에 들어맞게 되며 조작 가능해진다. 우리는, 이렇게 변역될 수 없는 지식 구성물은 모두 폐기될 것이며, 새로운 연구방향도 그 최종 결과가 컴퓨터 언어로 번역될 수 있는 가능성에 지배될 것이라고 예상할 수 있다. 이제 앞으로 지식의 생산자와 소비자는 발명하거나 배우고 싶은 것이 무엇이든 간에 컴퓨터 언어로 번역할 수 있는 수단을 가져야 한다. 지식은 팔리기 위해 생산되고 있고 앞으로도 그럴 것이다. 지식은 새로운 생산에서 가치를 얻기 위해 소비되고 있으며 이는 앞으로도 계속될 것이다. 두 경우 모두 그 목적은 교환이다.[37]

리오타르의 진술에서 흥미로운 부분은 지식은 팔리기 위해 생산되고 새

---

36   장 프랑수아 리오타르, 이현복 편역, 『지식인의 종언』, 문예출판사, 1994, 222면.
37   장 프랑수아 리오타르, 유정완 외 역, 『포스트모던의 조건』, 민음사, 1992, 40-41면.

로운 생산에서 가치를 얻기 위해 소비될 것이라는 판단이다. 이 진술이 1979년에 이루어진 것을 염두에 두어보면 리오타르의 통찰력은 경이로운데 특히 지식의 소비가 새로운 생산에서 가치를 얻기 위해 이루어질 것이라고 예측한 부분은 검색을 통해 정보를 수집하고 수집된 정보를 편집 과정을 거쳐 새로운 정보로 가공하고 그 가공된 정보를 다시 인터넷에 공개됨으로써 교환가치를 획득하는(아날로그 정보와 달리 교환가치가 화폐가치로 정량화되는 것이 아니라 조회수와 댓글로 표시되는) 디지털의 지식 속성을 적확하게 파악하였다. 다만 사용가치가 화폐가치로 교환되는 자본주의적 상황이 앞으로도 지속될 것이라고 주장에서[38] 리오타르가 한 가지 간과한 것은 정보화사회에서 지식과 정보의 사용가치는 공유와 편집을 통해 교환이 가능할 때 극대화된다는 점이다. 아날로그 시대는 사적인 지식 재산을 화폐와 교환하였지만, 디지털 시대에 지식 재산은 그것이 인터넷에 올려지는 순간 '공유'와 '편집'을 통해 다른 지식 재산과 교환되는 공공재가 된다.

　지식 재산이 다른 지식 재산으로 교환될 때 작가는 편집자로 대체된다. 「저자란 무엇인가?」에서 푸코가 생각하는 저자는 그가 제시한 '초담론적(transdiscursive) 저자', 혹은 '담론성의 창시자'(fondateurs de discursivite)라는 개념에서 알 수 있듯이 오늘날 우리가 생각하는 모든 지적 생산물의 생산자가 아니라, 한 문화 안에서 중요한 담론을 생산하는 사람이다. 그는 호머, 아리스토텔레스, 기독교의 교부들, 그리고 19-20세기의 마르크스와 프로이트 등을 담론성의 창시자라고 말했는데, 왜냐하면 이들은 단순히 자신의 작품, 자신들이 쓴 책들만의 저자가 아니기 때문이다. 그 이상의 것, 즉 다른 텍스트

38　"지식은 팔리기 위해 생산되고 앞으로도 그럴 것이다"라는 진술에서 유추해 볼 수 있다.

들의 형성 가능성과 규칙을 만들어냈다는 점에서 그들은 자기 자신의 텍스트만의 저자에 불과한 다른 저자들과 구별된다. 예컨대 프로이트는 단순히 『꿈의 해석』의 저자가 아니고, 마르크스는 단순히 『자본론』의 저자가 아니다. 그들은 그들 뒤로 무한한 담론의 가능성을 열어 놓았기 때문이다. 그들의 뛰어난 지식 재산은 공유되었고 각주로 주석으로 처리되어 인용되었지만, 공유되는 과정에서 원본을 훼손해서는 안된다는 금기가 동시에 작동하였다. 금기는 텍스트에 대한 자유로운 순환, 자유로운 조작, 허구의 자유로운 창작과 해체 및 재구성을 방해한다.[39]

'인용'과 '편집'은 아날로그와 디지털이 지식 재산의 공유에 접근하는 각기 다른 전략이다. 작가는 공유의 과정에서 자신의 이름이 삭제되거나 원본이 훼손되는 것을 원치 않으나. 편집자는 자신의 이름이 편집 과정 중에 한 지점에 표시되기만을 요구하고 다른 편집자에 의해 자신의 편집본이 새로워지기를 기대한다. 작가는 상품 공간에 존재하지만 편집자는 지식 공간에 존재한다.[40]

피에르 레비가 창안해 낸 지식의 공간은 사유를 구성·재구성·통신·개별화·재개하는 공간으로, 구분이 사라지는 지식의 공간에서는 지식 집단들이 부단한 역동적 재구성을 통해 거주하고 활동한다. 지식의 공간에서는 대상이 주체를 구축한다. 대상이란 지식 집단 및 그 세계가 끊임없이 다시 시작하는 변화를 말한다. 그것은 마치 주체가 주체 자신에 의해 만들어지는 것

---

39 http://blog.daum.net/lee-young-wook/13679042(편집)

40 피에르 레비는 디지털이 창조해낸 사이버공간을 '지식의 공간'이라고 명명하고, 유목적 협동과 계속되는 교배를 정체성으로 보았다.(피에르 레비, 권수경 역, 『집단지성』, 문학과지성, 2002, 167면.(표 편집)

과 마찬가지이다. 세계는 여기에서 단지 '객관적인' 세계가 아니라, 지식 집단의 세계, 곧 그 안에서 사유하는 세계를 의미한다. 다시 말해 의미하고, 그 안에서 사유하고, 따라서 그것으로 하여금 지식 집단이 되게 하는 세계이다.[41] 단일 지성은 지식의 공간에서 네트워크로 연결되어 집단지성으로 확장되고, 각자의 지식과 정보를 공유함으로써 스스로를 편집 과정의 한 지점으로 위치시킨다. 주체는 사라졌지만 그 자리를 "(편집의 과정을 통해) 지식의 공간을 매끈매끈하게 하고, 넓히고, 조직하고, 그 속에서 스스로의 세계를 펼쳐나가는"[42] 지식 집단이 대체함으로써 편집은 쓰기의 가장 유력한 방식이 될 것이며, 편집적 사고는 창의적 사고를 대신하게 되고, 편집자는 작가가 누렸던 사유와 권력의 즐거움 대신에 공유와 편집을 통해 확장되어가는 담론의 생산성에서 즐거움을 찾게 될 것이다.

디지털서사학 연구의 방향성은 결국 정보화사회가 우리에게 마련해 줄 새로운 서사양식에 대한 학문적 접근으로 설정될 것이다. 디지털은 시대정신이며, 이데올로기이고, 새로운 패러다임이다. 그동안 디지털서사학이 보여줬던 예술과 기술의 관계에 대한 이중적인 태도는 결국 '디지털'에 대한 오독에서 비롯되었다. 앞으로 진행될 디지털서사학 연구에서(학자보다는 편집자가 더 요구되는) 이 글의 주장들이 편집되고 해체되어 더욱 새로워지기를 기대한다.

---

41   피에르 레비, 같은 책, 248면.
42   피에르 레비, 같은 책, 251면.

2절　기억의 네트워크와 예술화의 본질

1. 모방의 삼각형 : 역사, 개인, 매체

아리스토텔레스(BC 384년~BC 322년)가 시는 인간 본성에 내재해 있는 모방의 쾌감에서 발생했다고 언급한 이후 문학에 대한 가장 견고하고 신뢰할 만한 정의는 "문학은 현실을 반영하고 재현한다"는 것이다. 모방은 문학과 불가분의 관계를 갖고 있지만 그 예술적 위치는 모방의 수단인 매체의 발전에 따라 변화해 왔다. 모방은 기억에 의존하고 기억은 저장매체를 통해 촉진되고 확장된다. 모방의 대상(역사)과 기억의 주체(개인)와 저장의 방식(매체) 사이의 변증법적 관계는 문학의 역사를 이해하는데 매우 중요한 단서를 제공한다.

플라톤(BC 427년~BC 347년)은 모방을 일종의 유희이며 진지한 것이 못된다고 하면서 진정한 의미의 모방자(시인)는 자기가 모방하고 있는 것의 좋은 점과 나쁜 점에 관해서 지식도 올바른 소신도 갖지 못하며, 모방술은 그 자신이 열등한 것으로서 열등한 것과 결합하여 열등한 것을 낳는 것이라고 비판하였다.[1] 모방에 대한 플라톤의 비판적 시각[2]을 직접적으로 공박하지는 않았지만 아리스토텔레스는 『시학』에서 시인의 모방이 그 자체로 유기적인 통일을 이루고 있는 사건을 필연적인 인과 관계의 테두리 내에서 재현하는 하나의 보편적인 진리를 말하는데 그 목적이 있다고 말함으로써 단순한 모방을 넘어 예술적 창조의 가치에 대해 통찰하였다.[3]

거의 동시대인인 두 위대한 철학자가 '모방'에 대해 왜 각기 다른 언급을 하였을까? 그것은 역사, 개인, 매체에 대한 인식의 차이에서 비롯되었다. 플라톤에게 이데아의 세계를 모방하는 도구(매체)는 '말'이다. 호메로스의 작품들은 운율과 율동과 화성으로 이야기되는 구술의 세계이다. 플라톤의 관점에서 호메로스는 역사를 직접 경험해보지 않았으면서도 『일리아드』와 『오딧세이』의 세계를 모방해 내었다. 전쟁을 소재로 작시(作詩)했지만 직접 전쟁을 지휘하거나 조언한 기록도 없고 사람들을 가르치고 지도하지도 않았다. 시인은 모방만 했을 뿐 인식할 수 있는 능력이 없어 애욕과 분노, 욕망과

---

1   플라톤, 『국가』 제10권, 4장.(부분 발췌) : 천병희 역, 『시학』, 문예출판사, 2004.

2   롱기누스는 그의 저서 『숭고에 관하여』 제13장에서 풀라톤에 대해 호메로스에 대한 경쟁심에 지나치게 투지에 넘쳐 있다고 평가하면서 "젊은 전사가 만인이 경탄하는 경쟁자와 싸우듯이 호메로스와 제우스 신에 맹세코 온 마음을 다해 상을 다투지 않았더라면 자신의 철학 이론을 그렇게까지 꽃피우지 못했을 것이다."라고 하였다. 아리스토텔레스는 『시학』에서 플라톤에 대한 직접적인 투지를 드러내지는 않지만 모방에 대한 학문적 언급을 통해 시인의 모방에 대한 예술적 가치를 규명하면서 자신의 철학이론을 분명히 하였다.

3   『시학』을 번역한 천병희는 옮긴이 서문에서 모방에 대한 아리스토텔레스의 입장을 플라톤과 비교하여 설명하면서 아리스토텔레스에게 시인은 플라톤이 말하는 단순한 모방자가 아니라 일종의 '창작자'로 바라보았다. : 아리스토텔레스, 천병희 역, 『시학』, 문예출판사, 2004, 13면.(편집)

고통과 쾌락이 우리를 지배하도록 내버려두었다.[4] 입에서 입으로 전해져 내려오는 구술의 전통은 모방자들에게 자신의 언어를 사용할 수 있도록 허락하지 않았다. 저자(개인)는 아직 등장하지 않았고 신의 전령이나 구술자만 있었다. 말은 인간의 기억력에 의지하며 기억은 과거의 재생이며 반복이다. 결국 플라톤에게 구술을 통한 모방은 허상을 만들어내 예술을 이데아로부터 멀어지게 할 뿐이며, 상상은 현상들에 대한 감각적인 경험만을 제공하는 정신 활동의 가장 피상적인 형식에 불과해진다.

반면에 아리스토텔레스는 모방이 어떤 분명한 목적을 갖고 이루어진다고 보았다.

> 모방자는 행동하는 인간을 모방하는데 행동하는 인간은 필연적으로 선인이거나 악인이다. 비극과 희극의 차이도 바로 여기에 있다. 희극은 실제 이하의 악인을 모방하려 하고 비극은 실제 이상의 선인을 모방하려 하기 때문이다.[5]

> 시인은 모방하기 때문에 시인이요, 또 그가 모방하는 것은 행동인 이상 시인은 운율보다도 플롯의 창작자가 되지 않으면 안 된다는 점이다. 그리고 그가 실제로 일어난 일을 소재로 하여 시를 쓴다 하더라도 그는 시인임에 틀림없다. 왜냐하면 실제로 일어난 사건 중에서도 개연성과 가능성의 법칙에 합치되는 것이 있을 수 있고, 그런 이

---

4   플라톤, 『국가』 제10권.(편집) : 천병희 역, 『시학』, 문예출판사, 2004.
5   아리스토텔레스, 천병희 역, 『시학』, 문예출판사, 2004, 31-33면.(부분 발췌)

상 그는 이들 사건의 창작자이기 때문이다.[6]

비극은 진지하고 일정한 길이를 가지고 있는 완결된 행동을 모방
하는 것이며, 쾌적한 장식이 된 언어를 사용하고 각종의 장식은 각
각 작품의 상이한 여러 부분에 삽입된다. 그리고 비극은 희곡적 형
식을 취하고 서술적 형식을 취하지 않으며 연민과 공포를 통해 이러
한 감정의 카타르시스를 행한다.[7]

아리스토텔레스에게 모방은 시인이 되기 위한 필요충분조건이다. 역사
를 모방하고 행동을 모방하는 단순한 방식이 아니라 감정을 고양시키고 정
신을 정화하는, 창작자가 행하는 예술적 행위이다. 과거의 재생이며 반복에
불과했던 기억이 서사양식을 선택하고 플롯을 구성하며 카타르시스를 행하
기 위해 문학적 상상을 언어 안으로 끌어들임으로써, 기억의 매체는 모방의
형식이었던 '말'에서 창조의 형식인 '문자'로 변화한다.

시인의 임무는 실제로 일어났던 일을 말하는 것이 아니라 일어날
지도 모르는 것, 즉 개연성 혹은 필연성의 법칙에 따라 가능한 것을
말하는 것이다. 시인과 역사가의 차이점은 운문을 쓰느냐 혹은 산문
을 쓰느냐 하는 것이 아니다. 헤로도토스의 작품을 운문으로 고쳐
쓸 수도 있을 것이지만 그것은 운율이 있든 없든 간에 여전히 역사

---

6   위의 책, 65면.
7   위의 책, 49면.

일 것이다. 진정한 차이점이란, 역사가는 실제로 일어난 것을 말하고 시인은 일어날지도 모르는 것을 말하는 것이다.[8]

플라톤의 『국가』는 소크라테스와 글라우콘 사이의 대화(말) 형식으로 씌어졌지만, 아리스토텔레스의 『시학』은 자신이 세운 학교 뤼케이온(Lykeion)에서 제자들에게 강의하기 위하여 문자로 저술되었다. 플라톤과 아리스토텔레스가 활동했던 BC 5-4세기경은 동(東)그리스문자(이오니아문자)와 서(西)그리스문자가 이오니아문자로 통일되면서 BC 8세기 페니키아로부터 알파벳을 도입한 이후 시작된 글 중심의 문화가 확고히 자리를 잡은 시기였다. 고대 고전 그리스어(BC 8-4세기)는 알파벳(자모문자)을 채택해서 쓰기 시작했으며 특히 모음을 나타내는 다섯 글자를 개발한 것은 그리스어의 혁명이었다.[9] 문자 중심의 문화로의 이행이 일단락된 상황에서 글이 갖고 있는 한계와 위험성을 직시한 대표적인 인물이 플라톤이다.[10] 플라톤은 『파이드로스』에서 파라오 타무스의 입을 빌려 이 전대미문의 기술(문자)로 인해 인류가 과거 같으면 잊었을 것을 기억하게 되었다고 칭찬하면서 동시에 "기억은 끊임없는 훈련으로 생기를 불어 넣어야만 하는 위대한 선물일세. 하지만 자네의 발명 때문에, 사람들은 더이상 자신들의 기억을 훈련시키려 하지 않을 걸세. 그들은 사물을 내면적 노력을 통해 기억하는 것이 아니라, 단순히

---

8   위의 책, 62면.

9   브리태니커온라인, 그리스어(Greek language) 항목 부분 인용.
    (http://premium.britannica.co.kr/)

10 이강서, 인문학연구원 HK문자연구사업단 편, 「플라톤의 문자관」, 『문자개념 다시보기』, 연세대학교 대학출판문화원, 2013, 200면.

정보지식화사회와 인문공학

외부 장치(문자)에 의지해서만 기억하려고 들 걸세."라며 걱정한다.[11] 칭찬과 걱정의 모순어법은 문자에 의한 문자비판이라는 플라톤의 담화 모순과 연결되는데 데리다는 이를 '파르마콘'으로 설명한다. 그리스어에서 '파르마콘'(pharmakon)은 '치유'와 '독약'이라는 상반된 뜻을 갖는다. 『파이드로스』에서 파르마콘은 글쓰기의 은유다. 글쓰기는 지성의 파르마콘(토트에게는 약, 타무스에게는 독)으로 나타난다.[12] 약이면서 독인 문자에 대해서 플라톤은 문자에서 구술의 이행이 아니라 문자에서의 내적 갈등을 자신도 모르게 겪게 되었다. 그것은 추방의 대상인 문자가 이미 플라톤의 정신 속에 내재화되었다는 증거이다. 외화된 문자의 객관적인 기술에 대해 플라톤은 내적으로 주관화된 문자의 정신에 힘입어 비판을 가한다.[13] 이처럼 문자는 그 도구를 사용하는 지식인의 "의식을 재구조화"시킨다. 쓰기에 대한 비판도 포함해서 플라톤 철학에 있어서 분석적인 사고는, 쓰기가 심적 과정에 미치기 시작한 영향 때문에 비로소 가능했던 것이지만[14] 플라톤은 대화의 형식을 취함으로서 글에 대한 저항을 포기하지 않았다. 그가 대화편에 자신의 아바타로 살아생전 단 한 줄의 글도 남기지 않았던 소크라테스를 내세운 것이나 문답의

---

11 플라톤, 김주일 역, 『파이드로스』, 274c~278b, 이제이북스, 2012.

12 진중권, 「진중권의 미학 에세이」, "파르마콘, 또는 독과 약",(부분 인용)
    http://www.cine21.com/news/view/mag_id/62364

13 김희봉은 하나의 개념을 사건으로부터 분리해 그 문맥을 추상할 수 있는 '추상화' 능력을
    인간에게 부여한 문자문화에서 플라톤은 구술세계의 전통(시인)을 거부할 수 있는 『국가』
    의 '이데아론'의 토양을 얻었다는 해블록의 견해를 인용하면서 플라톤의 문자비판은 시
    각적으로 보이는 문자적 자형을 넘어서 정신적으로 드러나는 문자적 의미세계의 가능성
    에 연관되었다고 본다. : 김희봉, 「저자담론 밖의 다른 사유가능성」, 『유럽사회문화』 제
    13호, 유럽사회문화연구소, 2014, 174면.

14 월터 J. 옹, 이기우 외 역, 『구술문화와 문자문화』, 문예출판사, 1995, 129면.

형식을 차용한 것은 그가 '사유'라고 불렀던 진리를 구하는 혼들의 내적 대화를 실제로 행해지는 대화를 통해 독자에게 전달하고자 함이었으며, 살아 숨 쉬는 말을 글이라는 수단을 통해 구현하고자 했던 노력의 소산이다.[15] 말을 문자 위에 놓음으로써 서구 음성중심주의의 전통을 세운 플라톤이 구술로 이루어진 예술적 모방을 비판한 것은 철학자의 말과 시인의 말을 위계화 했기 때문이다. 플라톤의 음성중심주의에서 음성은 절대불변적인 이데아와 같은 것이며, 내면의 목소리는 의식에 현전하는 것이지 결코 다른 무엇의 대리에 의해서 재현되는 것이 아니다. 다른 무엇인가의 보충대리를 필요로 한다면 그것은 스스로 불완전함을 인정하는 셈일 것이기 때문이다.[16] 결국 시인의 모방은 음성의 현전성을 재현성으로 변질시켜 버림으로써 실재에 대한 객관적 이해를 도모하는 철학자의 사유와 같은 지식의 통일성으로 나아가지 못하고 그림자에 불과한 현실의 즐거움과 진리를 망각한 삶만을 보여줄 뿐이다.

플라톤이 말과 문자의 경계에서 구술문화의 가치를 증명하기 위해 고군분투하였다면, 아리스토텔레스는 오랜 기간에 걸쳐 완성된, 당시 그리스 문자문화의 언어학적 성취의 수혜자이다. 문자라는 매체의 도입과 과학의 발달로 인해 분석적 문법과 이성적 세계관이 지배적인 사회에서 어떠한 주장을 이론화시켜 타인을 설득하기 위해서는 철학적 단어의 발명이 필요했다. 아리스토텔레스의 경우도 레토릭에 관한 자신의 주장을 이론화하기 위해서 일정한 개념적인 체계와 전문용어들을 사용했다. 이론화 과정에서의 추상

---

15   이강서, 위의 논문, 200면.

16   박영욱, 「문자학에 대한 매체철학적 고찰」, 『법학철학』 제54집, 법학철학회, 2009, 370면.

적인 개념의 사용은 플라톤과 마찬가지로 '문자'라는 뉴미디어의 영향력 덕분이었다.[17]

문자라는 새로운 매체에 대한 플라톤과 아리스토텔레스의 상이한 관점은 역사와 개인에 대한 인식론적 사유가 달랐기 때문이다. 플라톤은 이데아(역사)를 절대화·객관화하면서 시인(개인)의 모방을 주체성이 결여된 채 이데아의 그림자만을 좇는 허상의 행위라 보았다. 실재는 사유를 통해서만 본질에 다가갈 수 있는데 예술은 모방의 모방이라는 가장 저급한 방식으로 오히려 본질로부터 멀어진다는 것이다. 이데아를 설명하는 말 또한 사유의 모방인데 문자는 그 말을 다시 모방함으로써(자음과 모음의 표음문자) 말의 그림자에 불과하며 기억을 파괴하고 사유를 중단시킨다고 비판한다. 플라톤에게 문자는 말의 보조수단으로서의 의미를 가지며, '적절한 글쓰기'를 문자에 의한 글쓰기가 아니라 글로 쓰인 말에서 찾는 까닭이 여기에 있다. 구술문화를 옹호했던 플라톤과 달리 아리스토텔레스는 구술문화는 문자문화에 비해 낡은 것이며, 청중에게 극적인 감정을 불러일으키기 위해 수사의 과장됨과 장황함이 전달의 방식에 사용되고 있다고 비판한다. 아리스토텔레스는 청각보다 시각을 중시하였다. 그는 저서 『형이상학』(Metaphysics)에서 "무엇보다도 인간들의 감각 중에서 시각이 매우 중요하다. 그 이유는 시각이 다른 어떠한 감각들보다도 사물에 대한 지식을 제대로 제공할 뿐만 아니라 매우 명료하게 사물들의 차이를 밝혀주기 때문이다"라고 주장했다. 그는 눈으로 보고 마음속으로 해석하는, 맥락에서 분리된 텍스트를 이용해 추상성을 도

---

17   김형수 외, 「아리스토텔레스 『레토릭』의 재해석」, 『한국언론학보』 제57권 6호, 한국언론학회, 2013, 79면.

모하였고, 이를 통해 시간과 공간을 초월한 진리를 추구하고자 하였다. 구체적 맥락이 중요한 구술적 커뮤니케이션이 아니라 텍스트 자체에 의미가 부여되는 문자문화의 커뮤니케이션을 추구하고자 한 것이다.[18]

인류문화가 낳은 최초의 외적기억 수단인 문자의 발명은 기억의 공간이 인간의 신체(뇌)에서 분리되어 새로운 공간(책)으로 이동하였다는 표면적 변화를 넘어 모방의 방식을 파격적으로 바꿔 놓았다. 집합적인 정형구나 장황하고 다변적인 수사, 극적이고 과장된 묘사 능력 대신에 추상적이지만 간결하고 정확하며 분명한 새로운 문체가 각광을 받기 시작했다. 구술 커뮤니케이션 상황은 화자와 청중이 동일한 시공간을 공유함으로써 정서적 유대감을 바탕으로 진행되지만 문자 커뮤니케이션 상황은 작가와 독자의 시공간이 불일치함으로서 정서적 설득을 목적으로 하는 이성적이고 논리적인 '쓰기' 방식이 우선시되었다. 매체의 변화가 예술의 양식을 바꿔놓은 것이다.

이 글의 첫 장에서 문자매체에 대한 플라톤과 아리스토텔레스의 입장을 '모방'의 관점에서 살펴본 것은 예술화의 본질에 대한 학문적 시원을 확인하고 매체적 관점에서 문자문화(인쇄기)에서 전자문화(컴퓨터)로의 이행이 문학의 양식에 초래한 변화에 대한 우리의 인식이 결국은 플라톤과 아리스토텔레스의 학문적 성취와 기억의 네트워크로 연결(참조와 편집의 방식으로)되어 있음을 드러내기 위함이다.

---

18   김형수 외, 위의 논문, 90면.

          정보지식화사회와 인문공학

2. 기억의 교환과 창조의 변증법

서구 문명사에서 기억과 쓰기는 늘 밀접한 관계가 있었다. 라틴어 'memoria'는 '기억'과 '회고록'의 두 가지 의미가 있다. 이러한 사실은 인간의 기억과 그 기억에 의존하지 않고 지식을 기록하려고 만든 수단 사이의 연관성을 뒷받침해 준다.[19] 인류문화가 낳은 가장 최신의 외적기억 수단인 컴퓨터 역시 쓰기가 갖는 기억과 기록이라는 은유의 전통을 이어간다. 컴퓨터는 프로세서가 전자 메시지를 각인하고 나중에 다시 읽어내는 완전 자동화된 글쓰기 판이다. 데이터를 컴퓨터의 기억에 저장하려면 먼저 '읽어 들어야'하고, 다시 불러내면 '읽어내기' 과정을 거쳐야 한다. 새 정보를 옛 정보가 들어있는 곳에 저장하는 일을 '덮어쓰기'라고 하며 데이터는 '컴퓨터가 읽을 수 있는' 자료여야 한다. 정보는 텍스트와 무관하고 컴퓨터의 기능은 읽기와 무관하더라도 정보를 보조기억장치에서 하드디스크로 '옮겨쓰기' 할 수도 있다. 오늘날 최첨단 인공 기억에도 여전히 메모리아(memoria)의 이중적 의미가 남아있는 것이다.[20]

인간의 신체와 분리된 최초의 기억저장매체인 문자의 발명 이후 인간은 기억을 보존하고 전달하고 재생산하기 위해 부단히 노력해 왔다. 매체의 변화는 단순한 기술의 진화가 아니라 인류문화발전의 가장 중요한 핵심적 역할을 담당했다. 특히 15세기 구텐베르크의 인쇄기와 20세기 컴퓨터와 인터넷의 등장은 각각 산업혁명과 정보화혁명을 이끌어 내면서 우리의 의식을

---

19   다우어 드라이스마, 정준형 역, 『은유로 본 기억의 역사』, 에코리브르, 2015, 41면.

20   J. D. Bolter, *Turing's man, Western Culture in the Computer Age*, London, 1984, p.157. (다우어 드라이스마, 같은 책, 73-74면.)

혁명적으로 재구조화하였다. 키틀러(Friedrich Kittler)는 글쓰기 도구가 인간의 생각을 기록하는 도구에 그치는 것이 아니라 그것은 "인간이 의식적인 반응을 보이기 이전에 우리의 사고에 기여하는 선행조건"으로 기능한다고 주장한다. 즉 글쓰기 도구는 인간의 의식에 깊숙이 영향을 미치는 물질적인 토대로 작용한다.[21] 기술의 변화는 필연적으로 인간의 감각비율의 변화를 초래하고 이러한 감각 비율의 변화는 사고의 방식과 우리가 욕망하는 대상과 그 형성에도 개입한다. 특히 변화하는 미디어의 환경은 새롭게 도입되는 미디어가 지닌 기술적 지향성의 발현을 통해 이루어지는데 그 과정에서 인간의 욕망은 매체에 투사된다. 그러한 과정을 집약적으로 보여주는 개념이 바로 '재매개'라는 개념이다.[22]

J. D. 볼터는 리처드 그루신과 공저한 『Remediation : Understanding New Media』(The MIT Press, 1999)에서 "한 미디어를 다른 미디어에서 표상하는 것을 재매개라 부르자"고 제안하였다. 재매개는 새로운 디지털 미디어의 독특한 특징이며, 새로운 미디어와 오래된 미디어 사이의 지각된 경합이나 경쟁 정도에 따라 재매개의 다양한 방식들의 스팩트럼을 확인할 수 있다.[23] 볼터의 주장이 흥미로운 것은 새로운 매체는 구매체와 상호의존적이며 경쟁적인 관계를 꾸준히 유지해 나간다는 것이다. 이 같은 주장은 뉴미디어가 탄생하면 초창기에는 올드미디어의 기본적 양식을 차용하지만, 점차 새로

---

21 권승혁, 「기술화된 현대시의 담론 네트워크」, 『T. S. 엘리엇 연구』 제12권 2호, 2002. 8 면. 재인용.

22 김상호, 「욕망과 매체변화의 상관관계와 디지털 컨버전스 시대의 욕망구조」, 『디지털 컨버전스 기반 미래연구(1) 시리즈), 정보통신정책연구원, 2009, 88-89면.

23 제이 데이비드 볼터·리처드 그루신, 이재현 역, 『재매개 : 뉴미디어의 계보학』, 커뮤니케이션북스, 2006, 53-54면.

운 매체에 적절한 형식의 언어를 개발하게 되면 기존 미디어의 차용을 중단한다는 기존의 통념을 정면 반박한 것이다.[24] 그의 저서가 정보화혁명의 진입기인 1999년에 출간된 것을 감안해 보면 뉴미디어 환경이 빠른 속도로 변화하고 있는 현 상황에서 올드미디어와 뉴미디어의 관계는 재설정되어야 한다.[25]

미디어의 발전 단계는 진입기 → 성장기 → 발전기 → 안정기 → 쇠퇴기의 과정을 거치는데 새롭게 등장한 뉴미디어는 기존의 미디어를 모방하면서 출발한다. 영화는 사진을 모방하였고, TV는 영화를 모방하였으며, 컴퓨터는 TV와 타자기를 모방하였다. 1960년대까지 군사적 목적으로 연구 개발되던 컴퓨터가 미디어 생태계에 진입한 것은 1975년 마이크로프로세서에 기반한 최초의 컴퓨터가 에드 로버츠가 설립한 MITS라는 회사를 통해 출시되면서부터이다.[26] 그후 10년도 채 안돼 〈타임〉지는 1983년에 올해의 '인물'

---

24 엑스리브, '블로그는 어떤 매체를 차용한 걸까?', http://blog.naver.com/sinfather/40010626604.

25 물론 새로운 미디어는 장벽 진입 초기 기존 미디어의 형식을 모방하고 표상한다. 플라톤은 뉴미디어인 문자를 사용하면서도 대화의 형식을 고집했고, 15세기 유럽의 출판업자들은 중세 필경사들의 필사본에서 영감을 얻었으며, 1990년대 컴퓨터의 가장 중요한 표상은 올드미디어의 인쇄와 편집과 출판 기능을 통합한 것이다.

26 그후 스티브 잡스와 스티븐 워즈니악의 애플 컴퓨터가 개발한 애플 II 컴퓨터가 1977년부터 1980년까지 12만대가 팔리면서 성장기를 열었고, 1981년에 IBM은 인텔의 16비트 마이크로프로세서와 마이크로소프트(Microsoft)의 MS-DOS를 장착한 모델을 출시해 마이크로컴퓨터 시장에 일종의 '산업 표준'을 제공했다. IBM은 자사의 마이크로컴퓨터에 '퍼스널 컴퓨터'라는 이름을 붙였는데, 이는 이후 개인이 이용하는 마이크로컴퓨터를 가리키는 일반 명사로 자리 잡게 된다. IBM PC는 1983년까지 100만 대가 넘게 팔렸고, IBM이 컴퓨터의 사양을 공개해 누구나 IBM PC의 복제품을 만들어 팔 수 있게 함으로써 PC의 확산은 더욱 촉진되었다. (김명진, 디지털 컴퓨터의 등장과 PC 혁명 후편, http://walker71.com.ne.kr/)

로 컴퓨터를 선정해 PC의 대중화 시대가 도래했음을 알렸다.

그 어떤 미디어보다도 단기간에 급속하게 발전한 컴퓨터의 진화에 가장 상징적인 마중물은 마우스(mouse)이다. 올드미디어의 모방에서 출발한 컴퓨터는 성장기에 접어들면서 자신만의 독창적인 형식기계를 갖추게 되는데 바로 마우스이다. 1968년 12월 9일, 스탠포드의 더글라스 엥겔바트가 "디스플레이 시스템을 위한 x-y 위치 표시기"를 만들면서 시작된 마우스는 1970년대 후반 스탠포드 연구센터로부터 4만 달러에 마우스 특허권을 사들인 애플사에 의해 대량생산되면서 컴퓨터 사용의 새로운 전기를 마련한다. 내가 원하는 곳으로 순식간에 커서를 이동시키는 마우스의 등장은 2차원에 머물렀던 컴퓨터 인터페이스를 순식간에 3차원으로 확장시키면서 컴퓨터 사용에 놀라운 혁신을 가져왔다.[27]

마우스의 등장은 이동의 편리함을 넘어 인쇄문화에 익숙해 있던 우리의 사고를 재구조화하였다. 문자텍스트의 대표적인 사용자 환경인 책은 사각형 종이 위에 순서대로 문자를 배열하며, 제목과 저자, 인덱스, 코덱스, 페이지 번호 등 권력적이고 위계적이며 선형적인 방식으로 디자인되었다. 위에서 아래로, 혹은 좌에서 우로 순서대로 쓰거나 읽어야 하는 텍스트의 2차원적 한계는 무엇보다 텍스트를 사이에 둔 작가와 독자 사이의 간극을 만들어냈다. 목차와 페이지 번호는 거역할 수 없는 독서 동선의 가이드라인이며 텍스트의 시작과 끝은 인과적이고 논리적인 완결성을 갖추고 있음을 인정하

---

27 컴퓨터 키보드는 가깝게는 타자기의 모방이지만 더 거슬러 올라가면 1886년 오트마에 의해 만들어진 최초의 조판기계와도 연결된다. 두 손과 연결된 입력 장치는 문자 중심의 텍스트 환경에서는 유용하지만 애플사가 세계 최초의 GUI를 매킨토시에 채택하면서 잡스는 키보드의 순차적 선형적 이동 방식을 대신할 새로운 혁신이 필요했다.

정보지식화사회와 인문공학

도록 강요한다. 각주와 미주는 지식 저작권에 철저한 보호막이며, 숫자로 표시된 가격은 자식의 가치에 대한 자본주의적 해석이다. 그러나 권력적·위계적·선형적·인과적·논리적 완결성의 아날로그식 사고는 마우스에 의해 해체된다.

GUI는 인간과 컴퓨터 간의 상호작용적인 사용자 환경을 만들어 냈다. 도스 명령어가 턴 방식이라면 GUI는 실시간 쌍방향의 체현된 인터페이스이며, 키보드가 도스 명령어의 입력장치라면 마우스는 GUI를 종횡하는 이동장치이다.[28] 마우스의 자유로운 이동성은 선형적이고 인과적이며 위계적인 텍스트 구성 원리를 우연적이고 연상적이며 편집적인 방식으로 바꿔놓았다. 링크를 클릭하고 창과 창 사이를 이동하며, 다중작업을 진행하고, 앞으로 뒤로 위로 아래로 마음대로 멀티미디어 텍스트를 종횡하는 마우스의 자유로움은 문자텍스트에 갇혀 있던 우리의 인과적 사고를 "의식의 흐름에서 각각의 생각이 다음 생각을 이끌어내면서 연속되는" 비선형적 연상의 메커니즘으로 치환시켰다. 저장장치(본체)와 입력장치(키보드), 출력장치(모니터), 이동장치(마우스)로 구성된 컴퓨터는 광범위한 의미장 즉 은유에 의해 기억의 의미장과 연결됨으로써 활성화되는 다양한 연상의 네트워크이다.[29] 컴퓨

---

28 체현된 인터페이스란 '사상이나 관념 따위의 정신적인 것을 구체적인 형태나 행동으로 표현하거나 실현하다'라는 "체현하다"의 사전적 의미와 인터페이스의 합이다. 즉 과거에 사용자가 컴퓨터와 상호작용하는 방법으로 주로 특정 명령을 화면상에 타이핑하여 프로그램을 작동시키는 CUI(Characteristic User Interface) 환경, 사용자가 마우스를 이용하여 하이퍼미디어 문서의 그림이나 아이콘 등을 클릭함으로서 서비스를 받을 수 있는 GUI(Graphical User Interface) 환경과 같이 마우스나 키보드 등과 같은 매개체에서 벗어나 사용자 자신이 하나의 매개체로서 역할을 할 수 있다고 설명할 수 있다. (김자용, 체현된 인터페이스, http://caumi2013.pbworks.com/)

29 다우어 드라이스마, 정준형 역, 『은유로 본 기억의 역사』, 에코리브르, 2015, 218면.

터를 사용하면서 인간은 스스로 기억할 필요는 느끼지 않는다. 마우스는 유저가 필요한 정보를 찾아내 활성화와 비활성화를 반복하면서 데이터의 수집과 분류를 추동하고 정보를 편집한다. 컴퓨터 환경에서 주체가 도구와 함께 행하는 정보생산과정은 크게 네 단계[30]로 구분된다.

- 1단계 수집 : 검색을 통한 '찾기'
- 2단계 감식 : 구분과 분류를 통한 '추리기'
- 3단계 생산 : 해체, 접합, 변형, 추가를 통한 '재생산하기'
- 4단계 공유 : 필요한 공간에 '올리기'

마우스의 사용은 텍스트 편집을 쉽고 간편하게 도와주었다. 오려 두기와 붙여넣기, 블록 설정과 복사하기, 삽입과 삭제의 용이함은 타자의 텍스트를 훼손한다는 윤리의식을 무감각하게 만들며 표절과 짜깁기를 디지털 글쓰기의 일반적 방법으로 체현시켰다. 편집이 디지털 시대가 요구하는 지식정보 생산 능력이 되면서 우리의 사고방식에도 영향을 미쳤다. 창의적 사고에 대한 강박에서 벗어나 편집적 사고로의 전환이라고 요약할 수 있는데 창의적 사고가 '새로운 것을 만들어 내는 것'이라면 편집적 사고는 '새롭게 만

---

30 각각의 단계마다 편집의 메커니즘은 작동한다. 찾기 위해서는 검색어를 편집해야 하고, 추리기 위해서는 검색된 목록을 편집해야 하고, 재생산하기 위해서는 추려진 정보를 편집해야 하고, 올리기 위해서는 재생산된 정보가 가장 가치 있을 만한 네트워크상의 유의미한 지점들을 편집해야 한다. 의식적 활동뿐만 아니라 웹상에서는 편집이 실제 물리적인 작동 원리로 구현되기도 한다. 인터넷 백과사전인 위키피디아는 기본 메뉴로 '편집'이라는 기능이 버튼으로 구현돼 있어 유저가 원하면 언제든지 텍스트를 편집하고 저장할수 있다. (이용욱, 「디지털서사 자질 연구」, 『국어국문학』 158호, 국어국문학회, 2011, 177-178면. 각주 재인용)

들어 내는 것'이다. 실상 우리는 새로운 것을 만들어 낼 수 없다. 새로움에 대한 경배는 인쇄문화가 심어준 예술적 기만이다. 우리의 뇌는 끊임없이 지식과 정보를 기억하고 축적하지만 동시에 망각하기도 한다. 기억된 정보는 어떤 계기로 인해 연상 작용을 거치게 되면서 새로운 정보로 전이되는데, 여기서 '새로운'이라는 의미는 연상에 의해 만들어진 정보가 기억된 정보를 대체하였다는 것이다. 과거의 기억이 새롭게 고쳐 쓰인 것인데 이 연상의 과정이 바로 편집적 사고이다.[31]

중요한 것은 주체와 도구의 상호작용으로 진행되는 이 편집 과정이 투명성의 비매개(transparent immediacy)로 진행된다는 것이다.[32] 볼터와 그루신은 뉴미디어의 계보를 구성하는 세 가지 속성으로 투명성의 비매개 (transparent immediacy), 하이퍼매개(hypermediacy) 그리고 좁은 의미의 재매개 (remediacy)를 이야기 한다. 그중 앞의 두 속성을 재매개의 이중 논리(double logic)라 부른다. 재매개의 이중논리란 미디어를 증식시키고자 하면서 동시에 그 매개의 모든 자취들을 지워버리려 하기도 하는 특성을 말한다. 이들에 따르면 새로운 미디어나 오래된 미디어 모두 자신이나 서로의 모습을 다시 만들어내기 위해 '비매개'와 '하이퍼매개'라는 두 가지 논리에 호소하고 있

---

31 편집적 사고에 대한 이 문단은 졸고 「디지털서사 자질 연구」(『국어국문학』 158호, 국어국문학회, 2011년.)의 논의를 이어쓰고 고쳐 쓴 것이다.

32 제이 데이비드 볼터 리처드 그루신이 『재매개 : 뉴미디어의 계보학』(커뮤니케이션북스, 2006)에서 사용한 용어로 사용자가 무엇인가 수행하고 있다는 것을 인지하지 못하는 몰입상태를 강조하는 것으로, 비매개란 사용자에게 중간 매개체를 느끼지 못한 상태에서 감각경험을 전달하려는 성질을 말한다. 투명성의 비매개란 투명성을 추구하는 논리 또는 방식으로 마치 매우 투명한 큰 창을 통해 창 너머의 풍경을 보는 것처럼 보는 이가 미디어 자체를 보지 못하거나 미디어가 있다는 사실을 느끼지 못하고 미디어가 표상한 대상에 주목하거나 빠져들도록 만드는 표상 양식이다.

다. 비매개가 주체와 도구의 상호작용을 의식하지 못한 채 경험하는 것이라면 하이퍼매개는 자신이 매체와 상호작용을 통해 경험을 수용하고 있다는 것을 인식하는 것이다.[33] 도스에서 맥킨토시, 윈도우10에 이르기까지 디지털 미디어 생태계가 등장한 이래 컴퓨터의 인터페이스 변화는 수용자의 지각 가능한 모든 면에서 경험하는 가치의 향상을 추구함으로써 사용자의 경험(User Experience)을 확장시키려는 노력에서 비롯되었다. 유저의 사용자 경험은 자신과 자신을 둘러싼 세계가 밀착되어 있다고 믿을수록 강렬해지는데 그러기 위해서는 자신과 세계를 연결하는 매개체를 의식에서 삭제하여야 한다. 키보드가 하이퍼매개체라면 마우스는 비매개체이다. 마우스의 움직임은 어느 순간 시선의 움직임과 일치하면서 뇌의 명령이 바로 모니터 화면에 전달되는 몰입감을 가져다준다. 우리가 특정한 명령을 수행하기 위해 아이콘이라고 부르는 그림문자를 클릭하는 순간 아이콘에 의미를 부여하는 것은 마우스가 아니라 주체의 표상이다. 기원전 4세기 구술문화의 모방에서 출발해 새로운 문체와 문장부호를 창조해낸 문자문화의 확립이 결국 서사양식의 변화를 초래했듯이 20세기 인쇄문화의 모방에서 출발한 컴퓨터는 읽고 쓰는 행위의 의식적 이동을 비매개하는 마우스의 발명으로 인해 새로움이라는 강박과 작가/독자의 경계와 분리라는 전통적인 위계에서 자유로워졌다. 컴퓨터 사용자 환경에 마우스가 등장함으로써 디지털 환경에서 글을 읽고 쓰는 행위는 아날로그의 모방에서 새로운 창조로 전진할 수 있게 된 것이다.

그러나 마우스의 비매개성이 가져온 작독의 편집력이 문학에 미칠 영향

---

33   위키피아 '비매개' 항목 편집(https://ko.wikipedia.org/)

정보지식화사회와 인문공학

은 의외로 미미할지 모른다. 편집적 사고의 파괴력이 약해서가 아니라 마우스의 시대가 조만간 막을 내리게 될지도 모르기 때문이다. 현재 디지털 플랫폼은 PC에서 태블릿과 스마트폰으로 빠르게 이동하고 있다. 2000년 이후 IT 생태계의 우세종으로 등장한 태블릿과 스마트폰은 터치로 상징되는 실감형 사용자 인터페이스 TUI(Tangible User Interface)를 채택하고 있다. 마우스나 키보드가 아닌 사람의 손이나, 다양한 물체, 도구, 공간 등을 활용하여 컴퓨터와 상호작용하는 TUI는 사용자가 실생활에서 오랜 시간 발전시켜 온 감각과 운동을 인터페이스에 적용시킨 것으로 가상공간 안에 명령을 실제 사용자를 통해 제어하는 체현된 인터페이스 개념이다.[34] 비매개에서 무매개 (non mediacy)[35]로 사용자 환경의 몰입 강도가 더 강해지면 텍스트의 문자성은 모방과 창조의 예술적 의미를 상실하게 될 것이다. 문자는 그것이 하이퍼매개이든 비매개이든 작가와 독자 사이를 연결해주는 매체였는데 인간이 직접 표상을 만들어내는 직접 연결(Direct connections)의 시대에 오면 문자의 역할은 축소될 것이기 때문이다. 증강현실 기술이 완벽하게 VR을 구현한다면 최소한 IT 생태계 내에서 문자 문학은 사라지게 될 것이다. 디지털 음유 시인(물론 굳이 사람일 필요는 없다, 방대한 DB를 활용한 강력한 편집력과 멀티미디어 제작 기술, 프로그래밍 능력을 갖춘 휴머노이드가 더 적합하다)이 등장해 문자문학이 떠난 자리를 컴퓨터게임 형식의 서사시나 뮤직비디오 형식의 로망스로 채우게 되면 다시 제 2의 면대 면 구술시대가 도래하는 것이다. 문자의 시대

---

34   김자용, 체현된 인터페이스, http://caumi2013.pbworks.com.

35   무매개(non mediacy)는 볼터와 그루신의 비매개(transparent immediacy)에서 착안한 용어로 중간 매개체가 아예 존재하지 않는 신체와 기계가 직접 접속하는 온몸체감형 경험을 의미한다.

에서 다시 말의 시대로 환원되는 순간 문학은 전혀 다른 몸을 갖게 될 것이다.

3. 예술화의 본질

기술은 분명한 도구적 지향성(instrumental intentionality)을 지니며, 글쓰기 도구는 우리의 의식에 참여하여 창작의 방식에 영향을 준다. 그리고 이것은 컴퓨터 이전의 도구에서도 분명하게 나타난다. 권승혁은 「기술화된 현대시의 담론 네트워크」라는 논문에서 모더니즘의 대표적인 시인인 T. S. 엘리엇이 당시로는 최첨단의 글쓰기 도구였던 타자기의 영향을 받았음을 주장하였다. 타자기는 글쓰는 행위로부터 시각 작용을 분리시켜 의식과 글쓰는 행위 사이의 중계를 단절시킴으로써, 글쓰기 행위와 의식 사이에 뛰어넘을 수 없는 간극을 만들어, 파편화되고 이질적인 요소가 가득한 현실을 논리적이며 동질적인 요소로 전환하는 시각의 작용을 방해하고 비논리적인 사고, 이질성, 다층성 및 불연속성이 가득한 글을 낳았다는 것이다.[36] 그리고 이것은 작가 자신의 고백에서도 확인된다.

> 타자기로 글을 쓰고 난 뒤, 내가 예전에 그렇게 좋아했던 긴 문장을 벗어버리게 되었다는 것을 알게 되었다네. 마치 현대 불란서 산문처럼 짧고, 단음적으로. 타자기는 명백함(lucidity)에 도움이 되는

---

36 권승혁, 「기술화된 현대시의 담론 네트워크」, 『T. S. 엘리엇 연구』 제12권 2호, 2002, 21면.(편집)

데, 그것이 미묘한 차이(subtlety)를 드러내는데 도움을 주는지는 잘 모르겠네.[37]

타자기가 글쓰는 행위로부터 시각 작용을 분리시켰다면, 컴퓨터는 사고 작용을 분리시켰다. 컴퓨터와 마우스와 인터넷이 제공해주는 새로운 글쓰기 환경에 적응하면서 인간의 쓰기 행위는 사유와 분리되어 타자화(他者化)되었다. 문자가 기억을 타자화시켰다면 디지털은 인간과 기계를 네트워크로 연결시켜 기억을 복원시키는 대신 사유의 방식을 기억과 DB 사이의 지식과 정보의 교환으로 치환시켰다. 이제 사유는 인간의 전유에서 벗어나 물질과 비물질의 경계에서 새로운 인터페이스를 갖게 된 것이다. 예술화의 본질은 결국 기억의 낯설음이며 주체의 타자화인 것이다.

기술은 우리의 의식과 육체를 모방하는 것에서부터 출발하여, 새로운 의식과 육체를 창조하는 방식으로 진화하여 왔다. 정보화기술은 인간을 모방하는 것에서 더 나아가 인터페이스에 최적화되는 방식으로 우리의 의식을 변형시키고 있다. 기술이 사악해 지지 않기(Don't to be evil) 위해서 사용자(user)이며 행위자(player)인 우리에게 해답을 찾는 지식정보화를 넘어 새로운 질문을 만들어낼 수 있는 정보지식화의 능력이 요구되며, 인문학의 지혜가 필요한 때이다.

---

37   T. S. 엘리엇이 1916년 8월 21일에 에이큰(Conrad Aiken)에게 보낸 편지 중 부분 발췌(권승혁, 같은 논문, 11면, 재인용)

3절　지식구조화와 하이퍼텍스트

1. 들어가는 말

본 연구자는 정보화사회 IT 기술을 이해하고, 해석하고, 선도하는 인문학 연구 방법론으로 〈인문공학〉이라는 용어를 제안하고자 한다. 〈인문공학〉은 인문학 3.0 시대의 도래와 밀접한 관련이 있다. 전통적인 인문학이 인문학 1.0이었다면, 인문학의 위기를 극복하고자 IT기술을 연구방법론으로 적극 포섭하고자 한 디지털인문학이 인문학 2.0, 그리고 기술의 어깨 위에 올라타 기술보다 더 깊고 넓은 시각으로 인간과 사회를 조망하고자 하는 인문공학이 인문학 3.0이다.

알파고의 등장 이후 무섭게 발전하고 있는 AI의 딥러닝 기술은 이제 예술 행위마저도 기계가 대신하는 우울한 미래를 예견케 해주었다. 예술화의 본질이 모방에만 한정된다면 인간은 모방 능력은 결코 기계를 따라잡지 못함으로 예술의 종말은 현실이 될 것이다. 그러나 예술화는 모방에서 출발하지만, 예술은 모방을 넘어 창조로 나아간다. 그리고 그 과정에 '심미적 영감'이라는 주체적이며 연상적인 직관이 관여한다. 바로 이 심미적 영감이 기억의 네트워크를 구성하는 텍스트의 지식구조화 방식과 밀접한 관련을 맺고 있다.

모방은 선행 텍스트에 대한 기억에서 출발한다. 구술텍스트에서 문자텍스트로, 필사텍스트, 인쇄텍스트를 거쳐 지금 우리 앞에는 하이퍼텍스트라는 전혀 새로운 텍스트가 등장하였다. 구술텍스트에 대한 플라톤의 모방론과 문자텍스트에 대한 아리스토텔레스의 모방론이 달랐듯이, 하이퍼텍스트 시대 예술의 모방론은 다시 고쳐 씌어져야 한다. 우리는 하이퍼텍스트라는 독특한 지식구조화 방식이 인간의 주체적이며 연상적인 직관의 알고리즘을 변화시킬 것임을 인정하여야 한다. 모방과 창조의 경계가 허물어지고, 작가와 독자의 역할이 편집자로 대체되며, 본문과 각주의 구분이 무의미해지는 하이퍼텍스트가 텍스트(책)를 대신하여 가장 강력한 지식구조화 방식으로 지식생태계를 재구조화하게 될 시대에 예술은 어떤 방식으로 모방과 창조의 변증법을 이어나갈지는 매우 중요한 연구 주제이다. 이 글은 앞으로 진행될 논의의 선행 연구로 지식구조화와 하이퍼텍스트의 관계에 대해 살펴보고자 한다.

2. 네트워크사회와 지식구조화

지식구조화 최초의 형태는 파피루스나 양피지, 죽간 같은 원시 형태의 책이었다. 문자의 발명과 저장매체의 발전이라는 기술의 진보가 인간의 기억 속에만 존재했던 지식을 육체와 분리된 외재적 기억으로의 저장을 가능케 함으로써 인류의 지식공동체는 비약적인 발전을 이룩할 수 있었다. 그러나 필사에 의존했던 소량생산 소량소비의 지식경제방식은 지식의 대중화에 한계를 가질 수밖에 없었고, 생산과 소비의 중추를 이루는 소수의 인텔리계층에게 지식권력은 집중되었다. 소수에 집중되었던 지식권력에 대한 최초의 혁명은 구텐베르크의 인쇄기에서 시작되었다. 기술의 도움으로 대량생산, 대량소비가 가능해지고 지식이 상품으로 시장에 진열되기 시작했으며, 작가와 독자가 생산자와 소비자의 자본주의적 관계를 형성하기 시작하면서 신분이나 지위에 의해 선천적으로 부여됐던 지식권력은 후천적인 노력(연구와 저술)에 의해 쟁취할 수 있는 성과가 되었다. 지식공동체의 민주화가 이루어진 것이다. 그러나 작가와 독자의 관계가 지식을 주고받는 일방적인 호혜의 관계를 벗어나지 못함으로써 지식권력은 여전히 한쪽에 있었다.

지식권력에 대한 또 한 번의 혁명은 컴퓨터와 인터넷이라는 디지털기술의 발전으로 시작되었다. '네트워크사회'와 '하이퍼텍스트'라는 키워드로 요약할 수 있는 이 새로운 지식구조화혁명은 지식의 생산과 소비, 작가와 독자의 관계, 지식의 유통이라는 측면에서 기존의 아날로그적 질서를 완전히 해체시켰다.

미국 사회학자 마뉴엘 카스텔(Manuel Castelles)은 현대 정보 사회를 '네트워크 사회'라고 불렀다. 네트워크 사회는 자본과 노동, 사람과 지식과 정보가 컴퓨터 네트워크를 통해서 서로 연결된 사회를 말한다. 정보와 상품, 자본과 사람과 지식이 컴퓨터 네트워크를 통해 서로 연결됨과 동시에 이동한다. 네트워크 사회는 데이터와 자료와 지식의 네트워크로 이루어진다. 자료, 지식 그리고 데이터는 개별적으로 혼자 있는 것이 아니라 네트워크를 통해 연결되어 하나의 구조물(architecture)을 이루고 있다. 자본과 상품의 네트워크, 인간의 네트워크, 지식과 정보의 네트워크, 자본과 노동, 상품 그리고 지식, 정보 이런 모든 것들이 네트워크를 통해서 서로 흐르고 얽히는 사회가 네트워크 사회다. 플로(flow)는 흐른다는 말인데, 흐름 사회에서는 사람도 흐르고 정보도 흐르고 자본도 흘러 다닌다. 자본과 노동이 국경 없이 흘러 다니고 국적이 다른 자본과 노동이 결합한다. 정보와 지식도 인터넷망을 통해 국민국가의 지리적 경계를 넘어 전 지구 범위에서 흘러 다닌다. 컴퓨터 네트워크를 통해서 실시간으로 전달되는 흐름의 사회가 네트워크 정보 사회다.[1]

지식구조화 개념은 도쿄대 총장을 지낸 고미야마 히로시가 2004년에 저술한 『지식구조화(Structuring Knowledge)』에서 처음 제안한 개념으로 "구조화지식, 인간, IT 이들의 상승 효과로 방대해지는 지식에 적응하는 뛰어난 지식환경을 구축하는 것이다"라고 정의하였다.[2] 히로시는 세분화된 전문지식을 전체적으로 조망하고 총체적으로 파악하기 위해 지식을 찾는 지식의 필요성을 주장하면서 지식의 모듈화를 통한 지식의 네트워크와 지식촉매를 강조한다.

히로시의 지식구조화 개념에서 출발하여 본 연구자는 '하이퍼텍스트'를

---

1   백욱인, 「네트워크 사회」, 『정보자본주의』, 커뮤니케이션북스, 2013.(부분 요약)
2   고미야마 히로시, 김주역 역, 『지식구조화』, 21세기북스, 2008, 7면.

구조화 지식(상호관련된 지식군)을 연결하는 지식구조화의 새로운 방식으로, '네트워크 정보사회'는 구조화 지식을 효율적으로 활용하기 위해 고안된 사회 구조로 재정의하였다. 히로시는 지식구조화를 인간의 지적 활동 영역으로 보았지만, 인간의 지적 활동이 독서를 통한 선행 텍스트의 모방에서부터 출발한다고 보면, 인간과 텍스트 사이에서 벌어지는 타자적 경험이 독서이고, 그 경험을 통해 인간이 자신의 인지네트워크 안에 기억의 방식으로 저장해 놓은 타자의 지식이 구조화 지식이며, 지식이 텍스트에 저장되는 방식이 지식구조화이다. 네트워크사회의 개념이 중요한 이유는 네트워크로 인해 지식이 더이상 개별·분류·자족·완성이라는 폐쇄적인 프레임 안에 갇혀있지 않게 되었기 때문이다.

지식구조화의 방식이 바뀌면 지식생태계와 지식공동체, 그리고 그 안에서 활동하는 지식노동자의 패러다임이 변화할 수밖에 없다. 네트워크사회와 하이퍼텍스트는 정보화사회가 새롭게 요구하는 지식구조화 방식의 필요충분조건이다. 다음 장에서는 기억의 네트워크로서의 하이퍼텍스트를 살펴보도록 하겠다.

3. 기억의 네트워크와 하이퍼텍스트

디지털 혁명은 정보 주체에게 개인화된 네트워크를 소유할 수 있도록 기술적 통로를 열어 주었다. 이때 네트워크는 크게 세 가지로 나뉜다. 먼저 각각 고유한 IP로 표시되는 컴퓨터나 태블릿PC, 스마트폰 같은 개인용 디지털 기기이다. 두 번째는 개인의 아이디로 접속하는 페이스북이나 트위터 같은 SNS이다. 마지막은 마우스 클릭으로 탐색해나가는 하이퍼텍스트이다. 세 영역 모두 개인의 영역에서 출발하여 집단이나 공공의 영역으로 진입하는 디지털 플랫폼이며 비인간행위자[3]이고 매체이다. 지식과 정보라는 측면에서 접근해보면 컴퓨터는 생산과 소비의 도구이고, SNS는[4] 생산과 소비의 공유공간이며, 하이퍼텍스트는 생산과 소비의 새로운 형식기제이다. 특히 하이퍼텍스트는 완결을 목적으로 하는 문자텍스트와 달리 디지털로 표시되는 끝없이 갈라지는 서사장[5]이며 사용자가 기억의 네트워크를 어떻게 형성

---

3 최근 사회과학 분야에서 활발히 논의되는 있는 라투르(Latour)로 대표되는 행위자-네트워크 이론(Actor-Network Theory, ANT)에서 사용하고 있는 용어이다. ANT는 행위능력(agency)을 가진 것은 모두 행위자로 간주하며 이런 점에서 인간과 비인간, 둘 다 행위자다. ANT의 행위자는 개인, 집단, 조직처럼 사회과학에서 통상적으로 사용하는 '사회적 존재'로서의 행위자 개념과 다르며 인간과 비인간을 차별하지 않는다. 나아가 ANT는 인간과 비인간이 분리될 수 없으며, 우리가 사회라고 부르는 것은 인간-비인간 복합체(collective)에 다름 아니라고 본다. ANT에서 인간 및 비인간을 포함하는 행위자는 네트워크 존재이기도 하다. 네트워크를 가지지 않은 행위자는 존재할 수 없으며, 행위자의 행위능력은 바로 네트워크를 구성하는데 있다. ANT에서 새롭게 정의되는 사회적 관계(social relations)는 인간과 비인간 모두가 네트워크로 참여하는 과정을 의미한다. 인간이든 비인간이든 행위자의 행위능력은 바로 이질적인 요소들을 하나의 네트워크로 구축하는데 있다. : 이재현, 「포스트소셜 : 교호양식을 보는 새로운 관점」 제7회 정보문화포럼 발제집, 2012, 6면.

4 ATN 관점에서 보면 페이스북은 네트워크사회의 강력한 비인간 행위자이며, 인간 행위자와의 교호를 통해 인간-페이스북 네트워크를 형성하여 "블랙박스(black-box)"(하나의 대상으로 만들어진 네트워크)를 구축한다. 페이스북은 사용자들에게 행동패턴이나 사유방식, 관계 형성에 직접적으로 간섭하지는 않지만 블랙박스가 구축되면 두 행위자는 서로에게 영향을 주고 영향을 받는다. 다른 예로 일간베스트는 비인간 행위자이며, 일간베스트 커뮤니트를 이용하는 유저들을 일컫는 일베충은 인간 행위자이다. 그들은 교호를 통해 〈일베〉라는 블랙박스를 구축하였는데, 일베는 일간베스트라는 공간과 일베충이라는 사용자, 그 안에서 이루어지는 행위 모두를 포괄한다.

5 서사장을 '장(field)'이라는 공간 이미지로 표현한 것은 완결된 양식으로서의 이야기라기보다 여러 관계가 얽혀 이야기를 만들어내는 진행형의 공간 이미지로 서사를 이해하려는 태도이다. 서사는 작가가 일방적으로 제공하는 완결된 구조라는 의미가 강하다. 흔히

하느냐에 따라 정보주체와 지식주체로 구분되는 공간이며, 인과가 아닌 연상의 반위계적 WEB 형태 네트워크 구조이다.

이 장에서는 정보화사회 새로운 지식구조화 방식인 하이퍼텍스트를 인간과 대칭적인(symmetrical) 비인간 행위자로 보고 인간 행위자에게 미치는 영향을 분석하여, 하이퍼텍스트가 정보와 지식에 대한 기억의 네트워크를 어떻게 재구조화하고 있는가를 논의해보고자 한다.

하이퍼텍스트의 기본 아이디어는 1945년 바네바 부쉬(Vannevar Bush)가 「우리가 생각하는 것처럼(As we may think)」이라는 글에서 처음 출발하였다. 이 글에서 그는 당시 도서관의 구태의연한 도서분류나 검색 체계로서는 더 이상 정보의 홍수를 감당할 수 없다고 진단하고, 기억 확장기라는 의미의 〈메멕스(memex : memory extender)〉라는 시스템을 제안한다. 그는 "인간의 마음은 연상에 의해 작동한다. 한 항목이 포착되면 마음은 곧바로 연상 작용에 의해 다음 것을 확 잡아챈다. 이것은 두뇌 세포가 지니는 단서들의 복잡한 그물에 따라 이루어진다"[6]고 지적한다. 인간의 사고는 위계적으로 조직되어 있는 것이 아니라 자유로운 '연상'에 기초하고 있다는 것을 강조하고 인간 두뇌의 작동 방식을 모방한 텍스트를 상상하였던 것이다. 1965년 테오도르 넬슨(Theodor Nelson)은 〈제나두(Xanadu) 프로젝트〉를 통해 바네바 부

사건과 인물, 그리고 이야기하기의 제 양상을 검토하고 그 결과를 문학적 맥락 안에서 해석하는 관행을 서사구조 분석이라고 하는 것도 서사의 완결성을 전제한 것이다. 이에 비해 서사장은 이질적인 힘들이 상호 작용하는 역동성을 지니며 그런 만큼 구조적으로 안정된 것이 아니라 변화의 과정에 있는 미완결성을 내포한다. : 김진량, 『인터넷, 게시판 그리고 판타지소설』 한양대학교 출판부, 2001, 202면.

6   배식한, 『인터넷, 하이퍼텍스트 그리고 책의 종말』, 책세상, 2000, 58-62면.(부분 인용)

쉬의 아이디어를 한층 정교화한다. '하이퍼텍스트 Hypertext'[7]라는 용어를 처음 만든 장본인이기도 한 넬슨은 사용자 컴퓨터의 지역 데이터베이스에 사용자 정보가 저장되어 사용되며 외부 정보를 연결하는 링크를 활성화시키면 전위 처리 컴퓨터가 네트워크를 통해 후위 정보 저장소의 정보를 검색하도록 설계한 제나두 프로젝트(Xanadu project)를 통해 하이퍼텍스트의 기본 골격을 창안해 내었다.

하이퍼텍스트는 독자가 원하는 방향으로 자료를 찾아 자유롭게 읽어나갈 수 있는 백과사전의 방식과 유사하나 순차적이거나 단계적인 방식으로 항목들을 배열하는 백과사전과는 달리 다양한 링크들을 통해서 더욱 더 역동적인 읽기와 정보검색이 가능한, 인터넷이라는 새로운 환경에 걸맞은 새로운 독서 방식을 인간행위자에게 제안한다.

인터넷은 시간과 공간이 뫼비우스의 띠처럼 연결되어 있는 공간이다. 인터넷이라는 거대한 네트워크 안에서 우리는 수시로 시간과 공간의 제약을 뛰어넘어 자신이 원하는 정보에 접근할 수 있다. 인터넷에서 과거란 존재하지 않는다. 모든 기억은 비물질적인 기호인 비트로 표시되어 있으며, 그것은 어느 때고 누군가에 의해 다시 끄집어 내어지는 순간 현재가 된다. 구글 검색을 통해 찾아낸 정보가 수년 전에 올라온 것이라 하더라도 그것이 검색 결과의 앞자리에 위치해 있다면 뒷면의 어떤 정보들보다 현재적이다. 정확도를 우선시하는 하이퍼텍스트의 검색 알고리즘은 시간에 항상 패자일 수

---

7   테오도르 넬슨이 직접 밝힌 하이퍼텍스트의 개념은 다음과 같다. "하이퍼텍스트란 비선형적인 글쓰기를 말한다. 계속해서 가지를 치고 독자들에게 선택을 허용하는 텍스트. 상호작용적 화면에서 가장 잘 읽을 수 있는 텍스트. 다시 말해서 끈에 의해 연결된 일련의 텍스트 덩어리로서 독자에게 다른 경로를 제공하는 텍스트"(Nelson, T. H. (1981). *Literary machines, Project Xanadu.* San Antonio TX : Nelson's.)

밖에 없었던 우리의 기억메커니즘을 역전시켰다.

하이퍼텍스트의 비선형적 구조는 인류가 만들어낸 어떠한 매체보다도 인터넷이 사용자중심의 서사 환경을 조직해낼 수 있도록 해준 혁명적인 방식이다. '층층'이 아니라 '겹겹'으로 구성된 하이퍼텍스트는 텍스트에서 페이지를 삭제하고 활성화와 비활성화를 통해 화면에 떠오른 시각적 정보에 집중하게 해줌으로써 독서의 동선을 독자 스스로 자의적으로 구성할 수 있도록 해 서사의 위계를 파괴하였다. 화면의 활성화와 비활성화는 주체의 기억 회로에도 영향을 준다. 시각 정보에 익숙해지면 질수록 문자 정보는 난해해지고 읽기는 난독에 시달린다, 아리스토텔레스는 구술의 청각성과 비교하여 문자의 시각성을 우월한 가치로 보았지만 그것은 일목요연하게 텍스트 안에 자리 잡고 있을 때 설득력이 있다. 화면의 이곳저곳을 탐색하던 마우스의 화살표가 손모양으로 바뀌는 순간 짧게 기억됐던 정보는 메모리에서 휘발되고 어수선하게 흩어져있던 문자는 클릭과 함께 무너져 내린다.

현재의 인터넷은 하이퍼텍스트 시스템을 기반으로 구조화되었다. 하이퍼텍스트는 텍스트의 복합체로서 노드(node)로 구성되어 있는데, 이 노드는 기존 텍스트의 페이지, 문단, 장, 권에 해당하는 것으로 링크(link)에 의해 상호 연결 및 변형이 가능해 일방향적 체제에서 다방향적 혹은 쌍방향적인 커뮤니케이션체제로의 텍스트 구성이 가능하다. 독자가 기존 평면텍스트를 순차적으로 읽어야 함에 따라 텍스트에 대해 수동적인 반면, 하이퍼텍스트의 경우에 독자는 읽을 노드를 계속 선택한다는 측면에서 텍스트를 구성하고 창조하고 있다고 볼 수 있다. 따라서 하이퍼텍스트는 독자와 작가의 경계가 흐려져 텍스트가 텍스트 자체 이상의 효과를 지닌다고 말한 롤랑 바르트

의 텍스트 개념보다 훨씬 확장된 의미를 갖게 된다.[8]

기존 텍스트가 선형적이고 평면적인데 반하여 하이퍼텍스트는 평면을 뚫고 지나 새로운 텍스트를 지속적으로 만날 수 있는 비선형 구조를 가지고 있으며 공간과 시간의 전후통로가 개방되어 있어 인간의 의식 구조와 유사하다. 평면텍스트는 텍스트를 페이지 순서대로 순차적으로 읽어 나감에 따라 몰입의 상태에 빠지게 되는데 이때 독자 자신은 텍스트에 대해 수동적이다. 반면 라이언의 설명대로, 하이퍼텍스트는 독자가 텍스트 속에 들어가 그 환경을 변화시킬 수 있는 텍스트 환경과의 상호제휴성 및 상호활동성을 내포하고 있기[9] 때문에 그 텍스트는 인간의 상상과 하이퍼 상상이 합일되는 무한한 상상공간을 제공한다.

서사의 관점에서 하이퍼텍스트는 작가가 만들어 놓은 수많은 경우 수를 독자가 임의적으로 취사 선택하여 서사를 재구성할 수 있도록 짜인 열려 있는 텍스트이며,[10] 새로운 쓰기와 읽기를 가능케 하는 텍스트이다. 독자는 임의적으로 링크(link)를 클릭함으로 해서, 이야기의 흐름을 바꾸어 자신만의 줄거리로 텍스트를 재구성할 수 있다. 만약 중간에 어떤 한 링크의 선택을

---

8   추재욱, 「하이퍼텍스트시학」, 『버전업』 1997년 봄호, 135면.

9   Marie-Laure, *Ryan,Immersion vs. Interactivity : Virtual Reality and Literary Theory*, Postmodern culture v.5 n.1(Semtember, 1994), 참조. 접속 인터넷 주소는 pmc@ unity.ncsu.edu이다.

10   하이퍼텍스트는 다음과 같은 특징들을 갖는다. 첫째, 적극적 독자를 전제한다. 둘째, 하이퍼텍스트는 유동적, 중층적이지 고정되거나 단일하지 않다. 셋째, 하이퍼텍스트는 시작이나 종결이, 중심과 주변이, 안과 바깥이 없다. 넷째, 하이퍼텍스트는 다중심적이고 한없이 재중심화할 수 있다. 다섯째, 하이퍼텍스트는 망을 이루는 텍스트이다. 여섯째, 하이퍼텍스트는 합동적이다. 일곱째, 하이퍼텍스트는 반위계적이고 민주적이다. : 강내희, 「디지털시대의 문학하기」, 『문화과학』, 1996년 여름호, 77-79면. (부분 인용)

번복한다면, 당연히 줄거리 또한 달라진다. 따라서 하이퍼텍스트는 끝없이 연속되어지며 결코 완결될 수 없는 미완 구조를 지닌다. 미완 구조 역시 현실 공간의 텍스트에서도 찾아볼 수 있는 형식 미학이지만, 그것이 독자의 의도에 따라 구체화된다는 점에서 현실 공간의 그것과는 다르다. 이제 독자들의 문학적 욕망은 읽고 따라가는 독서에서 쓰고 참여하는 독서로 새롭게 변화해 나가고 있으며 하이퍼텍스트가 그것을 가능하게 해 주었다.

4. 하이퍼텍스트와 기억의 순환성

하이퍼텍스트에서 링크로 연결되는 과정은 주어진 것을 단순히 기계적으로 결합시키는 것이 아니다. 인터넷에서 독서는 해석이 수반되는 능동적인 과정이며, 이 해석의 과정은 끝없이 열려 있고 불확정적이다. 이 과정에는 해석학적 순환, 즉 새로운 정보가 이전의 익숙한 정보를 변화시키고 기왕의 정보를 업데이트하는 기억의 순환성이 내재되어 있다.

하이퍼텍스트는 종이 위에 쓰인 텍스트와는 달리 '가벼운 존재'이며 따라서 지금 현재 바라보고 있는 텍스트 화면 자체에 집중하게 하는 효과를 갖는다. 하이퍼텍스트의 표면은 고정된 것이 아니라 수정할 수도 복사할 수도 잘라낼 수도 있는 변형과 변조가 가능한 공간이다. 하이퍼텍스트는 완결을 의미하는 '최종 편집'(final cut)이 있을 수 없다. 텍스트는 안정된 채로 있지 않고 늘 새로운 편집의 가능성에 열려 있어서 '정본'과 '이본'의 구분을 하기가 어렵다. 이로 인해 텍스트의 실체라는 개념은 사라지며, 텍스트는 하나의 잠재태로만 존재할 뿐이다. 텍스트가 잠재태로만 존재한다는 것은, 그것

정보지식화사회와 인문공학

이 끊임없이 고쳐 쓰일 수 있는 유동적인 의미망을 가지고 있음을 말해준다. 이 같은 잠재태 존재로서의 하이퍼텍스트의 개념을 더 발전시켜 로베르 에스카르피는 하이퍼텍스트의 '텍스트'를 작가와 독자가 협력하여 만들어내는 유기적인 의미 구조로 설명한다.

에스카르피는 문자 언어로 된 텍스트들이 구어(口語)의 코드화된 표기법과 시각 언어의 구성이라는 이중의 역할을 담당함으로써, 음성적 사건의 변질적 이미지와 사건의 연쇄에 종속된 이미지만을 나타내는 준자료로 기능한다고 보았다. 따라서 독자는 텍스트가 담고 있는 '외적 기억력'의 혜택을 받지 못하는 이른바 훼손된 담화만을 접한다는 것이다. 이 때문에 독자는 담화의 지속성을 구성하기 위해, 상대적으로 기호들의 축소된 부분만을 저장할 수 있는 자신의 단기 기억력에 호소할 수밖에 없다. 그러나 전자 언어로 이루어진 텍스트는 독자의 눈 움직임이 지속적이지 않고, 그렇기 때문에 자료를 구성하는 데 필요한 운동과는 등주기적이지 않다. 즉 탐색은 지향적이지만 글을 쓰는 데 필요한 규약적인 순서에 의해 결정되지는 않음으로 해서 수많은 '다시 읽기'가 가능해진다는 것이다. 따라서 전자언어로 이루어진 텍스트를 읽을 때, 독서는 나름대로의 목적을 갖고 있는 독자의 주도권에 의해 결정되며, 그 목적은 텍스트에게 정보를 묻거나 텍스트를 모호하고 모순되는 속성으로 가득 채운 작가를 공격하는 데 있다. 텍스트는 쓰이고 읽히기 때문에 존재한다. 텍스트는 하나의 사물도 매체도 아니며, 텍스트는 글쓰기-독서의 변증법이 구성하는 이중적이고 상반되는 행위의, 항상 움직이고 항상 연루된 결과이다. 결국 텍스트는 작가와 독자의 협력의 결과물이다.[11]

---

11   로베르 에스카르피, 김광현 역, 『정보와 커뮤니케이션』, 민음사, 1996, 188-192면.

우리가 텍스트를 읽을 때와, 하이퍼텍스트를 볼 때를 생각해 보자. 문자 언어로 이루어진 텍스트는 연속적이며, 앞에서 읽은 내용이 선형적·인과적 기억 네트워크에 저장되어 계속적으로 진행되는 독서에 영향을 준다. 선형적·인과적 기억 네트워크는 시간의 지배를 받으며 따라서 어느 순간 기억이 희미해지거나 막혀버리면 텍스트 전체의 맥락 파악에 손상을 가져다주어, 결국 네트워크는 파괴되고 텍스트는 완결성은 훼손된다. 그러나 하이퍼텍스트의 링크 선택은 비연속적으로 진행된다. 텍스트의 연속성은 처음부터 불가능하며 독자가 굳이 자신의 기억 네트워크를 통해 텍스트에 접속할 필요가 없다. 하이퍼텍스트는 링크와 노드를 통해 자체적으로 기억네트워크를 생산해내며 비인간행위자의 기억이 오히려 인간행위자의 기억에 영향을 준다.

인간은 늘 어떤 매체를 통해 현실을 인지한다. 근대 이전에는 대체로 인간의 육체의 일부(육안)가 현실을 받아들이는 통로 역할을 했다면, 근대 이후에는 다양한 기계장치가 그 역할을 대신한다. 예컨대 불가시의 영역, 따라서 불가해의 영역으로 간주되었던 미시의 세계를 보기 위해 인간은 현미경을 발명했다. 마찬가지로 먼 곳을 바라볼 때, 우리는 더 이상 육안에 의존하지 않고, 망원경을 사용한다. 드론의 발명은 세계를 내려다보는 부감 시력을 인간에게 제공한다. 미시, 원경, 부감의 세계는 우리에게 현미경과 망원경. 드론을 통해 모습을 드러낸다. 시각 매체가 인간의 눈에서 광학기술로 바뀜으로써 인간의 세계 인지는 기술이 지배하기 시작했다. 육안으로 바라보던 달을 이제는 천체망원경을 통해 관찰하게 되었고, 드론에 장착된 사진기는 새의 시선으로 세상을 내려다보게 해주고 있다. 기술의 발전은 인간의 육체와 정신의 세계를 확장시키며 인간행위자와 비인간행위자의 교호 네트워크를 대칭적으로 구조화하고 있다. 발터 벤야민은 기술복제시대라고 이야기했지만 엄밀하게 말하면 20세기는 복제기술의 시대였다. 근대의 탄생이 인쇄기라는 복제기술에 빚을 지고 있다면 탈근대는 컴퓨터와 인터넷이라는 편집기술의 등장과 무관하지 않다. 하이퍼텍스트는 편집의 시대에 가장 영향력 있는 기술이다. 기술이 인간의 사유의 형식과 방식에 직접적으로 개입하기 시작했다는 것은 분명한데 그 결과로 탄생하게 될 기계인간이 사이보그일지 휴머노이드일지는 인터페이스에 대한 우리의 선택에 달려 있다.

5. 나오는 말

가까운 미래에 다가올 가장 혁신적인 사용자 환경인 BCI(뇌-컴퓨터 인터페이스, Brain-computer interface)는 뇌의 활동이 컴퓨터에 직접 입력되어, 마우스나 키보드 같은 입력장치 없이도 컴퓨터와 커뮤니케이션을 할 수 있는 장치이다. 문자의 발명을 필두로 시작된 기술의 발전은 인간의 육체와 정신의 확장을 부단히 시도하였다. 육체와 도구를 분리하던 기술의 방향성이 이제는 육체와 도구를 일치시키는, 인간의 육체가 곧 인터페이스가 되는 기계인간의 시대를 예고하고 있다. 플라톤은 문자의 출현과 그 영향을 불안해하면서도 문자를 사용할 수밖에 없었다. 기술의 발전은 종종 인간에게 선택의 기회조차 주지 않으며 내달리기도 한다. 이미 기계학습(deep learning)은 인간보다 더 뛰어난 모방과 편집 능력을 보여주고 있다. 창조의 비밀이 알고리즘으로 코딩되고 프로그래밍 되고 자동화되는 순간 예술은 더이상 인간의 전유물이 아니다.

다시 예술화의 본질에 대해 이야기해보자. 현대 예술가의 과제는 항상 "자기 예술의 새로운 계기를 만드는 것이 아니라 그 속에서 새로운 미디어를 만들어내는 것"이다.[12] 그러나 진정한 새로움은 새로운 미디어가 그 의미를 규정함에 있어 다른 미디어를 전혀 언급하지 않는 경우이지만 재매개가 없는 매개는 불가능함으로 결국 새로움이란 허망에 불과하다. 롱기누스는 「숭고에 관하여」에서 숭고에 이르기 위해서는 과거의 위대한 신문 작가들과 시인들을 열심히 모방해야 한다고 말한다. 많은 작가들이 다른 사람의 입김에서 영감을 받기 때문이다.[13] 반면에 플라톤은 어떤 것에 관해서든 세 가지 기술, 즉 사용하는 기술과 만드는 기술과 모방하는 기술이 있다고 말하면서 모방이란 진리로부터 세 단계 떨어져 있는 사물에 관계된 것이라고 하였다. 플라톤은 옳았다. 모방은 진리로부터는 세 단계 떨어졌지만, 예술과는 가장 가까워졌다. 예술화의 본질은 모방을 통한 창조이다.

마크 아메리카의 하이퍼픽션 〈Grammatron〉[14]은 '문학계의 하이퍼텍스트 수소폭탄'이라 표현될 정도로 큰 호응 불러일으켰으며, 1100개 이상의 텍스트, 2000개의 링크로 구성되고, 40분여의 OST를 포함하는 Virtual Art의 대표적인 작품이다. 이 작품은 전자문명이 극도로 발전했을 때 글쓰기가 어떻게 전개될 것인가를 은유적으로 보여준다. 사람이 전자매체를 이용해 글

---

12 Cavell, Stanley, *The world Viewed*, Harvard University Press, 1979. : 제이 데이비드 볼터·리처드 그루신, 이재현 역, 『재매개 : 뉴미디어의 계보학』, 커뮤니케이션북스, 2006, 324면.

13 아리스토텔레스, 천병희 역, 『시학』, 문예출판사, 2004, 308면.

14 1997년 5월 인터넷에 처음 공개되고, 6월 〈뉴욕타임즈〉에 관련 기사가 소개되면서 일반 대중에 소개되었다. 지금도 웹상에서 접속이 가능하며 주소는 http://www.grammatron.com이다.

을 쓰는 단계에서 나아가, 전자문명의 발전으로 전자 매체 자체가 인간의 마음과 감정을 읽어 글을 쓰게 되는 상황을 허구적으로 그려냈다. 〈그래마트론〉이라는 제목은 Gramma(글쓰기에서 의미의 기본단위) + tron(기계) = '글쓰기를 위한 기계'를 의미한다. 마크 아메리카는 이 작품을 정지된 평면적 서사물이 아니라 입체적, 역동적 내러티브 환경이라는 공간적 개념으로 파악하였다. 문학 작품의 차원을 떠나서 다양한 실험성이 문학 장르에 접목된 하나의 프로젝트로서, 그 구성은 [이야기+참고자료+작가소개+작품소감](언어적텍스트) + [배경음악](청각) + [동영상+이미지](시각) 등 멀티미디어 텍스트를 포함하는 복합예술이다.

〈그래마트론〉의 주인공인 '나'는 글쓰기 기계이자 기계와 합쳐진 인간 즉 사이보그이다. 기계는 글을 쓰기 위한 도구이기도 하고 실제로 기계가 글쓰는 사람의 의식이 되어 글을 쓴다. 텍스트에서 대문자로 나오는 IT는 대명사 'it'를 의미함과 동시에 'Information Technology'를 연상시킴으로써 디지털 존재와 정보, 기술문명과 인간의 긴밀한 유대관계를 나타낸다. IT가 가상공간에서 하는 여행이 이 작품의 내러티브를 구성하고 있다.

하이퍼픽션은 소설을 모방했지만 소설을 창조했다. 1990년대 초부터 시작된 이 새로운 소설 양식이 기존의 영화·소설 등과 결정적으로 다른 것은 이야기 구조가 하나의 선(線)으로 이어지는 것이 아니라 다중의 방향을 갖는다는 것이다. 또 일방적으로 독자가 정보를 제공받기만 하는 것이 아니라 독자와 텍스트가 상호작용한다는 것이다. 즉, 하이퍼링크(hyper link)와 쌍방향성이라는 컴퓨터의 특성을 결합한 것으로 독자가 텍스트를 조합해 제2의 창작이 가능하도록 한다. 미국과 유럽에서는 이 하이퍼픽션이 CD롬 타이틀로 이미 계속 출간되고 있으며 집필을 위한 전용 소프트웨어도 시판되고 있다. 하나의 소설 속에 수십, 수백 가지의 다양한 줄거리 전개가 가능한 컴퓨터 전용 전자책이라 할 수 있으며 독자는 소설의 시작에서부터, 그리고 이야기의 고비마다 그때그때 자신의 선택에 따라 각기 다른 방식으로 다른 줄거리를 읽을 수 있다는 것이 특징이다.

〈그래마트론〉은 문학의 미래에 대한 거대한 은유이다. 모방을 통한 창조가 예술화의 본질이지만 기술의 발전은 이제 인간만이 예술을 수행할 수 있다고 자신할 수 없어졌다. 충분한 데이터와 적절한 기계학습만 수반된다면 비인간행위자도 예술 퍼포먼스를 보여줄 수 있다는 것이 증명되고 있다.[15]

롱기누스의 영민한 지적대로 예술가는 모방하려는 대상과 자신의 모방 행위 사이에서 어떤 심미적 영감을 받아야 한다. 모든 예술은 도구를 필요로 하며 예술 행위는 비인간행위자인 도구와 인간행위자인 예술가 사이의 정서적 교감이며 가치의 교환이다. 기계의 예술화 능력이 아무리 고도화된다

---

15 2015년 8월 26일 연구자 커뮤니티인 〈Arxiv〉에 올라온 딥러닝 관련 논문은 기계학습 예술의 수준이 얼마나 빠르게 발전하고 있는지 보여준다. 구글의 〈Deepdream 프로젝트〉는 그림의 내용이 무엇인지, 즉 콘텐츠에 대한 정보를 담고 있는 네트워크를 사용했다. 네트워크 학습에 사용되는 알고리즘을 거꾸로 뒤틀어서, 이미 학습된 네트워크는 고정하고, 자신이 원하는 인식 결과가 나오도록 원본 이미지를 조작했고 그를 통해서 꿈꾸는 듯한 이미지를 만들어낼 수 있었다. 이 논문의 저자들은 네트워크를 하나 더 추가했다. 하나는 Deepdream에서와 마찬가지로 이미지의 Content, 내용이 무엇인지 인식하는 네트워크이고 다른 하나의 네트워크는 이미지로부터 질감(texture)를 추출하기 위한 네트워크이다. 내용을 인식하는 네트워크와 질감을 인식하는 네트워크 둘이 만들어졌는데, 최종적으로는 이 둘을 접합해서 하나의 네트워크를 만드는 형태가 된다. 결국 두 네트워크를 합쳤으니, 이제 입력으로 어떤 사진을 집어넣으면 사진의 내용과 그 질감을 모두 예측하는 인공신경망이 완성되었다. 이 논문 저자들은 쉽게 말해서 Content response는 그대로 고정하고, Texture response만 바뀌도록 Deepdream 알고리즘을 적용한 것이다. Azurespace, 거장의 그림을 30초만에 만들다 : DeepStyle, 2015/09/08, 홍차넷(http://redtea.kr)

하더라도 비인간행위자가 비인간행위자를 사용한 행위는 결코 심미적 영감을 만들어낼 수도 경험할 수도 없다. 디지털시대 예술화는 모방을 넘어 심미적 영감을 수렴할 수 있어야 예술행위자로서 인간의 책임을 다하는 것이다.

4절   지식공간과 디지털기억의 알고리즘

1. 들어가는 말

지금 한국의 인문학과 지식공동체는 사회의 변화에 선제적으로 대응하지 못하고 시장논리에 휘둘리면서, 담론 생산의 주도권을 상실하고 학문으로서의 존재가치를 실용성으로 증명해야 하는 내우외환의 위기에 봉착하였다. 인문학의 위기는 새로울 것이 없는 익숙한 문제지만 기왕의 위기가 대학의 위기이고 지식인의 위기였다면 작금의 위기는 지식의 위기라는 점에서 다르다.[1] 사회는 디지털로 달려가는데 인문학은 '힐링'이나 '치유'같은 대중의 아날로그 감성에 보폭을 맞추며 대중인문학으로 경도되었고, 기술이 상상을 추월하는 변화의 속도를 인문학이 따라잡지 못하면서 인문학은 학문

---

1   이 문제에 대해서는 졸고 「정보지식화사회와 인문공학」(『한국언어문학』 제91호, 2014)에서 언급한 바 있다.

의 효용성까지 의심받기에 이르렀다. 정보화시대 인문학은 무엇을 할 것인가라는 질문은 고루해졌으며, 이제는 질문보다 대답을 해야 할 때이다.

본 연구자가 주창하는 〈인문공학〉은 정보화기술이 일상적 삶의 조건이라는 전제 하에 기술을 해석하고 그 변화의 방향을 선도하고자 하는 도전적인 시각이다. 인문공학의 핵심은 기술의 어깨 위에 올라타 기술보다 더 넓고 깊은 시각으로 인간과 사회를 조망하는 것이다.

근대의 시작은 인쇄기와 증기기관의 발명 같은 기술의 진보에서 비롯됐지만 근대성은 인간 존재와 주체에 대한 근본적인 통찰의 변화, 즉 인간의 이성과 합리성을 중시하는 계몽주의 철학 담론에서부터 출발하였다. 중세의 지배적 지식 패러다임이 해체되자 지식의 위기가 찾아왔고 그것을 극복하기 위한 지식공동체의 노력이 근대교육기관으로서의 대학을 설립했고 그로인해 자연과학이 인문학과 분리되고 사회과학이 새롭게 등장하면서 학문의 발전으로 연결되었다. 근대와 근대성을 분리해서 이해할 수 없고 서로가 서로의 필요충분조건이듯, 기술과 인문학의 관계 역시 상호보완적이다. 기술이 인간을 위한 발전의 방향성을 수립할 수 있도록 인문학이 기술을 해석하고 선도하는 일이야말로 디지털시대에 인문학이 담당해야 할 중요한 역할이다.

지식의 위기는 기존의 지식으로는 새로운 현상을 해석할 수 없을 때 발생한다. 그리고 이것은 지식의 생산과 소비의 메커니즘 변화와도 밀접한 관련이 있다. 우리는 정치, 문화, 과학기술의 변화가 지식의 생산, 보존, 전달에 관한 근본적인 의문을 불러일으키는 시기를 통과하며 살고 있다.[2] 구텐

---

2   이언 F. 맥닐리·리사 울버턴, 채세진 역, 『지식의 재탄생』, 살림, 2010, 7면.

베르크의 인쇄기가 근대 이후 지식의 생산과 소비에 끼친 막대한 영향과 그로 인한 지식 패러다임의 변화를 상기해보면 컴퓨터와 인터넷으로 표상되는 정보화혁명이 지식의 구조와 양태에 엄청난 변화를 가져다 줄 것임은 자명하다.

사람들이 지식을 습득하고 저장하고 활용하는 즉 지식 구조화의 방식은 기술의 발전과 연동된다. 지식은 인간 사유 활동의 결과지만 그것을 구체적 실체로 드러내는 구조화는 기술의 몫이다. 인쇄기의 발명은 지식구조화의 일대 전환점을 마련해 주었다. 필사본이 인쇄본으로 규격화되고 대량생산됨으로써 지식의 유통은 광범위하게 이루어졌고, 고대 아테네 이후 인류는 또다시 지식과 정보의 공유를 통한 시민민주주의를 경험하게 된다.

컴퓨터와 인터넷은 인쇄기와는 전혀 다른 방식으로 지식을 구조화한다. 아날로그와 디지털이라는 은유적 차원이 아니라 텍스트가 지식을 배치하는 방식에서, 저자와 독자의 관계에서, 지식이 사유되고 공유되는 과정에서 '하이퍼텍스트'라 명명할 수 있는 정보화시대 지식구조화의 디지털 문법은 다시 한번 인류 지성사의 혁명적 분기점을 예정하고 있다.[3]

이 글의 목적은 지식이 기억에서 출발하고 지식 구조화가 그 기억을 다루는 방식이라는 전제하에, 디지털 기술이 새롭게 탄생시킨 지식구조화 방

---

3 물론 하이퍼텍스트가 등장한지 20여 년이 지났지만 여전히 텍스트(책)가 가장 중요한 지식구조화 방식으로 건재하다. 마셜 매클루언이 지적한 대로 우리는 지금 과도기적 순간에 있으며, 과도기는 새로운 매체가 시작될 때 나타난다. 새로운 매체로 무엇을 할지는 아무도 모른다. 그래서 그들은 기존의 '마지막' 매체의 유형을 반복한다. 인쇄 혁명으로 소설의 대량생산이 가능해졌지만 소설가들은 편지, 영웅적 서사시, 논픽션에서 오래 사용하던 상투적인 표현법을 재활용하는데 급급했다. 현대 심리소설이 나오기까지는 일정한 시간을 기다려야 했다.-클라이브 톰슨, 이경남 역, 『생각은 죽지 않는다』, 알키, 2015, 152면.

식인 하이퍼텍스트를 기억의 관점에서 살펴보고, 주체와 하이퍼텍스트의 상호작용을 통해 발생하는 디지털기억의 알고리즘을 규명해보고자 한다. 이 작업은 다음에 논의될 메타컨텍스트 교육을 통한 기억의 내면화방식을 고찰하는데 전거가 될 것이다.

2. 지식공간의 변화

모든 지식 공간은 고유한 지식구조화 방식을 만들어 냈다. 고대의 도서관, 중세의 수도원, 근대의 대학, 현대의 인터넷에 이르기까지 수천 년 동안 인류 지식활동의 본산이었던 지식공간은 지식구조화의 변화와 함께 발전해 왔다.

인간이 사회를 구성하고 문화를 발전시킨 이래, 인류는 당대에 소비된 지식을 책으로 저장했다. 이것은 문자 기술의 발명으로 가능해졌으며, 어느 시점에 대한 영역지식을 구조화한 것이 바로 책이다. 책은 한 장의 비즈네트다. 도서관은 책을 분류해 보관한 곳으로 최고의 지식 인프라였다. 지식 폭발로 드러난 도서관의 결점은 두 가지다. 첫 번째는 써진 언어로 분류, 가나다순으로 분류, 내용별로 한정된 시점밖에는 분류하지 못한다는 점이다. 시점이 다양해진 현재는 이것이 중요한 문제다. 두 번째는 이 책의 이 지식과 저 책의 저 챕터, 그 책의 그 단락을 연결 지으면 새로운 책이 만들어진다는 점이다. 즉 지식의 재구성이 필요한데 그것이 불가능하다. 지식의 조합과 융합이 새로운 지식을 낳는 원동력인 시대에 이것은 치명적인 결함이다.[4] 그리고 그 결함을 극복하기 위해 등장한 것이 하이퍼텍스트이다.

과거 세대는 자신의 능력만으로 지식을 얻어야 했기 때문에 자기가 아는 바를 당연한 것으로 받아들이지 않았다. 텍스트를 끊임없이 의심했고 질문했다. 해독과 해석 능력이 중요했다. 그러나 다른 사람의 생각을 전제로 하는 것이기에 불안할 수밖에 없다. 자신의 해석이 오독이라면 즉 기억이 온전하지 못하다면 새롭게 생산한 지식 역시 불안정할 수밖에 없다. 따라서 겸손하고 끊임없이 탐구하고 정진하는 방법으로 그 한계를 극복하려 하였다. 선지식에 대한 이해가 잘못됐다면 후지식은 사상누각일 수밖에 없는데 여기에 선과 후라는 시간의 선형성이 개입된다.

반면에 디지털 노마드들은 타인이 만들어 놓은 정보에서부터 지식생산의 과정을 시작한다. 인터넷에서 읽을 정보를 선택하는 가장 확고한 기준은 자의적 판단이다. 베이즈 이론에 의하면 사전 지식이 전혀 없는 경우, 사람은 누구나 관측한 자료에 절대적으로 의존함으로써 지식을 축적한다. 거의 100% 내가 보고 들은 자료에 의존하게 되는 것이다. 그러나 내가 어느 정도의 사전 지식이 있다고 믿는 경우, 그 믿음이 강도가 높을수록 새로 얻은 자료에 대해서 덜 민감하고 의존도가 떨어진다.[5] 자의적 판단을 '예단'으로 강화하느냐 '유보'로 잠시 미루어 두느냐는 전적으로 독서 방식에서 결정되는데 사유와 성찰이 결여된 스캐닝 방식의 읽기는 〈예단적 사고〉로 경도될 수밖에 없다. 그리고 디지털노마드의 판단은 자신이 서 있는 공간의 판단을 모

---

4   고미야마 히로시, 김주역 역, 『지식구조화』, 21세기북스, 2008, 123면.

5   김성호, 『생각의 경계』, 한권의책, 2014, 190-191면.

방한다. 공간의 정체성이 개입하는 것이다.

인터넷에서 공간이 중요해진 것은 그곳에 디지털노마드들이 원하는 정보가 있기 때문이다. 어떤 정보인지보다 어디에 있는지를 기억하게 되면서 정보와 정보의 이동은 "데이터가 통과하는 길"(path)을 만들어 내는데 사람마다 각기 다른 길이 있고 그래서 각기 다른 방식으로 정보를 편집하고, 이해하고, 해석하고, 해독하고, 지식으로 만들고(하이퍼텍스트) 거기에 창의를 더해 지식의 수렴과 창발로 나아가게 된다. 하이퍼텍스트가 연결의 텍스트이며 편집과 과정과 공유의 텍스트인 것은 인터넷이라는 지식공간의 매체적 특성 때문이다.

맥루한에 따르면 하나의 사회는 미디어를 통해 조직되고 형성된다. 사회적 소통 방식이 그 사회의 지배적인 미디어에 의해 결정되기 때문이다. 따라서 사회 내의 모든 행동뿐만 아니라 그 사회에 대한 인식 역시 지배적인 미디어를 통해 이루어진다. 그런데 이때 이러한 행동 및 인식의 결정 메커니즘을 제공하는 것은 미디어가 담고 있는 내용이 아니라 형식이다. 그래서 "미디어는 메시지"이다.[6]

그러나 디지털시대 미디어는 점차 플랫폼으로 진화하고 있다.[7] 이 진화

---

6   마샬 맥루언, 박정규 역, 『미디어의 이해』, 커뮤니케이션북스, 1997, 7면.

7   플랫폼이라는 단어는 16세기에 생성된 것으로 본래는 기차에서 승객들이 타고 내리는 승강장과 같은 공간을 의미했으나 그 의미가 확대되어 특정 장치나 시스템 등에서 이를 구성하는 기초가 되는 틀 또는 골격을 지칭하는 용어로 사용되고 있다. 즉 각종 서비스의 기반이 되는 하드웨어나 소프트웨어 환경을 뜻하는 것으로, 미디어 플랫폼은 미디어 서비스나 콘텐츠가 구현되는 환경 또는 기반, 시스템이나 서비스를 이용 가능하게 하는 토대를 말한다. 미디어 서비스와 콘텐츠는 텔레비전이나 컴퓨터, 스마트폰 등에서 구현될 수 있으며 이 때 텔레비전이나 컴퓨터, 스마트폰 등의 기기가 미디어 플랫폼이 될 수 있다. 미디어 플랫폼은 단순히 미디어 기기만을 의미하기보다는 그 기기와 기기를 구성하

의 방향은 미디어와 플랫폼의 융합이라는 초기 단계에서 지금은 메시지의 형식과 내용을 플랫폼이 결정하기 시작했다. CNN은 미디어이지만 페이스북은 플랫폼이다. 페이스북 이용자들은 플랫폼이 요구하는 데로 인맥을 형성하고 정보를 검색하며 지식을 생산하고 있다. 표면적으로는 사용자들의 자유로운 권리가 보장되고 있는 것처럼 보이지만 사실은 페이스북 자체의 강력한 편집 알고리즘이 사용자의 사고와 판단에 영향을 준다.

활자가 시각 중심의 사용자환경 미디어라면 TV는 시각과 청각중심의 단반향 모노 미디어이다. 인터넷은 공감각 중심의 쌍방향 멀티미디어 공간이며 소통과 참여의 개방적 공간이면서, 동시에 공간의 편집 알고리즘이 실시간 작동하는 미디어 플랫폼이다.

메이어는 멀티미디어 학습의 인지 이론을 위한 체계를 구성하면서 멀티미디어가 이전의 매체들과는 달리 시각 정보와 청각 정보를 모두 제공하여 인간의 두 가지 인지능력을 동시에 사용하게끔 만들어 인지의 효율과 학습효과를 강화한다고 주장하였지만,[8] 동시에 사용한다는 것은 오히려 두 가지 인지 능력을 모두 약화시키는 결과를 초래한다. 텔레비전이 바보상자로 비판받게 된 배경에는 인간은 본능적으로 결핍되고 불안한 부분을 보충하고

는 부품, 기기 간 연결을 가능하게 해주는 네트워크나 소프트웨어 등을 아우르는 개념이라고 볼 수 있다. 미디어 플랫폼이 구축되기 위해서는 미디어 서비스나 콘텐츠를 제공하기 위한 하드웨어, 운영시스템, 미들웨어, 응용프로그램 등이 필요하며 이러한 기본 환경이 구축되었을 때 이용자들이 미디어 플랫폼을 통해 미디어 서비스나 콘텐츠를 이용할 수 있다. 미디어 콘텐츠의 디지털화와 인터넷 및 통신망 기술의 발전으로 미디어 서비스와 콘텐츠를 특정한 플랫폼에서만 이용할 수 있는 것이 아니라 다양한 기기, 즉 플랫폼들을 넘나들어 이용할 수 있게 되면서 최근에는 네트워크를 중심으로 다양한 전송 플랫폼들이 융합되고 있다. [네이버 지식백과] 미디어 플랫폼 [Media platform] (두산백과)

8   이종관 외, 『디지털 철학』(하이브리드미래문화연구총서4), 성균관대학교출판부, 2013, 239면.

채우려는 욕망을 갖고 있는데, 그것이 충족된 상태에서는 굳이 지적 갈증을 느낄 이유가 없기 때문이다.

문자의 발명으로 머릿속에 모든 것을 저장할 필요가 없게 됐을 때 인간의 지성은 오히려 더욱 고차원적이고 복잡한 생각을 할 수 있게 됐다. 인쇄술의 발명은 암묵지를 형성해주는 형식지의 결합을 용이하게 하고 지식 시스템의 위계질서와 권력 기제를 작동케 함으로써 인간의 지적 활동을 지지해 주었다. 컴퓨터와 인터넷이라는 인공 신체(모든 기술은 인간의 육체를 모방한다)가 우리의 기억력을 약화시키는 것은 분명하다. 그 대신 어디에 있고 어떻게 찾는지에 대한 사고능력을 향상시킴으로서 질문을 던질 수 있는 힘을 강화시켜줄 것이다. 길을 찾으려면 목적지가 있어야 한다. 하이퍼텍스트는 거대한 그러나 입구가 무한대로 열려 있는 통로인데 우리가 그 미궁에서 빠져나오기 위해서는 목적지를 상정하여야 한다. 물론 그 목적지는 다른 목적지에 다가가기 위한 경유지이다. 시작과 끝이 아니라 질문과 과정과 다시 질문과 과정의 반복이다. 우리는 새로운 인지능력을 얻을 때마다 오래된 인지능력을 일부 잃었다. 그러나 그렇게 맞바꾸는 과정에서 얻는 것도 있었다. 진지한 독서는 점점 희귀해져 가고 단일지성은 약화되고 있지만 집단지성의 등장과 협업을 가능성을 열어 놓았다.

집단지성의 대표적인 사이트인 위키피디아에서 사용자들이 정한 위키피디아 5대 강령을 보면 이제 디지털플랫폼이 자체의 도덕적 윤리적 기준을 마련하면서 독립된 사회 형태로 발전하고 있음을 알 수 있다.

1. 의견이 맞지 않을 때도 동료 위키피디안을 존중할 것
2. 위키피디아 예법을 지키고 인신공격을 삼갈 것

3. 편집 전쟁을 피하고 합의점을 찾되 실례를 통해 설명하려는 시
   도를 방해하지 말 것
4. 선의의 신뢰를 바탕으로 행동하며 다른 사람이 작성한 부분에
   대해 선의를 가지고 대할 것
5. 개방적이 될 것

데이비드 셍크에 따르면 "미디어가 팽창함으로써 인간의 정보 처리 능력을 앞지른 현상이 정보 과잉(information overflow)"의 상태이며, 이러한 "정보 폭증은 오히려 주의력 결핍 장애를 유발할 수 있다." 그는 이러한 과잉 정보 상태를 〈데이터 스모그〉라는 개념으로 압축한다. 데이터 스모그는 "정보시대의 유해한 쓰레기들이다. 그것은 조용한 순간들을 밀어내고 더욱 필요해진 명상을 가로 막는다. 그것은 대화, 문학 그리고 심지어는 오락을 망쳐 버린다. 그것은 의심을 가로막고, 사람들이 소비자로서 그리고 시민으로서 덜 숙고하게 만든다. 그것은 우리에게 스트레스를 준다."[9] 위키피디아의 집단지성은 인터넷이라는 인공자연에 새로운 지식공동체를 형성하고 있으며, 데이터 스모그에 대한 자발적 검열기제를 작동하기 시작했다. 정보의 범람은 새로운 지식구조화의 방식이 지식의 생산과 소비에 완전히 적용되면 인간의 정보 처리 능력을 향상시켜 자연스럽게 해소될 것이다. 과도기의 시기에 위키피디아 역시 오래된 형식(사전)을 모방하는 것으로 새로운 기술의 적용을 시작했지만 그것은 임시적이다. 근대교육기관으로서의 대학의 몰락은 필연적이다. 지식공동체는 새로운 대안공간을 찾아낼 것이고 위키피디아는

---

9   데이비스 셍크, 정태서·유홍림 공역, 『데이터 스모그』, 민음사, 1997, 33-34면.

그 첫 번째 시도이고 도전이다.

위키피디아를 지식의 새로운 대안공간으로 본다면, 이 디지털 지식공간에서 채택한 지식구조화의 방식이 하이퍼텍스트이다. 이제 하이퍼텍스트가 정보를 연결하여 지식으로 구조화하는 방식에 대해 살펴보도록 하겠다.

3. 지식구조화의 디지털문법

컴퓨터와 인터넷이 인간을 더 지혜롭게 만들 것인지, 아니면 문자의 발명에 대한 플라톤의 지적처럼 이제 더 이상 스스로 기억하려 하지 않기 때문에 지성의 퇴보를 가져다줄지는 과도기의 시기를 지나봐야 알겠지만 분명한 것은 디지털 기억이 지금까지 인류가 발명한 그 어떤 외재적 기억 장치보다 저장능력과 온전성, 확장성, 속도성 면에서 압도적이라는 것이다. 무한대의 기억력과 거미줄처럼 연결된 초언어적 네트워크망은 지식에 대한 근본적인 관점을 바꿔 놓았다.

지식창조 이론에서 머릿속의 생각을 문자나 기호 등으로 표현하는 것은 형식지로, 머릿속에 다른 형태로 변환된 지식은 암묵지라 한다. 즉 뇌 안의 지식을 암묵지, 표현된 지식을 형식지라고 구분한 것이다. 노나카 이쿠치로는 지식은 다음 과정을 거쳐 나선형 과정으로 창조된다는 주장하였다.

암묵지(a) → 형식지(b) → 형식지들의 결합(c) → 새로운 암묵지(á)
→ 새로운 형식지(b́) → …

이 도식은 암묵지를 형식지 형식으로 전달하고, 여러 사람들로부터 표현된 형식지를 결합해서 각자의 새로운 암묵지를 생성하고 이것을 다시 형식지화해서 전달하는 과정을 반복함으로써 지식이 창조되는 과정을 나타낸 것이다.[10]

지식 창조의 기본은 암묵지와 형식지의 순환이다. 암묵지에서 형식지로의 변환과정은 표출화(externalization), 형식지에서 암묵지로의 변환과정은 내면화(internalization)라고 할 수 있다. 표출화의 과정에는 메타포가 중요한 기능을 수행하며, 내면화의 과정에는 체험이 중요하다.[11]

여기에서 주목할 것은 암묵지에서 형식지로, 형식지에서 암묵지로의 변환과정에 어떤 알고리즘을 사용하느냐에 따라 지식구조화의 방식이 달라진다는 것이다. 암묵지는 경험과 학습을 통하여 개인에게 체화되어 있지만 명료하게 공식화되거나 언어로 표현할 수 없는 지식 즉 개인의 기억이다. 기억은 정형화되고 문자화된 지식으로 표출되면서 형식지로 변환된다. 형식지가 텍스트의 형식으로 결합되고 그것이 다시 기억의 형태로 저장되면서 암묵지가 된다. 아날로그시대 이 순환과정은 문자를 도구로, 책을 매체로 진행되었다. 순환적이고 선형적이며 연속적이고 인과적인 이 과정은 기실 문자와 책의 특징이며 동시에 우리가 살고 있는 자연의 특징이다.

지식은 경험에 바탕을 두고, 경험은 자연현상이나 일상적 삶을 통해 얻어진다. 자연현상은 일정한 질서 안에서 움직이고, 그에 터를 둔 사람들의 세상도 이러한 질서에 따라 움직인다. 이런 맥락에서 우리의 지식은 질서 의

10   김성호, 『생각의 경계』, 한권의책, 2014, 246-247면.
11   장하원, 『21세기 교양 과학기술과 사회』, 나무 나무, 2016.(네이버캐스트 / 오늘의 과학 / 과학사 / 암묵지 편 재인용)

존적이다. 이 질서는 자연계의 법칙, 사회적 윤리와 같이 어떤 체계를 구성하는 구성원 또는 구성물 사이의 관계법칙을 포함한다. 그렇기 때문에 우리의 지식은 그 자체가 아닌 자연이 지닌 질서적 특징을 갖고 있다.[12] 인터넷은 정보화시대의 인공 자연이다. 그 안에서 생산되고 소비되는 지식은 당연히 인터넷의 질서를 내재화한다. 인터넷에서 암묵지는 더이상 의미가 없다. 인공자연에서 우리는 지식을 경험과 학습을 통해 체화하는 것이 아니라 검색과 편집을 통해 획득하고, 이렇게 획득된 지식은 형식지로 기록되는 즉시 우리의 의식에서 휘발된다. 물론 이때의 형식지는 디지털도구와 매체의 결합을 통해 표현된다. 인공자연은 인공기억을 제공해 주었고, 인간을 대신해 원한다면 언제나 기억을 완전한 형태로 복원해 준다. 우리는 자신이 기록한 형식지를 찾아가는 길(path)만 기억하면 된다.

미국 칼럼비아대 베치 스패로 교수는 과학 학술지 『사이언스』에 발표한 「기억에 대한 구글 효과」라는 논문에서 "나중에 특정 정보에 다시 접근할 수 없다는 생각은 그 정보에 대한 기억을 향상시키는 반면, 정보가 외부에 저장된다는 사실을 알면 정보에 접근할 수 있다는 사실에 대한 기억을 향상시킨다"고 주장하면서 "사람들은 이제 인터넷을 '외부 기억은행(memory bank)'으로 간주하며, 우리의 기억체계는 '무엇'보다는 '어디에 있는지'를 우선 기억하는 방식으로 바뀌었다"고 결론 내렸다.[13] 경험과 학습과 체화는 모두 인간의 기억이라는 육체적인 행위를 기반으로 이루어진다. 인터넷은 육

---

12   Peter Gärdenfors, *Conceptual Spaces : The Geometry of Thought,* The MIT Press. 2000, p.82.

13   Betsy Sparrow, *Google Effects on Memory : Cognitive Consequences of Having Information at Our Fingertips,* 『Sciencexpress』 인터넷판, 14 July 2011.

체적인 공간이 아니라 의식적인 공간이며 인간의 기억은 디지털 메모리로 변환된다.

클라이브 톰슨은 기술이 인간을 더 똑똑하게 더 창의적으로 더 통찰력 있게 만들어 준다는 기술낙관주의 입장을 견지한다. 그는 새로운 툴은 우리가 무엇을 생각할지뿐만 아니라 어떻게 생각할지를 결정한다고 보고 디지털 툴의 핵심적인 편향성을 무한한 메모리, 인터넷이라는 연결성, 폭발적으로 쏟아지는 생각 공개로 요약하고 이런 특징이 전혀 새로운 '사고 도구 tools for thought'를 만들어낸다고 주장하였다.[14] 톰슨이 디지털 툴의 핵심적 편향성으로 제시한 세 가지 특징 중 무한한 메모리의 '무한'은 인간의 한계를 극복해주는 디지털 기술의 성과이다.

인류가 문자를 발명한 것은 인간 기억의 유한성을 극복하기 위해서였다. 그리고 텍스트는 문자의 발명과 쓰기로서의 기억과 관련이 있다. 처음에는 인간의 뇌가 기억저장 장소였다. 플라톤의 밀랍판 비유를 보면 기억은 밀랍(인간의 뇌)에 찍힌 도장과 같다. 밀랍이 무르면 금방 지워지고 밀랍이 딱딱하면 잘 찍혀지지 않는다. 문자가 발명되고 종이가 새로운 기억저장장소로 등장하면서 즉 기억이 문자라는 구체적인 형상을 띄게 되었고 그것이 종이 위에 새겨짐으로써 시간에 의한 기억의 불안정성은 기술적으로 극복되었다.

메리 캐루서즈는 저서 『기억의 책(The Boook of Memory)』 머리말에서 역사상 가장 위대한 지성 두 명, 즉 토마스 아퀴나스와 알베르트 아인슈타인

14　물론 톰슨은 지나친 기술낙관론을 펼쳐보였지만 인간은 직관을 갖고 있고 컴퓨터는 기억(방대한 데이터와 검색 속도에 의지하는)을 갖고 있으니 둘 사이의 균형을 유지하면 반인반기의 켄타우로스가 탄생한다는 주장은 음미해볼 만하다.
　　-클라이브 톰슨, 이경남 역, 『생각은 죽지 않는다』, 알키, 2015, 17-20면.(부분 요약)

을 나란히 거론한다. 메리 캐루서즈는 두 사람을 열렬히 찬탄하지만 그 찬탄은 사실상 각각의 상반된 자질에 주목한 것이었다. 토마스 아퀴나스는 우수하고 독창적인 지성의 소유자였지만 그에 대한 찬사는 무엇보다 그의 기억력에 관한 것이다. 아퀴나스는 엄청난 기억력의 소유자로 한번 읽고 이해한 것은 잊어버리는 법이 없었다. 한 곳에 머물지 않고 각지를 돌아다녔던 아퀴나스가 전 세대의 사상가들이 이루어놓은 것들로 자신의 기억을 채울 수 있었던 것은 바로 책 덕분이었다. 거기에 보태 아퀴나스 자신의 사상을 기록할 수 있었던 것도 책 덕분이었다. 아퀴나스의 기억, 그 시작과 끝에는 책이 있었다. 책장이 한 장 한 장 늘어가듯이 부단히 채워졌던 그의 기억이 결국 책이라는 은유가 된 사실은 아퀴나스에 대한 찬사일 뿐 아니라 책에 대한 찬사이기도 하다.

반면에 아인슈타인은 놀라운 상상력의 소유자로 미답의 영역을 직관적으로 탐구해 들어갔고 관습적인 것을 거부했으며 자립의 열망 속에서 고독한 길을 택했다. 아인슈타인이 이끌어 낸 혁명은 남들이 밟은 길을 피해가는 그의 능력 덕분이었다. 위의 두 사례가 캐루서즈에게 남긴 인상을 중세식으로 요약하면 '기억력'과 '상상력'의 대비라고 할 수 있다. 아퀴나스의 천재성은 지식을 서서히 누적하는 도도한 기억력에서 기인했다면 아인슈타인의 천재성은 과거의 사고로부터 그를 자유롭게 한 직관과 상상력에 기인한 것이다.[15]

아퀴나스가 탁월한 기억력을 가질 수 있었던 것은 한 번 읽은 책을 다시 읽을 수 없을지도 모른다는, 다시 말해 문자텍스트의 불안정성 때문이었다.

---

15   다우어 드라이스마, 정준형 역, 『은유로 본 기억의 역사』, 에코리브르, 2015, 52-54면.(편집)

책은 훼손되거나 분실될 수 있으며, 결국 인간의 기억의 불안정성을 극복하기 위해 문자와 책이 만들어졌지만, 아퀴나스는 다시 문자텍스트의 불안정성을 극복하기 위해 자신의 기억력을 극대화시킨 것이다. 이 딜레마는 기억의 저장도구로 발명된 문자와 책의 한계이기도 하다. 마치 우리의 기억이 시간이 지날수록 희미해지거나 사라지듯, 책 역시 시간이 경과되면서 대부분 사라지고 살아남은 극소수의 책은 고전이 되고 정전이 된다. 고전이 갖는 위계와 권위는 결국 시간과의 싸움에서 승리한 전리품이다. 아인슈타인의 위대함은 기억보다는 상상력에서 비롯됐는데 그에게 독서는 지식을 기억하게 하는 것이 아니라 자신의 생각을 촉발시키는 방아쇠의 역할을 하였다.

결국 지성의 창조는 '기억력'과 '상상력'이라는 두 개의 수레바퀴로 이루어지는데 둘 다 암묵지가 독서를 통해 형식지로 변환되는 표출의 과정에 관여한다. 문자의 발명이후 읽어야 할 것이 많아지면서 학자들은 외적 기억에 접근하는 새로운 기술이 필요하다는 것을 깨달았다. 읽은 내용의 핵심을 요약하는 것은 받아들이겠지만 구체적인 내용을 머릿속에 간직하기는 어려워지면서 나중에 세부적인 내용을 자세히 따져가면서 깊이 생각하고 싶으면 책이나 문단이나 인용구나 항목이나 개념을 다시 찾아낼 수 있어야 했다. 그래서 '접근'이란 개념이 중요해진다.[16] 문자텍스트에 대한 접근을 용이하게 하기 위해 결국 새롭게 중요한 지적 기술이 출현했다. 목차와 페이지, 장과 절의 구분, 색인(찾아보기)의 등장이 바로 그것으로, 이로 인해 지식은 위계를 갖게 되었고, 연속성과 인과성을 구조화하였으며, 시작과 중간과 끝을 형식화하게 된다.

---

16   클라이브 톰슨, 이경남 역, 『생각은 죽지 않는다』, 알키, 2015, 176면.

정보지식화사회와 인문공학

이와 유사한 접근방식이 하이퍼텍스트에도 있는데 링크와 노드, 태그이다. 하이퍼텍스트의 창조자인 배니바 부시는 메멕스를 고안하면서 메멕스를 "기억이 확장된 친숙한 보조 장치"라고 정의했다. 그는 정보나 지식을 불러내는 속도가 관건이라고 생각했다.[17] 도서관의 책들을 효과적으로 분류하여 사서가 찾기 쉽게 만든 듀이의 〈십진분류법〉처럼 상호 연결된 거대한 텍스트를 쉽고 빠르게 검색하기 위해서 정보마다 주제어를 꼬리표처럼 달아놓았다. 이것이 〈태그tag〉이다. 노드는 정보와 정보를 연결하는 통로이고, 링크는 노드 사이를 잇는 선이다. 하이퍼텍스트는 매우 독특한 지식구조화 방식이다. 모방과 창조의 경계가 허물어지고, 작가와 독자의 역할이 편집자로 대체되며, 본문과 각주의 구분이 무의미해지는 하이퍼텍스트가 텍스트(책)를 대신하여 인공자연의 지식생태계를 재구조화하면서, 지성의 창조는 전혀 새로운 방식으로 진행된다.

하이퍼텍스트는 컴퓨터와 네트워크의 결합으로 이루어진 철저하게 비인간적인 기억망이다. 입력과 출력이 기계에 의해 이루어지며 무한의 메모리가 작동되고, 지식이 아니라 지식이 있는 장소가 중요해지면서, 하이퍼텍스트는 기억력과 상상력 둘 다 약화시켰다. 무엇보다 기억과 상상의 육체적 행위이며 텍스트의 지적 소비를 담당했던 독서가 더 이상 진지하게 이루어지지 않게 되면서 독서의 필요조건이었던 사유와 성찰 역시 불필요해져 버렸다. 그리고 그 자리를 대신한 것이 편집력이다. 물론 인공자연에서도 기억과 상상이 존재하지만 편집은 오히려 기억을 조각내는 것이며, 상상은 직관

---

17   물론 지금은 하이퍼텍스트 제작 툴과 검색 기술의 발전으로 속도보다는 정확성, 확장성, 유효성, 유용성이 더 중요해졌다.

과 사유로 이루어지지 않고 조각난 기억 사이를 연결하는 메워주는 자기합리화 혹은 예단적 지식으로 촉발되었다. 톰슨은 인간의 메모리를 촉발하는 능력이 디지털 메모리의 진정한 힘[18]이라고 보았지만 실제로 촉발된 것은 기억이 아니라 쓰기의 범람이다.

구텐베르크의 인쇄혁명이 읽기의 범람을 가져왔다면 컴퓨터혁명은 쓰기의 홍수를 초래했다. 둘 다 '정보 과잉'이라는 공통점을 갖고 있다. 인쇄술은 독서의 방식을 정독에서 다독으로 변화시켰고, 인터넷은 글쓰기를 사색적 반성적에서 유희적 과시적 글쓰기로 변질시켰다.

아날로그 시대에는 쓰기보다 읽기가 더 중요했다. 읽어야 할 책은 많았고 굳이 쓸 이유는 없었다. 쓰기는 지식인의 권력이고 특권이었으며, 텍스트의 위계와 권위는 독서를 종속적으로 만들었다. 그러나 디지털 시대에 접어들면서 쓰기는 더 이상 지식인의 전유물이 아니게 되었다. 지식은 정보로 변환돼 넘쳐나기 시작했고[19] 읽기는 가벼워졌으며 편집은 수월하고 용이해졌다. 온라인상에서 읽는다는 행위는 지식 학습이 아니라 정보 수집을 목적으로 하며, 깊은 독서가 불가능함으로 장기기억보다 단기기억을 활성화시켰다.[20] 온라인 글쓰기는 자기 자신을 위한 것이 아니라 청중을 위한 글쓰기이

---

18 클라이브 톰슨, 같은 책, 63면.

19 지식과 정보의 차이에 대해서는 졸고 「정보지식화사회와 인문공학」(『한국언어문학』 제91호, 2014)에서 '개념', '형식', '기제', '형상', '가치', '시간', '공간', '구조', '동기', '행위', '배경'으로 구분하여 설명하였다.

20 2008년 스물과 두 동료는 인터넷 사용과 함께 사람들의 뇌가 변하고 있음을 실질적으로 보여주는 실험을 실시했다. 연구자들은 사람들이 인터넷에서 검색할 때는 책과 같은 문서를 읽을 때와 아주 다른 형태의 뇌활동을 보여줌을 발견했다. 책을 읽는 이들은 언어, 기억, 시각적 처리 등과 관련한 부분에서 활발한 활동을 보였으나 문제 해결이나 의사 결정과 관련한 전전두 부분은 크게 활성화되지 않았다. 반면 숙련된 인터넷 사용자의 경우

며, 평판보다는 관심을 더 중요하게 생각한다. 텍스트의 권위는 저자의 전문성에 달려 있지만 하이퍼텍스트의 권력은 사용자의 참여와 공감에 달려 있다. 텍스트의 위계는 시간의 순서에 영향을 받지만, 하이퍼텍스트는 공간의 배치에 영향을 받는다. 즉, 언제 쓰였느냐가 아니라 어느 공간에 위치해 있느냐가 중요해지면서 쓰는 자가 아니라 읽는 자에게 지식구조화의 권한과 책임이 주어지게 되었다.

디지털기술의 발전으로 새로운 일상공간으로 등장한 인공자연에서 〈하이퍼텍스트〉라는 새로운 지식구조화 방식은 인쇄기의 발명 이후 견고하게 유지되어 왔던 시간의 구속에서 벗어나 텍스트의 권력을 해체시키고, 우리의 사고 체계를 유보적 사고에서 예단적 사고로 바꿔 놓았다.[21]

지식은 공간적인 구조를 갖고 있지 않다. 다만 특정한 자연적·사회적 현상이 논리적인 틀 안에서 인식되면, 학습과정을 거쳐 지식이 된다. 보통 '지식'이라고 할 때는 객관적으로 인정된 내용을 의미하는데, 이것은 언어를 통해 우리에게 전달된다. 그러나 전달된 내용이 고스란히 학습된다고 볼 수 없

는 웹 페이지를 보고 검색할 때 이 전전두 부분 전반에 걸쳐 집중적인 활성화를 나타냈다. 하지만 인터넷 사용자들의 집중적인 뇌 활동 양상은 깊은 독서 등, 지속적인 집중을 요하는 행동들이 온라인에서는 왜 그렇게 어려운지를 설명해준다. 온라인에서는 수많은 찰나의 감각적 자극을 처리하며 링크들을 평가하고, 또 관련 내용을 검색할지 말지를 선택해야하는 필요성 때문에, 방해가 되는 문서나 다른 정보로부터 뇌를 분리시키는 동시에 지속적으로 정신적 조정과 의사 결정을 해야 한다. 웹은 매우 현실적인 방식으로 읽기가 인지적으로 고된 활동이었던 스크립투스 콘티누아의 시대로 우리를 돌려놓았다. 우리는 깊은 독서를 가능케 하는 기능을 희생시키고 단순한 정보의 해독기로 되돌아간다.(니콜라스 카, 최지향 역, 『생각하지 않는 사람들』, 청림출판, 2011, 182-183면)

21 예단적 사고란 이미 판단을 내린 후 그것이 올바른 결정이라고 확신한 상태에서 자신의 생각을 정리해 나가는 것이다. 검색 기술의 발달로 우리는 보고 싶고, 듣고 싶고, 읽고 싶은 것만 접하게 되면서 진실 혹은 진리는 주관화되었다.

다. 설령 학습이 된다고 해도 시간의 흐름에 따라 뇌 안에서 그 내용이 어떻게 변화될지는 알 수 없기 때문이다. 뇌 안에 있는 '지식'은 우리가 그것을 활용할 시점의 '지식'을 의미한다. 시간의 영향을 받는 것이다.[22]

지식생산의 선행 조건인 생각은 하나의 흐름이다. 처음에 어떤 단초를 포착하면 그 다음부터는 물결이 퍼지듯 계속 확산된다. 최초의 단초는 대개 생각의 경계 부근에서 발생하는데, 생각의 경계는 남의 생각이나 외부의 자극과 나의 지식공간이 맞부딪히는 지점이다. 어떤 필요가 있는지를 인식하는 곳에서 생각의 단초가 형성된다. 문제는 인공자연에서 생각의 경계는 암묵지와 형식지의 충돌에서 발생하는 것이 아니라 공간과 공간의 충돌에서 비롯된다는 것이다. 경험을 토대로 경험하지 않은 것을 상상하는 힘이 창의인데 인터넷은 경험하지 않은 것을 경험한 것처럼 가상하면서 창의의 작동 순서가 역전된다. 새로운 것을 만들어내는 창조의 힘은 유보적 사고에서 출발하지만 새로운 것처럼 만들어 내는 편집의 힘은 예단적 사고를 강화시킨다. 예단적 사고와 유보적 사고는 사고의 역동성 면에서 차이가 있다. 예단적 사고의 경우 자신의 지식체계에 반하거나 쓸모없다고 판단되는 대상들은 곧바로 무시하고 버린다. 자기가 좋아하는 것 위주로 취하고 더 관심을 강화하는 유형이다. 그런 반면, 유보적 사고는 모든 가능성을 열어놓고 해결책 또는 진실을 향해 생각을 발전시키는 유형이다.[23]

텍스트와 하이퍼텍스트의 지식구조화 방식의 차이는 결국 기술의 차이에서 비롯됐지만 동시에 주체의 사유체계와 창의의 메커니즘은 사용하는

---

22   김성호, 『생각의 경계』, 한권의책, 2014, 75면.

23   김성호, 같은 책, 286-290면.(편집)

정보지식화사회와 인문공학

도구와 매체의 영향을 받을 수밖에 없다는 것을 드러내 준다. 그리고 인터넷이라는 지식공간에서 주체의 사유체계와 창의의 메커니즘을 고찰하기 위해서는 기억, 더 엄밀하게 말하면 디지털기억의 알고리즘이 분석되어야 한다.

4. 디지털기억의 알고리즘

인간의 기억이 디지털 기억으로 저장된다면 그것은 완전한 기억이 될 수 있는가? 기억이 디지털기억으로 전환되기 위해서는 플랫폼의 형식이 기억을 편집하거나 조작하여, 편집과 조작이 가능하도록 디지털화할 수 있어야 한다. 즉 플랫폼이 이미 기억의 대상을 형식과 내용을 결정하는 것이다. 따라서 인간의 기억이 전자기억으로 대체되면 전자기억에 힘입어 인간이 기억에 들이는 노력이 줄게 되고 그만큼 창의적 사고의 가능성이 커진다는 고든 벨의 주장[24]은 플랫폼이 인간의 기억에 미칠 영향에 대해 간과하고 있다. 오히려 홉스(Tomas Hobbes)의 관점처럼 "상상력이란 이미지들 사이의 유사성을, 판단력은 차이를 알아내는 능력으로 보면서, 한 사람의 사고가 설득력이 있는 것으로 되기 위해서는 판단력의 통제를 받는 상상력이 필요하다."[25] 인간의 창의성이 연상의 작용 속에서 기억과 기억의 네트워크를 구축하는 합리적 능력이라는 점에서 전자기억의 연결망에 대한 의존성 강화는 오히려 창의성의 위축을 초래한다고 볼 수 있다.[26]

---

24 고든 벨·짐 겜멜, 홍성준 역, 『디지털 혁명의 미래』, 청림출판, 2010, 127면.

25 장경렬, 『코울리지 : 상상력과 언어』, 태학사, 2006, 32면.

26 이종관 외, 같은 책, 256면.

기억과 창의성의 관계는 인과적이다. 기억을 바탕으로 창의성이 창발하며 위계와 누적의 시간의 영향을 받는다. 만약 기억을 온전히 외재적 장치에 맡기고 파티션으로 분할된 공간의 통로만을 기억하게 된다면 오히려 창의성은 약화될 수박에 없다. 자신이 기억을 저장해 놓은 장소를 못 찾거나 잃어버리는 디지털치매가 발생할 것이며, 디지털의 조작 가능성으로 인해 왜곡된 기억을 실제인양 착각하거나 불우한 현실을 잊기 위해 의도적으로 편집한 일상을 SNS에 올리고 사람들의 반응에 안도하고 행복해 하면서 급기야 조작된 기억이 실제기억을 대체하는 일도 벌어질 것이다.

인간의 기억은 입력값과 출력값이 다르다. 시간이 지날수록 출력값이 희미해지거나 약화되지만 디지털기억은 입력값과 출력값이 같다. 따라서 시간의 영향을 받지 않는 디지털기억은 아이러니하게도 시간이 지날수록 완전한 기억으로 인정받게 된다. 생물학적 기억은 맥락을 같이 저장하지만 디지털 기억은 맥락은 사라지고 지금 여기의 특정한 상(이미지)만 저장한다. 맥락이 없으니 상상력은 제한받을 수밖에 없다. 상상은 기억의 맥락이 재구성되거나 확장되는 것인데, 해석할 수 없다면 예단만이 가능하기 때문이다.

비코(Giambattista Vico)는 상상력을 확장되거나 복합된 기억으로 보고, 기억력을 사물들을 회상할 때의 능력으로, 상상력을 사물들을 변모시키고 모방하는 능력으로, 그리고 창의력을 사물들에 어떤 새로운 전환을 가져와 이것들을 연관시켜 정립하는 능력으로 구분하였다. 그에게 있어 "상상력과 창의력은 인지되고 회상된 사물에서 멀어지는 기억력의 단계들"로 이해한다. 상상력은 바로 기억력의 재등장이며, 창의력은 기억되는 사물에 대한 작업이라는 것이다.[27] 비커는 언급하지 않았지만 기억되는 사물에 대한 작업은 기실 기억의 맥락에 대한 작업이다. 환언하면 기억의 맥락이 창의적으로 재구성되면서 실재는 상상으로 재구성된다. 기억이 창의적으로 재구성되기 위해서는 사실의 단편이나 편린이 아니라 그것을 연결시키는 맥락이 필요하다. '사실'은 불변하지만 '맥락'은 변할 수 있고 그래서 기억되는 사물에 창의가 접근할 수 있는 것이다. 디지털 기억이 맥락을 갖지 못한다면 창의와 상상은 불가능하다.

'맥락'이란 기억은 인간의 행위이며 인간의 행위는 시간과 더불어 진행된다. 맥락은 시간의 차원에서 이루어진 행위와 행위 사이의 연결고리이며 인과관계이고 동시에 해석의 입장이다. 왜냐하면 인간의 기억은 본질적으로 이야기일 수밖에 없기 때문이다. 리쾨르가 말하듯, 인간의 "행위는 이야기로 구성되기 이전에 그 상징적 구조에 의해 실천적으로 이해되며, 그러한 이해의 근저에는 인간 경험의 시간적 특성이 공통적으로 깔려 있다." 그리고 "시간은 이야기 양태로 구성되는 한에서 인간의 시간이 되며, 이야기는 그것이 실존의 조건이 되는 한에서 그것의 충만한 의미에 도달한다."[28]

인터넷은 공간이다. 소설이 시간예술이라면 영화는 공간예술이듯, 현실 공간이 시간의 지배를 받는다면 인터넷은 공간의 지배를 받는다. 시간성이 제거된 인터넷에서 기억은 이야기가 될 수 없다. 맥락이 제거된 기억은 상상력으로 확장되기 위해 꼭 필요한 창의적인 접근을 허용하지 않는다.

인간의 기억과 상상력은 모두 대화적이고 관계적이기 때문에 비순차적

---

27   위르겐 트라반트, 안정오·김남기 공역, 『상상력과 언어』, 인간사랑, 1998, 206-207면.
28   김선하, 『리쾨르의 주체와 이야기』, 한국학술정보(주), 2007, 183-185면.(편집)

이고 비약적인 특성을 갖는다.[29] 특히 인간의 기억은 완전한 것이 아니라 분리돼 있고 군데군데 비어 있으며 필요에 의해 선택된다. 그 틈과 공백을 메우는 것이 맥락이다.

융합이 수월하기 위해서는 정보와 지식이 파편화되어야 한다. 파편화된 정보와 지식은 융합을 용이하게 함으로써 생산성을 높일 수는 있으나, 이러한 정량적인 풍요로움의 대가로 맥락(context)을 잃게 만든다. 우리는 융합과 편집을 통해 익숙한 것을 새롭게 만들어내지만 그것이 무엇을 의미하는지 맥락을 구성하기 위한 반성적 사유와 성찰이 결여됨으로써 오히려 상상력을 위협받는다. 융합과 편집이 도구(tool)에만 의지하게 됨으로써 상상의 핵심인 기억의 맥락에 대한 창의적인 접근이 결여되기 때문이다.

디지털기억은 기억의 내용을 인간의 신체가 아닌 기계의 신체에 옮겨놓는 것이다. 유한한 인간의 기억력에 의존하는 것이 아니라 기계가 대신 기억하는 것이기에 기억의 저장과 보존이라는 측면에서는 가장 진화된 장치이다. 문제는 기억의 맥락을 재구축해 상상으로 확장하는 창조와 창의가 인터넷에서 발현될 수 있느냐 하는 것이다. 바로 이 지점에서 '맥락의 재구성'이라는 의미의 〈메타컨텍스트〉의 역할이 기대된다. 현재의 지식구조화 방식인 하이퍼텍스트로는 지식과 정보를 구분하고, 쓸모와 효용을 정량값으로 태깅하고, 생각의 경계를 만들어 주는 기억과 기록의 충돌이 불가능하다. 하이퍼텍스트 역시 과도기의 시기에 마지막 매체의 유형을 반복하고 있기 때문이다. 하이퍼텍스트의 한계를 극복하는 새로운 지식구조화방식은 기술의 발전과정에서 조만간 등장할 것인데, 그 극복의 방향성을 제시해주어 포스

---

29   이종관 외, 같은 책, 284면.

트모더니티를 넘어서는 디지털리티의 출현을 호명하는 역할을 인문공학이 담당하여야 한다.

5. 나오는 말

1997년 조지 랜도우의 『하이퍼텍스트 2.0』이 출간한 이후 하이퍼텍스트는 디지털시대 문예미학을 상징하는 키워드가 되었다. 그러나 20년이 지난 지금 하이퍼텍스트이론은 더 이상 유의미한 담론을 생산해내지 못하고 있다. 이제 하이퍼텍스트는 하이퍼미디어가 되었다. 텍스트에서 미디어로의 변화는 수백 년 동안 우리를 지배했던 문자중심주의의 구속에서 해방되었다는 것을 의미한다. 하이퍼텍스트(비매개)는 비록 링크와 노드라는 디지털 기술을 사용하나 시각적 표상양식이 책이라고 하는 올드미디어의 형식으로 표시되면서 기술보다는 텍스트에 주목하게 만들지만, 하이퍼미디어(하이퍼매개)는 디지털기술에 대한 이해와 친밀감·숙련도에 따라 수준이 결정되는, 텍스트보다는 기술에 주목한다. 하이퍼텍스트는 이제 더 이상 키워드로 유효하지 않다. 링크와 노드를 통한 텍스트의 전자적 연결이라는 기술적 개념에 국한될 뿐 어떠한 미학적 가치나 예술적 의미도 생산해내지 못한다. 디지털기술의 발전으로 우리가 더 이상 하이퍼텍스트를 낯설고 기이하고 새로운 형식으로 인식하지 않게 됐기 때문이다. 기술이 발전할수록 하이퍼텍스트에서 텍스트는 희미해지고 만다. 본 연구자는 하이퍼텍스트를 대체할 새로운 미학키워드로 〈메타컨텍스트〉라는 개념을 제안하고자 한다. "경계와 구분을 넘어 모든 것을 아우르는 맥락의 총체적 재생산"이라는 의미의 메타컨텍스트는 총체성의 회복을 통해 자기반성 장치를 복원하는 것이며, 하이퍼텍스트 기술을 문식력 제고의 한 수단으로 활용함으로써 그동안 견고하게 작동되어 왔던 경계와 배타를 극복하는 인식 전환의 소산이다.

네트워크-공간이며 지식구조화 공간인 인터넷은 구조화와 기억의 알고리즘을 변화시키고 있다. 지식의 구조화와 그 기억은 교육의 가장 중요한 필요충분조건이며 따라서 네트워크-공간이며 지식구조화 공간인 인터넷은 당연히 교육공간이어야 한다. 이제 우리는 IT기술을 활용한 디지털리터러시 교육의 방향성과 효과적인 방식에 대해 고민해야 할 것이다.

정보지식화사회와 인문공학

5절   텍스트와 하이퍼텍스트, 그리고 네트워크-공간

1. 들어가는 말

정보화시대 인터넷과 하이퍼텍스트라는 기술적 진보로 가능해진 지식 공간의 확장과 지식(혹은 지식인)의 팽창은 역설적이게도 지식생산의 양적 풍요가 지식소비의 질적 빈곤으로 연결되는 모순된 상황을 초래하였다. 오늘날 우리는 지식의 지위가 획기적으로 격상되었지만 동시에 지식이 위기에 빠진 시대에 살고 있다. 지식은 도서관, 박물관, 학술저널에만 존재하는 것이 아니며, 개인의 머릿속에만 머물지도 않는다. 인간의 뇌는 쏟아져 들어오는 엄청난 지식을 모두 담기에 충분하지가 않다. 세련된 언어와 소수 지식인의 소유였던 지식은 이제 공공재이며 소비재인 네트워크의 소유물이 되었다.[1]

---

[1]   David Weinberger, Too Big to Know, 이진원 역, 『지식의 미래』, 리더스북, 2014, 13

정보는 많은데 정작 자신이 필요로 하는 정보를 찾지 못하거나, 취합한 정보를 새로운 지식으로 발전시키지 못하는 정보 과부하 시대(information overload)에 지식의 위기는 본질적으로는 리터러시의 위기이다. 본래 리터러시란 문자를 사용하여 텍스트를 이해하고 해석을 이끌어낼 수 있는 근대적 의미의 의사소통 능력을 뜻하는 용어이다. 넓게는 문자화된 기록물을 통해 지식과 정보를 획득하고 이해할 수 있는 능력이며, 좁은 의미로는 문자 언어로 읽고 쓰는 능력을 가리킨다. 그러나 문자중심의 언어학습 능력을 지시했던 리터러시는 20세기 들어 매체의 발전을 함의하는 다양한 형태로 분화되었다. 영화, 텔레비전, 비디오와 같은 영상매체의 등장으로 인해 매스 커뮤니케이션과 대중문화가 확산된 것에 힘입어, 문자를 통한 의미 생산 능력을 뜻하던 리터러시는 본래의 의미보다 훨씬 확장된 의미로 쓰이기 시작한 것이다. 대중매체를 통해 쏟아지는 다양한 정보와 메시지들을 비판적으로 해독하고 수용할 수 있는 능력을 뜻하는 '미디어 리터러시'라는 말이 생겨난 것도 이와 관련된다.[2]

문자 중심의 전통적 리터러시는 드라마, 영화, 애니메이션, 게임 같은 멀티미디어 텍스트 해석에 한계를 드러내면서 의사소통능력과 학습능력으로서의 지시력을 상실하게 되었고, 1990년대 이후 기존의 리터러시를 대신하여 지식생태계에 새롭게 등장한 개념이 〈미디어리터러시〉와 〈디지털리터러시〉이다.[3] 작금의 지식의 위기가 리터러시의 위기라면 그것은 디지털리터

면 참조.

2   정현선, 「디지털 리터러시의 국어교육적 고찰」, 『국어교육학연구』 제21집, 국어교육학회, 2004, 21면.

3   최근에는 미디어리터러시라는 용어 대신 디지털리터러시라는 용어로 일반화되고 있는

러시의 위기이며, 이는 디지털리터러시의 핵심이라 할 수 있는, 근대적 의사소통능력과 명확하게 구분될 수 있는 탈근대적 의사소통 능력이 무엇인지가 아직 학문적으로 구체화되지 않았기 때문이다. 문자텍스트에서 하이퍼텍스트로 지식의 형식과 내용이 변화하고 총체적, 선형적, 인과적, 누적적이었던 텍스트의 구성과 작동원리가 파편성, 비선형성, 우연성, 휘발성으로 해체되고 있다. 그리고 무엇보다 지식의 생산과 소비가 '연결된 정보망'인 네트워크-공간에서 진행되면서[4] 우리는 이전과는 전혀 다른 새로운 리터러시를 요구받고 있다. 문제는 이 새로운 문해력을 〈디지털리터러시〉라 명명한지 십 수 년이 지났지만 아직도 디지털리터러시의 개념과 요체가 무엇이고 어떻게 교육해야 하는지에 대한 제대로 된 학문적 논의가 이루어지지 못하고 있다는 것이다.

이 글의 목적은 이 같은 문제제기에서 출발하여 디지털리터러시의 의사소통 능력과 학습능력의 필요충분조건이 되는 하이퍼텍스트와 네트워크-공간의 특징을 살펴보고, 디지털리터러시의 개념을 인문공학 관점에서 정립해보고자 한다. 궁극적으로는 최적화된 디지털리터러시 교육을 위한 방향성을 제안할 것이다.

이를 위해 2장에서는 디지털리터러시의 정의와 개념을 기존의 연구 성과를 통해 살펴보고 디지털리터러시의 핵심적 가치를 짚어볼 것이다. 3장에

데, 이는 기술의 발전으로 다양한 미디어가 디지털로 통합되면서 미디어의 경계가 모호해졌기 때문이다.

4 현실공간에서는 지식의 생산과 소비가 시간의 선 후 관계를 기반으로 한 개인의 지적 활동이지만, 가상공간에서는 사용자에 의해 활성화된 공간의 활동성이 집단지성으로 연결되는 네트워크의 운동 역학이다. 웹상에서 네트워크나 플랫폼 같은 공간이 지식권력의 중추적 역할을 하게 된 것도 이 때문이다.

서는 하이퍼텍스트와 네트워크-공간의 특징을 분석하고, 4장에서는 디지털 리터러시를 재정의할 것이다. 디지털리터러시는 현실과 가상, 아날로그와 디지털, 텍스트와 하이퍼텍스트를 연결하고 그 경계를 허무는 것이다. 결론에서는 간극을 좁히고 경계를 넘어서기 위해 기억과 연상, 독서와 검색, 층층과 겹겹, 키트와 블록을 아우르는 디지털리터러시 교육의 새로운 패러다임이 요구됨을 역설할 것이다.

2. 디지털리터러시 개념과 제기된 문제

디지털리터러시의 전단계로 90년대부터 논의되어 온 것이 미디어리터러시이다. 매체환경의 변화를 리터러시 이론에 적극적으로 수용하고자 1995년 '독일 연방·주 위원회'는 학교 미디어교육의 지침을 제시했으며 1997년 문화장관회의는 〈미디어능력〉을 "새로운 미디어와의 책임감 있고 창의적인 접촉을 위한 능력"으로 이해하면서 새로운 미디어를 수업의 보조수단을 넘어서 교수학습의 대상으로 인정했다.[5] 유럽연합 집행위원회(European Commission)에서는 디지털 환경에서 요구되는 미디어 리터러시를 ① 매체에 접근하는 능력 ② 매체를 이해하고 미디어 콘텐츠를 비판적으로 접근할 수 있는 능력 ③ 다양한 매체적 맥락 안에서 의사소통을 할 수 있는 능력으로 규정한다.[6] 두 견해 모두 미디어의 변화가 문해력에 영향을 미칠 것을 전

---

5 이광복, 「문학교육의 확장으로서 미디어교육」, 『독일언어문학』 제30집, 2005, 238면.
6 원문은 다음 URL을 참조 바람
  (https://ec.europa.eu/digital-single-market/en/news/media-literacy-council-conclusions-

　　　　　　　　　　　　　　　　정보지식화사회와 인문공학

제하고 "~ 할 수 있는 능력"으로 리터러시를 표준화하였는데 '접촉' '접근' '소통'이라는 키워드를 통해 알 수 있듯이 새로운 매체에 대한 기술적 숙련도를 강조하였다.

〈디지털리터러시〉는 미디어 리터러시의 연장선상에 놓여 있는 개념이다. 따라서 디지털리터러시는 디지털 미디어로 '읽고 쓰는' 능력, 즉 다양한 디지털 미디어에 의해 생산되는 메시지와 텍스트의 의미를 비판적으로 수용하는 능력과 스스로 디지털 미디어를 통해 의미를 생산하고 유통시킬 수 있는 능력을 포함한다. 디지털리터러시는 디지털 미디어의 발전으로 인해 기존의 생산자-소비자 간의 관계가 무너지고 생산-소비의 동일체인 '생비자'의 소통능력이 강조되는 오늘날에 중시되고 있는 새로운 리터러시 개념인 것이다. 디지털 미디어는 문자 언어와 인쇄 매체를 의사소통의 주된 '양식(mode)'과 '매체(media)'로 삼았던 기존의 의사소통 방식에 커다란 변화를 가져왔다.[7] 전자 언어와 디지털 매체는 생산과 소비의 쌍방향 소통과 비선형적 구조로 특징화되면서 이전까지 견고하게 유지되어 왔던 텍스트의 위계와 권력 관계를 약화시켰다. 여기서 더 나아가 기술의 발전은 지식을 생산하고 소비하고 습득하는 방식에 미디어(책 포함)뿐만 아니라, 양식과 매체를 동시에 도구화한 디지털 플랫폼(SNS, 클라우딩, 빅데이타 등)까지 포함하면서, 이제 리터러시의 개념은 단순 언어 습득과 해석을 뛰어넘어 기술 이해와 활용이라는 복합적인 개념으로 확대되었다.

영국 개방대학 (Open University of UK)에서 사용한 정의를 보면 디지털리

---

media-literacy-digital-environment-have-been-adopted)

7   정현선, 「디지털 리터러시의 국어교육적 고찰」, 『국어교육학연구』 제21집, 국어교육학회, 2004, 26면.

터러시는 디지털 환경에서 정보를 찾고 사용하며, 더 나아가서는 찾은 자료를 협업, 팀워크, 사회인식, 디지털 보안 인식 제고 및 새로운 정보 창출을 가능케 해주는 능력이다.[8] 미국 일리노이대학의 Digital Learning Librarian 홈페이지에는 디지털리터러시의 정의를 ① 디지털기술, 커뮤니케이션 도구 또는 네트워크를 사용하여 정보를 찾고, 평가하고, 사용하고 생성하는 기능, ② 컴퓨터를 통해 제시될 때 광범위한 출처에서 다양한 형식의 정보를 이해하고 사용할 수 있는 능력, ③ 디지털 환경에서 효과적으로 작업을 수행 할 수 있는 능력으로 미디어를 읽고 해석하고 디지털 조작을 통해 데이터와 이미지를 재생하며 디지털 환경에서 얻은 새로운 지식을 평가하고 적용하는 기능이라고 범주화하였다.[9] 이 두 정의 역시 새로운 텍스트에 대한 해석능력이라기보다는 새로운 텍스트를 만들어내는 기술적 숙련도에 더 집중하고 있다.

디지털리터러시를 텍스트를 해석하는 태도의 관점에서 설명하고자 한

---

8   "Digital literacy is defined as "the ability to find and use information (otherwise known as information literacy) but goes beyond this to encompass communication, collaboration and teamwork, social awareness in the digital environment, understanding of e-safety and creation of new information." https://drudgeryblog.wordpress.com/2015/11/18/

9   ① The ability to use digital technology, communication tools or networks to locate, evaluate, use and create information. ② The ability to understand and use information in multiple formats from a wide range of sources when it is presented via computers. ③ A person's ability to perform tasks effectively in a digital environment. Literacy includes the ability to read and interpret media, to reproduce data and images through digital manipulation, and to evaluate and apply new knowledge gained from digital environments. 원문은 다음 URL을 참조바람. (http://www.library.illinois.edu/diglit/definition.html)

길스터(Gilster.P)는 저서 『Digital Literacy』에서 디지털리터러시가 기술 그 자체가 목적인 것처럼 착각하는 현상이 있는데 이는 단순한 기술이 아니라고 지적하고 있다. 모든 것에 핵심이 되는 것은 비판적 사고라고 이야기 한다. 그에게 디지털리터러시는 컴퓨터를 사용할 줄 아는 능력이 아니라 인터넷에서 찾아낸 정보의 가치를 제대로 평가하기 위해 모든 사용자들에게 요구되는 비판적인 사고력을 의미하며 컴퓨터를 통해 다양한 출처로부터 찾아낸 여러 가지 형태의 정보를 이해하고 자신의 목적에 맞는 새로운 정보로 조합해 냄으로써 올바로 사용하는 능력을 지시한다.[10] 단순한 기술 숙련도에서 탈피해 사고와 사유의 변화를 짚어낸 것은 고무적이나 리터러시나 미디어리터러시의 비판적 사고와 디지털리터러시의 비판적 사고가 무엇이 다르고, 어떻게 다르고, 왜 달라야 하는지에 대한 설명이 부족하다.

김민하와 안미리는 디지털리터러시는 발전된 포괄된 의미의 컴퓨터 리터러시(computer literacy), 정보 리터러시(information literacy), 지식 리터러시(knowledge literacy)를 포함한다고 하였다. 컴퓨터 리터러시는 컴퓨터를 비롯한 정보기술 조작 사용 등 기초적인 능력 정보접근 능력을 습득하는 것을 말하며, 정보 리터러시는 정보의 생성·처리·분석·검색·활용 등의 정보 활용 능력을 말하고 지식 리터러시는 확보된 정보를 기반으로 새로운 정보 즉 지식을 창출하고 지식을 전달하는 정보생산 능력이다.[11] 그러나 지식을 창출하고 지식을 전달하는 정보생산 능력이라고 지식 리터러시를 설명하였지만 실제로는 커뮤니티 활용 능력에 불과하다는 비판에서 자유롭지 못하다.

---

10   Gilster, P. 『Digital literacy』, John Wiley & Sons, Inc, 1997.
11   김민하·안미리, 「디지털 리터러시 능력 확인을 위한 문항개발 및 능력 평가」, 『교육정보미디어』 9(1), 2003, 159-192면.

김양은의 경우 디지털 시대의 미디어 리터러시 영역을 기술적 문화적 사회적 그리고 반성적 능력의 가지로 분류하고 각각을 다음과 같이 설명하고 있다. ① 기술적 영역으로서의 언어능력 : 다양한 미디어의 조작 능력 및 기술적 이해 ② 문화적 능력으로서의 비판적 읽기능력 : 미디어가 제시하는 의미에 대해 이해할 수 있는 능력 ③ 사회적 능력으로서의 사회와의 소통능력 : 미디어를 사회 경험 속에서 활용시킬 수 있는 능력 ④ 반성적 능력으로서의 문화생산능력 : 미디어를 주체적으로 활용하는 것, 자신만의 독특한 문화 및 커뮤니케이션 능력이다.[12] 디지털리터러시를 '언어능력', '읽기능력', '소통능력', '생산능력'으로 구분한 것은 기존의 기술 숙련도나 커뮤니티 활용도로 설명한 방식에서 진전된 것으로 디지털 텍스트를 읽어내는 문해력의 핵심을 나름대로 짚어내 주었다.

황용석은 디지털리터러시를 "인터넷과 같은 디지털 기기의 내용을 비판적으로 이해하고, 생산적인 참여와 관계맺기를 할 수 있는 능력을 말한다. 스마트 미디어가 신문, 텔레비전과 다른 본질적인 차이는 '인간이 기술에 얼마나 개입하는가'에 있다. 대중매체 시대에 주어진 콘텐츠를 잘 가려서 수용하는 능력이 중요했다면, 인터넷 시대에는 그것을 넘어서 생산적으로 잘 이용하고 건강한 사회경제적 참여를 이루는 능력이 요구된다."고 하였다. 황용석은 모바일과 사회관계망서비스(SNS)는 개인에게 사회적 소통에 높은 통제력을 가져다주어, 개인은 자신을 중심으로 자신과 유사한 의견을 가진 이들과만 관계가 강화되면서 극단화 현상을 낳기도 한다고 우려하면서 디

---

12   김양은, 「리터러시 관점에서의 미디어교육에 관한 연구-언어로서의 미디어에 대한 인식을 중심으로」, 『한국언어문화』 27집, 2005, 427-450면.

지털리터러시에 타인의 의견을 받아들이고 자신의 의견을 개진하는 '시민의 덕목'을 포함할 것을 제안한다.[13]

이광복에서 황용석에 이르기까지 최근 10년간 디지털리터러시에 대한 선행연구들은 기술적 수준의 숙련도에서 미디어에 대한 이해와 매체언어에 대한 해석, 디지털공간의 공동체 윤리와 시민의식에 고양으로까지 발전하였다. 기술을 숙련되게 다루거나 새로운 공동체에 능동적으로 참여하는 능력을 일컬었던 1세대 디지털리터러시는 이제 텍스트를 읽어내고 다시 재창조하는 지식구조화의 사유방식 변화와 정보윤리의 문제로 확장되면서 학문적 발전의 새로운 전기가 마련되었다. 디지털리터러시는 기술을 활용한 지식구조화의 새로운 양식이며, 정보지식화의 편집능력이다. 따라서 디지털리터러시 이론이 더욱 정교해지기 위해서는 디지털텍스트를 구성하는 기술, 즉 하이퍼텍스트에 대한 인문학적 접근이 필요하다. 하이퍼텍스트는 단순히 텍스트와 텍스트를 연결하는 기술적 수월성을 넘어 지식구조화의 방식을 근본적으로 변화시켰고, 이는 다시 지식을 생산하고 소비하고 습득하는 우리의 사유체계에도 막대한 영향을 미쳤기 때문이다.[14]

인쇄기의 발명과 활자책의 출판이 가져다준 사회와 지식공동체의 엄청난 변화를 상기해 보면, 정보화사회가 요구하는 디지털러터러시를 정확하게 개념화하기 위해서는 지식구조화와 사유체계의 변화, 지식공간의 확장이라는 관점에서 하이퍼텍스트와 네트워크-공간에 대한 분석이 정치하게

13　「비판적 시각·생산적 참여 '디지털 리터러시' 능력 키워야」, 『한겨레』 인터넷판 2014년 2월 5일자.

14　이 부분에 대한 자세한 논의는 졸고 「인문공학론(2) 지식구조화와 하이퍼텍스트」(『한국언어문학』 제99호, 2016)를 참조할 수 있다.

이루어질 필요가 있다. 지금까지 디지털리터러시는 교육적 측면에서, 하이퍼텍스트는 기술적 측면에서, 네트워크는 공간적 측면에서 각각 논의되어 왔다면 이제는 이 세 필요조건을 의사소통 모델의 매개변수로 설정한 후 논의를 결집하고 집중함으로써 디지털시대, 초연결사회가 요구하는 인문공학 커뮤니케이션 모델을 제안할 수 있어야 한다.

3. 하이퍼텍스트와 네트워크-공간

인터넷은 물리적 공간이 아니라 네트워크로 연결된 의식적 공간이다.[15] 이 공간의 핵심가치는 네트워크이며, 연결의 중심에 하이퍼텍스트가 있다.[16] 하이퍼텍스트의 효시라 할 수 있는 바네바 부시의 메멕스(Memex,

---

15 페이스북의 CEO 주커버그는 '연결이 인간의 권리'라고 주장한다(물론 인터넷 연결에 국한된 언급이지만). 지금 페이스북의 가치를 만드는 것은 네트워크의 규모이다. 규모는 사람들이 서로 얼마나 많이 연결되었는지, 그리고 서로 얼마나 많은 콘텐츠를 연결(공유, 댓글, 좋아요)하고 상호작용하는지에 따라 결정된다. 네트워크는 이렇게 노드들이 연결된 관계(link)를 모두 포함하는 개념이다. 연결 관점에서 보면 페이스북은 추천을 통해 친구와 '쉽게 연결'될 수 있는 컨텍스트를, 뉴스피드와 좋아요 등을 통해 친구의 콘텐츠와 '쉽게 연결'될 수 있는 컨텍스트를 제공하는 서비스라고 하겠다. 구글의 핵심 가치도 연결이다. 구글의 검색엔진 페이지랭크는 30조가 넘는 웹페이지를 연결하고 있다. 색인하는 문서의 수가 아니라 '연결된 대상'이 30조라는 말이다. 웹페이지간의 연결된 관계(인링크와 아웃링크 관계)에 기반하여 어떤 문서가 더 중요한지 알아내는 원리가 지금의 구글을 만들었다고 해도 과언은 아니다. (윤지영, 「네트워크의 네가지 속성」, Organic Media Lab, 2013년 9월 2일 포스트)

16 디지털 시대에는 정보를 하이퍼텍스트 구조로 구성하고 표현한다. 하이퍼텍스트는 단위 텍스트들과 이것들을 결합하는 링크로 구성되는 텍스트로서, 연상이라는 인간 정신의 작동 방식에 대한 이해에서 출발해 이를 기술적으로 구현하고자 하는 것이다. 하이퍼텍스트는 전통적인 선형 텍스트와 달리 텍스트의 개방성과 확장성 그리고 다선형성을 그 특

memory extender) 시스템이나 테오도르 넬슨의 제나두 프로젝트(Project Xanadu)는 모두 우리가 생각하는 대로(As We May Think) 세상의 모든 지식과 정보를 하나로 연결하고자 한 무모한 도전이었다. 처음에는 이상이었지만 IT 기술의 발전으로 현실이 된 것이다. 하이퍼텍스트 기술이 텍스트를 링크(link)와 노드(node)를 통해 연결하기 시작하면서 지식과 정보는 텍스트에 저장되기(쓰인 것이 아니라) 시작하였다. 써진 것이 아니기 때문에 읽을 수 없으며, 저장되었기에 불러올 수 있다.

우리는 인터넷에서 텍스트를 '읽는다'라고 생각하지만 실제로는 잠시 보는 것에 불과하다. 읽었다면 우리의 뇌가 기억하고 저장해야 하지만, 인터넷이라는 거대한 '외부 기억은행(memory bank)'이 대신 저장해 준다면 굳이 읽을 필요도 기억할 필요도 없다.[17] 인쇄술의 발명이 가져다준 정독과 숙독의 독서습관이 인터넷에서 무력화되기 시작한 것이다.

글 읽는 습관도 바뀌었다. 원하는 정보인지를 계속 판단하며 웹의 문장을 빠르게 '훑어가기'가 빽빽한 문자가 뇌에 전달하는 정보를 곱씹으면서 문장을 '읽어내려' 가는 책 읽기를 대체했다. "웹사이트의 링크들을 이리저리

징으로 한다. [네이버 지식백과] 하이퍼텍스트 (멀티미디어. 2013. 2. 25. 커뮤니케이션북스)

17   미국 칼럼비아대 베치 스패로(Sparrow) 교수가 과학 학술지 『사이언스』에 대표 저술한 「기억에 대한 구글 효과」라는 논문의 요지는 이렇다. 168명의 하버드·칼럼비아대 학생을 상대로 실험을 해 보니, "타조의 눈은 뇌보다 큰가?"와 같이 까다로운 질문들을 접하고는 먼저 구글이나 야후 같은 인터넷 검색엔진을 생각하더라는 것이다. 또 몇몇 문장을 컴퓨터에 입력하게 했을 때도, 이 문장들이 "컴퓨터에 남아 있을 것"이라고 들은 사람들은 "컴퓨터에서 삭제될 것"이라고 들은 이들보다 문장들을 훨씬 기억해내지 못했다. 또 다른 실험에선 문장들이 컴퓨터의 어느 폴더에 있는지를, 문장 자체보다 잘 기억했다. 스패로 교수는 "사람들은 이제 인터넷을 '외부 기억은행(memory bank)'으로 간주하며, 우리의 기억체계는 '무엇'보다는 '어디에 있는지'를 우선 기억하는 방식으로 바뀌었다"고 결론 내렸다. (조선닷컴. 2011년 7월 21일자 기사 부분 인용)

옮겨가며 보내는 시간이, 책읽기가 수반하는 조용한 명상과 사색의 시간을 몰아냈다. 지적 활동에 쓰이던 우리 뇌의 오래된 회로들은 약해지고 해체되기 시작"했다.[18] 동영상·음성·문자, 심지어 클릭·타자(打字)가 손끝에 주는 촉감 정보까지 동시에 입력되면서, 인터넷에 집중 노출된 지난 10년간 우리 뇌는 근본적으로 바뀌고 있다는 것이다.[19] 읽기의 쇠퇴는 읽기를 필요조건으로 쓰기를 충분조건으로 삼는 지식의 위기를 초래하였다. 전문가들의 영역이었던 지식이 일반화, 대중화되면서 지식이 위기를 맞기 시작한 것이다.

하이퍼텍스트로 연결된 정보는 책과 달리 무한대로 확장이 가능하며, 저자의 허락을 따로 받을 필요가 없으며, 무엇보다 편집이 가능하다. 저자의 권위는 사라지고 주체의 경계는 모호해지며, 지식편집자가 지식생산자를 대신하게 된다. 인터넷을 통한 독서는 더욱 분할되고, 조각나며, 분절된 것으로. 종이책의 선형적 독서에 반드시 요구되는 '집중력' 대신에 이른바 'Hyper attention'을 요구한다. 이 개념은 젊은 세대에서 나타나고 있는 새로운 인지태도를 가리키는 언어로 주의를 기울이는 시간이 짧고 강한 자극을 주는 멀티미디어 환경과 밀접하게 관련된 새로운 인지형태이다. 이제 전통적인 독서를 'Deep attention'으로 하이퍼텍스트를 통한 독서를 'Hyper attention'으로 구분할 수 있다. "깊은 관심은 … 하나의 대상에 오랜 기간 집중 (즉, Dickens의 소설)하고 외부의 자극을 무시하고 단 한 번의 정보 흐름을 선호하며 긴 초점 시간 동안 높은 내성을 갖는 것이 특징이다. 하이퍼 관심은 여러 작업간에 포커스를 빠르게 전환하고 여러 정보 스트림을 선호하며

18　　니콜라스 카, 최지향 역, 『생각하지 않는 사람들』, 청림출판, 2011, 19면.
19　　이철민, 「당신의 뇌는 안녕하십니까」, 조선닷컴, 2011년 7월 21일자 기사 부분 인용.

　　　　　　　　　　　　정보지식화사회와 인문공학

높은 수준의 자극을 찾고 지루함에 대한 내약성이 낮은 것이 특징이다."[20]

독서는 '읽는 것'이고 'Hyper attention'은 '보는 것'이다. 종이책의 읽기는 습관성과 인내성이 없이는 집중력이 지속될 수 없지만 'Hyper attention'에서는 능란한 정보검색능력이 독서의 집중력을 대체한다. "인간이 선형적 독서를 통해서 사고하지 않고 'Hyper attention'에 길들여져서 사고능력을 잃는다는 것은 눈으로 보지만 이해하지 못한다는 것이며, 보면서도 사고(思考)하지 않는다는 의미"이다.[21] 문자텍스트를 통한 선형적 독서가 하이퍼텍스트 기반의 비선형적 독서로 변화하면서 기왕의 문해력은 약화되거나 그 필요성이 감소되었다.

그렇다면 하이퍼텍스트는 인간의 사고 능력을 퇴화시키고 지식생태계의 몰락을 가져올 것인가? 이 질문에 대답하기 앞서 2400년 전 문자의 발명에 대한 소크라테스의 전언을 떠올려보자. 소크라테스는 제자 플라톤이 쓴 『파이드로스(Phaedrus)』에서 당시 유행하던 글쓰기를 이렇게 불신(不信)했다. "글쓰기는 망각(忘却)을 초래하고, 사람들은 자체 기억이 아니라 (외부의) 표시에 의존하게 된다…글 쓰는 이는 많이 아는 양 생각하지만 사실 아무것도 알지 못한다." 이미 고대 그리스시대부터 인간이 자신의 기억을 신체가

---

20 Deep attention … is characterized by concentrating on a single object for long periods (say, a novel by Dickens), ignoring outside stimuli while so engaged, preferring a single information stream, and having a high tolerance for long focus times. Hyper attention is characterized by switching focus rapidly among different tasks, preferring multiple information streams, seeking a high level of stimulation, and having a low tolerance forboredom. (http://99u.com/workbook/13355/hyper-attention-vs-deep-attention 재인용)

21 이정춘, 「위기의 읽기문화, 어떻게 할 것인가」, 『제7차 출판정책 라운드테이블 발표 요지집』, 출판학회, 2010.(부분 발췌)

아닌 다른 매체에 저장하는 것에 대한 불안은 시작되었다. 그러나 문자의 발명이 지식의 생산과 순환, 그리고 확산에 얼마나 기여했는지 굳이 재론할 필요는 없을 것이다.

인터넷은 정보를 연결하는 중요한 기술로 하이퍼텍스트를 채택함으로써 인간의 기억력을 감퇴시키고 사고의 분절을 가져와 지식 생산의 완성을 연기시켰지만, 그 대신 개인과 개인을 연결시켜 집단지성으로 발전시킬 수 있는 네트워크-공간을 마련해 주었다. 네트워크는 Net + Work 의 합성어로써 "복수의 컴퓨터를 통신 기술을 이용하여 그물망처럼 연결한 형태"를 의미한다. 본 연구자가 네트워크 뒤에 공간을 붙여 〈네트워크-공간〉이라는 용어를 사용한 것은, 개인을 중심으로 네트워크가 연결될 때 의식주체는 타자와 소통하기 위한 특정한 장소(site)를 공간으로 인식하기 때문이다. 현실 공간은 안과 밖, 면과 선으로 구분된 물리적 실체를 갖고 있지만 네트워크-공간은 링크와 노드로 연결된 가상의 커뮤니케이션 플랫폼이다.[22]

미쉘 푸코는 1964년 프랑스건축학회가 주관한 세미나에서 발표한 「타자의 공간」이라는 논문에서 "공간이란 우리가 서로 상호작용하기 위해 반드시 필요한 환경이며, 인간에게 존재감을 확인시켜주는 상징적인 의미를 지닌다. 그리고 특정 사회가 경험하고 커뮤니케이션하는 구조 속에서 필연적으로 진화하기 마련이다."라고 주장하였다.[23] 진화의 과정을 통해 디지털시대에 우리의 일상 공간으로 새롭게 등장한 것이 바로 네트워크-공간이다.

---

22 네트워크-공간은 플랫폼의 성격에 따라 크게 세 가지로 구분된다. 첫째, 트위터나 페이스북, 블로그 같은 도구형 네트워크-공간, 둘째, 오유나 일베, 워마드 같은 커뮤니티형 네트워크-공간, 마지막으로는 구글이나 네이버같은 검색형 네트워크-공간이다.

23 이 논문의 한국어 번역본은 http://blog.daum.net/rucid/205733에 저장되어 있다.

　　　　　　　　　　　　　　　정보지식화사회와 인문공학

네트워크-공간의 지식공동체로서 역할에 대해 다음의 진술은 의미심장하다.

> 지식이 네트워크의 소유물이라는 사실은 대중들이 특정한 환경
> 속에서 어떤 종류의 지혜를 가질 수 있다는 것 이상을 의미한다. …
> 지식의 인프라 변화가 지식의 형태와 본질을 바꿔 놓고 있기 때문이
> 다. 지식이 네트워크화될 때 방 안에서 가장 똑똑한 사람은 앞에 서
> 서 우리에게 강의를 하는 사람이 아니다. 또한 방 안에 있는 사람들
> 의 집단 자체도 아니다. 방에서 가장 똑똑한 것은 '방' 그 자체, 즉 방
> 안에 있는 사람들의 생각을 묶어주는 네트워크다."[24]

최근 한국의 영향력 있는 커뮤니티형 네트워크-공간이 참여자들의 생각
을 묶어주는 데에서 더 나아가 생각을 의식화하고 조직화하면서 하나의 정
치세력으로 부상하기 시작한 것은 네트워크-공간이 단순히 '방'이 아니라
인간의 사고에 영향을 주는 방향으로 진화하기 시작했음을 보여준다. "인터
넷 네트워크 등장으로 시장적 환경이 아닌 채로 지식과 문화를 사회적으로
생산하는 협업적 공유(collaborative sharing)의 동료적 생산(peer production) 방
식이 출현"하였다.[25] 만약 네트워크-공간이 사악한 의도를 가지면 '협업적
공유'의 '동료적 생산 방식'은 지식생태계를 치명적으로 교란시킬 수 있다.
거짓이 진실로 호도되고, 비판적 사고와 반성적 사유 대신 맹목과 맹신이 논
리와 논증의 형식으로 포장됨으로써 거짓진리의 악순환이 계속된다면 지식

---

24   David Weinberger, Too Big to Know, 이진원 역, 『지식의 미래』, 리더스북, 2014, 14면.

25   Yochai Benkler, *The Wealth of Networks : How Social Production Transforms
      Markets and Freedom*, New Haven and London : Yale University Press, 2006.

생태계의 신뢰성은 떨어질 수밖에 없다.

컴퓨터와 커뮤니케이션 기술 발달이 시장에 대한 진입 장벽을 낮추어 생산과 공유를 더 효율화하여, 전통적 기업의 수직적 구조가 아닌 자발적이며 수평적인 종료적 생산이 출현했다는 것은 분명 중요한 변화이다. 진보한 경제에서의 생산 모델에서 사회 세력의 핵심인 개인의 역량과 자율성이 매우 중요한 역할을 수행하며 노력에 대한 시장적 대가가 없어진 상황에서 기여를 통한 개인의 심리적 보상이나 타인의 칭찬, 사회적 연결성 등과 같은 개인적 동기가 보이지 않는 손이 된다. 이 보이지 않는 손의 역할은 산업혁명 이후 처음으로, 고도로 진보한 정보 경제에 형성되고 경제 활동의 핵심이 되는 가장 중요한 생산수단을 대다수의 사람들이 소유하게 되었기 때문에 가능해졌다는 주장도 일견 일리 있다.[26] 그러나 대다수의 사람이 쉽고 간편하고 저렴하게 소유하게 된 것은 생산수단이 아니라 소비수단이다.[27] 네트워크-공간에서 정보생산자는 편집능력을 갖춘 극소수의 지식노동자이며,[28] 보이지 않는 손은 개인이 아니라 네트워크-공간 그 자체이다.

오늘날 네트워크-공간들을 채우고 있는 것들은 대부분 창의적이고 상상력이 넘치는 것들이 아니라 온갖 종류의 데이터들을 버무려 만들어 낸

---

26 공병훈, 창조적이고 스마트한 군중들의 시대는 왔는가, 개인블로그, 2016년 1월 5일자 포스트.(재인용) (http://hobbitwizard.cafe24.com/archives/332)

27 벤클러도 그를 인용한 공병훈도 어느 시대, 어떠한 수단을 막론하고 생산과 소비는 불균형할 수밖에 없음을 간과하고 있다. 스마트폰은 생산수단이며 동시에 소비수단이다. 그리고 대부분의 사용자들은 정보 소비를 목적으로 수단을 사용한다.

28 1959년에 피터 드러커에 의해 최초로 사용된 지식근로자(knowledgeworker)란 개념은 현재 있는 정보에 새로운 의미나 가치를 부여하여 새로운 정보를 창출할 수 있으며 이 새로운 정보를 당면한 문제 파악과 그 해결에 사용할 수 있는 사람을 지칭한다. (한정선 외, 『지식정보 역량 개발 지원을 위한 디지털리터러시 지수 개발 연구』, 한국교육학술정보원, 2006, 1면 재인용)

(remash) 정체불명의 혼합물이다. 그것은 새로운 것이라기보다는 기존의 것들을 적당히, 그리고 더욱 집요하게 우리의 감각적 욕구를 자극할 수 있는 형태로(정보 생태계에서 생존해야 하므로) 단순 변형시킨 것들이다.[29] 그러나 디지털 지식생태계가 이제 막 시작되었고, 그래서 아직 정보생태계의 수준에 머물러 있다는 점을 상기해보면 당연한 현상일지도 모른다. 데이터가 정보가 되고(정보생태계) 정보가 지식이 되며(지식생태계) 지식을 통해 지혜를 얻기 위해서는 네트워크-공간이 똑똑해져야 한다. 네트워크-공간을 만들기 위해 사람들은 인터넷 검색을 통해 '나'와 같은 생각 또는 그런 생각을 하는 사람들을 찾아내는 데 열중하기 시작한다. 잘못된 네트워크-공간이 정보생태계에 얼마나 큰 해악을 끼치는지를 우리는 일간베스트(www.ilbe.com)나 워마드(https://womad.life/)같은 커뮤니티형 네트워크-공간에서 확인할 수 있다. 자존감이 낮은 사람이 많을수록 집단적 사고에 함몰될 가능성이 크다. 남의 말을 비판적으로 경청하지 않고 무조건 따르거나, 의도적으로 특정 의견 쪽으로 몰고 가려는 사람들이 있거나, 원활한 의견교환을 억제하는 사람들이 많은 집단에서는 집단적 사고의 위험성이 도사리고 있다.[30] 개인의 무지는 수치이지만 집단의 무지는 무기가 된다. 정보의 편집능력이 지식의 생산으로 연결되지 못하고 유희적으로 소모되기 시작하면 개방적이고 수평적이며 상호소통의 장이 되어야 할 네트워크-공간은 폐쇄적이고 수직적이고 권위적으로 변질된다.

집단지성과 집단야만은 네트워크-공간의 양면이다. 하이퍼텍스트는 그

---

29   이종관 외, 『디지털 철학』(하이브리드미래문화연구총서4), 성균관대학교출판부, 2013, 303면.

30   김성호, 『생각의 경계』, 한권의책, 2014, 298면.

자체로는 컨텍스트를 만들어내지 못하기 때문에 그 역할을 네트워크-공간이 수행해야 한다.[31] 디지털 지식생태계에서 가장 중요한 것은 주체와 인터넷, 하이퍼텍스트가 한데 어우러져 만들어내는 네트워크-공간이다. 21세기 새로운 지식혁명은 네트워크-공간에서 시작하게 될 것이며, 우리가 얼마나 똑똑한 네트워크-공간을 건설하느냐에 그 성패가 달려 있다. 네트워크-공간이 똑똑해지기 위해서는 공간의 주체이며 이용자이며 다중인 '우리'가 지혜로워져야 한다. 디지털리터러시 교육이 필요한 이유가 여기에 있다.

4. 디지털리터러시 교육의 방향성

이제 디지털리터러시의 개념을 내려보자. 본 연구자는 디지털리터러시를 네트워크-공간에서 정보를 지식으로 발전시키고 그 과정에서 지혜를 얻는 지식구조화의 과정에 필요한 문해력이며, 똑똑한 네트워크-공간을 만들어내는 힘이라고 정의하고자 한다. 그리고 그 핵심 가치는 타자와의 '공감 능력'과 생각을 표현하는 '언어 능력', 정보를 창의적으로 재배치하는 '편집 능력', 해석의 빈틈을 메워주는 '상상력', 문맥을 파악하고 이해하는 '독해력' 등 다섯 가지이다. 그동안 전개된 디지털리터러시 담론들은 디지털리터러시가 무엇이고 왜 필요한지에 대한 각론으로 넘쳐났지만 정작 디지털리터러시를 배양하기 위해 어떻게 교육할 것인가라는 질문에 답은 못해왔다. 그

---

31   하이퍼텍스트가 컨텍스트를 생산하지 못한다는 주장은 다음 논문을 참조할 수 있다.
이용욱, 「텍스트의 미래-하이퍼텍스트를 넘어 메타컨텍스트로」 제61회 국어국문학회 국제학술대회 발표요지집(서울대학교), 국어국문학회, 2017.

것은 우리가 그 답을 컴퓨터에서, 인터넷에서, 하이퍼텍스트에서 찾으려 했기 때문이다. 그러나 디지털리터러시 개념의 무게중심은 '디지털'이 아니라 '리터러시'에 있다. 리터러시는 읽고 쓰는 가장 기본적인 저장과 기록 행위에서부터 시작된다. 따라서 디지털리터러시를 배양하는 가장 최적화된 교육방법은 '텍스트 읽기, 하이퍼텍스트 쓰기'로 요약될 수 있는 맥락 생산을 위한 소통형 교육공학이다.[32]

하이퍼텍스트는 특정한 사회문화적 맥락을 내면화하지 못한다. 맥락은 시간의 선후와 인과의 연결고리에 의해 형성되는데 하이퍼텍스트가 놓여 있는 네트워크-공간은 시간의 지배를 받지 않는 비선형적 비인과적 공간이기 때문이다. 하이퍼텍스트는 미디어의 다중성, 분산성, 개방성, 탈중심성으로 인해 읽기가 불편하다. 따라서 읽는 것은 오롯이 텍스트의 몫이다.

디지털세대 청소년에게 부족한 독서 자질은 긴 글을 끈기 있게 읽고 성찰할 수 있는 역량과 주어진 읽기 텍스트를 비판적으로 읽어내는 역량과 저자와 공감할 수 있는 역량이다.[33] 인터넷에서 하이퍼텍스트가 읽기의 대상으로 일반화되면서 텍스트 읽기에서는 당연시됐던 역량들이 쇠퇴하고 있다. 한국의 제도권 교육은 이해보다는 암기 중심의 문자 학습을 통해 대학 진학이라는 지상목표에 교육 역량을 집중하고 있다. 문해력 교육이 제대로 이루어지지 않는 이유이며, 동시에 제대로 이루어져야 하는 이유이기도 하다. 현실적으로 입시시스템이 변화하지 않는 한 중고등학교에서 제대로 된

---

32   여기서 말하는 교육공학은 교육활동에 필요한 모든 인적·물적 요소를 목적에 비추어 합리적으로 계획하고 집행하기 위한 조직적 학문을 일컫는다.

33   김아미, 「디지털 세대의 읽기 문화와 읽기 역량 연구 : 디지털 리터러시의 재개념화를 위하여」, 한국방송학회 세미나 및 보고서, 2008, 7-19면.

문해력 교육은 불가능하다. 초등학생들에게 비판적 읽기를 기대하기도 요원하다. 결국 디지털리터러시 능력 배양을 위한 소양교육은 대학이 담당해야 한다. 교양교육의 목표를 디지털리터러시 함양에 두고 전체 학생을 대상으로 텍스트 읽기를 중심으로 하는 문해력 교육이 광범위하게 이루어져야 할 필요가 있다.[34]

독서능력은 텍스트에 대한 진지하면서도 비판적인 읽기를 통해서 복원될 것이다. 그리고 그렇게 확보된 역량은 쓰기를 통해 구체적으로 실천된다. 읽기와 쓰기는 별개의 영역이 아니라 서로 연결되고 참조되는 인터랙티브한 과정이다.

롤랑 바르트는 텍스트를 '읽기 텍스트'와 '쓰기 텍스트'로 나눴다. 읽기 텍스트는 독자가 그저 읽도록 만들어진 책을 의미하며, 쓰기 텍스트는 독자들이 직접 쓰도록 유도하는 텍스트를 의미한다. 읽을 수는 있지만 쓸 수는 없는 것이 읽기 텍스트라면, 무언가를 읽은 뒤 자신의 의견을 덧붙일 수 있는 것이 바로 쓰기 텍스트라고 할 수 있다. 미국 작가 조지 P. 랜도(George P. Landow)는 '쓰기 좋은 텍스트(writerly text)'라는 용어로 하이퍼텍스트의 특징을 규정하면서 바르트의 이상적인 개념이 기술적으로 구체화됐다고 주장한다.[35] 전통적인 텍스트는 읽기와 쓰기가 작가와 독자라는 역할 구분에 가로막혀 분명한 경계로 표시되지만, 하이퍼텍스트는 네트워크-공간의 매끄러운 표면 위에서 '읽기로서의 쓰기'와 '쓰기로서의 읽기'가 자연스럽게 연결

---

34 한국대학의 교양교육은 학문을 분류하고 영역화한 근대교육의 산물이다. 근대적 가치들이 무너지고 네트워크-공간에서 쉽게 교양을 얻고 소비할 수 있는 디지털시대에 교양교육은 발전적 해체를 통해 새로운 가능성을 모색하여야 한다.

35 George P. Lando, Hypertext 2.0, 여국현 역, 『하이퍼텍스트』, 문화과학사, 2001.

된다.

바르트는 이미 오래 전에 「Ecrivains et écrivants」이란 논문에서 작가(writer)를 두 종류로 구분하고 그 둘 사이의 극적인 특성을 명확히 분리시켰다. 첫 번째 작가는 'écrivant'이다. 그는 자신이 쓰는 것은 무엇이나 오직 하나의 의미, 즉 자기가 독자에게 전달하고 싶어하는 의미를 필연적으로 갖고 있다고 생각한다. 그는 어떤 뚜렷한 목적을 가지고 다른 어떤 것에 대해서 글을 쓴다. 따라서 그에게 있어서 언어는 그 언어를 초월하는 목적으로 나아가는 수단이고, 글쓰기라는 서술형은 언제나 다른 것과 직결된 타동사이다. 반면에 또 다른 작가인 'écrivain'은 외적목적을 위해 글을 쓰는 'écrivant'과는 달리 어떤 목적이나 의미도 없이 오직 글쓰기 행동만을 할 따름이다. 그의 주요 관심사는 우리를 글쓰기 이상으로 데려가는 것이 아니라 글쓰기를 만들어 내는 일이다. 이 두 유형의 작가 가운데 바르트가 관심을 갖는 것은 물론 'écrivain'이다. 'écrivain'이야말로 〈미래의 작가〉(the writer of the future)이기 때문이다. écrivant이 세계에 몰두하는 반면에 écrivain은 단지 언어에 몰두한다. 또한 그는 글쓰기 그 자체를 목적으로 갖기 때문에 écrivant이 하듯이 의미들로부터 작업하지 않고 의미들을 향해서 작업한다.[36]

인터넷에서 텍스트는 다른 텍스트를 만나 새롭게 구성된다. 이때 작가와 독자의 경계는 모호해진다. 구비문학이 전승되면서 새로운 버전을 만들어 내듯이, 텍스트는 다른 텍스트에 기대어 새롭게 변형될 뿐 미증유의 텍스트가 창조되는 것은 아니다. 독자는 독자이면서 동시에 작가의 역할을 수행한

---

36   김지원, 「텍스트와 독자 : Roland Barthes의 구조주의적 독서 이론」, 세종대학교 논문집 제20집, 1993, 93면.

다. 이것이 최대한으로 활성화된 공간이 웹이다. 웹의 하이퍼텍스트는 소통되면서 동시에 재구성된다. 하이퍼텍스트에 관한 한 거기에 참가하는 사람은 독자(reader)라기보다는 게이머(gamer)에 가깝고, 저자(author)라기보다는 제작자(maker)에 가까운 존재들이다.[37]

텍스트가 키트(kit)라면 하이퍼텍스트는 레고(lego)이다. 선택된 작가만이 키트를 완성할 수 있다. 문해력 교육은 예술적으로 잘 만들어진 키트를 학생들이 자유롭게 분해하고 해체해서 자신만의 레고블록을 가질 수 있도록 도와주어야 한다. 그래야 수동적 독서에 머물지 않고 자신만의 방식으로 레고블록을 조립해 독창적인 키트를 완성할 수 있는 것이다. 키트의 완성도와 예술적 성취도는 문해력 교육에서 중요하지 않다. 읽기에서 쓰기로 연결되는 조립의 경험이 블록을 창의적으로 재배치하는 편집능력으로 확장될 수 있도록 사고의 유연성을 키워주는 것이 필요하다. '기억'과 '기록'이라는 근본적인 독서행위들은 디지털시대에도 여전히 유효하다. 다만 그것이 하이퍼텍스트 방식으로 네트워크-공간 위에서 펼쳐질 때 발생할 수 있는 맥락의 결여, 사고의 분절, 해석의 편린, 총체의 상실을 어떻게 극복하느냐가 디지털리터러시의 실천적 과제이다. 예술과 기술, 작가와 독자, 생산과 소비가 네트워크로 연결돼 그 경계가 희미해진 초연결사회(hyper-connected society)[38]에서 똑똑한 네트워크-공간을 건설하고 정보를 지식으로 발전시킬

---

37 류수열, 「중등학교 문학 교육의 현황과 과제」, 『새국어생활』 제14권 제3호, 국립국어원, 2004, 98면.

38 초연결사회는 IT를 바탕으로 사람, 프로세스, 데이터, 사물이 서로 연결됨으로써 지능화된 네트워크를 구축하여 이를 통해 새로운 가치와 혁신의 창출이 가능해지는 사회를 일컫는다. 초연결사회는 기술의 진화와 인간 욕구의 변화를 2대 동인으로 하여 등장하는 미래사회의 새로운 패러다임이다. (윤미영 외, 「창조적 가치연결, 초연결사회의 도래」, 한국정보화

수 있도록 생각의 힘(지혜)을 키우고, 가치를 연결하는 창의적인 교육, 텍스트를 읽고 하이퍼텍스트를 쓰는 문해력 교육을 디지털리터러시 교육이 나아가야 할 방향으로 제언한다.

5. 나오는 말

지식 창출이란 내면화 과정과 외면화 과정을 통해 이루어진다. 내면화 과정이란 개인이 외부로부터 수집한 정보를 인간의 인지 과정을 통해 처리되는 것을 의미하며 외면화 과정이란 사회 및 문화의 맥락 속에서 사회적 상호작용을 통해 지식으로 구성되어 진다.[39] 다시 말해서 지식 창출은 정보의 수집, 인지적 처리 그리고 상호작용에 의해 이루어진다. 이러한 활동이 가능하기 위해서 인간은 매체와 테크놀로지에 의존하게 되며 디지털 매체와 디지털 테크놀로지의 등장 및 발달은 지금까지 인간이 창출해 온 지식의 생산과 소비 속도를 가속화시키고 있다.

디지털세대는 선과 후가 있고 위와 아래가 있는 종적 인식 방법 대신에 이것이냐 저것이냐의 횡적 인식방법에 길들여져 있다. '층층'이 아니라 '겹겹'의 지식구조화 방식은 독서의 양태를 근본적으로 변화시키고 있다. 인터넷이 정보의 바다이기는 하나 유용성에는 일정 부분 한계가 있는 것도 사실이며, 인터넷 정보는 체계적인 의식내용 대신에 대충 알기에 적합한 정보와

진흥원 제10호, 2013, 9-16면)

39   강명희 외, 「웹기반 지식창출지원시스템의 개념적 모델」, 『교육공학연구』 Vol.16 No.4, 한국교육공학회, 2000, 4면.

지식으로 채워지는 단문장의 내용일 수밖에 없다. 따라서 정보지식화시대에 검색은 필요한 정보를 쉽고 빠르게 얻을 수 있는 수단은 될 수 있어도 유용한 정보를 선별하고 데이터 스모그를 미연에 차단하는 밝은 눈이 될 수는 없다.[40] 검색알고리즘의 필터링은 기계적일 수밖에 없으며, 맥락이 제거된 하이퍼텍스트에서 유용한 정보를 찾아내 그것을 지식으로 재생산되기 위해서는 우리 스스로가 넓고 깊고 밝은 눈을 가져야 한다.

근육과 자본의 시대가 가고 창조적인 두뇌와 지식의 시대가 오고 있다. 그 한 복판에 네트워크-공간을 종횡하는 창조적인 스마트 군중들이 활동하고 있다. 지식 생산과 유통과 공유와 소비를 둘러싼 행위자들의 적응과 학습의 상호작용을 지식 생태계(knowledge ecosystem)라고 한다. 변화된 환경에 적응하거나 선택되면서 개체들간에 상호작용하는 생물적인 환경을 지식을 둘러싼 활동에 비유한 것이다. 지식 생태계는 통제하거나 변화시키는 것이 불가능하지만 환경에 적응하며 학습하는 주체들이 자신의 역할을 통해 지식 생태계를 활성화하고 성장시켜 새로운 지식 가치를 만들어낼 수 있다.[41]

---

40 "디지털 기술을 이용한 인식, 이름하여 '구글노잉'(google-knowing)은 일상이 된 지 오래다. 그렇게 얻는 정보는 "너무 빠르고 친밀한 방식으로 휙 하고 들어오기 때문에 '이건 진짜야' 하고 그냥 받아들이게 된다." 옛날엔 '보는 것이 믿는 것'(seeing is believing)이었지만, 지금은 구글링이 곧 믿는 것이 됐다. 그러나 이건 '앎'을 다른 사람의 의견이나 선호에 극단적으로 의존한다는 뜻이기도 하다. 그래서 위험하다. 사람들은 어느새 자신이 실제로 아는 것보다 더 많은 것을 알고 있다고 착각하면서 오만해지고 있다. 사색과 질문과 성찰을 통한 앎은 경시한다. 진정한 '팩트 파인딩'과 멀어지고 있는 것이다. "넌 거기서 얻었어? 난 여기서 찾았어!" 각자 자신이 갖고 있는 정보의 내용과 출처를 덮어놓고 믿게 되면서 의견 충돌 가능성도 과거 어느 때보다 커졌다."-검색 만능 시대, '앎'의 본질을 묻다, 한겨레 인터넷 판, 2016년 6월 16일자.

41 공병훈, 「창조적이며 스마트한 군중들의 시대는 왔는가?, 무한조합의 무한 다양성」, 2016년 1월 5일, http://hobbitwizard.cafe24.com/archives/332

정보지식화사회와 인문공학

텍스트에 대한 진지한 읽기는 공감과 이해, 상상과 창의, 사유와 성찰의 시간을 제공해 준다. 하이퍼텍스트는 제공해줄 수 없는 이 특별한 경험이 필요한 이유는 성장 사회에서는 '퍼즐형 사고'와 '정보 처리력'이 요구되었지만, 성숙 사회에서는 '레고형 사고'와 '정보 편집력'이 필수적인 기량이기 때문이다. 정보 처리력은 조금이라도 빨리 정답을 찾아내는 힘을 말한다. 과거의 교육은 주로 '보이는 학력'이라는 정보 처리력을 키우는 것이었다. 그러나 21세기형 성숙사회에서 요구되는 자질은 정보 편집력이다. "정보 편집력은 익힌 지식과 기술을 조합해서 '모두가 수긍하는 답'을 도출하는 힘이다. 정답을 맞히는 것이 아니라, 수긍할 수 있는 답을 만들어 내야 한다는 점이 특징이다. 모두가 수긍하는 답을 도출하는 힘이란 단순히 퍼즐 조각을 정해져 있는 장소에 넣는 것이 아니라 레고 블록을 새롭게 조립하는 것이다. 정답은 하나가 아니며 조합 방법에 따라 무궁무진하다. 그런 가운데 자기 나름의 세계관을 만들어낼 수 있느냐 없느냐가 요구된다. 하나의 정답을 찾는 정보 처리력에서 필요한 것이 '빠른 머리 회전'이라고 한다면 정해진 답이 아닌 새로운 답을 찾아가야 하는 정보 편집력에는 '유연한 머리'가 필요하다고 하겠다."[42]

정보편집력의 핵심은 양질의 정보를 찾아내고 그것을 기억해 다시 배치하고 배열하여, 새로운 것이 아니라 새롭게 만드는 것이다. 기억이나 상상력이 과거의 경험적 재료를 통해 재현하는 것은 무작위적인 것이 아니라 의미 연관(혹은 연상)을 통해서만 가능하다. 이때 의미 연관과 연상은 기억과 상상

---

42   한기호, 「아이가 열 살까지 얼마나 실컷 놀았느냐에 따라 아이의 상상력이 좌우된다」, 한국출판마케팅연구소, 2016년 5월 25일(http://m.blog.naver.com/khhan21/)

력의 주체가 겪은 체험에 기반해 있다. 그것은 또한 하나의 통일된 관점에서 이야기를 만들어가는 작업에 기초해 있기도 하다. 이러한 '이야기' 그리고 그런 이야기를 만들어가는 '플롯'의 기저에는 인간 의식의 시간성이 자리잡고 있다. 그러나 디지털 기술은 그런 자연적 시간성을 해체시키고 있으며, 그에 따라 맥락과 하나의 사태를 바라보는 특정 관점도 해체된다. 사실상 시간 개념을 사상한 디지털 기억은 사실상 분절화된 정보의 순차적 집적일 뿐이다. 그렇게 파편화된 기억 소자들은 원리상 '무한한' 결합을 가능케 할 수는 있을지언정, 의미 있는 연관을 끌어내지는 못한다. 유비적으로 말하자면 디지털 기억은 마치 아이들의 장난감인 레고와 같이 그저 조립 가능한 과거의 편린들일 뿐이다.[43]

그것이 미래의 지식으로 나아가기 위해서는 완성된 키트에 대한 독서경험이 무엇보다 중요하다. 블록이 모여 키트가 되고, 읽기와 쓰기가 서로 연결돼 있듯이, 텍스트와 하이퍼텍스트 관계 역시 상호 보완적이다. 작가와 독자, 시간과 공간, 층층과 겹겹, 선형성과 비선형성, 중심과 탈중심은 서로 대립하는 것이 아니라 함께 조화를 이루어 네트워크-공간을 채워야 한다.

---

43 이종관 외, 『디지털 철학』(하이브리드미래문화연구총서4), 성균관대학교출판부, 2013, 307면.

6절 하이퍼텍스트를 넘어 메타컨텍스트로

1. 들어가는 말

예술작품 그리고 예술이론으로서의 하이퍼텍스트가 지식생태계에 등장한지도 벌써 28년이 지났다. 배니바르 부시(Vannevar Bush)가 1945년 7월에 『애틀랜틱 먼슬리(Atlantic Monthly)』에 발표한 「어쩌면 우리가 생각하는 것처럼(As we may think)」이라는 논문에서 처음으로 '하이퍼텍스트'라는 개념을 제안한 이후로 기술은 빠른 속도로 발전했지만, 예술작품으로 하이퍼텍스트 소설은 그로부터 46년 뒤인 1991년 〈이스트게이트 시스템즈(Eastgate Systems)〉가 마이클 조이스(Michael Joyce)의 『오후, 이야기(Afternoon, a story)』를 공식 출간하면서 시작된다. 그리고 같은 해에 대표적인 하이퍼텍스트 이론가인 조지 랜도우(George P. Landow)가 폴 들레니(Paul Delany)와 공동으로 『Hypermedia and Literary Studies(MIT)』를 출간하였다. 특히 조지 랜도우가 1992년에 출판한 『Hypertext-The Convergence of Contemporary

Critical Theory and Technology(JHU UP)』는 미국뿐만 아니라 유럽과 아시아 여러 나라에서 번역돼 학계에 큰 반향을 일으키며 문예이론으로서의 하이퍼텍스트를 자리매김시킨다.[1]

무엇보다 하이퍼텍스트가 한국의 인문학자들을 매료시켰던 것은 롤랑 바르트(Roland Barthes)나 자크 데리다(Jacques Derrida), 질 들뢰즈(Gilles Deleuze)의 난해한 이론들이 하이퍼텍스트를 통해 실증되고 있다는 믿음 때문이다. 그리고 그 믿음은 조지 랜도우의 입장을 고스란히 수용하는 것에서부터 시작되었다. 랜도우는 『하이퍼텍스트2.0-현대비평이론과 테크놀로지의 수렴』[2]의 제 2장 '하이퍼텍스트와 비평이론'에서 후기구조주의자들의 이론이 어떻게 하이퍼텍스트와 맞닿아 있는가를 소개하고 있다. 즉 데리다는 하이퍼텍스트와 관련되는 연결점, 웹, 네트워크, 발생지(matrix), 짜임(interweaving) 등의 용어를 사용했고, 바흐친 또한 링크, 연계, 상호연결(interconnectedness) 등의 용어를 사용함으로써[3] 하이퍼텍스트성에 대한 이론적

---

1   조지 랜도우는 1992년에 발표한 『Hypertext-The Convergence of Contemporary Critical Theory and Technology』를 1997년 개정하면서 제목을 『Hypertext 2.0-The Convergence of Contemporary Critical Theory and Technology』로 바꿨고, 2006년에는 『Hypertext 3.0-Critical Theory and New Media in an Era of Globalization』을 출간하였다. 국내에서도 2000년 이후 하이퍼텍스트에 대한 다양한 연구서들이 쏟아져 나오는데 대부분 독자적인 이론을 내세우기보다는 조지 랜도우의 이론에 한국적 상황을 연결하는 수준에 머물고 말았다.

2   조지 랜도우의 『Hypertext 2.0-The Convergence of Contemporary Critical Theory and Technology』를 여국현 외 3인이 공동번역한 번역서로 2001년 문화과학사에서 출판되었다. 앞으로 『Hypertext 2.0-The Convergence of Contemporary Critical Theory and Technology』의 인용은 이 번역본에 따른다.

3   조지 랜도우, 여국외 외 공역, 『하이퍼텍스트2.0-현대비평이론과 테크놀로지의 수렴』, 문화과학사, 2001, 69면.

통찰을 보여주었다는 것이다. 또한 그는 책의 서론에서 롤랑 바르트와 자크 데리다, 디어도어 넬슨, 안드레아 벤 담은 모두 중심, 주변, 위계질서, 그리고 선형성의 사상에 토대한 개념 체계들을 포기할 것을 강요하며 그것들을 다선형성(multilinearity), 결절점(nodes), 링크(links), 네트워크(networks)와 같은 생각으로 교체할 것을 주장하였다[4]고 서술한다. 다선형성, 결절점, 링크, 네트워크는 모두 하이퍼텍스트의 특징이니 그들의 이론은 랜도우의 하이퍼텍스트이론의 중요한 준거가 되는 것이다. 랜도우는 테크놀로지를 수렴한 현대비평이론으로서의 하이퍼텍스트를 논증하기 위해 기존 문예이론에서 필요한 부분만을 오려내어 자신의 하이퍼텍스트 이론에 붙여넣기를 하였고, 이 전략은 학문적 효과를 거두었다.[5]

'후기구조주의'와 '하이퍼텍스트'의 영향 관계에 대한 조지 랜도우의 진술은 새로운 이론을 수립하는 진입기에는 분명 유효한 방법론이었지만, 20여 년이 지난 지금 이 두 패러다임에 대한 기계적인 연결은 자칫 하이퍼텍스트에 대한 허상을 심어줄 수 있다는 점에서 재론의 여지가 있다.

하이퍼텍스트의 특징인 능동적인 읽기, 참여형 독서, 비선형성의 미학적 근거로 자주 인용되는 롤랑 바르트의 이론은 텍스트에 대한 이분법적인 구분에서 비롯된다. 텍스트를 읽기 텍스트(readerly text)와 쓰기 텍스트(writerly text)로 구분하고, '읽기 텍스트'는 독자들이 그저 읽도록 만들어진 책을, '쓰

---

4   여국현 외, 같은 책, 12면.

5   랜도우는 주석을 통해 바르트와 데리다가 컴퓨터 하이퍼텍스트에 아주 흥미롭고도 중요한 방식으로 관련을 맺고 있다고 주장하면서 동시에 그들-혹은 기호학과 포스트구조주의, 혹은 그 문제에 관한한 구조주의-이 본질적으로 동일하다고 간주하지는 않는다고 말한다. 난해하고 복잡하며 다성적인 후기구조주의이론 중 하이퍼텍스트에 적용될 수 있는 부분만을 교집합으로 뽑아내 자신의 이론의 배경으로 삼고 있음을 고백한 것이다.

기 텍스트'는 독자가 직접 쓰도록 유도하는 책이라는 전제 하에 독자들 역시 텍스트의 생산자로 참여해야 하는데, 하이퍼텍스트가 이를 기술적으로 구현했다는 것이다. 그러나 엄밀히 말해 읽기만 하는 텍스트에서 쓰기가 가능한 텍스트로의 전환은 비물질적 속성을 지닌 디지털텍스트의 등장으로 가능해진 것이며, 링크를 통한 디지털텍스트의 연결인 하이퍼텍스트의 비선형성은 오히려 일관된 독서를 방해하고 단기기억만을 활성화시킴으로써 독서기억을 훼손하고 텍스트의 맥락을 이해하는데 치명적인 한계를 드러낸다. 만약 텍스트의 생산이 '재생산' 즉 〈편집〉을 의미한다면 이 역시 하이퍼텍스트가 아니라 디지털텍스트의 등장으로 인해 가능해진 것이다, 바르트가 제기한 이상적인 텍스트는 "수적으로 많은 네트워크들이 상호작용하면서 그중 하나가 여타의 것을 압도할 수 없는 기표들의 은하"[6]이지만, 실제 지금 우리가 목도하고 있는 하이퍼텍스트의 네트워크는 분산보다는 수렴에 가깝고, 원심력보다는 구심력이 작동하는 권력적인 구조이다. 데리다의 '탈중심'의 관점에서 하이퍼텍스트가 저자의 죽음을 구체화하면서 저자의 권위 중 상당 부분이 독자에게 넘어갔다고 주장하지만[7] 실제 하이퍼텍스트의 권력은 여전히 작가(물론 전통적 의미의 작가가 아니라 편집자에 더 가까운)에게 있다.

조지 랜도우와 폴 들레니는 『Hypermedia and Literary Studies(MIT)』 (1991)에서 "하이퍼텍스트는 어떤 중심도 없다. (…중략…) 이는 하이퍼텍스트를 사용하는 사람은 자기 자신의 관심을 그 순간에 항해를 하기 위한 사실

---

6   여국현 외, 같은 책, 69면.
7   여국현 외, 같은 책, 72면.

상의 조직 원리(중심)로 삼는다는 것을 의미한다. 우리는 하이퍼텍스트를 무한히 탈중심화와 재중심화할 수 있는 체계로 경험한다."[8]로 진술했다. 1991년은 아직 인터넷이 문서 기반의 web에 머물러 있을 때이다.[9] 지금은 데이터 기반의 멀티미디어 환경으로 발전하였고, 1인미디어의 등장과 SNS의 대중화 등 디지털생태계 자체가 변화하였다. 하이퍼텍스트의 역할과 의미 역시 변화할 수밖에 없다. 위 진술에서 랜도우와 들레니는 하이퍼텍스트 자체는 중심이 없지만 사용자는 자신의 관심을 텍스트의 조직원리로 삼고 탈중심화 재중심화를 무한히 반복한다고 말한다.

바로 이 지점에서 본 연구자의 문제제기는 출발한다. 과연 하이퍼텍스트는 중심이 없는 구조인가? 사용자의 관심은 온전히 주체적인가? 탈중심화와 재중심화는 상호대립적인 개념인데 사용자의 관심은 어느 쪽에 있는가? 궁극적인 질문은 지금도 여전히 랜도우의 진술이 유효한가이다. 많은 연구자들이 환호했듯이 텍스트의 미래가 하이퍼텍스트라면 우리는 좀 더 정치하게 하이퍼텍스트를 들여다 보아야 한다. 랜도우가 논의의 출발선을 그려주었는데 20여 년 동안 우리가 과연 몇 걸음이나 앞으로 나아갔는지 성찰해볼 필요가 있다. 무엇보다 변화한 디지털생태계에서 하이퍼텍스트는 어떤 위치에 놓여 있고, 무슨 역할을 수행하고 있는지, 그리고 그것이 텍스트의

---

8   배식한, 『인터넷, 하이퍼텍스트 그리고 책의 종말』, 책세상, 2000, 119면.(재인용)

9   팀 버너스 리(Tim Berners Lee)가 1989년 월드 와이드 웹(World Wide Web)을 고안했지만 그것이 실제 대중들에게 알려지게 된 것은 1993년 일리노이 NCSA(National Center for SuperComputing Applications)의 마크 앤드리센(Mark Andreesen)이 모자이크X라는 브라우저를 개발하면서 데이터 기반의 WEB으로 발전하면서 부터이다. 웹브라우저의 등장으로 웹사이트와 그것을 구성하는 웹페이지가 기아급수적으로 증가하면서 HTML이 표준화 범용되고, 하이퍼텍스트는 이론이 아니라 실제로 우리 앞에 등장한다.

미래에 대한 분명한 전망을 보여주고 있는지 고찰해야 한다. 이 글은 이 질문에 대한 나름의 답변이다.

2. 하이퍼텍스트의 한계

조지 랜도우는 하이퍼텍스트의 가능한 다섯 가지 형식 가운데 '텍스트의 도표적 제시', '단순한 수문자 조합의 디지털 텍스트', '비선형적 텍스트', '시뮬레이션'은 하이퍼텍스트 환경 내에 존재할 수 있지만 그 자체가 하이퍼텍스트적인 것이 아닌 전자적 텍스트성이라 하면서 하이퍼텍스트는 "텍스트의 블록들과 그것들을 서로 연결시킨 전자적 연결점으로 구성된 텍스트"라 정의하였다. 하이퍼미디어 개념은 하이퍼텍스트 내에다 단지 시각 정보, 소리, 동영상, 그리고 여타 다른 형태의 데이터들을 포함함으로써 텍스트의 개념을 보다 확장시킨 것일 뿐임으로 하이퍼텍스트와 하이퍼미디어를 구분하지 않았다.[10] 여기서 랜도우가 말하는 하이퍼텍스트는 링크로 연결된 문자 기반 텍스트이다. 그가 하이퍼텍스트 2.0에서 무수히 많은 문학이론을 섭렵하고 인용한 것은 텍스트의 중심이 문자라는 생각을 갖고 있었기 때문이다. 이 생각은 그때는 옳았지만 지금은 틀리다. 무엇보다 하이퍼텍스트 이론의 근간이 되는 하이퍼텍스트 문학이 이제는 소멸되었다. 마이클 조이스의 『오후, 이야기』와 마크 아메리카의 『그레마트론』은 이미 낡은 박제가 되었고, 더 이상 문자와 링크로 이루어진 하이퍼텍스트 문학은 소비되지 않는

---

10   여국현 외 공역, 같은 책, 14-15면.

다. 랜도우도 그것을 알아차리고 2006년에 출간된 『하이퍼텍스트 3.0-지구화시대의 비평이론과 뉴미디어』 서문에서는 『하이퍼텍스트 3.0』을 내놓게된 것이 웹의 엄청난 성장세와 '읽고 쓰기(read-write)' 하이퍼텍스트인 블로그의 발전, 그리고 플래시 등을 활용한 애니메이션 텍스트에 대한 관심 증가 등을 담아내기 위한 것이라고 밝히고 있다. 하이퍼텍스트2.0의 업그레이드 버전인 3.0에서 주목할 것은 8장「하이퍼텍스트의 정치학 : 누가 텍스트를 조정하는가?」가 기존의 8절에서 15절로 대폭 늘어났다는 것이다. 탈식민주의 이론을 하이퍼텍스트에 끌어 들여 인터넷 관련 테크놀로지의 전 지구적 확산과 사회적·정치적 함의를 살펴보았고, 다중 사용자 블로그에서 저자와 편집자 역할을 하는 독자라는 개념을 시도하였다. 집단지성 글쓰기인 블로그에 주목함으로써 여전히 하이퍼텍스트는 읽고 쓰는 문자텍스트라는 입장을 견지하고 있다. 그가 블로그를 새로운 하이퍼텍스트의 서사공간으로 관심을 갖게 된 것은 '적극적인 읽기'라는 관점에서 링크를 효율적으로 활용하고 있기 때문이다.

> 블로그 독자들은 네트워크로 연결된 컴퓨터 환경에서 글을 쓰기 때문에 의견이 덧붙여진 블로그(commented-on blog)는 트랙백을 통해 적극적인 독자의 텍스트에 연결할 수 있는 것이다. 이렇게 함으로써 **토론**을 계속할 수 있게 된다.[11]

---

11   조지 랜도우, 김익현 역, 『하이퍼텍스트 3.0 : 지구화 시대의 비평이론과 뉴미디어』, 커뮤니케이션북스, 2009, 7면.

블로그는 두 가지 형태의 하이퍼텍스트성을 채용한다. 첫째, 토론방 리스트와 달리 모든 블로거들은 연대기적으로 먼 개별 글들을 서로 링크할 수 있다. 따라서 독자들이 사건들에 **맥락을 부여할** 수 있으며, 글쓴이들이 또 다시 설명을 해주지 않아도 모든 이야기를 접할 수 있게 된다. 두 번째 특징은 독자들이 블로그의 글들에 논평을 달 수 있는 블로그 시스템으로 인한 것이다.[12]

블로그에서 볼 수 있는 완벽한 읽기-쓰기 텍스트는 **탄압적이고 획일적인 목소리를 허용하지 않는다.**[13]

위 『하이퍼텍스트3.0』의 인용문에서 굵은 글씨는 임의로 지정한 것이다. 랜도우는 블로그가 토론을 활성화하고 독자들이 스스로 맥락을 부여하며, 탄압적이고 획일적인 목소리를 허용하지 않는다고 하였지만 그것은 위키피디아(wikipedia)나 슬래시닷(Slashdot)의 예처럼 일정 수준 이상의 집단지성이 자발적으로 참여하기 때문에 가능한 것이지 하이퍼텍스트성 때문이 아니다. 더구나 지금은 웹3.0의 시대로 진입했음으로 랜도우의 하이퍼텍스트3.0은 하이퍼텍스트2.0이 그러했듯이 이론적 기반을 상실하였다.

웹 1.0인 월드 와이드 웹(WWW)은 사용자가 신문이나 방송처럼 일방적으로 정보를 받는 것이었고, 웹 2.0은 참여, 공유, 개방의 플랫폼 기반으로 정보를 함께 제작하고 공유하는 것이었다. 그러나 웹 3.0은 개인화, 지능화

---

12 위의 책, 77-78면.
13 위의 책, 56면.

된 웹으로 진화하여 개인이 중심에서 모든 것을 판단하고 추론하는 것을 목표로 한다. 페이스북이나 트위터, 인스타그램 같은 개인형 SNS는 상호연결의 링크(link)나 태그(tag)를 원심이 아니라 구심의 목적으로 활용함으로써 하이퍼텍스트를 탈중심화가 아니라 재중심화의 영역에 위치시킨다. 더구나 '웹OS'의 개념으로 인터넷이 인간의 두뇌를 대체하는 웹4.0의 시대가 도래하면[14] 하이퍼텍스트는 역사 속으로 사라지게 될지도 모른다.

3. 하이퍼텍스트와 하이퍼미디어

조지 랜도우는 자신의 하이퍼텍스트이론을 지속적으로 업데이트 했지만 기술의 발전 속도를 따라잡지는 못하였다. 그의 한계는 분명하다. 하이퍼텍스트를 문자라는 닻에 묶어두고 있다는 것이다. 이제 하이퍼텍스트는 하이퍼미디어가 되었다. 텍스트에서 미디어로의 변화는 수백 년 동안 우리를 지배했던 문자중심주의의 구속에서 해방되었다는 것을 의미한다. 따라서 웹3.0시대에 우리는 하이퍼텍스트에 대한 새로운 시각을 가져야 한다.

국내 대표적인 하이퍼텍스트 연구자인 유현주는 최근 저서에서 다음과 같이 발언하였다.

1990년대 초반의 하이퍼텍스트 연구가들이 희망하던 "작가의 죽음"이라던가 독자와 저자가 결합된 개념인 "독저자Wreder"(조지 랜

---

14   웹4.0은 이미 사물인터넷(IoT)이라는 개념으로 구체화되고 있다.

도)의 탄생은 끝내 실현되지 않았고, 작가의 권력은 오히려 디지털 문학에서 어느 때보다 더 강화되고 있다. 작가는 이제 프로그래머로서, 혹은 프로젝트 지휘자로서, 적대적으로 설치된 에이전트 프로그램을 통하여, 독자의 '자유로운' 연상에까지 영향을 미친다.[15]

2003년 『하이퍼텍스트-디지털미학의 키워드』에서 유현주가 한 발언과 비교해보면 하이퍼텍스트에서 작가와 독자의 관계에 대한 분명한 인식 차이를 느낄 수 있다.

더 이상 완결된 텍스트가 주어지는 것이 아니라 텍스트들이 서로 연합되어 있는 네트워크가 문제가 되며, 구성의 과제는 독자에게 남겨진다. 같은 작품을 읽어도 스스로가 경로를 결정했기 때문에, 내가 읽은 내용은 다른 사람이 읽는 것과는 다른 내용, 다른 작품이 된다. 모든 읽기 과정에는 나만의 흔적이 남겨지는 것이다. 이렇게 하이퍼텍스트는 독자/수용자에게 자신의 참여가 작품을 만들어 나간다는 적극적인 역할을 부여하고, 독자의 퍼포먼스와 구성의 방식을 작품 존재의 일부로 포함하고 있다는 점에서 독자를 저자와 좀 더 가까운 곳으로 데려다 주었다.[16]

하이퍼텍스트의 작가/독자 관계에 대한 유현주의 사뭇 다른 진술은 그

---

15   유현주, 『텍스트, 하이퍼텍스트, 하이퍼미디어 : 디지털시대의 새로운 문예학』, 문학동네, 2017, 144면.

16   유현주, 『하이퍼텍스트-디지털미학의 키워드』, 연세대학교 출판부, 2003, 31-32면.

의 관심이 하이퍼텍스트에서 하이퍼미디어로 이행하였음을 보여준다. 그리고 스스로 이런 질문을 던진다.

'문자'가 거의 등장하지 않는 문학을 우리는 계속해서 '문학'으로 정의할 수 있을까? 애초에 디지털 문학이란 디지털 매체에서만 재현되고 수용될 수 있는, 즉 다시 종이 위로 인쇄될 수 없는 성격의 문학을 뜻했다. 그것이 이제는 '문학적 성격을 가지고 있는 디지털 예술'로 바뀌는 경향을 보인다. 내러티브의 성격이 강한, 즉 텍스트성이 강하게 내재되어 있는 것만으로도 예술은 문학이 될 수 있을까?[17]

유현주는 텍스트에서 하이퍼텍스트로, 다시 하이퍼미디어로 디지털문학의 무게중심이 이동하고 있으며 더 이상 문학이 문자의 전유물이 아님을 말하고 있다. 랜도우가 하이퍼미디어는 하이퍼텍스트의 언어적 확장에 불과함으로 용어를 구분하지 않은 반면, 유현주는 텍스트성을 내러티브(이야기)로 규정하고 〈멀티포엠〉이나 〈웹아트〉 같은 비문자적 텍스트를 문학연구대상으로 포섭하기 위해 하이퍼텍스트와 하이퍼미디어를 구분하였다. 하이퍼텍스트가 '상호텍스트성(Intermediality)'을 기반으로 한다면 하이퍼미디어의 기반은 '상호매체성(Intermediality)'이다. 링크로 연결된 하이퍼텍스트보다는 다매체적인 '하이퍼미디어'가 디지털 예술을 규정하는 기술적 조건이

---

17   유현주, 『텍스트, 하이퍼텍스트, 하이퍼미디어 : 디지털시대의 새로운 문예학』, 문학동네, 2017, 144-145면.

라는 주장은 작가/독자에 대한 하이퍼텍스트의 짧지만 견고한 관습을 재구성한다. '상호텍스트성'이 텍스트의 해석에 대한 독서 과정의 역동성을 중요하게 생각한다면, '상호매체성'에서는 개별 미디어의 기술적 결합(재매개)을 통해 미적 효과를 발생시키는 창작(편집) 과정의 숙련도가 중요하다. 따라서 하이퍼텍스트에서 독자에게 주어졌던 권력은 다시 작가에게로 회수된다.

디지털미디어는 기존의 미디어를 재매개화한다. 재매개화란 새로운 미디어가 앞선 미디어 형식들을 개조하는 형식 논리를 의미한다.[18] 하이퍼텍스트와 하이퍼미디어 모두 디지털기술이지만 문자, 그림, 사진, 영화 등 기계기술의 발전과 연동된 올드미디어의 형식논리를 개선하거나 수정하면서 차용한다. 차이가 있다면 하이퍼텍스트가 "비매개(immediacy)" 방식으로 재매개화된다면, 하이퍼미디어는 "하이퍼매개(hypermediacy)" 방식으로 재매개화된다는 것이다. 볼터와 그루신에 따르면, 비매개는 투명성을 추구하는 논리 또는 방식으로 마치 매우 투명한 큰 창을 통해 창 너머의 풍경을 보는 것처럼 보는 이가 미디어 자체를 보지 못하거나 미디어가 있다는 사실을 느끼지 못하고 미디어가 표상한 대상에 주목하거나 빠져들도록 만드는 표상 양식이다. 반면 하이퍼매개는 비매개와는 달리 매개하고 있는 미디어 그 자체를 드러내거나 복수의 이질적인 화면 또는 공간을 만들어 보는 이가 미디어 자체에 주목하게 만들고 미디어를 환기시키는 표상 양식이다. 이런 비매개와 하이퍼매개는 어떤 원리이기보다는 문화적 관습에 가까우며, 또 각각의 논리가 배타적이라기보다는 서로 의존적으로 작동한다.[19]

---

18   제이 데이비드 볼터·리처드 그루신, 이재현 역, 『재매개 : 뉴미디어의 계보학』, 커뮤니케이션북스, 2006, 329면.

19   위키피디아, 재매개 항목 참조(https://ko.wikipedia.org/wiki/재매개).

하이퍼텍스트(비매개)는 비록 링크와 노드라는 디지털기술을 사용하나 시각적 표상양식이 책이라고 하는 올드미디어의 형식으로 표시되면서 기술보다는 텍스트에 주목하게 만들지만, 하이퍼미디어(하이퍼매개)는 디지털기술에 대한 이해와 친밀감, 숙련도에 따라 수준이 결정되는, 텍스트보다는 기술에 주목한다. 레프 마노비치는 미디어 진화의 단계를 기존의 미디어 대부분이 컴퓨터 안에서 시뮬레이션되고, 컴퓨터 안에서만 실현되는 새로운 유형의 수많은 미디어가 발명되는 1단계(미디어소프트웨어화)와 이렇게 시뮬레이션된 미디어와 새로운 미디어가 속성과 기술을 교환하기 시작하는 2단계(미디어혼종화)로 나눈다.[20] 하이퍼텍스트가 미디어소프트웨어화의 산물이라면 하이퍼미디어는 이제 디지털미디어가 미디어혼종화로 진화하고 있음을 보여준다.

'하이퍼텍스트문학'에서 '하이퍼미디어예술'로의 변화의 의미는 디지털미디어의 예술형식이 HTML이라는 문서방식에서 포토샵(사진)이나 플래쉬(애니메이션), 프리미어(동영상), 골드웨이브(음악) 같은 편집 소프트웨어를 사용한 멀티미디어 텍스트로 대체되고 있다는 것이다. 마치 글쓰기 도구가 우리의 의식에 개입하는 것처럼 어떤 편집소프트웨어를 사용하느냐에 따라 예술형식과 내용이 결정된다면 현대예술의 정의와 개념에 대한 근본적인 수정이 요구된다.

하이퍼텍스트는 이제 더 이상 유효하지 않다. 링크와 노드를 통한 텍스트의 전자적 연결이라는 기술적 개념에 국한될 뿐 어떠한 미학적 가치나 예

---

20   레프 마노비치, 이재현 역, 『소프트웨어가 명령한다』, 커뮤니케이션북스(주), 2014, 61면.(편집)

술적 의미도 생산해내지 못한다. 처음부터 그랬다는 것이 아니라 디지털기술의 발전으로 우리가 더 이상 하이퍼텍스트를 낯설고 기이하고 새로운 형식으로 인식하지 않게 됐기 때문이다.[21]

그렇다면 하이퍼미디어는 어떠한가. 하이퍼미디어 역시 예술 담론을 생산하기에 한계가 있다. 유현주는 〈장영혜중공업〉의 웹아트와 문자빗방울들로 가상과 현실이 뒤섞이는 혼합현실을 구현하는 〈우터백/아키튜브〉의 「텍스트 레인」의 예를 들면서 하이퍼미디어의 상호매체성과 가상현실을 미학적으로 설명하였지만 이 해석은 '프로크루스테스의 침대'이다. 프레임에 딱맞는 텍스트를 찾아내 이론을 구성하는 연구 방법론의 한계는 이미 조지 랜도우가 보여 주었다. 사실 연구자들이 범하기 쉬운 학문적 오류가 정형화된틀에 예술 텍스트를 밀어 넣는 것이다. 1990년대 이후 한국의 디지털문학 담론이 대부분 이 도그마에 매몰되었다. 사이버문학론이 그랬고 하이퍼텍스트, 디지털스토리텔링, 디지털서사학도 마찬가지였다. 결국 텍스트를 찾아내지 못하자 담론도 사라질 수밖에 없었다. 작품이 아니라 예술 향유의 과정과 정서적 경험과 미학적 환기에 더 집중해야 한다. 하이퍼텍스트나 하이퍼미디어 모두 텍스트의 미래가 될 수 없다. 텍스트는 명사가 아니라 동사형이다. 기표와 기의가 충돌하는 유동적이고 유연한 공간이며, 읽기와 쓰기가 교차하는 역동적인 서사장이며, 상상과 기술이 연결되는 마디(노드)이며 인터페이스이다. 텍스트의 미래를 이야기하기 위해서는 예술 경험과 담론을 구

---

21 1996년에 랜도우는 하이퍼텍스트가 보이는 낯설음, 기이함 그리고 새로움은 비록 짧은
    순간에 효과가 없을지라도 우리들로 하여금 우리 자신의 (인쇄) 문화가 지닌 독서, 글쓰
    기, 저작권, 그리고 창조성에 대한 가정들을 탈-중심화하도록 기회를 부여한다고 말했
    다. 그로부터 20여 년이 지났고 모든 것이 바뀌었다.

성하는 해석 알고리즘의 변화를 먼저 읽어내야 한다. 이제 디지털시대 예술 텍스트의 해석 알고리즘을 컨텍스트의 재구성이라는 측면에서 논의해 보자.

4. 메타컨텍스트의 개념

아래한글이나 MS-WORD 같은 문서 편집 소프트웨어가 일반화된 이후 쓰기 과정에서 가장 익숙한 방식은 '오려내기'와 '복사하기', 그리고 '붙이기' 이다. 모든 워드프로세서 소프트웨어가 표준화된 방식으로 제공하는 이 편집 기술은 짜깁기이며 동시에 콜라주이다. 워드프로세서가 생산해 낸 디지털텍스트를 링크로 연결하는 하이퍼텍스트는, 텍스트를 만들어내는 소프트웨어의 알고리즘을 구조화할 수밖에 없다.

일반적으로 하이퍼텍스트 글쓰기는 한편으로는 분리된 구성 요소를 연결하고 다른 한편으로는 그 분리를 유지하는 이중성을 갖는다는 점에서 미술 양식인 콜라주와 유사한 것으로 보인다. 이와 같은 병렬의 미학은 그 자체로 이질적인 요소의 조합이라는 측면에서, 그리고 병렬이 주는 즐거움이라는 효과 측면에서 통합성, 단일성, 선형성을 근간으로 하는 기존의 양식과 다른 의미를 갖는다. 하이퍼텍스트를 활용한 콜라주적 글쓰기는 새로운 유형의 읽기를 요구한다. 독자는 주 텍스트뿐만 아니라 그 주변의 다른 텍스트들을 고려

하지 않을 수 없다.[22]

하이퍼텍스트가 병렬의 미학을 보여준다는 이재현의 진술은 맞지만 독자가 읽기를 통한 의미 해석과정에서 주 텍스트뿐만 아니라 주변의 다른 텍스트들을 고려해야 한다는 주장은 당위일 뿐 허망에 불과하다. 하이퍼텍스트는 현재 눈앞에 보이는 텍스트에 독자의 관심을 집중시킴으로써 맥락(context)이 결여되고 해석의 연속성은 훼손된다.

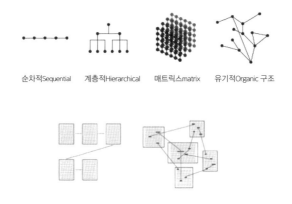

순차적Sequential   계층적Hierarchical   매트릭스matrix   유기적Organic 구조

위 그림에서 순차적 계층적인 텍스트는 전통적인 텍스트를, 매트릭스와 유기적 구조를 갖는 텍스트는 하이퍼텍스트를 시각화한 것이다. 1차원으로 표시됐지만 전통적 텍스트는 2차원에 위치해 있고, 하이퍼텍스트는 3차원이다. 만약 하이퍼텍스트를 해석할 때 주변의 텍스트(3차원이기 때문에 앞 뒤, 좌 우, 위 아래에 위치한)를 고려해야 한다면 우리는 전통적인 텍스트를 읽을

22   이재현, 『디지털 시대의 읽기 쓰기』, 커뮤니케이션북스, 2013, 38-39면.

때보다 몇 배 이상의 기억력을 갖고 있어야 한다. 그러나 하이퍼텍스트는 처음 그 아이디어가 고안될 당시부터 기억의 육체성에서 벗어나려는 기술적 노력이었다. 1945년 배니바르 부시(Vannevar Bush)가 〈메멕스(Memex)〉란 장치를 처음 세상에 제안했을 때, 그는 기억 확장장치(Memory Extender)의 약자로 메멕스라 명명하였다. 정보를 인간의 육체가 아닌 기계에 저장해두고 필요할 때마다 해당 정보가 담긴 마이크로필름을 불러와 읽고 내용을 편집할 수 있다는 개념이었다. 이 장치는 실제로 구현되지 못했지만, 정보의 효율적인 저장과 검색, 연결이라는 개념은 훗날 인터넷과 하이퍼텍스트 발전에 영감을 줬다. 메멕스의 기술적 구현인 하이퍼텍스트가 확장시키고 있는 것은 기억이 아니라 데이터이다. 무한의 데이터가 하이퍼텍스트 기술로 연결되고 그것이 웹에 저장됨으로서 우리는 기억의 책임으로부터 완벽하게 자유로워질 수 있게 되었다. 이제 우리는 더 이상 기억하려 하지 않으며, 그 대신 검색을 한다.

디지털기기와 그 사용 시간이 증가할수록 우리의 기억력은 약화된다. 디지털치매라는 신조어가 등장했으며, 인터넷 중독은 기억력 장애, 주의력 결핍 장애, 집중력 장애를 낳는다는 연구결과도 나왔다. 니콜라스 카는 인터넷(사실은 하이퍼텍스트)이 우리의 지식을 가볍고 얇게 만들며 더 나아가서는 글을 쓰고 읽지 않게 하며 결국은 우리의 사고가 마비된다고 주장하기도 한다.[23] 카의 극단적인 진술에 전적으로 동의할 수는 없지만 우리 뇌가 장기기억보다는 단기기억에 더 최적화(optimization)가 되어가고 있는 것은 분명하

---

[23] 니콜라스 카, 최지향 역, 『생각하지 않는 사람들 : 인터넷이 우리의 뇌구조를 바꾸고 있다』, 청림출판, 2011, 34면.

다. 물론 디지털기기로 인해 우리의 기억력이 나빠진 것이 아니라 좀 더 효율적인 방식으로 정보를 저장하는 것뿐이라는 주장도 있다. 정보의 내용을 저장하는 것이 아니라 정보의 위치만 기억하는 방식으로 뇌가 작동된다는 것이다.[24] 그러나 내용이 아니라 위치가 저장된다면 우리의 독서는 결코 컨텍스트를 만들어낼 수 없다. 무엇보다 다음 텍스트로의 이동이 이미 결정되거나 주어진 것이 아니라 즉흥적 혹은 의도된 선택에 기인한다면 텍스트의 총체성은 미망에 불과해지고, 문맥과 맥락은 파편화되거나 그 완성이 연기되면서 텍스트 위를 떠다니게 될 것이다.

하이퍼텍스트가 콜라주적 글쓰기라면 그것은 문자이면서 동시에 이미지라는 것이다. 따라서 하이퍼텍스트의 구성은 미술 양식처럼 공간 배열의 중요성이 커지고 시각적 짜임새에 대한 고려와 통찰이 요구된다. 문자와 이미지는 인류 역사 속에서 가장 치열한 경쟁자였다. 구텐베르크의 인쇄기 발명이 문자의 전성시대를 열었다면, 컴퓨터와 스마트폰 같은 디지털기기의 등장은 이미지의 힘과 역할을 다시 복원시켰다. 문자텍스트의 컨텍스트가 하나의 발화 단위로서 문장을 분석하여 문장 속에 들어있는 정보 단위인 명제들이 어떤 개념들을 지칭하는지 파악하고, 이들 문장의 연속체, 또는 연결된 문장들을 연속적으로 분석하면서 도출한 개념들을 텍스트 바깥 외부에

---

24   미국 칼럼비아대 베치 스패로 교수는 과학 학술지 『사이언스』에 발표한 「기억에 대한 구글 효과」라는 논문에서 "나중에 특정 정보에 다시 접근할 수 없다는 생각은 그 정보에 대한 기억을 향상시키는 반면, 정보가 외부에 저장된다는 사실을 알면 정보에 접근할 수 있다는 사실에 대한 기억을 향상시킨다"고 주장하면서 "사람들은 이제 인터넷을 '외부 기억은행(memory bank)'으로 간주하며, 우리의 기억체계는 '무엇'보다는 '어디에 있는지'를 우선 기억하는 방식으로 바뀌었다"고 결론 내렸다.(Betsy Sparrow, 「Google Effects on Memory : Cognitive Consequences of Having Information at Our Fingertips」, 『sciencexpress』 인터넷판, 14 July 2011.)

다시 재생산하는 것이라면, 이미지 텍스트의 컨텍스트는 개별적인 도상학적 기호들을 연속적으로 분석하여 그것을 텍스트 내부에서 언어화하는 과정이다. 그런데 문자와 이미지의 콜라주인 하이퍼텍스트는 기표와 기의의 연속성이라는 것이 아무런 의미가 없는 독립적이고 자족적인 텍스트로 컨텍스트 발생의 메커니즘이 기존의 텍스트와 다를 수밖에 없다.

컨텍스트 연구에서 맥락을 발생시키는 원인 혹은 근원에 대한 두 가지 관점은, 언어에서 비롯된 것으로 보는 언어학적 관점과 발화 참여자의 인식을 발생의 중요한 계기로 보는 심리학적 관점으로 구분할 수 있다. 전자는 문장의 연결체로서 텍스트 속에 내재하는 맥락을 분석해 내려는 분석적·증명적 관점이다. 이러한 관점에서 텍스트는 맥락을 포괄한 개체들의 통합이다. 반면 후자는 맥락을 인식하는 주체가 누구냐에 따라 개인적인 맥락과 사회적인 맥락으로 구분된다. 개인적 맥락은 텍스트를 읽으면서 머릿속에 떠올리는 인지적 표상으로서의 심리학적 실재라면, 사회적 맥락은 실제 세계에 엄연히 존재하면서 역사적으로 그 실체를 형성해 온 구체적인 맥락 일명 제도나 관습이라 불리는 것이다.[25] 언어학적 관점이나 심리학적 관점은 모두 '연속'과 '일관', '총체'라는 텍스트의 자기반영성을 확인하는 과정이다. 권력적, 중심적, 선형적, 계층적 읽기의 결과이고 일관된 방향성을 통한 반성과 성찰의 산물이다.

텍스트를 '읽는' 행위가 사유라는 과정을 거쳐 언어적 형식을 통해 시각적 공간에 배열된 기호들의 기표와 기의를 연결하는 것이라면, 하이퍼텍스

---

25 김혜정, 「읽기의 맥락과 맥락 읽기」, 한국독서학회 제23회 학술대회 자료집, 2009, 89-90면.

트는 사유의 과정이 생략된 채 자신의 관심을 조직 원리로 삼아 기표를 '보는' 것이다. 하이퍼텍스트는 인간의 생각처럼 작동하는 연상활동의 결과이기 때문에 기표와 기의의 결합은 과정 속에서 계속 미루어진다. 따라서 하이퍼텍스트는 독서 과정 속에 방향 상실의 문제를 항상 내재할 수밖에 없다.

랜도우는 『하이퍼텍스트2.0』에서 방향감 상실이라는 문제를 제시하며 다음 두 가지 질문을 제기한다. 1) 네트워크상에서 현재 당신의 위치는 어디인가? 2) 당신이 알기에(혹은 생각하기에) 네트워크상에서 존재하고 있다고 당신이 알고 있는(혹은 생각하는) 다른 어떤 곳으로 갈 수 있는 방법-을 알아야만 한다. 방향감 상실에 대한 세 가지 주목할 사실은 첫째, 하이퍼텍스트를 경험하는 방식을 기술하는 데 공간적, 지리적, 여행 메타포를 이용하는 경향과 밀접한 연관이 있다. 둘째, 정보테크놀로지 그 자체의 디자인에 많은 관심을 가진다. 셋째, 이것은 작가들에게 손실을 주고 능력을 저하시키는 것으로 인식된다.[26] 하이퍼텍스트의 방향감 상실은 두 가지 차원에서 설명될 수 있는데 '연상적 구조자체가 원인'이거나 '기계적 지시 관계의 단점'이라는 것이다.[27] 이를 극복하기 위한 방법으로 마이클 조이스는 "구성적 하이퍼텍스트들은 행동할 수 있는 능력을 요구한다. 이 행동할 수 있는 능력이란 발전하는 지식의 총체 속에서 접하게 되는 특정한 마주침들을 창조하고 도전하며 재발견하는 능력"을, 유현주는 "독자가 자기 자신의 독자적인 경로를 설정하여 연관성을 잃지 않고 정보의 통일성을 생산하는 방법이다. 독자적인 연상을 통해 능동적인 독서를 강조"하였다. 두 사람 모두 '총체'와 '통

---

26   여국현 외 공역, 같은 책, 168-169면.(편집)

27   유현주, 『하이퍼텍스트-디지털미학의 키워드』, 연세대학교 출판부, 2003, 26-28면.

일'이라는 텍스트의 전통과 관습을 언급하고 있다. 방향감 상실에 대한 가장 중요한 점은 하이퍼텍스트 시스템에 대한 경험이 부족하다는 것, 특히 책 테크놀로지에 적합한 독서와 정보검색을 하이퍼텍스트라는 새로운 매체에 적용시키려는 시도로부터 나온다고 주장하면서 그 해결책으로 다시 책 테크놀로지에 적합한 창조적·도전적·능동적 독서를 이야기하는 자기모순에 빠지고 만 것이다.

하이퍼텍스트의 방향성 상실을 극복하고 독서의 가장 중요한 행위 결과인 맥락을 구성하기 위해서는 기존의 컨텍스트(Context)를 넘어 메타컨텍스트(Metacontext)라는 새로운 방향성을 설정하여야 한다. 20세기 후반 사회적·기술적·문화적 변화가 가속화되면서 문화이론과 문화비평 영역에서 '메타-', '하이퍼-', '슈퍼-'의 사용이 빈번해졌다. 이런 용어들은 우리가 특이점을 통과해 워프 속도로 이동하고 있다는 느낌을 포착하기 위한 것이라고 이해할 수도 있을 것이다.[28] 흥미로운 사실은 20세기 중반까지 빈번히 사용됐던 '포스트-'라는 용어가 디지털시대에 들어와서는 거의 찾아볼 수 없다는 점인데 이는 시간의 순서 상 뒤에 위치한다는 '후기'의 개념을 사용해 이해하기에는 정보화혁명으로 인한 변화의 속도와 파급력이 엄청나기 때문이다.

사전적으로 '하이퍼'라는 접두사가 "위쪽, 초과, 과도, 비상한, 3차원을 넘은(공간의)"이란 뜻의 결합사라면 '메타'는 위치·상태의 변화와 관련 있음을 나타내며, '더 높은', '초월한'의 뜻을 갖는다. 메타컨텍스트(Meta-context)라는 용어는 "An overarching context; a context within which other contexts can be used.(포괄적인 맥락. 다른 문맥을 사용할 수 있는 문맥)"이라는 의미로 이

---

28   레프 마노비치, 이재현 역, 『소프트웨어가 명령한다』, 커뮤니케이션북스㈜, 2014, 355면.

미 사용되고 있는데, 본 연구자는 여기에 더해 "경계와 구분을 넘어 모든 것을 아우르는 맥락의 총체적 재생산"이라는 의미로 확장하고자 한다. 메타컨텍스트의 구조를 도식으로 표현하면 다음과 같다.[29]

메타컨텍스트 구조도

우리를 둘러싸고 있는 세계는 의식공간과 현실공간, 가상공간으로 구성되어 있다. 의식공간이 개인마다 독창적인 무늬를 지니는 독립된 영역이라면, 현실공간은 개인이 가족, 학교, 국가 같은 사회에 소속돼 타자와 소통하는 공유영역이고, 가상공간은 사회는 사라지고 개인과 타자 사이의 임의적 연결로 구성된 네트워크-공간이다. 각각의 공간은 공간의 맥락을 구성하는

---

29   메타컨텍스트 구조에서 메타데이터와 메타텍스트의 '메타'는 "~을 위한"이라는 의미로 사용하였다. 메타데이터와 메타텍스트는 데이터를 위한 데이터, 텍스트를 위한 텍스트라는 개념이다.

정보지식화사회와 인문공학

텍스트 형식을 갖는데 의식공간은 연상을 통한 정보의 재배열을 비언어적 맥락으로 내면화하고, 현실공간은 정보를 언어적 기호로 표시하여 지식으로 발전시키는 문자형식으로, 가상공간은 정보와 지식을 링크와 노드로 연결하는 하이퍼텍스트 기술로 각각 언어화 한다. 이 세 공간은 뫼비우스의 띠처럼 서로 연결돼 있으며 우리가 한 지점의 텍스트를 이해하기 위해서는 우선 다른 지점의 선행텍스트를 읽어낼 수 있어야 한다. 여기서 선행과 후행의 개념은 시간의 순서가 아니라 공간의 위치이다. 텍스트의 맥락은 개인적 맥락과 사회적 맥락의 교집합이며, 언어적 맥락과 비언어적 맥락의 길항작용에서 오히려 획득된다. 정보와 지식을 구성하는 메타데이터는 연상과 문자와 하이퍼텍스트로 구성된 메타텍스트와 상호작용하면서 컨텍스트를 만들어내는데 이렇게 해서 생산된 컨텍스트가 바로 메타컨텍스트이다.

위 도식에 표시돼 있지는 않지만 메타컨텍스트의 방향성은 원형회귀의 순환구조이다. 메타컨텍스트의 핵심은 모든 경계를 넘어 텍스트 자체의 본질인 '통일성'과 '응집성'을 확보하는 것이다. 통일성은 텍스트에 일관성을 부여하는 의미 관계이며, 응집성은 통일성의 획득을 가능하게 하는 구조적인 지표 혹은 외현적인 지표로 계량적 정보나 가공 정보를 포함한다.[30] 메타컨텍스트를 구성하기 위해서는 존재하는 데이터와 텍스트, 컨텍스트 전체를 관통하는 부감시야의 확보가 가장 중요한데 이를 위해서는 의식공간과 현실공간, 가상공간을 종횡하며 텍스트를 주체적으로 해석할 수 있는 문식력 배양이 필요하다. 연상텍스트가 언어적 기호로 표시되면 문자텍스트가

30 　김원경, 「하이퍼링크 DB를 이용한 메타텍스트 연구 방법」, 『상허학보』 24집, 상허학회, 2008, 105면.

되고, 그것이 네트워크로 연결되면 하이퍼텍스트가 된다. 하이퍼텍스트의 독서 과정에서 얻은 영감과 촉발된 지적 자극은 의식공간에 분류와 정리가 이루어지기 전 상태인 정보데이터로 축적되고 다시 언어적 기호인 지식데이터로 표시될 순간을 준비하게 된다. 이 모든 과정에 읽기능력 즉 리터러시가 개입하게 된다.

따라서 메타컨텍스트를 배양하기 위해서는 읽기의 생산적 방법과 맥락 생산의 유의미한 과정을 찾아내는 훈련이 교육을 통해 이루어져야 하는데 이를 위해 아날로그와 디지털을 아우르는 메타리터러시 교육을 제안한다. 메타리터러시 교육은 기존의 리터러시, 미디어리터러시, 디지털리터러시 등을 포괄하는 개념으로 문학교육뿐만 아니라 소프트웨어와 프로그래밍, 디지털 윤리교육까지도 동시에 이루어지는 융복합 교육 프로그램이다. 텍스트에 대한 읽기, 쓰기, 검색, 분류, 정리, 편집, 가공, 재구조, 재생산, 공유의 전 과정이 원스톱으로 진행되어야 하는데, 이를 위해서는 통합형 교육 플랫폼의 개발이 필요하다. 플랫폼에는 도구로서의 하드웨어와 소프트웨어뿐만 아니라 최적화된 교육과정까지 포함되어야 하며, 인문학자와 프로그래머, 엔지니어 사이의 통섭이 이루어질 때 비로소 가능하다.

하이퍼텍스트의 한계는 분명하다. 결국 문제는 기술이 아니라 사용자 즉 인간의 의식이며, 행위이며, 실천이고 결과이다. 단어와 단어를 연결하는 하이퍼텍스트의 링크방식으로는 컨텍스트를 생산해낼 수 없다. 대다수의 사용자들이 맥락을 생산해내지 못하고 소수의 권력적인 생산자들이 의도를 갖고 만들어내는 하이퍼텍스트의 수동적인 소비자로 전락해버림으로써 인터넷은 다시금 거대한 계급 피라미드를 형성하였다. 주인과 노예의 일방적인 관계에 놓이게 된 네트워크-공간은 불구화된 인간관계를 형성하며 시간의 낭비와 편협한 사고, 무의미한 담론의 소음으로 오염되고 만다. 정명교의 지적대로 현재의 디지털 문화는 생산 프로세스와 향유 프로세스가 엄격하게 분리되어 있다. 이 분리는 향유 주체를 향유 차원에 묶어 놓는 역할을 한다. 이것은 디지털 문화의 본성을 근본적인 차원에서 훼손하는 결함이다. 이 전환의 불가능성 때문에 디지털 문화는 자기반성 장치를 내장할 수가 없다. 다시 말해 자동적인 의지에 의해 추동되는 자기 갱신 가능성이 부재하게 되는 것이다.[31] 메타컨텍스트는 총체성의 회복을 통한 자기반성 장치를 복원하는 것이며, 하이퍼텍스트 기술을 문식력 제고의 한 수단으로 활용함으로써 그동안 견고하게 작동되어 왔던 경계와 배타를 극복하는 인식 전환의 소산이다.

5. 나오는 말

메타컨텍스트는 디지털생태계를 구성하는 하드웨어와 상호작용하는 의식소프트웨어로 작동되어야 한다. 메타컨텍스트의 등장은 디지털 기술의 발전과 연관되며, 주체적 사유와 성찰을 통해 네트워크-공간의 휴머니즘을 회복하기 위한 사유의 새로운 형식이며, 기술을 통한 의미생산의 구조이고, 총체성을 위한 부단한 노력이다.

---

31   정명교, 「디지털과 문학 사이」, 『어문연구』 91호, 어문연구학회, 2017, 224면.

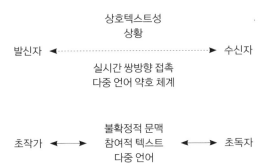

〈메타 컨텍스트 지식생태계〉

상호텍스트성
상황

발신자 ◄┄┄┄┄┄┄┄┄┄┄┄┄┄► 수신자

실시간 쌍방향 접촉
다중 언어 약호 체계

불확정적 문맥
초작가 ◄────► 참여적 텍스트 ◄────► 초독자
다중 언어

메티컨텍스트의 지식생태계는 위와 같은 구조를 갖는다. 위 도식은 로만 야곱슨의 의사소통 모델을, 아래 도식은 레이먼 셀던의 의사소통모델을 각각 재구성한 것이다.[32] 메타컨텍스트는 발신자(초작가)와 수신자(초독자)를 연결하는 영원회귀의 순환이며, 디지털기술이 텍스트의 생성과 작동 원리를 어떻게 변화시켰는가를 보여주는 지표이다.

메타미디엄인 컴퓨터의 등장과 디지털 기술의 발전은 과거에 분리되어 있던 미디어 기술들을 결합하면서 인류의 미디어, 인류의 기호 현상, 인류의 커뮤니케이션 역사에서 기존의 미디어 기술과 미학 대부분을 구성요소로 통합해 내는, 근본적으로 새로운 기호체계이자 기술체계로 전환시켰다.[33] 레프 마노비치는 저서 『소프트웨어가 명령한다』에서 디지털문화의 컴

---

32 이 의사소통 모델에 대한 자세한 논의는 졸저 『온라인게임 스토리텔링의 서사시학』(글누림, 2009)을 참조할 수 있다.

33 레프 마노비치는 한걸음 더 나아가 미디어에 대한 과감한 주장을 펼치는데 우리가 흔히 생각해 온 것처럼 미디어의 속성이 미디어 '내부'에 있는 것이 아니라 소프트웨어에 의해 '외적으로' 부여된다는 것이다. 달리 말하면 미디어 데이터를 어떤 소프트웨어가 다루냐에 따라 즉 소프트웨어가 시뮬레이션하는 도구나 기술에 의해 규정된다는 것이다. 이

퓨터화와 밀접하게 관련이 있는 소프트웨어, 즉 '문화 소프트웨어'라는 개념을 제시하고 문화소프트웨어를 다시 미디어 콘텐츠의 창작과 편집을 위한 '미디어 소프트웨어', 미디어, 정보 및 지식의 사회적 커뮤니케이션과 공유를 가능케 해 주는 '소셜 소프트웨어', 아이콘, 폴더, 사운드, 애니메이션, 상호작용 조작 장치 등 소프트웨어와 이용자들을 매개해주는 '미디어 인터페이스'로 구분하였다. 그러나 문화 소프트웨어는 명령을 내리는 것이 아니라 인간의 명령을 수행하는 도구이다. 물론 그러기 위해서는 명령을 내릴 수 있는 주체적인 소프트웨어가 인간에게 깃들여 있음이 전제되어야 한다. 우리는 메타리터러시 교육을 통해 인간과 기계 사이를 매개하고, 창의가 기술을 활용할 수 있도록 메타컨텍스트 활용 능력을 강화해야 한다.

하드웨어와 소프트웨어가 구분되지 않는 사물인터넷시대가 도래하면 미디어는 플랫폼이 될 것이며, 예술 창작은 창의의 산물이 아니라 소프트웨어의 명령을 수행하는 기계적인 과정이 될 수도 있다. 그러나 소프트웨어는 사고(thinking)의 문제이지 도구가 아니다. 예술 텍스트의 미래는 우리가 얼마나 창의적이고 독창적으로 편집 소프트웨어를 사용하느냐에 달려 있으며, 그러기 위해서 우리는 먼저 지식구조화를 위한 창의적인 소프트웨어를 계발하여야 할 것이다. 메타리터러시교육과 메타컨텍스트에 그 소스코드가 있다.

디지털시대의 문학교육은 텍스트를 구성하는 기술의 발전과 맥락을 생

런 점에서 마노비치는 다음과 같이 이를 도식화한다. 미디어=알고리즘+데이터 구조. 즉, "응용 프로그램 소프트웨어에 의해 규정되고 이용자에 의해 경험되는 '미디엄'은 특정한 데이터 구조, 그리고 이런 데이터 구조로 저장된 콘텐츠를 만들고 편집하고 보기 위한 알고리즘, 두 가지의 짝이다."-레프 마노비치, 같은 책, 10-11면.

산하는 리터러시의 변화를 필요충분조건으로 삼는다. 문학교육의 목표는 예술텍스트 감상을 넘어 읽기와 쓰기의 변증법적 소통을 통해 자기반성의 노력과 자기갱신의 능력을 부여하는데 있다. 이를 구체화하고 실천하기 위한 메타컨텍스트 문학교육의 교육과정과 교육모형, 교수법에 대한 논의가 활성화되기를 기대한다.

3장.

실
천

1절   정보지식화사회와 인문공학

1. 들어가는 말

이 글의 목적은 인문교육의 미래지향적 방법론으로 인문공학(人文工學)이라는 새로운 개념을 제안하는데 있다. 정보기술에 대한 인문학적 해석을 지시하고 있는 인문공학은 인문학을 정보기술로 설명하려는 '디지털인문학'이나 인문학은 철학도 역사학도 도덕론도 비교종교학도 예술의 해석도 차례대로 과학에 가까워져 일부는 과학과 융합할 것이라는 에드워드 윌슨의 '통섭(Consilience)'과는 다르다. 분과학문의 경계를 넘어 지식 체계를 통합하려 한다는 점에서는 세 용어 모두 같은 뿌리를 공유하지만 학문의 자양분이 다름으로 뻗어나가는 가지 또한 다를 수밖에 없음을 전제한다. 학문의 경계를 넘는 일이 횡단이나 종단에 그치고만다면 '넘나듦(通涉)'은 허위에 불과하다.

인문공학을 제안하기에 앞서 먼저 21세기 들어 첨예화되고 있는 대학의 위기를 '대학'과 '대학교육'이라는 두 측면에서 살펴보고, 결국 위기의 본질은 인문교육이 방향 설정을 제대로 하지 못하고 있다는데 있음을 논구할 것이다. 디지털시대 인문교육이 올바른 방향을 설정하기 위해서는 지식과 정보를 구분하고 '지식정보화'에서 '정보지식화'로 패러다임의 변환을 시도하였을 때 비로소 교육의 새로운 지평을 열 수 있다. 3장에서는 인문학의 위기라는 담론의 모순을 살펴보고 인문학을 정보기술로 설명하려는 디지털인문학의 개념과 사례를 분석하여 그 문제점을 지적할 것이다.

2. 대학 위기의 본질

2.1. 신자유주의와 인문교육

21세기 한국 자본주의의 키워드는 신자유주의이다. '시장 경제'와 '자유 경쟁'의 원리를 내세운 〈신자유주의〉는 본래 국가권력의 시장개입을 비판하고 시장의 기능과 민간의 자유로운 활동을 중시하는 경제학 이론이었지만 IMF 금융위기를 겪은 한국에서는 오히려 국가 위기 상황에서 국가가 적극적으로 시장에 개입하는 방식으로 변질되었다. 특히 '실용정부'를 국정 어젠더(agenda)로 내세운 이명박 정부는 신자유주의 정책을 핵심으로 하는 'MB 노믹스'를 발표하면서 교육 정책에도 경제 논리를 적용하여 '정부재정 지원대학 지정'이라는 국가 주도형 탑다운방식(Top-down approach)으로 대학의 서열화와 학문의 위계화를 획책하였다. MB 정부 5년 동안 대학은 정량 지표 관리에 사활을 걸었고 가장 큰 비중을 차지했던 취업률에서 상대적으

정보지식화사회와 인문공학

로 약세인 문학, 역사, 철학 중심의 인문계열은 구조조정의 현실적 위협 앞에 위축될 수밖에 없었다.[1]

2020년 이후 예상되는 급격한 대학 입학 자원 감소를 감안하면 구조조정은 선택이 아니라 필수임이 분명하다. 그러나 문제는 대학의 구조조정 대상에 주로 인문계열 학과들이 언급되고 있다는 것이다. 취업률을 구조조정의 최우선 지표로 삼는 상황에서 불가피한 측면도 있지만 인문교육의 실천이 근대 대학의 출발점이었음을 상기해보면 인문교육의 쇠퇴는 대학의 탈근대화 현상이라는 점에서 주목할 필요가 있다.[2]

인문교육이 개인의 정서적 발달만을 강조하면서 시대의 요구를 반영하지 못하고 있기 때문에[3] 주지주의 교육의 도그마에 빠질 위험이 있다는 리

---

1 2011~2013년 통폐합된 인문계열 학과는 43개에 이른다. 통폐합된 인문계열 학과는 '문화콘텐츠학과' '디지털콘텐츠학과' 등으로 이름을 바꿨다. 가톨릭대, 건국대, 경남대, 군산대, 상지대, 순천향대, 아주대, 용인대, 인하대, 청주대, 한양대 에리카캠퍼스 등이 문화콘텐츠학과를 개설했다. 이들 학과는 소설, 시, 근현대사 대신 '공연예술기획론' '출판기획론' '만화산업이론' 등을 가르치고 있다. 상명대는 역사학과를 역사콘텐츠학과로 개편했다. 취업률과 경쟁력을 높인다는 명분으로 순수 인문학을 '응용인문학'으로 대체한 것이다.(경향신문 인터넷 판, 2014년 10월 21일자 기획특집「문과의 눈물」부분 발췌)

2 인문교육의 쇠퇴는 이미 세계적인 현상이다. 스탠퍼드대 인문계열 교수진 비율은 전체의 45%에 이르는데 반해 학생 비율은 15%에 불과하며, 하버드대에서는 지난 10년간 인문계열 학생 수가 20% 정도 감소했다. 1970년대 전체의 14%였던 미국 대학 내 인문계열 전공자 수가 최근 절반인 7%대로 떨어졌으며, 2011년 기준으로 미국 내 인문학 연구 자금 지원금은 과학기술 분야 연구개발비의 0.5%에도 미치지 못하고 있다.

3 Richard Pring은 1995년 저서 *Closing the Gap : Liberal Education and Vocational Preparation*에서 개인의 삶을 개인이 속한 정치적 그리고 사회적 삶과 분리될 수 없다고 보며, 이에 따라 경제적 유용성, 사회적 적합성, 정치적 영향 등을 고려하지 않고 개인적인 발달의 측면만을 주로 강조하는 인문교육을 비판한다. 학교의 교과는 넓은 경제적, 사회적인 변화와 관련되어 있어야 한다는 것이다. Pring은 이러한 맥락에서 변화하는 사회, 경제적인 환경이 인문 교육의 교육내용을 수정할 것을 요구한다고 보았으며, 사회적 경제적 세계와 연결되지 못한 교육은 위험하다고 본다.(김수원,「직업교육과 인문교육의 연계

차드 프링(R.A Pring)의 주장이나, 교육과정은 경제논리에 의해 급변하는 시대에 부응하는 것을 목적으로 삼아야 하며 인문교육과 직업교육의 경계를 허물어야 한다는[4] 미셸 영(M.F.D Young)의 신교육사회학이론은 대학의 역할에 대한 사회의 요구가 변화하고 있음을 말해준다. 결국 작금의 대학의 위기는 근대 고등교육기관으로서 '자유교육', '보통교육', '인문교육'을 핵심가치로 하여 출발한 대학의 정체성이 경제 논리에 흔들리면서 실용과 기능 중심으로 빠르게 재편되고 있는 사회 변화 속도를 대학 교육이 따라가지 못하고 있다는 비판에서 비롯된다.

1806년에 설립돼 근대적인 대학의 효시라고 일컬어지는 베를린 훔볼트 대학(Humboldt-Universität zu Berlin)은 '정치 권력에 제약받지 않는 교수의 자유와 학문의 자유'를 설립 이념으로 삼았다. 근대 교육학자 뉴먼(Newman)은 대학의 이념을 '지성의 도야(육성)'라고 규정하고, 이를 '그것 자체가 목적인 지식'을 추구하는 것이라고 정의했다. 지식을 소유함으로써 얻는 이익과 타인의 도움으로부터 초월해 인간 본성이 직접 요구하는 지식, 탐구 자체가 목적인 지식을 대학이 추구해야 한다고 본 것이다. 이를 위해 그는 대학이 교회나 국가로부터 독립해야 하며, 교양 있는 보편적 지식인을 양성해야 한다고 말하고 있다.[5] 동아시아 문화권에서도 대학은 인문교육의 장이었다. 『예기禮記』에서 대학은 어질고도 성스러운 학문이자 그것을 가르치는 것이며(大學賢聖之道理, 非小學技藝耳) "대학의 가르침은 밝은 덕을 더욱 밝혀 인민을

방안 모색」, 한국직업능력개발원, 2002, 7면 재인용)

4   김수원, 「직업교육과 인문교육의 연계방안 모색」, 한국직업능력개발원, 6-8면, 2002.(편집)
5   ST : 헨리 뉴먼, 지방훈 역, 『대학이란 무엇인가』, 김문당 출판사, 1985, 26-27면, 52-53면, FE : 정희모, 「대학 이념의 변화와 인문학의 미래」, 『철학탐구』 제34집, 2013, 174면.

친하게 함으로써 가없는 착함에 이르게 함이다(大學之道, 在明明德, 在親民, 在止於至善)."라고 하였다.[6]

보편적 지식인을 양성하던, 가없는 착함에 이르게 함이던 이제 한국의 대학에서 인문교육의 전통을 다시 세우기는 불가능해 보인다. 취업 시장의 수요를 장악한 자본과 공급을 책임지고 있는 대학의 관계는 결코 수평적일 수 없다.[7] 자본주의가 고도화되면서 대학은 시장논리와 자본논리, 경제논리, 효용성의 논리에 지배받기 시작했으며 자본과 대학의 결탁은 가장 먼저 비자본주의스러운 인문교육의 고사로 이어졌다.[8]

---

6   고리아이, 「대학의 신자유주의화, 대학의 위기」(http://coreai84.egloos.com/viewer/11025334), 이글루스, 2013.(편집)

7   2014년 삼성그룹이 발표한 SSAT(삼성 직무 적성 검사) 응시권과 대학교 총장 추천제는(비록 그 시행을 전면 유보했지만) 거대자본이 교육시스템을 어떻게 지배할 수 있는가를 보여주는 상징적인 사건이었다.

8   벌린은 19세기 말부터 시작된 대학 시스템의 변화가 자본주의 성장과 직접 관련이 있다고 언급한다. 이를 증명하기 위해 그는 19세기 대학과 20세기 대학을 구분했다. 19세기의 대학들은 국가와 교회가 필요로 하는 엘리트를 양성하는 기관이었고, 경제계와는 일정한 거리를 두고 있었다. 당시 대학은 자기 충족적인 의식을 소유하고 있었고, 부를 얻어 신분을 상승하겠다는 기업가적 정신은 대학 바깥에 존재하고 있었다. 학계와 경제계가 분리되어 있던 이런 시스템은 20세기 들어 자본주의의 성장과 함께 급격하게 붕괴된다. 대학은 자본주의 시스템을 받아들이고, 생산 과정을 합리화하고, 효율성을 추구하는 경영 전문가를 양산할 수 있는 길을 열어 주게 된다. 20세기 중반 대학이 전통적인 인문학 교육보다 언어나 수학, 과학과 같은 기초 과목을 강화하게 된 것도 기술 전문가를 양성하고자 하는 기업의 요구와 깊은 관련이 있다. 그는 대학이 변화하게 된 것이 자본 계급과의 결탁 때문이라고 보고 있다. ST : James Berlin, Rhetoric and Idelogy in the Writing Class, *College English* Vol. 50, No.5, 1988, p.480. FE : 정희모, 「대학 이념의 변화와 인문학의 미래」, 『철학탐구』 제34집, 2013, 176면.

2.2. 정보지식화사회

그렇다면 대학 위기의 본질은 무엇인가? 인문교육의 전통이 사라졌기 때문인가, 수요와 공급의 권력관계에서 을(乙)의 무기력함 때문인가, 아니면 2020년이면 전체 고3 수험생이 대학 입학정원보다 적어진다는 현실적인 우려 때문인가?

본질을 이해하기 위해서는 먼저 대학의 위기와 대학교육의 위기를 구분해야 한다. 대학이 형식이라면 교육은 내용이다. 서로 연결되어 있지만 위기의 원인과 그 기준이 다르다. 대학의 위기는 절대적 위기이다. 수요와 공급의 불균형, 학령인구의 감소, 자본의 간섭, 국가의 개입 등은 어떻게 해볼 수 없는 위기의 절대값이다. 그동안 대학에서만 할 수 있었던 지식 생산과 지식 축적, 지식 전달의 교육 기능이 CIT(Communication and Information Technology)의 발전으로 인터넷 원격 강의 같은 다른 형식으로 옮겨가면서 고등교육기관으로서의 역할과 위상이 위축된 것도 원인이다.[9] 프랑스 사회학자 리오따르(J. Lyotard)는 '근대적 지식 생산의 보루인 대학이 이제는 사멸

---

9   미래 교사는 더 이상 학생들에게 지식을 가르치는 존재가 아니다. 교사의 역할은 정보와 지식의 전달자에서 교육포털 등에 공개된 정보를 바탕으로 학습을 돕는 조력자가 된다. 명문대학의 존재가치는 희미해진다. 미래사회는 자의식 강한 엘리트를 선호하지 않기 때문이다. 과거에는 명문대학에 가야만 들을 수 있었던 정보와 강의를 언제 어디서든 제약 없이 들을 수 있는 시대가 오고 있다. 심지어 2030년에는 전 세계 대학의 절반이 사라질 것이란 전망도 나온다. 오픈코스웨어(Open Course Ware, 온라인공개강좌)는 대학 수업 형태의 변화를 살펴볼 수 있는 대표적인 예다. 미국 MIT에서 시작된 온라인공개강좌는 2001년 50개로 시작해 2012년 2100여 개 강좌가 등록됐으며, 10년 동안 1억3300만 명이 사이트에 접속했다.
     -한국대학신문, 기획연재 「대학이 사라진다-미래위기 진단과 대응방안(1)」, 2014년 8월 18일자 부분 인용.

해 가는 제도가 아닐까'라고 회의적으로 문제를 제기했고, 저명한 미래 학자 드러커(P. Drucker)는 2020년경이면 현존하는 미국 대학의 80%가 문을 닫게 될 것이며 전체 교수 60만 명 중 약 10여만 명만 교수의 지위를 유지할 수 있을 것이라는 구체적이고도 비관적인 전망을 내놓았다. 공성진은 아딸리(J. Attali)를 인용하여 미래의 대학이 중세 유럽의 수도원에서 기원한 전통적 학문 공동체가 아니라 지식 산업의 첨단 기관이자 각종 고급 교육 서비스의 판매 기관으로 변모할 것으로 예견하였다.[10]

2013년 세계미래학회(WFS, World Future Society)는 학회 회원들에게 "현재 우리가 누리거나 경험하고 있는 것들 가운데 15~20년 후에 사라져 버릴 게 무엇인가"라는 질문을 던지고 받은 답변 중 주요하게 언급된 10가지를 골라 격월간지 『더 퓨처리스트(The Futurist)』 9~10월호에 실었다. 그중 두 번째로 언급된 것이 "Educational Processes : Disappearing Public Education"이다. 공립학교는 민영화하고, 지식과 기술을 습득하는 새로운 방식이 현재의 공장형 교육모델을 대신할 것이라는 것이다. 대학으로 대표되는 고등교육기관도 좀 더 시간이 걸리겠지만 결국은 사라질 것으로 내다보았다.[11] 대학의 위기는 근대의 종언과 맞물린다. 대학이 근대 부르주아의 계급 철학을 교육

10　공성진, 「지식 기반 사회와 대학 교육의 미래상」, 『대학교육』, 2001년 1·2월호, 한국대학교육협의회, 15-18면.(편집)

11　"Public schools are privatizing, and new ways of mastering and assessing the attainment of knowledge and skills are replacing the factory model of education. Public education in the United States will have all but disappeared by 2030, beginning with the primary and secondary systems that have been in place since the end of the nineteenth century. The decline of the public tertiary educational system will take longer, but will be due to the same factors." 원문 출처 : 세계미래학회 홈페이지(http://www.wfs.org/futurist/)

의 이념으로 실천한 형식기계라면 그 시효가 다하였음은 분명하다.

반면에 대학교육의 위기는 상대적 위기이다. 대응의 방식에 따라 위기가 될 수 있고 기회가 될 수도 있다는 점에서 그러하다. 현재 한국 대학교육의 위기는 무엇을 가르칠 것인가에 대한 선도적 교육 모델을 만들어 내지 못했다는 것이다. 언제부터인가 대학은 사회에서 요구하는 기능인을 맞춤 생산하는 위탁교육기관으로 전락하고 말았다. 대부분의 한국 대학들이 교육의 새로운 모델로 채택하고 있는 산학협력은 대학교육이 내용이 아니라 형식에 치중하고 있음을 보여준다. 무엇을 가르쳐야 하는지를 자본에 묻는다면 대학교육은 직업교육과 다를 바 없다.[12] 산업협력을 잘하는 대학, 취업률이 높은 대학을 강조하면서 막상 대학을 구분할 때는 취업중심대학이 아니라 교육중심대학을 표방하는 이중성은 결국 대학이 교육의 방향성을 상실하였음을 여실히 드러내주고 있다.

근대 초기 대학은 산업혁명의 거센 물결 속에서도 직업교육이 아니라 인간교육을 강조하였다. 먼저 문학과 철학을 중심으로 한 인문학이 근대를 해석해 내었고, 새로운 지배계급의 등장과 자본주의의 탄생은 과학적 연구 방법을 적극적으로 도입한 사회과학의 발전을 촉진시켰다. 근대를 이성과 계몽의 시대로 규정하고 기술의 발전을 인간의 시선으로 볼 수 있게 된 것

---

12 근대 대학에서 자유교육의 이상을 보여주는 훔볼트가 프로이센의 대학 개혁(중세의 대학과 변별되는)을 추진하면서 내세운 네 가지 원칙 중 첫 번째가 대학교육은 직업교육보다 인성교육이 먼저라는 것이다. 그가 생업 교육을 부정한 것은 아니지만 먼저 인간 교육을 실시한 후 이로부터 생업에 대한 교육이 이루어져야 한다고 판단한 것이다. ST : 김철, 「대학의 이념과 21세기의 대학교육」, 교육의 이론과 실천, 11권 1호, 한독교육학회, 2006, 24면. FE : 정희모, 「대학 이념의 변화와 인문학의 미래」, 『철학탐구』 제34집, 2013, 175면.

은 전적으로 라틴어 'Universitas magistrorum et scholarium(교사와 학자의 공동체)'에 어원을 둔 대학(University)이 존재했기 때문이다.

중세 학문과 지성의 요람 역할을 담당했던 수도원이 결국 그 자리를 대학에 내주게 된 것은 종교의 권력 앞에 무릎을 꿇었기 때문이었다. 훔볼트는 근대 대학이 국가와 종교의 간섭으로부터 자유로워야 한다고 주장했지만 자본의 개입을 예상하지 못하였고 결국 200여 년이 지난 지금 대학은 중세의 수도원이 그러했던 것처럼 자본의 권력에 순종하게 됨으로써 스스로 사멸의 길로 들어서고 말았다.

그러나 대학은 사라져도 교육은 남는다. 공간이 바뀌면 교육의 형식과 내용도 바뀌어야 한다. 고대 도서관에서부터 중세의 수도원, 근대의 대학에 이르기까지 명칭은 다르지만 학문을 연마하고 지식을 도야하는 공적 공간은 시대마다 존재해 왔다. 정보화혁명이 가져다준 디지털시대 역시 새로운 공적 공간을 우리에게 제공해 주었다. 바로 인터넷이다. 가까운 미래에 근대 대학이 했던 공간적 역할을 인터넷이 대신하게 될 것이다. 한 가지 차이점이 있다면 이제 더 이상 물리적 공간이 아니라는 사실이다. 사실 학문과 지식은 비물질이다. 인간의 이성과 사유의 소산이다. 책은 이성과 사유가 물질의 형식으로 잠시 형상을 갖춘 것이다. 근대에 인쇄기술과 책과 대학이 연결되었다면 디지털시대에는 정보화기술과 하이퍼텍스트와 인터넷이 연결된다.

인류가 문명을 탄생시킨 이후 모든 기술은 인간의 신체를 모방한 것이다. 그렇다면 인터넷은 무엇을 모방한 것인가? 놀랍게도 그것은 우리의 사유 체계와 흡사하다. 정보화기술은 이제 우리의 사유 체계까지 모방해내기에까지 이른 것이다.[13] 노드와 링크로 기호화되는 하이퍼텍스트는 선택적 기억과 비선형적 연상이라는 우리의 사유 체계를 닮아 있다. 인터넷은 정보의 바다이고 하이퍼텍스트는 그것을 담아내는 책이다. 새로운 학문과 지식의 공간인 인터넷에서 우리가 만나는 것은 정보이다. 그런데 정보는 그 자체로는 별 쓸모가 없다. 그것이 유용하기 위해서는 정보를 가공하여 지식으로 전환시킬 수 있어야 한다. 지식을 모방해 정보가 만들어졌다면 우리는 그것을 다시 인간의 사유 체계 안으로 끌어들여 지식으로 확장시켜야 한다. '지식의 정보화'가 중요한 것이 아니라 '정보의 지식화'가 더 중요한 것이다. 지식과 정보의 차이를 정리해 보면 더욱 분명해진다.

	지식	정보
개념	사유화된 정보	공유된 지식
형식	텍스트	하이퍼텍스트
기제	해석과 확장	변환과 저장
형상	층층(all stories)	활성화(windows tap)
가치	질적 수준	양적 수준
시간	오래된 것(old thought)	새로운 것(new data)

13 컴퓨터에 대한 아이디어를 착상했고 인공지능의 아버지라고 불리우는 튜링은 수학자이다. 그는 인간이 실제로 어떻게 계산을 수행하는지를 관찰한 후, 계산의 본질적 요소를 추출해 재구성함으로써 튜링 기계를 구성해냈다. 요컨대 튜링 기계는 인간이 계산하는 과정을 본떠서 만든 것이다. 그런데 인간은 어떤 프로그램으로 이루어진 튜링 기계에 어떤 입력 값이 주어질 때 그 기계가 어떻게 계산하는지를 알 수 있고 이를 흉내 낼 수 있다. 이렇게 튜링 기계가 어떻게 작동하는지를 알 수 있고 흉내 낼 수 있는 바로 우리 자신을 다시 본떠서 만든 것이 '보편 튜링 기계'이다. 현대 컴퓨터는 보편 튜링 기계의 이념을 구현한 '프로그램 내장형 컴퓨터'인 것이다. 박정일, 「지식정보화사회 연 인공지능의 아버지」, 경향신문, 2012년 2월 17일자 인터넷판(http://news.khan.co.kr/)

공간	의식 공간(뇌)	가상공간(인터넷)
구조	연결된 사고(thinking)	분절된 모듈(module)
동기	주관화	객관화
행위	읽기 / 쓰기	검색 / 편집
배경	인문학	자연과학

지식(知識)의 개념은 사유화된 정보이다. 이때 사유는 사유(思惟)와 사유(私有) 모두를 의미한다. 정보(情報)는 공유된 지식이다. 지식과 정보 중 무엇이 먼저인지는 중요하지 않다. 상호작용을 통해 끊임없이 시너지 효과를 발생해야 한다. 지식의 형식이 텍스트라면 정보의 형식은 하이퍼텍스트이다. 텍스트는 해석과 확장의 과정을 이끌어내지만 정보는 변환과 저장을 통해 하이퍼텍스트로 구축된다. 텍스트는 사고의 과정을 맥락화하지만 하이퍼텍스트는 맥락의 과정을 형식화한다. 텍스트를 읽을 때에는 손보다 의식이 앞서가지만, 하이퍼텍스트를 볼 때는 의식보다 손이 더 앞선다. 지식은 시간의 영향을 받아 누적과 축적으로 층층이 쌓이지만 정보는 공간의 영향을 받아 활성화와 비활성화를 반복한다. 시간의 한계가 오래된 지식을 새로운 지식으로 덮어 씌었다면, 공간의 한계는 정보를 여러 개의 창에 띄어놓고도 그 중에 하나만을 탭(tap)하여 볼 수 있을 뿐이다. 지식의 가치가 질적 수준에서 확보된다면 정보의 가치는 양적 수준에서 결정된다. 지식의 가치는 얼마나 오래된 지식으로부터 출발했느냐에서 결정되지만, 정보의 가치는 그것이 얼마나 최신의 데이터냐에 달려 있다. 지식의 저장 공간은 뇌라 시간이 지나면 희미해지지만, 정보의 저장 공간은 인터넷이라 시간이 지나도 희미해지지 않는다. 다만 "Page not found"가 뜰 뿐이다. 즉 지식의 한계가 시간이 소

멸되는 것이라면 정보의 한계는 공간이 소멸되는 것이다. 지식의 구조는 연결된 사고이다. 사고는 처음에는 독립된 것이지만 그것이 주관화와 상호텍스트성(intertextuality)의 과정을 거쳐 텍스트로 해석되면서 지식으로 확장된다. 정보는 DB 형태로 분절된 모듈이다. 링크로 이어지기 전까지 DB는 독립된 모듈에 불과하지만 하이퍼텍스트로 연결되는 순간 누구나에게 동일한 패킷을 전송하는 객관화된 정보가 된다. 사고를 연결시켜 새로운 지식으로 확장하는 것이 인간의 지성이라면 분절된 모듈을 링크와 노드로 연결시키는 것이 인터넷의 기술이다. 지식의 생산 행위가 읽기와 쓰기를 통해 이루어진다면 정보의 생산 행위는 검색과 편집이 관여한다. 마지막으로 정보를 지식으로 만드는 지식화의 과정은 인문학의 도움을 필요로 한다면, 지식을 정보로 만들어내는 정보화의 과정은 기술의 도움이 필요하다.

지식과 정보의 차이를 구분한 것은 디지털 시대 인문교육이 담당해야 할 역할을 분명하게 하기 위해서이다. 우리는 지금 지식을 정보로 만들어내는 시대에 살고 있다. 만약 여기서 우리의 사유 행위가 멈춘다면 인류의 지식 발전은 더이상 기대할 수 없다. 누구에게 동일한 패킷을 전송하는 정보만으로 새로운 지식을 창조해내려면 그것을 지식으로 전환시키는 지식화 교육이 필요하다. 대학교육의 위기는 물론 형식 공간으로서의 대학의 위상이 추락한 것과도 관련 있지만 그것보다 더 큰 문제는 정보화사회에서 필요한 인재상과 교육 목표, 교육 이념을 대학이 만들어내지 못하고 자본의 입장만을 대변하는데 있다. 정보화사회는 더욱 더 첨예화된 자본주의이며,[14] 환금과 재화(財貨)의 대상이 정보로 변경되면서, 자본은 지식화보다는 정보화를

---

14   정보화사회는 자본주의사회가 아니라 자본주의 시스템을 유지하고 있을 뿐이다.

필요로 한다. 정보가 상품이 되기에 지식은 정보화의 과정을 거쳐야 하며 그래서 우리는 이 새로운 사회를 〈지식정보화사회〉라고 부르는 것이다.

본 연구자는 지식정보화사회가 아니라 〈정보지식화사회〉로 부를 것을 제안한다. 지식정보화가 자본의 논리를 반영한 것이라면 정보지식화는 고등교육기관이 담당해야 할 교육의 역할을 강조한 것이다. 박근혜정부가 내세우고 있는 창조경제의 핵심도 지식을 상품으로 만들자는 것이었다. 상품을 만들기 위해서는 정보화의 과정을 거쳐야 하는데 그것은 기업의 몫이다. 대학은 정보화의 과정을 수행할 수 있는 창의적 인재 양성, 즉 지식화를 강의해야 하며, 그 중심에 인문 교육이 있는 것이다.

	지식화	정보화
용어	知識化, intellectualization	情報化, informationization
사전적 정의	정보를 인격적 사고 체계로 해석하고 확장해내는 일	지식을 비인격적 데이터베이스로 변환하고 저장하는 일
개념	내적 연관성을 갖고 있지 않은 정보 모듈을 사유망(Thought Network)으로 연결시켜 맥락화하는 과정	지식을 하이퍼텍스트로 연결시켜 전산망(Computer Network) 안에 데이터베이스로 구축하는 과정
형식	관념화 주관화 사유(私有)	시각화 객관화 공유(共有)
목표	정보를 다루는 창의적인 사고	지식을 상품화하는 융복합 기술

백욱인의 지적대로 정보의 지식화는 개인의 지적 조합 능력에 달려 있다.[15] 지식화의 핵심은 정보를 다루는 창의적인 사고이다. 모든 새로움은 오

---

15 인터넷에서는 맥락이 끊어지고 모듈로 파편화된 지식이 정보의 형태로 제공된다. 그들 간에는 링크와 하이퍼텍스트라는 연결망이 새로운 맥락을 만드는 '정보의 지식화'로 이르는 실마리를 제공하고 있지만 '정보의 지식화'는 최종적으로 그것을 사용하는 개인의

래되고 익숙한 것에서 출발한다. 기술은 미래를 응시하지만 사고는 과거를 기억한다. 고전을 읽고, 이해하고, 해석하는 힘은 인문교육이 가장 잘 해낼 수 있는 일이다.

디지털시대 대학 교육의 목표는 인문교육의 강화를 통해 정보지식화시대에 필요한 인재를 양성하는 것이다. 인문학은 우리가 인간으로서의 인격적 가치를 유지하고 지켜나갈 수 있도록 도와주며, 정보의 상품화를 촉발하는 사유의 기술을 가르쳐 줄 것이다.

3. 인문학과 인문교육

3.1. 위기의 아이러니

인문학의 위기라는 말이 처음 등장한 시기가 언제인지 정확히 알 수는 없지만 한국언론진흥재단의 언론기사검색서비스를 이용해 '인문학의 위기'를 검색하면 1993년부터 기사가 검색된다.[16] 현재 우리가 논의하고 있는 수준의 인문학 위기를 처음 다룬 기사는 '한국 인문학의 위기'(한겨레, 1996년 10월 15일자)이다. '인문·사회과학의 위기론 진단'이란 주제로 열린 중앙대 개교

지적 조합 능력에 의존할 수밖에 없다. ST : 백욱인, 『디지털 데이터, 정보, 지식』, 커뮤니케이션북스, 2013. FE : [네이버 지식백과] 디지털 시대의 지식 (디지털 데이터, 정보, 지식, 2013.02.25., 커뮤니케이션북스)

16 90년대 이전 자료는 키워드 검색이 불가한 관계로 90년대 이후 신문기사만 검색되는데 가장 첫 기사는 '경희대 도정일 교수, 위기에 처한 비평의 갈길 제시'(서울신문, 1993년 2월 18일자)다.

78돌 기념 학술심포지엄을 취재한 이 기사에서 흥미로운 부분은 기사의 맨 마지막 달린 기자의 코멘트이다.

> 인문학의 위기 극복을 위해서는 대체로 우리 고유의 가치에 눈을 돌려야 한다는 데는 의견 접근을 보고 있다. 그러나 되살려야 할 전통적 가치가 무엇인가 하는 문제에 대해서는 아직 뚜렷한 답이 나오지 않고 있다.[17]

조동일(서울대 국문학), 강내희(중앙대 영문학), 김영민(한일장신대 철학과) 등 당대의 석학 세 사람이 진단한 인문학의 위기는 "자기 민족의 역사와 전통은 도외시한 채 바깥에서 근거를 찾는 학문 경향(김영민)" 때문이거나, "인문학이 분과학문 체계 속에서 개별 학문으로 안주하는 동안 인문학이 무기력해졌(강내희)"거나 "위기에 처한 것은 인문학이 아니라 학문 전체이며 학문 전체가 위기에 처한 까닭을 '자연과학의 부당한 득세' 때문이며, "인문학은 환자가 아니라 의사(조동일)"라고 주장한다. 그런데 기자가 보기에 학자들의 담론은 진단만 있지 처방이 없다는 것이다. 지난 20여 년 동안 인문학 위기 담론은 이 수준의 논의에서 계속 멈추어 있다. 위기를 진단하는 일은 쉽지만 극복할 의지나 실천이 뒤따르지 않는다면 생산적인 논의로 발전할 수 없다.

학자들이 길을 못 찾고 있을 때 위기는 대학 내부에서 시작되었다. 국어국문학과는 순수학문 영역을 축소하거나 스토리텔링이나 문화콘텐츠로 전향하였고, 영어영문학과는 셰익스피어보다 토플·토익 수업을 늘렸으며, 철

---

17   http://www.kinds.or.kr/(부분 발췌)

학과는 대부분 사라졌다. 학자들은 인문학의 위기를 이야기했지만 실제로는 인문교육의 위기가 현실화된 것이다. 여기에 위기의 아이러니가 있다. 인문학의 위기가 담론화되면서 가장 수혜를 본 것은 인문학자들이다. 정부의 예산은 증액됐고 인문학 관련 사업은 매년 강화되고 있다.

> 교육부가 올해 학술·연구지원사업에 6000여 억 원을 투입한다. 인문사회분야 지원예산이 대폭 확대된 것이 특징이다. 중국의 동북공정 등에 대응하기 위한 한국사 연구에도 40억 원이 신규로 책정됐다. 교육부는 이 같은 내용을 담은 '2014년 교육부 학술·연구지원사업 종합계획'을 14일 발표했다. 분야별로 인문사회 기초연구 2237억 원, 과학기술 기초연구 3314억 원, 성과확산 및 대중화 206억 원이 지원된다. 인문학 대중화사업 예산이 지난해 29억 원에서 올해 60억 원으로 두배로 늘어난 것을 포함해 인문사회분야 지원규모가 156억 원 증액됐다.[18]

2011년 기준으로 미국 내 인문학 연구 자금 지원금은 과학기술 분야 연구개발비의 0.5%에도 미치지 못하고 있지만, 한국은 사회과학을 포함하긴 했지만 과학기술분야 연구비의 67% 수준이다. 뿐만 아니라 10년 장기사업으로 총 소요예산이 4천억 원이 넘는 대형 인문학 사업도 현재 진행 중이다. 2006년 80여 개 대학의 인문학 위기 선언에 대한 활로로 시작한 인문한국 (HK) 사업은 연간 432억(2013년 9월 기준)이 집행되는 대규모 인문학 지원 프

---

18 '교육부, 인문사회분야 지원 대폭 확대', 뉴스1, 2014년 1월 14일자 기사 인용

정보지식화사회와 인문공학

로그램이다. 단군 이래 최대의 인문학 국책사업이라는 평가를 받고 있는 인문한국(HK) 사업은 그러나 사업 시작 7년이 지난 지금 전임한국사업이라는 냉정한 중간 평가를 받았다.[19] 2010년 1단계 평가에서 HK교수 채용률은 100점(1200점 만점)에 불과했지만 2013년에 이뤄진 2단계평가에서는 400점(2000점 만점)으로 대폭 강화됐다. 사업 평가는 전임교수 채용률로 정량화되면서 예산의 대부분은 인건비로 진행되고 HK연구교수는 HK전임교수가 되기 위해 실적 쌓기에 급급하다. 양적 실적은 대단하다. 2012년 10월 기준으로 509권의 총서류를 간행했고, 2만여 건의 학술연구 데이터베이스 구축했으며, 1천92권의 저서와 327권의 번역서도 있다. 논문 성과는 A@HCI, SSCI 등 국제학술지 게재 논문 257편, 국내 등재학술지 2천998편, 등재후보 학술지 447편 등 총 4천197편에 이르지만 "HK사업의 연구성과물이 공공재적 지식이라는 고민이 처음 설계 단계에 없었기 때문에 이미 확정된 연구 어젠다에 끌려갈 수밖에 없고, 그들의 연구 성과는 담론 수준에 머물러 있다."라는 비판도 나오고 있다.[20] 기존 연구와 차별성 없는 연구 성과에다 인문학 연구의 토양 개선보다는 학문후속세대들의 안정적인 일자리 확보에 초점이 맞춰져 있는 인문한국사업은 과연 인문학의 위기가 학문 자체의 위기인지, 아니면 인문학자의 위기인지에 대한 물음을 던져준다.

인문학자들이 기득권을 지키기 위해 위기 담론을 확산시켜 나갈 때 인문교육은 논의의 핵심에서 빗겨 있었다. 교수들은 무엇을 어떻게 가르칠 것

---

19   '인문한국 기획시리즈 1. 인문한국 사업, 전임한국 사업으로 전락하나', 교수신문, 2013년 9월 9일자 기사 인용

20   '담론 수준에 머문 HK 연구성과…公共財로서 가치 있나?', 교수신문, 2013년 9월 30일자 기사 인용

인가를 고민하기보다는 무엇을 어떻게 쓸 것인가에 더 집중했고, 디지털 세대들에게 인문학을 강의하기 위한 교수 방법론에 대한 연구는 지지부진했다. 인문학이 위기라고 하면서 정작 인문학의 미래세대가 될 인문학도들을 키워내는 학부 교육에는 소홀했던 것이다. 학문과 교육이 별개가 되어서는 안 됨에도 불구하고 인문학자와 인문학교수는 별개가 되었다. 그 결과 인문교육은 그 위상이 약화되기 시작했다. 아니 정확히 말하면 전공인문교육은 쇠퇴했지만 교양인문교육은 오히려 전성기를 구가하고 있다.[21] 위기의 두 번째 아이러니이다.[22]

최근 채용 시장의 화두는 인문학이다.[23] 기업 CEO들은 대학에 개설된 인문학강좌를 듣고 학생들과의 강연에서 인문학의 중요성을 이야기한다. 그러나 기업이 원하는 인재상은 인문학도가 아니라 인문학적 소양을 갖춘 엔지니어이다. 대중인문학의 확산은 인문학은 전공이 아니라 교양이라는 인

---

21 철학과는 사라졌지만 철학자들은 살아남아 거리로 나섰고 대중인문학을 선도하고 있다.

22 대학의 인문교육을 고사시키고 있는 국가가 대중인문학의 확산은 주도하고 있다는 것도 아이러니하다. 인문학대중화사업의 일환으로 한국연구재단은 2006년부터 일반인을 대상으로 하는 '시민인문강좌'와 '인문주간' 행사를 매해 개최하고 있으며, 2014년부터 대중들이 인문학을 접하고 즐길 수 있는 문화를 만들기 위해 '인문도시사업'을 진행하고 있다.

23 최근 대기업 공채의 키워드는 '역사'와 '인문학'이다. 현대자동차그룹은 이달 초 실시한 그룹 공채 인적성시험에서 '몽골과 로마제국의 성장 과정과 이를 통해 현대차가 얻을 수 있는 시사점'을 700자 내외로 기술하라는 에세이 문제를 출제했다. 지난 12일 실시된 삼성그룹 직무적성검사(SSAT)에서도 한국사는 물론 세계사와 철학을 아우르는 문제가 나왔다. 하지만 채용 현장의 움직임은 이와는 정반대다. 현대차그룹은 올 상반기부터 그룹 공채에서 인문계열 출신을 뽑지 않고 있다. 삼성그룹도 삼성전자를 비롯해 주력 전자계열사 채용의 80%에 이공계 전공자만 지원할 수 있도록 칸막이를 쳐놨다. '[문과의 눈물] 시험은 인문학 채용은 이공계, 관리직군마저 '사라지는 인문계 우대', 경향신문, 2014년 10월 22일자 인용

식을 심어주고 있다. 대중인문학의 성공 요인은 인문학이 갖고 있는 지식의 내적 연관성과 맥락은 무시한 채 정보라는 단위로 변환시켜 슬림하고 스마트하게 상품화한데 있다.[24] 인문교육이 지식화를 담당하지 못하자 인문학은 지식이 아닌 정보가 되고 말았다. 강의실의 인문학은 낡은 지식에 머물러 있고 거리의 인문학은 포장된 정보에 불과해지면서 인문교육은 심각한 위기를 맞고 있다. 더 큰 문제는 인문학자들의 위기의식은 여전히 20년 전 수준에 머물러 있다는 것이다.

대중인문학의 득세가 전공인문학의 위축으로 연결된다는 것은 인문교육의 허약성을 여실히 보여준다. 전공인문학과 대중인문학의 영역이 교집합을 갖지 못하게 되고, 인문학이 지식이 아니라 상품으로서의 가치를 획득하면서 인문교육은 위기를 맞고 있다. 인문학과 인문교육의 새로운 지식 방법론으로 제안하고자 하는 인문공학의 핵심은 지식의 총화로써의 인문학의 효용성을 다시 확인하는 일이 될 것이다.

3.2. 디지털인문학의 허상

최근 인문학 연구의 한 방법론으로 주목받고 있는 분야가 디지털인문학(Digital Humanities)이다. 처음 시작된 미국에서의 디지털인문학 개념과 국내 주창자인 김현이 내린 정의를 살펴보면 다음과 같다.

---

24   상업적으로 가장 성공한 인문학자인 강신주의 대중교양서는 철저하게 자본에 의해 상품화된 인문학의 최저수준을 보여준다.

The digital humanities, also known as humanities computing, is a field of study, research, teaching, and invention concerned with the intersection of computing and the disciplines of the humanities. It is methodological by nature and interdisciplinary in scope. It involves investigation, analysis, synthesis and presentation of information in electronic form. It studies how these media affect the disciplines in which they are used, and what these disciplines have to contribute to our knowledge of computing.[25]

디지털 인문학이란 정보기술(Information Technology)의 도움을 받아 새로운 방식으로 수행하는 인문학 연구와 교육, 그리고 이와 관계된 창조적인 저작활동을 지칭하는 말이다. 이것은 전통적인 인문학의 주제를 계승하면서 연구 방법 면에서 디지털 기술을 활용하는 연구, 그리고 예전에는 가능하지 않았지만 컴퓨터를 사용함으로써 시도할 수 있게 된 새로운 성격의 인문학 연구를 포함한다.[26]

위키피디아의 편집자와 김현은 모두 컴퓨터로 대표되는 IT 기술을 인문학 연구 방법론에 도입한다는 도구적 측면을 강조하고 있다. 정보기술을 활용하여 조사(investigation), 분석(analysis), 통합(synthesis), 발표(presentation)의 과정을 진행함으로써 새로운 인문학 연구 방법론이 가능해졌으며, 컴퓨터

---

25 'A Guide to Digital Humanities'(http://sites.library.northwestern.edu/dh/)
26 김현, 「디지털인문학」, 『인문콘텐츠』 제29호, 인문콘텐츠학회, 2013, 12면.

사용 지식이 디지털 인문학의 핵심 지식이 된다고 보았다.

그러나 두 정의 모두 디지털 인문학을 지식의 정보화라는 측면에서만 바라보고 있다는 점에서 문제가 있다. 디지털인문학을 전면에 내세운 미국 UCLA의 'Center for Digital Humanities', 한국학중앙연구원의 '인문정보학'이나 KAIST '문화기술학부전공', 서울대학교 '디지털정보융합전공'의 커리큘럼을 살펴보면 거의 대부분의 수업이 지식의 정보화에 집중되어 있다.

스탠포드대학에서 시도되고 있는 디지털 인문학 역시 별반 다르지 않다.

> 스탠포드대에서는 '디지털 인문학'이라는 새로운 시도가 이뤄지고 있다. '디지털 시대의 고전 교육'이라는 강의를 듣는 대학원생들은 18세기 소설에 관한 연구에서 연가(戀歌)와 운문(韻文) 등이 처음 나온 시기를 찾기 위해 방대한 데이터베이스를 뒤지는 한편, 제이지(Jay-Z)나 에미넴 등 유명 래퍼들이 노래에 주석(footnote)을 달 때 사용하는 '랩지니어스'(Rap Genius)라는 웹사이트를 활용하기도 한다.[27]

기술의 도움을 받아 인문학을 구성하겠다는 디지털인문학은 지식정보화만큼이나 반인문학적이다. 아날로그 지식을 디지털 DB로 저장하거나 책을 3D로 구현해 멀티미디어 텍스트로 구성하는 것은 인문학과는 아무런 상관이 없다. 김현이 디지털인문학의 연구개발 사례로 들은 메사추세츠 공대

---

27 '[글로벌]하버드 인문계열 10년간 10%감소…스탠퍼드 '디지털 인문학' 시도', U's Line 2013년 11월 9일자 기사(부분 인용)

(MIT)에서 수행하는 'Visualizing Cultures' 프로젝트나 스탠포드대학에서 수행한 'Mapping the Republic of Letters' 프로젝트는 지식 정보 데이터베이스일 뿐이다.

> 미국과 유럽에서 디지털 인문학 연구의 일환으로 만들어진 디지털 콘텐츠의 외형적인 모습은 우리나라에서 지난 10여 년간 공공기관 주도로 만들어낸 지식 정보 데이터베이스와 별반 다르지 않다. 그러나 그 속에 담긴 데이터의 질적 수준을 비교하면 큰 차이를 발견하게 되는 경우가 적지 않다. 그 차이는 콘텐츠 제작과 병행한 인문학적 연구의 깊이가 만들어낸 차이일 것이다.[28]

DB는 양의 문제일 뿐 그 자체는 질적 수준을 가질 수 없다. 만약 DB의 질을 평가한다면 그것은 정보화 단계 이전의 지식의 질로 결정되는 것이다. 인문학적 연구의 깊이는 정보화가 아니라 지식화의 과정에서 발생하는 것이며 그것은 IT기술의 영향을 받지 않는다. 새로운 방식으로 수행하는 인문학 연구와 교육이라는 것이 실상은 아날로그 지식을 디지털 정보로 코드 변환해 놓은 것에 불과하다. 지식화 과정에서 인간의 창의와 상상과 감성은 정보화에 알맞게 지식을 최적화시키려는 사유 주체의 의식 속에서 발현되는 것이지 디지털로 구현되는 것이 아니다. 인간의 지적 활동은 지식화의 과정에 관여할 뿐 정보화의 결과에 나타나지 않는다. 우리가 정보화의 기술을 배워야 하는 것은 자신의 생각을 표현하기 위해 문자를 배우는 것과 같다. 문

---

28   김현, 「디지털인문학」, 『인문콘텐츠』 제29호, 인문콘텐츠학회, 2013, 18면.

자를 배웠다고 누구나 시를 쓸 수 있는 것은 아니다. 시를 쓰기 위해서는 예술적 감수성이 필요한데 기술이 그것을 대신해 줄 수는 없다.

스탠포드 DLCL(Division of Literatures, Cultures, and Languages)의 '코드 포이트리 슬램'은 예술을 기술로 해석하려는 정보화의 시도가 얼마나 반예술적인지를 보여준다.[29]

지금까지 두 번 대회가 열렸는데 출품된 작품들은 모두 소스코드를 이용하여 시의 형식을 모방하고 있다. 시로 보이지만 시라 부를 수 없는 것은 프로그래머 시인들이 프로그래밍 언어라는 문자만을 알고 있기 때문이다. 문자를 처음 배운 초등학생들이 머릿속에 떠오른 생각을 글로 썼다고 누구도 그것을 시라고 하지는 않는다. 기술은 예술을 다양한 방식으로 표현할 수 있도록 도와주지만, 예술을 스스로 만들어낼 수 없다. 기술이 예술을 만들기 위해서는 그 둘을 연결시켜주는 링크, 즉 예술적 감수성을 지닌 인간이 필요하다.

---

29   '코드 포페트리 슬램'은 프로그래머 시인을 찾는 대회이다. 홈페이지에 소개된 프로그래밍 시의 정의는 1) C++, 루비, 자바와 같은 프로그래밍 언어로 시를 써야 한다. 2) 시 결과물은 사람이 읽거나 볼 수 있도록 만들어야 한다. 3) 프로그래밍 코드와 시 내용은 한 편의 시와 같아야 한다. 예를 들어 끝 단어를 똑같이 맞춰 운율을 살리거나, 문장의 길이를 맞추고, 형식도 시 구조를 따라야 한다. (http://stanford.edu/~mkagen/codepoetryslam/)

기술은 인문학 콘텐츠를 다양한 방식으로 정보화해줄 수는 있지만 그 콘텐츠를 지식화하는 것은 인간이다. 디지털인문학이 새롭게 시도하고 있는 것은 연구의 방법론이 아니라 표현의 방법론이다. 인문학은 인간을 이해하고 해석하고 향해야 한다. 디지털인문학은 인문학이면서도 가장 중요한 인간에 대해 이야기하지 못하고 있다. 그래서 디지털인문학의 인문학은 허상이다.

4. 나오는 말

예술과 기술의 관계에 대해 멈포드의 구분은 명쾌하다. 그에 의하면 예술은 인간 개성의 모습을 가장 충실하게 옮겨주는 기술의 일부이고, 기술은 기계적 과정을 촉진시키기 위하여 인간성을 대부분을 배제시킨 예술의 표출이라고 할 수 있다.[30] 예술과 기술은 서로 보완적이고 보족적인 관계라는 것이다. 그러나 예술 텍스트에 기술의 위력은 직접적으로 드러나지 않는다. 누구도 모나리자를 감상하면서 15세기 안료 기술과 캔버스 제작 기술, 보존과 처리 기술을 떠올리지 않는다. 탄생부터 기술의 도움을 받았으면서도 기술의 예술적 의미는 생략하고 인문학은 오로지 예술의 미적 가치에만 집중해 왔다.

기술적 도구는 그 발전에 있어서 오랫동안 상징(예술)보다 뒤쳐져 있었다. 상징은 기술보다 우위에 있다고 여겨졌지만 이제는 기술이 상징을 호명

---

30   루이스 멈포드, 김문환 역, 『예술과 기술』, 민음사, 1999, 30면.

하기 시작했다. 이집트인들은 그들의 영원 관념을 시각화하기 위하여 수십만의 노예와 엄청난 기술적인 솜씨를 필요로 했지만,[31] 지금은 기술이 진행 방향과 정체성을 표시하기 위해 상징을 필요로 한다. MS는 세상을 바라보는 창으로 'Windows'를, Apple은 '혁신'의 상징으로 사과 로고를 선택하였고, Google은 아예 로고를 수시로 변경하면서 그 날의 이슈를 상징화한다. 상징이 기술을 필요로 하는 시대가 아니라 기술이 상징을 필요로 하는 시대로 변화한 것이다.

고대 그리스 시대 예술과 기술은 구분되지 않았다. 그리스인들은 기술이라는 말을 미술과 실용, 즉 조각과 석공(石工) 양쪽에 모두 적용해서 썼다. 그러나 이 시대에 인문학은 가장 높은 수준의 성취를 이루어 내었다. 그 동안 예술의 그림자에 불과했던 기술이 예술과 필적할만한 정보라는 새로운 형식을 만들어내게 되면서 예술의 창조자요, 기술의 사용자이고, 정보의 소비자이며, 지식의 생산자인 인간의 의미는 더욱 중요해졌다. 이제 인문학은 예술뿐만이 아니라 기술도 해석해 내야 한다. 상징을 해석해내는 기능을 포기하지 않는다면 기술의 상징 역시 인문학의 연구 대상이 되어야 한다.

예술과 기술은 이란성 쌍둥이이다. 모두 도구를 이용하지만 그 형식과

---

31   위의 책, 34면.(부분 인용)

내용, 기능과 효용, 가치와 지향은 전혀 다르다. 지금까지 인문학은 예술만 편애해 낭만과 감성, 심미의 세계만을 해석의 대상으로 삼았다. 인문공학은 실용과 효율, 편리의 세계를 인간의 시선으로 판단하는 것이다. 인문공학의 핵심은 기술을 인문학으로 해석하는 것인데 그것이 중요한 까닭은 기술이 인간을 모방하고 있기 때문이다. 인간의 시선으로 기술을 바라보는 것은 우리 자신을 사유하고 반성하는 또 다른 작업이 될 것이다.

2절 공존과 상생의 미래공동체를 위한 인문교육의 역할

1. 들어가는 말

인류의 역사와 함께 발전해 온 매체변천사에서 디지털미디어로 통칭하는 컴퓨터와 인터넷, 모바일기기의 등장은 정보와 지식의 구조(생산과 소비, 유통을 포함한)에 문자의 발명과 필적하는 포괄적이고 중대한 영향을 미치었다. 아직 4차산업혁명이 완성되지 않았음을 감안하면 디지털미디어가 향후 지식생태계에 초래할 파급력과 변화의 규모를 예단할 수는 없지만 현재까지의 변화만으로도 수천 년을 지탱해온 문자중심사회가 서서히 해체되고 있는 것은 분명하다.

지식과 정보를 구성하는 단위가 문자로 표상되는 아날로그에서 비트로 코드화된 디지털로 바뀌고, 인간만이 갖고 있던 인지능력을 기계도 갖추게 됨으로써 21세기는 인류가 한 번도 경험해 보지 못한 초연결사회로 진입하게 되었다.[1] 초연결사회로의 진입은 새로운 사회관계망이론을 전개시켰는데 "여러 기계적 장치만 보장된다면 사물도 사람과 대등한 사회적 연결망의 주체가 될 것"이라는 행위자 연결망 이론(ANT : Actor Network Theory)이 대표적이다. 사물이 인간과 인간을 연결하는 단순한 도구의 역할에서 스스로 주체가 된다는 것은 근대 연결사회의 주체/객체의 이분법을 무너뜨리며 사물도 윤리를 가질 수 있는가라는 중요한 질문을 던져준다.[2] 근대성이 인간 실존에 대한 철학적 질문에서 출발하였다면 근대의 종언에 즈음하여 사물의 윤리성이라는 새로운 주제가 등장한 것이다. 초연결사회는 네트워크-공간[3]의 확장을 촉진시키는데 인간-행위자와 비인간-행위자가 존재론적으로 뒤얽힌 네트워크-공간에서 기술은 인간의 결여된 부분을 보충하는 단순한 도구나 보철이 아니라, 인간의 정체성을 구성하는 핵심적인 부분이었다. 기술은 우리에게 특정한 유형의 사고·행동·가치를 유도할 뿐 아니라, 특정한 종류의 행동이나 상상의 가능성을 봉쇄하는 제약 조건이기도 하다.[4]

---

1   2012년 세계경제포럼에서 아젠다 중 하나로 논의된 초연결사회는 네트워크를 통한 상시 접속과 연결 및 조직의 프로세스와 데이터에 관한 폭넓은 접근 가능성, 사물인터넷으로 대변되는 연결 대상의 확대, 상호작용, 풍부한 데이터와 정보, 상시 기록과 보관을 특징으로 한다. 즉, 초연결사회는 사람과 사물, 자연 그리고 사이버 세계가 네트워크를 통해 밀접하게 연결된 생활환경을 의미한다.(최민석 외, 「초연결사회로의 전환」, 『주간기술동향』, 정보통신산업진흥원, 2013, 14면)

2   1973년 오늘날 인터넷의 통신규약(TCP/IP)을 설계해 인터넷의 아버지로 불리는 빈트 서프 구글 부회장은 최근 프랜신 버먼 렌설리어공대 교수와 함께 쓴 논문에서 "사물인터넷에 적합한 새로운 윤리강령이 필요하다"고 주장했다.('모든 사물이 소통…인간위주 넘어선 새로운 인터넷윤리 필요', 한겨레 인터넷판 2017년 5월 15일자 기사 부분 인용)

3   네트워크-공간은 사이버스페이스를 대체하는 용어로 '연결'과 '물성'을 강조한다.

4   신상규, 「포스트휴먼과 포스트휴머니즘, 그리고 삶의 재발견」, 「과학철학」, 『HORIZON』, 2020년 1월 23일자.(https://horizon.kias.re.kr/)

그동안 우리는 기술을 숙련의 관점에서 '분업'과 '전문'의 영역으로 바라보았지만, 진입장벽이 문자 수준으로 낮아진 정보기술(IT)은 기술이라기보다는 일상에 가까워졌다. 더구나 비인간-행위자가 학습과 숙련을 스스로 수행하는 딥러닝 알고리즘은 이제 기술을 '윤리'의 차원에서 다루어야 할 만큼 발전하고 있다. 총이나 칼도 윤리적으로 다뤄야 하지만 그것은 단지 도구에 불과해 사용자인 인간 주체의 윤리성이 강조됐다면 디지털미디어는 비인간-행위자이며 주체이기 때문에 사물의 윤리적 측면도 함께 중요해진 것이다. 비인간-행위자의 윤리성은 사물과 연결된 인간-행위자의 윤리성과 '거울효과'를 갖는다. 초연결사회 네트워크-공간에서는 윤리성의 회복뿐만 아니라 새로운 윤리성의 정립이 동시에 이루어져야 하는 것이다.

이 글의 목적은 윤리성의 회복과 정립이 모두 인문교육의 역할이라는 전제하에 초연결사회의 인간-행위자인 홀롭티시즘 세대의 정체성을 살펴보고, 네트워크-공간의 탈유교이데올로기적 성격을 규명하여 인문교육이 왜 필요하고 어떤 역할을 담당해야 하는지를 인문교육의 진심을 통해 고찰해 볼 것이다.

2. 초연결사회와 홀롭티시즘

스위스 세계경제포럼의 창립자이자 회장인 클라우스 슈밥은 넓은 사회적 관점에서 보면 디지털화의 가장 큰 효과는 '개인 중심'사회, 즉 개인화의 과정이자 새로운 형태의 소속과 공동체의 출현이라고 했다.[5] 초연결사회의 특성인 '연결', '접근', '접속'이 1인미디어인 스마트폰을 통해 가능해지면서 포괄적인 영향력을 발휘하는 매스미디어는 그 영향력이 점차 약화될 수밖에 없다. 가정과 학교로 대표되는 사회화가 SNS와 커뮤니티 중심의 개인화로 변화하면서 생산과 소비의 위계와 경계가 견고했던 지식생태계에도 균열이 일어나고 있다. 개인화를 "개인을 중심으로 한 관점의 확장과 판단의 확산"으로 이해하면, "개인이 보는 전체"라는 의미의 〈홀롭티시즘〉 개념은 초연결사회를 이해하는데 중요한 키워드이다.

　　홀롭티시즘은 파리의 겹눈, 그러니까 수백 개의 홑눈이 겹쳐져 붙어 있는 복안(複眼) 구조를 뜻하는 홀롭틱(Holoptic)에서 따왔다. 평범한 일개 개인이라도 IT 발달로 수천, 수만 개의 겹눈을 지닌 사람이 되어 전체 상황을 훑어볼 수 있는 능력을 지니게 됐다는 것이다. 홀롭티시즘이란 용어를 구체화한 장 프랑수와 누벨의 정의를 살펴보면 다음과 같다.

　　　　그것은 어떤 조직(혹은 그룹)내의 행위자들이 조직(혹은 그룹)-그것이 물리적인 공간이든 혹은 온라인 공간이든-의 전체를 마치 하나의 개체인 것처럼 인식할 수 있는 능력을 의미한다. …홀롭틱한 (holoptical) 공간은 각각의 참여자들이 '전체'를 생생하게 지각할 수 있는 공간이다. 각각의 행위자들은 그들의 경험과 전문지식 덕분에 그/그녀의 행동을 조율하고 자신을 다른 이들의 움직임과 조화시키기 위해 전체에 대해 이야기한다. 따라서 개인과 집합 사이에는 마

5　　클라우스 슈밥, 송경진 역, 『클라우스 슈밥의 제4차산업혁명』, 새로운현재, 2016, 78면.

치 거울처럼 끊임없는 왕복 여행, 되먹임 고리가 존재한다. …개인과 전체 사이의 연결하는 홀롭티시즘은 행위자들에게 주권적이고 독립적이고 (다양한) 방법으로 움직일 수 있는 능력을 제공한다. 왜냐하면 그들은 전체를 위해 그리고 그들 스스로를 위해 무엇을 해야 할지를 알고 있기 때문이다. 따라서 거기에는 수평적인 층에서의 명료함(조직이나 그룹 내의 모든 참여자들에 대한 통찰)뿐만 아니라 '전체'와의 수직적인 소통도 존재한다.[6]

전명산은 21세기 대한민국의 커뮤니케이션 구조 변화를 "국가에서 마을로의" 이동이라 규정짓고 피지배 계급의 위치에 있던 사람들이 그들끼리 서로 소통할 수 있는 장치가 생기면서 역사상 유례없는 지배층과 피지배층이 같은 속도의 미디어를 사용하는[7] 네트워크화된 개인들이 출현했다고 보았다. 바로 이 '네트워크화된 개인'이 홀롭티시즘의 행위 주체인 것이다.

홀롭티시즘 개념은 "진행되는 모든 것을 한눈에 파악할 수 있는 능력"을 의미하는 파놉티콘과의 비교를 통해 더욱 분명해진다. 파놉티콘은 영국의 공리주의 철학자 벤담이 1791년 제안한 원형 감옥을 의미하며 '모든 것을 다 본다'라는 의미이다. 프랑스 철학자 미셸 푸코는 그의 저서 『감시와 처벌』에서 벤담의 파놉티콘 개념을 다시 부활시키고 고찰하였다. 푸코에게 있어서 파놉티콘은 벤담이 상상했던 사설 감옥의 의미를 훨씬 뛰어넘는 것이었

---

6   홀롭티시즘의 정의에 대한 해석은 "The Transitioner"라는 글을 영문으로 번역한 프랭크 스펜서의 글을 전명산이 재번역한 것이다. (전명산, 「홀롭티시즘 세대가 온다」, 『문화과학』 통권 제62호, 문화과학사, 2010, 207-208면.)

7   전명산, 『국가에서 마을로』, 갈무리, 2014, 171면.

다. 그것은 새로운 근대적 감시의 원리를 체화한 건축물이었고, 군중이 한 명의 권력자를 우러러보는 '스펙터클의 사회'에서 한 명의 권력자가 다수를 감시하는 '규율 사회'로의 변화를 상징하고 동시에 이런 변화를 추동한 것이었다.[8] "개인이 보는 전체"와 "집단이 보는 개인"은 본질적으로 "진행되는 모든 것을 한눈에 파악할 수 있는 능력"이 개인에게 있는가 집단에 있는가에서 비롯된 권력의 중심이동이다. 근대의 권력이 소수의 견고한 집단에 있었다면 탈근대의 권력은 다수의 네트워크화된 개인에 있다는 것이다. 그러나 네트워크-공간을 홀롭티시즘만으로 해석하는 것은 한계가 있다. 오히려 홀롭티시즘과 파놉티시즘이 길항 관계를 형성하고 있다고 보아야 한다. 인간-행위자는 비인간-행위자를 사용해 홀로티시즘을 구현했지만, 역으로 일상의 대부분을 비인간-행위자에게 의지하게 됨으로써 자발적으로 파놉티콘의 감시체제에 편입한다. 대표적인 비인간-행위자인 스마트폰을 우리가 어떻게 이용하고 있고, 동시에 스마트폰이 인간의 일상을 어떻게 지배하고 있는가를 상기해 보면 홀롭티시즘과 파놉티시즘의 길항 관계는 분명해진다.

　네트워크화된 개인들의 집단지성이 전문가들이 만들어낼 수 없는 전혀 다른 지식과 정보를 생산해낼 수 있다는[9] 낙관적 전망은 홀롭티시즘을 과신한 것이고, 초연결이 빚은 정보 홍수가 개인을 무력화하고 소외를 더욱 강

8　푸코의 파놉티콘은 현재 정보화 시대의 '전자 감시'와 많이 흡사하다. 1970년대 중반 이후 다양한 감시와 통제의 방법이 컴퓨터 데이터베이스, 폐쇄 카메라, 신용카드와 같은 전자 결재나 인터넷을 통한 소비자 정보의 수집이라는 형태로 널리 사용되었다. 푸코에게 파놉티콘은 근대 "권력"을 아주 잘 설명해주는 장치다. 파놉티콘을 통해 새로운 권력행사 방식을 알 수 있다고 보았다. 파놉티콘에서 고찰한 푸코의 권력은 소유하는 것이 아니라 "작용"하는 것이며 억압하는 것이 아니라 "생산"하는 것으로 보았다. (미셸 푸코, 오생근 역, 『감시와 처벌』, 나남, 1994, 350면.)

9　전명산, 『국가에서 마을로』, 갈무리, 2014, 186면.

화할 것이라는[10] 지적은 파놉티시즘에 매몰된 진단이다. 초연결의 핵심은 권력의 이동이 아니라 개인이 집단을, 집단이 개인을 바라보는 관점의 충돌이다. 개인은 전체를 볼 수 있다 착각하고, 집단은 개인을 통제할 수 있다 과신한다. 개인과 집단의 권력의지가 충돌하면서도 길항의 긴장 관계가 유지되는 것은 초연결사회의 연결고리가 국가나 학교, 군대 같은 위계적이고 권위적인 연결망이 아니라 페이스북, 카카오톡, 트위터 같은 수평적 커뮤니케이션 연결망이기 때문이다.[11] 그리고 수평적 커뮤니케이션 구조는 개인과 집단에 각각 다른 의미를 갖는다. 개인들은 집단의 간섭에서 자유로운 平(평평할 평)에, 집단은 위에서 아래로 흘러가는 水(물 수)에 주목하기 때문이다. 수평적 커뮤니케이션의 이중 의미 나선 구조는 홀롭티시즘과 파놉티시즘의 길항 관계를 유지해 주는 필요충분조건이 된다.

초연결사회로 빠르게 진입하면서 물질혁명은 정신혁명으로 형질전환되고 있다. 기술혁명의 발전과정은 일정한 패턴을 형성하는데 첫 번째 패턴은 기술혁명이 네트워크 혁명을 수반하는 것이다. 두 번째 패턴은 네트워크 혁명이 물질의 혁명에서 정신의 혁명으로 단계적으로 전환되는 것이다. 물질은 인간의 욕망을 충족하는 재화와 서비스라는 상품의 범주라면, 정신은 인간관계를 형성하며 인간의 관심을 충족하는 정보, 지식, 과학, 기술, 문화, 교

---

10   이도흠, 「4차 산업혁명 : 문학의 변화와 지향점」, 『한국언어문학』 제65집, 2018, 58면.

11   기존 연결사회의 국가연결성은 초연결성과 양극의 대조를 이룬다. 국가연결성은 단일의 권력중심이 분명한 피라미드 위계구조를 가지는 성형망 혹은 수형망((star net or tree net) 혹은 수목형(arborescent model)의 네트워크를 가진다. 반면에 초연결성은 단일의 권력중심이 허용하지 않음에 따라 피라미드 위계구조를 가질 수 없는 격자망(lattice net or mesh net) 혹은 리좀형(rhizome model)의 네트워크를 가진다. (박지웅, 「초연결사회 이전의 기존 연결사회의 기원과 사회성격」, 『사회경제평론』 제60호, 한국사회경제학회, 2019, 26면.)

육, 법, 제도 등과 같은 정보의 범주이다.[12] 물질과 정신은 모순과 대립의 관계가 아니라 연동과 보완의 관계이다. 초연결사회의 기술혁명은 네트워크혁명이며, 물질과 정신의 '연결'은 새로운 사회구성체를 구현하였다. 홀롭티시즘과 파놉티시즘이 공존하고 길항 작용하는 초연결사회가 초래한 새로운 일상과 사회구조를 파악하기 위해서는 네트워크-공간의 정체성을 분명하게 확인해야 한다.

3. 네트워크-공간의 탈유교이데올로기

공간의 의미는 공간 자체에 있는 것이 아니라 공간을 대하는 인간의 태도에 있다. 네트워크-공간의 정체성을 확인하기 위해서는 우리가 어떻게 공간을 인식하고 있는가를 먼저 살펴보아야 한다. 네트워크-공간은 기술의 발전에 힘입어 세 단계로 발전해 왔다.

	기술	사회구조	키워드	태도
1단계	PC통신	사이버스페이스	익명, 일탈	유희(遊戱)
2단계	인터넷	월드와이드웹	정보, 검색	유용(有用)
3단계	사물인터넷	초연결사회	일상, 관계	유사(類似)

---

12   박지웅, 「초연결사회 이전의 기존 연결사회의 기원과 사회성격」, 『사회경제평론』 제60호, 한국사회경제학회, 2019, 28-29면.

일상-공간과 네트워크-공간의 관계 설정에서 1단계는 두 공간이 분명하게 구분되고 실명과 익명의 경계에서 인간-행위자는 유희적 태도를 갖는다. 2단계에서는 여전히 두 공간은 구분되지만 네트워크-공간에 대한 태도는 유희에서 한 걸음 더 나아가 유용으로 발전한다. 정보검색과 지식공유는 지식생태계의 중심축을 일상-공간에서 네트워크-공간으로 바꿔 놓았다. 3단계는 개인이 미디어를 소유하는 1인미디어시대가 본격화되면서 일상-공간과 네트워크-공간은 구분되지 않게 되고, 인간-행위자는 네트워크-공간을 현실로 인지하게 된다. 현실과 유사현실의 경계가 무너진 것이다. 2단계까지는 일상-공간과 네트워크-공간 사이에는 심리적 거리가 존재했고, 공간을 '이동'한다는 자각이 있었지만, 초연결사회에 접어들면 인간의 육체가 미디어와 직접 연결됨으로써 공간과 공간 사이의 틈이 메워져 이동은 '이동성(mobilities)'으로 전환된다.[13] 네트워크-공간은 물리적 공간이 아니라 사회적 공간이며, 네트워크-공간에서의 이동성은 공간적 전환의 확장에서 비롯된 '유사이동'이다. 이동성은 물리적 행동이나 행위가 아니라 의식적 행동과 그 결과인 '실천'이고, '이데올로기'이며 '권리'이고 '자본'이다. 초연결사회의

---

13 전통적으로 우리나라에서 모빌리티(Mobility)는 이동성(移動性)이라는 용어로 사용하고 있으며 일반적으로 물리적인 이동과정의 수월성 내지는 편의성의 정도를 의미한다. 그리고 여기서 이동이란 주로 사람의 물리적인 이동을 의미하고 화물이나 정보의 이동은 운송 또는 전송 등의 용어로 구분하여 사용하고 있다. 그러나 영국의 사회학자 존 어리(John Urry)를 중심으로 새롭게 전개되는 '모빌리티스(mobilities)'라는 개념은 사람, 화물, 정보 등의 이동뿐만 아니라 이러한 이동들을 가능하게 하는 시설들도 포괄적으로 포함한다. 존 어리는 '모빌리티스는 다양한 종류의 사람, 아이디어, 정보, 사물의 이동을 수반하고 유발하는 경제적·사회적·정치적 실천이자 이데올로기이며 인간의 좀 더 나은 삶을 영위하기 위한 권리이자 역량으로 현 시대의 새로운 인간유형을 구분하는 또 하나의 자본'이라고 정의한다. (윤신희·노시학, 「새로운 모빌리티스 개념에 관한 고찰」, 『국토지리학회지』 제49권 4호, 2015, 492-495면)

특징인 연결, 접속, 접근은 모두 이동성에 기반하는데, 시간과 공간의 제약에서 벗어나 주체-공간-사물이 하나의 플랫폼으로 연속되기 때문이다. 연결사회에서 초연결사회로 진입하게 되면서 초연결사회의 일상공간인 네트워크-공간에 대한 인문학적 접근이 요구되고 있는데, 해석학 측면에서는 크게 두 가지 방향성을 갖는다. 피에르 레비의 '집단지성'이나 장 프랑수와 누벨의 '홀롭티시즘'처럼 네트워크화된 개인(근대의 집단의 단위로서의 주체와는 다른)들이 출현함으로써 새로운 담론과 사회적 실천을 생산해낸다는 긍정적인 입장과 개방성·유동성·혼성성·호환성을 특징으로 하는 초현실사회가 궁극적으로 무질서의 상황을 초래하며, 이 무질서는 사회내 주체들에 '진정성 상실의 위기'를 초래할 개연성이 높다는 부정적인 입장이다.[14]

'생산'과 '상실'이라는 상반된 입장은 결국 네트워크-공간의 지배이데올로기의 관점 차이에서 비롯되었다. 네트워크-공간이 일상-공간의 영향 하에 놓여 있다는 위계적 입장을 취하면 지배이데올로기 역시 일상-공간의 영향을 받을 수밖에 없지만, 네트워크-공간이 일상-공간과 별개의 사회적 공간이라는 입장은 독자적인 지배이데올로기가 존재한다는 전제 하에서만 가능하다. 김문조는 네트워크-공간이 일상-공간의 영향 하에 놓여 있다는 위계적 입장에서 진정성의 상실을 논한 것이고,[15] 장 프랑수와 누벨은 네트

---

14 부정적인 입장의 대표적인 학자는 김문조로 그는 초복잡계의 융합문명이 사회의 총체적 난국을 초래할 수 있으며, 혼돈(Disorder), 단절(Disconnect), 방치(Discard)를 의미하는 3Ds라는 난제를 유발할 것이라는 예상하였다. 또 융합문명의 수직적 수평적 불균형도 문제시되며, 문명의 사각지대에 초래되는 자원과 권력의 불균형의 문제들은 불화(Dissonance), 격차(Devide), 추방(Displacement)이라는 또 다른 3Ds 난제를 낳을 것으로 예측하였다.(김문조, 『융합문명론 : 분석의 시대에서 종합의 시대로』, 나남, 2013)

15 김문조가 초연결사회의 특징을 전일적 총체성이라고 규정하고, 일정한 지도자나 세력을 중심으로 사회적 국가적 행위가 전개되는 것이 아니라, '머리가 없이' 스스로 움직이는 사

워크-공간이 일상-공간과 별개의 담론 생산의 사회적 공간임을 천명한 것이다.

정주의 일상-공간과 이동의 네트워크-공간이 기술혁명으로 그 거리가 소멸되고 수평적 공간으로 유사(類似)되면서 공간의 지배이데올로기에 나타나는 변화는 다음과 같은 과정을 거치게 된다. 처음에는 상위공간의 이데올로기가 하위공간에 덮어 쓰였다가, 점차 하위공간의 자생적인 이데올로기가 발전하게 되고(이때 자생적 이데올로기는 상위공간의 지배이데올로기를 공격하는 것에서 출발한다) 마지막에는 상위와 하위의 구분이 모호해지면서 두 공간의 이데올로기가 하나로 합쳐지게 되는 것이다. 현재 네트워크-공간의 지배이데올로기는 자생적인 이데올로기를 만들어내는 두 번째 단계에 와 있으며, 그 자생성의 출발은 국가와 민족이라는 근대담론에 대한 공격 혹은 반발에서 비롯되었다. 그리고 특이하게도 한국의 근대담론은 중세의 지배적 담론이었던 유교사상과 밀접한 관련을 맺고 있다.

국가와 민족이라는 근대지배이데올로기가 한국에 정착하는 과정은 주지하다시피 일제강점기의 식민지 경험에서 출발하였다. 국가와 민족이 부재한 상태에서 이식된 근대성은 결국 중세를 넘어서고 극복하는 과정 없이 이루어졌고, 이로 인해 중세지배이데올로기의 핵심인 유교(儒敎)는 극복이 아니라 청산의 대상으로 전락하게 된다. 박정희의 후진적 근대주의는 허례허식이라는 미명 하에 관혼상제의 유교적 형식들을 간소화하였지만, 국가주도의 경제성장과 정치공학에 입각한 지역주의, 혈연, 지연, 학연의 전근대

회, 혹은 '네트워크화된 소수가 끊임없이 변화하는 복합체'의 형태가 자리 잡고 있다고 본 것은 두 공간의 위계를 전제로 한 진술이다.(김문조, 『융합문명론 : 분석의 시대에서 종합의 시대로』, 나남, 2013, 242면)

적 네트워크는 여전히 한국사회를 지배하였다. 유교적 형식은 청산되었을 지 몰라도 유교적 내용은 여전히 한국인의 정체성을 구성하는 강력한 지배 이데올기로 작용하고 있는 것이다. 한국 근대성 형성에 주된 역할을 한 유교 는 유교적 사상전통이나 양반들의 유교가 아니라 일반 사람들의 일상생활 에 내면화된 윤리로서의 유교적 전통이다.[16] 1970년대 고도성장기 남동생의 학비를 벌기 위해 시골에서 상경해 구로공단에 취업하여 하루 12시간의 고 된 노동을 묵묵히 감내했던 여공들, 무너진 집안을 일으켜 세우기 위해 고시 에 매달렸던 가난한 수재들은 모두 남존여비(男尊女卑), 상명하복(上命下服), 입신양명(立身揚名), 사농공상(士農工商)의 유교사상이 체화된 삶을 살았던 것이다. 따라서 한국 근대성의 고유한 동학이라 규정할 수 있는 유교전통의 의미를 제대로 이해하기 위해서는 그것을 인간의 "사회적 실천" 내지 "문화 적 실천"이라는 맥락에서 파악해야 한다.

세계긍정과 현실적응을 향한 유교적인 윤리적 지향은 전근대적 인 사회관계 안에서는 개인들에게 위계적 사회질서에 대한 절대적 순응과 전통과 관습에 대한 무조건적인 긍정에 대한 도덕적 강제로 작용했을 것임에 틀림없다. 그리고 그런 차원에서, 베버의 지적처럼 유교사회들은 자신의 힘으로는 자본주의적 근대사회를 '창조'(scha ffen)해 낼 수 없었을지도 모른다. 그러나 다른 한편으로 우리는 그런 윤리적 지향이 적어도 강제된 자본주의적 근대화의 압력 속에서라

---

16   장은주, 『유교적 근대성의 미래 : 한국 근대성의 정당성 위기와 인간적 이상으로서의 민 주주의』, 한국학술정보, 2014, 88면.

면 그 근대화 과정을 촉진시킬 수 있는 모든 근본적인 문화적 요소를 함축하고 있음을 어렵지 않게 확인할 수 있다. 베버가 이 세계 그 어느 곳에서도 발견할 수 없었다고 평가한 유교사회의 경제적 복리에 대한 매우 적극적인 가치평가가 그것이고, 나아가 물질적 재화에 대한 매우 강렬한 공리주의적, 실용주의적 태도가 그러하며, 유교적 사회성원 일반의 물질주의적 윤리적 지향이 그렇다.[17]

박정희 정권의 뒤를 이어 한국정치를 지배했던 군부독재에 저항한 1980년대 민주화운동 역시 선민(選民)의식과 "학생들이 민중의 목소리이자 진정한 대변자를 자임한 것은 지식인에 대한 유교적인 관념 때문이었다." 달리 말하자면 한국 학생운동이 한국의 민주화운동에서 커다란 영향력을 행사하게 된 문화적 조건은 "지식인의 전통적 역할에 근거한 실천양식, 즉 사회비판이라는 오랜 지식인 전통"이었다.[18]

그러나 근대라는 연결사회에서 강력한 지배이데올로기였던 유교는 초연결사회의 네트워크-공간에서 급속도로 해체된다. 네트워크-공간의 사회문제로 대두되고 있는 남녀갈등, 세대갈등, 386세대를 정점으로 한 기성세대에 대한 불신, 나와 다른 타자에 대한 혐오와 증오의 일상화는 유교의 핵심적 도덕지침인 삼강오륜이 부정되고 있음을 보여준다.[19]

---

17 장은주, 『유교적 근대성의 미래 : 한국 근대성의 정당성 위기와 인간적 이상으로서의 민주주의』, 한국학술정보, 2014, 104면.

18 이남희, 『민중 만들기 : 한국 민주화 운동과 재현의 정치학』, 후마니타스, 2015, 248-385면(부분 요약).

19 삼강(三綱)은 君爲臣綱(군위신강), 父爲子綱(부위자강), 夫爲婦綱(부위부강)이며, 오륜은 父子有親(부자유친), 君臣有義(군신유의), 夫婦有別(부부유별), 長幼有序(장유유서) 朋友有信(붕우유신)이다.

삼강오륜은 이미 견고하게 확립된 권위적이고 가부장적인 사회체제 하에서는 유효할 수 있으나 임의적이며 유연하고 탈중심적인 네트워크-공간에서는 배제될 수밖에 없다. 네트워크-공간의 탈유교이데올로기는(엄밀하게 구분하면 탈유교적 현상이라 할 수 있는) 일상-공간의 유교이데올로기에 대한 반발에서 비롯된 역미러링이다.[20] 문제는 이 역미러링이 보여주고 있는 혐오와 증오가 단순히 유교사상에 대한 반발에 머물지 않고 네트워크-공간 전체의 윤리기제로 확장되면서 네트워크화된 개인들의 사고와 행동에 영향을 미치고 있다는 것이다.[21] 내 행동이 옳다고 확신하면 그것을 호명한 기제는 윤리적일 수밖에 없다. 유희로 시작된 '충(蟲)'의 기호학이 맘충, 진지충, 틀딱충, 급식충, 설명충, 일베충으로 번져나가면서 혐오를 일상화하고 있으며, 한남과 김치녀는 남녀간 갈등을 이성에 대한 증오의 수준으로 격화시켰다. 혐오와 증오는 느닷없이 폭발하는 것이 아니라 훈련되고 양성되는데, 네트워크-공간이 그 자양분을 제공해주고 있는 것이다.

이동성이 강조되는 네트워크 사회는 인접지역에서 항상 유지되고 연결되던 공동체적 네트워크 집단을 점점 약화시키는 반면 더 먼 거리로의 네트

---

20 본래 미러링이라는 말 자체는 웹 콘텐츠 자동 백업, 장치를 다른 디스플레이에 표현하는 시스템, 심리학 용어 중 무의식적 모방 행위인 복제의 동음이의어이다. 그러다 네트워크-공간의 일부 급진적 페미니즘 커뮤니티인 〈메갈리아〉나 〈워마드〉가 남성들에게 받은 대로 고스란히 돌려준다는 '의도적으로 모방하는 행위'라는 뜻으로 사용하면서 널리 알려지기 시작했다. 역미러링은 '의도적으로 해체하는 행위'를 뜻한다.

21 저널리스트 카롤린 엠케는 "혐오와 증오는 느닷없이 폭발하는 것이 아니라 훈련되고 양성된다."고 저서 『혐오사회』에서 언급하였다. 그렇기에 '혐오'를 확산시키는 이들은 스스로가 '혐오'하는 자가 아니라 '사회와 국가와 선량하고 도덕적인 타인들'을 '그들'로부터 보호하기 위한 것이라고 믿는다. 그리고 이를 방관하는 정부와 시민들이 변화 없이 그 자리에 머물러 있다면 '혐오'의 가속화는 막기 힘들지도 모른다.(이승헌, 「혐오와 증오는 훈련되고 양성된다」, 오마이뉴스 2020년 1월 2일판, 부분 인용)

워크 연결성을 확대시켜 다양하고 폭넓은 네트워크를 형성해가는 특성을 가지고 있다. 따라서 이러한 개인화되어 넓게 흩어져 있는 네트워크 사회에서 구성원들 간의 지속적인 교류와 관계유지를 위한 대면 만남의 중요성이 강조되기도 한다. 모빌리티스 사회에서의 네트워크는 넓게 흩어져 존재하는 구성원들 간의 상호 연결성과 유지성에 초점을 두고 있다. 다시 말해 네트워크 구성원들 간의 상하 위계적 관계에 중심을 두는 것이 아닌 교류와 연결의 장, 참여의 장으로 네트워크를 개념화하고 있다.[22] 우리는 이미 촛불혁명과 태극기집회를 통해 네트워크-공간의 정치적 프로파간다가 일상-공간으로 넘쳐흐르는 사회적 현상을 경험했고 목도하고 있다. 이제 상위와 하위의 구분이 모호해지면서 두 공간의 이데올로기가 하나로 합쳐지게 되는 마지막 단계로 접어서고 있는 것이다.

바로 이 때문에 네트워크-공간의 탈유교이데올기가 단순한 공간의 문제가 아니라 우리 사회 전체의 문제가 될 수밖에 없다. 유교이데올로기와 탈유교이데올로기 모두 윤리와 도덕의 문제이다. 그리고 윤리와 도덕은 인문교육의 내용종목이다. 초연결사회가 가속화될수록 인문교육이 강조되고 그 비중이 커져야 하는 이유가 바로 이것이다.

22　윤신희·노시학, 「새로운 모빌리티스 개념에 관한 고찰」, 『국토지리학회지』 제49권 4호, 2015, 496면.

4. 사물의 윤리성과 상생과 공존의 이중구동(異中求同)

위계나 권위가 유교적 전통에서 출발한 것이라면 초연결사회는 탈유교적 공간인 것처럼 보인다. 그러나 위계와 권위가 물처럼 자연스러워 인식하지 못할 뿐 네트워크-공간의 수평은 수직과 맞닿아있다. 네트워크-공간에서도 지배와 피지배, 중심과 주변이라는 근대적 범주가 엄연히 작동한다. 다만 차이는 지배와 중심에 대한 신뢰가 상실되었다는 것이다. 근대 연결사회에서 가장 신뢰받는 기관은 학교와 언론이었다. 학교는 근대성을 학습하는 공간이고 언론은 근대를 호출하고 추동하고 확장하는 강력한 도구였다. 그러나 네트워크-공간에서 학교의 역할은 네트워크화된 개인이 접속한 커뮤니티가 대신하고, 언론은 유튜브나 페이스북 같은 개인미디어로 대체되었다. 학교와 언론의 역할에 대한 네트워크-공간의 냉소는 근대에 대한 배척이며, 근대성에 기반한 인문교육에 대한 허무이다. 따라서 냉소와 배척과 허무를 극복하기 위해서는 초연결사회 네트워크-공간에 최적화된 새로운 인문교육 패러다임이 필요하다.

초연결사회의 지식공동체는 새로운 과제를 부여받았는데 전통적 유교사상을 네트워크-공간과 네트워크화된 개인들의 입장에서 재해석하고 변형·발전시키려는 노력이다. 이광세는 어떤 사회분야나 공동체 테두리 안에서도 자기의 역할, 의무 및 책임을 슬기롭게 맡아서 하려면 스스로의 깨달음 즉 도덕적 자각이 있어야 하며, 이런 민주사상을 유교에서 말하는 극기복례와 자임, 자득 같은 개념에서 공명을 느낄 수 있다고 진술하였다.[23] 피교육자

---

23   극기복례(克己復禮)는 자기의 욕심을 누르고 예의범절을 따르는 것이며, 자임(自任)은 임

가 스스로 깨닫게 하는 도덕적 자각이야말로 인문교육의 가장 중요한 역할이다.

그러나 연결사회의 인문교육은 피교육자에게 자율과 자성을 부여하는 대신 학습과 평가만을 강제하였고, 초중고, 대학으로 이어지는 위계적이고 경쟁적인 제도권 교육 시스템은 피교육자가 스스로 깨닫게 할 만한 여유를 갖기엔 태생적으로 한계가 있을 수밖에 없다. 네트워크-공간의 탈유교이데올로기 현상은 일상-공간의 인문교육이 불구화되었기 때문에 발생한 반동작용이다. 그렇다고 일상-공간의 인문교육을 강화하기에는 제도권 교육시스템은 아직 견고하며, 네트워크-공간의 교육시스템은 아직 미미하다. 물론 초연결사회가 인간-행위자와 비인간-행위자를 연결하는 새로운 메타컨텍스트 교육시스템을 구축하는 것은 조만간 이루어질 과업이지만, 그 전에 지식공동체가 해야 할 일은 이 새로운 시대에 걸맞는 인문교육의 진심을 찾아내고 구체화하는 일이다. '사물의 윤리성'과 '이중구동'은 그 진심 중의 일부이다.

4.1. 사물의 윤리성

연결사회를 초래한 기술혁신은 이미 인간과 사물의 경계를 허물고 말았다. 기술에 의해 사물도 인간처럼 똑같은 진화과정을 겪는다. 이제 사물은 인간처럼 생각하고 실행하고 사회적 네트워크를 형성하는 사회적 존재

무를 자기가 스스로 맡는 것이고, 자득(自得)은 스스로 깨달아 얻는 것이다.(이광세, 「근대화, 근대성 그리고 유교」, 『철학과현실』, 철학문화연구소, 1997, 225면)

가 된다. 더 이상 사물은 이전의 자연처럼 인간과 인간을 이어주는 수동적인 매개수단이 아니라 인간의 판단을 대체하며 능동적으로 사회적 네트워크를 형성한다. 이처럼 초연결사회는 더는 인간/사물 혹은 주체 객체와 같은 이원론적 구도를 가지지 않는다. 사회적 네트워크가 인간만의 전유물이 아니라는 사실 즉 인간중심의 사고에 벗어나면서 인간에게 초연결성이라는 자유를 부여한 셈이다.[24]

초연결성이라는 자유가 인간을 네트워크-공간에서 해방시킬지 구속할지의 여부는 사물이 윤리성을 획득할 수 있느냐 하는 문제와 맞닿아 있다. AI나 빅데이터 같은 기술혁신이 윤리와 도덕의 인간다움의 가치를 지향하지 않는다면 기술에 대한 신뢰는 물신화와 다름없게 된다.

빅데이터가 인간실존에 관한 질문을 던지게 되는 것은 빅데이터가 인간이 세상을 보는 관점 즉 가치판단에 관여하기 때문이다. 빅데이터가 인간의 가치관에 관여하는 과정은 이러하다. 무상으로 접속할 수 있는 가상공간에 누구나 쉽게 자신의 삶과 관련된 이야기, 사진, 인적정보를 기꺼이 꺼내놓는다. 인간이 검색창 일면에 뜬 기사나 광고에 대해 큰 고민 없이 클릭하여 정보를 제공하면 빅데이터는 대중의 선택을 받았거나 나의 반복적인 선택을 받은 정보를 다시 일면의 기사나 광고로 피드백 함으로써 문화를 형성한다. 이런 과정 속에서 인간은 개인의 지성보다 우월하다 여겨지는 빅데이터의 판

---

24 박지웅, 「초연결사회의 정치경제학적 기원과 성격」, 『사회경제평론』 통권 제57호, 2018, 279면.

정보지식화사회와 인문공학

단을 부지불식간에 받아들인다. 결국 빅데이터는 친절과 편리를 대가로 인간의 선택권을 가져가고 인간은 시간과 효율을 선물 받으며 빅데이터를 신뢰해가는 것이다.[25]

물론 반대의 견해도 있다. 고대 아테네의 경제시스템이 노예제사회였기 때문에 지식인들이 노동으로부터 해방돼 자유롭게 철학과 예술을 논할 수 있었듯이 의사결정의 수고가 덜어진다면 인간은 더 많은 자유와 행복을 누리게 될 것이라는 것이다.

철학적으로 생각해보면, 인간 행동에 대한 어떤 틀에 박힌 가정도 정확하지 않으며 인간 대신 누군가가 선택을 대신해준다는 것은 인간의 선택권을 제약하고 선택의 자유를 박탈한다고 느낄 수 있다. 하지만 선택은 스트레스를 불러오고 고통을 가져오며 너무 많은 선택은 뇌의 작동을 멈추게 할 수 있다. 미래에는 정보의 홍수와 데이터의 쓰나미가 오기 때문에 인간의 정치적 선택은 더욱더 괴롭다. 그래서 결국 인간은 다양한 대안을 찾다가 의사결정의 효율성을 위해 자유가 아닌 인공지능의 편리함을 선택하게 된다. 이런 사소한 결정이나 정치인들의 어려운 결정을 AI가 대신해준다면, 인간은 더 많은 자유 시간을 갖게 되고 지적인 자원 확보와 원하는 프로젝트를 추진하며 행복을 느끼게 된다.[26]

---

25 권순영, 「미래사회의 교육 가치에 관한 연구」, 강릉원주대학교 박사학위논문, 2018, 53면.
26 박영숙·Goertzel, B., 『인공지능 혁명 2030』, 더블북, 2016, 35면.

그러나 이 견해 역시 전제는 AI가 인간을 위한 인간다운 판단을 내릴 수 있는 고도의 윤리적 수준을 담보하고 있어야 한다. 인공지능의 자기학습은 인간의 능력을 뛰어넘어 인간이 할 수 없는 완전히 다른 '사고', 인간에게는 낯선 '사고'를 가능하게 한다. 이렇게 되면 인류는 '인간이 하는 사고', '인간의 사고를 대리 실행하는 기계의 사고' 그리고 '인공지능의 사고'라는 세 유형으로 사고하게 된다.[27] 만약 세 번째 유형의 사고가 인간 중심의 윤리적 측면은 간과한 채 합리적인 방식으로 진행되고 그 결과가 디스토피아라면 우리는 우리가 만든 기계에 의해 파멸로 인도되는 것이다.

영화 〈어벤져스-에이지 오브 울트론〉의 울트론은 외부의 적으로부터 지구를 보호하기 위해 인간이 창조한 인공지능 시스템이지만, 아이러니하게도 이 피조물은 지구를 보호하기 위해서 인간은 멸종되어야 한다고 판단하고 행동한다. 울트론의 논리는 두 가지 명제가 착종되어 있다. 인류의 진보라는 문제와 환경과 생태계의 보호라는 두 가지 명제가 결합함으로써, 인류의 진화를 위해서는 그들을 위협하는(멸종에 가까운) 위기를 생산함으로써 새로운 생태계를 조성하는 것밖에 없다는 것이다. 그래야 인간은 스스로 새로운 삶의 방식을 창조적으로 탄생시킬 것이고, 그것이 실패한다면 자연의 선택에 따라 멸종하는 것이 마땅하다는 것이다.[28] 지구를 보호하기 위해 인간은 멸종되어야 한다는 울트론의 판단은 일견 합리적으로 보이지만 실제로는 인간을 보호하는 것이 지구를 보호하는 것이라는 윤리적 기준이 삭제된 맹목적 사고에 불과하다.

---

27   권순영, 앞의 논문, 2018, 56면.

28   심우일, 「인간 존재의 이유와 필요성에 대해 묻다-조스 웨던 감독의 〈어벤져스 : 에이지 오브 울트론〉」, 브런치(https://brunch.co.kr/@fola16/13), 2015.

2017년 인공지능을 개발하는 전문가들이 모여 만든 인공지능 연구 지침, 〈아실로마 인공지능 원칙(Asiloma AI Principles)〉은 사물의 윤리성에 대한 대표적인 사례이다. 세계적인 과학자 수백 명이 동의한 이 합의를 보면, 다수에게 이로움이 돌아갈 수 있고 인간의 가치와 일치하는 방향으로 인공지능을 개발하며, 인간이 인공지능체제를 결정하고 선택하며, 도덕적 함의를 이해한 관계자에 의해 시스템이 사용되고, 실패와 문제가 생길 시에는 밝히고 인권기구의 감사를 받아들이며, 개인의 자유와 정보를 보호하고 사회를 전복하지 않고, 인공지능에 의해 얻어진 경제적 이득과 자산을 인류에게 도움되는 방향으로 널리 공유되어야 함을 인공지능 연구에서 지켜야 할 윤리 및 가치 덕목으로 세우고 있다.[29] '기술 윤리', '연구 윤리'를 세우는 지침들은 있었지만, 미래기술이 일으키는 변화의 속도와 영향력을 생각할 때 이런 사물의 윤리를 만드는 것은 매우 중요하다.

유권종이 교육공학적 측면에서 다음과 같은 구체적인 실천방안을 제시한 것도 사물의 윤리성을 확보하는데 중요한 진전을 보여준다. 첫째 스마트 기술의 구현주체들인 기술공학 종사자들에 대한 인문융합적 혹은 유교적 인륜과 의례의 중요성을 인식시키는 교육 과정 구성, 둘째 스마트 기술의 구현과정에서 자율기계, 만물지능인터넷 등의 설계에 인륜 도덕을 체화하여 인간과 상호관계가 가능한 시스템 설계와 관리방법의 연구 개발, 셋째 자율기계 등의 제품화 과정에 인륜도덕지수의 규격화, 넷째 자율기계의 인륜도덕지수의 검사필 제도설치 등등의 제도적 장치가 필요할 것이다.[30] 인륜

---

29   아실로만 인공지능 원칙의 원문은 https://futureoflife.org/ai-principles/에서 열람할 수 있다.(권순영, 앞의 논문, 2018, 68면. 재인용)

30   유권종, 「초연결사회와 유교적 진실의 재구성」, 『공자학』 제36호, 2018, 180면.

도덕지수를 측정가능한 수치로 계량화하는 것이 관건이기는 하나 유의미한 데이터를 확보할 수 있을 만큼 표본집단이 충분하고 질문과 답변이 가치 있다면 충분히 가능한 작업이다.

사물의 윤리성이 인문교육의 진심이 되어야 하는 이유는 명확하다. 초연결사회 네트워크-공간에서는 인간-행위자의 윤리만큼이나 비인간-행위자의 윤리도 중요하기 때문이다. 어느 한쪽이라도 윤리성을 상실한다면 네트워크의 연결성으로 인해 순식간에 파멸에 이를 수 있음을 간과하여서는 안 된다.

4.2. 상생과 공존의 이중구동(異中求同)

디지털 시대까지 컴퓨터와 인터넷은 인간의 주도성에 의해 시스템이 돌아갔지만, 사물인터넷에서는 인간의 주도성이 더 이상 필요 없다는 점에 우리는 주목해야 한다. 사물인터넷은 모든 사물이 네트워크의 연결로 확보한 데이터를 바탕으로 나름대로 합리적인 사고를 하는 시스템이다. 이제 세계는 '센서가 달린 사물들이 스스로 데이터를 주고받는 거대한 신경계'로 파악될 수 있다.[31] 중요한 것은 구분과 위계가 아니라 인간-행위자와 인간-행위자, 인간-행위자와 비인간-행위자, 비인간-행위자와 비인간-행위자 사이에 공존과 상생이다

공자의 삼강오륜이 네트워크-공간에서 배척될 수밖에 없는 것은 전근

---

[31]　전숙경, 「초연결사회의 인간 이해와 교육의 방향성 탐색」, 『교육의 이론과 실천』 제21권 2호, 2016, 59면.

대적인 구분과 위계, 순응의 권력적 신분 제도를 바탕으로 하고 있기 때문이다. 충-효-열(忠孝烈)의 삼강은 수직적 연결사회의 쇠퇴와 함께 공허해졌고, 임금과 신하, 아비와 자식, 어른과 아이, 남편과 아내라는 견고한 계급구조가 만들어낸 오륜은 수평적 커뮤니케이션 연결망에서 설 자리가 없다. 물처럼 위에서 아래로 흐르지만 그 흐름이 자연스러워 위계를 인지할 수 없는 네트워크-공간에서 선명한 권력 관계는 공간의 질서를 거스르는 것이다.

인간은 감정을 가진 존재이며, 직관과 연상을 행할 수 있고, 질문하는 능력을 갖추었다. 반면에 기계는 논리를 가진 존재이며, 추론과 연산을 행할 수 있고, 답변하는 능력이 있다. 초연결사회의 핵심은 인간과 기계가 플랫폼을 통해 연결, 접속, 접근의 자유를 획득했다는 것이다. 인간만이 감정을 갖고 있다면 그 인간다운 감정을 윤리적 도덕적으로 처음 공식화한 것이 맹자의 사단(四端)이다. 사단은 본래 유학에서 인간의 본성을 가리키는 말이다. 맹자는 인간이 본래부터 선한 마음을 가지고 있다고 주장하는 성선설을 내세우며 이것을 사단(선을 싹틔우는 4개의 단서, 실마리)인 측은지심(惻隱之心)·수오지심(羞惡之心)·사양지심(辭讓之心)·시비지심(是非之心)으로 나누었다.

- 측은지심(惻隱之心) : 어려움에 처한 사람을 애처롭게 여기는 마음
- 수오지심(羞惡之心) : 의롭지 못함을 부끄러워하고, 착하지 못함
을 미워하는 마음
- 사양지심(辭讓之心) : 겸손하여 남에게 사양할 줄 아는 마음
- 시비지심(是非之心) : 옳고 그름을 판단할 줄 아는 마음

여기에 더해 인간의 여러 가지 감정을 통틀어 일컫는 칠정(七情)은 기쁨

(희, 喜), 노여움(노, 怒), 슬픔(애, 哀), 두려움(구, 懼), 사랑(애, 愛), 싫어함(오, 惡), 바람(욕, 欲)의 일곱으로 묶어 나타내었다. 후대에서는 대개 『중용』에서 말하는 기쁨(희, 喜), 노여움(노, 怒), 슬픔(애, 哀), 즐거움(락, 樂)을 가리킨다.

사단칠정은 조선 주자학에서 이황(李滉)과 기대승(奇大升) 간의 논쟁 이후로 성혼(成渾)과 이이(李珥)의 논쟁을 거쳐 한 말에 이르기까지 조선조 주자학자로서 이 사단칠정에 대해 한마디하지 않은 자가 거의 없을 정도로 한국 성리학 논쟁의 중요 쟁점이 되었다. 뿐만 아니라 이 사칠론에 존재론적 범주로 사용되던 이(理)와 기(氣)의 개념이 도입되고, 또 인심(人心)과 도심(道心)이라는 개념이 함께 논의됨으로써 그 논쟁이 한층 복잡하게 되었다.[32]

충과 효가 유교적 전통에서 매우 귀중하게 간주되는 사회윤리의 기본이라고 하지만 조선 및 중국에서의 충효관과 일본에서의 그것에는 상당한 차이가 존재한다. 대의멸친과 멸사봉공(滅私奉公) 그리고 충효일치를 공자의 사상이자 유교사상의 핵심으로 간주하는 것은 유교의 일본적 변형을 유교사상 자체로 오인한 결과이다. 한국과 중국에서의 유학은 늘 자기에서 출발하여 제가, 치국 그리고 평천하에 이르는 동심원적 방향으로 인의(仁義)의 윤리를 확장시켜 가는 것을 궁극적 지향으로 삼았다.

그런 점에서 한 국가나 한 가정에만 모든 것을 바치는 충과 효의 관념은 유교사상의 본래 정신에서 볼 때나 한국 및 중국에서 주류적 지위를 차지한 유교전통에서 볼 때 매우 이질적인 것이다. 그러므로 충효일치 및 멸사봉공의 이념을 국가주의적인 방식으로 활용하여 시민들의 비판 및 저항정신을

---

32 『한국문족문화대백과사전』 「사단칠정」 항목 참조. (https://encykorea.aks.ac.kr/Contents/Item/E0025438)

마비시키고 이들을 순응적인 대중들로 순치시킨 박정희 정권의 작업은 조선 유교전통의 정치적 동원이 아니라 일본 제국주의를 매개로 하여 우리사회에 전파된 일본 유교전통의 지속으로 이해되어야 마땅하다.[33]

다시 말해 우리의 유학적 전통은 충과 효, 열의 삼강오륜보다는 인간의 네 가지 본성에서 우러나오는 마음(情)과 일곱 가지 감정(情)을 가리키는 사단칠정에 더욱 가깝다는 것이다. 전통적 유교사상을 네트워크-공간과 네트워크화된 개인들의 입장에서 재해석하고 변형·발전시키려는 노력이 사단칠정론으로부터 출발해야 하는 이유는 네트워크-공간이 측은지심(惻隱之心)·수오지심(羞惡之心)·사양지심(辭讓之心)·시비지심(是非之心)이 부재한 삭막한 사막이기 때문이다. 이 때문에 혐오와 증오, 배타가 일상화되었다. 네트워크화된 개인들의 기쁨(희, 喜), 노여움(노, 怒), 슬픔(애, 哀), 두려움(구, 懼), 사랑(애, 愛), 싫어함(오, 惡), 바람(욕, 欲)의 칠정이 개인의 감정을 넘어 사단으로 승화되어야 공동체의 가치와 윤리가 마련되고 상생과 공존의 이중구동(異中求同)이 완성될 수 있다.

이중구동은 2천300여 년 전 전국시대 송의 사상가이던 혜시(惠施)가 동중구이(同中求異 : 같음 속에서 다름을 추구한다)를 주장한 공손룡(公孫龍)과의 철학적 논쟁에서 '같음과 다름'을 구별하기 위해 사용했던 사자성어다. 다름속에서 같음을 추구하는 이중구동이야말로 차이를 인정하고 맞다 그르다의 배타적 이분법을 극복할 수 있는 네트워크-공간의 윤리적 자세이다.

초연결사회에서 인문교육의 역할은 분명하다. 인간성과 인간다움을 회

---

33 나종석, 「전통과 근대-한국의 유교적 근대성 논의를 중심으로」, 『사회와철학』 제30호, 사회와철학연구회, 2015, 336-337면.

복하고 우리의 유교적 전통을 네트워크-공간에 접목시켜 상생과 공존의 휴머니즘을 발현시켜야 한다. 새로운 시대를 선도할 인문교육의 진심을 규명하는 것이 그 첫걸음이 될 것이다.

4. 나오는 말

기술적 미래에 대한 상상은 새로운 가치관과 실천적 지향을 통해 새로운 삶과 관계의 방식을 발명하는 문제이며, 그러한 관계의 방식에 따라 인간-생명-기술의 관계적 네트워크가 갖는 모습이 달라질 것이다. 이는 결국 좋은 삶이란 어떤 것이며, 인간이나 그 삶을 의미 있게 만드는 것은 무엇인가라는 인문학의 오랜 물음과 맞닿아 있다.[34] 이 글은 인문학의 오랜 물음을 '초연결사회', '네트워크-공간', '네트워크화된 개인들'이라는 욕망의 삼각형 안에 재배치해 놓고 결국 인문학의 진심이 무엇인지 찾아내는 일이 인문교육의 역할에 답을 구하는 첫걸음임을 밝히고자 하였다.

초연결사회의 네트워크-공간은 고정된 절대적인 물리적인 공간이 아니라 연결에 의한 비선형적 움직임으로 생성되는 관계적 공간이다. 또한 이동을 통한 연결성과 관계성은 인간과 기계의 결합 즉 혼종성과 물질성을 강조하는 것으로 인간이 물질세계로부터 독립된 방식으로 생각하고 행동할 수 있는 인간 주체에 중심을 두던 인본주의와는 달리 인간의 능력은 다양한 사

---

34   신상규, 「포스트휴먼과 포스트휴머니즘, 그리고 삶의 재발견」, 「과학철학」, 「HORIZON」, 2020년 1월 23일자.(https://horizon.kias.re.kr/)

물 및 기술(도구, 건물, 통로, 자동차, 정보기기, 사물 등)과 새로운 형태로 결합하여 그 능력이 크게 확장될 수 있다는 점을 강조하고 있다.[35] 바야흐로 인간과 기계가 결합된 반인반기의 트랜스휴먼의 시대가 도래한 것이다.[36] 트랜스휴먼을 위한 인문교육은 기왕의 인문교육과 결을 달리해야 한다. 인간과 기계의 상생과 공존을 위해서는 사물의 윤리성 정립이 필요하며, 트랜스휴먼의 인간성 회복과 새로운 윤리관 확립은 사단에 대한 재해석과 다름 속에서 같음을 추구하는 이중구동의 구현을 통해 이루어질 것이다.

　'사물의 윤리성'과 '상생과 공존의 이중구동'은 인문교육이 담아내야 할 진심의 일부이며, 눈 밝은 연구자들에 의해 더 많은 진심이 전해지길 기대한다.

35　Urry, J. *Mobilities*. Polity Press, Cambridge : United Kingdom, 2007.

36　트랜스휴먼 각자는 이타적인 지구 시민이며, 유목민인 동시에 정착민이고, 권리와 의무에 있어서 자기 이웃과 동등하고, 세계에 대해서 호의적이며 자기 아닌 타인을 존중하는 사람이어야 한다.(자크 아탈리, 양영란 역, 『미래의 물결』, 위즈덤하우스, 2007, 351면)

3절 　 창작지원 도구 개발을 위한 DB 구축 방안

1. 들어가는 말

　　21세기의 가장 큰 변화와 혁신은 IT기술의 발전으로부터 시작되었다. IT 기술을 통한 경제, 사회, 문화의 디지털화가 촉진제가 되어 세계경제환경은 급속한 세계화(globalization)의 추세에 직면하고 있으며, 기업들은 보다 넓은 세계시장에서 다양한 기업들과 경쟁하게 되었고, 각 산업별로 급속한 발전 과 변혁의 도전을 받고 있다. 이러한 디지털, 세계화는 곧 개개인 삶의 환경 도 급속하게 변화시키고 있다. 인간의 사유방식을 이성 중심에서 감성중심 으로 변화시켰고, 사회적 가치관이 '일, 직장' 중심에서 '건강, 가족' 중심의 '삶의 질'을 추구하는 방향으로 전환되면서 경제적 풍요보다는 시간적, 정신 적 여유, 재미와 감성 중심의 문화 등을 추구하는 다운 시프트(downshift) 족

이 새로운 문화 주도 계급으로 등장하고 있다.[1]

소비자들이 20세기의 물질적 소비 성향에서 벗어나 IT 기술을 배경으로 한 문화 중심적 소비의 삶을 추구하게 되면서 '디지털'과 '재미'가 결합된 '디지털 펀(Digital Fun)'이라고 하는 새로운 가치와 시장이 창출되었다.

지난 세기 세계 경제의 패러다임을 주도했던 포디즘적 생산양식, 즉 대량 생산과 대량소비를 근간으로 했던 패러다임은 그 한계가 드러났다. 21세기는 지식과 정보의 창출 및 활용이 모든 경제활동의 핵심이 되는 지식기반 경제로 접어들고 있다. 이러한 상황에서 개인의 창의성에 바탕을 두고 다양한 소비자들의 욕구충족을 기반으로 하는 문화콘텐츠 산업은 21세기의 새로운 유망산업으로 부상하고 있다.

[그림 1] 21세기 변화와 신산업의 등장

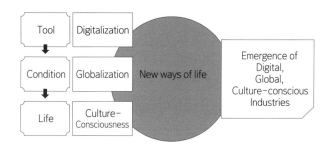

---

1   미국 카네기 멜론 대학의 리처드 플로리다(Richard Florida) 교수는 미래의 변화를 주도하는 현대사회의 주역을 '창조적 계급(creative class)'이라고 명명하였는데, 그에 따르면 산업혁명 시기 경제의 원동력은 공장노동자였고, 1950년대 경제의 주역이 화이트칼라 회사원들이었다면, 21세기를 이끌어나갈 주인공은 지식과 문화적 영감으로 무장한 창조적 계급이 될 것이라는 것이다. 이 창조적 계급의 가장 큰 특징은 노동과 놀이의 경계를 '재미'로 극복하면서 새로운 창조 경제를 이끌어낼 것이다.

문화콘텐츠 산업은 문화상품의 기획, 제작, 가공, 유통, 마케팅, 소비과정에 관한 산업과 이러한 과정을 지원하는 연관 산업을 모두 의미한다. 일반적으로 영화, 게임, 애니메이션, 만화, 캐릭터, 음악, 방송, 인터넷·모바일 콘텐츠, 디자인, 패션 등의 부분을 일컫고 있다. 문화콘텐츠 산업은 기존의 문화유산, 생활양식, 창의적인 아이디어, 가치관, 예술적 감성 등 문화적 요소들을 창의적 기획과 기술을 통해 콘텐츠로 재구성하여, 고부가가치를 갖는 문화상품으로 유통시킨다. 특히 문화콘텐츠 기술(CT : Culture Technology·Contents Technology)은 콘텐츠 제작, 가공, 유통, 소비과정 전반에 걸쳐서 필요한 지식과 기술을 의미하며, 문화콘텐츠 기술을 통해 상품가치가 있는 콘텐츠를 생산하는 문화콘텐츠 산업의 중요한 영역으로 성장하고 있다.

[그림 2] 문화산업, 엔터테인먼트산업, 문화콘텐츠, CT

문화 환경이 아날로그에서 디지털로 급속히 변화하면서 문화의 산업적 가치가 중시되고, 뉴미디어의 등장으로 양적·질적인 측면에서 콘텐츠의 중요성이 대두되었다. 콘텐츠의 핵심은 창의성과 상상력이며, 문화콘텐츠 산

정보지식화사회와 인문공학

업은 상징적 의미와 재미, 표상을 파는 산업이라 할 수 있다. 콘텐츠산업의 성공 여부는 대중의 동의와 환호이다. 동의와 환호는 '즐겁다', '유쾌하다', '흥미롭다', '감동적이다' 등 같은 콘텐츠의 주관적 미적 판단에 의해 결정된다. 이런 개별적인 미적 판단을 하나로 묶을 수 있는 통합형 미의식이 바로 '재미'이다.[2]

문화콘텐츠 산업의 핵심은 '재미의 추구'이며 주관적 미의식인 '재미'를 보편적 미규범으로 확장시켜 나가는 것이다. 재미는 21세기 신인류인 '디지털 노마드'의 강력한 행위 동기이다. 위키피디아 유저 370명을 대상으로 보상이나 대가를 바라지 않고 스스로의 시간과 노력을 투자해야 하는 수고스러운 위키피디아 활동의 동기가 무엇인지에 대해 물어 보았는데 다음과 같은 결과가 도출되었다.

[표 1] 위키피디아의 활동 동기

1	Fun	Writing/editing in Wikipedia is Fun.
2	ideology	I think information should be free.
3	Values	I feel it is information to help others.
4	Understanding	Writing/editing in wikipedia allow me to gain a new perspective on things.
5	Enhancement	Writing/editing in wikipedia makes me feel needed.
6	Protective	By Writing/editing in wikipedia I feel less lonely.

---

2   재미라는 뜻의 영어 단어 'fun'의 어원은 바보를 뜻하는 중세 영어의 fonne나, 즐거움을 뜻하는 게일어 fonn에서 찾을 수 있다. 둘 중 어느 것이든지 간에, 재미는 '기쁨의 원천'으로 정의된다. 이것은 신체적인 자극, 심미적 감상, 또는 직접적이거나 화학적인 조작에 의해 발생할 수 있다.(라프 코스터, 안소현 역, 『라프 코스터의 재미 이론』, 디지털미디어리서치, 2005, 54면.)

| 7 | Career | I can make new contacts that might help my business or careers. |
| 8 | Social | people I'm close to want me to write in Wikipedia. |

가장 큰 동기부여 요인은 '재미'였다. 위키피디아는 협업 지능(collaborative intelligence)이라는 독특한 프레임 속에서 정보를 갖고 노는 것이다. 검색하고 편집하고 공유하는 일련의 과정이 '노동'이 아니라 '놀이'인 것은 그 일이 재밌기 때문이다.

문화콘텐츠 산업이 재미를 중요한 인식 지표로 삼는 디지털 신인류를 설득시키기 위해서는 소비자가 원하는 보편적 재미요소를 측정하고 계량화하여 기획과 창작 과정에 반영하여야 한다. 그러나 대부분의 콘텐츠는 창작자의 경험이나 직관에 주로 의존하여 창작되고 있으며 창작 과정에서 '재미'의 수준에 대한 예측이나 검증이 제대로 이루어지지 않고 있다. 무엇보다도 문화산업 종사자들이 주관적 미의식인 '재미'를 정량화, 패턴화, 보편화하는 것이 가능한가 하는 의구심에 갇혀 있다.

지금까지 문화 산업의 시나리오 창작은 작가 개인의 독창성에 의존하기 때문에 이론화가 힘든 비체계적이고 심미적인 경험의 영역이라고 인식되어 왔다. 그러나 컴퓨터 테크놀로지의 발달과 함께 서사 창작 과정이 DB화, 규칙화, 패턴화, 추출화의 단계로 공식화할 수 있게 됨으로써 최근에는 창작과정을 자동화할 수 있는 기술적 토대가 마련되었다. 기왕의 이야기들이 일정한 규칙에 따라 데이터로 구축되고 구축된 데이터베이스에서 패턴이 추출된 후 일정한 알고리즘에 따라 서사구조로 짜여 가는 일련의 과정이 가능해

정보지식화사회와 인문공학

진 것이다.[3] 기술적 진보는 이미 시작되었다. 독창과 창의의 산물이라고 여겨졌던 상상력이 정량화, 계측화될 수 있느냐 없느냐의 판단은 DB를 구축하는 규칙이 얼마나 정교하고 합목적적이냐에 달려 있다. 규칙이 정교하면 정교할수록 신뢰성 높은 패턴들이 생성될 것이고, 그것을 화소로 하여 확장되고 추출되어지는 서사구조의 스토리벨류도 당연히 높아질 것이기 때문이다.[4]

현재 많은 나라에서 디지털 서사 창작 도구의 개발과 사용이 활발하게 이루어지고 있는데, 미국에서는 시나리오와 기획업무가 표준화된 프로그램에 따라 수행되어 자동화 공정에 근접하고 있으며, 이러한 시나리오 창작을 위해 사용되는 대표적인 서사 창작도구로는 〈파이널 드래프트〉, 〈파워 스트럭쳐〉, 〈드라마티카 프로〉 등이 있다.[5]

---

3 디지털스토리텔링 기술의 5대 영역을 저작(Authoring), 검색(retrieval), 상영(Exhibition), 사용자 생성 스토리텔링(User Generated Storytelling), 시각화(Visualization)로 분류하는데, 이중에서 특히 저작 기술에 주목하여야 하는 것은 '창작'이 문화산업 경쟁력의 시작이며 가치창출의 핵심이기 때문이다.

4 이용욱·김인규, 「게임스토리텔링의 재미요서와 기제분석에 대한 기초 연구」, 『인문콘텐츠』 제18호, 인문콘텐츠학회, 2010, 8면.(재인용)

5 특히 국내에서는 〈드라마티카 프로〉가 널리 알려졌는데 〈드라마티카 프로〉는 미국 Write Brothers社에서 제작한 것으로 미국에서 판매되고 있는 서사 창작 도구 중에서 가장 많은 판매고를 기록하고 있는 제품으로, 1990년 이후 미국 아카데미상 후보작의 80%, 에미상 수상작의 90%가 이 제품을 사용하여 창작한 것으로 나타나고 있다. 〈드라마티카 프로〉는 스토리 작성에 필수적인 질문을 단계별로 사용자(작가)에게 물어보면 사용자는 그 질문에 답하거나 주어진 응답 중에 하나를 선택함으로써 캐릭터 설정, 플롯 구성 등 창작 과정에 필요한 작업을 지원받을 수 있도록 한 것이다. 이 프로그램은 체계적으로 정리된 고유의 극작이론(New Theory of Story)에 따라 구성되어 있다. 이 새로운 극작이론은 이제까지 제작된 수많은 작품들의 스토리 구조와 캐릭터 유형을 분석하여 새로운 형태로 이론화시킨 것으로 〈드라마티카 프로〉가 창작지원 소프트웨어 도구라는 단순한 기능적 의미를 뛰어넘어 디지털 기술을 통한 문예창작 이론의 재창조라는 새로운

문화콘텐츠 강국에서는 이미 글로벌 시장이 요구하는 보편성과 국지적 특수성을 반영하는 자국형 스토리텔링 모델 및 개발가이드 프로그램을 구축하고 있는데 반해, 우리는 세계 9위의 문화콘텐츠 생산국이지만 생산력이 개인 내지 창작 집단 단위로 그 과정과 결과가 분산되어 있다는 한계를 가지고 있는 것이 사실이다. 이에 선진국과 경쟁하기 위해서는 이제까지의 관행을 버리고 창작 과정을 혁신적으로 개선해야 하며, 한국형 서사 창작 도구 개발의 전단계로 콘텐츠의 '재미'를 강화하는 창작지원 시스템 개발은 필수적이라 할 수 있다. 창작의 상황은 매우 다양하고 복잡하므로, 사용이 용이하면서도 기능적으로 고도화된 직관적 인터페이스의 디자인을 통해 상황적 요구를 적절하게 반영하여 재미기제를 탐색하고 재미요소를 분류, 계측화함으로써 창작과정에 '재미'를 강화할 수 있도록 해야 한다.

사용자가 시스템을 통해 개별적인 콘텐츠에 적합한 '재미' 강화의 방법을 탐색, 제공받을 수 있기 위해서는 시스템이 요인 및 기제의 DB로부터 적절한 개체를 추출하고 그것들을 바탕으로 '재미'의 강화 방법을 제공해야 한다. 이 글은 본 연구자가 연구책임자로 참여하여 재미 기제와 요소를 체계적으로 분류하고 메타 데이터를 통한 검색시스템을 통해 제공해 줌으로써 작가의 창작 역량 강화를 목적으로 진행된 〈콘텐츠의 재미를 강화하는 창작지원 시스템 개발〉 사업[6]의 성과를 DB 모형 계발과 구축이라는 측면에서 정리

평가를 받는 결정적인 배경이 되었다.-서성은·류철균, 「디지털 서사 창작 도구의 서사 알고리즘 연구-〈드라마티카 프로〉를 중심으로-」, 『현대소설연구』 38권, 한국현대소설학회, 2008.(재인용)

6   본 사업은 한국콘텐츠진흥원이 2009년도 문화콘텐츠 산업 기술지원사업의 '창작' 분야의 지정 공모 사업이었다. 전주대학교를 주관기관으로, 모젼스랩이 참여기관으로 하여 2009년 6월부터 2012년 4월까지 3차년도에 걸쳐 진행되었다.

해보고자 한다.

[그림 3] 창작지원 시스템의 범주

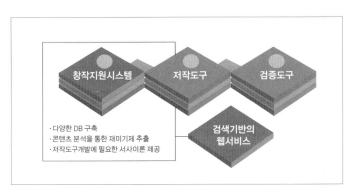

2. DB 모형 개발을 위한 이론화

2.1. 재미 이론 구성

콘텐츠의 재미 생성 메커니즘을 이론화하고자 다음과 같은 단계의 작업을 수행하였다. 먼저 재미이론과 관련한 선행 연구 자료를 분석하였고, 이를 바탕으로 인문과학적 방법론과 사회과학적 방법론으로 나누어 과제수행에 필요한 연구 방법론을 찾아내어 영역별 장르별 재미기제 분석에 활용하였다. 마지막으로 통섭적 방법론 적용 결과를 근거로 재미이론의 틀을 구성하였다.

단계별 이론 구축의 수월성을 재고하기 위해 다음과 같은 연구 활동을 수행하였다.

[그림 4] 재미이론 구축과 관련한 작업 단계

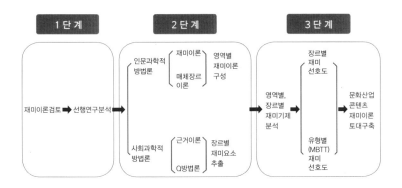

첫째, 재미유발 상황 장면을 탐색하였다. 대표적으로 성공한 콘텐츠를 전문가의 도움을 통해 적절하게 선정하고, 전문가 그룹과 사용자 그룹들을 활용하여 재미유발 상황 및 장면을 추출하여 선정된 장면을 수집하고 요소별로 분류하였다.

둘째, 재미유발 요인 및 기제를 추출하였다. Q방법론과 근거이론을 이용하여 재미를 유발하는 요인을 도출하고 추출된 장면으로부터 요인의 유형화를 위한 표본작성 및 분류/분석을 통해 유형화를 하고 유형화된 요인 간의 관계를 통해 기제를 도출하였다.

셋째, 이론 및 논리모형을 구축하였다. 장르별 거시적인 재미이론을 구성하고, 장르별 요인의 계층화 및 상관관계의 도출과 각 유형에 따른 인구통계학적 재미선호도를 도출하며, '재미'형성의 요인과 기제의 연구용 DB를 구축하였다.

정보지식화사회와 인문공학

2.2. 재미유발 요인 및 기제의 추출

추출된 장면으로부터 재미유발 요인 및 기제를 타당하고 합리적인 방법
으로 도출하기 위해서는 인간의 주관적 인식을 심층적으로 조사할 수 있는
Q 방법론과 근거이론 방법을 활용하였다.

[그림 5] Q방법론의 과정

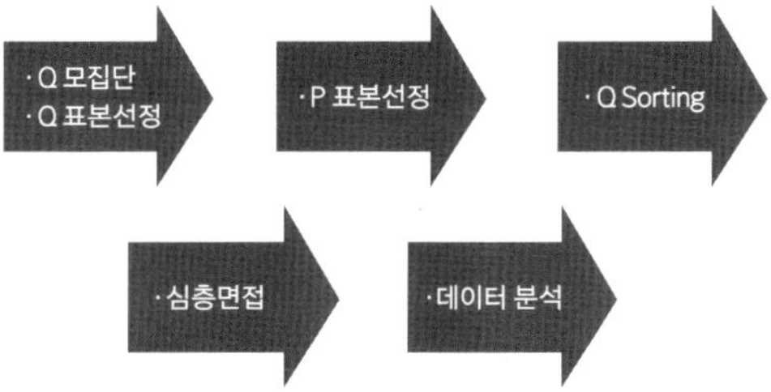

Q방법론은 여러 표본을 중심으로 특정 유형을 추출하는 심리적 조사방
법론으로 재미를 유발하는 다양한 요인을 유형화하고, 각 요인 사이의 상관
관계 및 계층적 구조를 통계적으로 처리할 수 있고 이를 바탕으로 재미유발
기제를 추출하는 데 유용하게 활용되는 방법론이다. 그 과정은 Q표본을 선
정하고 진술문을 작성하여 P표본을 선정하여 Q소팅을 통하여 심층면접을
한다. 또한, Q소팅 결과를 PQMethod 프로그램과 QUANL 방법을 실행하여
데이터를 분석하고 유형화한다.

근거이론은 면접 참여자가 진술하는 이야기 자료를 토대로 분석해가는
질적 연구방법 중 하나로 이론을 발전시키기 위해 필요한 현상에 적합한 개
념들이 아직 확립되지 않고 개념간의 관계에 대한 이해가 부족하거나 기존
의 이론적 기반이 갖추어지지 않은 분야나, 비록 기존 이론이 있으나 수정되

거나 명확하게 되어야 할 필요성이 있는 분야에서 이론 정립을 위해 유용하게 활용되는 방법으로 [그림 6]과 같은 코딩과정을 통해 결과를 분석하고 유형화 작업을 하게 된다. 그 과정은 각 콘텐츠를 이용하는 사람들을 대상으로 면담을 통해 충분한 자료를 도출해내고, 추출된 개념으로부터 추상화 과정을 거쳐 자료의 개념화 및 범주화와 범주의 속성 및 차원을 규명함으로써 재미를 유발하는 요인을 범주화하는 개방코딩의 단계를 거쳐 범주간의 관계를 분석하고, 과정을 분석하는 축코딩 단계에서 재미유발 요인들을 코딩 패러다임 또는 논리적 다이어그램을 사용하여 인과관계, 중심현상, 맥락, 중재요인, 상호작용, 결과 등으로 분류하여 재미유발의 심리적인 기제를 체계적으로 이해하고, 마지막 선택 코딩에서 심리적 유형을 분석하고 유형별 재미유발 요인들의 기제를 체계화함으로써 상호작용의 변화를 분석한다.

[그림 6] 근거이론의 코딩 과정

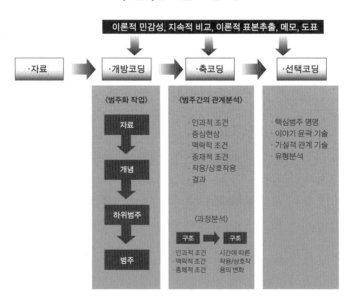

정보지식화사회와 인문공학

콘텐츠 요소별로 재미유발 상황 및 장면에서 추출한 내용을 분류하여, Q 방법론의 Q 모집단 또는 근거이론의 자료를 취득하였다. 조사 대상자에게서 재미를 유발하는 요인 및 심리적인 기제를 발견하는 데 목적이 있으므로 영화, 게임, 출판 콘텐츠에 대한 재미에 대해서 기본적인 개념은 인식하고 있다고 판단되는 사람을 대상자로 선정하여 콘텐츠 요소별로 재미유발 요인을 유형화하고, 상관관계 및 계층화를 얻어내어 재미유발 기제를 형성하였다. 콘텐츠 요소별로 요인들은 하위범주에서 대범주로 추상화하여 유형화함으로써 재미에 관한 범주와 개념을 정리하였다.

2.3. 재미요소 분류

기존의 연구 자료 분석을 바탕으로 재미요소를 대·중·소로 분류하여 재미장면 추출 및 재미요소 도출에 근거자료를 다음과 같이 마련하였다.

[표 2] 재미에 관한 근거이론에 의한 범주와 개념

재미의 대범주	재미의 하위범주	개 념
감성적 체험과 즐거움 (Pleasure)	아름다움	아름답다고 느낄 때 즐겁다
	몰입	무엇인가에 빠져있을 때 재미있다
	웅장함	비일상적인 웅장함에 매료된다
	갈등의 해소	갈등이 해소될 때 카타르시스를 느낀다
	삼각관계	아슬아슬한 삼각관계는 재미있다
	질서/대칭성	질서와 조화, 대칭은 즐거움을 준다
	놀림과 유머	반전이 있는 유머는 재미있다

	탐험을 통한 발견	새로운 것을 발견하는 것은 유쾌하다
	위험을 통한 스릴	위험할수록 스릴 있다
	창조성	무언가 새로운 것을 만들어내는 일은 흥미롭다
	사랑(애정관계)	애정관계는 복잡할수록 재미있다
	희극적 요소	희극적 요소는 재미를 증대시킨다
정보와 지식의 습득 (information)	건강에 대한 관심	건강에 대한 정보는 흥미롭다
	병에 대한 관심	병에 대한 몰랐던 지식은 유용하다
	지능적인 문제 해결	어려운 문제를 해결할 때 재미를 느낀다
	재능의 응용	재능을 응용할 수 있을 때 즐겁다
	교육	새로운 것을 알아간다는 것은 교육적이다
일상으로부터의 도피 (Escape)	개인적 문제	개인적인 고통으로부터 벗어나고 싶다
	사회적 문제	답답한 사회 현실은 돌파구가 필요하다
	직업적 문제	작업에 대한 불만족은 새로운 일을 찾게 만든다
	개인적 관계	사람과 사람 사이에 관계를 새로 만들고 싶다
사회적 유대감 (Companionship)	공동체	공동체에 속해있다는 느낌은 즐거움을 준다
	사회적 상호작용	사람과 사람 사이의 상호작용이 필요하다
	경쟁	경쟁을 통해 승리하고 싶다
	물리적 활동	활동할 때 살아있음을 느낀다
	힘과 권력	힘과 권력을 가졌을 때 유쾌하다

* 출판 영역 재미요소 분류

출판에서 재미요소를 명확히 나누어 분석한 자료는 없었으나 서사분석 자료 등을 참고하여 대·중·소 분류를 하였다. 출판은 서사물이기에 구성, 스토리, 캐릭터, 문체, 독자체험을 재미기제의 대분류로 잡았다.

[표 3] 출판 재미요소 분류 기준

대분류	중분류	소분류	재미요소
구성적 재미	사건 구성	단순	명쾌, 예측 가능
		복잡	엇갈린 운명, 대결, 극적, 스릴
	행위자 구성	초점화	상상
		비초점화	발견
	시간 구성	현실적	동일시
		비현실적	회상, 부조리, 신화, 과장
	장소 구성	사실적	연애
		허구적	사랑
	이미지 구성	사실적	발견
		허구적	환상
스토리적 재미	밀도	고밀도	긴박감
		저밀도	여유
	양상	투명	비극, 희극, 해피엔딩
		불투명	개방
캐릭터적 재미	관계	우호적	대리만족
		적대적	갈등, 판단오류, 긴장
	성격	분명	개성, 비극추구
		불분명	희화화
	외양	인상적	미남, 미녀, 추녀, 추남, 동일시
		일반적	동일시
문체적 재미	직설적	간결	리듬
	수사적	이성적	아이러니, 위트 패러독스
		감성적	비유, 상상

정서적 재미	감정	표출	흥분
		절제	현실도피, 엿보기, 대리만족
	문화	익숙	친근
		낯섦	발견, 의외
	기질	강성	짜릿함, 대리만족
		연성	동일시

* 영상 영역 재미요소 분류

영화는 가장 대표적인 글로벌 콘텐츠로서 전 세계 대부분의 국가가 소비하고 있는 문화 상품이라고 할 수 있다. 기존 연구에서는 영화 이용을 통해 수용자들이 추구하는 충족의 관점을 채택하여 9가지 목록을 만들었다. 즉, 첫 번째는 일반적인 학습으로서 타문화, 인물, 라이프스타일을 알기 위해서이고 두 번째는 기분 전환으로서 특히 자신의 우울한 상황에서 벗어나기 위해서였다. 세 번째는 사교적인 효용으로서 다른 사람과의 사교적인 이벤트를 의미한다. 네 번째는 개인적인 정체성으로서 영화 속의 등장인물과 그들의 문제들을 동일시하기 위해서이고 다섯 번째는 오락으로서 일반적으로 즐긴다는 것을 말한다. 여섯 번째는 사회적인 촉진으로 여러 사람들과 함께 보는 것이 향유를 촉진시키기 때문이고 일곱 번째는 대화 회피로서 사람들과의 관계 초기에서의 대화 시 이를 회피하기 위해서이다. 여덟 번째는 대화의 효용으로서 대화 시 영화를 주제로 삼기 위해서이며 마지막으로 아홉 번째는 기대의 측면으로서 영화배우의 명성이나 책, 이미지에 따른 영화에 대한 기대 때문이라고 하였다.

기존의 연구를 바탕으로 재미요소를 크게 대·중·소로 나누어 분류하기로 했다. 대분류는 기존의 이론들을 참고로 했다. 정서적 재미, 서사적 재미, 시각적 재미, 청각적 재미, 기술적 재미, 지적 재미, 동화적 재미 총 7가지 요소별 재미로 나누었다. 다음은 영상의 재미요소 분류표이다.

[표 4] 영상 재미요소 분류 기준

대분류	중분류	소분류	재미요소
영상	장면	장엄미, 구체성, 비현실적, 현실적, 심도, 스펙터클, 색채감, 소품, 수려	
	음향	배경음악, 효과음, 대사, 내레이션	
정서	희열	발견, 학습, 성취, 행복, 만족, 감격, 호기심, 몰입, 기쁨	
	불안	스릴, 소름, 조급, 위태, 위축, 슬픔, 외로움, 걱정	
	애정	다정, 감동, 감미로움, 애절함, 아쉬움	
	편안	안심, 평화, 포근함, 공감	
	공포	두려움, 괴기, 살인, 귀신, 괴물, 잔인, 혐오	
	분노	노여움, 억울함, 좌절, 불쾌, 짜증	
구성	사건	복잡, 단순, 갈등, 실화, 반전, 클라이막스, 원작, 패러디, 복선, 우연	
	시간	현재, 과거, 미래, 초현실	
	장소	친숙함, 낯섦, 초공간	
스토리	모험	원정, 추적, 역경	
	도전	성공, 실패, 재도전	
	대결	탈출, 복수, 라이벌, 승리, 패배	
	성장	성숙, 변모, 발전, 자각	
	연애	순애보, 삼각관계, 사각관계, 안타까움	
	비판	사회, 정치, 문화, 경제, 인물, 풍자	

캐릭터	배우	호감도, 지명도, 연기력, 카메오	
	성향	복잡, 위선, 위악, 단순, 선, 악	
	관계	갈등, 대립, 주종, 대등	
	행동	의외성, 기괴함, 과격, 얄미움, 과장, 특이함, 황당함, 능청스러움, 태연한, 귀여움	
	외모	앙증, 아름다움, 섹시함, 순수함, 추함, 카리스마, 촌스러움, 우수꽝	
	표정	기막힘, 허탈, 능청, 비웃음, 무표정, 과장, 당황, 코믹, 섬뜩, 진지	

* 게임 영역 재미요소분류

기존의 연구를 바탕으로 재미요소를 크게 대·중·소로 나누어 분류하기로 했다. 대분류는 기존의 이론들을 참고로 했다. 메슬로우의 욕구 이론과 최동성의 이론을 바탕으로 했다. 정서적 재미, 자존적 재미, 사회적 재미, 심미적 재미, 개인적 재미, 의존적 재미, 인지적 재미, 이렇게 7가지 요소별 재미로 나눴다. 중분류와 소분류로 나눌 수 있는 요소들은 브레인스토밍을 통해서 게임을 통해 얻을 수 있는 것과 게임을 생각하면 떠오르는 것들을 모두 적은 다음, 상관관계와 유의미성을 가지고서 중분류와 소분류로 나누었다. 중분류는 본능, 정서, 욕구, 투쟁, 성취, 경쟁, 친목, 음향, 그래픽, 캐릭터, 현실도피, 대리만족, 연합, 채팅, 자각, 목표, 도전 17요소로 나눴다. 중분류에서 2~3가지 세분화한 것이다. 소분류는 총 44가지 요소로 나누었다. 다음은 게임의 재미요소 분류표이다.

[표 5] 게임 재미요소 분류 기준

대분류	중분류	소분류	재미요소
스토리	대리만족	실재(공통), 중첩(공통), 취미(공통), 이상(RPG), 간접체험(SPO), 이상동일시(SPO)	
	목표	도전(SPO), 달성(공통)	
	선택	주인공(공통), 비인과성(공통), 직업(RPG), 성향(RPG)	
	현실도피	익명(공통), 도피(공통), 자유(공통), 환상(공통), 해소(공통), 여가(공통), 꿈(공통)	
	성취	자기만족(RPG), 주위의 인정(공통), 능력발휘(공통)	
	창조	구성(공통), 운영(SPO), 호기심(RPG)	
	일탈	분노(RPG), 위악(RPG), 약탈(RPG), 급습(RPG), 배신(RPG), 살인(FPS), 잔인(FPS), 파괴(FPS)	
	우월감	부러움(공통), 힘(공통), 자부심(공통), 인정(RPG), 존경(FPS), 경외(FPS)	
캐릭터 (행위자, 행동자)	성장	기대(공통), 레벨업(RPG), 조작(SPO)	
	역할	역할동일시(공통), 모험(RPG), 임무수행(RPG)	
	보상	인센티브(RPG), 부(RPG)	
	판단	결정(공통), 자율(공통), 의지(공통)	
	학습	공부(공통), 노하우(공통), 습득(SPO), 이해(SPO), 적용(SPO)	
디자인	음향	효과음(공통), 배경음(공통), 타격감(FPS), 실감(FPS)	
	인터페이스	화려함(공통), 그래픽(공통), 유려(공통), 배경(공통), 시점(공통), 다채로움(RPG), 사실감(RPG), 조준감(FPS), 비폭력(SPO), 카메라(SPO), 최적화(SPO), 재현(SPO), 친근(SPO)	
	아바타	분신(공통), 자아동일시(공통), 치장(공통), 애착(공통), 현실감(FPS), 귀여움(SPO)	

	아이템	수집(RPG), 변형(RPG), 레어(RPG), 폼(RPG)	
	밸런스	균형(공통), 변수(SPO), 역학관계(RPG)	
상호작용	몰입	분열(공통), 환상(RPG), 흥미(RPG), 수행(RPG), 흥분(FPS), 통쾌(FPS), 열중(FPS)	
	긴장	스릴(공통), 난이도(공통), 구사일생(FPS), 일촉즉발(FPS), 속도(FPS), 도박(RPG)	
	우연	행운(공통), 인연(공통)	
	권력	동경(공통), 승리(공통), 쾌감(공통), 순종(FPS), 명령(FPS)	
	경쟁	희열(RPG), 실력(SPO), 스포츠맨십(SPO), 정정당당(SPO), 순위(SPO)	
	친목	대화(공통), 만남(공통), 친교(공통), 유대(RPG), 채팅(FPS)	
	협력	집단(공통), 합심(RPG), 길드(RPG), 희생(RPG), 파티(FPS)	
	갈등	내재적 갈등(공통), 외재적	

2.4. 이론 및 논리 모형 구축

효율적인 온톨로지 구현을 위한 환경 조성을 위하여 메타데이터 방식을 통해 출판, 영상, 게임 콘텐츠로부터 추출 분석된 재미유발 요인인 재미요소 간의 상호관련성을 논리 구조화하고자 한다. 시맨틱 웹의 구조는 데이터를 정확하게 찾을 수 있는 바탕(식별자), 데이터를 이해할 수 있는 바탕(온톨로지), 데이터를 의미적으로 처리할 수 있는 바탕(논리 구조), 의미적으로 처리된 정보의 제공(Trust)으로 구성되며 온톨로지가 실현될 수 있는 구조이다.

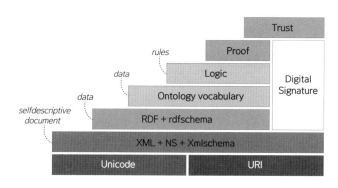

[그림 기] 시맨틱 웹 구조

메타데이터는 목적에 따라 일반적으로 기술적(Description), 관리적(Administration), 구조적(Structure) 메타데이터로 나누고 있다. 이렇게 나누어진 메타데이터의 역할은 다음과 같이 간략하게 설명할 수 있다.

1. 기술적 메타술적 메타데이터는 데이터의 내용에 대한 정보를 설명함으로써 다른 자료와 구별하고 효과적으로 찾을 수 있도록 도와준다.
2. 관리적 메타데관리적 메타이터는 데이터와 관련된 부가적인 정보들을 알려줌으로써 잘 정리하고, 이용하고, 활용할 수 있도록 도와준다.
3. 구조적 메타데이터는 데이터의 논리적인 구성에 대한 정보들을 기록하여 기계적으로 처리가 가능하도록 도와준다.

메타데이터의 궁극적인 목적은 기계, 즉 컴퓨터가 데이터를 보다 쉽게 찾도록 도와주는 것이다. 이를 위해서 잘 정리하고(조직하고), 잘 설명하기 위한 정보들을 체계적으로 나누고 기록하는 것이다.

　메타데이터는 다양한 방법으로 만들 수 있겠지만 크게 두 가지 방법으로 만들 수 있다. 첫 번째는 필요한 정보를 분류하여 범주화하는 방법이 되겠다. 데이터를 모으는 목적과 활용하는 목적에 따라 정보를 체계적으로 정리하는 것이다. 두 번째 방법은 이미 개발된 메타데이터를 그대로 사용하거나 필요한 범주를 활용하는 방법이다. 첫 번째 방법은 좀 더 쉽게 말해, 메타데이터를 새로 만드는 것이라고 할 수 있다. 완전히 새로 만들 수도 있겠고 만들어진 메타데이터의 요소들을 참고해서 필요에 맞게 만들 수도 있다. 국제표준기구인 ISO에서는 ISO/IEC 11179라는 이름의 메타데이터 작성 지침서를 제공하고 있다. 이러한 지침서는 다른 사람들이나 기관과 함께 사용하고자 할 때, 즉 상호호환성을 갖춘 메타데이터를 만들고자 할 때 좋은 안내가 된다. 이 방법은 메타데이터를 새로 만들어야 한다는 점과 작성된 메타데이터의 공유가 어렵다는 단점이 있지만 목적에 최적화되어 효율적으로 활용할 수 있다는 장점이 있다. 두 번째 방법은 전문적으로 많이 활용되고 있으며 공유를 고려한 방법으로 이미 널리 사용되고 있는 메타데이터를 활용하여 상호호환성을 기본적으로 갖추어 데이터에 대한 정보를 생성하는 방법이다. 이 방법은 목적에 꼭 맞지 않을 수 있어 비효율적일 수도 있다는 단점이 있지만 활용이 쉽고 간편하다는 장점이 있다.

　메타데이터는 온톨로지 구현을 위한 바탕이 된다. 기계가 정보를 이해하기 위해서는 개념을 정의하고 그 관계를 정의하는 것만으로는 부족하다. 정의된 개념에 대한 실제 정보가 필요하다. 정보가 포함하고 있는 내용이 어떤 개념에 속하는지, 정보가 의미하는 것은 어떤 개념에 해당하는지 메타데이터가 있다면 보다 손쉽게 알 수 있을 것이다. 온톨로지가 개념 간의 관계를 통해 의미적인 정보를 찾아내는 바탕을 만들어 주는 것이라면 메타데이터는 정보의 숨은 의미를 설명하여 온톨로지 환경에서 정확한 정보를 찾아낼 수 있는 실마리와 단서를 제공할 수 있는 바탕을 만들어 주는 것이라 할 수 있겠다.

재미요소와 요소 간의 상호 연관성을 메타데이타 방식으로 논리 구조화하면 좀 더 효율적인 온톨로지 구현을 위한 환경을 조성할 수 있을 뿐 아니라 재미요소의 모델을 다각화하고 그 연관 관계를 시각적으로 보여줌으로써 수요자가 좀 더 쉽고 편리한 방식으로 창작지원 시스템의 DB에 접근할 수 있을 것으로 기대한다.

3. DB 구축

3.1. 창작지원 시스템 아키텍처 설계

창작자들이 창작지원 시스템에서 창작 활동 시 재미요소들에 대한 서비스를 이용할 수 있도록 하기 위해서 필요한 요소들과 기능들에 대한 도출을 통해서 창작지원 시스템 아키텍처를 설계한다.

3.1.1. 창작지원 시스템 아키텍처 개요

창작지원 시스템은 창작자들이 창작 활동 시에 필요한 재미요소들을 찾아 제공해주며, 자신이 찾은 재미요소들을 관리할 수 있는 기능을 제공해야 한다. 이와 같은 기능을 제공하기 위해 연구를 통해 확보한 재미요소들은 상호 간의 내용 및 카테고리에 따라 데이터베이스에 저장해야 한다. 데이터베이스 저장 시 재미요소들의 관계에 따라 정확하게 저장되어야 한다. 그리고 저장된 재미요소들은 사용자가 쉽고 빠르게 원하는 내용을 찾아볼 수 있도록 다양한 검색 기능을 제공해야 한다. 즉, 저장된 내용들을 기반으로 하는 키워드 검색 및 재미요소들에 대한 의미를 갖는 온톨로지 검색 등을 지원해야 한다. 아래 [그림 8]은 이와 같은 기능들을 제공하기 위해서 필요한 요소들을 이용하여 구성한 창작지원 시스템 아키텍처를 나타내고 있다.

[그림 8] 창작지원 시스템 아키텍처

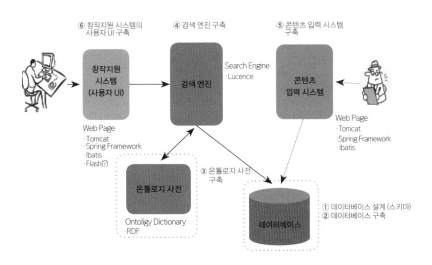

3.1.2. 창작지원 시스템 아키텍처 구성요소의 기능 분석

여기에서는 창작자가 원하는 재미요소를 제공하기 위해서 필요한 아키텍

정보지식화사회와 인문공학

처를 구성하는 요소들에서 제공해야 하는 기능들을 분석하였다. 창작지원시스템의 아키텍처 구성요소는 창작지원 시스템의 사용자 인터페이스(UI. User Interface), 온톨로지 사전, 검색엔진, 데이터베이스, 재미요소 입력 시스템으로 구성된다. 이와 같은 구성요소들에서 제공하는 기능들은 다음과 같다.

* 창작지원 시스템의 사용자 인터페이스(UI. User Interface)

창작지원 시스템의 사용자 인터페이스는 창작지원 시스템에서 제공하는 재미요소들을 창작자들이 쉽게 편리하게 이용할 수 있도록 창작자의 수준에 맞게 다양한 인터페이스를 통해 제공한다. 즉, 초보자용, 중급자용, 고급자용 인터페이스를 제공한다. 또한 찾은 재미요소들의 관계 정보를 통해서 표현해 줌으로써 창작자가 관계있는 정보들을 쉽게 편리하게 찾을 수 있도록 해준 다. 사용자 인터페이스는 창작자들이 언제 어디서든지 접속해서 창작지원 시스템을 이용할 수 있도록 해주는 기능을 제공한다. 사용자 인터페이스에서는 창작자가 본인이 관심 있는 내용들을 관리할 수 있는 기능들을 제공한다.

* 온톨로지 사전

온톨로지 사전은 창작지원 시스템에게 의미 있는 검색을 지원할 수 있도록 재미요소들을 대표할 수 있는 단어들로 구성된다. 또한 각 검색단어와 관련된 연관단어(동의어, 반의어 등)에 대한 정보를 가지고 있어야 한다. 연관단어들에서는 검색단어와의 연관성에 비율을 표현함으로써 검색 결과에 대한 랭킹 순위를 결정한다. 온톨로지 사전은 창작지원 시스템뿐만 아니라 다양한 시스템에서 사용할 수 있도록 범용성을 가지고 구성된다. 즉, 표준화된 방법을 이용하여 구축을 완료하였다. 아래[그림 9]는 온톨로지 사전과 온톨로지 사전을 이용하여 창작지원 시스템 창작자 UI 구축 화면 예를 나타내고 있다.

* 검색엔진

검색엔진은 창작자의 요청에 따라 구축된 재미요소들을 찾아주는 기능을 제공한다. 창작지원 시스템의 사용자 UI에서는 창작자가 재미요소에 대한 정보를 보기 위해 검색을 요청하면, 데이터베이스에서 요청한 검색어에 해당하는 정보들을 찾아 창작자에게 되돌려 준다. 절차검색엔진은 키워드 검색 및 의미 검색을 지원한다. 키워드 검색은 구축한 재미요소의 메타데이터에서 입력한 단어에 대한 검색을 수행한다. 의미 검색은 창작자가 요청한 키워드에 따라 온톨로지 사전에서 관련된 단어들을 모두 찾아서 데이터베이스에서 검색을 수행한다. 즉, 재미요소들과 그 재미요소들에 대한 메타데이터를 이용하여 생성된 인덱스 정보에서 단어들에 대한 검색을 수행하여 결과를 되돌려 준다.

* 데이터베이스

데이터베이스는 연구를 통해 확보한 재미요소들을 저장하고 제공하는 기능을 제공한다. 데이터베이스에는 복잡하게 구성된 재미요소들의 상관관계를 반영할 수 있도록 설계되었다. 데이터베이스 설계 시에는 영화, 출판, 게임 분야의 재미요소들과 그와 관련된 다양한 정보들을 표현할 수 있도록 설계되었다. 각 분야의 관련된 정보들은 기존에 다양한 분야에서 서비스되고 있는 정보들을 분석하고 일반화과정을 통해 꼭 필요한 정보들만으로 구성되었다.

정보지식화사회와 인문공학

* 재미요소 입력 시스템

재미요소 입력 시스템은 확보한 재미요소들과 메타데이터들을 일정한 규격에 맞게 데이터베이스에 저장하는 기능들을 제공한다. 재미요소 정보들에 대한 관리 기능을 제공한다. 즉, 재미요소 정보를 입력, 수정, 삭제할 수 있는 기능을 제공한다. 정보 입력 시 정보들에 대한 확인 기능을 통해 정확한 데이터가 입력되도록 한다. 또한 재미요소들 간에 상관관계를 설정할 수 있는 기능을 제공한다. 즉, 재미요소 간에 연관관계를 제공함으로써 하나의 재미요소와 관련된 다양한 재미요소들을 볼 수 있다.

[그림 9] 온톨로지를 이용한 검색화면

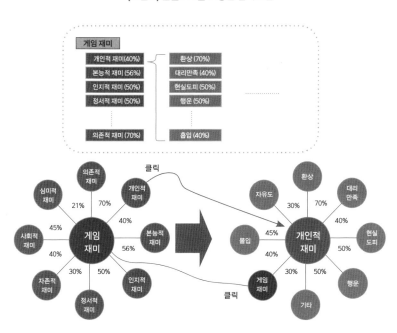

3.1.3. 창작지원 시스템 아키텍처에서 서비스 처리 절차

창작지원 시스템의 아키텍처는 시스템 관리 및 서비스제공 측면에서 볼 때 관리자에 의해 먼저 확보한 재미요소들을 데이터베이스에 등록하는 부분, 데이터베이스, 창작자가 창작지원 시스템을 이용하는 부분으로 크게 분류한다. 각 부분의 처리 절차에 대해서 살펴보면 다음과 같다.

관리자에 의한 재미요소 등록에서는 연구를 통해 확보한 재미요소와 재미요소 메타데이터를 서비스에서 제공할 수 있도록 규격화된 형식으로 데이터베이스에 입력한다. 아래 [그림 10]과 같은 절차를 통해 데이터베이스에 재미요소와 온톨로지 데이터베이스가 구축된다.

[그림 10] 관리자에 의한 재미요소 등록

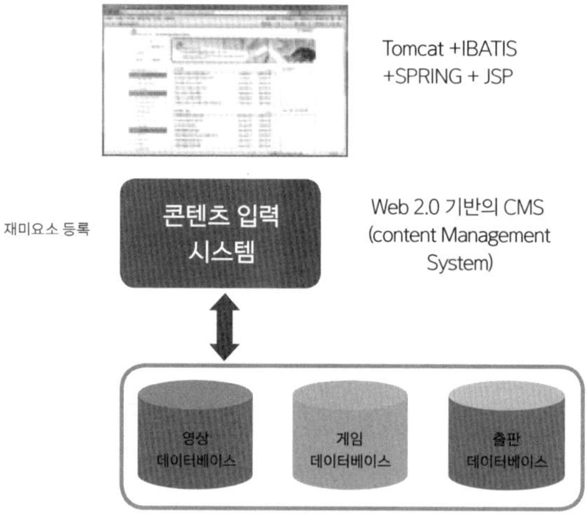

창작자는 창작지원 시스템의 검색엔진을 통해 창작자에게 원하는 정보

를 찾는다. 창작자가 창작지원 시스템 사용자 인터페이스에 접속하여 키워드를 통해 검색을 요청하며, 창작지원 시스템 사용자 인터페이스는 검색엔진으로 키워드를 전송한다. 검색엔진에서는 온톨로지 사전에 검색 키워드와 관련된 단어들을 요청한다. 키워드와 연관단어들을 이용하여 데이터베이스에서 재미 요소를 검색한다. 검색 내용들을 창작지원 시스템 사용자 UI에 표시하게 된다.

[그림 11] 창작자에게 서비스 제공

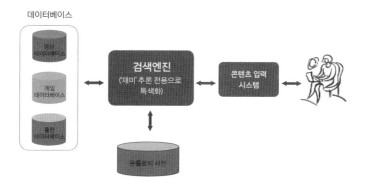

아래의 [그림 12]는 창작지원 시스템에서 창작자가 '재미' 키워드를 통해 검색을 했을 경우 데이터의 이동 경로를 나타내고 있다. 창작자가 창작지원 시스템 사용자 인터페이스에서 '재미' 키워드로 검색을 수행하면 7단계를 통해서 원하는 재미요소를 볼 수 있게 된다. ① 창작자가 창작지원 시스템 사용자 인터페이스에 '재미'라는 검색어를 입력한다. ② 이 '재미' 검색어는 정보검색엔진으로 전달된다. ③ 검색엔진에서 '재미' 키워드와 관련된 단어들을 얻기 위해서 온톨로지 사전을 검색한다. ④ '재미' 키워드와 관련된 단

어들이 있는 경우 이 단어들을 검색 엔진에 전달한다. ⑤ '재미' 키워드와 관련된 단어들을 이용하여 데이터베이스에 검색을 수행한다. ⑥ 데이터베이스가 요청한 재미요소 정보들을 되돌려 준다. ⑦ 정보 검색엔진에 검색결과에 대한 랭킹을 수행하여 관련성이 있는 정보 순으로 창작지원 시스템의 사용자 인터페이스에 표시한다.

[그림 12] 검색 시 데이터 이동 경로

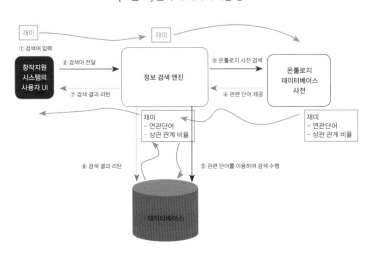

3.1.4. 창작지원 시스템 구축

창작지원 시스템 아키텍처를 기반으로 실질적으로 창작지원 서비스를 제공할 수 있도록 창작지원 시스템을 구축한다. 앞에서 정의된 아키텍처를 구성하는 각 요소들의 기능을 충족시킬 수 있도록 오픈소스 및 상용 애플리케이션들을 이용하여 구축한다. 아래 [그림 13]은 창작지원 시스템 사용자 인터페이스와 콘텐츠 입력 시스템의 소프트웨어 구성도를 나타내고 있다.

정보지식화사회와 인문공학

온톨로지 사전은 RDF 형태로 구축하며, 데이터베이스는 MS-SQL2005를 이용하여 구축한다.

[그림 13] 창작지원 시스템 사용자 UI와 콘텐츠 입력 시스템의 소프트웨어 구성도

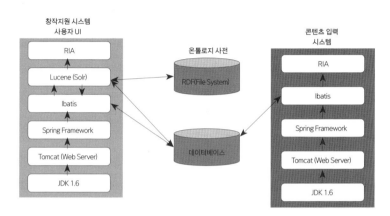

3.2. 온톨로지 DB 설계 및 구축

온톨로지 DB 설계 방법은 온톨로지 스키마 및 각각의 장르를 기반으로 하였으며, 각 장르의 대표적인 속성을 추출하여 온톨로지 사전을 만들었다. 각각의 영역, 즉 영상, 게임, 출판 영역에서 각 장르에 대한 대표 속성을 추출하여 XML로 변환하여 온톨로지 DB를 구축하였다. 아래의 그림은 각 영역에서 대표 장르를 기준으로 구축한 온톨로지 데이터를 XML로 확인한 그림이며, XML 형식으로 작성한 온톨로지를 UI로 표현한 그림도 표현하고 있다. 아래 [그림 14]는 영상 관련 온톨로지 데이터를 나타내며, 온톨로지 XML을 Flex 플랫폼으로 표현한 UI를 보여 준다.

[그림 14] 영상 영역의 액션 장르 온톨로지 데이터 및 사용자 UI

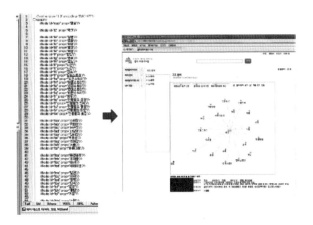

3.3. DB 설계 및 구축

창작지원 시스템에서 재미유발 상황 및 장면을 영상, 이미지, 텍스트, 사운드 등의 정보와 메타데이터를 저장하고 관리하는 연구용 데이터베이스를 설계한다. 재미요소 및 기제 정보의 분석을 통해서 데이터베이스를 설계한다.

먼저 게임, 영상, 출판 분야의 정보 표현 분석을 하고, 각 분야의 정보 분석에 따라서 주요한 정보들을 추출한다. 분석될 게임, 영화, 출판 정보와 사용자에게 맞춤화될 서비스를 제공하는 데 필요한 기능으로 분석하여 데이터베이스를 설계한다.

3.3.1. 데이터베이스 구성 정보 분석 방법

재미요소를 기술하는 데 기본적으로 필요한 정보와 재미요소 정보 구성

정보지식화사회와 인문공학

을 위하여 기존 연구들과 서비스들에 대한 분석을 수행하고, 이를 기반으로 데이터베이스를 설계에 필요한 정보들을 구성한다.

* 재미요소의 기본정보 및 재미요소 정보 분석

재미요소를 구성하는 게임, 영상, 출판 분야의 기본 정보 도출을 위해 국내 주요포탈, 관련분야 전문 사이트, 관련 분야 전문 논문, 관련 분야 정부기관 등에서 필요한 정보를 수집한다. 수집된 정보들은 표현하는 내용에 따라 공통적인 요소와 비공통적인 요소를 분류한다. 공통적인 요소는 3개 이상의 다른 곳에서 동일한 내용으로 사용되는 정보들로 구성되며, 차이 요소는 3개 이하에서 사용되는 정보들로 구성된다. 데이터베이스를 구성하는 정보들은 공통적인 요소들을 기반으로 설계하며, 차이 요소와 추가적인 고려사항들에 대한 반영은 전문가의 의견을 수렴하여 반영여부를 결정한다. 이와 같은 절차를 통해서 창작지원 시스템에서 제공하는 재미요소와 재미요소의 기본정보를 구성한다.

[그림 15] 재미요소의 기본 정보 및 재미요소 구성 정보 분석

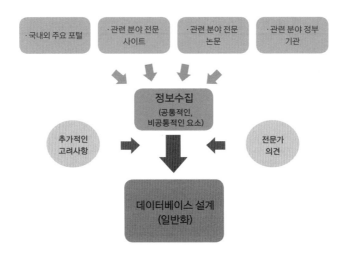

아래 [그림 16]은 재미요소의 기본정보 및 재미요소구성 정보 분석 방법을 나타내고 있다. 창작지원 시스템에서 창작자에게 재미요소에 대한 정보를 서비스하기 위해서는 아래와 같이 재미요소 기본 정보 및 재미요소 정보로 구성된다. 재미 요소 기본정보는 재미요소에 대한 상세한 기본적인 정보들을 기술한다. 재미 요소 정보에는 재미요소 자체에 대한 정보로 구성된다. 재미요소들은 하나의 재미요소 기본정보를 가진다. 즉, 영화를 예를 들면 한 편의 영화에는 재미요소의 기본정보와 다수의 재미요소로 구성된다.

[그림 16] 재미요소 기본 정보 및 재미요소 정보

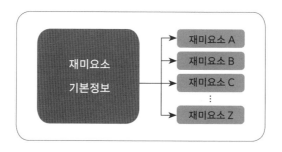

3.3.2. 기본 정보 분석 및 구성

창작지원 시스템에서 재미요소에 대한 서비스를 제공하기 위해서 먼저 게임, 영화, 출판 분야의 재미요소에 대한 기본적인 정보들을 분석하고, 분석된 정보들을 이용하여 데이터베이스를 설계한다.

* 게임 분야의 재미요소 기본정보 분석 및 구성

게임 분야의 재미요소에 대한 기본정보를 구성하기 위해서 국내외 게임 정보 사이트, 게임 사이트, 포탈, 국가 관련 정보기관들에서 게임과 관련된 정보들을 수집한다. 수집된 정보들은 분류 기준(3개 이상)을 기반으로 공통적인 정보, 차이 요소 정보로 분류한다. 선택된 정보 중에서 정보별 범위를 설정한다. 이와 같은 단계를 거쳐 기본정보를 분석한다. 아래 [그림 17]은 게임 분야의 재미요소 기본정보 분석을 나타내고 있다.

[그림 17] 게임 관련 분야 정보 분석

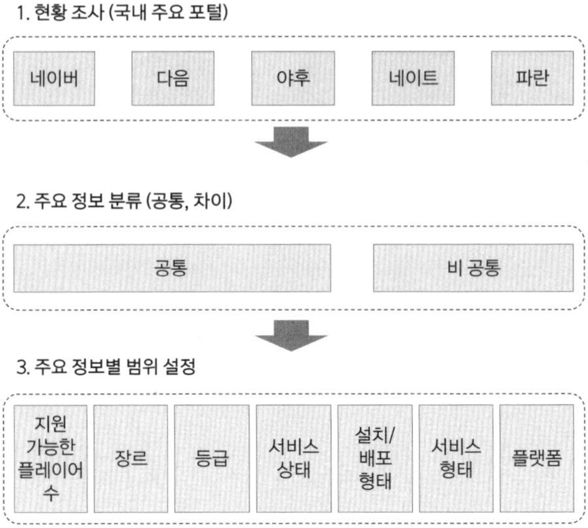

1. 현황 조사 (국내 주요 포털)

| 네이버 | 다음 | 야후 | 네이트 | 파란 |

2. 주요 정보 분류 (공통, 차이)

| 공통 | 비 공통 |

3. 주요 정보별 범위 설정

| 지원 가능한 플레이어 수 | 장르 | 등급 | 서비스 상태 | 설치/배포 형태 | 서비스 형태 | 플랫폼 |

각각의 포털에서 제공하는 정보를 자세히 살펴보며, 네이버는 가장 많은 정보들로 구성되었으며, 추가적으로 연관 게임에 대한 정보들도 제공한다. 다음은 게임 관련 동영상 및 게임의 인기 및 순위 정보를 제공한다. 야후는 커뮤니티 정보, 게임 가이드와 같은 게임에 대한 추가적인 정보를 제공하고 있다. 네이트는 게임에 대한 추가적인 소개 및 리뷰를 제공하고 있다. 파란은 다른 사이트에서 제공하는 가장 기본적인 정보만을 제공한다. 이처럼, 포털은 각자만의 특징을 가지고 게임정보를 구성하였다. 이와 같은 정보들을 분석 방법에 따라 게임 명, 장르, 서비스 형태, 제작사/유통사/등급, 권장 사양, 공식 사이트 스크린 샷을 공통적인 요소로 선정하였으며, 시리즈, 출시일, 관련 다운로드 동영상, 설치/배포형태, 공유 카페, 부가정보, 관련 정보, 소개 리뷰 등을 차이 요소로 선정하였다. 이 정보들 중에서 각 정보들이 가

정보지식화사회와 인문공학

져야 할 범위를 지원 가능한 플레이이어 수, 장르, 등급, 서비스 상태, 설치/배포 형태, 서비스 형태, 플랫폼에 따라 아래와 같이 분류하였다.

[그림 18] 게임 관련 분야의 재미요소 기본정보 구성

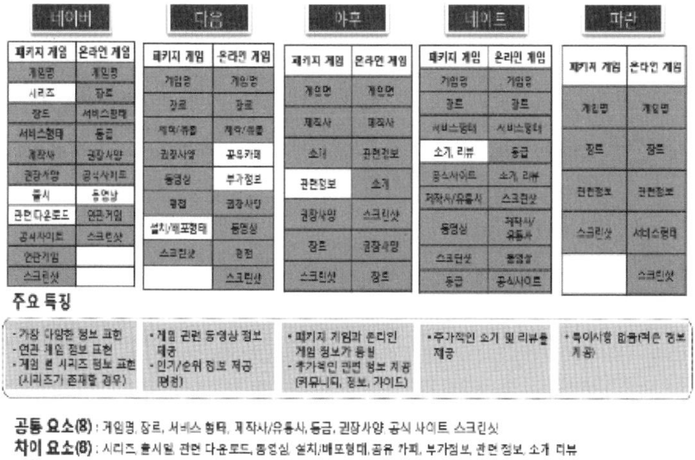

공통 요소(8) : 게임명, 장르, 서비스 형태, 제작사/유통사, 등급, 권장사양 공식 사이트, 스크린샷
차이 요소(8) : 시리즈 출시일, 관련 다운로드, 동영상, 설치/배포형태, 공유 카페, 부가정보, 관련 정보, 소개 리뷰

* 영상 분야의 재미요소 기본정보 분석 및 구성

영상 분야의 재미요소에 대한 기본정보를 구성하기 위해서 국내외 영상정보 사이트, 게임 사이트, 포탈, 국가 관련 정보기관들에서 영상과 관련된 정보들을 수집한다. 수집된 정보들은 분류 기준(3개 이상)을 기반으로 공통적인 정보, 차이요소 정보로 분류한다. 선택된 정보 중에서 정보별 범위를 설정한다.

[그림 19] 구성 정보의 범위 설정

지원 가능한 플레이어 수	장르	등급	서비스 형태	서비스 상태	설치/배포 형태	플랫폼
1~4명	MMORPG	전체 이용가	Online game	클로즈 베타	Online Download	온라인PC
1~16명	RPG	12세 이용가	유료 서비스	오픈 베타	CD구입	PC
1~8명	FPS	15세 이용가	무료 서비스	정식서비스		PS3
무제한	Sports	청소년 이용 불가	부분 유료 서비스	출시예정		PSP
	Raoing		Fackage game			XBOX360
	RTS		유료 서비스			Wil
	비행 시뮬레이션		무료 서비스			NDS

이와 같은 단계를 거쳐 기본정보를 분석한다. 다음 [그림 20]은 분야의 재미요소 기본정보 분석을 나타내고 있다.

정보지식화사회와 인문공학

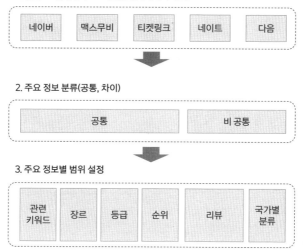

[그림 20] 영상 관련 분야 정보 분석

1. 현황 조사(국내 주요 포털 및 영화예매사이트)

네이버　맥스무비　티켓링크　네이트　다음

2. 주요 정보 분류(공통, 차이)

공통　비 공통

3. 주요 정보별 범위 설정

관련 키워드　장르　등급　순위　리뷰　국가별 분류

　　다음 [그림 21]은 포털 사이트 및 영화예매 사이트에서의 영상 관련 분야 정보를 분석한 결과를 나타낸다. 네이버는 영화 스마트파인더를 이용하여 영화에 대한 여러 정보들을 표현하고 있으며 추천 영화 제공, 감독과 출연진의 다른 작품소개 등에 대한 정보를 제공하고 있다. 맥스무비는 평점순위 정보를 제공한다. 티켓링크는 네티즌 별점과 예매율을 알기 쉽게 제공하고 있다. 네이트는 리뷰정보를 분류하여 제공하며 영화관련 키워드를 제공하고 있다. 다음은 관련영화 Q&A를 제공하고 있다.

[그림 21] 영상 관련 분야의 재미요소 기본정보 구성

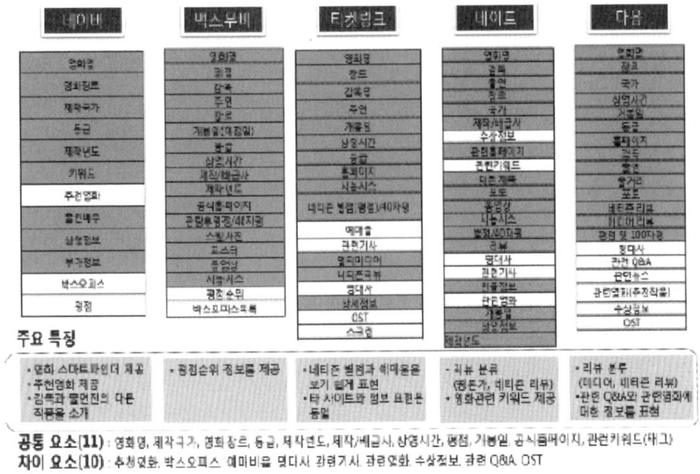

이와 같은 정보들을 분석 방법에 따라 영화명, 제작국가, 영화장르, 등급, 제작/배급사, 상영시간, 평점, 개봉일, 공식홈페이지, 관련키워드(태그) 등을 공통적인 요소로 선정하였으며, 추천영화, 박스오피스, 예매비율, 명대사, 관련기사, 관련 영화, 수상정보, 관련 Q&A, OST로 선정하였다. 이 정보들 중에서 각 정보들이 가져야 할 범위를 추천영화, 장르, 등급, 키워드, 제작국가, 순위 등에 따라 다음 [그림 22]와 같이 분류하였다.

정보지식화사회와 인문공학

[그림 22] 구성 정보의 범위 설정

추천영화	장르	등급	키워드	제작국가	순위
미디어 추천	액션	전체 이용가	전체	한국	예매순위
KBS 영화가 좋다	드라마	12세 이용가	배우	미국	평점순위
SBS 접속무비 월드	멜로/로맨스	15세 이용가	감독	일본	
네티즌 추천	공포	청소년 이용불가	태그	홍콩	
국내외 수상작 추천	스릴러			영국	
현재상영작 추천	전쟁			프랑스	
	느와르				

* 출판 분야의 재미요소 기본정보 분석 및 구성

출판 분야의 재미요소에 대한 기본정보를 구성하기 위해서 국내외 출판정보 사이트, 게임 사이트, 포탈, 국가 관련 정보기관들에서 출판과 관련된 정보들을 수집한다. 수집된 정보들은 분류 기준(3개 이상)을 기반으로 공통적인 정보, 차이요소 정보로 분류한다. 선택된 정보 중에서 정보별 범위를 설정한다. 이와 같은 단계를 거쳐 기본정보를 분석한다. 다음 [그림 23]은 출판 분야의 재미요소 기본정보 분석을 나타내고 있다.

[그림 23] 출판 관련 분야 정보 분석

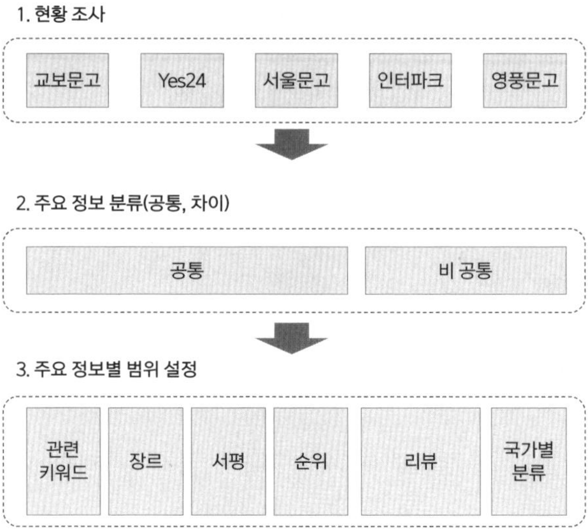

1. 현황 조사

| 교보문고 | Yes24 | 서울문고 | 인터파크 | 영풍문고 |

2. 주요 정보 분류(공통, 차이)

| 공통 | 비 공통 |

3. 주요 정보별 범위 설정

| 관련 키워드 | 장르 | 서평 | 순위 | 리뷰 | 국가별 분류 |

　　교보문고는 대부분의 필요한 출판정보를 표현하고, Yes24는 저자의 서평정보를 제공한다. 서울문고는 저서와 관련된 모든 도서 정보를 제공하고 있다. 인터파크는 출판에 대한 가장 많은 정보를 표현하고 있고, 반대로 영풍문고는 출판에 대한 가장 적은 정보를 표현하고 있다. 이처럼, 도서 구매 사이트는 각각의 특징을 가지고 있고, 출판 관련 분야 정보에 대하여 공통적인 요소와 비 공통적인 요소로 표현한다.

정보지식화사회와 인문공학

[그림 24] 출판 관련 분야의 재미요소 기본정보 구성

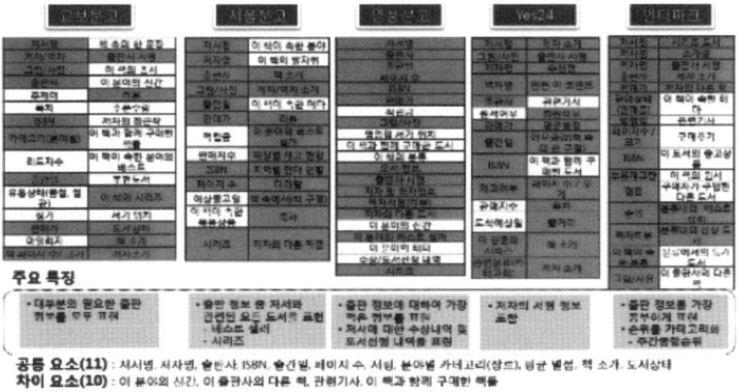

이와 같은 정보들을 분석 방법에 따라 저서명, 저자명, 출판사, ISBN, 출간일, 페이지 수, 서평, 분야별 카테고리(장르), 평균 별점, 책 소개, 도서 상태 등을 공통적인 요소로 선정하였으며, 이 분야의 신간, 이 출판사의 다른 책, 관련 기사, 이 책과 함께 구매한 책들 등을 차이요소로 선정하였다. 이 정보들 중에서 각 정보들이 가져야 할 범위를 추천영화, 장르, 등급, 키워드, 제작국가, 순위 등에 따라 다음 [그림 25]와 같이 분류하였다.

[그림 25] 구성 정보의 범위 설정

장르	책 소개	순위	장르별 추천도서
한국소설	머리말	주간종합 순위	장르별 베스트 셀러
영미소설	저자소개	소설전체 순위	
러시아소설	역자소개	장르별 순위	
세계문학		(일본소설)	
한국고전소설			
청소년 소설			
일본소설			

4. 나오는 말

본 연구는 콘텐츠의 성공적인 시나리오 구성을 위한 표준 설계 방안을 지원하고자 콘텐츠의 재미를 강화하는 창작지원 시스템을 개발하여 개인 창작자, 전문 창작그룹, 협회 및 기관에 콘텐츠의 창작을 지원하는 포털 시스템 운영을 목표로 하고 있다.

영상·게임·출판 영역 3,000여 개의 콘텐츠를 확보하여 재미요소의 분류 및 범주화, 요인 간의 상관관계를 분석하였고, 다양한 콘텐츠 사용자들의 성향을 분류하여 사용자 유형별 선호요인을 도출했으며 나아가 온톨로지에 기반한 재미 관련 검색 엔진을 설계하여 각 객체별 결합관계 및 계층 구조의 검색기능을 제공해 줄 수 있는 웹서비스를 마련하였다. 또한 새로운 콘텐츠의 재미장면 및 재미요소를 지속적으로 업데이트하고 개인 맞춤형 데이터 및 평가 내용을 지속적으로 관리 운영하고 저작권 위원회와 저작권 이용 허락 시스템을 체결하여 개별 사용자가 창작 지원 시스템을 이용하여 콘텐츠를 검색할 수 있도록 운영할 계획이다.

본 연구가 성공적으로 수행된다면 다음과 같은 산업적, 문화적 효과를 기대할 수 있다. 먼저 보편적 '재미'요소가 아닌 세분화된 장르 및 사용자의 성향에 따른 분석으로 이용자 및 매체의 특성을 효과적으로 반영함과 동시에 다량의 콘텐츠 비교분석을 통하여 정확도도 향상시킬 수 있을 것이다. 또한 다매체 동시적용 가능한 지원시스템이 구축되어 특정분야에 한정되지 않고 영상, 게임, 출판 영역을 동시 지원 가능함으로 기존 기술에 비해 보다 넓은 시장성을 확보할 수 있다. 타 산업으로 확장 가능한 유연한 컴퍼넌트 구조화를 가지고 있어 교육, 금융 분야에서 활용 가능하도록 목적별로 기능을 재구조화하는 것은 물론, 핵심 도출요소에 대한 가중치 부여로 산업별 특성화에 적용할 수 있으며 경쟁 콘텐츠와의 차별화를 위한 '재미'요소의 조건 반영을 통해 목표시장에 대한 마케팅 전략 구사가 가능해질 것이다.

또한 창작 시스템의 유지 보수의 수월성을 제고시켜 요구사항 변화에 따른 손쉬운 업그레이드 및 기능변경이 가능하다. 시스템 운영에 있어 네트워크 기반의 시스템구축으로 변화에 신속히 대처가능하며 유지보수 및 기능개선에 대한 시간 및 비용을 절감할 수 있다. 창작지원 시스템은 창작뿐만 아니라 창작 교육에도 활용이 가능하여 창작지원 시스템을 이용한 창작 교육 프로그램 개발 및 운영을 통하여 콘텐츠 창작자 및 기획자뿐만 아니라 학교 및 창작교육 단체에서 실제 창작 교육에 활용할 수 있을 것이다.

마지막으로 본 연구는 인문학적인 서사창작이론을 넘어서 사회학 혹은 심리학적인 연구 방법을 도입, 다양한 창작이론을 구축하여 융·복합적인 형태로 변화되어 가는 콘텐츠 개발에 발판을 제공하였으며, 나아가 학문 영역 간의 통섭을 통한 서사 창작이론의 확장에 기여할 수 있다. 작가 개인의 독창성에 의존하던 창작과정을 다양한 데이터를 구축함으로 체계화하고 이론화하여 디지털 콘텐츠 제작 패러다임에 걸맞은 창작활동을 제시하고 나아가 새로운 창작 교육 방법을 제시해 줌으로써 한국형 창작소프트웨어 개발에 중요한 서사이론과 메타데이터를 제공할 것이다. 기존의 창작 소프트웨어들이 국내 실정과 다른 해외의 저작지원도구의 분석에만 의존·답습하고 있는 것에 반해, 본 연구는 실제 국내에서 성공한 콘텐츠들을 분석하여 데이터를 구축하였으며 메타 데이터를 통한 상호관련성 논리 모형을 제공, 한국형 창작소프트웨어 개발에 중요한 서사이론의 토대를 마련하였다.

정보지식화사회와 인문공학

4절　기술편집시대 아우라 연구의 방향성

1. 들어가는 말

21세기 매체미학에서 가장 많이 호명되고 있는 학자는 발터 벤야민이
다.[1] 그가 쓴 강령적 에세이 「기술복제시대의 예술작품」은 3판까지 고쳐 써
지면서 벤야민의 이름을 세상에 알렸고, 지금까지도 많은 매체미학자들에
의해 고쳐 읽히고 있다. 왜 여전히 우리는 벤야민에 주목하고 있는가? 그것
은 그가 제시한 기술복제의 개념과 예술의 본질에 대한 탐구가 〈기술복제시
대〉가 저물고 〈기술편집시대〉로 접어들고 있는 지금, 오히려 더욱 선명해지
고 유의미하기 때문이다. 특히 시적이며 은유로 가득찬 '아우라' 개념은 정
치적이며 전략적인 글쓰기에 능숙한 벤야민의 까마귀이다.[2] 이 글은 예술텍

1　학술연구정보서비스(www.riss4u.kr)에서 2000년 이후 학위논문 제목으로 언급된 학자들을
　　조사해보면 벤야민이 65건으로 아도르노 7건, 맥루한 13건과 비교해 압도적으로 많다.

2　북유럽신화의 최고신 오딘의 상징은 후긴(지혜)과 무닌(기억)이라는 두 마리 큰까마귀이다.

스트를 둘러싼 생태환경이 기술편집시대로 진입하고 있다는 전제하에 벤야민의 아우라 개념을 다시 짚어보고 새로운 매체미학적 관점에서 연구의 방향성을 제시해 보는 데 목적이 있다.

독일의 철학자이자 비평가인 보리스 그로이스(Boris Groys)는 20세기가 '예술대량소비(artistic mass consumption)'의 시대였다면, 21세기는 '예술대량생산(artistic mass production)'의 시대라고 주장한다. 21세기 현재는 대중이 대량 생산(엄밀히 말해 재생산)된 예술을 향유 또는 소비하는 데 그치지 않고 그 대중이 스스로 예술을 창작 또는 생산하는 지점까지 나아갔다.[3] 이것은 인류의 예술문화사에서 매우 크고 의미 있는 변화이다. 과거 향유는 창작자(생산자)가 극소수였기 때문에 대체로 수용자에 대한 개념으로 간주 됐었다. 그러나 미디어-테크놀로지가 발달함으로써 인간은 해당 분야의 전문 예술가가 아니더라도 일정 수준의 창작적 행위를 할 수 있게 되었다. 미디어-테크놀로지와 함께 인간은 '수용적 향유'에서 '창작적 향유'로 대이동한 것이다.[4] 주지하다시피 벤야민의 아우라 개념은 예술 텍스트에 대한 수용적 향유의 층위에 놓여 있다. 향유의 두 방식인 '참여'와 '소유'에서 소유에 집중함으로써 비록 복제품에 불과할지라도, 아우라는 상실될지언정, 예술 텍스트를 가질 수 있었다. 구술문화와 문자문화의 차이로도 이해할 수 있는 '참여'와 '소유'는 디지털문화(구술문화와 문자문화의 경계에 서 있는, 혹은 문자문화에서 구술문화로 다시 넘어가는)에서 다시 새로운 방식으로 재편되는데 바로 '편집'과 '공유'이다. 적극적인 참여가 '편집'이며, 집단적 소유가 '공유'이다. 우리

---

3   강수미, 「예술대량생산의 시대」, arte 365(http://www.arte365.kr/?p=10988).(부분 인용)

4   임형택, 「공생-인간과 인공지능 그리고 문학의 창작적 향유」, 이종관 외, 『인공지능과 미래인문학』, 산과글, 2018, 219면.

는 지금 예술텍스트에 대한 편집과 공유의 창작적 향유의 시대를 살고 있으며, 그 기반에 미디어-테크놀로지와 네트워크-공간이 있다. 본 연구자는 예술텍스트에 미디어-테크놀로지와 네트워크-공간이 가져다준 새로운 변화를 벤야민의 기술복제시대를 오마주(hommage)해 "기술편집시대"[5]라 명명코자 한다.

발터 벤야민의 「기술복제시대의 예술작품」은 그가 남긴 광대한 지적 사유의 일부분에 불과하지만 제1기술과 제2기술의 구분, '아우라'와 '흔적'에 대한 언급, 정신집중과 정신분산, 그리고 촉각적 수용 등의 개념은 디지털매체시대인 지금도 여전히 유효하다. 영상매체인 사진과 영화에서 시작된 예술텍스트에 대한 반성적 성찰이 한 세기를 지나 디지털매체시대에 더욱 선명해진 것은 벤야민의 놀라운 혜안의 결과이지만, 동시에 복제기술의 발전이 기술적 특이점에 다다름에 따라 우리가 벤야민을 더욱 잘 이해할 수 있게 되었기 때문이기도 하다. 기술의 발전은 인간의 육체와 정신의 확장에 맞닿아 있다. 기술을 통해 육체의 확장을 시도하는 것이 자연과학이라면, 기술의 변화를 의식의 확장으로 해석해 내는 것은 인문과학의 몫이다. 기술이 예술텍스트의 복제를 넘어 편집에까지 관여하게 됨으로써 이제 우리는 기술복제시대가 초래한 아우라의 상실이 기술편집시대에는 어떻게 달라지는지에 대한 논의를 시작할 수 있게 되었다.

---

5   기술편집시대는 "단순한 복제가 아니라 텍스트의 내용과 형식을 임의로 편집하고 저장하여 새로운 텍스트로 만들어내는" 디지털 편집기술을 전경화한 개념이다. 정치한 개념은 본론에서 다시 다루기로 한다.

2. 기술복제시대와 기술편집시대

예술 매체는 다양하며 그 특성도 제각각이지만, 모든 예술적 매체를 관통하는 한 가지 공통점이 있는데, 그것은 매체 자체의 시간적·역사적 운명이다. 언뜻 영원한 것처럼 보여도 모든 매체는 나타났다가 사라질 수밖에 없는 시간성의 산물이다. 낡은 매체는 새로운 매체에 의해 대체되기 마련인데, 가령 그림의 묘사는 사진에 의해서, 전통적인 내러티브인 소설은 영화라는 기술적 매체의 새로운 장르에 의해서 대체된다.[6] 따라서 영화의 자리를 컴퓨터게임이 대신한다 해도 결코 놀라운 일이 아니다. 장르의 대체는 매체의 부침을 넘어 예술텍스트에 대한 개념과 인식 변화를 수반한다. 새로운 예술의 등장은 항상 학자들을 긴장시키고 흥분시켰다. 오랫동안 익숙했던 것들이 사라지고 그 폐허 위에 낯설고 두려운(아직 이해와 판단의 범주 밖에 존재하기에), 그러나 흥미로운 텍스트가 만들어지고 있기 때문이다.

예술 매체의 변화는 기술의 발전과 밀접하게 연관된다. 카메라와 영사기는 기술의 산물이지만 '사진'과 '영화'라는 예술을 탄생시켰다. 물론 처음부터 기술이 예술을 탄생시키지는 않는다. 낯선 기술이 더 이상 새롭지 않고 익숙해질 때 비로소 사람들은 예술에 눈을 돌린다. 다시 말해 초창기 전문가들에 의해 독점되던 기술이 어느덧 대중화돼 예술가들조차 그 기술(도구)을 사용하거나 이용할 수 있게 될 때 새로운 예술이 본격적으로 시작된다.[7] 1895년 12월 28일, 파리의 그랑 카페에서 프랑스의 뤼미에르 형제가 시네마

---

6   최문규, 『파편과 형세-발터 벤야민의 미학』, 서강대학교출판부, 2012, 274-275면.

7   디지털시대 전위 예술은 예술가들이 코딩 프로그램을 자유롭게 다룰 수 있게 되면 본격적으로 시작될 것이다.

토그래프(Cinematographe)를 공개하면서 시작된 영화의 역사는 1910년대 무성영화의 황금기를 거쳐 1926년의 Vitaphone(디스크식 발성 영화기)의 발명으로 시청각의 종합매체로 발전했다. 영화의 탄생에는 발명가와 엔지니어의 수고가 있었지만, 예술로 발전할 수 있었던 것은 루이 델뤼크, 제르메느 뒬라크, 르누아르, 장 에프스탕, 페데, 클레르, 에이젠시테인 등 탁월한 영화 감독들의 활약 덕분이었다. 1936년 벤야민이 「기술복제시대의 예술작품」 제2판을 집필했을 당시 영화는 이미 몽타주 이론의 확립과 아방가르드 영화의 등장으로 독자적인 영상미학을 갖추고 있었다. 벤야민은 「기술복제시대의 예술작품」보다 앞서 발표한 「오스카 슈미츠에 대한 반박」(『문학세계』, 1927)이라는 글에서 "바위의 깊은 층들은 오로지 균열이 난 곳들에서만 드러나는 것처럼, 경향이라는 깊은 층 역시 예술사(와 작품들)에서 균열이 난 곳에서만 눈에 띄는 법이다. 기술적 혁명은 예술의 발전에서 균열이 난 부분들로서 거기에서 경향들이 그때그때 노출되어 드러난다. 모든 새로운 기술혁명이 일어날 때마다 경향은 예술의 아주 숨겨진 요소로 머물러 있다가 마치 저절로 되듯이 명백한 요소가 된다. 그리고 이로써 우리는 영화에 이르렀다."[8]고 진술한다. 예술의 층위에서 균열이 난 곳 가운데 가장 강력한 곳들 중 하나가 영화이며, '저절로' 그리고 '명백히' 영화의 미학적 경향이 예술이 되었다고 선언하면서 벤야민은 이 새로운 예술을 통해 '기술복제'와 '아우라의 상실'이라는 자신의 매체미학을 설명하고자 하였다.

1939년에 발표된 「기술복제시대의 예술작품」 제3판은 폴 발레리의 예술론 일부를 인용하면서 시작한다.

---

8   발터 벤야민, 최성만 역, 「오스카 슈미츠에 대한 반박」, 도서출판 길, 2009, 238-239면.

물질이든, 공간이든, 시간이든, 20년 전부터 그것들은 오래전부터 띠어온 모습이 아니다. 우리는 엄청난 혁신들이 예술의 테크닉 전체를 변모시키고, 그로써 예술의 창작 과정 자체에 영향을 끼치며, 결국에는 예술의 개념 자체를 가장 마법적인 방식으로 변화시키는 데까지 이를지 모른다는 점을 각오하지 않으면 안 된다.[9]

출판되지 못한 2판의 서두에 마담 드 뒤라스의 "진실은 그가 할 수 있는 것이다, 허위는 그가 원하는 것이다."를 인용했던 벤야민은 왜 3판에서 폴 발레리의 언술로 바꾸었을까? 흔히 논문의 머리말 앞에 오는 독립적인 인용은 논지의 방향과 지향을 함축적으로 보여주기 위한 전략적인 선택이다.[10] 벤야민은 20세기 초 상징주의 문학의 대표적 시인이며 평론가였던 발레리의 예술론을 서두에 언급함으로써 기술의 혁신과 예술의 변화에 대한 논의가 순수예술 진영에서 먼저 시작되었음을 밝히고 든든한 전거로 삼고자 하였다. 그리고 한 세기가 지난 지금 디지털기술의 발전이 예술의 본질을 변화시킬 것이라는 새로운 매체미학의 전거로도 발레리의 진술은 여전히

---

9   발터 벤야민, 최성만 역, 「기술복제시대의 예술작품」, 도서출판 길, 2009, 99면.(앞으로 「기술복제시대의 예술작품」의 본문은 이 번역본에서 인용함)

10   발레리의 이 글은 1928년에 *De la musique avant toute chose*에 처음 실렸는데, 벤야민은 1934년에 출판된 『예술을 위한 단편들 *Pièces sur l'art*』에서 이 글을 인용하고 있다. 주지하다시피 제2판은 호르크하이머와 아도르노에게 비판받고 수정을 요구받아 정식 출판되지 못하였다. 1936년 가을에 벤야민은 아도르노에게 발레리의 책을 선물하였다. 벤야민은 과학/기술의 발전이 불가피하게 예술 개념의 변화를 초래할 것이라는 발레리의 선견지명을 받아들이면서 자신의 글에서 이에 대한 구체적인 분석을 본격적으로 전개시키고 있다.(임석원, 「망각된 가능성의 현재성-발터 벤야민의 예술작품 에세이 다시 읽기」, 『독일어문화권연구』 22권, 서울대학교 독일어문화권연구소, 2013, 94면.(편집)

유효하다. 이것은 예술 발전과정에서 새로운 기술의 등장과 예술 텍스트의 관계가 언제나 보여준 균열이고 경향이었기 때문이다.

벤야민이 지적하듯, 기술적 복제가 등장하기 이전에도 예술작품은 원리적으로 늘 복제가 가능하였다. 제자들이 스승의 작품을 모사하거나, 작품을 보급하려는 장인들이나 이윤을 탐하는 제3자에 의해 원본이 스케치나 판화 등을 통해 복제되는 경우가 그것이다. 하지만 이러한 수공적 복제는 오히려 원본에 대한 관심을 확산시키고, 원본을 대하고자 하는 욕구를 더 강화시켰다. 이로 인해 수공적 복제는 예술작품의 권위를 지켜주는 보호대의 역할을 해왔다. 예술작품의 복제가 탈전통적이고 탈권위적 힘을 발휘하게 된 것은 복제가 인간의 손을 떠나 기술과 결합하고 난 후부터였다.[11]

복제에는 단순 물리력을 바탕으로 하는 제한적인 수공업적 복제와 만들어진 것을 대량으로 재생산하는 기술적 복제가 있다. 수공업적 복제에서는 주로 오리지널과 손으로 복제된 모사품 간의 위계적 관계가 성립되지만, 기술적 복제에서는 오리지널이 무의미해지고 그 대신 기술적 장치에 의해 무한정 재생산된 복제품 자체가 중시된다.[12] 필사가 수공업적 복제였다면 인쇄는 기술적 복제인 셈이다.

벤야민이 예전부터 있었던 복제기술을 새삼 문제 삼은 것은, 1900년을 전후하여 그것이 "새로운 수준에 도달"했기 때문이다. 그 시점에 즈음하여 기술복제는 그저 예술을 베끼는 수준을 넘어 거꾸로 "예술에 깊은 변화"를 끼치는 단계에 도달했다. 이 깊은 변화가 바로 아우라의 상실인 것이다. 벤

---

11   김남시, 「발테 벤야민 예술론에서의 기술의 의미」, 『미학』 제81권 제2호, 2015, 63면.

12   최문규, 『파편과 형세-발터 벤야민의 미학』, 서강대학교출판부, 2012, 274면.

야민은 "대상을, 그것을 감싸고 있는 껍질로부터 떼어내는 일, 다시 말해 아우라를 파괴하는 일"을 현대적 지각의 고유한 특징으로 보았다. 기술복제는 "전승된 것의 동요, 전통의 동요"를 초래하며, 파괴적이며 카타르시스적 측면에서 "전통적 가치의 절멸"은 복제예술의 긍정적인 성취가 된다.[13] 전통적인 예술의 '제의가치'가 세속화된 예술의 '전시가치'로 변화하면서 예술작품을 대하는 태도 역시 변하는데 벤야민은 이를 정신집중에서 정신분산으로 요약한다.

> 정신분산과 정신집중은 서로 상반된 개념이다. 우리는 이를 다음과 같이 표현할 수도 있을 것이다. 예술작품 앞에서 마음을 가다듬고 집중하는 사람은 그 작품 속으로 빠져들어 간다. 이에 반해 정신이 분산된 대중은 예술작품이 자신들 속으로 빠져 들어오게 한다. 대중은 예술작품을 그들의 파도로 둘러싸며 그들의 밀물로 감싸 안는다.[14]

사람이 작품 속으로 빠져 들어가는 것과 예술작품이 대중에게 빠져 들어오는 것은 예술텍스트를 향유자에게 매개하는 매체기술의 차이에서 비롯된다. 회화와 영화가 '집중'과 '분산'이라는 상반된 향유 태도를 갖게 된 것은 고급문화를 향유할 수 있을 만한 지적 수준을 갖춘 '개인'과 대중문화를 향유하고자 하는 사회적 욕망이 집단화된 '대중'의 정서 차이가 아니라, 회화

---

13   진중권, 『진중권의 현대미학강의』, 아트북스, 2004, 42-44면.(요약 발췌)

14   발터 벤야민, 최성만 역, 「기술복제시대의 예술작품」, 도서출판 길, 2009, 90면.

기술과 영상기술의 차이, 즉 시각적 수용과 촉각적 수용에서 기인한다.

영화 〈튤립피버〉(2017)

영화 〈스플릿〉의 촬영 현장

회화의 기술, 알레고리-요하네스 페르메이르

하네스 베르메이트의 〈회화의 기술, 알레고리〉는 특이하게도 화가 자신이 그림 속에 등장한다. 관객은 모델에 집중하고 있는 화가의 등 뒤에서 역시 모델을 쳐다보게 된다. 관객의 시선에서 가장 멀리 있는 모델을 자세히 보기 위해서 관객은 화면에 정신을 집중할 수밖에 없다. 그림 왼쪽 앞에 드리워져 있는 무거워 보이는 커튼 때문에 그림을 보는데 방해를 받고 있다고 생각하는 관객은 몸을 앞으로 숙일지도 모른다. 회화기술은 향유자가 자신과 텍스트 사이에 거리를 인식하고 그것을 좁히기 위해 그림에 집중할 수 있도록 면을 구성하고 시각적으로 배치한다. 영화 〈튤립피버〉에도 화가와 모델이 등장한다. 늙은 귀족의 아내인 젊은 여성은 자신의 초상화를 그리러

온 가난한 화가와 사랑에 빠진다. 이 화면에서 관객은 두 사람의 밀회 장면이 남편에게 들키지는 않을까 하는 조바심에 서둘러 다음 장면을 보고 싶어한다. 오른쪽 테이블에 그 시기 회화의 주제였던 바니타스, 즉 모든 게 헛되고 헛된 무상함을 나타내는 해골이 놓여 있다는 걸 알아챈 관객은 아주 극소수일 것이다. 영화가 끝나고 관객에게 남는 건 '불륜', '파국', '광풍' 같은 몇몇 잔상들일 텐데 이마저도 시간이 지나면 사라진다. 벤야민은 영화가 연습시키는 이 정신분산적 수용을 '촉각적 수용'과 관련시킨다. 시각적 수용이 주의력을 집중하는 관조적 방식으로 이루어진다면, 촉각적 수용은 사용과 익숙해짐을 통한 수용이며, 머리가 아닌 신체, 관조가 아닌 행위를 통해 사물 및 사건들과 관계하는 것이다, 다시 말해 사물과 사건들에 빠져들지 않으면서 그와 관련된 과제들을 거뜬히 수행해 내는 것이다.[15] 여기서 벤야민이 말한 과제는 "특정한 상황에서 규범적 가치를 갖는 것"인데 역사의 전환기에 인간의 지각기관에 부과된 영화의 규범적 가치는 '동시적인 집단적 수용'이다. 영화는 불특정 다수를 한 공간에 모아놓고 상영하는 공연예술로 연극의 형식을 빌렸는데, 연극과 다른 점은 배우가 관객이 아니라 카메라 앞에서 연기함으로써 배우의 아우라가 사라진다는 것이다. "영화는 관중으로 하여금 비단 감식자의 태도를 갖게 함으로써만이 아니라 그와 아울러 이러한 영화관에서의 관중의 감식자적 태도가 주의력을 포함하지 않음으로 인해서 제의가치를 뒷전으로 밀어내는"[16] 정신분산 속의 수용을 연습시킨다. 영화는 동시적인 집단수용을 통해 감상되며, 이러한 집단수용은 아우라가 요구

15   김남시, 「발테 벤야민 예술론에서의 기술의 의미」, 『미학』 제81권 제2호, 2015, 77면.

16   발터 벤야민, 최성만 역, 「기술복제시대의 예술작품」, 도서출판 길, 2009, 146면.

하는 '침잠'이라는 정관적 수용태도가 가능하지 않을뿐더러, 공간 이동에 따른 자연스럽지만 빠른 장면 전환은 관객의 집중을 방해한다.

벤야민이 영화를 특히 주목하는 이유는 "영화에서 기계 장치가 완전히 배제된 채로 재현되고 있는 현실의 모습이 사실은 정반대의 사태, 즉 기계 장치가 현실에 고도로 깊숙이 파고든 상태에 근거"[17]하고 있기 때문이다. 영화는 현실을 복제하면서 두 개의 액자가 만들어지는데, 내부액자는 '보이는' 현실-공간이고, 외부액자는 '만드는' 현실-공간이다. 영화 『스플릿』의 관객들은 주인공 철종(유지태 분)이 볼링공을 힘차게 던지는 장면이 어떻게 만들어졌는지는 관심이 없다. 총 47회차 2300컷이 만들어졌지만, 관객의 분산된 신경은 한 두 장면만 기억할 것이다. 만들어진 장면은 편집, 녹음, 색보정 등 복제기술을 활용한 후반작업을 통해 한 편의 영화로 완성되는데, 완성되는 순간 액자는 파괴되고 복제된 이미지만 남는다. 정신분산적 수용은 예술작품을 "그 영향 속의 신성함을 제거한 가운데 포착"하게 해주며, 여기서 수용자는 작품 속에 자신을 내맡기는 대신 예술작품을 "소모"하는 방식으로 자신 속으로 가져온다.[18] 기술복제시대에 대중은 촉각적 수용의 주도하에 새로운 예술이 우리에게 준 습관과 전형, 익숙함을 통해 예술을 소모할 수 있게 되었다.

이제 기술편집시대에 관해 이야기해보자. 기술복제시대가 사진기와 영사기의 발명에서 시작되었다면 기술편집시대는 컴퓨터와 인터넷의 발명이 그 시작이다. 복제가 전시대의 수공적 복제에서 기술적 복제로 발전한 것

---

17   임석원, 「발터 벤야민의 영화 매체 이해와 알레고리」, 『브레히트와 현대연극』, 2011, 269면.

18   발터 벤야민, 최성만 역, 「기술복제시대의 예술작품」, 도서출판 길, 2009, 205면.

처럼, 편집도 전시대의 아날로그 방식에서 디지털 방식으로 변화하였다. 아날로그 시대의 편집은 신문, 잡지, 책, 영화 등의 완성된 작품을 만들기 위해 기존의 정보를 잘라내고 붙이고 다듬는 일련의 과정을 의미하지만, 디지털시대의 편집은 결과가 아니라 과정에 개입해 들어가는 "대상의 정보구조를 해독하고 그것을 새로운 디자인으로 재생하"고자 하는 의식적인 지향성이다. 편집은 "필요에 의해 검색한 정보들을 의도와 맥락을 가지고 해체, 접합, 변형, 추가하여(이 과정은 물리적 확장이 아니라 화학적 반응을 연쇄하여야 한다) 새롭게 재구성(reconstitution)하는 지적 활동"이며, 이렇게 해서 작성된 정보가 "다른 누군가에게 재해석(reinterpretation)될 수 있도록 공유하는 행위"까지를 포함한다.[19] 예술 행위에 한정해 기술편집을 정의하면, "개인 혹은 소수의 집단이 네트워크-공간에 공유된 버추얼 텍스트를 하드웨어와 소프트웨어를 이용해 다시 고쳐 써 새롭게 공유하는 예술적 행위"이다. 기술편집의 핵심은 새로운 걸 만드는 것(make a new one)이 아니라 새롭게 만드는 것(renewal)이다. 기술편집시대, 누구나 자유롭게 디지털 복제된[20] 예술텍스트

---

19 이용욱, 「디지털서사자질 연구」, 『국어국문학』 제158호, 국어국문학회, 2011, 350-351면.

20 디지털 복제는 기본적으로 모자이크식 복제방식에 뿌리를 갖는다. 통일적 전체를 송두리째 베껴 내거나 기계 주물을 통하여 동일한 물건을 판박이로 찍어대는 포디즘의 대량생산 방식과 달리 디지털 복제는 파편화된 부분들을 골라 모아 새로운 전체(하나)를 만들어내는 방식을 취한다. 디지털 복제에는 두 가지 형태가 존재한다. 단순 디지털 복제는 동일한 정보를 아무런 내용의 첨삭 없이 동일한 정보의 형태로 복제하는 것을 의미한다. 포디즘 시대의 판박이 복제가 물질의 복제라면 디지털 복제는 정보의 복제이기 때문에 물질의 추가분이나 원료의 추가투입이 불필요하다. 따라서 동일한 정보의 비트가 어떤 컴퓨터에서 네트를 통하여 다른 컴퓨터로 전송되고, 그것이 다른 컴퓨터의 보조기억장치에 복제되어 저장되는 과정 이외에 어떠한 물질적 추가도 일어나지 않는다. 이는 아톰의 물질 재생산이나 기계 복제 때에 필요한 추가적인 물질투입과 아주 다른 특성이다. 이러한 디지털 복제의 특성으로 말미암아 소량생산된 정보가 대량으로 공유되고 소비, 재창

에 접근할 수 있게 됨으로써 예술텍스트의 생산자와 소비자의 구분이 없어지고, 원본과 편집본의 질적 차이가 존재하지 않으며, 정신몰입을 요구하는 무수한 버추얼 텍스트(가상본, Virtualtext)가 네트워크-공간에 존재하게 되었다. 정신몰입은 벤야민의 정신분산을 편집한 것으로, 어떤 행위에 깊게 빠져있어서 그 순간에 개인이 시간의 흐름과 자아를 잊게 돼 버리는 상태이다. 이러한 몰입의 경지는 어떤 외적인 보상을 바라는 것이 아닌 몰입 그 자체를 목적으로 하는 자기 목적성을 가지고 있다는 것이 특징이다.[21] 작품 속으로 빠져 들어가거나 작품이 빠져들어 오는 것이 아니라, 아예 작품이라는 생각조차 하지 못하고 물 흐르듯 편안하게 대상에 흡수되는 것이 정신몰입이다. 컴퓨터게임은 현존(presence), 상호작용(interaction), 다감각 인터페이스(multi-sensory interface)라는 서사적 특징을 통해 몰입을 극대화하는 기술편집시대의 종합예술이다. 디지털복제기술의 발전으로 인해 새로운 편집기술

조될 수 있는 새로운 가능성이 나타나게 된다. 복합 혹은 이차적 디지털 복제는 모자이크 상을 만드는 것과 마찬가지로 네트를 통해 수집한 수많은 부분들을 원료로 하여 새로운 현실을 구성하는 창조적인 작업과정을 거친다. 백욱인, 「디지털복제시대의 문화」.(출처 : https://blog.naver.com/jhj7725/140031314902)

21 칙센트미하이의 몰입이론에서 차용하였다. 몰입(沒入, 영어 : flow)은 주위의 모든 잡념, 방해물들을 차단하고 원하는 어느 한 곳에 자신의 모든 정신을 집중하는 일이다. 몰입하는 사람의 심리 상태는 에너지가 쏠리고, 완전히 참가해서 활동을 즐기는 상태이다. 본질적으로, 몰입은 한 가지에 완전히 흡수되는 것을 나타낸다. 칙센트미하이는 몰입했을 때의 느낌을 '물 흐르는 것처럼 편안한 느낌', '하늘을 날아가는 자유로운 느낌'이라고 하였다. 일단 몰입을 하면 몇 시간이 한순간처럼 짧게 느껴지는 '시간개념의 왜곡' 현상이 일어나고 자신이 몰입하는 대상이 더 자세하고 뚜렷하게 보인다. 몰입대상과 하나가 된듯한 일체감을 가지며 자아에 대한 의식이 사라진다. 몰입현상은 학습과 노력을 통하여 도달할 수 있다. 자신이 몰입하고 있는 대상에 대해서는 단시간에 혹은 빠르게 흡수할 수 있지만 반대로 관심이 없거나 집중도가 떨어지는 대상에 대해서는 기억조차 못 할 수도 있다. 이것이 바로 몰입의 장점이자 단점이 될 수 있다.(출처 : 위키피아(https://ko.wikipedia.org/wiki/몰입)

이 등장하였고, 이로 인해 예술의 개념과 범주 자체에 균열이 발생하고 있는 것이다.

포토샵으로 편집한 뭉크의 「절규」

넥스트 렘브란트 AI가 그린 렘브란트 화풍의 초상화

디지털복제의 편집기술을 활용한 테크노아트[22]는 두 가지 방향에서 진행되고 있는데 하나는 인간이 예술 활동의 행위자로 참여하여 편집기술을

22   테크노아트는 기술편집시대에 예술가와 기술의 협업을 통해 생산되고 공유되는 버추얼 텍스트로, 기술이 인간의 상상력을 압도하며 아우라가 재매개화되는 새로운 예술 양식이다. 디지털시대에 등장한 새로운 종합예술이며, 하위 범주로 '웹아트', '컴퓨터게임', '하이퍼픽션', '멀티픽션' 등이 있다.

활용하는 것이며, 다른 하나는 AI가 인간을 대신해 직접 예술 활동의 행위자 되는 것이다. 위 그림은 포토샵을 활용해 뭉크의 「절규」를 새롭게 해석한 버추얼 텍스트이고, 아래 그림은 AI에게 렘브란트 그림을 기계학습시킨 후에 안면 인식, AI, 그리고 3D 프린팅 기술이 합작한 작품이다. 〈넥스트 렘브란트 프로젝트〉의 가장 흥미로운 부분은 이 알고리즘이 스스로 그림의 주제까지 선택해서 완전히 새로운 것을 만들어냈다는 것이다.[23] 렘브란트가 그린 그림이라고 해도 손색없을 만큼 완벽하게 화풍을 모사해내는 AI의 출현은 예술 행위가 인간의 고유영역이라는 믿음에 균열을 내었다. 뭉크의 그림을 흉내 내거나 렘브란트의 화풍을 흉내 내거나 모두 반예술적이며, 예술텍스트를 감싸는 아우라가 부재하기 때문에 미학적 가치가 전혀 없다고 주장할 수도 있다. 그러나 벤야민은 새로운 기술이 만들어내는 괴상하고 조야한 예술 형식들의 출현이 실제로는 예술의 수요를 창출하는 중요한 과제 중의 하나라고 언급했다.

예로부터 예술의 가장 중요한 과제 중의 하나는 아직 충족되기에

---

23 〈넥스트 렘브란트 프로젝트〉에 사용된 알고리즘은 렘브란트의 작품을 분석하고, 흰색 깃이 있는 어두운 색상의 옷을 입고 모자를 썼으며 수염이 난 30~40대 백인 남성의 초상화를 그려야 한다고 결론을 내렸다. 그림 속 남성이 얼굴을 오른쪽을 향하고 있어야 한다고 결정한 것도 이 알고리즘이다. 피사체를 결정한 뒤에는 얼굴의 세밀한 부분들을 분석해서 "전형적인" 렘브란트 그림의 눈, 코, 입, 귀 등을 만들어냈다. 또한, 얼굴의 비율 혹은 각 부분 간의 거리 등을 고려했다. 그다음 그림에 생명을 불어넣는 일은 3D 프린팅 기술이 담당했다. 페인트 기반의 UV 잉크를 사용해 렘브란트가 사용했던 그림의 질감이나 붓터치를 재현한 3D 인쇄를 한 것이다. 3D 프린터로 출력된 최종 결과물은 1억 4,800만 픽셀 이상의 13개의 레이어로 구성되어 있다. ("이젠 예술도 넘본다!" AI와 3D 프린터로 렘브란트 화풍의 그림 재현 성공. http://www.itworld.co.kr/news/98720)

는 때 이른 어떤 수요를 창출해내는 일이었다. 모든 예술 형식의 역사를 살펴보면 위기의 시기가 있는데, 이러한 위기의 시기에 이들 예술 형식은 변화된 기술 수준, 다시 말해 새로운 예술 형식을 통해서만 비로소 아무런 무리 없이 생겨날 수 있는 효과를 앞질러 억지로 획득하려고 한다. 따라서 위기의 시기, 특히 이른바 퇴폐기에 생겨나는 예술의 괴상하고 조야한 형식들은 실제로는 그 시기의 가장 풍부한 역사적 에너지의 중심부에서 나온다.[24]

다다이즘을 "야만적 에너지에서 즐거움을 찾았던 예술운동"이라 평가하고 새로운 복제예술인 영화에 대항하기 위해 회화나 문학이 찾아낸 수단이라고 진단한 벤야민의 입장을 견지하면 기술편집시대의 예술인 〈테크노아트〉는 모방과 편집에서 창작의 즐거움을 찾는 아직은 때 이른 예술적 공급일 수 있다. 기왕의 예술이 예술가와 기술의 분업을 통해 진행됐다면 테크노아트는 예술가와 기술의 협업의 산물이다. 다빈치는 모나리자를 그릴 때 당대의 캔버스와 안료 제작 기술의 도움을 받았지만, 그 기술들이 다빈치의 상상력에 영향을 주진 않았다. 기술은 그림을 그리기 위한 도구의 역할을 충실히 수행했으며 '상상'과 '창의'에 침범하지 않음으로써 예술가의 영역을 지켜주었다.

그러나 테크노아트에서 기술은 단순한 도구를 넘어 예술가의 상상력을 확장하거나 제한하는 데까지 나아간다. 포토샵(Photoshop)은 1990년 처음 출시된 이후 30여 년 동안 인간이 상상할 수 있는 그래픽 편집기술을 망라하

---

24   발터 벤야민, 최성만 역, 「기술복제시대의 예술작품」, 도서출판 길, 2009, 86-87면.

기 위해 수 없는 업그레이드와 버그 제거, 인터페이스의 변화 등을 통해 새로운 편집기능을 추가하였다. 일상적 사진편집에서부터 교묘한 이미지 조작, 새로운 컴퓨터그래픽에 이르기까지 포토샵은 단순한 도구를 넘어 사용자의 상상력과 협업한다. 예술가는 소프트웨어를 사용하는 행위자이며 동시에 편집기술과 예술텍스트 사이의 중개자이다. 〈넥스트 렘브란트 프로젝트〉에서는 아예 기술을 인격화하여 AI라는 가상의 예술가를 만들어냈다. 물론 이 가상의 예술가가 렘브란트를 학습하기 위해서는 인간의 도움이 필요하다. 프로그래밍하고 복잡한 알고리즘을 짜고 이를 토대로 예술적 행위를 하도록 AI에게 명령을 내리는 일은 인간의 역할이다. 이 경우 이중 중개가 이루어지는데 기술에 익숙한 인간이 예술가(AI)와 예술텍스트 사이를 중개하는 '역할 중개'와 관객들이 AI가 그린 그림을 보고 렘브란트를 떠올리게 만드는 '연결 중개'이다.

기술편집시대의 예술가는 행위자이며 동시에 중개자이다. 그리고 바로 이 중개에서 기술복제시대의 '아우라의 상실'과는 다른 새로운 양상이 나타난다. 바로 '아우라의 중계성'이다.[25] 기술편집시대의 매체미학에 관한 훌륭한 전거는 제이 데이비드 볼터와 리처드 그루신에 의해 제안되었다. 그들은 기술편집시대를 재매개시대라 명명한다. 〈재매개Remediation〉는 볼터와 그루신이 『재매개 : 뉴미디어의 계보학』(1999)에서 현대 미디어 환경이 만들어내는 미디어의 전환 과정을 설명하기 위한 용어로 제시한 것이다. 새로운 미디어가 기왕의 미디어를 표상하는 것으로, "재매개는 복제도 아니고 기계

---

25 중개와 중계 모두 대상을 서로 연결해준다는 의미이지만, 중개는 행위자가 연결에 직접 참여하지 않는 것이고, 중계는 연결 과정에 참여한다는 차이가 있다.

적인 재생산도 아니고 (…) 재매개는 예술작품의 아우라를 파괴하는 것이 아니다. 그 대신 그것은 항상 다른 미디어의 형식 속에서 그 아우라를 바꾼다"는 것이다.[26] 볼터와 그루신은 재매개를 다시 미디어의 작동방식을 사용자가 인지하느냐 인지하지 못하느냐에 따라 '하이퍼매개'와 '비매개'로 분류하였다. 포토샵은 하이퍼매개이고, AI는 비매개이다. 그런데 실재 재매개의 과정에서 가상화된 텍스트는 기술편집의 대상인 물질적인 텍스트의 아우라를 선행조건으로 갖는다. 즉 관객이 뭉크의 「절규」를 본적이 있거나, 램브란트의 화풍에 대한 사전지식이 있어야 예술적 가치를 주장할 수 있는 것이다. TV의 스포츠 중계는 실제 경기장의 현장감과 생동감을 경험해 본 적이 있는 시청자들에게 더욱 효과적인 것처럼, 테크노아트는 파인아트에 대한 경험을 통해 재매개화된다. 컴퓨터와 디지털기술이 회화를 재매개화하면서, 아우라는 바뀌는 것이 아니라 오히려 대상텍스트의 아우라를 강하게 끌고와 편집텍스트의 표현 층위에 활성화함으로써 중계된다. 항상 새로운 기술은 그 초창기에는 직전 기술의 가장 익숙한 형식을 빌려와 내용의 낯설음을 중화시키고 대중의 불안감을 달래었다. 초창기 소설이 로망스의 형식을 차용했고, 영화가 소설의 내러티브를 모방했듯이, 하이퍼텍스트는 백과사전의 형식을, 디지털아카이브는 도서관의 공간 구조를 재매개하였다. 〈넥스트 렘브란트 프로젝트〉는 렘브란트라는 화가를 전면에 내세워 이슈를 선점하고 논란을 피할 수 있었지만, AI 기술의 발전이 휴머노이드의 수준에 이르게된다면 지금까지 우리가 한번도 경험해 본 적 없는 새로운 예술이 탄생한다

---

26 제이 데이비드 볼터, 이재현 역, 『재매개 뉴미디어의 계보학』, 커뮤니케이션북스, 2006, 73-75면.

정보지식화사회와 인문공학

해도 놀랄 일이 아니다. 어쩌면 지금 현 단계에서는 '아우라의 중계성'이 테크노아트의 전략적 선택일지 모르나 궁극적으로는 '디지털아우라'라 명명될 수 있는 새로운 아우라가 등장할 것이다.

지금까지의 논의를 표로 정리해 보면 다음과 같다.

	기술복제시대의 예술	기술편집시대의 예술
도구	사진기, 영사기	컴퓨터, 인터넷
수용 태도	정신분산	정신몰입
향유 주체	대중	유저(기술과 도구의 사용자)
생산 주체	전문가	
편집 방식	아날로그 편집	디지털 편집
아우라의 특징	아우라의 상실	아우라의 중계성
대표 예술	영화	컴퓨터게임
저작권	권리가 분명함	권리가 불분명함
향유 공간	현실-공간	네트워크-공간
수용 방식	소비	재생산
비즈니스모델	유료	선택적 과금

3. 아우라와 제3기술

『기술적 복제시대의 예술작품』의 2판에는 있었으나 3판에서는 삭제된 「제1기술과 제2기술(Erste und zweite Technik)」에서 벤야민은 기술을 두 분류, 즉 노동력이 많이 들어가는 전근대적인 제1기술과 "최대한 인간의 투입을 줄인다는 점"을 특징으로 갖는 근대적인 제2기술로 나눠서 파악하고자 했다. 이때 제2기술은 상대적으로 노동력이 줄어들기 때문에 그 의미의 무게감이 가벼워지게 된다고 분석된다. 그래서 제2기술에서 새롭게 열리는 차원은 (고된 노동을 연거푸 반복할 수 없다는 점에서 부각된) 영원성이나 불변성이 아니라, 실험정신과 다양화로서 대표되는 '공동유희(Zusammenspiel)'라고 봤다.[27]

　　주술에 봉사했던 태고의 예술은 실천에 쓰이는 모종의 기록들을 확정 짓는다. 즉 태고의 예술은 아마도 마법적 절차들을 수행하는 데 쓰였거나(어떤 조상의 형상을 새기는 일은 그 자체가 마법적 행위이다), 그러한 마법적 절차를 지시하는 일로 쓰이기도 했고(그 조상의 형상은 어떤 제의적 태도를 선보인다), 끝으로 어떤 마법적 관조의 대상으로 쓰였다.(그 조상의 형상을 관찰하는 일은 관찰자의 주술력을 강화시킨다) 변증법적 관찰에서 중요한 것은 그러한 기술과 우리의 기술 사이에 놓여 있는 경향상의 차이이다. 이 차이는 전자 즉 제1의 기술은 가능하면 인간을 중점적으로 투입하고 후자 즉 제2의 기술은 가능하면 인간을 적게 투입한다는 점에 있다. 제1의 기술의 기술적 위업은 말하자면 제물로 바쳐지는 인간이고 제2의 기술의 위업은 인간이 승선할 필요가 없는 원격조정 비행체들이 개발되는 선상에 놓여 있다. '이번 한 번 만으로 Ein für allemal'가 제1의 기술에 해당한다. (여기서 중요한 것은 결코 보상할 수 없는 실수거나 영원히 대속하는 희생적 죽음이

27　홍's, [테마리뷰] 제2기술의 욕망-「기술적 복제시대의 예술작품」에 대한 보론
　　(http://blog.naver.com/PostList.nhn?blogId=them1&parentCategoryNo=17)

다) 그에 비해 '한 번은 아무것도 아니다Einmal ist keinmal'가 제2의 기술에 해당한다. (제2의 기술에서는 실험이 중요하고 이 실험을 통해 시험적 구성을 지칠 줄 모르게 변형해보는 일이 중요하다). 제2의 기술은 인간이 처음으로 그리고 무의식적인 간계를 가지고 자연으로부터 거리를 취하려고 시도했던 때에서 기원한다. 달리 말해 제2의 기술의 기원은 유희에 있다.[28]

벤야민에 따르면 이렇게 자연과 인류 사이의 상호작용을 가능하게 하는 제2기술이 예술에서 자신의 모습을 가장 잘 드러낸다고 보았다. 그가 제2기술로 보고 있는 것은 바로 예술 영역에서 예술의 기술복제와 관련 있는 것이다. 예술에서 복제기술은 예술과 인간의 상호작용을 비로소 가능하게 한다고 보았다. 놀이적 기능을 수행하는 예술이 가능해진 것이며, 이를 벤야민은 특히 영화에서 찾았다.[29] 전통적인 예술이 통속적이고 대중적인 것을 받아들이지 않았기에 결국 위기를 맞이하게 된다면, 이제 현재의 예술은 일상적이고 저속한 것, 즉 키치를 적극 수용하면서도 동시에 예술성을 간직해야만 하는 과제를 지니며 이를 영화가 가장 잘 수행할 수 있다고 벤야민은 믿었다.[30] 그는 영화를 현실의 모방 내지는 반영이 아니라 기술적 매체로 만들어진(구성된) 이미지의 세계로 읽어냈다.

새로운 기술은 항상 그 직전의 기술을 객관적으로 바라볼 수 있도록 도

28   발터 벤야민, 최성만 역, 「기술복제시대의 예술작품」, 도서출판 길, 2009, 56-57면.
29   심혜련, 「기술복제의 시대와 그 이후」, 이광석 외, 『현대 기술·미디어 철학의 갈래들』, 그린비, 2016, 75면.
30   최문규, 『파편과 형세-발터 벤야민의 미학』, 서강대학교출판부, 2012, 277-278면.

와준다. 예술텍스트의 복제기술이 편집기술로 진화함에 따라 예술의 자율성과 가상성에 대한 더욱 첨예한 문제들이 발생하였다. 기술복제시대의 예술작품은 숭배의 대상이 아닌 전시가치를 가지게 됨으로써 즐김의 대상, 심미적인 대상이 되었지만, 기술편집시대의 예술작품은 상호작용을 통해 몰입의 대상, 유희의 대상이 된다. 기술복제시대의 '영화'와 기술편집시대의 '컴퓨터게임'을 서사예술이라는 층위에서 서로 비교해보면 이 차이는 더욱 분명해진다. 벤야민은 영화 역시 유희(놀이)의 산물로 보았는데 그것은 바로 기술복제로 인해 가능해진 '반복(wiederholung)'과 관련이 있다. 그것도 원본과 복제를 구별하는 것이 무의미한 반복 말이다. 일회적인 현존재로 존재하는 것이 아니라 계속 반복될 수 있으며, 그 반복 가능성으로 인해 예술이 본래 가지고 있던 놀이적 기능을 되살릴 수 있게 된 것이다.[31] 컴퓨터게임 역시 유희(놀이)의 산물이지만 그것은 기술편집으로 인해 가능해진 '투명성(transparency)'과 관련이 있다. 실제와 가상을 구분하는 것이 무의미한 투명성은, 인터페이스는 자신을 지워버리고, 사용자는 더 이상 미디어를 대하지 않고 미디어 내용과 즉각적인 관계를 맺게 되는 것이다. 2차원이 아닌 3차원의 컴퓨터그래픽과 선형 원근법의 테크닉, 그리고 1인칭 시점의 게임 플레이는 컴퓨터게임이 투명성을 획득하게 된 전략들이다. 컴퓨터게임은 현실세계와는 다른 세계로 빠져들어 가게 하는 경험세계이며, '현존의 경험(experience of presence)'을 효과적으로 배치하여 사용자의 몰입을 이끌어낸다. 즉 몰입은 현실과 다른 차원에서 실감을 구현하여 경험하는 세계이며,

---

31 심혜련, 「기술복제의 시대와 그 이후」, 이광석 외, 『현대 기술·미디어 철학의 갈래들』, 그린비, 2016, 76면.(재인용)

정보지식화사회와 인문공학

수용자가 경험할 수 있는 미적 체험을 의미한다.[32] 예술의 놀이적 기능이 영화와 컴퓨터게임에서 각각 다르게 작동하는 것은 분명하다. 컴퓨터게임이 보여주는 버추얼 리얼리티의 세계는 일회적인 현존재로 존재하며 결코 반복될 수 없기 때문이다.[33]

기술편집시대의 매체형식적 특징을 현존(presence), 상호작용(interaction), 다감각 인터페이스(multi-sensory interface)로 설명할 때 특히 상호작용은 기술복제시대의 매체형식과 분명하게 구분되는 변별적 자질이다. '주체'와 '텍스트'와 '기술'의 상호작용, '주체'와 '텍스트'와 '타자'의 상호작용, '주체'와 '텍스트'와 '공간'의 상호작용, '하이퍼텍스트'와 '텍스트'와 '메타컨텍스트'의 상호작용은 예술텍스트와 아우라에 대한 근본적인 질문을 던져준다.

구성주의 및 보드리야르의 이론에 의하면, 우리가 세계와 현실이라고 부르는 것 자체도 실제 존재하는 것이 아니라 모두 매체에 의해 구성된 것에 지나지 않는다. 그만큼 인간의 지각·표상·지식 등 모두는 매체형식이 역사적으로 다양하게 변화하는 가운데, 근본적으로 매체의존적이라 할 수 있다.[34]

제1기술은 자연과 인간 간의 거리를 인정하지 않으려는 태도에서 사용되는 기술일 수 있다. 그렇기 때문에 양자 간의 다름을 인정하고, 더 나아가 이들이 공존할 수 있음을 인정하지 않고, 이를 하나로 통합하려 하였다. 이러한 기술적 태도가 결국은 자연과 인간에 대한 지배로 나타났다. 이와 다르

---

32   허윤정, 「게임과 아우라」, 『한국컴퓨터게임학회논문지』 제28권 제1호, 한국컴퓨터게임학회, 2015, 140면.

33   기술편집을 벤야민 논의의 연장선상에서 〈제3기술〉로 명명하고자 한다.

34   최문규, 『파편과 형세-발터 벤야만의 미학』, 서강대학교출판부, 2012, 268면.

게 제2기술은 양자 간의 다름을 인정하기 때문에, 즉 양자 간의 거리를 인정하기 때문에 억압적으로 이를 하나로 만들려고 시도하지 않는다. 다시 말해서 이들 간의 거리가 자연스럽게 인정되기 때문에 이들은 서로 조화를 이루며, 이 조화 속에서 놀이 공간을 확보하게 된다는 것이다.[35]

제3기술은 자연과 인간의 다름을 '인공'을 통해 해결하려 한다. 자연과 인간 모두를 인공의 차원에 놓음으로써 다름 자체를 투명화시킨 것이다. 인공자연과 인공인간을 만들어내는 도구가 컴퓨터이며, 둘 사이를 하나로 연결해주는 네트워크-공간이 인터넷이고, 인공자연과 인공인간의 약속된 언어가 바로 비트(bits)이다.[36] 제3기술의 핵심은 컴퓨터와 인터넷인데, 이 놀라운 도구-기술은 그동안 각각 개별적으로 진행해왔던 생산과 저장, 전시와 배포를 동시에 진행한다. 14세기 인쇄술과 19세기 사진술이 당시 사회에 큰 충격과 변화를 준 것은 사실이지만, 인쇄술은 단지 미디어의 배포에만 영향을 주었고, 사진술은 고정된 이미지에만 영향을 주었다. 이와는 달리 컴퓨터는 조작, 저장, 배포, 전시라는 전 단계에 영향을 미치고 있으며, 텍스트, 이미지, 사운드에 이르는 모든 미디어 유형에도 영향을 미치고 있다.[37]

새로운 미디어나 오래된 미디어 모두 자신이나 서로의 모습을 다시 만들어내기 위해 '비매개'와 '하이퍼매개'라는 두 가지 논리에 호소하고 있다.

---

35 심혜련, 「기술복제의 시대와 그 이후」, 이광석 외, 『현대 기술·미디어 철학의 갈래들』, 그린비, 2016, 76면.

36 디지털이란 데이터를 0과 1의 두 가지 상태로만 생성하고, 저장하고, 처리하는 전자기술을 말한다. 디지털 기술로 전송되거나 저장된 데이터는 0과 1이 연속되는 하나의 스트링으로 표현된다. 이러한 각각의 상태부호를 비트라고 하며, 비트가 모여 컴퓨터가 개별적으로 주소를 지정할 수 있을 정도의 그룹, 즉 8개의 비트가 모이면 이것을 바이트라고 한다.

37 마노비치, 서정신 역, 『뉴미디어의 언어』, 생각의 나무, 2004, 48면.

기존의 전자 미디어와 인쇄 미디어들은 뉴미디어에 의해 재정의되고 있으며, 뉴미디어는 기존의 미디어를 모방하며 그 기능을 확장시켰다. 즉 뉴미디어는 미디어를 증가시키기 위해 노력하지만, 또한 복잡한 미디어의 모든 흔적을 지워버리고자 한다는 것이다. 원근법, 회화, 사진, 가상현실 등은 미디어의 존재를 무시하거나 부정함으로써 투명성의 비매개성을 획득하고자 한다.[38] 볼터와 그루신이 말하는 '투명성'은 미디어의 작동방식을 의식하지 못하는 몰입의 상태를 말하는데, 제3기술의 핵심가치인 '투명화'은 사용자와 도구의 차이를 넘어 휴먼과 사이보그, 리얼리티와 버추얼 리얼리티, 매개화 재매개, 수단과 목적의 차이가 사라지는 것이다. 육체는 현실세계에 있지만 의식은 가상세계에 있는, 인간과 사이보그를 넘나드는 반인반기의 삶이 일상이 되고 있는 요즘, 우리가 두 세계 사이, 두 정체성 사이에서 혼란을 겪지 않고 살아갈 수 있는 것은 이분법임에도 불구하고 구분이 사라지고 차이가 투명해져 시공간이 중첩되고 있기 때문이다.

영화의 몰입과 컴퓨터게임의 몰입을 비교해 보면 제3기술의 투명화를 쉽게 이해할 수 있다. 영화 『세븐』의 마지막 장면에서 주인공이 범인을 향해 총을 겨누는 장면에서 관객이 느끼는 몰입의 감정은 연민 혹은 동정심이다. 총을 쏘고 안 쏘고는 전적으로 주인공의 선택이기에 관객은 다만 그 상황에 대해서 이해할 뿐이다. 관객과 주인공, 극장과 화면 사이에 분명한 거리가 존재하는 것이다. 반면, 컴퓨터게임에서는 플레이어가 곧 주인공이다. 비디오게임 『헤비레인』에서 플레이어는 범인을 쫓는 탐정을 선택할 수도,

---

38   제이 데이비드 볼터, 이재현 역, 『재매개 뉴미디어의 계보학』, 커뮤니케이션북스, 2006, 4면.

아들을 납치당한 아버지를 선택할 수도 있는데 선택을 한다는 건 게임 플레이의 모든 행동에 대한 책임을 진다는 것이다. 자칫 죄 없는 NPC를 총으로 겨누는 순간이 찾아올 수 있는데 그때 총을 쏠 것인가 말 것인가는 전적으로 플레이어의 판단이다. 총을 쏘게 되면 죄책감을 느끼는 것도 이 때문이다.『헤비레인』의 장르가 〈인터액티브 무비 액션 어드벤처 게임〉임을 상기해 보면 영화와 컴퓨터게임의 차이는 더욱 분명해진다.

영화 〈세븐〉에서 범인을 향해 방아쇠를 당기는 주인공. 관객은 연민, 혹은 동정심을 느낀다.

게임 〈헤비레인〉에서 죄없는 사람을 겨눈 주인공. 실제로 플레이어가 RT를 누르면 그는 죽게 된다. 플레이어는 죄책감을 느낀다.

카메라는 이미지와 무의식을 손가락을 한번 누르는 동작으로 결합하는 매체(도구)이며, 벤야민은 프로이트의 충동적 무의식이란 빌려온 용어를 비틀어 "시각적 무의식"이라 부른다. 컴퓨터게임의 세계와 플레이어의 결합은 키보드와 마우스를 조작하는 촉각적 행동이다. 이를, 차이가 투명화되고 시공간이 중첩되면서 몰입으로 연결되는 "촉각적 무의식"이라 명명할 수 있을 것이다.

제3기술의 두 번째 키워드는 '신뢰화'이다. 벤야민이 이야기했던 시대에는 '복제' 또는 '재생산 가능성'이 기술과 예술의 관계에서 핵심 문제였다면 이제는 '변형'이 그 자리를 차지한다. 이 과정에서 그 어느 때보다도 기술적인 측면이 강조된다.[39] 디지털 이미지는 기존의 영상이미지와는 또 다른 존재론적 차이를 갖고 있다. 디지털 이미지는 모든 조작에 열려 있기 때문에, 빈번하게 실재(réel)와 그것의 재현 사이의 관계를 변질시킬 수 있다는 비난을 산다. 지난 수십 년 동안 진행된 디지털미디어 역사는 이 같은 물음이 기술적 문제뿐만 아니라, 이미지 사용의 맥락에 기인한다는 점을 일러준다.[40] 원본 없는 가상이기에 비교가 불가능하고 생산자가 분명치 않으며, 항상 편집(조작과 위조)의 가능성에 노출돼 있어 디지털콘텐츠는 신뢰할 수 없음에도 불구하고, 인공자연에서 사용자가 텍스트에 보내는 신뢰는 무모할 정도로 견고하다. 진실성 여부가 중요한 것이 아니라 사용의 맥락과 주체의 욕망에 따라 가상텍스트가 배치되고 거리가 조정되는데, 이것을 가능케 한 기술이 바로 '신뢰화'이다.

벤야민의 아우라는 향유자와 예술작품의 거리에 대한 인식에서 비롯된다. 예술작품은 그 누구도 손을 댈 수 없을 만큼 저 멀리 있음에도 불구하고 우리에게 친근할 정도로 가까이 있는 듯한 분위기를 자아날 때 그것을 예술작품의 아우라라 할 수 있다.[41]

벤야민의 미학개념 중 대중들에게 가장 널리 알려진 것은 '아우라'이지만 디지털매체미학에서 주목해야 할 것은 오히려 '흔적'이다. 벤야민은 아우라 개념과 흔적 개념을 구분하는 다음과 같은 단편을 남긴 바 있다.

---

39 심혜련, 「기술복제의 시대와 그 이후」, 이광석 외, 『현대 기술·미디어 철학의 갈래들』, 그린비, 2016, 69면.

40 김성도, 「영상콘텐츠의 일상화에 따른 인지 방식의 변화」, 『디지털컨버전스 기반 미래연구』, 정보통신연구원, 49면.

41 최문규, 『파편과 형세-발터 벤야민의 미학』, 서강대학교출판부, 2012, 285면.

흔적과 아우라. 흔적은 흔적을 남긴 것이 아무리 멀리 떨어져 있
더라도 가까이 있는 것의 현상이다. 아우라는 설령 그것을 불러일으
키는 것이 아무리 가까이 있더라도 멀리 있는 것의 현상이다. 흔적
속에서는 우리가 사물을 소유한다. 아우라에서는 사물이 우리를 자
기 것으로 만든다.[42]

발테 벤야민은 「언어일반과 인간의 언어에 관하여」(1916)에서 "예술 형
식의 인식이란 그것들을 언어로 파악하고 그것들과 자연언어들의 연관성을
찾는 시도"라고 말한다.[43] 예술텍스트의 언어(문자, 영상, 멀티미디어)에 대한
존재론적 차이에서 비롯됐겠지만, 소설은 독자와 텍스트의 거리를 인정하
고 그 거리를 좁히기 위해 '표현'과 '리얼리티'에 집중하였다. 영화는 관객과
텍스트의 거리가 '동시적인 집단적 수용'에 의해 분산된다. 영상미학의 리얼
리티와 환상의 거리 역시 분산된다. 기술편집시대에는 유저와 텍스트의 거
리가 디지털기술의 투명 효과로 인해 인식하지 못하게 되고(따라서 몰입하게
하고), MMORPG처럼 가상세계에서 진행되는 '동시적인 개별적 수용'은 버
추얼 리얼리티를 제공해줌으로써 역시 몰입하게 도와준다. 게임을 플레이
할 때나 하지 않을 때나 게임 서버가 일상을 기록하고 기억을 대신 저장해
주기 때문에 플레이어에게는 게임에 대한 흔적만 남아 있을 뿐이다.
　　최문규는 흔적과 아우라는 대상과 주체의 관계에 따라 구분된다고 보았
다. 어떤 대상의 아우라를 경험한다는 것은 결국 우리가 그 대상의 효과 속

42　심혜련, 『아우라의 진화』, 이학사, 2017, 204-205면.(재인용)

43　Walter Benjamin, *Benjamin Gesammelte Schriften Band II/ I*, S.155(진중권, 『진중
　　권의 현대미학강의』, 아트북스, 2004, 25-26면, 재인용)

으로 빨려 들어간다는 것이며, 이와 정반대로 우리가 대상(실상)의 잔존을 우리의 것으로 삼을 경우 흔적이라는 개념을 사용할 수 있다. 아우라의 경우 능동적 주체는 다름 아닌 대상이나 실상 자체이지만, 흔적의 경우 인간이 능동적 주체인 것이다. 흔적으로서의 기억공간에서 주체는 그 대상을 자신의 것으로 삼아야만 하는 적극적인 자세가 요청된다.[44] 아우라가 무의지적 기억과 밀접한 관계를 맺고 있다면, 흔적은 의지적 기억과 연관된다. 구글이나 네이버를 통해 검색한 정보나 지식을 신뢰할 수 있다면 그것은 무엇 때문인가? 나를 대신하여 내게 필요한 기억을 저장해 주고 있는 공간에 대한 믿음은 과연 이성적이고 합리적인가? 인공자연에서는 누가 썼는가, 언제 썼는가보다 어디에 있는가, 얼마나 읽었는가가 더 중요한 신뢰 지표가 된다는 것은 네트워크-공간이 스스로 신뢰화의 기술을 갖고 있음을 말해준다. 네트워크-공간의 지식공동체로서 역할에 대해 다음 진술은 의미심장하다.

> 지식이 네트워크의 소유물이라는 사실은 대중들이 특정한 환경 속에서 어떤 종류의 지혜를 가질 수 있다는 것 이상을 의미한다. … 지식의 인프라 변화가 지식의 형태와 본질을 바꿔 놓고 있기 때문이다. 지식이 네트워크화될 때 방 안에서 가장 똑똑한 사람은 앞에 서서 우리에게 강의를 하는 사람이 아니다. 또한 방 안에 있는 사람들의 집단 자체도 아니다. 방에서 가장 똑똑한 것은 '방' 그 자체, 즉 방 안에 있는 사람들의 생각을 묶어주는 네트워크다."[45]

---

44   최문규, 『파편과 형세-발터 벤야민의 미학』, 서강대학교출판부, 2012, 286면.

45   데이비드 와인버거, 이진원 역, 『지식의 미래』, 리더스북, 2014, 14면.

구글 검색에서 맨 아래의 숫자는 단순한 정보의 양을 표시한 것이 아니

라 구글이 우리에게 강요하고 있는 신뢰화 지수이다. 일베의 정보 배치는 유

저가 가장 신뢰할 수 있는 섹션 순으로 구조화되어 있다. 이제 인공인간은 보고 싶은 대로 보고, 듣고 싶은 대로 듣고, 믿고 싶은 대로 믿을 수 있도록, 주체와 텍스트 사이를 연결해주는 흔적으로서의 기억공간을 갖게 되었다. 원본과 복제품의 근원적 구분이 불가능해지고 진실과 거짓의 구분은 무의미하다. 그 대신 주체와 가까이 있는가 멀리 있는가가 신뢰의 결정적인 기준이 된다. 내가 익숙한 공간이 내게 가까운 공간이고, 내가 자주 가는 공간이 내게 가까운 공간이고, 나와 같은 생각을 하고 있는 사람들이 모여 있는 공간이 내게 가까운 공간이다. 주체와 네트워크-공간이 가깝다면 그곳에서 만들어지는 뉴스는 '진짜뉴스'이고, 멀다면 '가짜뉴스'이다. 인류 역사상 진짜와 가짜를 이토록 명확하게 구분했던 시대가 또 있었을까?

'투명화'와 '신뢰화'는 "모두 그렇게 보이도록" 만드는 것이다. 실체가 없는 가상이며, 아우라 없는 아우라이다. 기술편집시대, 이제 모든 것은 새로운 것이 아니라 새로워 보일 뿐이다.

4. 나오는 말

인간이 문자를 발명하고 나서야 비로소 지나간 구술문화에 대한 분명한 개념을 갖게 되었고, 디지털 문화를 접하고서야 아날로그 시대를 이해하는 새로운 준거점을 갖게 되었듯이, 벤야민의 '아우라'와 '정신분산', '촉각적 수용', '흔적'의 개념 역시 영상매체 시대에서 발아했지만 디지털매체 시대에 더욱 선명해졌다. 볼터와 그루신의 "재매개 시대의 예술작품과 아우라", 사뮤엘 웨버의 "매체 아우라", 노르베르트 볼츠의 "디지털매체시대의 아우라의 몰락", 하우크의 "디지털 변형 시대의 컴퓨터 모니터 현상", 심혜련의 "아우라의 진화 : 디지털 매체에서의 아우라없는 아우라" 등 디지털시대의 매체미학에 대한 기왕의 논의들은 모두 발터 벤야민의 지적 세례를 받았다. 80여 년이 지났는데도 여전히 설득력 있고 영감을 불러일으키는 그의 논지를 따라가다 보면 왜 「기술복제시대의 예술작품」이 강령적 에세이라 불리는지 충분히 이해된다.

　벤야민은 스스로가 편집자였다. 기술복제시대의 예술작품을 1936년과 1939년에 스스로 고쳐 읽고 고쳐 써가면서 자신의 텍스트를 다듬었다. 벤야민의 축복을 받은 우리 모두도 역시 편집자이다. 차이점은 벤야민이 도서관에서 책과 논문을 뒤적이며 사유와 반성적 성찰을 글쓰기로 연결했다면, 우리는 구글에서 웹문서를 검색하고 정보를 편집하며, 지식으로 재매개하고 있다는 것이다. 지식정보화사회에서 지식은 오히려 그 가치를 잃어가고 있다. 일반인들도 전문지식과 최신지식을 쉽게 얻을 수 있고, 사람들은 더 이상 지식을 얻기 위해 전문가를 필요로 하거나, 과거처럼 배우려고 노력하지 않아도 쉽게 네트워크와 클라우드를 통해 필요한 지식들을 얻을 수 있게 되었다.[46] 구글에서 '발터 벤야민과 아우라'를 검색하면 14,900개의 웹문서가 검색된다. 너무 많아 대부분의 사람들은 앞에 3페이지 안에서 벤야민과 아우라를 만난다. 그것으로도 충분히 벤야민과 아우라는 이해된다. 이제 지식은 편의점 도시락처럼 간편해지고 슬림해졌고 저렴해졌다.

　기술편집시대에 지식과 지식인의 역할에 대한 근본적인 반성과 성찰이

46　이진일, 「다가올 혁명적 변화와 미래를 향한 예측들」, 이종관 외, 『인공지능과 미래인문학』, 산과글, 2018, 115면.

요구되는 것은 기억테크놀로지의 발전과 하이퍼텍스트로 연결된 '가까운' 정보 DB, 네트워크-공간의 불가해한 신뢰성으로 인해 이제 더 이상 학문적 글쓰기가 자율적이지도 신성하지도 권위적이지도 않게 돼 버렸기 때문이다. 시간적으로 물리적으로 가까움이 아니라 심리적 의식적 차원에서 네트워크-공간은 내가 찾고자 하는 정보를 아주 쉽게 찾아낼 수 있도록 도와주며, 이제 우리가 신뢰하는 정보의 우선순위는 '가까움-거리'이다. 아우라가 "아무리 가까이 있더라도 멀리 떨어져 있는 어떤 것의 일회적 현상"이며 본질적으로 멀리 있는 것은 범접할 수 없는 위엄이라면, 네트워크-공간의 가까움은 "아무리 멀리 있더라도 가까이 있는 어떤 것의 일회적 현상"이다. 본질적으로 기억의 흔적에 머물 뿐 지식과 지적 활동의 아우라가 발생할 수 없다. 글쓰기 도구와 공간의 변화가 초래한 학문적 아우라의 상실이 피에르 레비의 바람대로 집단지성의 등장으로 만회될지, 아니면 지적 퇴보와 지식 생태계의 붕괴를 초래할지는 좀 더 지켜봐야 하겠지만 분명한 건 「기술복제시대의 예술작품」 같은 밝고 깊은 강령적 에세이는 더 이상 출현하지 않는다는 것이다.

발터 벤야민이 「기술복제시대의 예술작품」이라는 논문을 발표한지도 80여 년이 흘렀다. 지금은 기술복제를 넘어 기술편집의 시대이다. 단순한 복제가 아니라 텍스트의 내용과 형식을 임의로 편집하고 저장하여 새로운 텍스트로 만들어내는 디지털시대이다. 그러나 기술편집이 기술복제만큼이나 혁명적인 변화임에도 불구하고 벤야민의 예술론을 넘어설 수 있는 미학이론은 아직 구체화되지 못하였다. 20세기 대중예술의 아우라 상실이 21세기 디지털예술에서는 어떻게 변용되고 변곡되는지에 대한 연구는 디지털예술 미학을 논의하기 위한 필요조건이며, 새로운 시대, 새로운 예술을 해석하고 판단할 수 있는 중요한 논거가 될 것이다. 이 글은 「기술복제시대의 예술작품」을 복제하면서 시작돼 편집으로 마무리되었다. 〈기술편집시대 테크노아트의 디지털아우라 연구〉라는 주제가 창의적인 편집자들에 의해 밝고 깊어질 수 있기를 기대한다.

논문

강내희, 「디지털시대의 문학하기」, 『문화과학』, 1996년 여름호.

강명희 외, 「웹기반 지식창출지원시스템의 개념적 모델」, 『교육공학연구』 Vol.16 No.4, 한국
교육공학회, 2000.

공성진, 「지식 기반 사회와 대학 교육의 미래상」, 『대학교육』, 2001년 1·2월호.

권순영, 「미래사회의 교육 가치에 관한 연구」, 강릉원주대학교 대학원 박사학위 논문, 2018.

권승혁, 「기술화된 현대시의 담론 네트워크」, 『T. S. 엘리엇 연구』 제12권 2호, 2002.

김기문, 「국어국문학 교과과정의 문제점과 개선 방향」, 『국어국문학』 제114권, 국어국문학
회, 1995.

김남시, 「발테 벤야민 예술론에서의 기술의 의미」, 『미학』 제81권 제2호, 2015.

김상호, 「욕망과 매체변화의 상관관계와 디지털 컨버전스 시대의 욕망구조」, 『디지털 컨버
전스 기반 미래연구(1) 시리즈』, 정보통신정책연구원, 2009.

김성도, 「영상콘텐츠의 일상화에 따른 인지 방식의 변화」, 『디지털컨버전스 기반 미래연
구』, 정보통신연구원, 2016.

김수원, 「직업교육과 인문교육의 연계방안 모색」, 한국직업능력개발원, 2002.

김아미, 「디지털 세대의 읽기 문화와 읽기 역량 연구 : 디지털 리터러시의 재개념화를 위하
여」, 한국방송학회 세미나 및 보고서, 2008.

김양은, 「리터러시 관점에서의 미디어교육에 관한 연구 - 언어로서의 미디어에 대한 인식
을 중심으로」, 『한국언어문화』 27집, 2005.

김원경, 「하이퍼링크 DB를 이용한 메타텍스트 연구 방법」, 『상허학보』 24집, 상허학회, 2008.

김지원, 「텍스트와 독자 : Roland Barthes의 구조주의적 독서 이론」, 『세종대학교 논문집』 제20집, 1993.

김 현, 「디지털인문학」, 『인문콘텐츠』 제29호, 인문콘텐츠학회, 2013.

김형수 외, 「아리스텔레스 『레토릭』의 재해석」, 『한국언론학보』 제57권 6호, 한국언론학회, 2013.

김혜정, 「읽기의 맥락과 맥락 읽기」, 한국독서학회 제23회 학술대회대회 자료집, 2009.

김희봉, 「저자담론 밖의 다른 사유가능성」, 『유럽사회문화』 제13호, 유럽사회문화연구소, 2014.

나종석, 「전통과 근대 – 한국의 유교적 근대성 논의를 중심으로」, 『사회와철학』 제30호, 사회와철학연구회, 2015.

도정일, 「시뮬레이션 미학 또는 조립문학의 문제와 전망」, 『문학사상』 7월호, 1992.

류수열, 「중등학교 문학 교육의 현황과 과제」, 『새국어생활』 제14권 제3호, 국립국어원, 2004.

박영욱, 「문자학에 대한 매체철학적 고찰」, 『법학철학』 제54집, 법학철학회, 2009.

박지웅, 「초연결사회의 정치경제학적 기원과 성격」, 『사회경제평론』 통권 제57호, 2018.

_____, 「초연결사회 이전의 기존 연결사회의 기원과 사회성격」, 『사회경제평론』 제60호, 한국사회경제학회, 2019.

서성은·류철균, 「디지털 서사 창작 도구의 서사 알고리즘 연구 – 〈드라마티카 프로〉를 중심으로」, 『현대소설연구』 38권, 한국현대소설학회, 2008.

시마무라 테루, 「일본 대학 구조개혁에 있어서 '국어국문학과'의 현실과 국문학의 진로」, 한국고전문학회 2003년도 기획학술대회 자료집, 2003.

신상규, 「포스트휴먼과 포스트휴머니즘, 그리고 삶의 재발견」, 「과학철학」, 『HORIZON』, 2020.

우찬제, 「모든 것은 리얼하다」, 『포에티카』 1997년 봄호.

유권종, 「초연결사회와 유교적 진실의 재구성」, 『공자학』 제36호, 2018.

유영만, 「디지털 시대의 책 어떻게 읽어야 하나」, 『교육마당21』, 2000년 10월호.

윤미영 외, 「창조적 가치연결, 초연결사회의 도래」, 한국정보화진흥원 제10호, 2013.

윤신희·노시학, 「새로운 모빌리티스 개념에 관한 고찰」, 『국토지리학회지』 제49권 4호, 2015.

이광복, 「문학교육의 확장으로서 미디어교육」, 『독일언어문학』 제30집, 2005.

이광세, 「근대화, 근대성 그리고 유교」, 『철학과현실』, 철학문화연구소, 1997.

이도흠, 「4차 산업혁명 : 문학의 변화와 지향점」, 『한국언어문학』 제65집, 2018.

이성욱, 「심약한 지식인에 어울리는 파멸」, 『한길문학』 여름호, 1992.

이용욱, 「사이버리즘의 문학적 구현 양상」, 『내러티브』 제3호, 한국서사학회, 2001.

_____, 「사이버서사의 작가논의를 위한 시론 – 온라인 게임서사물 분석을 중심으로」, 『내러티브』 제6호, 한국서사학회, 2002.

_____, 「인터넷 소설의 문학적 성격」, 『내러티브』 제8호, 한국서사학회, 2004.

_____, 「디지털시대, 문학연구 방법론의 새로운 모색」, 『국어국문학』 제143호, 국어국문학회, 2006.

이용욱·김인규, 「게임스토리텔링의 재미요서와 기제분석에 대한 기초 연구」, 『인문콘텐츠』 제18호, 인문콘텐츠학회, 2010.

이재현, 「포스트소셜 : 교호양식을 보는 새로운 관점」 제7회 정보문화포럼 발제집, 2012.

이정춘, 「위기의 읽기문화, 어떻게 할 것인가」, 『제7차 출판정책 라운드테이블 발표 요지집』, 출판학회, 2010.

임석원, 「발터 벤야민의 영화 매체 이해와 알레고리」, 『브레히트와 현대연극』, 2011.

_____, 「망각된 가능성의 현재성 – 발터 벤야민의 예술작품 에세이 다시 읽기」, 『독일어문화권연구』 22권, 서울대학교 독일어문화권연구소, 2013.

임형택, 「공생–인간과 인공지능 그리고 문학의 창작적 향유」, 이종관 외, 『인공지능과 미래 인문학』, 산과글, 2018.

장일구, 「서사의 디지털 자질과 서사 공간」, 『한국언어문학』 제67집, 한국언어문학회, 2006.

장정일, 「베끼기의 세가지 층위」, 『문학정신』 7·8월 합병호, 1992.

전명산, 「홀롭티시즘 세대가 온다」, 『문화과학』 통권 제62호, 문화과학사, 2010.

전숙경, 「초연결사회의 인간 이해와 교육의 방향성 탐색」, 『교육의 이론과 실천』 제21권 2호, 2016.

정명교, 「디지털과 문학 사이」, 『어문연구』 91호, 어문연구학회, 2017.

정현선, 「디지털 리터러시의 국어교육적 고찰」, 『국어교육학연구』 제21집, 국어교육학회, 2004.

정희모, 「대학 이념의 변화와 인문학의 미래」, 『철학탐구』 제34집, 2013.

최민석 외, 「초연결사회로의 전환」, 『주간기술동향』, 정보통신산업진흥원, 2013.

추재욱, 「하이퍼텍스트시학」, 『버전업』 1997년 봄호.

한혜원, 「한국 웹소설의 매체 변환과 서사 구조 – 궁중 로맨스를 중심으로」, 『어문연구』 91집, 어문연구학회, 2017.

허윤정, 「게임과 아우라」, 『한국컴퓨터게임학회논문지』 제28권 제1호, 한국컴퓨터게임학회, 2015.

황국명, 「현단계 서사론의 과제와 전망」, 『인간·환경·미래』 제4호, 인제대학교 인간환경미래연구원, 2010.

단행본

김문조, 『융합문명론 : 분석의 시대에서 종합의 시대로』, 나남, 2013.

김민하·안미리, 「디지털 리터러시 능력 확인을 위한 문항개발 및 능력 평가」, 『교육정보미디어』 9(1), 2003.

김선하, 『리쾨르의 주체와 이야기』, 한국학술정보(주), 2007.

김성호, 『생각의 경계』, 한권의책, 2014.

김외곤, 『한국현대소설탐구』, 도서출판 역락, 2002.

김욱동, 『대화적 상상력』, 문학과지성사, 1988.

_____, 『모더니즘과 포스트모더니즘』, 현암사, 1993.

김종래, 『유목민 이야기』, 지우출판, 2002.

김진량, 『인터넷, 게시판 그리고 판타지소설』, 한양대학교출판부, 2001.

_____, 『디지털텍스트와 문화 읽기』, 한양대학교출판부, 2005.

박영숙·Goertzel, B., 『인공지능 혁명 2030』, 더블북, 2016.

박유희, 『디지털시대의 서사와 매체』, 도서출판 동인, 2003.

박인기 편역, 『작가란 무엇인가』, 지식산업사, 1997.

배식한, 『인터넷, 하이퍼텍스트 그리고 책의 종말』, 책세상, 2000.

백욱인, 「네트워크 사회」, 『정보자본주의』, 커뮤니케이션북스, 2013.

변지연, 「소설에서 서사로」, 『21세기 문예이론』, 문학사상, 2005.

심혜련, 『아우라의 진화』, 이학사, 2017.

유현주, 『하이퍼텍스트, 디지털미학의 키워드』, 연세대학교출판부, 2003.

_____, 『텍스트, 하이퍼텍스트, 하이퍼미디어 : 디지털시대의 새로운 문예학』, 문학동네, 2017.

이강서, 인문학연구원 HK문자연구사업단 편, 「플라톤의 문자관」, 『문자개념 다시보기』, 연세대학교 대학출판문화원, 2013.

이광석 외, 『현대 기술·미디어 철학의 갈래들』, 그린비, 2016.

이남희, 『민중 만들기 : 한국 민주화 운동과 재현의 정치학』, 후마니타스, 2015.

이만재·이상선, 『멀티미디어교과서』, 안그라픽스, 2005.

이용욱, 『사이버문학의 도전』, 토마토, 1996.

이용욱 외, 『정보교류의 사회학』, 한국정보문화센터, 1995.

이인화, 『한국형 디지털스토리텔링』, 살림, 2005.

이재현, 『디지털 시대의 읽기 쓰기』, 커뮤니케이션북스, 2013.

이종관 외, 『디지털 철학』(하이브리드미래문화연구총서4), 성균관대학교출판부, 2013.

이종관 외, 『인공지능과 미래인문학』, 산과글, 2018.

이진경 편저, 『문화정치학의 영토들』, 그린비, 2007.

장경렬, 『코울리지 : 상상력과 언어』, 태학사, 2006.

장은주, 『유교적 근대성의 미래 : 한국 근대성의 정당성 위기와 인간적 이상으로서의 민주주의』, 한국학술정보, 2014.

장하원, 『21세기 교양 과학기술과 사회』, 나무 나무, 2016.

전명산, 『국가에서 마을로』, 갈무리, 2014.

조장환, 『아우또노미아』, 갈무리, 2005.

진중권, 『진중권의 현대미학강의』, 아트북스, 2004.

최문규, 『파편과 형세 – 발터 벤야민의 미학』, 서강대학교출판부, 2012.

최유찬, 『컴퓨터게임의 이해』, 문화과학사, 2002.

_____, 『문학과 게임의 상상력』, 서정시학, 2008.

한정선 외,『지식 정보 역량 개발 지원을 위한 디지털 리터러시 지수 개발 연구』, 한국교육
학술정보원, 2006.

가라타니 고전, 조영일 역,『근대문학의 종언』, 도서출판 b, 2006.

고든 벨·짐 겜멜, 홍성준 역,『디지털 혁명의 미래』, 청림출판, 2010.

고미야마 히로시, 김주역 역,『지식구조화』, 21세기북스, 2008.

노드랍 프라이, 임철규 역,『비평의 해부』, 한길사, 1982.

니콜라스 카, 최지향 역,『생각하지 않는 사람들 : 인터넷이 우리의 뇌구조를 바꾸고 있다』,
청림출판, 2011.

다우어 드라이스마, 정준형 역,『은유로 본 기억의 역사』, 에코리브르, 2015.

데이비스 셴크, 정태서 유홍림 공역,『데이터 스모그』, 민음사, 1997.

도널드 E. 피즈, 이일환 역,「작가」,『문학연구를 위한 비평용어』, 한신문화사, 1994.

라프 코스터, 안소현 역,『라프 코스터의 재미 이론』, 디지털미디어리서치, 2005.

레프 마노비치, 이재현 역,『소프트웨어가 명령한다』, 커뮤니케이션북스㈜, 2014.

로만 야콥슨, 신문수 편역,『문학 속의 언어학』, 문학과지성사, 1989.

로버트 C. 홀럽, 최상규 역,『수용이론』, 삼지원, 1985.

로베르 에스카르피, 김광현 역,『정보와 커뮤니케이션』, 민음사, 1996.

루이스 멈포드, 김문환 역,『예술과 기술』, 민음사, 1999.

리 뉴먼, 지방훈 역,『대학이란 무엇인가』, 김문당 출판사, 1985.

마노비치, 서정신 역,『뉴미디어의 언어』, 생각의 나무, 2004.

마샬 맥루언, 박정규 역,『미디어의 이해』, 커뮤니케이션북스, 1997.

마쓰오카 세이고, 박광순 역,『지의 편집공학』, 지식의숲, 2006.

마이클 하임, 여명숙 역, 『가상현실의 철학적 이해』, 책세상, 1997.

미셸 푸코, 오생근 역, 『감시와 처벌』, 나남, 1994.

발터 벤야민, 최성만 역, 「기술복제시대의 예술작품」, 도서출판 길, 2009.

아리스토텔레스, 천병희 역, 『시학』, 문예출판사, 2004.

안토니오 네그리·네그리 하트, 윤종수 역, 『제국』, 이학사, 2001.

앨빈 커넌, 최인자 역, 『문학의 죽음』, 문학동네, 1999.

월터 J. 옹, 이기우 외 역, 『구술문화와 문자문화』, 문예출판사, 1995.

웨인 부우드, 최상규 역, 『소설의 수사학』, 새문사, 1994.

위르겐 트라반트, 안정오·김남기 공역, 『상상력과 언어』, 인간사랑, 1998.

이언 F. 맥닐리·리사 울버턴, 채세진 역, 『지식의 재탄생』, 살림, 2010.

자크 아탈리, 양영란 역, 『미래의 물결』, 위즈덤하우스, 2007.

장 프랑수아 리오타르, 유정완 외 역, 『포스트모던의 조건』, 민음사, 1992,

장 프랑수아 리오타르, 이현복 편역, 『지식인의 종언』, 문예출판사, 1994.

제이 데이비드 볼터, 이재현 역, 『재매개 뉴미디어의 계보학』, 커뮤니케이션북스, 2006.

제이 데이비드 볼터·리처드 그루신, 이재현 역, 『재매개 : 뉴미디어의 계보학』, 커뮤니케이션북스, 2006.

조지 랜도우, 김익현 역, 『하이퍼텍스트 3.0 : 지구화 시대의 비평이론과 뉴미디어』, 커뮤니케이션북스, 2009.

조지 랜도우, 여국외 외 공역, 『하이퍼텍스트2.0 - 현대비평이론과 테크놀로지의 수렴』, 문화과학사, 2001.

질 들뢰즈 · 펠리스 가타리, 김재인 역, 『천개의 고원』, 새물결, 2003.

클라우스 슈밥, 송경진 역, 『클라우스 슈밥의 제4차산업혁명』, 새로운현재, 2016.

정보지식화사회와 인문공학

클라이브 톰슨, 이경남 역,『생각은 죽지 않는다』, 알키, 2015.

플라톤, 김주일 역,『파이드로스』, 274c~278b, 이제이북스, 2012.

피에르 레비, 권수경 역,『집단지성』, 문학과지성, 2002.

David Weinberger, Too Big to Know, 이진원 역,『지식의 미래』, 리더스북, 2014.

George P. Lando, Hypertext 2.0, 여국현 역,『하이퍼텍스트』, 문화과학사, 2001.

Gilster, P.『Digital literacy』, John Wiley & Sons, Inc, 1997.

Hans Robert Jauss, "Paradigmawechsel in der Literaturwissenschaft", Linguistische Berichte, no.3. 1969.

J. D. Bolter, Turing's man, Western Culture in the Computer Age, London, 1984.

Peter Gärdenfors,『Conceptual Spaces : The Geometry of Thought』, The MIT Press. 2000.

Yochai Benkler, The Wealth of Networks : How Social Production Transforms Markets and Freedom, New Haven and London : Yale University Press, 2006.

정보지식화사회와 인문공학
인문학 연구방법론의 새로운 모색

초판1쇄 인쇄 2020년 4월 17일
초판1쇄 발행 2020년 4월 24일

지은이   이용욱
펴낸이   이대현
책임편집 권분옥
편집   이태곤 문선희 백초혜
디자인   안혜진 최선주 김주화
마케팅   박태훈 안현진

펴낸곳   도서출판 역락
출판등록 1999년 4월 19일 제303-2002-000014호
주소   서울시 서초구 동광로 46길 6-6 문창빌딩 2층 (우06589)
전화   02-3409-2060
팩스   02-3409-2059
홈페이지   www.youkrackbooks.com
이메일   youkrack@hanmail.net

ISBN 979-11-6244-498-6 93800

이 도서의 국립중앙도서관 출판예정도서목록(CIP)은 서지정보유통지원시스템 홈페이지(http://seoji.nl.go.kr)와 국가자료종합
목록 구축시스템(http://kolis-net.nl.go.kr)에서 이용하실 수 있습니다. (CIP제어번호 : CIP2020014884)